洛阳师范学院河南省一级重点学科中国语言文学资助成果

魏晋风度与洛阳文化

第四届"世说学"国际学术研讨会论文集

王建国 于 涌 主编

河南人民出版社

图书在版编目（CIP）数据

魏晋风度与洛阳文化 ：第四届"世说学"国际学术研讨会论文集 ／ 王建国，于涌主编 . — 郑州 ：河南人民出版社，2023. 8（2024. 4 重印）
ISBN 978 - 7 - 215 - 13351 - 8

Ⅰ. ①魏… Ⅱ. ①王… ②于… Ⅲ. ①《世说新语》 - 小说研究 - 国际学术会议 - 文集 Ⅳ. ①I207. 419 - 53

中国国家版本馆 CIP 数据核字（2023）第 146254 号

河南人民出版社 出版发行
（地址 ：郑州市郑东新区祥盛街 27 号　邮政编码 ：450016　电话 ：65788065）
新华书店经销　　　　　河南新华印刷集团有限公司印刷
开本　710 毫米 × 1000 毫米　　　1/16　　　印张　23.75
字数　370 千字
2023 年 8 月第 1 版　　　　　2024 年 4 月第 2 次印刷

定价 ：69.00 元

目　录

文化与美学

前　言

洛阳地处天下之中，物华天宝，人杰地灵，自古为帝王之邦、文化鼎盛之所在。洛阳作为魏晋旧都，与《世说新语》有着深厚的渊源，书中所宣扬的魏晋风度与玄言清谈便发端于此，许多魏晋名士的风流雅事与逸闻佳话也发生于这里。因此，洛阳理当成为"世说学"研究的学术重镇。2021 年 10 月 15 至 17 日，"魏晋风度与洛阳文化"暨第四届"世说学"国际学术研讨会在洛阳师范学院成功举办，可以说有着极为特殊的意义。

魏晋时期洛阳人文荟萃，名士的言行举动给后世留下了无尽的遐想。正始年间，王弼、何晏创其始，"竹林七贤"踵其后，在洛阳开启了中国思想史上著名的玄学时代。太康十年(289)，陆机与陆云在张华的引荐下广结洛阳名士，一时之间，声名鹊起，故时有"二陆入洛，三张减价"之说。《世说·赏誉》载："蔡司徒在洛，见陆机兄弟住参佐廨中，三间瓦屋，士龙住东头，士衡住西头。士龙为人，文弱可爱。士衡长七尺余，声作钟声，言多忼慨。"每读至此，我们仿佛又回到了二陆初入京洛的那个午后，目睹了蔡谟同他们亲切交谈的场景。太康盛世之下的京城洛阳，承载着他们的理想与抱负，吸引着陆机兄弟等才俊千里跋涉而来，寻求施展才华的机遇。

洛阳文人交游的奇闻轶事，更是无数后世文人难以割舍的历史记忆。如《世说新语》中提到的"洛水戏"典故，其载："诸名士共至洛水戏，还，乐令问王夷甫曰：'今日戏，乐乎?' 王曰：'裴仆射善谈名理，混混有雅致；张茂先论《史》《汉》，靡靡可听；我与王安丰说延陵、子房，亦超超玄著。'"我们已无从想象那些名士们在洛水之滨所谈的具体内容，但却知道这个画面无限接近于孔子所形容的理想生活——"莫春者，春服既成，冠者五六人，童子六七人，浴乎沂，风乎舞雩，咏而归"。在临川王刘义庆高简瑰奇的记述中，太康盛世就像是一场美丽的梦幻,总是让人心神向往而沉浸其中。那是中国士人精神上极自由、极解放的时代,也是极富于智慧、极浓于热情的时代,他们蔑视礼法,摒弃俗务,洒脱不羁,放浪形骸,为后人演绎了一幕又一幕丰富多彩的时尚传奇。如今,千年已过,洛水波澜仍在,那些先贤的身影似乎仍在荡漾波光、潺潺流水中,向世人讲述着这座古老城市曾经发生的清谈盛景。

永嘉末年,胡人的铁蹄踏破了名士们的清谈梦,也彻底摧毁了这座繁华的都市,历史随之进入了南北割裂对峙的混乱时期,而洛阳也成为名士们心底永远难以言说的伤痛。《世说·企羡》云:"王丞相过江,自说昔在洛水边,数与裴成公、阮千里诸贤共谈道。羊曼曰:'人久以此许卿,何须复尔!'王曰:'亦不言我须此,但欲尔时不可得耳!'"《世说·赏誉》载:"王敦为大将军,镇豫章。卫玠避乱,从洛投敦,相见欣然,谈话弥日。于时谢鲲为长史,敦谓鲲曰:'不意永嘉之中,复闻正始之音。阿平若在,当复绝倒。'"西晋王朝的覆灭,成就了王谢家族的声名,但无论此刻清谈的言论多么玄妙,却总抵不过从前中朝肆意畅谈和酣饮的时光。《世说·言语》载:"过江诸人,每至美日,辄相邀新亭,藉卉饮宴。周侯中坐而叹曰:'风景不殊,正自有山河之异!'皆相视流泪。"即便晋元帝雄踞帝位,当其"问洛下消息"时,仍然情难抑制,与满座群臣"潸然流涕"。洛阳这座文化胜城,自从有文字记载以来,历经三代和汉魏晋等显赫的王朝,竟在战争中第一次彻底沦于蛮族之手,而且似乎再也没有收复的可能!祖先的坟茔、帝国的辉煌、家族的荣光、少年的理想,还有关于这座城市的清谈掌故,这一切都成为渡江名士心中挥之不去的回忆。

东晋宁康年间,大司马桓温北伐屡屡受挫,败北于苻健、慕容垂。就在英雄迟暮之时,他动了改朝换代的念头,《世说·雅量》第六记载:"桓公伏甲设馔,广延朝士,因此欲诛谢安、王坦之。王甚遽,问谢曰:'当作何计?'谢神意不变,谓文度曰:'晋阼存亡,在此一行。'相与俱前。王之恐状,转见于色。谢之宽容,愈表于貌。望阶趋席,方作洛生咏,讽'浩浩洪流'。桓惮其旷远,乃趣解兵。"桓温陈兵篡位之际,那座繁华的洛阳城,已揉碎在五胡的铁蹄之下逾半个世纪,南迁的晋王朝也在风雨中摇摇欲坠。那一刻,改朝换代不过在桓温的一念之间。然而戏剧性的一幕却发生了,当谢安操着"怪异"的洛阳官话腔调,大声朗诵嵇康的诗歌时,那风雅的神姿竟然让桓温犹豫了,他罢兵饮宴,不久便在郁郁寡欢中病逝。没有人知道,这曾经风靡江南的"洛生咏",让那位嗜血的将军在当时想到了什么;也没有人知道,这带有乡音的"洛生咏",对谢安和桓温等侨寓士族来说,到底意味着什么。总之,它在关键的历史节点,为孱弱的晋王朝又延续了48年的国祚。

洛阳在《世说新语》中光彩照人的形象当然不会仅停留于后世文人的羡慕和向往之中。20世纪以来,大量关于《世说新语》的专题论文、专著等次第问世,"世说学"成为中古文学继"文选学"与"龙学"之后的又一专门之学。2017年11月,河南师范大学举办了首届"世说学"国际学术研讨会。2019年8月,南京大学举办了第二届"世说学"国际学术研讨会。2020年10月,同济大学举办了第三届"世说学"国际学术研讨会。2021年10月,洛阳师范学院举办了第四届"世说学"国际学术研讨会。本次会议得到众多海内外学者的关注与支持,来自中国、日本、美国、澳大利亚等国家的40余所院校及机构的100余名代表,分别通过线上和线下两种方式出席了会议。会议期间,正式成立了"世说学"研究会,大会共同推选华东师范大学龚斌教授为学会会长,选举了学会的常务理事和理事,并将洛阳师范学院文学院作为"世说学"研究会的挂靠单位和秘书处,这将是"世说学"研究史上又一里程碑式的事件。

为进一步弘扬和传播"世说学",本论文集从"魏晋风度与洛阳文化"暨第四届"世说学"国际学术研讨会75篇参会论文中精选24篇出版,内容涵盖"文献与考辨""文体与观念""语言与美学""传播与接受"等多方面的议题,研究视野开阔,视角方法多样,集中体现了中外学者近期研究"世说学"的最新成果与关注议题。为了适应出版的需要,编者适当调整了全书的文献注释格式,以符合统一的形式规范。在文章内容上,除极个别情况外,尽量避免改动,以尊重学者论文的原貌。河南人民出版社张珺楠编辑为论文集的编校付出了辛勤的劳动,在此一并感谢。

王建国
2023年3月1日于月溪草庐

文献与考辨

微言未绝正始后

——竹林名士清谈考论

龚　斌

　　魏齐王曹芳嘉平元年(249)春正月,司马懿父子发动高平陵政变,一举覆灭曹爽集团,顷刻间名士减半。不久,玄学的精神领袖王弼病亡,大名士夏侯玄为避祸计,不畜笔砚。突如其来的狂风暴雨,将洛阳的谈席扫荡殆尽。幸存的谈玄之士,在严酷的政治文化氛围中,缄默不言,何来兴致辩论有无本末? 曾经亲历正始玄谈难忘岁月的卫瓘,赞叹晋初的一流清谈家乐广:"自昔诸人既没已来,常恐微言将绝,今乃复闻斯言于君矣。"①卫瓘之言,反映了何晏、王弼既没之后,玄谈将要断绝的真相。然"将绝"并非"已绝",正始之后京师洛阳的清谈几乎不见踪迹,但隐于竹林的名士,其实还在清谈。他们的清谈,发展了魏晋玄学,与正始之音相比,开拓并丰富了清谈的新内容,表现出新的文化意义,从而有力地证明:正始之后的微言,将绝而未绝。本文先考述竹林名士的清谈事迹,再解释竹林名士的论文与清谈的关系,最后揭示其哲学与现实的意义。

一、竹林名士的清谈事迹

　　继何晏、夏侯玄、王弼等正始名士之后,出现以阮籍、嵇康为首的一群名士,史称"竹林七贤"②。竹林名士聚于竹林的时间不长,随着嵇康杀、阮籍亡,七贤风流云散。即使从嘉平之初算起,至景元之末,也不过十余年时间。况且,七贤

---

① 《世说新语·赏誉》二三。以下《世说新语》简化为《世说》。

② 孙盛《魏氏春秋》说:"(嵇)康寓居河内之山阳县,与之游者,未尝见其喜愠之色。与陈留阮籍、河内山涛、河南向秀、即兄子咸、琅琊王戎、沛县刘伶相与友善,游于竹林,号为七贤。"又陶渊明《圣贤群辅录》(见龚斌《陶渊明集校笺》卷十,上海古籍出版社,2018,第620页)下称阮籍、嵇康等七人,"魏嘉平中,并居河内山阳,共为竹林之游,世号'竹林七贤'"。

真正在一起的时间更短,可谓聚散匆匆。故魏晋文史资料,少有竹林名士聚而清谈的记载。史籍阙如,必然会影响到后人对竹林清谈的认识与评价,有的甚至认为竹林七贤与魏晋清谈无关。例如台湾学者何启民撰《竹林七贤研究》,就持此种看法。他说:"谈、理并得,有如何晏、王弼者是。若但说而无才理,斯为下矣。犹有谈名,有如丁谧、邓飏者是。若但笔之于书,若阮籍、嵇康、向秀,将何足名为谈家? 何足以代表魏时之与于谈风之名士?"①以为阮籍、嵇康、向秀只是写理论文章而不谈论,不足以称清谈家,不足以代表魏时清谈之群士。

何氏又举卫瓘赞叹乐广清谈之言:"昔何平叔诸人没,常谓清言尽矣,今复闻之于君。"以卫瓘说"何平叔诸人没,清言即以尽"为依据,以为嵇康等非是谈中人,称若嵇康等是谈中人,卫瓘必不会这样说。何氏又说,嵇康入仕,大概在正始之朝,且与何晏有戚属关系,籍长乐亭主婿,为中散大夫。"若稍能谈,其得名也易,而今则无有,何哉?"意思是说,嵇康在正始时,与何晏有戚属关系,又是长乐亭主婿,若稍稍能谈,也容易得名,而今无有谈名。何氏最后又据王戎评论王祥,"居在正始中,不在能言之流,及与之言,理中清远",得出"不仅可证谈非易事,且可证戎亦非其类也"的结论。②

总之,何氏以为阮籍、嵇康、向秀,甚至王戎,在魏时都不足以称谈客。何氏的这些看法,与竹林七贤的事实不符,推论也是缺乏说服力的。

以下依次考述嵇康、阮籍、山涛、向秀、王戎五人的清谈事迹。同时,辨析所谓竹林七贤与清谈无关之说。至于刘伶、阮咸二人唯传饮酒任诞的故事,本文存而不论。

1. 嵇康

嵇康在整个魏晋清谈史上算得上是一流人物。他的玄学理论涉及多个领域,诸如论养生、论声无哀乐、论才性、论宅无吉凶、论神仙有无。

《晋书》卷四九《嵇康传》说:"康善谈理,又能属文,其高情远趣,率然玄远。"善谈理,能属文,汉末以来就成为人物品鉴的完美标准。何启民以何晏、王弼为谈论的代表,"莫不骋辞设论,应机说理,而谈、理并得",而嵇康只是笔之于书,不谈说。《嵇康传》明明说"康善谈理,又能属文",何氏何以视而不见?

嵇康的仕宦经历极其简单,《晋书·嵇康传》唯有"与魏宗室婚,拜中散大

---

① 何启民:《竹林七贤研究》,台湾学生书局有限公司,1978,第169页。
② 同上,第169—170页。

夫"二句。正始时何晏、王弼清谈正盛,此时嵇康青春年华,但我们不知道他在洛阳还是在别处。何启民《竹林七贤研究》书后附录《竹林七贤年谱》,正始年间的嵇康除正始十年(249)生女一事之外,其余年份皆无事可书。这是史籍遗落的必然之理。但不能因为没有史料,就说嵇康在正始时只是做论文而不谈说。这不合逻辑。

"高情远趣,率然玄远"二语,既是嵇康的自由精神,也是他的理论旨趣。《嵇康传》说康"长好《老》《庄》",他作书与山涛,自称"老子、庄子,吾之师也",可知他向往隐逸和性好自然的情趣,皆源于《老》《庄》。

《世说》及刘孝标注释中,偶尔有嵇康清谈的记载。例如《世说·言语》一五:

> 嵇中散语赵景真:"卿瞳子白黑分明,有白起之风,恨量小狭。"赵云:"尺表能审玑衡之度,寸管能测往复之气。何必在大,但问识何如耳。"

嵇康与赵至谈论瞳子,实质是论人物品鉴中的形神及本末问题。嵇康由赵至白黑分明之形,以为有白起之风,得出器量狭小之神。刘劭《人物志》说:"征神见貌,情发于目。"观人之瞳子,可以知人之心灵。这也是蒋济《眸子论》的主旨。故嵇康之论,属于汉魏之际的形名之学。赵至以为"何必在大,但问识何如耳",主张论人以"识"为第一。识,识量,属于人之智力。嵇康所言"恨量小狭"之"量",没有指明是度量还是识量。刘孝标注引严尤《三将叙》,有"瞳子白黑分明者,见事明也"的说法。"见事明",属于才能。而识是智慧,是人之性。故嵇康、赵至论瞳子,实质是论人之才性。

分析刘孝标注引嵇绍《赵至叙》,约略可知嵇康的清谈活动。嵇康大约于高贵乡公曹髦正元或甘露年间至洛阳太学抄录石经,得遇赵至。[①] 约二年后,赵至随嵇康来山阳经年。"至论议清辩,有从横才,然亦不以自长也。"可见赵至善清谈,有从横之术。则与嵇康谈论从横术或其他问题,当是情理中事。

再如《世说·简傲》三刘孝标注引《文士传》:"康性绝巧,能锻铁……唯亲

---

① 《晋书》九二《赵至传》云:"赵至年十四,诣洛阳,游太学,遇嵇康于学写石经。"《世说·言语》一五注引嵇绍《赵至叙》同。《赵至传》又云:"至卒于太康中,时年三十七。"据上推算,赵至在洛阳遇嵇康写石经大概在魏正元、甘露之间。

旧以鸡酒往,与共饮噉,清言而已。"嵇康锻铁,向秀鼓排,则与嵇康共清言者,向秀必在其中。吕安与嵇康一同灌园于山阳,则安与嵇康清谈当可肯定。

《世说·文学》五记钟会撰《四本论》始毕,很想给嵇康看,到了嵇宅,害怕对方问难,怀中的文稿不敢拿出来,远远掷过去,掉头急回。钟会是研究《四本论》的专家,尚且心畏嵇康问难,由此推知嵇康于才性四本必定有精深造诣,而且谈锋甚厉。关于这条记载的真实性,陈寅恪先生以为"未必仅为实录,即令真有其事,亦非仅由嵇公之理窟词锋,使士季震慑避走,不敢面谈,恐亦因士季此时别有企图,尚不欲以面争过激,遂致绝交之故欤?"①有人进而猜测寅恪先生所谓钟会的"别有企图","恐怕是想窥测嵇康的意向如何"。②

考钟会与嵇康的交集,大约有两次,皆见于《世说》。一见于《世说·简傲》三:钟会精辩有才理,先不识嵇康,邀于时贤俊之士,俱往寻康。《魏氏春秋》说:"钟会为大将军兄弟所昵,闻康名而造焉。"大将军兄弟,指司马师、司马昭兄弟。司马师死于正元二年(255),则钟会初访嵇康,当在齐王曹芳嘉平之末。嵇康奇才俊辩,博学而无不该通,善谈名理,文辞壮丽。《晋书·嵇康传》说:嵇康将临刑东市,太学生三千人请以为师。可见嵇康在士人中影响之大。钟会必定早闻嵇康大名,也不会不知后者所作《养生论》《声无哀乐论》。钟会带着一大帮人寻康,是欲识嵇康,未必没有欲与后者清谈名理的念头。嵇康一看钟会宾从如云,气就上来了,照旧锻铁,移时不交一言。钟会无趣要走,嵇康又揶揄之。嵇康对钟会简傲无礼,为他后来的悲剧埋下祸根。二见于《世说·文学》五:钟会既撰毕《四本论》,怀之造访嵇康,则康必定亦精于才性论。若康不谙人物才性,钟会何必怀携自己的新著去见他?从常情推测,钟会这次欲诣嵇康,目的还是想见识后者的学问。至于钟会畏康问难,乃是不自信的表现。过分爱惜名誉之人,最怕名誉受损,行为往往犹豫。

嵇康与其好友的赠答诗中,也有涉及清谈的只言片语。嵇康《与阮德如》诗说:"良时遘吾子,谈慰臭如兰……郢人忽已逝,匠石寝不言。""谈慰",指清言。不意郢人忽然走了,无有知音,匠人就不谈了。阮侃《答嵇康》诗其一:"洙泗久已往,微言谁为听。"微言,指嵇康清言。一旦分离,谁听友人之微言呢?《世

---

① 陈寅恪:《世说新语文学类钟会撰四本论始毕条后》,《金明馆丛稿初编》,上海古籍出版社,2020,第47页。

② 见萧艾:《世说探幽》,湖南出版社,1992,第263页。

说·贤媛》六刘孝标注引《陈留志》:"(阮共)少子侃,字德如,有俊才,而饰以名理,风仪雅润,与嵇康为友。"阮侃既善名理,嵇康又俊辩,则两人微言当是常事。嵇康《四言诗·清风微扇》写明月之夜,"造我友庐",欢宴之后,"流咏太素,俯赞玄虚"。流咏之"咏",指言咏,即玄谈。俯赞之"赞",义同"咏"。太素为万物(有形)之始,李善注:"《列子》曰:'太初形之始,太素质之始。'"①玄虚,谓"道"。李善注:"《老子》曰:'玄之又玄,众妙之门。'"②"流咏太素"二句,是写嵇康与友人谈论《老子》之道。

嵇康的清谈,早在东晋就得到很高的评价。《世说·品藻》六七说:郗超曾问谢安:"林公何如嵇公?"意谓支道林清言,相比嵇康如何? 谢安答:"嵇公勤著脚,裁可得去耳。"意谓嵇康须努力向前,方可及支道林。似说嵇公谈不如林公。这是谢安从支道林儒佛兼胜的视角得出的评价。郗超极为推崇林公的谈论佛理,以至说"数百年来绍明大法,令真理绵绵不绝,一人而已"。但他还是将林公、嵇公相提并论,可见郗超以为嵇康玄理精深,可以同支道林绍明佛法相齐。

2. 阮籍

有关阮籍清谈的史料,甚至比嵇康还少。但事实上阮籍清谈,可能早于嵇康。《晋书》卷四三《王戎传》说:阮籍与王戎父王浑为友。戎年十五,随父在郎舍,阮籍与之谈,常常良久然后出。而与浑见面,俄顷即毕。阮籍自道其中原因:"浚冲清赏,非卿伦也。共卿言,不如共阿戎谈。"以为浚冲清谈,清明可赏玩,非浑可比。《晋书》说王戎于惠帝永兴二年(305)卒,年七十二。则戎生于魏明帝青龙二年(234)。戎年十五,时在正始九年(248)。由此可知,阮籍共王戎清谈,早在正始之末。阮籍在竹林七贤中年龄仅次于山涛,与正始名士夏侯玄、裴徽等人相若。若说阮籍清谈不会迟于正始,应该与事实相去不远。

何、王没后,阮籍尚在清谈。《晋书》卷四九《阮籍传》说:"籍虽不拘礼教,然发言玄远,口不臧否人物。"《世说·德行》一五说:"晋文王称阮嗣宗至慎,每与之言,言皆玄远,未尝臧否人物。"然则何谓"言皆玄远"? 玄远,指深幽玄妙的哲理。魏晋喜好《老》《庄》一派的清谈家,谈无谈玄,以发言玄远为特色。譬如孙盛《晋阳秋》说:傅嘏善名理,而荀粲尚玄远。西晋庾敳《幽人赋》说:"幽人守虚,仰钻玄远。"玄远指道,虚无莫测。阮籍在司马昭座上口不臧否人物,只谈虚

---

① 见《文选》嵇康《杂诗》。
② 同上。

无玄远之道,可以看作正始之后微言不绝的一个例证。

陈寅恪先生解释阮籍口不臧否人物的原因,并评价其在魏晋清谈史上的地位,说:"又其言必玄远,不评论时事,臧否人物,则不独用此免杀身之祸,并且将东汉末年党锢诸名士具体指斥政治表示天下是非之言论,一变而为完全抽象玄理之研究,遂开西晋以降清谈之风派。然则世之所谓清谈,实始于郭林宗,而成于阮嗣宗也。"①寅恪先生得出上述结论,同他对于清谈的成因及性质的理解有关。他认为汉末党锢诸名士"处士横议",批判社会与政治的弊病,是清谈的起因,清谈与政治密切相关。至魏末,阮籍为避祸起见,不评论时事,不臧否人物,而为完全抽象玄理的谈论,故称"成于阮嗣宗"。寅恪先生把清谈的起因,清谈从社会现实的批评演变到纯粹抽象的玄理研究的过程,完全从社会政治角度解释,未免简单化了。汉末党锢之士横议朝政污秽,仅是清谈初兴的部分原因,更深刻的原因是经学由于自身的繁琐而衰微,不遵家法、不守师法的新学风正在兴起,道家哲学、形名之学复活并流行。总之,新学在旧学中萌发并壮大,抽象玄理的讲说和研究,如裴徽、荀粲谈"三玄",何晏谈贵无,王弼注《老子》《周易》,都早在阮籍之前。如果说,由于时代险恶,名士多遭不测,阮籍因之有意"言皆玄远,口不臧否人物",从这层意义上说,阮籍开了清谈远离政治,变为纯粹口辩义理的风气,还是大体可以成立的。

阮籍清谈的具体场面,最精彩的是与苏门先生谈论。《世说·栖逸》一说:

> 阮步兵啸闻数百步。苏门山中,忽有真人,樵伐者咸共传说。阮籍往观,见其人拥膝岩侧,籍登岭就之,箕踞相对。籍商略终古,上陈黄农玄寂之道,下考三代盛德之美以问之,仡然不应。复叙有为之教、栖神导气之术以观之,彼犹如前,凝瞩不转。籍因对之长啸。良久,乃笑曰:"可更作。"籍复啸,意尽,退还半岭许,闻上谝然有声,如数部鼓吹,林谷传响,顾看,乃向人啸也。

阮籍对着苏门先生大谈上古寂寞之道,三代圣人之美,以及有为之教和养生之术。这些内容,为魏晋清谈常有。譬如馆陶令诸葛原与管辂清言,"先与辂

---

① 陈寅恪:《陶渊明之思想与清谈之关系》,《金明馆丛稿初编》,上海古籍出版社,2020,第186页。

共论圣人著作之原,又叙三王五帝受命之符"①。有为之教,即名教,为圣人之用。栖神导气之术为养生术,也是魏晋清谈的题目。阮籍几乎无所不谈,可惜苏门先生一概不感兴趣,连眼珠也不转一转。阮籍好像内心独白,末了只得对着苏门先生长啸,表达心中复杂的情感。良久,苏门先生笑道:"可更作。"阮籍复啸,尽意了,退回到半山腰,听到苏门先生的啸声,林谷传响。两人最终以啸声寄意,也可算是无言之谈。"大音希声",善言者不言,善谈者不谈,得意而忘言。魏晋清谈的场景多多,阮籍与苏门先生的谈论最是独特:一人谈,一人不谈,末了以啸声相和。谈者与不谈者,皆由啸声理解对方的意趣。阮籍下苏门山后,作《大人先生论》,以笔谈形式表达自然之旨(详见下文)。

3. 山涛

山涛于竹林七贤之中,不以清谈著名。涛于太康四年(283)卒,时年七十九。以此推算,涛生于建安十年(205),比正始名士中的大多数都寿长。山涛不称正始名士,而在竹林名士之列,理由大概是他早年与好友嵇康、阮籍、吕安等共游于竹林。《晋书》卷四三《山涛传》说他"性好《庄》《老》,每隐身自晦",思想行为显然与正始名士不同。

探讨山涛的清谈事迹,《世说》是唯一可用的资料。《世说·赏誉》二一说:

> 人问王夷甫:"山巨源义理何如?是谁辈?"王曰:"此人初不肯以谈自居,然不读《老》《庄》,时闻其咏,往往与其旨合。"

人问王衍及王衍之答,时间已在晋初了。《晋书》卷四三《王衍传》说:"(衍)总角尝造山涛,涛嗟叹良久,既去,目而送之曰:'何物老妪生宁馨儿?然误天下苍生者,未必非此人也。'"王衍总角时就认识山涛这位老前辈,而山涛称叹衍为"宁馨儿"。可以想见,王衍年轻时就时闻山涛清谈,也有可能同山涛谈过几番。问王夷甫之人,知晓王衍是山涛的真正知情者,可以说是找对了人。而王衍对山涛清谈的评价,绝对真实。

山涛在竹林七贤中确实不以谈客自居,也找不到他与好友嵇康、阮籍等人清谈的记载。但不以能谈自居,并不是不能谈。正如王戎所评论的王祥,生活

---

① 《魏志·管辂传》注引《辂别传》。

在正始时代,"不在能言之流,及与之言,理中清远"①。能言之流指何晏、王弼等一流的清谈家。"能言"之"能",表示"能"的很高的级别、层次,不作"能够"解。不在能言之流,意谓不属善谈之列,不是不能谈。然王祥虽不以能言名世,却是"理中清远",可见他实际上是能谈的。山涛不以谈客自居,其实是谦虚不露真面。

山涛初不肯以谈者自居,可能与他的家庭背景有关。涛早孤居贫,直至40岁,才为郡主簿、功曹、上计掾。魏晋清谈名士,大多出身文化世家,例如何晏、荀粲、夏侯玄、裴徽、王弼、钟会诸人,无不身世显赫,很早就知名天下。山涛门第不显,司马懿称之为"小族"②,年四十,始仕为郡主簿,上计掾,举孝廉,州辟部河南从事。此年,已是正始五年(244)矣。山涛在地方为官,不在洛阳,大概无缘亲见何晏、王弼等人的清谈。即或到洛阳,也不够资格出现在谈席上。正始末期,何晏、王弼等人仍在清谈不辍,而山涛已察知司马懿假装老迈无用的意图,深感前途的可怕,以至夜不能寐,断然弃官而去。

山涛初不肯以谈者自居,还与他的个性有关。山涛的个性,可以二语概括之:一是《晋书·山涛传》所谓"每隐身自晦",一是顾恺之《画赞》说"涛有而不恃"。③ "隐身自晦"是指自身的言行隐蔽不露。东晋孙绰"尝鄙山涛,而谓人曰:'山涛吾所不解,吏非吏,隐非隐。'"④非吏非隐,不露真实面目,使人不明也不解其迹。顾恺之"涛有而不恃"的赞语,源于《老子》十章:"生而不有,为而不恃,长而不宰,是谓玄德。"王弼注"为而不恃"句:"不禁其性,则物自济,何为之恃。"意谓不能禁锢万物的固有之性,它是一个自成自足的圆满世界,何须有意作为而自负?顾恺之赞山涛有智慧、识量,却不以此自负,不有意地表现。很明显,"有而不恃"与"隐身自晦"两者其实是相通的,都是说山涛行为言语,出乎幽冥,有智有才但不显露,犹语"真人不露相"。

再回到山涛的学问和清谈。王衍说山涛初不肯以谈者自居,其实是涛不肯以能言谈者面目示人。《世说·品藻》七一刘孝标注引《魏氏春秋》说:"于时之谈,以阮(籍)为首,王戎次之,山、向之徒,皆其伦也。"可见,山涛在能谈之列。

---

① 《世说·德行》一九。
② 《世说·政事》五注引虞预《晋书》。
③ 《世说·赏誉》二一刘孝标注引。
④ 《晋书》卷五六《孙绰传》。

但他"隐身自晦"了,能谈却装得好像不能谈,所谓"为而不恃"。他性好《庄》《老》,却不谈《庄》《老》,也是"有而不恃"。"时闻其咏,往往与其旨合",是说有时听到山涛清谈,往往能谈出义理来,说明山涛毕竟能谈。

山涛能谈,《世说·政事》五也是一条证据:"山公以器重朝望,年逾七十,犹知管时任。贵胜少年,若和、裴、王之徒,并共言咏。"①山涛年逾七十,当在武帝咸宁初。和,和峤;裴,裴楷;王,王济。裴楷、王济是晋初有名的清谈人物。山涛已年过七十,仍旧与比他年少几十岁的贵胜少年清谈。王衍说,时闻山涛其咏,是非常真实的记录。

然则,山涛究竟谈什么?《晋书》卷四三《山涛传》说:吴平之后,晋武帝欲偃武修文,山涛以为不可,"因与卢钦论用兵之末,以为不宜去州郡武备,其论甚精。于是咸以涛不学孙、吴,而暗与之合。帝称之曰:'天下名言也。'"《世说·识鉴》四亦记山涛论用兵事,文字略有不同。刘孝标注引《竹林七贤论》说:"时京师犹讲武,山涛因论孙、吴用兵本意。涛为人常简默,盖以为国者不可以忘战,故及之。"又注引《名士传》说:"王夷甫推叹:'涛晻晻为与道合,其深不可测。'皆此类也。"综合《晋书·山涛传》《世说·识鉴》四及刘孝标注引《竹林七贤论》等书,似有几点可以议论:一是山涛确有识量,以为吴平之后州郡的兵备不可撤销。二是深谙孙、吴兵法,论用兵本意甚精,以致晋武帝赞其为"天下之名言",可知山涛也善于校练名理。三是所谓山涛不学孙、吴,而暗与道合,正与王衍说山涛"不读《老》《庄》,时闻其咏,往往与其旨合"同一伎俩。实际上,山涛既然性喜《老》《庄》,则不会不读《老》《庄》;既然论孙、吴用兵甚精,则不会不学孙、吴。只是他善于"隐身自晦",读了不在人前说,不显露,不以才学自负,"为而不恃"罢了。故给人的印象或如王衍所说,"其深不可测";或如《名士传》所说,山涛"无所标明"。其深藏不露的功夫,当世无匹,后世也少有人能及。在魏晋清谈史上,山涛算不上一流清谈家,这与他"隐身自晦"的个性有莫大的关系。

4. 向秀

向秀是竹林名士中的读书种子。《晋书》卷四九《向秀传》说:"(秀)清悟有远识,少为山涛所知,雅好《老》《庄》之学。庄周著内外数十篇,历世才士虽有

---

① 言咏,宋本《世说》作"宗咏",王先谦《世说》刻本作"言咏"。言咏,言谈也。今从之。

观者,莫适论其旨统也。秀乃为之隐解,发明奇趣,振起玄风,读之者超然心悟,莫不自足一时也。惠帝之世,郭象又述而广之,儒墨之迹见鄙,道家之言遂盛焉。"向秀悟性高,具有解释玄理的识力。向秀之前,人们当然也读《庄》,注《庄》者已有数十家,然无人能论此书的整体义旨。向秀能解悟《庄子》书中的奥义,显明它的奇趣,振起玄风,使读《庄》者超然心悟,无不心惬于一时。后来郭象又传述、阐发向秀注,竟然使"儒墨之迹见鄙,道家之言遂盛"。向秀注《庄》,是《庄子》学术史上的重要篇章,对于魏晋玄学与清谈,作出了杰出贡献。

《庄子》作为清谈内容,至迟不会晚于正始。正始时,何晏、裴徽、管辂等,已经在谈"三玄"了。魏晋玄学与清谈最重要的内容是研究、谈论"三玄"。以时间先后而言,依次是《易》《老》《庄》;以影响而言,亦是如此。现存正始名士的著作,有《易》注、《老子》注,却不见《庄子》注。据传向秀之前有数十家《庄子》注,可是没有一家能流传下来,说明《庄子》的影响大不如《易》《老》。只有到了向秀《庄子》注的出现,振起玄风,谈《庄》风气从此盛行,《易》《老》《庄》才真正成为鼎足之势。

读有关竹林七贤的传记及记载,发现他们几乎都喜好《老》《庄》。例如嵇康"长好《庄》《老》"①,康《与山涛书》说:"老子、庄周,吾之师也。……又读《老子》,重增其放。"阮籍"尤好《庄》《老》"②。山涛"性好《庄》《老》"③。然而有一不可解处:不见竹林七贤谈《庄》《老》的记录。于是,就有人怀疑竹林七贤不一定是清谈人物,在魏晋清谈史上没有什么影响。如果有这样的认识,那是低估了竹林名士的历史地位。虽然魏晋清谈史料佚失太多,要复原当初谈论的生动场面是做不到的,但还是可以依据有限的史料及逻辑推论,复原某些历史的图景。竹林七贤相聚时日短,别离时光长。若从嘉平元年(249)始,到嵇康被杀的景元四年(263)止,也有十多年的时聚时散。若聚在一起,出现的生活场景就是饮酒、灌园、游览、清谈。

以下考论向秀的清谈。

《世说·简傲》三记嵇康与向秀锻铁。刘孝标注引《文士传》说:嵇康锻铁之外,"唯亲旧以鸡酒往,与共饮啖,清言而已"。《文选》颜延之《五君咏·向常

---

① 《晋书》卷四九《嵇康传》。
② 《晋书》卷四九《阮籍传》
③ 《晋书》卷四三《山涛传》。

侍》诗李善注引《向秀别传》说："秀常与嵇康偶锻于洛邑,与吕子灌园于山阳。"可知向秀早年同嵇康在洛邑锻铁,过着饮酒、清言的隐居生活。

《世说·文学》一七刘孝标注引《秀别传》说："后秀将注《庄子》,先以告康、安,康、安咸曰:'此书诅复须注?徒弃人作乐事耳。'及成,以示二子。康曰:'尔故复胜不?'安乃惊曰:'庄周不死矣!'"《晋书》卷四九《向秀传》记秀注《庄》,与上略同。从《秀别传》可知,向秀将注《庄》,先同好友嵇康、吕安谈过,而二人皆以为此书不须注。注成后,吕安惊叹:"庄周不死矣!"以为向秀注《庄》,必将传至永远。吕安能作出"庄周不死"的评价,说明他也熟悉《庄子》及前人的《庄子》注,绝不是《庄子》的门外汉。向秀既与嵇康、吕安生活在一起,又都喜好《庄子》,则平日谈《庄》当是意料中事。而向秀注《庄》完成后,示嵇康、吕安,康有"尔故复胜不"之问,则谈论向秀注《庄》,了解何处胜过旧义,何处发明奇趣,也是必定会发生的事。

《向秀传》又说秀"与康论养生,辞难往复,盖欲发康高致也"。"辞难往复"之"辞",可以是言辞,也可以是文辞。《嵇康集》中《难养生论》、《答向子期难养生论》,很有可能是嵇康先与向秀辩论养生,后来整理成文。向秀欲发嵇康养生论之高致,先坐而论道,往复辩论,然后各自整理成文,以扩大受众。

5. 王戎

竹林名士中,王戎年纪最小,预竹林七贤之末。这里,叙述他在魏末的清谈事迹。他在西晋的清谈,另文再述。

上文考论,王戎15岁就与阮籍清谈,时在正始之末。又《世说·德行》一九说:"王戎云:'太保居在正始中,不在能言之流。及与之言,理中清远,将无以德掩其言。'"太保,指王祥。"及与之言",是王戎本人与王祥清言,还是别人?味其口气,当是王戎与太保清言。如是,王戎最早的清谈,始于正始之末或稍后。与之共谈者,所能考见者一是阮籍,二是王祥。

《晋书》卷四三《王戎传》记载:戎晚年尝经黄公酒垆下过,顾谓后车客说:"吾昔与嵇叔夜、阮嗣宗酣畅于此,竹林之游亦预其末。自嵇、阮云亡,吾便为时之所羁绁。今日视之虽近,邈若山河!"王戎早年从竹林之游,与嵇、阮清谈。景元末,嵇、阮先后辞世,王戎经钟会的推荐,做了司马氏的官,为世俗羁绁,清谈也随之中断。

《王戎传》叙王戎清谈有"善发谈端,赏其要会"二语,殊可注意。"谈端"指清谈的发端,即在清谈开始之初,先概述一段谈论内容的大旨,当时称为"叙致""宗会"等。例如《世说·文学》四二:支道林与王濛清谈,"王叙致作数百语,自谓是名理奇藻"。同篇五五:支道林与许询、谢安等清谈,"支道林先通,作七百许语,叙致精丽"。《高僧传》四《支遁传》:"每至讲会,善标宗会,而章句或有所遗。""叙致""宗会",义同宗致、旨要、纲要。数人清谈,各先标明所论大旨。"赏其要会"之"要",指纲要、指归。"会",谓理解、领悟。钟会品目"王戎简要,裴楷清通",简要者,可以指行为举止的简略不繁,也可以指谈论简明扼要。王戎"善发谈端,赏其要会",正合简要之义。谈端先概括将要展开的谈论的宗旨,若它旨意超拔,辞藻精丽,一开始就占了上风,因此魏晋清谈家无不重视并精构谈端。

二、竹林名士的论文及清谈的核心意义

现存有关魏晋清谈的史料少之又少,《世说·文学》专记魏晋谈玄,也只不过几十条。这些记录毕竟太简单,后人很难具体了解清谈如何展开论题,宾主双方如何往复,何以竟至废寝忘食,达旦微言?当年长时间的言语争锋,往复问难解答,非要决出胜负的不饶不让,皆无法复现,后人唯有遐想而已。

读嵇康的许多论文,如《养生论》《声无哀乐论》《难自然好学论》《难宅无吉凶摄生论》等,就可以部分地弥补想象当年清谈场景的不足。魏晋谈理之文与魏晋清谈,是理论表述的两种形式,本质是一致的。研究魏晋清谈,绝不可忽略魏晋论说文。盖论文是说理的,不过以文字说理,是无声的。在清谈的场合,如果有人宣讲论文,也就意味着参与了谈论。由于人的禀赋不同,有人长于言,有人精于笔。后者或许笨嘴拙舌,选择笔谈,实际上并不降低他的理论价值,只不过言辞逊色,不如人而已,故舍其短而用其长。当然,既善谈理,又能属文,言与笔兼优,则更受世人欢迎。竹林名士中的嵇康、阮籍、向秀等人,都是谈理、属文皆优的才能之士。

笔者一向认为:魏晋论说文,有许多可能是口辩之后整理而成。突出的是嵇康的著名论文,本身即是清谈的产物。换言之,嵇康的论说文,很有可能经与他人辩论之后,再经整理、润色而成。

记录圣哲的言论,再经整理而成文,本来就是某一类论文的起源或是形成

方式。例如《论语》，便是对孔子微言的记录。《文心雕龙·论说》说："述经叙理曰论。"论是讲解经文和叙述义理的。又说："昔仲尼微言，门人追记，故仰其经目，称为《论语》。"故论与语，常常融为一体。以为论文与谈论各归各，二者没有瓜葛。这是有违常识，不合文理的。

嵇康的多篇论说文，以宾主双方辩论的口吻叙写，反复往来，析理绵密，可见论辩激烈。笔者疑心这些论文在成文之前，作者曾与人反复辩论过文章的内容和意旨，最后成文。试想，嵇康与向秀、吕安友善，"其趣舍进止，无不毕同，造事营生，业亦不异"①，若嵇康先前不曾与向秀面谈过养生问题，突然有一天以《养生论》示秀。而向秀读了不与嵇康口辩，也忽然有一天以《难养生论》作答。好友朝夕相处，互相讨论学问、问难答辩，难道用此"哑巴式"吗？

嵇康《声无哀乐论》师心遣论，是魏晋论说文中最上乘之作。文中秦客信奉儒家乐论，以为音声与人心相通，能反映政治的治乱，最宜移风易俗，教化人民。东野主人则称音声与人心是不相干的二物，与社会治乱无关。经此论证，儒家乐论所谓"治世之音安以乐，其政和；乱世之音哀以怨，其政乖；亡国之音哀以思，其民困。声音之道，与政相通"②的金科玉律，从根本上被颠覆。

《声无哀乐论》在中国音乐史上的重要地位固不待言，即使以逻辑思辨的精密而论，也是魏晋清谈的最佳范本。前文曾言及，魏晋清谈史料很少，《世说》是了解清谈的唯一资料。不过，《世说》记录清谈终究是简略的，有的仅有只言片语，很难复原当时辩论的层层展开和一争胜负的激烈场面。譬如读到论者"自为客主数番"③、"达旦微言"之类极其概括的记述，就很难想象"客主数番"的具体内容，以及如何"自为客主"。自问什么？自答什么？"达旦微言"，是说清谈时间的长度。是什么深奥的问题，居然能通宵地谈论？而谈者的兴致何以如此热烈，居然毫无困意？《世说·文学》三六记载支道林谈论《庄子·逍遥游》，"作数千言，才藻新奇，花烂映发，王(羲之)遂披襟解带，留连不能已"。这则故事的描写还算比较具体生动，但还是无法知道支道林的"数千言"谈论什么；"才藻新奇，花烂映发"二语，后人终究无法想象。故读《世说》中有关清谈的故事，大多数只能得其大概，无法得到具体、生动的印象。

---

① 《太平御览》卷四〇九引《向秀别传》。
② 见《礼记·乐论》。
③ 见《世说·文学》六。

然读嵇康的论说文，可以弥补上述的遗憾。譬如读《声无哀乐论》，秦客与东野主人两人辩论音乐与人心的关系问题。前者问难，后者应答。前者持儒家乐论的观念，以为音声与人心相通，"治世之音安以乐，亡国之音哀以思。夫治乱在政，而音声应之"①。后者以为音声与哀乐无关，"声之与心，殊途异轨，不相经纬"。两人往复有八九次之多。宾主谈论，一问一答，名为"番"。主客反复缠绵，议论精到、逻辑严密，而且才藻独异、引人入胜。据此论文的条理，假若想象秦客与东野主人促膝而谈，往复不已，必定会觉得二人越谈义理越深入，而且不到三更恐怕不会结束。

《声无哀乐论》，可以看作魏晋清谈的绝佳记录。细读此文，并以此类推，就容易想象魏晋清谈的场面，或许也有王羲之听支道林清谈，"披襟解带，流连不能已"的感受。也会理解有关魏晋清谈的记录如"析理精微""微言达旦""屡设疑难"等词的具体涵义。逝去千年的清谈场面，会多少变得具体、生动起来。

嵇康《养生论》，也是魏晋清谈的重要论题。《养生论》的大旨是："夫神仙虽不目见，然记籍所载，前史所传，较而论之，其有必矣。似特受异气，禀之自然，非积学所能致也。至于导养得理，以尽性命，上获千余岁，下可数百年，可有之耳。"并论绝五谷、去滋味、窒情欲、抑富贵，为养生之道。

嵇康《养生论》完成后，好友向秀作《难养生论》，以发康之"高致"。② 向秀说："有生则有情，称情则自然，若绝而外之，则与无生同，何贵于有生哉？且夫嗜欲，好荣恶辱，好逸恶劳，皆生于自然。"又说："富与贵，是人之所欲也，但当求之以道义……夫人含五行而生，口思五味，目思五色，感而思室，饥而求食，自然之理也，但当节之以礼耳。"既肯定嗜欲出于自然，又主张用道义和礼仪节制嗜欲。可见，向秀是儒道合一的，自然与名教并不冲突。

嵇康以为神仙必有，向秀则否认神仙存在：何人见过神仙？神仙何在？"此殆影响之论，可言而不可得。纵时有耆寿耇老，此自特受异气，犹木之有松柏，非导养之所致。"以为神仙之说并无依据，即使有长寿者，也是出于自然，非由于导养。

嵇康遂作《答难养生论》，洋洋洒洒数千言，一一应答向秀的问难，充分表现他在养生问题上的"高致"：以为名利、富贵是养生的大患，尽情嘲讽礼法之士，勾画他们口头上标榜仁义，自诩信奉名教，实质争名夺利的虚伪，甚至有意无意

---

① 嵇康论文皆引自戴明扬《嵇康集校注》，中华书局，2014。
② 《晋书》卷四九《向秀传》。

地贬损儒家的圣人。

嵇康的《声无哀乐论》《养生论》，是魏晋说理文与魏晋清谈的最佳标本，证明嵇康如何"善谈理""能属文"。这两篇论文影响后世的清谈非常深远。东晋初年王导过江后仅谈三理，其中二理即是"声无哀乐"和"养生"。可见，嵇康的论文在魏晋清谈史上具有重要的地位。

魏晋玄学与清谈的核心意义，即是名教与自然之辨。一般认为，名教与自然关系存在三个发展阶段：王弼的"名教出于自然"，嵇康、阮籍的"越名教而任自然"，向秀、郭象的"名教即自然"。① 关于名教的涵义，许多思想史、哲学史著作都作过讨论，不再赘述。这里集中论述竹林七贤的玄学与清谈，何以将名教与自然二者对立起来，而以自然为指归。

嵇康是魏晋玄学的重要理论家，他的著名论题"越名教而任自然"②，成为竹林玄学与清谈的一面高扬的旗帜。阮籍、山涛、向秀、王戎，虽然反抗司马氏政权的政治态度有差异，但宗仰自然、疏离名教的立场大致相似。刘伶、阮咸二人则以饮酒、任达著称于世，是行动上的反抗名教者。

魏晋玄学与清谈的早期历史，与当代的现实与政治是密切相关的。竹林名士的玄学非常不同于正始名士的玄学，它极大地受到现实政治的敌视与胁迫。之前王弼、何晏等意识到名教与自然存在矛盾，开始融通儒道，论证"有""无"统一，名教出于自然。竹林名士一反正始名士的学术途径，把名教与自然对立起来，宣扬自然之贵的同时，嘲讽甚至攻击名教。名教与自然二者之间的紧张与对峙，再没有比竹林时期更严重、更致命。究其原因，仍然是统治者掌控的名教，本质上都会压制自由精神，对离经叛道者绝不宽容。

司马懿父子是善于玩弄名教的阴谋家，名教成了胁迫和杀戮异己的工具。当初诛灭曹爽，罪名是"背弃顾命，败乱国典，内则僭拟，外专威权……看察至尊，候伺神器，离间二宫，伤害骨肉，天下汹汹，人怀危惧"③。接着，司马兄弟先后杀害忠于曹魏的大臣王凌、诸葛诞、毌丘俭、夏侯玄等，无不以名教为屠刀。从钟会在朝廷上论嵇康之罪的言论，就能看出名教在阴谋家手里，不过是诛杀

---

① 可参看唐翼明《魏晋清谈》，天地出版社，2018，第 103—104 页。孙述圻《六朝思想史》第三章"名教与自然之争"，南京出版社，1992，第 63—82 页。

② 见《释私论》。

③ 见《魏志·曹爽传》。

异端的刀与枪。

对此,嵇康的感受无比真切。他的许多论文和诗歌,都是讨伐名教的檄文。例如《太师箴》激烈批判名教的实质是"智惠日用,渐私其亲。惧物乖离,擘义画仁。利巧愈竞,繁礼屡陈。刑教争施,夭性丧真。季世陵迟,继体承资。凭尊恃势,不友不师。宰割天下,以奉其私……刑本惩暴,今以胁贤。昔为天下,今为一身"。《与山涛书》自称"每非汤武而薄周孔",这在《太师箴》中得到了印证。

儒家的六经,是名教的理论基础。嵇康却说六经是违反自然人性的。《难自然好学论》说:"推其原也,六经以抑引为主,人性以从欲为欢。抑引则违其愿,从欲则得自然。然则自然之得,不由抑引之六经;全性之本,不须犯情之礼律。故仁义务于理伪,非养真之要术;廉让生于争夺,非自然之所出也。"把六经与人性对立起来,以为礼律、仁义非出于自然,是不人道的。后面又对六经极尽讽刺之能事:"故吾子谓六经为太阳,不学为长夜耳。今若以明堂为丙舍,以诵讽为鬼语,以六经为芜秽,以仁义为臭腐,睹文籍则目瞧,修揖让则变伛,袭章服则转筋,谭礼典则齿龋……则向之不学,未必为长夜,六经未必为太阳也。"如此攻击六经,不论在嵇康之前还是之后,都是极其罕见的。

阮籍是竹林名士中对名教最具破坏力的人物。如果说嵇康主要以理论武器批判名教,那么,阮籍主要以任诞放达、不拘礼节的行为,公然蔑视名教,从而对名教造成长久的破坏。例如阮籍酣饮为常;能为青白眼;嫂归宁,籍相见与别,或讥之,籍说:"礼,岂为我辈设耶?"……史言籍个性"外坦荡而内淳至"。坦荡,光明磊落也;淳至,不虚饰而至真也。只有宗仰自然的人,才会有如此至真性情。牟宗三评阮籍的此类举止,"为一浪漫文人之性格,所谓酒色之徒也"①。前句指出阮籍的浪漫性格,比较可取;后句说阮籍是"酒色之徒",就有点轻率了。

《晋书》卷四九《阮籍传》说:"籍本有济世志,属魏晋之际,天下多故,名士少有全者,籍由是不与世事,遂酣饮为常。"故与其说阮籍以酣饮放达的行为不敬名教、对抗名教,不如说名教压迫阮籍。礼法之士对阮籍恨之入骨。何曾对司马昭说:"明公方以孝治天下,而阮籍以重孝显于公坐饮酒食肉,宜流之海外,以正风教。"②好在司马昭爱阮籍之通伟,常保护之,才得以善终。

阮籍著有《乐论》《大人先生传》《通易论》《通老论》《达庄论》等,总体来

---

① 牟宗三:《才性与玄理》,广西师范大学出版社,2006,第250页。
② 《世说·任诞》二。

说,理论创新不如嵇康,因袭汉学的传统是明显的。例如《乐论》基本上因袭《礼记·乐记》,散发出浓厚的陈腐气息。然而,阮籍毕竟是"越名教而任自然"的,所作《大人先生传》便是证据。此文借有人遗大人先生书,描绘世俗君子的陈腐形象,嘲讽他们为裈中之虱:

> 汝独不见夫虱之处于裈中,逃乎深缝,匿乎坏絮,自以为吉宅也。行不敢离缝际,动不敢出裈裆,自以为得绳墨也。饥则啮人,自以为无穷食也。然炎丘火流,焦邑灭都,群虱死于裈中而不能出。汝君子之处区内,亦何异夫虱之处裈中乎?

大人先生又陈述古今历史之变,赞美上古社会无君无臣,批判今世名教造成的种种危害,剥下了名教虚伪的"美行"的外衣。阮籍所谓的圣人,是法自然的,"以道德为心,不以富贵为志。以无为用,不以人物为事。尊显不加重,贫贱不自轻。失败自以为辱,得不自以为荣",与正始名士所说的"圣人体无"并无区别,是道家化的圣人。

阮籍《达庄论》假设好事之徒造访隐居先生,愿闻至道之要。先生申述《老子》义:"天地生于自然,万物生于天地。自然者无外,故天地名焉。天地者有内,故万物生焉。"自何晏、王弼等立论以无为本之后,无生万物的哲学观早已成为大多数学者的共识。阮籍所论,并无新意。牟宗三说阮籍"此谈粗疏而不成熟……不及王弼、向、郭远甚"[1],不算苛刻之论。后面又申述《庄子》义说:"以生言之,则物无不寿。推之以死,则物无不夭。自小视之,则万物莫不小。由大观之,则万物莫不大。殇子为寿,彭祖为夭。秋毫为大,泰山为小。故以死生为一贯,是非为一条也。"所言大体是庄子齐物之意。牟宗三评论说:"摭拾陈言而为浮谈,并不明其所以。"[2]《达庄论》所谈之理,缺少新意。对抗名教的力度,不如嵇康。

末了说向秀。向秀学术意趣与嵇、阮不同。谢灵运称"向子期以儒道为一",即调和名教与自然。向秀"儒道为一",可能体现在他的《儒道论》里。此文早佚,不知其详。故只能从向秀、郭象的《庄子注》一窥其大略。《世说·言

---

① 见牟宗三《才性与玄理》,第257页。
② 同上,第258页。

语》一八说：

> 嵇中散既被诛，向子期举郡计入洛，文王引进，问曰："闻君有箕山之志，何以在此？"对曰："巢、许狷介之士，不足多慕。"王大咨嗟。

刘孝标注引《向秀别传》，向秀对曰二句作"常谓彼人不达尧意，本非所慕也"。这二句表达向秀的思想，比《世说》正文更明白。向秀本与嵇康同隐，康被诛，秀遂失图，无奈以郡计入洛。司马昭之问，揶揄之意十分明显。向秀所答，不唯见其口辩敏捷，更主要是体现出他的思想转向。司马昭之问，是握有生杀予夺的最高权力者对曾经的不合者的羞辱。面对暴力，向秀以自我贬损回答。至此，向秀应该彻底明白，知识的批判不如暴力的批判。自然与名教的对抗，名教胜利了，因为名教有撒手锏——暴力。在咄咄逼人的恐怖包围中，向秀必须服软。向秀的回答，也确实同他"儒道合一"的哲学观点有关。他巧妙地恭维司马昭为尧。然则，向秀所谓"不达尧意"之"尧意"指什么？余嘉锡《世说新语笺疏》引《庄子·逍遥游》："尧让天下于许由曰：'……夫子立而天下治，而我犹尸之，吾自视缺然，请致天下。'许由曰：'子治天下，天下既已治也。'"郭象注："夫能令天下治，不治天下者也。故尧以不治治之，非治之而治者也。今许由方明既治，则无所代之，而治实由尧，故有子治之言，宜忘言以寻其所况。而或者遂云：'治之而治者，尧也。不治而尧得以治者，许由也。'斯失之远矣！夫治之由乎不治，为之出乎无为也。取于尧而足，岂借之许由哉！若谓拱默乎山林之中而后得称无为者，此庄老之谈所以见弃于当涂，当涂者自必于有为之域而不反者，斯由之也。"历来认为郭象注《逍遥游》出于向秀注，体现的是向秀思想。"尧以不治治之，非治之而治者也"二句，是说尧无为而治。隐士许由、巢父，不达尧意，不理解庙堂之上的尧，不治天下而天下治。显然，这是调和了名教与自然的冲突，所谓"儒道为一"，且将名教置于自然之上。包括上文所述向秀《难嵇康养生论》，以为人之嗜欲和求富贵皆出于自然，同样是调和了名教与自然的冲突。竹林名士的玄学与清谈，以嵇康"越名教而任自然"始，以向秀"儒道合一"终。

2021 年 5 月

《世说新语》"名教乐地"说新解

——兼论西晋玄学家乐广的玄学立场及思想史意义

刘　强

在对魏晋玄学和清谈风气的研究中,《世说新语》(以下简称《世说》)是学者们必须参考的一部重要文献。不过,有一个问题常常为学者们所忽略,即《世说》保留的大量史料,由其"以类相从""分门隶事"的编撰体例所决定,在进入读者的阅读之前,已经先期承载了编撰者的主观理解。如果我们"还原"《世说》编撰之前的历史材料,摆脱其"门类设置"的干扰去看待这些文献,往往会在理解和诠释上得到新的意外收获。以西晋清谈名士乐广(？—304)为例,这个在魏晋之际一度执清谈之牛耳的玄学家,其在魏晋玄学史乃至中国思想史上的地位和价值,是被有意无意地遮蔽和低估的。由于乐广"善于清言,而不长于手笔"[①],他没有留下足以证明其玄学思想的理论文章,致使其在历史的书写中,不得不接受《世说》的编者刘义庆、注释者刘孝标以及唐修《晋书》史臣们的任意"搬运"和"改编",从而渐渐失去了其在历史现场的重要性和思想史上的独特性。

一、乐广"名教乐地"说的理解差异

关于乐广的历史材料,要论可信度和重要性,《世说》和刘孝标《世说注》当然要在《晋书》本传之上。《世说》中与乐广相关的条目凡21条,其中《德行篇》

[①] 《世说·文学》第70条:"乐令善于清言,而不长于手笔。将让河南尹,请潘岳为表。潘云:'可作耳,要当得君意。'乐为述己所以为让,标位二百许语,潘直取错综,便成名笔。时人咸云:'若乐不假潘之文,潘不取乐之旨,则无以成斯矣。'"本文所引《世说新语》,均参余嘉锡《世说新语笺疏》,上海古籍出版社,1993,为省文计,页码不详注。

第23条尤为引人注目:

> 王平子、胡毋彦国诸人,皆以任放为达,或有裸体者。乐广笑曰:"名教中自有乐地,何为乃尔也?"

此条系乐广在《世说》中第一次亮相,因富含史料价值和诠释能量而广为征引。如果我们排除文本既成事实的"干扰",给这条故事重新归类,则除《德行篇》之外,至少还可以放在《言语》《文学》《任诞》和《轻诋》等多个门类中。而诸如此类的不同措置,正可见同一故事在不同的编者那里,本身就潜藏着微妙而又显然的"理解差异"①。此一故事被置诸《德行篇》,首先体现着《世说》的"第一作者"刘义庆的思想倾向或者说理解偏好。他显然认为,乐广"名教中自有乐地"一语,有着值得表彰的"德行"价值,而"何为乃尔也"的反诘,则使乐广对王平子、胡毋彦国诸人放达行为的批评昭然若揭。

有意味的是,为《世说》做注的刘孝标,却并未在此为首次出现的乐广作注,甚至也没有"乐广别见"的说明——这与其一贯的注例颇有舛互——他只在"或有裸体者"句后,下了一条注释:

> 王隐《晋书》曰:"魏末阮籍,嗜酒荒放,露头散发,裸袒箕踞。其后贵游子弟阮瞻、王澄、谢鲲、胡毋辅之之徒,皆祖述于籍,谓得大道之本。故去巾帻,脱衣服,露丑恶,同禽兽。甚者名之为通,次者名之为达也。"

刘孝标显然以为,就这条史料而言,前面一部分关乎魏晋"放达"之风,应该作为注释的重点,至于乐广其人,后面再介绍也不迟。② 我当初披览余嘉锡先生的《世说新语笺疏》,读至此处不免心生疑窦,遂在旁边批了一句:"乐广首出,何为无注?"这说明,刘孝标与刘义庆对此一史料的处理,存在着不易觉察的"理解

---

① 这种"理解差异",在明人王世贞编撰《世说新语补》时,感受最为强烈。他不断在线装书的"天头"标明:"某条可入某门"或"某条无与某门"。他显然对刘义庆们的归类不以为然。可参刘强《世说新语会评》(凤凰出版社,2007),或江苏文库《世说新语》三卷本(凤凰出版社,2020)。

② 按:事实上,刘孝标把乐广的注释,推迟到了《言语篇》的第25条"乐令女适大将军成都王颖"。刘注引虞预《晋书》曰:"乐广字彦辅,南阳人。清夷冲旷,加有理识。累迁侍中、河南尹。在朝廷用心虚淡,时人重其贞贵,代王戎为尚书令。"

差异"。在刘孝标这里,故事的"德行"含量给"稀释"掉了,"叙事重心"也随之向"任诞"发生了偏移。

余嘉锡大概也以为刘注"顾此失彼"有些不妥,特意加了一条案语称:"乐广此语戴逵《竹林七贤论》盛称之。见《任诞篇》'阮浑长成'条注引。"今按《任诞篇》第 13 条载:"阮浑长成,风气韵度似父,亦欲作达。步兵曰:'仲容已预之,卿不得复尔。'"此条刘注引戴逵《竹林七贤论》曰:

> 籍之抑浑,盖以浑未识己之所以为达也。……是时竹林诸贤之风虽高,而礼教尚峻,迨元康中,遂至放荡越礼。乐广讥之曰:"名教中自有乐地,何至于此?"乐令之言有旨哉! 谓彼非玄心,徒利其纵恣而已。

在戴逵的叙述中,"名教乐地"说再次出现,而乐广的态度却不是"笑曰",而是"讥之"了。如果让戴逵来编《世说》,他大概会把此条放在《轻诋篇》;刘孝标呢,也许会放在《任诞篇》——归类的不同,其实隐含着我们前面所说的"理解差异"。刘义庆将此条故事放在《德行篇》,固然使乐广其人的"德行"品位得到提升,但这个故事本来蕴涵的"文学"也即"学术"价值①,却被有意无意地"稀释"了。

我之所以提出这种"大胆假设",关键在于"名教"二字。"名教"一词在《世说·德行》中不止一见,更早的一例是第 4 条:

> 李元礼风格秀整,高自标持,欲以天下名教是非为己任。……

只要稍加对比就不难发现,李元礼条的"名教是非"与乐广所说的"名教乐地",内涵和所指大不相同:前者牵涉政治、伦理和道德层面,后者则更指向哲学思辨、个人修养与身心安顿。当乐广说"名教乐地"时,显然比李元礼的时代多

---

① 按:《世说》门类设置中的"文学"一门,盖本自"孔门四科"中的"文学"一科。此一"文学"概念,乃文献、典章及学术之谓,与今之所谓"纯文学"不同。该门前 65 条所记,依次为经学、玄学、清谈及佛学,俨然一部"学术流变史";而自第 66 条至篇末,则为诗、赋、文、笔,属今之所谓"纯文学"。此即明人王世懋所谓"一目中复分两目",前半部好似"汉晋学案",后半部则如"魏晋诗话"。(参刘强:《世说新语新评》,广西师范大学出版社,2022,第 84 页)如果将乐广"名教乐地"条置于《文学篇》,自然当在"汉晋学案"部分。这样一来,乐广"名教乐地"说的玄学价值和思想史意义也就呼之欲出了。

了一个现实政治的参照系和哲学思辨的对立面——"自然"。也就是说,乐广对王澄、胡毋彦国诸人的批评,既有作为政治家的现实忧患,更有作为玄学家的形上思考。换言之,乐广此言,实已触及了魏晋玄学的最大命题——"名教自然之辨";而这一层关乎学术思想的"问题意识",因为故事被置于《德行篇》,反倒不太容易被关注和发掘了。正因如此,我们才要对其做一番基于"文学"或者"玄学"的分疏和诠解,以使其所蕴含的学术信息和思想价值尽可能地释放出来。

二、"贵无"与"崇有":名教与自然之辨的两个极端

如前所述,乐广的"名教乐地"说除具备刘义庆所赋予的"德行"品格外,亦富含早期"文学"概念中蕴涵的"学术"价值,并直接回应了魏晋之际最为重大的玄学命题——"名教自然之辨"。乐广凭借这句话,不仅理当在魏晋玄学史上占据一席之地,甚至在整个中国思想史上,都有着承前启后的枢纽地位和重要价值。

魏晋玄学的"名教与自然之辨",大抵可化约为本末、体用、有无之辨。在这一涉及本体论与现实政治的哲学论辩中,历史地形成了"贵无"和"崇有"两大流派,或者两个极端。一般而言,祖述自然者,谓之"贵无派";服膺名教者,谓之"崇有派"。汤用彤先生在论及魏晋玄学演进时说:

> 玄学者,有无之学,亦即本末之学,亦即后人谓为体用之学也。魏晋玄学有时"贵无",有时"崇有",一般以魏晋玄学家皆崇尚虚无,实属误会。王弼何晏、嵇康阮籍、张湛道安皆贵无,"无"即本体;向秀郭象均崇有,"有"即本体。虽向郭与王何,一为崇有,一为贵无,其实甚接近,都以"体用一如"论之。……贵无者讲"自然",贱滞于"有"者,以人事世务为累。崇有者则讲"名教",非"自然",以人事不可忽略,而其中有一部分人根据"自然"而崇"名教",是真正的崇有。崇有而不忘"无"(自然),故这部分人所说仍为玄学。[1]

---

① 汤用彤:《崇有之学与向郭学说》,载《魏晋玄学论稿》,上海古籍出版社,2001,第173页。

　　这一段论述,实际上便是一部缩微版的魏晋玄学史。由此可知,"有"与"无"、"名教"与"自然"的对立,固然建基于儒家与道家的思想分歧上,但玄学之所以为玄学,绝不是儒家或道家的分庭抗礼、彼此攻伐,而是"体用一如""道通为一"的沟通彼我、"辨异玄同"。而在"归名教"与"任自然",也即"崇有"和"贵无"的二元对立与博弈中,从来就没有出现过"一边倒"的局面。①　而且,即使在"贵无派"内部,也不断在做着调和"名教"与"自然"的努力。譬如,以何晏、王弼为代表的正始玄学,自以"贵无"为宗旨,"立论以天地万物皆以无为本。无也者,开物成务,无往而不存也。阴阳恃以化生,万物恃以成形。贤者恃以成德,不肖恃以免身。故无之为用,无爵而贵矣"②。但在"圣人有情无情"的讨论中,王弼却与主张"圣人无喜怒哀乐"的何晏唱起了反调,"以为圣人茂于人者神明也,同于人者五情也,神明茂故能体冲和以通无,五情同故不能无哀乐以应物,然则圣人之情,应物而无累于物者也。今以其无累,便谓不复应物,失之多矣"③。这明显是"无"中生"有"、玄同彼我的致思理路。

　　如果说"有无之辨"涉及本末、体用两端的对接,那么接下来就必然会触及名教与自然的"同异"问题。这一问题在"竹林玄学"那里已经出现分歧。嵇康的"越名教而任自然"(《释私论》),不仅认为二者"相异",甚至把"名教"当作一个"贬词"而予以批判。④　而嵇康被杀后,这一主张的政治凶险性日益凸显,故在向秀、王戎以及后来的王衍、郭象那里,基本上认为二者"相同"。《世说·文学》第18条载:

　　　　阮宣子有令闻。太尉王夷甫见而问曰:"老庄与圣教同异?"对曰:"将无同。"太尉善其言,辟之为掾。世谓"三语掾"。⑤

　　也就是说,西晋初年,在"名教自然同异"的问题上,原本各执一端的理论主

---

① 参见刘强:《归名教与任自然:〈世说〉研究史上的"名教"与"自然"之争》,《学术研究》2019 年第 6 期。
② 《晋书·王衍传》。
③ 《三国志·魏书·钟会传》注引何劭《王弼传》。
④ 参见张蓓蓓:《"名教"探义》,见《中古学术论略》,大安出版社,1991。
⑤ 按:《晋书·阮籍传》附《阮瞻传》则以此事属王戎、阮瞻:"(瞻)举灼然,见司徒王戎,戎问曰:'圣人贵名教,老庄明自然,其旨同异?'瞻曰:'将无同。'戎咨嗟良久,即命辟之。时人为之'三语掾'。"记载不同,其揆则一。

张已开始趋同。这一趋同的主张并非纯粹来自哲学思辨,而与士人之出处选择及政治立场攸关。陈寅恪在论及山涛举荐嵇绍时说:"天地四时即所谓自然也。犹有消息者,即有阴晴寒暑之变易也。出仕司马氏,所以成其名教之分义,即当日何曾之流所谓名教也。自然既有变易,则人亦宜仿效其变易,改节易操,出仕父仇矣。斯实名教与自然相同之妙谛,而此老安身立命一生受用之秘诀也。呜呼!今《晋书》以山涛传、王戎及衍传先后相次,列于一卷(第四三卷)。此三人者,均早与嵇、阮之徒同尚老庄自然之说,后则服遵名教,以预人家国事,致身通显,前史所载,虽贤不肖互殊,而获享自然与名教相同之大利,实无以异也。"①这说明,对名教与自然同异的不同回答,直接关系到所谓"安身立命";明了二者相同之"妙谛",便是参透了"安身立命一生受用之秘诀",最终自可"获享自然与名教相同之大利"。既然要仿效自然之变易,则"改节易操,出仕父仇"都是可以被理解的。就此而言,主张"自然与名教相同"这批人,骨子里仍旧是"以无为本"的"贵无"派。如果任由这一派得势,则名教之价值最终一定会被彻底取消,归于"虚无"。王澄、胡毋彦国诸人的放浪形骸,正是这场"虚无狂欢"中最为丑陋的一出"真人秀"!

有道是物极必反。当"贵无"的理论导出了"悖礼伤教"的实践,必然会引起强烈的反弹。比乐广更激烈的声音出自西晋另一位玄学家裴颜。《晋书》本传称:"颜深患时俗放荡,不尊儒术,何晏、阮籍素有高名于世,口谈浮虚,不遵礼法,尸禄耽宠,仕不事事;至于王衍之徒,声誉大盛,位高势重,不以物务自婴,遂相仿效,风教陵迟,乃著《崇有》之论以释其蔽。"《世说·文学》注引《晋诸公赞》亦称:"颜疾世俗尚虚无之理,故著《崇有》二论以折之。"在《崇有论》中,裴颜对当时虚无放诞、悖礼伤教的风气大加挞伐,他说:"贱有则必外形,外形则必遗制,遗制则必忽防,忽防则必忘礼。礼制弗存,则无以为政矣。""夫至无者,无以能生,故始生者,自生也。"又说:"是以立言藉于虚无,谓之玄妙;处官不亲所司,谓之雅远;奉身散其廉操,谓之旷达。故砥砺之风,弥以陵迟。放者因斯,或悖吉凶之礼,而忽容止之表,渎弃长幼之序,混漫贵贱之级。其甚者至于裸裎,言笑忘宜,以不惜为弘,士行又亏矣。"裴颜同样提到了"裸裎"之弊,正可作为乐广"名教乐地"说的注脚。

---

① 陈寅恪:《陶渊明之思想与清谈之关系》,见《金明馆丛稿初编》,生活·读书·新知三联书店,2001。

如果说,在"名教自然同异"的问题上,存在着左、右两个极端,左端是"贵无",右端是"崇有"的话,那么,"贵无"一派显然占据更大的权重。以嵇康、阮籍为代表的"自然派"成了极左的一派,认为名教自然截然"相异",其末流则沦为以王澄、胡毋辅之为代表的"放达派"。如果把当时的情势比作一架天平,"贵无"显然取得了相对优势,致使天平已经向左倾斜并终于"失衡"。这时,必须有一种"主同"的力量出来调适,王戎、王衍、阮瞻、阮修诸人不得不向"中点"靠拢,以确保天平的平衡——他们大体相当于"贵无派"中的右翼。然而,"主同"的一派其立足点仍在"无",天平依然呈现"左倾"之势。故裴颁的出现,等于以千钧之力站在了"有"的一端,尽管从表面上看,裴颁和嵇康一样都成了"主异"的一派,但双方的立足点却恰成反对。嗣后,才有郭象的既矫正于"无"又超越于"有"的"独化论"玄学的出现。至此,以现实忧患之解决为理论归趋的魏晋玄学,终于在动荡流徙之中找到了某种短暂而相对的平衡。

可以说,在当时一派"贵无"的喧嚣中,裴颁以一人之力横扫千军,真有"虽千万人吾往矣"的大智大勇。裴颁被誉为"言谈之林薮"(《世说·赏誉》18),绝非浪得虚名。尽管其"自生"和"崇有"的理论,难免存在"与政治事件不相适应"的缺陷,但他毕竟开启了后世如袁宏、王坦之、孙盛的立足名教以调和自然的玄学思想。"在阮籍、嵇康的自然论的玄学煽起了一股虚浮旷达之风以后,如果没有裴颁树起崇有的旗帜维护名教,也许玄学的发展会走上另一条与现实越离越远的道路。"[①]正因如此,裴颁成了魏晋玄学史上十分重要的转折人物。

然则,在"贵无"与"崇有"的两极对立中,乐广到底是何态度?其玄学立场究竟如何呢?这正是我们接下来要探讨的问题。

三、"清己中立":乐广的玄学立场及思想旨趣

检视以往魏晋玄学和清谈的相关研究,对乐广玄学立场的解读无外乎以下两种观点:

一种观点认为乐广乃"贵无"一派。如贺昌群就说:"崇尚虚玄,沈酣于酒,

逃于得失之外以免害,则阮籍、王衍、乐广之流是也。"①余敦康则一方面指出,"王衍、乐广的贵无论也致力于玄学与儒学的结合,并没有否定儒学",另一方面又说,"尽管王衍认为圣教与老庄相同,乐广认为名教中自有乐地,却再也无法用贵无论的玄学来证明了"。② 不用说,这等于是把乐广划到了王衍的阵营。

另一种观点则以乐广为"崇有派"。如汤用彤说:"元康以后,放达以破坏名教为高,非真正的放达。阮浑要学阮籍,而阮籍说他不配,盖只有外表的放达是不行的。东晋戴逵《竹林名士论》谓:'籍之抑浑,盖以浑未识己之所以为达也。'……乐广为大名士,亦痛恶此风,谓'名教中自有乐地','乐令之言之有旨哉!谓彼非玄心,而徒为放恣也'。(同上)……为纠正此种风气,乐广裴颜乃有愤激之言,是亦向、郭注《庄》之宗旨也。"③余英时也说:"裴、乐辈之护持群体纲纪,实已多调和折中之意。……乐彦辅所谓'名教中自有乐地'者,意即群体纲纪之中,仍有个体发挥其自由之余地,不必出于破坏秩序一途也。"④这分明是将乐广归入了裴颜一方。

应该说,上述两种观点皆不无道理,而又不免失之偏颇。其理路上的漏洞在于,过分执着于"有""无"两端,而未能充分还原历史现场的复杂性和多元性。就乐广而言,一旦我们将他归入或"贵无"或"崇有"的任何一方,都不啻对他进行了一次跨越时空的"思想绑架"。强行给他"选边站队"的结果,不仅使乐广失去了"主体"的"自性",同时也让他在思想史的镜像中变得面目不清了。须知乐广乃人物品藻中的"人之水镜",时人"见之若披云雾睹青天"(《世说·赏誉》23)。如果我们竟使这"水镜"蒙尘,不能传神显影、朗照乾坤,则实在是愧对古人了!

事实上,以清谈的水平和影响力而言,乐广绝不在王衍、裴颜二人之下,而其性格及人品也与当时诸多玄学家不同。据《晋书》本传,乐广"性冲约,有远识,寡嗜欲,与物无竞。尤善谈论,每以约言析理,以厌人之心,其所不知,默如也";与王衍"俱宅心事外,名重于时。故天下言风流者,谓王、乐为称首焉"。袁

---

① 贺昌群:《魏晋清谈思想初论》,商务印书馆,2000,第55页。此说当本自王夫之《读通鉴论》卷十二:"不然,则崇尚虚浮,逃于得失之外以免害,则阮籍、王衍、乐广之流是已。"

② 余敦康:《魏晋玄学史(第二版)》,第351页。

③ 汤用彤:《魏晋玄学论稿》,前揭书,第176页。

④ 余英时:《汉晋之际士之新自觉与新思潮》,见《士与中国文化》,上海人民出版社,2003,第339页。

宏《名士传》列举"中朝名士",乐广位列第二,仅次于裴楷,王衍尚在其后。① 二人之气象格局也有差异,所谓"王夷甫太鲜明,乐彦辅我所敬"(《世说·品藻》8)。当时称许乐广、卫玠这一对翁婿:"妻父有冰清之姿,婿有璧润之望,所谓秦晋之匹也。"(刘注引《晋诸公赞》)《晋书》本传还说:"广所在为政,无当时功誉,然每去职,遗爱为人所思。凡所论人,必先称其所长,则所短不言而自见矣。人有过,先尽弘恕,然后善恶自彰矣。"凡此种种,皆与先秦儒家"尊贤而容众,嘉善而矜不能"(《论语·子张》)的君子风范,以及"己所不欲勿施于人"的恕道原则若合符节。毋宁说,乐广身上实有一种当时稀缺仅有、难能可贵的君子人格和贤者气象!

不仅如此,乐广的清谈水平也得到了如夏侯玄、卫瓘、裴楷等众多前辈的一致称道。《世说·赏誉》第23条:"卫伯玉为尚书令,见乐广与中朝名士谈议,奇之曰:'自昔诸人没已来,常恐微言将绝。今乃复闻斯言于君矣!'"据刘注引《晋阳秋》,这里的"昔人",盖指开启正始之音的何晏、王弼诸人。与王衍的"妄下雌黄"和郭象的"口若悬河"不同,乐广的清谈风格是"辞约而旨达"②,故王夷甫尝自叹:"我与乐令谈,未尝不觉我言为烦。"(《世说·赏誉》25)

乐广不仅与王衍齐名,还与裴𫖮相善。而在当时的人物品藻中,乐广实在裴𫖮之上。③ 前引《世说·文学》第12条注引《晋诸公赞》曰:

> 自魏太常夏侯玄、步兵校尉阮籍等,皆著《道德论》。于时侍中乐广、吏部郎刘汉亦体道而言约,尚书令王夷甫讲理而才虚,散骑常侍戴奥以学道为业,后进庾敳之徒皆希慕简旷。𫖮疾世俗尚虚无之理,故著《崇有》二论以折之。才博喻广,学者不能究。后乐广与𫖮清闲欲说理,而𫖮辞喻丰博,广自以体虚无,笑而不复言。

---

① 《世说·文学》94"袁彦伯作《名士传》成"条刘注云:"宏以夏侯太初、何平叔、王辅嗣为正始名士;阮嗣宗、嵇叔夜、山巨源、向子期、刘伯伦、阮仲容、王濬冲为竹林名士;裴叔则、乐彦辅、王夷甫、庾子嵩、王安期、阮千里、卫叔宝、谢幼舆为中朝名士。"

② 《世说·文学》16:"客问乐令'旨不至'者,乐亦不复剖析文句,直以麈尾柄确几,曰:'至不?'客曰:'至。'乐因又举麈尾曰:'若至者,那得去?'于是客乃悟服。乐辞约而旨达,皆此类。"

③ 《世说·品藻》7:"冀州刺史杨淮二子乔与髦,俱总角为成器。淮与裴𫖮、乐广友善,遣见之。𫖮性弘方,爱乔之有高韵,谓淮曰:'乔当及卿,髦小减也。'广性清淳,爱髦之有神检,谓淮曰:'乔自及卿,然髦尤精出。'淮笑曰:'我二儿之优劣,乃裴、乐之优劣。'论者评之,以为乔虽高韵,而检不匝;乐言为得。然并为后出之俊。"

乍一看,这则材料中的乐广"体道而言约""自以体虚无"云云,似乎是站在了裴頠的对立面①,其实不然。这里,乐广的"自以体虚无,笑而不复言",应与上文的裴頠"辞喻丰博"合观,其所涉及的并非儒道或有无的观点分歧,而关乎玄学清谈的方法论和修辞学差异。孔子亦曾发出"予欲无言""天何言哉"(《论语·阳货》)的感叹,盖以"圣人体无"②之后,深知语言在传情达意上的有限性,所谓"书不尽言,言不尽意"(《易·系辞上》)。乐广清言以"辞约旨达"为好尚,正是其"体道"之后的结果。他大概认为裴頠所论与自己并无实质冲突,多言反以为忤也。这不仅与《老子》"多言数穷,不如守中"之理暗合,也与乐广"与物无竞"的低调性格以及"其所不知,默如也"的清谈风格若合符节。

再看《晋书·乐广传》对此事的记载:

> 是时王澄、胡毋辅之等,皆以任放为达,或至裸体者。广闻而笑曰:"名教内自有乐地,何必乃尔!"其居才爱物,动有理中,皆此类也。值世道多虞,朝章紊乱,清己中立,任诚保素而已。时人莫有见其际焉。

此说与《世说》稍有不同,而信息量更大。尤其是"动有理中""清己中立"云云,正可见出乐广为人持重守中,不走极端的性格。也就是说,在"贵无"和"崇有"的交锋中,乐广中立不倚,从善如流,秉持着一种足够清醒的理性精神,在极左的"贵无"与极右的"崇有"之间,做到了"执其两端而用其中"。乐广"闻而笑曰"的态度也大有深意,这正是《中庸》所谓"喜怒哀乐之未发谓之中,发而皆中节谓之和"的修养功夫。《礼记·乐记》说:"好恶无节于内,知诱于外,不能反躬,天理灭矣。夫物之感人无穷,而人之好恶无节,则是物至而人化物也。人化物也者,灭天理而穷人欲者也。"乐广有"人之水镜"之誉,他分明从王澄、胡毋彦国诸人的"裸体"行为中,嗅到了一丝"人化物"的不祥气味,故不得不以一

---

① 刘大杰将魏晋清谈分为两派,一为玄论派,一为名理派,于此评论说:"王衍、乐广是西晋玄论派的两大巨头,也无法取胜裴頠,其余的人更不必说……"参《魏晋思想论》,上海古籍出版社,1998,第176页。

② 《世说·文学》8:"王辅嗣弱冠诣裴徽,徽问曰:'夫无者,诚万物之所资,圣人莫肯致言,而老子申之无已,何邪?'弼曰:'圣人体无,无又不可以训,故言必及有;老、庄未免于有,恒训其所不足。'"

种不伤和气的态度规劝之、点化之。

不过,尽管乐广在"贵无"和"崇有"的玄学论争中保持着某种"价值中立",但在回答"名教自然同异"这一时代命题时,他的选择依旧是"主同"而非"主异"。盖"主异"必然导致撕裂,"主同"则倾向于折中与调和。对此学界观点基本一致。如龚斌就说:"乐广之意,即名教与自然相同之旨。……乐广之语以及'三语掾'之美谈,皆可说明名教与自然之调和,乃当时之新思潮。"[①]张蓓蓓也认为,乐广"是'名教'与'自然'之间的调和者","乐广所说'名教内自有乐地'的话,……颇有维护'名教'的用心"。[②] 不过还须注意,同样是"主同"的"调和派",王戎、王衍的立场在"自然",而乐广的立场则滑向了"名教"。甚至可以说,在乐广眼里,"名教"不仅本于"自然"、同于"自然",甚至还是高于"自然"的。而对"名教"的肯定和维护,恰恰是乐广超越于整个时代的地方。习凿齿谓"乐令无对于晋世"[③],良有以也。

四、"名教乐地"与"孔颜乐处":乐广之"乐"的思想史意义

我们说乐广的"名教乐地"说超越了他的时代,并非耸人听闻。盖王戎、王衍之徒虽提出名教与自然"同不同"的问题,却语焉不详,未能予以深入发掘;乐广则独辟蹊径,提出了一个"乐不乐"的问题——这就把此一问题精密化和深刻化了。换言之,仅仅对名教与自然做出或"异"或"同"的回答,还是难免隔靴搔痒、大而无当之讥。如果进一步追问:既然二者是"同",到底"同"在何处呢?乐广的回答是:"同"在名教与自然中都有"乐地"!

"乐广"的姓名,真是颇具寓言价值和经典理据。《礼记·乐记》云:"乐者,乐也。乐也,人情之所以不能免也,故人不能无乐。"是知礼乐之"乐",实与快乐之"乐"相通。同篇又说:"是故君子反情以和其志,广乐以成其教,乐行而民乡(向)方,可以观德矣。"这里的"广乐"正与"乐广"名义相合。"乐广"者,即"广乐"也。准乎此,则其关注于"名教乐地"这一"大哉问",并试图推广之、张大

① 龚斌:《世说新语校释》,上海古籍出版社,2011,第57页。
② 张蓓蓓:《"名教"探义》,《中古学术论略》,大安出版社,1991,第2、4页。
③ 《世说·言语》72注引《伏滔集》。

之,不亦宜乎![1]

进而言之,乐广的"名教乐地"说在中国思想史上实有承前启后之功,其主要贡献有二:

其一,是对"名教"含义的开拓。陈寅恪释"名教"云:"故名教者,依魏晋人解释,以名为教,即以官长君臣之义为教,亦即入世求仕者所宜奉行者也。"[2]然陈氏仅将"名教"之"名"释为"名分"之"名",还"主要是偏重政治观点的","事实上,魏晋所谓'名教'乃泛指整个人伦秩序而言,其中君臣与父子两伦更被看做全部秩序的基础"。[3]张蓓蓓认为,"名教"作为一个玄学概念,最早见于嵇康的《释私论》,其词义"并不单纯":嵇康造词的原义,应泛指一切"有名之教",与"世教""礼法""名分"相关,是从道家"非名"的思想出发,反对"世俗既有的轨范与拘制",故"名教"在嵇康造词之时本是一个"贬词"。"当西晋之世,西晋名士使用'名教'之词,早已不知不觉间逐渐违失了造词的初意而将之用作名分礼法的代称。譬如乐广见王澄等人裸体放达,笑曰:'名教内自有乐地,何必乃尔!'此处'名教'的用法已显然接近名分礼法。"[4]后经由袁宏《后汉纪》初平二年(191)后所论[5],以为"名教"乃天经地义,无可置疑,从此"名教"才变成一个"美词"。[6]

前辈学者所论各有其理,然亦非无可挑剔。比如,对"名教"一词的解读单独看自可成立,但如与"乐地"合观,则又不无偏颇。试问:难道乐广的"名教中自有乐地",竟是指"官长君臣父子之义"或者"名分礼法"之中"自有乐地"吗?又,指出"名教"一词至东晋袁宏才变成一个"美词",固然极大地启发了我们的思路,但是,难道乐广说"名教乐地"时,"名教"尚且不是一个"美词"吗?我以为,乐广所谓"名教"不仅超出"官长君臣父子之义"或者"名分礼法",更是一个值得肯定的"美词"。前引《世说·文学》18 王衍问"老庄与圣教同异",《晋书

---

① 按:乐广对"乐"的兴趣还可见于《世说·言语》第 23 条:"诸名士共至洛水戏,还,乐令问王夷甫曰:'今日戏乐乎?'王曰:'裴仆射善谈名理,混混有雅致;张茂先论《史》《汉》,靡靡可听;我与王安丰戏也。说延陵、子房,亦超超玄著。'"这里所说虽是"清谈之乐",与"名教乐地"并非一事,然亦可见乐广对"乐"的探究格外留意。

② 陈寅恪:《陶渊明之思想与清谈之关系》,《金明馆丛稿初编》,第 203 页。

③ 余英时:《名教思想与魏晋士风的演变》,《士与中国文化》,第 358 页。

④ 张蓓蓓:《"名教"探义》,《中古学术论略》,第 29 页。

⑤ 按:袁宏《后汉纪》有"夫君臣父子,名教之本也"一大段论述,文繁不赘引。又其《三国名臣颂》亦云:"君亲自然,匪由名教,爱敬既同,情礼兼到。"皆使"名教"一词焕发出新义,而倍增光彩。

⑥ 张蓓蓓:《"名教"探义》,《中古学术论略》,第 31 页。

·阮瞻传》王戎问的也是:"圣人贵名教,老庄明自然,其旨同异?"由此可以推断,乐广所谓"名教"之"旨",实则即是"圣教",绝非仅指"名分礼法"或"人伦秩序"。甚至可以说,乐广所谓"名教乐地",其所指并非"名教"中关乎修齐治平的一整套礼法制度和伦理价值体系(所谓"外王"),而是"名教"本身所蕴含的一个超越性和终极性的形上维度(也即"内圣")——只有追问到这一层次,则乐广"名教乐地"说的丰富内涵才能全幅开显。

众所周知,儒学本来就是一种"志于道"的学问,是"下学而上达"的生命之学、实践之学和快乐之学;既有形而下的"外王之术",也有形而上的"内圣之道"。一个真正致力于"行义以达其道"的儒者,如孔子、颜回、曾子、孟子诸人,即使一生贫寒困顿,颠沛流离,也能"乐天知命""守死善道"。他们本质上都是"乐道"而非"崇术"之人。我们很难想象,当孔子说"有朋自远方来,不亦乐乎"时,赞美颜回"一箪食一瓢饮,在陋巷,人不堪其忧,回也不改其乐"时,抑或自称"发愤忘食,乐以忘忧,不知老之将至云尔","饭疏食,饮水,曲肱而枕之,乐亦在其中矣","不义而富且贵,于我如浮云"时;当孟子说"君子有三乐,而王天下不与存焉","反身而诚,乐莫大焉"①时,竟然只是想到了"君臣父子"或"名分礼法"之类的"外王"之义!当孔子说"七十而从心所欲不逾矩","我无可无不可"时,其所赫然朗现的不正是一种大自由和大快乐的"内圣"境界吗?又《论语·子罕》:"子绝四:毋意、毋必、毋固、毋我。"毋者,"无"也;意必固我者,"有"也。就此而言,孔子乃是最早以"无"说"有"的人,王弼说"圣人体无",信不虚也。我们不能只是看到"名教"中"不逾矩"和"可、不可"的一面,却对其"从心所欲""无可无不可"的"内在超越"的一面置若罔闻。

就此而言,乐广可谓是那个祖述虚无的时代,少数几个拥有澄明理性的人之一。他发现,执着于"无"或"有"的任何一端,都会陷入"意必固我"的名相窠臼,所以他才要"清己中立","不知默如"。或许乐广已提前参悟到了数十年后谢安的那句话:"贤圣去人,其间亦迩。"(《世说·言语》75)只可惜乐广生错了时代。当他看到王澄、胡毋彦国的"裸体狂欢"时,恐怕只能说一句:"禽兽去人,其间亦迩!"故其所谓"名教中自有乐地",当隐含着"名教"中的"人禽之辨",其潜台词应该是:"天理人道中自有乐地,何必为禽兽之行哉?"清人方苞评云:"名

---

① 《孟子·尽心上》:"孟子曰:君子有三乐,而王天下不与存焉。父母俱存,兄弟无故,一乐也;仰不愧于天,俯不怍于人,二乐也;得天下英才而教育之,三乐也。"

教中自有乐地,人而裸体者,与禽兽何异哉!"①盖亦此意。

乐广对"名教"含义的开拓,还表现在一个方位词(即"内"或"中"字)上。无论是"名教中"还是"名教内",皆有缩小范围之义。如以"丸之走盘"②为喻,则"名教"者,盘也;"乐地"者,丸也。名教所含甚广大,既然有"乐地",当然也有"不乐地"。《礼记·乐记》云:"乐也者,动于内者也;礼也者,动于外者也。""乐统同,礼辨异,礼乐之说,管乎人情矣。"又《荀子·乐论》:"乐合同,礼别异。"这里以"内外""同异"言"礼乐",给我们启发尤大。窃谓乐广所谓"名教",实含"内圣"与"外王"二义,偏于政治者属"外王",表现为"礼";偏于修养工夫及身心安顿者属"内圣",表现为"乐"。乐广的"名教乐地",显然更关乎"内圣",而非仅"外王"——其所强调的非仅名教之"礼",更多还在名教之"乐"。《孝经·广要道》称:"移风易俗,莫善于乐。"魏晋之际风俗浇薄的主因无他,乃在礼坏乐崩,而名教与自然之争所以愈演愈烈,正在于只看到了名教中之"礼别异",而忽略了名教中也有"乐合同"。如果我们把"名教"与《礼记·经解》篇孔子所说的"诗教""书教""乐教""易教""礼教""春秋教"这"六教"相联系③,更可以得出一个大胆的推论——即乐广所谓"名教",大而言之乃指"圣教",小而言之实即"乐教"也!

其二,是对宋儒"孔颜乐处"说的启迪。宋儒周敦颐教二程,要他们"寻颜子仲尼乐处,所乐何事"④。张载少时喜谈兵,"年二十一,以书谒范仲淹,一见知其远器,乃警之曰:'儒者自有名教可乐,何事于兵!'因劝读《中庸》"(《宋史·道学传》)。宋儒的"名教可乐"说,明显是从乐广"名教乐地"中转述而来。朱汉民曾指出:"他(乐广)显然认为坚守'名教'并不与追求快乐相对立。但是由于魏晋名士认为名教之乐归本于名教中所依据的'自然',其名教之乐就仍然只能归因于自然,故而并没有真正缓和名教与乐的紧张关系。可见,玄学家提出的问题并没有解决,此'问题意识'解决就必须回到'名教'本身。宋儒必须解决一个这样的问题,即名教并不是个人之外在的强制要求、必然法则,而应该是

---

① 参见刘强:《世说新语会评》,凤凰出版社,2007,第17页。
② 杜牧《樊川文集》第十云:"丸之走盘,横斜圆直,计于临时,不可尽知,其必可知者,是知丸之不能出于盘也。"
③ 《礼记·经解》云:"孔子曰:入其国,其教可知也。其为人也,温柔敦厚,诗教也;疏通知远,书教也;广博易良,乐教也;絜静精微,易教也;恭俭庄敬,礼教也;属辞比事,春秋教也。"
④ 《二程集》,中华书局,1981,第16页。

来之于每个人自己的内心深处和天然本性,这样才会有真正的名教之乐。"①这一判断大体不谬,但亦不无可商。盖经由郭象、袁宏等人的努力,名教与自然的"紧张关系"至东晋便已得到缓解。如上文所论,当乐广说出"名教中自有乐地"时,其"问题意识"的重心便已不在"自然"而在"名教"本身了。

而且,乐广不仅提出了"名教可乐"的问题,也给出了部分答案。《世说·文学》注引《晋诸公赞》称,乐广"体道而言约",正因为"言约",故未能诉诸文字;又因为"体道",故必然对"害道"之行为不能容忍。前引东晋戴逵可谓乐广的"知音",故将"笑曰"改为"讥之",又赞乐广之言为"有旨"。而戴逵所撰的《放达为非道论》,题目便可为乐广做注脚。其文云:

> 古之人未始以彼害名教之体者何?达其旨故也。达其旨,故不惑其迹。若元康之人,可谓好遁迹而不求其本,故有捐本徇末之弊,舍实逐声之行,是犹美西施而学其颦眉,慕有道而折其巾角,所以为慕者,非其所以为美,徒贵貌似而已矣。夫紫之乱朱,以其似朱也。故乡原似中和,所以乱德;放者似达,所以乱道。然竹林之为放,有疾而为颦者也,元康之为放,无德而折巾者也,可无察乎!②

这里的"放者似达,所以乱道",不正是乐广"名教乐地"说的话外音吗?前引戴逵《竹林七贤论》说:"乐令之言有旨哉!谓彼非玄心,徒利其纵恣而已。"乐广之言所以"有旨",正因其真有一颗体道、达道的"玄心"。《礼记·乐记》云:"乐也者,圣人之所乐也";"君子乐得其道,小人乐得其欲。以道制欲,则乐而不乱;以欲忘道,则惑而不乐。"与此相反,《庄子·马蹄》篇则说:"夫至德之世,同与禽兽居,族与万物并。恶乎知君子小人哉!同乎无知,其德不离;同乎无欲,是谓素朴。素朴而民性得矣。"由此看来,王澄之徒正是以《庄子》的"齐物"思想为圭臬,放纵于肉体的狂欢,看似返璞归真,实则不过"以欲忘道"罢了,故其所乐,乃乐而淫,乐而乱,正是乱德、害道的"小人之乐";而乐广所标举的"名教之乐",才是礼乐相兼的"君子之乐"和"圣人之乐"。

宋明儒者对"名教之乐"多有论述。有以"诚"论乐者如程颢:"学者须先识

---

① 朱汉民:《玄学与理学的学术思想理路研究》,中国社会科学出版社,2012,第24页。
② 《晋书·戴逵传》。

仁。仁者浑然与物同体……孟子言'万物皆备于我',须反身而诚,乃为大乐。若反身未诚,则犹是二物有对,以己合彼,终未有之,又安得乐?"①有以"道"论乐者如程颐,弟子以颜回"乐道而已",程颐则说:"使颜子以道为可乐而乐乎,则非颜子矣。"②罗大经也说:"学道而至于乐,方能真有所得。"③有以"学"论乐者如邵雍:"学不至于乐,不可谓之学。"干脆名其居所曰"安乐窝"。王阳明更以"心"论乐,乃谓"乐是心之本体"。凡此种种,不一而足。由此可知,宋明儒家是把"名教可乐"当作一个重大理论问题加以讨论的,进而将"乐"看作是"圣贤气象"的必备要素和体道、悟道、证道的最高境界。"乐"的学问几乎成了中国传统文化最典型的特色之一,李泽厚先生甚至以"乐感文化"来概括中国文化。④宋明理学和心学在"名教可乐"方面的思想创见,若要追本溯源,西晋的乐广可谓筚路蓝缕,伐山有功!尽管乐广所处的时代,儒学面临极大挑战,家世儒学的士大夫亦无立场鲜明的儒家"道统"自觉,但我们从乐广对"名教乐地"的彰显和肯认上,还是隐约嗅到了一种不易觉察的"卫道"意味。明人吴勉学谓其"中流一柱",王思任亦称"晋朝若有活骨,还记此言"⑤,绝非空穴来风。

不仅如此,乐广"辞约旨达"的清谈风格实在与"不立文字,教外别传"的禅宗机锋遥相呼应,不谋而合。余嘉锡就说:"乐令未闻学佛,又晋时禅学未兴,然此与禅家机锋,抑何神似?盖老、佛同源,其顿悟固有相类者也。"⑥可以说,乐广的思想乃是魏晋玄学史上一个超迈时流的"特殊形态",虽然无法彻底摆脱时代的局限,但其所作所为、所思所言,却明显已与时代大势不相合拍,表现出上承先秦、下启宋明的双向超越的态势了——这不能不说是一个异数,甚至是奇迹!

五、结语:"健忘"的思想史

长期以来,中国思想史的书写较为关注著作等身的重要思想家,而对"不立文字"或者仅有只言片语的思想家则一笔带过,甚或忽略不计。我们看到,"清

---

① 《二程集》,第17—18页。

② 《二程集》,第1237页。

③ 罗大经《鹤林玉露》卷二。

④ 参见李泽厚:《实用理性与乐感文化》,生活·读书·新知三联书店,2005。

⑤ 参见刘强辑校会评:《江苏文库精华版·世说新语》(上册),凤凰出版社,2020,第21页。

⑥ 余嘉锡:《世说新语笺疏》,上海古籍出版社,1993,第205页。

夷冲旷","在朝廷用心虚淡,时人重其贞贵"①的乐广,在东晋依然受到极高的赞誉。《世说·轻诋》第2条记:

> 庾元规语周伯仁:"诸人皆以君方乐。"周曰:"何乐?谓乐毅邪?"庾曰:"不尔,乐令耳。"周曰:"何乃刻画无盐,以唐突西子也?"

刘盼遂云:"按周此语,盖谓以无盐比西子也。正诋庾语失当。"一向放达简傲的周伯仁,竟以"西子"比乐广,而自居"无盐",自愧不如,足见乐广在东晋时仍是令人仰望的人格偶像。然而,文字书写的历史终究是有些"势利"的,尤其在贵文尚美的南朝,乐广独特而又中和的声音几乎被时代的喧嚣所淹没。刘勰《文心雕龙·论说》云:

> 魏之初霸,术兼名法;傅嘏、王粲,校练名理。迄至正始,务欲守文;何晏之徒,始盛玄论。于是聃、周当路,与尼父争涂矣。……夷甫、裴颜,交辨于有无之域;并独步当时,流声后代。然滞有者,全系于形用;贵无者,专守于寂寥。徒锐偏解,莫诣正理;动极神源,其般若之绝境乎!

刘勰在论及魏晋学术时,提到了王衍、裴颜,于乐广却只字未提。其实,要论著作,裴颜还算一论不朽,信口雌黄的王衍又留下了什么呢?他不过是参与了名教、自然"将无同"的众声喧哗而已,比起乐广的"名教中自有乐地",其思想深度和文化力度,相去实在不可以道里计!近代以来,各种魏晋玄学和中国思想史著作,对于乐广也多不屑置辩,点到为止。唯唐翼明先生《魏晋清谈》一书是个例外,该书为乐广特设一节,肯定其在魏晋清谈史上的关键地位,认为他"在清谈的绝而复续的过程中","似乎扮演了关键的角色"。② 这在乐广的接受史上,庶几可算是"柳暗花明"的一页。

由此可见,思想史的书写其实也是充满"傲慢与偏见"的,它更易对那些"执

---

① 《世说·言语》25 注引虞预《晋书》。

② 唐先生指出:"事实上,自何、王没后,就已经不复有真正像样的清谈,竹林七贤之事乃是清谈的一种扭曲和变形;而自夏侯玄被杀,竹林接着解体,就连这种变形的清谈也没有了。此人是乐广(约241—303)。"《魏晋清谈》,东大图书公司,1992,第220页。

其两端"或"攻乎异端"的声音加以放大,而对"清己中立""执两用中"的人不屑一顾,如果这人碰巧"与物无竞"而又"不长于手笔",那么他的有价值的思想就极有可能遭到"静音"甚至"删除"。反观 20 世纪以来的现代思想史,激进革命派高歌猛进、摧枯拉朽,一度成为那个时代的最强音,从而获得了思想史书写的优先地位;而文化保守派的声音,则要到百年之后最强音日趋喑哑,才能渐渐被我们听到。究竟哪一种声音更为有力、更具价值、更能持久呢? 对此问题的回答,往往要拉开上百年、甚至上千年的历史距离,才能作出清晰而公允的判断。从这个角度上说,一部思想史又何尝不是一部"遗忘史"? 而乐广,应该就是一位被时间和书写的筛子"过滤"甚至"遗忘"掉的思想家,他发出的声音的确不够强大,但只要我们善于聆听,总能发现这轻描淡写的一句话,真不啻于黄钟大吕,能给千年之后的我们以"披云雾睹青天"之感。刘勰《文心雕龙·知音》云:"知音其难哉! 音实难知,知实难逢;逢其知音,千载其一乎!"诚哉斯言也!

2021 年 5 月下旬动笔,6 月 7 日草成于沪上守中斋

(刘强,文学博士,同济大学人文学院教授,博士生导师)

日本尊经阁藏宋本《世说新语》
附汪藻《叙录》的文献价值

宁稼雨

除文本正文校勘价值之外,尊经阁本最大的文献价值就是汪藻《叙录》。

在尊经阁本《世说新语》传回中国大陆之前,中国学界对汪藻《叙录》可谓知之甚少。

最早著录汪藻《叙录》者为宋代著名藏书家陈振孙《直斋书录解题》:

> 《世说新语》三卷,《叙录》二卷。宋临川王刘义庆撰,梁刘孝标注。《叙录》者,近世学士新安汪藻彦章所为也,首为《考异》,继列人物世谱,姓氏异同,末记所引书目。按《唐志》作八卷,刘孝标续十卷,自余诸家所藏卷第多不同。《叙录》详之。此本董令升刻之严州,以为晏元献公手自校定,删去重复者。①

从陈氏著录语内容看,该本系《世说新语》三卷原书和汪藻《叙录》合帙,所含内容除"人物世谱"后半部分有所残缺,以及"所引书目"缺失外,其余部分与今传尊经阁本所附汪藻《叙录》完全吻合。可知尊经阁本即陈振孙所著录。

陈振孙著录之后,明代杨士奇《文渊阁书目》也著录了汪藻《叙录》:

> 《世说叙录》一卷一册,阙。②

---

① 陈振孙撰,徐小蛮、顾美华点校:《直斋书录解题》,上海古籍出版社,1987,第316—317页。该书点校者原注:"案:叙录者'以下原本脱去,今据《文献通考》补入'。"
② 杨士奇:《文渊阁书目》卷十二"昃字号第一厨书目·姓氏",《丛书集成》本。

杨士奇虽然著录了该书,但卷数与陈振孙所录不同,而且只有目录,书已不存。是与陈振孙所录为两种版本,还是同书的简本,已不得而知。在杨士奇之后,孙能传《内阁藏书目录》、黄虞稷《千顷堂书目》等均无著录,说明至明末该书已经不存,故清代四库馆臣云:

> ……至振孙载汪藻所云《叙录》二卷,首为《考异》,继列《人物世谱》,姓字异同,末记《所引书目》者,则佚之久矣。①

从以上著录可见,除陈振孙本人见过该书外,明代开始似乎没有人见过此书。由此带来关于汪藻《叙录》本身以及所附着尊经阁本《世说新语》的刊印时间和刻印过程问题。潘建国教授认为,今传尊经阁本不是董弅绍兴八年间的初刻本,而是在绍兴年间之后;而汪藻《叙录》未曾在绍兴八年董弅初刻本中与《世说》合刊,而是曾经有过单行本,尊经阁本才第一次将其与《世说新语》合刊,但单行本和其他附录本均已不存。②

汪藻《叙录》全面梳理了《世说新语》版本文献方面相关的几个重要问题,并提出判断和结论,堪称《世说新语》版本研究史上划时代的重大成果。其主要文献价值在以下几个方面:

1. 总结厘定《世说新语》书名

在汪藻《叙录》返回中国大陆之前,关于《世说新语》的书名问题一直未能引起学界关注。20 世纪初,随着唐写本《世说新书》在日本的发现,人们开始注意到"新书""新语"两个书名孰先孰后,以及何时定名为《世说新语》的问题。但因依据材料局限,往往不得要领,难搔其痒。1916 年,罗振玉将日本分藏于四家的唐写本《世说新书》残卷汇总出版,后附杨守敬、神田醇和罗振玉本人三家跋语。其中神田醇跋语依据宋代黄伯思《东观余论》而断定把《世说新书》一名改为《世说新语》系黄伯思所为:"黄伯思《东观余论》辄云'新语',则其改称当在五季宋初。"实际情况又并非如此,黄伯思原话为:

---

① 永瑢等:《四库全书总目》子部小说家类,中华书局,1965,第 1182 页。
② 参见潘建国:《日本尊经阁文库藏宋本〈世说新语〉考辨》,载作者《古代小说版本探考》,商务印书馆,2020。检索历代书目和各家图书馆藏书,的确大抵如潘氏所言。不过笔者所在南开大学图书馆收藏一种汪藻《叙录》的单行本,系抄本。但其行款避讳全同尊经阁本,说明系据尊经阁本抄录。另外,罗鹭《关于汪藻〈世说叙录〉的几个问题》也提到该抄本,与笔者判断相同。

本题为《世说新书》，段成式引王敦澡豆事以证陆㽞事为虚，亦云近览《世说新书》。而此本谓之《新语》，不知孰更名之。盖近世所传。①

可见黄伯思的原意是他见过一种名为《世说新语》的版本，并不清楚谁曾对其更名，并猜测为近世所传。并非黄伯思本人改定了书名。神田醇的说法又被罗振玉强化坐实，似乎成为定论。虽然后来王利器先生质疑否定过神田醇和罗振玉的说法②，但因王利器这篇文章很少为人所知，未能产生广泛影响。多数人还是采用神田醇和罗振玉的说法。

从杨守敬、神田醇和罗振玉的跋语可以看出，他们都没有见过尊经阁本《世说新语》，也就没有见过汪藻《叙录》，所以对《世说新语》定名问题缺乏深入了解。真正将该书定名为《世说新语》者为汪藻《叙录》。

汪藻关于《世说新语》书名信息来自三个方面：书目著录、论著提及、版本实物。汪藻将其汇总，总结出四种书名如下：

> 《世说》。（《隋书经籍志》："《世说》八卷，宋临川王义庆撰。《世说》十卷，刘孝标注。梁有《俗说》一卷，今亡。"）
>
> 《刘义庆世说》。（《新唐书·艺文志》："《刘义庆世说》八卷。《小说》一卷，刘孝标《续世说》十卷。"）
>
> 《世说新书》。（李氏本《世说新书》，上、中、下三卷，三十六篇。顾野王撰。颜氏本跋云："诸卷中或曰《世说新书》，凡号《世说新书》者，第十卷皆分门。"）
>
> 《世说新语》。（晁文元、钱文僖、晏元献、王仲至、黄鲁直家本，皆作《世说新语》。）
>
> 按：晁氏诸本皆作《世说新语》，今以《世说新语》为正。③

---

① 黄伯思：《东观余论》卷下，《津逮秘书》本。

② 参见王利器：《跋唐写本〈世说新书〉残卷》，民国34年6月国立北平图书馆《图书季刊》新第六卷，第一、二期合刊。

③ 汪藻：《叙录》，思贤讲舍本《世说新语》附，上海古籍出版社，1982。

"世说"之名来自《隋志》,著录为刘义庆撰八卷本和刘孝标注十卷本。① 宁案:除汪藻所列《隋志》著录者外,唐宋类书中所引多有作"世说"者。或以为"世说"为其书原名,"新书""新语"乃后人所加。

"刘义庆世说"之名来自《新唐书·艺文志》著录。② 宁案:除汪藻所列《新唐书·艺文志》著录者外,唐代刘知幾《史通·杂述》两处提到此书,皆作"刘义庆世说"③。唐宋类书中所引多有作"刘义庆世说"者。抑或"刘义庆世说"并非其书名,而是书名前加作者名而已。

"世说新书"之名来自汪藻所见李氏本和颜氏本:

"世说新书"一名,此前未见著录和传本记载。后人关于"新书"与"世说"之关系也众说纷纭。④ 汪藻《叙录》内容有助于这个问题的澄清。《叙录》收录两种以"世说新书"为书名者。一为三卷三十六篇的李氏本,一为十卷颜氏本。杨勇认为"世说新书"一名乃为此李氏本《世说新书》所定。盖因此前书目著录刘义庆《世说》与刘孝标注分列,说明原书与刘注分别结集。此顾野王撰本将刘孝标注分别散附至刘义庆原文中,将此新编本命名为"世说新书"。今传日本唐写本《世说新书》残卷正是刘义庆原文与刘孝标注合编的情况。但唐写本《世说新书》残卷为十卷本,应该不是杨勇所说的顾野王所编李氏本。而《叙录》所列另外一种《世说新书》版本颜氏本恰为十卷。按着这个逻辑来推测,就应该是这样的情况:把刘孝标注分散汇入刘义庆原文书中,以《世说新书》为名的版本当时有三卷本(李氏本)和十卷本(颜氏本)两种版本。故汪藻引李氏本言"凡称《世说新书》者,皆合卷为三"之说,恐难成立。这个推测能否成立,还需要材料和进一步的论证分析。

"世说新语"之名来自汪藻所见版本:

晁文元、钱文僖、晏元献、王仲至、黄鲁直家本,皆作"世说新语"。宁案:汪藻所见所述之前,唐代刘知幾也用过"世说新语"之名。《史通·杂说》中:"近者,宋临川王义庆著《世说新语》,上叙两汉三国及晋中朝、江左事。⑤"说明《世说新语》一书在唐代已经出现几种书名同时使用的情况。

---

① 魏徵等:《隋书·经籍志》小说家类,中华书局,1997。
② 欧阳修等:《新唐书·艺文志》小说家类,中华书局,1997。
③ 见刘知幾著,蒲起龙释:《史通通释·杂述》,上海古籍出版社,1978。
④ 参见孙猛:《日本国见在书目详考》子部小说家类,上海古籍出版社,1995。
⑤ 刘知幾著,蒲起龙释:《史通通释·杂说中》,上海古籍出版社,1978,第482页。

综合以上信息,汪藻得出结论:

> 按晁氏诸本皆作"世说新语",今以"世说新语"为正。①

在《世说新语》研究史上,第一次有人在大致梳理该书书名的几种来历后,明确就书名问题对其下出明确结论。黄伯思与汪藻同年出生,为同时代人。他所见到以"世说新语"为书名的版本应该不出汪藻所见,但他没有想到,"近世所传"那位"不知孰更名之"的人,就是汪藻。同时,如果杨守敬、神田醇和罗振玉,以及后来民国时期的若干学者,见过汪藻《叙录》,也不至于在"世说新语"书名为何时何人所改定的问题上苦思不得明解那么久。

2. 补充厘定《世说新语》各种卷帙版本之间的关系

在汪藻之前,人们对于《世说新语》版本了解主要通过两个渠道,一是书目著录,二是目之所及。因为宋代几部重要目录学著作作者(如晁公武、陈振孙、尤袤)均晚于汪藻,所以汪藻所能见到著录《世说新语》版本的目录学著作基本上只有《隋书·经籍志》《旧唐书·经籍志》和《新唐书·艺文志》这几部官修正史目录。而这三种目录书所著录的《世说新语》版本只有八卷和十卷两种版本。汪藻《叙录》不仅摸清了隋唐书目著录八卷、十卷两种版本的基本情况,而且还依据见闻,增补了前人未曾提到的几种卷帙版本:

> 两卷。(章氏本跋云:"癸巳岁,借舅氏本,自《德行》至《仇隙》三十六门,离为上、下两篇。")
>
> 三卷。(晁氏本以《德行》至《文学》为上卷,《方正》至《豪爽》为中卷,《容止》至《仇隙》为下卷。又,李本云:"凡称《世说新书》者,皆合卷为三。")
>
> 八卷。(《隋·经籍志》《唐·艺文志》并八卷。)
>
> 十卷。(《南史·刘义庆传》:"著《世说》十卷。"钱、晏、黄、王本并十卷而篇第不同。)
>
> 十一卷。(颜氏、张氏本三十六篇外,更收第十卷,无名,只标为第

---

① 汪藻:《叙录》,思贤讲舍本《世说新语》附,上海古籍出版社,1982。

十卷。）

按：王仲至《世说手跋》云："第十卷无门类，事又多重出，注称敬胤，审非义庆所为，当自它书附此。《世说》其止于九篇乎？《隋书·志》称八卷似是，然则九篇者，或以文繁分之耳。以余考之，隋、唐《志》皆云《世说》八卷，刘孝标《注》《续》皆十卷，而《义庆传》称十卷，则《世说》本书卷第今莫得而考。于孝标注中，时有称《刘义庆世说》云云者，则今十卷，或二书合而为一，非义庆本书然也。世传第十卷重出者，或存或否。刘本载'祖士少道右军''大将军初尚主'两节跋云：王原叔家藏第十卷，但重出前九卷所载，共四十五事耳。敬胤注纠谬，右二章小异，故出焉。赵氏本亦以为余始得宋人陈扶本，继得梁激东卿本，参校第十卷，事类虽同，而次叙异，又互有所无者。"仲至之言是也。则此卷为后人附益无疑，今姑存之，以为《考异》，载之《叙录》，而定以九卷为正。用钱文僖本，分为十卷。①

对于前人著录的八卷本，汪藻只援引了书目著录，未及版本，说明至南宋初，八卷本业已不存。而对于前人著录十卷本，汪藻除了引述前人著录，还列举四种当时著名藏家的藏本皆为十卷，说明十卷本为当时最为通行的版本。除此之外，汪藻又列出二卷、三卷、十卷、十一卷四种此前未见著录的《世说新语》版本。这说明到南宋之前，《世说新语》的刊刻印刷有了巨大发展。其中二卷、三卷本不但交代了版本所有者，而且还介绍了具体分门名称和顺序，为后面的分门定制做了预热。② 此外，汪藻引述王仲至《世说手跋》，并且依据其中提供信息，提出对十卷本内容组成的质疑，并得出十卷中前九卷与后一卷的不同，因此提出以九卷为正的判断。另外，在引述王仲至的跋语中，又透露出赵氏本、宋陈扶本、梁激东卿本、刘本等前所未有的版本信息，使《叙录》具有重要文献价值和学术价值。

汪藻提出的九卷本理念，为后来绍兴年间董弅刊印三卷本《世说新语》的卷次与门类安排提供了非常有价值的参考。董弅没有采用汪藻九卷的分法，应该

---

① 汪藻：《叙录》，思贤讲舍本《世说新语》附，上海古籍出版社，1982。
② 关于三卷本介绍，汪氏也有舛误。其所引李氏本谓"凡称《世说新书》者，皆合卷为三"，有失严谨。现存日本唐写本《世说新书》残卷，即为十卷本。参见刘强：《〈世说新语〉研究史论》第三章《宋代的"世说学"》，复旦大学出版社，2020。

另有考虑。①

3. 确定《世说新语》门类数量与名称

今传《世说新语》门类数量皆为三十六类,这个数字也是经汪藻《叙录》而明确裁定下来的:

> 三十六篇。(钱、晁本并止三十六篇,今所录十卷是也。诸本自《容止》至《宠数》(今按:数当作礼。)为第七卷,自《任诞》至《轻诋》为第八卷,自《假谲》至《仇隙》为第九卷,以重出四十九事,钱、晁所不录者,为第十卷。)

> 三十八篇。(邵本于诸本外,别出一卷,以《直谏》三十七,《奸佞》为三十八,唯黄本有之,它本皆不录。)

> 三十九篇。(颜氏、张氏又以《邪谄》为三十八,别出《奸佞》一门三十九。)

> 按:二本于十卷后,复出一卷,有《直谏》《奸佞》邪谄》三门,皆正史中事而无注,颜本只载《直谏》而余二门亡其事。张本又升《邪谄》在《奸佞》上,文皆舛误不可读,故它本皆削而不取。然所载亦有与正史小异者,今亦去之,而定以三十六篇为正。

在汪藻之前,诸家书名著录《世说》仅限卷帙,未及篇类。汪藻《叙录》首次披露《世说新语》除今人所见三十六门类者外,还曾有过三十八和三十九共三种篇类划分形式。加上后来董弅补充的四十五门版本②,今人可知《世说新语》历史上曾经有过四种分门形式。而首创之功,则在汪藻。

汪藻不仅提供了《世说新语》三种分门信息,而且同时还把各种分门形式与各种卷帙版本之间的关系作了清晰的描述介绍,为后人了解这些已经亡佚版本的具体体制结构安排提供了极为重要的学术信息。

4. 诸多《世说新语》版本信息的文献价值

在以上梳理厘定《世说新语》书名、卷数和篇类的过程中,汪藻《叙录》提到

---

① 参见潘建国:《日本尊经阁文库藏宋本〈世说新语〉考辨》,《古代小说版本探考》,商务印书馆,2020。

② 董弅云:"古《世说》三十六篇,世所传厘为十卷。或作四十五篇。"《四部丛刊》影印袁褧嘉趣堂本《世说新语》附董弅跋语。

大量他本人所见和所闻的《世说新语》版本。这些版本信息此前均未见他书提及,所以是关于《世说新语》版本信息的重要渊薮。这些版本均为家藏本,共十五种,大致情况如下:

(1)李氏本,未见著录,汪藻《叙录》将其列入书名《世说新书》两种版本中,故知其书名,该本上中下三卷,三十六篇,梁顾野王撰。如前所述,杨勇认为"世说新书"之名,始于此本。汪藻谓:"又李本云:'凡称《世说新书》者,皆合卷为三。'"此语与颜氏本和唐写本残卷实际情况相左,不足信。至于此"李氏"为何许人,潘建国教授考出宋代三位李姓藏书家,但尚无他们收藏《世说新语》的具体记录,故此人身份"尚难遽定"①。刘强则以为此李氏本即黄伯思《东观余论》提到的"李义夫"本,亦无确证。②

(2)颜氏本,未见著录,亦为汪藻《叙录》所列《世说新书》两种版本之一。汪藻《叙录》介绍李氏、颜氏两种版本时未曾分别介绍各自相关信息,而是一起介绍。两种版本描述之间有"顾野王撰"字样,由此产生不同断句理解。杨勇将"顾野王撰"断给前句李氏本:"李氏本《世说新书》,上中下三卷,三十六篇,顾野王撰。"③刘强则将"顾野王撰"与后面颜氏本跋连读:"顾野王撰颜氏本跋云……"④笔者以为,"顾野王撰"或应与前后两句均断开,意为统管二书。即李氏本与颜氏本均为顾野王所撰将刘孝标注分散融入刘义庆原文,改名为《世说新书》的版本。二者除卷帙不同外,颜氏本后有跋语,或为李氏本所无。据汪藻《叙录》,该本十一卷,分三十九篇(门类)。其前九卷与三十六篇本同,自《德行》至《仇隙》;其第十卷内容与三十六篇本重复,但不分门;其第十一卷于前九卷三十六篇之外增加《直谏》《奸佞》《邪谄》三门。三门中只有《直谏》有文字,其内容取自正史,无注文;其余二门有篇目无文字。潘建国教授将"顾野王撰"断给颜氏本,并据此将颜氏本断为六朝古抄本(或其传抄本)。⑤ 颜氏其人未详。

---

① 参见潘建国:《宋代文献载录〈世说新语〉藏本考》,《古代小说版本探考》,商务印书馆,2020。
② 参见刘强:《〈世说新语〉研究史论》第一章《南朝的世说学》,第三章《宋代的世说学》,复旦大学出版社,2020。
③ 杨勇:《世说新语书名、卷帙、版本考》,《杨勇学术论文集》,中华书局,2006,第446页。
④ 刘强:《〈世说新语〉研究史论》第一章《南朝的世说学》,第三章《宋代的世说学》,复旦大学出版社,2020,第125页。
⑤ 参见潘建国:《宋代文献载录〈世说新语〉藏本考》,载其《古代小说版本探考》,商务印书馆,2020。

（3）晁氏（文元）家藏本，未见著录，汪藻《叙录》将其列为书名《世说新语》的五种版本之一，卷帙为三卷的唯一版本，与钱本同为三十六篇本。据汪藻描述，该本从《德行》至《文学》为上卷，《方正》至《豪爽》为中卷，《容止》至《仇隙》为下卷。该本卷帙和分门情况与今传三卷本全同，应为今传尊经阁本的重要祖本。汪藻将《世说》其书最后定名为《世说新语》，主要依据就是该本"按晁氏诸本皆作《世说新语》，今以'世说新语'为正"，可见该本在《世说新语》版本演化史上的重要价值地位。经潘建国教授考证，晁文元其人即为宋代著名藏书家，目录学家晁公武的七世祖。遗憾的是晁文元的藏书经过火灾战争之后，"尺素不存也"①。故晁公武《郡斋读书志》所著录的《世说新语》版本，并非祖上晁文元所藏三卷本，而是分为三十八门，与黄庭坚藏本特征吻合的十卷本。到赵希弁补写《读书续志》时增补的版本，已经是依据晁氏本绍兴年间翻刻的董弅刻本。②

（4）钱氏（文僖）家藏本，未见著录，汪藻《叙录》将其列为书名《世说新语》的五种版本之一，卷帙为十卷的四种版本之一，与晁氏本同为三十六篇本。在四种十卷本中，此本和晁氏本与另外两种十卷本"篇第不同"，即前九卷分门至《仇隙》，第十卷不分门。钱文僖为吴越王钱俶之子，名惟演，宋代著名文人，事具《宋史》本传。

（5）晏元献本，未见书目著录，汪藻《叙录》将其列为书名《世说新语》的五种版本之一，卷帙为十卷的四种版本之一。此本虽分三十六篇，但内容与晁本钱本不同，系"自《任诞》至《轻诋》为第八卷，自《假谲》至《仇隙》为第九卷，以重出四十九事、钱晁所不录者，为第十卷"。刘强认为，此晏元献本即黄伯思《东观余论》提到的宋宣献本，可备一说。③ 晏元献即北宋大词家晏殊，字同叔，谥元献，事具《宋史》本传。

（6）王仲至本，未见著录，汪藻《叙录》将其列为书名《世说新语》的五种版本之一，卷帙为十卷的四种版本之一。此本分门，卷帙与晏元献本相同（十卷，三十六门），但据汪藻《叙录》"十一卷"本下，该本有王仲至手跋，称："第十卷无

①　参见潘建国：《宋代文献载录〈世说新语〉藏本考》，《古代小说版本探考》，商务印书馆，2020。
②　参见晁公武、赵希弁等撰，孙猛校证：《郡斋读书志校证》，上海古籍出版社，1990。
③　刘强：《〈世说新语〉研究史论》第一章《南朝的世说学》，第三章《宋代的世说学》，复旦大学出版社，2020。

门类,事又多重出,注称敬胤,审非义庆所为,当自它书附此。"据潘建国教授考证,此王仲至即王钦臣,与父亲王洙同为北宋藏书大家。今传尊经阁本首页所钤"睢阳王氏"藏印,即为王洙后裔。而南宋董弅刊印《世说新语》,其底本即来自王洙。① 倘若如此,此王仲至本或即董弅所得者。

(7)黄鲁直本,未见著录,汪藻《叙录》将其列为书名《世说新语》的五种版本之一,卷帙为十卷的四种版本之一。其卷帙、分门情况与王仲至本同(十卷,三十六门)。黄鲁直即黄庭坚,北宋著名诗人,江西诗派的代表人物。事具《宋史》本传。

(8)章氏本,未见著录,为汪藻《叙录》所列唯一的两卷本,书名不详。据汪藻《叙录》提供信息,该本自《德行》至《仇隙》三十六门,分为两卷。该本章氏跋称为"癸巳岁借舅氏"。章氏及其舅氏无考。按北宋共有三个"癸巳"年,中者为仁宗皇祐五年(1053)。以常理推,此年概率较大,待考。

(9)张氏本,未见著录,汪藻《叙录》将其列为两种十一卷,分门三十九篇版本之一。其前九卷与其他三十六篇本相同,自《德行》至《仇隙》排列;第十卷则不分门,内容从前九卷中重出,第十一卷取材正史,在三十六篇之外增加《直谏》《邪谄》《奸佞》三门,无注。它与另外一种十一卷本(颜本)不同处有两点:一是颜本第十一卷三门的排列顺序为《直谏》《奸佞》《邪谄》,二是增加的三门中颜本只有《直谏》有内容,其余两门没有内容。此张氏其人未详,潘建国认为或即黄伯思《东观余论》中提到的自己用来校勘家藏本的"张府美"本。② 刘强在此基础上又进一步推测,此"张府美"本出自宋宣献家藏本,为宋代较早版本,应该是不少宋代家藏本的祖本。③

(10)刘本,未见著录,汪藻《叙录》十一卷下引王仲至手跋称:"刘本载'祖士少道右军''大将军初尚主'两节跋云:王原叔家藏第十卷,但重出前九卷所载,共四十五事耳。敬胤注纠谬,右二章小异,故出焉。"综合汪藻《叙录》及《考异》前后信息可知:《考异》文字综述为五十一条,王原叔家藏本为四十五条,王本、黄本等十卷本为四十九条。这四十九条应在王原书四十五条基础上多出四

---

① 参见潘建国:《宋代文献载录〈世说新语〉藏本考》,《古代小说版本探考》,商务印书馆,2020。
② 参见潘建国:《宋代文献载录〈世说新语〉藏本考》,《古代小说版本探考》,商务印书馆,2020。
③ 参见刘强:《〈世说新语〉研究史论》第一章《南朝的世说学》,第三章《宋代的世说学》,复旦大学出版社,2020。

条。加上刘本多出"祖士少道右军"和"大将军初尚主"两条,刚好五十一条。可见刘本确有与他本不同之处,具有重要校勘价值。刘氏其人未详,潘建国考证宋代有两位刘姓藏书家,但不能确证是否含此刘本藏者。①

(11)王原叔本,未见著录,汪藻《叙录》将其与上文刘本对比,知其为十卷本,其前九卷与他本重出,第十卷收四十五事,与《叙录》所录其他十卷本四十九事少四条。可以与之相佐的材料还有董弅跋语称"余家旧本得之王原叔家",当即此本。王原叔为上文提到王仲至之父王洙。目前尚无证据判断此本与王仲至本是否同本,姑分别载列。②

(12)赵氏本,未见著录,汪藻《叙录》十一卷下引王仲至手跋还用"赵氏本"等本与王原叔本作对比,略谓与王本等十卷本相同。所不同者,《叙录》提到"赵氏本亦以为",则该本还应有藏主赵氏跋语。赵氏其人未详,潘建国、刘强均以为此人或即黄伯思《东观余论》提到的赵士暕本:

> 己丑中秋日,借张府美本校竟,庚寅五月二十九日又以宗正赵士暕明发本校竟。③

此说不无可能,但尚缺乏铁证,待考。

(13)陈扶本,未见著录,汪藻《叙录》十一卷下引王仲至手跋称:"余始得宋人陈扶本,……参校第十卷,事类虽同,而次叙异,又互有所无者。"可见陈本亦为十卷本,分类与其他十卷本相同,但排列顺序不同,文字也互有出入。因汪藻和王仲至均为赵宋人,不得称同朝人为"宋人",故此所谓"宋"当为南朝刘宋,故此本应为目前已知《世说新语》最早版本。但陈扶何许人,则不得而知。

(14)梁激东卿本,未见著录,汪藻《叙录》十一卷下引王仲至手跋称:"余始得……,继得梁激东卿本,参校第十卷,事类虽同,而次叙异,又互有所无者。"可知此本与陈扶本相同,卷帙、分门均略同其他十卷本。唯"梁激东卿"其人,潘建国以为乃南朝梁名"激东卿"者,故为六朝古本,刘强也认同此说。但罗鹭据北宋王安中《贻梁东卿激》诗、《宋会要辑稿》、《(乾隆)华阴县志》、《澹斋集》等,

---

① 参见潘建国:《宋代文献载录〈世说新语〉藏本考》,《古代小说版本探考》,商务印书馆,2020。
② 参见潘建国:《宋代文献载录〈世说新语〉藏本考》,《古代小说版本探考》,商务印书馆,2020。
③ 黄伯思:《东观余论》卷下,《丛书集成》据《津逮秘书》本。

考出梁激字东卿,山东东平人,宋徽宗时知阆州、华州。① 据此可知,梁激确乎为北宋人,此本非六朝古本,当属赵宋。

(15)邵本,未见著录,汪藻《叙录》将其列为唯一一种三十八篇本,称其"于诸本之外别出一卷",分别为《直谏》(三十七)和《奸佞》(三十八)。但《叙录》又称"唯黄本有之,它本皆不录",似谓黄本亦为三十八篇,又与前文言黄本三十六篇之说相左,待考。潘建国称王应麟《玉海》载录一种三十八门本,未详是否与邵本相同。② 邵氏其人未详。

5.保留敬胤注的学术价值

《世说新语》刘孝标注,声名赫赫,向为学界所重。但刘孝标注并非《世说新语》唯一注本,因其他注本多已湮灭,故孝标注独存。汪藻《叙录》另外一个重要文献价值是《考异》部分保存孝标注之前敬胤注的大量内容,为全面了解认知《世说新语》历代注本情况提供了极为重要的文献参考价值。

敬胤注未见著录和传本,但汪藻《叙录》有两处提到敬胤注的情况。第一处是胪列《世说新语》版本时引述王仲至跋语提到敬胤注。略谓十卷本中前九卷为三十六门类的《世说新语》,而第十卷与前九卷体例多有不合:一是不分门,二是文字内容多与前九卷重复,三是后附敬胤注。第二处是《考异》小序中简单介绍其相关情况:

> 共五十一事,唯"刘琨却胡骑""祖约道王右军""王敦初尚主豫武帝会"三节,前篇所无,余悉重出。疑敬胤专录此传疑纠缪,后人妄取以补其书。所载正文与前篇时有损益,而注多不同,虽传写舛谬难读,然皆诸史所不载者,弃之可惜。其所载以宋齐人为今人,则敬胤者,孝标以前人也。今取前篇正文所有,而此篇所无者,以白字别之;其用字不同者,注白字别之;此篇所有而前篇所无者,以黑圈别之。

这里又简单陈述其作此《考异》的理由和方法,即因"正文与前篇时有损益,而注多不同,虽传写舛谬难读,然皆诸史所不载者,弃之可惜"。其方法则是用

---

① 罗鹭:《关于汪藻〈世说叙录〉的几个问题》,载《魏晋风流与中国文化:第二届"世说学"国际学术研讨会论文集》,凤凰出版社,2020。

② 参见潘建国:《宋代文献载录〈世说新语〉藏本考》,《古代小说版本探考》,商务印书馆,2020。

黑白圈分别代表不同文字内容。

其《考异》的五十一条内容系用十卷本中第十卷的敬胤注与没有敬胤注的钱文僖本文字进行校勘考证。这些内容不但保留了敬胤注的基本内容,而且也能使后人从中了解其所用钱文僖本文字的某些信息,有助于了解该版本的情况。① 由于《考异》的保存和校勘工作,使得敬胤注得以存世,这是汪藻《叙录》的重要贡献。

6.《人名谱》对于《世说新语》研究的重要价值

与志怪小说性质不同,作为志人小说的代表作,《世说新语》所载均为真实历史人物。这些真实历史人物以魏晋时期门阀士族为核心主体,附加那个时期众多风云人物。这些人物关系错综复杂,既有同一家族中历代繁衍始末,又有各个家族之间婚配和衍生等各种问题。不了解这些具体详尽信息,很难深入了解把握《世说新语》的系统深入蕴含。随着魏晋时期门阀士族崛起兴盛的发展需求,当时社会上出现大量家族和个人谱牒传记,刘孝标注中大量采撷了相关材料。但这些材料分散在各条故事内容中,不便系统把握。为解决这一难题,汪藻不惮辛苦,阅读挖掘了当时大量文献。汪藻自己交代该《人名谱》采用历史文献情况时说:

> 凡《世说》人物可谱者,自临沂王氏而下二十六家,然《世说》所记止于晋宋,今用诸史,谱至陈隋。②

在大量掌握文献资源的基础上,汪藻编纂了这部《人名谱》:

> 《人名谱》一卷。(有谱者二十六族:两王、谢、羊、庾、萄、袁、褚、裴、殷、孔陆、杨、蔡、桓、范、何、陈、孙、卫、贺、郗、傅、顾、阮;无谱者二十六族:周、刘、张李、陶、嵇、山、祖、诸葛、钟、温、卞、乐、杜、戴、韩、习、许、和、吴、伏、高、应、冯、满、萧,又僧十九人。)③

---

① 关于敬胤注相关情况,详见徐传武:《〈世说新语〉刘注浅探》(《文献》1986 年第 1 期,范子烨《〈世说新语〉研究》第三章《世说新语古注考论》,黑龙江教育出版社,1998;刘强《〈世说新语〉研究史论》第一章《南朝的世说学》,第三章《宋代的世说学》,复旦大学出版社,2020)。
② 汪藻:《叙录》,思贤讲舍本《世说新语》附,上海古籍出版社,1982。
③ 汪藻:《叙录》,思贤讲舍本《世说新语》附,上海古籍出版社,1982。

汪藻根据那些家族和个人谱牒传记,将其分别排列。每一族中按世代先后排列,便于清晰把握各个家族累世繁衍情况。《人名谱》为读者和研究者尽快了解掌握书中人物的族系隶属关系和先后关系,提供了极大方便。当然,此项工作工程浩大,所据文献包罗万象,其中泥沙俱下、良莠不齐也是在所难免。汪藻据一己之力,亲力为之,也难以全部一一考核精辨,做到万无一失。因此《人名谱》也出现一些失误,受到后人指责和批评,并有人为之纠谬增补。① 这一工作仍然还有继续深耕细作的可能和空间。

7.《引书书目》一卷对刘孝标注引书研究的开创意义

陈振孙《直斋书录解题》在介绍汪藻《叙录》内容时称其"首为《考异》,继列人物世谱,姓氏异同,末记所引书目"②。根据这个信息,汪藻《叙录》在《人名谱》后还应有《引书书目》。但现存尊经阁本后附汪藻《叙录》有缺失。根据汪藻《人名谱》引言介绍,其终了应为"僧十九人"。但今本《人名谱》截止到无谱之冯氏,从"满""萧"至"僧十九人",以及后面的《引书书目》皆缺失。尽管已经缺失,但这个《引书书目》工作的内容和性质意义却有可能确认,有必要肯定。

因为《世说新语》原书原文均未有引文出处,所以不存在引书问题。此所谓"引书"即当指刘孝标注引书。刘孝标注引书为中国古代文献学史上重大亮眼事件,因其所引诸书已经大量亡佚,所以其重要价值与日俱增。历代均不乏对刘注引书从各种角度进行研究者。在汪藻之后,有高似孙、沈家本、叶德辉等。而这项工作的首创之功,则当归汪藻。③

8. 所附《解题》的文献价值

除尊经阁宋本原文文献价值外,1929 年日本东京育德财团影印宋本《世说新语》书后附永山近彰氏撰《景宋本〈世说新语〉解题》一篇(日文)。④ 该《解题》大致包括三个方面内容:一为版本版式行款等文献特征描述;二为对《世说新语》在日本传播情况的回顾梳理;三为说明尊经阁本的文献校勘价值。作者认为:

---

① 参见杨勇:《汪藻世说人名谱校笺》序例,《世说新语校笺》(修订本)第四册,中华书局,2006。
② 参见陈振孙撰,徐小蛮、顾美华点校:《直斋书录解题》子部小说家类,上海古籍出版社,1987。
③ 参见刘强:《〈世说新语〉研究史论》第三章《宋代的世说学》,复旦大学出版社,2020。
④ 原书该《解题》未题作者姓名,罗鹭《关于汪藻〈世说叙录〉的几个问题》引用该《解题》,署名为永山近彰。经咨询作者,信息来源为日本东京都立图书馆著录,谨致谢意。

今试以此宋本与我国天保二年雕刻之书林间所谓"官板"（即有刘应登、袁褧、王世贞三人序文，首题"宋临川王义庆撰 梁刘孝标注 刘辰翁评"，析为卷上之上下、卷中之上下、卷下之上下的三卷本）相较阅，异同颇多。虽亦不免有讹舛误脱之处，然宋本极佳可为确据者并不鲜见。反之，宋本讹误而官板语义通畅之处亦并非没有，然而正如岛田氏《古文旧书考》所言，其中疑为明人妄以己意窜改以求通顺之处亦不在少数。今举若干条如下，或可示官板之误与宋本之正。①

从 20 世纪 50 年代开始，尊经阁藏宋本《世说新语》曾数次在中国大陆影印出版。② 这些版本基本照搬了尊经阁本的版式和内容，但所有这些版本均删去了尊经阁原本中该日文解题，致使大陆学界一直无缘了解这篇解题的具体内容，从而影响对尊经阁本《世说新语》的全部学术信息的掌握和研究。这次我们在进行国家社科基金重大项目"全汉魏晋南北朝小说辑校笺证"版本调研工作时，发现了这一情况，并已经将该《解题》翻译成中文，即将发表。

（宁稼雨，南开大学）

---

① 该《景宋本〈世说新语〉解题》原文日文，此中文由章剑翻译，宁稼雨校订。《解题》全文待发表。
② 1955 年文学古籍刊行社影印本、1962 年中华书局影印本及后来多种翻印本等。

从《临河叙》的"删改"谈《兰亭序》文本的真伪问题^*

刘 磊

一如学者白锐所说:"有关《兰亭序》真伪的讨论是近百年来书学研究中极为敏感的问题,在新的史料尚未出现之前,如何给《兰亭序》以恰切的定位,无疑是《兰亭序》研究的难题。"[①]自 20 世纪 60 年代中期始,在所有关于《兰亭序》真伪问题的讨论中,《兰亭序》与《临河叙》之间的文本差异一直是学人们所着力讨论的焦点问题。这一话题的出现,还要从距今 131 年前的那次朋友间的聚会谈起。

清光绪十五年(1889)八月,时任浙江乡试主考官的李文田(1834—1895,广东均安人)在主持浙江乡试后返回北京的过程中,行至扬州,与其同年进士张丙炎(1826—1905,字午桥,江苏仪征人)相聚。张氏素富碑帖收藏,李文田亦是书名在外,所以两人相聚自然少不了讨论碑帖、书法的话题。张丙炎为李文田出示其收藏的"汪中旧藏定武兰亭",二人经过一番讨论后,李文田在此帖后题写了一段 505 字的跋文,指出通行的《兰亭序》出于唐人篡改,不可能是王羲之的原作:李氏认为,《兰亭序》可以分为"梁前《兰亭》"与"唐后《兰亭》",并认为"梁前《兰亭》"才是《兰亭序》的原稿,而"唐后《兰亭》"则是由"隋唐间人知晋人喜好老庄"而在"梁前《兰亭》"的基础上增添、修改而来的。这里所说的"梁前《兰亭》",便是现载于《世说新语·企羡篇》中的刘孝标所引注的《临河叙》(见图 1),而"唐后《兰亭》"即是指收录于唐修《晋书》的《兰亭集序》。客观地讲,虽然在李文田之前亦曾有人提及《兰亭序》与《临河叙》之间的文本差异,但

---

* 本文系浙江省哲学社会科学重点研究基地越文化研究中心自设课题《"兰亭论辩"与当代书学史理论与实践研究》阶段成果(项目编号:2019YWHJD02)。

① 白锐:《唐宋〈兰亭序〉接受问题研究》,南方出版社,2009,第 191 页。

直接引发"兰亭论辩"的导火索,却正是李文田的这篇质疑《兰亭序》的跋文。当郭沫若在罗培元处看到"汪中旧藏《定武兰亭》"的珂罗版印本中所收"李文田跋文"时,说此文"有大见解,认为今本兰亭序是后人伪托,与他这位也是兰亭怀疑派的论断不谋而合,他越读越显得高兴"①。从"兰亭论辩"中郭沫若引发论辩的诸篇文章来看,可以说李文田的这篇"跋'汪中旧藏《定武兰亭》'"为"论辩"的产生提供了最有力的理论基础;其有关《兰亭序》与《临河叙》之间文本差异的讨论,也为试图正面回应"兰亭论辩"的人们设置了难以逾越的障碍。

《临河叙》是目前存世文献当中"最早"的与《兰亭序》相关的文献,所以李文田以《临河叙》质疑《兰亭序》不无道理:《世说新语》早于《晋书》,那么《临河叙》也自然早于《兰亭序》,《临河叙》较《兰亭序》更接近王羲之创作原稿的说法也是说得通的;同时,在敦煌文书中发现了多件与《兰亭序》有关的材料,可唯一一件完整稿(即法藏敦煌唐钞本,见图2)虽然是《兰亭序》而非《临河叙》,但却也只是一件唐代文献。这也就是说,法藏敦煌唐钞本有可能是《临河叙》经"隋唐人""润色修改"并形成《兰亭序》之后再被抄写出来的,因此它也一样不能从文献的角度来解答李文田关于"梁前《兰亭》""唐后《兰亭》"的质疑。

当前学界还有一种流行的说法,认为要想回答李文田的"质疑",最为直接的办法就是通过考古发掘找到王羲之《兰亭序》的原稿。这一观点的提出,源于唐代文献中记载了唐太宗李世民曾希望他的继承者高宗李治将《兰亭序》殉葬于昭陵的事。可是,在已知的唐宋文献记载中,《兰亭序》如何进入唐皇室收藏存在着不同说法,除最为著名的"萧翼赚《兰亭》"的故事之外,其实还存在着"欧阳询越州赚《兰亭》""欧阳询从广州僧得《兰亭》"的多种记载,哪一种观点才是对历史真实情况的记载呢? 更为重要的是,《兰亭序》自其诞生直至被唐皇室收藏,此间近300年中的流传情况的记录几乎是缺失的。在传世唐前文献中可见到的最早的记录,目前只有《世说新语》中所收录的这段《临河叙》。不仅唐人的《隋唐嘉话》《兰亭始末记》中那些近乎传奇的记录并不能令人信服,就连李世民所收藏的那件《兰亭序》是否真的正是王羲之的原稿或者原稿之一也无从查考。因此,即便今天我们打开唐昭陵或者乾陵并找到了一件《兰亭序》,也依然不能"想当然"地将其看作是王羲之《兰亭序》的原稿。何况,昭陵早在

---

① 罗培元:《登高行远我负其导——从郭沫若同志游、学之杂忆》,郭沫若故居、中国郭沫若研究会编:《郭沫若百年诞辰纪念文集》,社会科学文献出版社,1994,第106—108 页。

五代时期已为人盗掘;即使《兰亭序》或入乾陵,但也近乎猜测。如果未来在文物保护技术足够成熟的情况下"打开"了昭陵和乾陵,是否能得到王羲之《兰亭序》真迹也未可知。由此,《兰亭序》的真伪问题或将永远成为一个历史的"悬案"了!

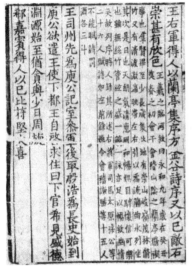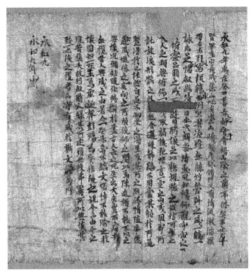

图1　宋刊本《世说新语》"《临河叙》条"　　图2　敦煌唐钞本《兰亭序》　现藏法国

一、《临河叙》研究:一件曾被删改的史料

其实,《兰亭序》真伪问题也并非无从下手,《临河叙》本身的可靠性正是今天学界应当予以特别关注的一个重点。

《兰亭序》文本真伪问题的提出,源于若将《临河叙》与《兰亭序》相较,不仅在名称上有《临河叙》与《兰亭序》之别,更有自"夫人之相与"以下至"亦将有感于斯文"的异文共193字。由于《世说新语》成书早于《晋书》,肯定《临河叙》看似要比肯定《兰亭序》来得可靠。《兰亭序》从民间进入宫廷的过程又多依据何延之《兰亭记》中近乎传奇的记载,加之《兰亭序》在传世唐前史料中少有记载,所以清代学人舒位、李文田等均曾以《临河叙》与《兰亭序》的不同质疑《兰亭序》文本的真实性。20世纪60年代郭沫若等人又延续清人观点,进一步指出不仅《兰亭序》的书法出于伪托,连序文本身也有经后人篡改的痕迹。在这一系列的讨论中,《临河叙》成为判定《兰亭序》为伪文的重要依据。

但是在研究中发现《临河叙》并不那么可靠,甚至可以肯定地说:李文田当年所据以质疑《兰亭序》的《临河叙》并非南朝刘义庆、刘孝标《世说》引文的原貌。今本《世说新语》是宋代以后的版本,而非《世说新语》一书的南朝原貌,这在文献学研究当中是早有定论的,而且在明清刊本的《世说新语》序文中至今仍保留着当时的删改者自己所写下的跋语。① 此外,北宋的黄伯思亦留有对《兰亭序》"戏为删润"的记录。②

由于"刻书"这项工作对于书籍而言具有"定本"的作用③,加之宋人对《世说新语》注文的删改,所以后世广为流传的《世说新语》并非此书原貌。唐代以及唐代以前的《世说新语》,被称为《世说》《刘义庆世说》或《世说新书》。此书在中国国内早佚,目前可见的最早版本是现藏于日本的"唐钞本"《世说新书》残卷,自《世说新语·规箴第十》"孙休好射雉"始至《世说新语·豪爽第十三》"梁王安在哉"。据有关学者介绍,"此卷原为东寺观督院开祖杲宝旧藏,后流落市井,为山田永年等人所获,截而为五,各取其一"④。杨守敬于1880年在日本意外发现,1916年罗振玉又在日本以珂罗版方式将其印制出版。按照杨守敬自己的说法,"唐钞本"残卷的出现说明宋本《世说新语》错乱尤多,不足为贵⑤;这件残卷的收藏者之一神田醇也在卷后写下"《世说》一书屡经后人篡改,久失旧观……(此本——引者注)与今本异同甚多,可补正敓误者不胜枚举"⑥的跋语。

---

① 宋人董弅在《世说》跋语中讲道:"余家旧藏盖得之王原叔家。后得晏元献公手自校本。尽去重复,其注亦小加剪截,最为善本。"在本文的前期研究工作中,笔者在浙江图书馆古籍部馆藏图书中查阅到五个明清时期的《世说新语》刊本,发现即便是同样依据宋本而成的明清本,不同的版本之间还会有所差别。仅以《临河序》和《金谷诗叙》的位置情况为例,便有将其二者合刊一处或不合刊一处两种情况,文字上也有或多或少的出入。

② "甲申岁八月十一日夜,因临《兰亭》,阅《法书要录》,见此记文辞烦琐,戏为删润,但笔孅不能好书,当俟它日别写。长睿题。"见黄伯思:《东观余论》,人民美术出版社,2010,第97页。

③ 参见潘建国:《〈世说新语〉在宋代的流播及其书籍史意义》,载《文学评论》2015年第4期,第165页。

④ 李润固:《〈世说新书〉残卷影印弁言》,载吴滨冰、田丰、颜慧林主编:《日本藏汉籍古钞本丛刊·世说新书(卷第六唐钞本)》,华东师范大学出版社,2019,第1页。

⑤ 杨守敬《日本访书志·卷八》:"世说新语残卷古钞卷子本是卷书法精妙,虽无年月,以日本古写佛经照之,其为唐时人所书无疑。……闻此书尚存二卷在西京,安得尽以较录,以还临川之旧,则宋本不足贵矣。"此据光绪丁酉(1897)杨氏自刊本。又杨守敬"唐钞本《世说新书》残卷跋语"中说:"世说新语古钞残卷,虽无年月,以日本古写佛经照之,其为李唐时人所书无疑。……闻此书尚存二卷在西京,安得尽以较录,以还临川之旧,则宋本不足贵矣。"此据《世说新语》(唐钞本、宋刻本合印本),艺文印书馆,2012,第72—73页。

⑥ 吴滨冰、田丰、颜慧林主编:《日本藏汉籍古钞本丛刊·世说新书(卷第六唐钞本)》,华东师范大学出版社,2019。

围绕"唐钞本"《世说新书》残卷,已有学者进一步通过避讳的研究发现行文中不避唐讳却避梁武帝萧衍的"衍"字讳,有可能是抄自南朝梁时的旧本。①《世说新语》为南朝宋时刘义庆所著,至梁时刘孝标博引诸书为之注释,遂成定本。若这份现藏日本"唐钞本"残卷源于梁时旧本,那不正是今天考证《临河叙》与《兰亭序》二者之间关系的最有力的证据吗?

在"唐钞本"出现之前,即使学者们可以通过《世说新语》的序文了解到该书曾被删改,也无法真正了解文中哪些地方是经过删改的和怎样被删改的,所以"唐钞本"残卷的出现可以说为进一步研究《兰亭序》文本真伪提供了新的可能。余嘉锡第一个以"唐钞本"残卷为据说明《兰亭序》与《临河叙》的关系,他说:"今本《世说》注经宋人晏殊、董弅等妄有删节,以唐本第六卷证之,几无一条不遭涂抹,况于人人习见之《兰亭序》哉?"②进而,周汝昌又据"唐钞本"《世说新书》残卷与今本《世说新语》相应部分进行文本比对后得出结论:李文田不见《世说新语》并不是南朝梁时的原貌,所以以今本《世说新语》中的《临河叙》否定《兰亭序》是站不住脚的。③ 20世纪80—90年代,学者喻蘅亦有类似观点的研究发表。④ 言至于此,《兰亭序》真伪的问题似乎已经得到一种"合理的"解释了:以"唐钞本"《世说新语》残卷为参考,就不难发现其中刘孝标所引注的部分曾经宋人大量删改,由此则可以得知《临河叙》也是在此过程当中被删改而来的。在"兰亭论辩"中,《兰亭序》文本真伪论辩的论据起点在于"南朝梁时"的《临河叙》早于"初唐"的《兰亭序》,因此《兰亭序》不可靠;但事实却可能恰恰相反,《临河叙》实应出自北宋以后的删改,而《兰亭序》才应是更加可靠的版本。

可是问题随之而来:从余嘉锡开始,《兰亭序》与《临河叙》之间的删改关系一次次地被学人们提及,但在"兰亭论辩"数十年的讨论中,这一研究角度始终未能引起学界的足够重视,这是为什么呢? 特别是一些学人明知"唐钞本"《世说新书》残卷的存在及其与今本《世说新语》之间的文字差别,但他们依然无法明确地讲《临河叙》即源于《兰亭序》的删改。这是因为在此件"唐钞本"《世说

---

① 李建华:《绍兴刻本篡改刘孝标〈世说新语注〉考——以唐钞本〈世说新书〉残卷为中心》,载《图书馆理论与实践》2013年第8期,第61—66页。
② 余嘉锡:《世说新语笺疏》,中华书局,2007,第745页。
③ 详见周汝昌著,周伦玲编:《兰亭秋夜录》,广西师范大学出版社,2011。
④ 详见喻蘅"从怀仁集《圣教序》试析《兰亭序》之疑"(载《复旦学报·社会科学版》1980年第2期)、"《兰亭序》论战廿五年综析与辩思"(载《复旦学报·社会科学版》1991年第3期)等文。

新书》残卷中,既没有可以直接考证《兰亭序》的《临河叙》,也没能留下可以间接考证《临河叙》和《兰亭序》的《金谷诗叙》。真是"造化弄人",虽然余嘉锡、周汝昌等人可以通过对比写本与今本的不同推论《临河叙》文本的不可靠,却没有实物材料作为证据来证明这一观点,那么"推论"也只能是一个猜测而已。这也就是说,尽管余嘉锡、周汝昌等先生已经得到解开"兰亭论辩"中《兰亭序》真伪之谜的那把"钥匙",但时至今天《兰亭序》真伪之谜的"大门"依然还没有被打开。

学者罗婵娟的研究为上述这一问题的回答提供了重要的研究角度,即在宋代文章学研究当中,有专门作为文章修辞技法而普遍被宋代文人们使用的"减字法",罗氏认为这样的"减字法"表面上仅是言语字句的变化,实际上却是情感和思维方式的变化。[①] "减"的目的,是为了使文章行文简练、意趣返古。从思想史的角度来看待"减字法",其实它正是时代观念具体作用于文献时的具体方法。当然宋人不只是"减",还会运用"增""换""改"等多种文章修辞方法来对时文和宋前文献进行润色、修改;修改者的某些"时代观念"也便随之注入被修改的文章当中。例如前文提及的黄伯思对《兰亭序》文的"戏为删润"一事,又如朱熹对"窃取程子之意而补之"的《大学章句·补致知格物传》。经过朱熹的补写,《礼记·大学》与《大学章句》之间形成异文。如果不是朱熹已经在《大学章句》中随文说明这一段"补致知格物传"的来历,那么学界或许又会多出一个难解的"悬案"! 由此反观《兰亭序》与《临河叙》之间的关系,如果能在《兰亭序》与《临河叙》之间明确它们二者在思想和观念上的差别,进一步又能够明确这些差别与宋人删改《世说新语》的基本观点一致,那么《临河叙》出于宋人对《兰亭序》的删改的事实便可以确认了。

以"唐钞本"《世说新书》残卷与宋本《世说新语》相较来看,其重合的部分虽然不多,仅占原文总数的十分之一,但正如刘盼遂先生所说的那样,"此五篇为第六卷,则前五卷与后四卷之旧,固可由此略摹而定[②]。这也就是说,如果删改者执有特定的删改目的和思想观念的话,那么对于此"十分之一"的修改与对其他"十分之九"的修改在目的和思想观念上应当是基本一致的。删改者或许

---

① 罗婵娟:《论宋代文章学的减字法》,载王水照、朱刚主编:《新宋学》(第三辑),上海人民出版社,2014,第 215 页。
② 刘盼遂:《唐钞本世说新书跋尾》,载《清华学报》1925 年第 2 期,第 590 页。

会在具体文字和历史事件的处理上有不同的表述,但基本的删改原则和价值取向应不会发生较大的矛盾,也就是不同的个别的文字修改可以基于同样的"观念"。经过对"唐钞本"和"宋本"相应内容的梳理和研究,笔者对于其中涉及通过删改文字而导致文本思想发生变化的章节制作了如下表格,可以较为清晰地展现出观念在其中发生的作用。

表1　唐宋《世说》文本对比表

篇目		唐钞本	宋刻本	区别
规箴第十	正文	何晏、邓飏令管辂作卦:"不知位至三公不?"卦成,辂称引古义,深以戒之。飏曰:"此老生之常谈。"晏曰:"知几其神乎!古人以为难。交疏而吐诚,今人以为难。今君一面尽二难之道,可谓'明德惟馨'。诗不云乎:'中心藏之,何日忘之!'"	何晏、邓飏令管辂作卦,云:"不知位至三公不?"卦成,辂称引古义,深以戒之。飏曰:"此老生之常谈。"晏曰:"知几其神乎! 古人以为难。交疏吐诚,今人以为难。今君一面尽二难之道,可谓'明德惟馨'。诗不云乎:'中心藏之,何日忘之!'"	删除了"管辂八岁好仰观星辰""仰观风角占相之道,号曰神童"。
	注文	《辂别传》曰:"辂字公明,平原原人。八岁便好仰观星辰,得人辄问。及成人,果明《周易》。仰观风角占相之道,声发徐州。号曰神童。冀州刺史裴徽召补文学,一见清论纶终日。再见转为部钜鹏从事,三见转为治中,四见转为别驾。至十月,举为秀才,临辞,徽谓曰:'何、邓二尚书有经国才干,于物理不精也。何尚书神明清彻,殆破秋毫,君当慎之。自言不解易中九,必当相问。比至洛,宜善精其理。'辂曰:'若九事皆王义者,不足劳思也。若阴阳者,精之久矣。'辂至洛,果为何尚书所请,共论易九事,九事皆明。何曰:'君论阴阳,此世无双也。'	《辂别传》曰:"辂字公明,平原人也。明《周易》,声发徐州。冀州刺史裴徽举秀才,谓曰:'何、邓二尚书有经国才略,于物理无不精也。何尚书神明清彻,殆破秋毫,君当慎之。自言不解易中九事,必当相问。比至洛,宜善精其理。'辂曰:'若九事皆至义,不足劳思。若阴阳者,精之久矣。'辂至洛阳,果为何尚书问,九事皆明。何曰:'君论阴阳,此世无双也。'时邓尚书在曰:'此君善易,而语初不论易中辞义,何邪?'辂答曰:'夫善易者,不论易也。'何尚书含笑赞之曰:'可谓要言不烦也。'因谓辂曰:'闻君非徒善论易,至于分蓍思爻,亦为神妙,	

篇目		唐钞本	宋刻本	区别
		时邓尚书在坐,曰:'此君善易,而语初不及易中辞义,何邪?'辂寻声答曰:'夫善易者,不论易。'何尚书含笑赞之曰:'可谓要言不烦也。'因谓辂曰:'闻君非徒善论易而已,至于分蓍思爻,亦为神妙,试为作一卦,知位当至三公不?又顷连青蝇数十来鼻头上,驱之不去,有何意故?'辂曰:'鸱鸮,天下贱鸟。及其在林食桑椹,则怀我好音。况辂心过草木,注情葵藿,敢不尽忠?唯之耳。昔元、凯之相重华,惠和仁义之至也。周公之翼成王,坐以待旦,敬慎之至也。故能流光六合,万国咸宁,然后据鼎足而登金,调阴阳而济兆民,此履道之休应,非卜筮之所明也。今君侯位重山岳,势若雷电,望云赴景,万里驰风。而怀德者少,畏威者众,殆非小心翼翼,多福之士。又鼻者,艮,此天中之山,高而不危,所以长守贵也。今青蝇臭恶之物,集而之焉。位峻者颠,轻豪者亡,必至之分也。夫变化虽相生,极则有害。虚满虽相受,溢则有竭。圣人见阴阳之性,明存亡之理,损益以为衰,抑进以退。是故山在地中曰谦,雷在天上曰大壮。谦则衰多益寡,壮则非礼不履。仲伏愿君侯上寻文王六爻之旨,下思尼父象象之义,则三公可决,青蝇可驱。'邓尚书曰:'此老生之常谈。'辂曰:'夫老生者,见不生。	试为作一卦,知位当至三公不?又顷梦青蝇数十来鼻头上,驱之不去,有何意故?'辂曰:'鸱鸮,天下贱鸟也。及其在林食桑椹,则怀我好音。况辂心过草木,注情葵藿,敢不尽忠?唯察之尔。昔元、凯之相重华,宣慈惠和,仁义之至也。周公之翼成王,坐以待旦,敬慎之至也。故能流光六合,万国咸宁,然后据鼎足而登金铉,调阴阳而济兆民,此履道之休应,非卜筮之所明也。今君侯位重山岳,势若雷霆,望云赴景,万里驰风。而怀德者少,畏威者众,殆非小心翼翼,多福之士。又鼻者,艮也,此天中之山,高而不危,所以长守贵也。今青蝇臭恶之物,而集之焉。位峻者颠,轻豪者亡,必至之分也。夫变化虽相生,极则有害。虚满虽相受,溢则有竭。圣人见阴阳之性,明存亡之理,损益以为衰,抑进以为退。是故山在地中曰谦,雷在天上曰大壮。谦则衰多益寡,大壮则非礼不履。伏愿君侯上寻文王六爻之旨,下思尼父象象之义,则三公可决,青蝇可驱。'邓曰:'此老生之常谈。'辂曰:'夫老生者,见不生。常谈者,见不谈也。'"——《名士传》曰:"是时曹爽辅政,识者虑有危机。晏有重名,与魏姻戚,内虽怀忧,而无复退也。著五言诗以言志曰:'鸿鹄比翼游,群飞戏太清。	

篇目		唐钞本	宋刻本	区别
		常谈者,见不谈也。'"——《名士传》曰:"是时曹爽辅政,识者虑有危机。晏有重名,与魏姻戚,内虽怀忧,而无复退地。著五言诗以言志曰:'鸿鹄比翼游,群飞戏太清。常畏天网罗,忧祸一旦并。岂若集五湖,从流唼浮萍。永宁旷中怀,何为怵惕惊。'盖因辂言,惧而著诗也。"	常畏大网罗,忧祸一旦并。岂若集五湖,从流唼浮萍。承宁旷中怀,何为怵惕惊。'盖因辂言,惧而赋诗。"	
规箴第十	正文	王绪、王国宝相为唇齿,并弄权要。王大不平其如此,乃谓绪曰:"汝为作此欻欻,曾不虑狱吏之为贵乎?"	王绪、王国宝相为唇齿,并上下权要。王大不平其如此,乃谓绪曰:"汝为此欻欻,曾不虑狱吏之为贵乎?"	第一条注文被删除部分为王国宝"少不修士业""贪恣声色妓";第二条注文被删除部分为周勃以金贿赂狱吏,不仅免辱,而且狱吏教周勃以其子妇公主为其作担保。
	注文	《王氏谱》曰:"绪字仲业,太原人。祖延,早终,父义,抚军。"《晋安帝纪》曰:"绪为会稽王从事中郎,以佞耶亲幸。间王珣、王恭于王,王恭恶国宝与绪乱政,与殷仲堪克期同举,内匡朝廷。及恭至,乃斩绪于市,以说于诸侯。"《国宝别传》曰:国宝,字国宝,平北将军坦之第三子。少不修士业,进趣当世。太傅谢安,国宝妇父也,其恶为人每抑而不用。会稽王妃,国宝从妹也,由是得与王早游,闻安于王。安薨,相王辅政,超迁侍中、中书令,而贪恣声色妓,妾以百数。坐事免官。国宝虽为相王所重,既未为孝武所新,及上览万机,乃自进于上。上甚爱之,俄而上□政于宰辅,国宝从弟绪有宠于王,深为其说。	《王氏谱》曰:"绪字仲业,太原人。祖延,父义,抚军。"《晋安帝纪》曰:"绪为会稽王从事中郎,以佞邪亲幸。王珣、王恭恶国宝与绪乱政,与殷仲堪克期同举,内匡朝廷。及恭表至,乃斩绪以说诸侯。国宝,平北将军坦之第三子。太傅谢安,国宝妇父也,恶而抑之不用。安薨,相王辅政,迁中书令,有妾数百。从弟绪有宠于王,深为其说,国宝权动内外,王珣、王恭、殷仲堪为孝武所待,不为相王所眄。恭抗表讨之,车胤又争之。会稽王既不能拒诸侯兵,遂委罪国宝,付廷尉赐死。"——《史记》曰:"有上书告汉丞相欲反,文帝下之廷尉。勃既出叹曰:'吾尝将百万之军,安知狱吏之为贵也?'"	

篇目		唐钞本	宋刻本	区别
		王忿其去就未之纳也。绪说渐行迁在仆射,领吏部丹阳尹,以东宫兵配之。国宝即得志,权震外内,王珣、恭、殷仲堪并为孝武所待,不为相王所眄。国宝深惮疾之。仲堪、王恭疾其乱政,抗表讨之。国宝惧,不知所为,乃求计于王珣。珣曰:"殷王与卿,素无深雠,所竞不过势利之间耳。若放兵权,必无大祸。"国宝曰:"将不为曹爽乎?"珣曰:"是何言与? 卿宁有曹爽之罪? 殷王宣王之畴耶!"车胤又劝之,国宝尤惧,遂解职。会稽王既不能拒诸侯之兵,遂委罪国宝,□(应为"取"——引者注)付廷尉赐死。"——《史记》曰:"汉丞相周勃就国,有上书告勃欲反,文帝下之廷尉。吏稍侵辱,勃以千金予狱吏,吏教勃以其子妇公主为证,帝于是赦勃,复爵邑。勃既出,曰:'吾尝将百万之军,安知狱吏为贵也?'"		
捷悟第十一	正文	郗司空在北府,桓宣武恶其居兵权。郗于事机素暗,遣笺诣桓:"方欲共奖王室,修复园陵。"世子嘉宾出行,于道上闻信至,急取笺视。视竟,寸寸毁裂,便回。还更作笺,自陈老病,不堪人间,欲乞闲地自养。宣武得笺大嘉,即诏转公督五郡,会稽太守。	郗司空在北府,桓宣武恶其居兵权。郗于事机素暗,遣笺诣桓:"方欲共奖王室,修复园陵。"世子嘉宾出行,于道上闻信至,急取笺,视竟,寸寸毁裂,便回。还更作笺,自陈老病,不堪人闲,欲乞闲地自养。宣武得笺大喜,即诏转公督五郡,会稽太守。	

续表

篇目		唐钞本	宋刻本	区别
	注文	《南徐州记》:"徐州民劲悍,号曰精兵,故桓温常曰:'京酒可饮,箕可用,兵可使也。'"——《晋阳秋》曰:"大司马将讨慕容暐,表求申勒。平北将军愔及袁真等严辩。愔以素羸疾,不堪戎行,自表求退。听之。诏大司马领愔所任。授愔冠军将军、会稽内史。"按《中兴书》:愔辞此行,温责其不从,处分,转授会稽。疑《世说》为谬者。	《南徐州记》曰:"徐州人多劲悍,号精兵,故桓温常曰:'京口酒可饮,箕可用,兵可使。'"——《晋阳秋》曰:"大司马将讨慕容暐,表求申劝平北将军愔及袁真等严办。愔以羸疾求退,诏大司马领愔所任。"按《中兴书》:愔辞此行,温责其不从,转授会稽。《世说》为谬。	第二条注删去"愔""不堪戎行,自表"等语。
夙惠第十二	正文	何晏年七岁,明惠若神,魏武奇爱之。因晏在宫内,欲以为子。晏乃画地令方,自处其中。人问其故?答曰:"何氏之庐也。"魏武知之,即遣还外。	何晏七岁,明惠若神,魏武奇爱之。因晏在宫内,欲以为子。晏乃画地令方,自处其中。人问其故?答曰:"何氏之庐也。"魏武知之,即遣还。	删去何晏"服□饰拟太子,故太子特憎之,每不呼其姓字,常谓之假子"。
	注文	《魏略》曰:"晏父早亡,太祖为司空时纳晏母并收养。其时秦宜禄、何□鳏亦随母在公家,并见如宠公子。□鳏性谨慎,而晏无所顾,服□饰拟太子,故太子特憎之,每不呼其姓字,常谓之假子。"《魏氏春秋》曰:"晏母尹为武王夫人,故晏长于王宫也。"	《魏略》曰:"晏父蚤亡,太祖为司空时纳晏母。其时秦宜禄、阿鳏亦随母在宫,并宠如子,常谓晏为假子也。"	
夙惠第十二	正文	晋明帝年数岁,坐元帝膝上。有人从长安来,元帝问洛下消息,潸然流涕。明帝问何以致泣?具以东度意告之。因问明帝:"汝意谓长安何如日远?"答曰:"不闻人从日边来,居然可知。"元帝异之。明日集群臣宴会,告以此意,更重问之。乃答	晋明帝数岁,坐元帝膝上。有人从长安来,元帝问洛下消息,潸然流涕。明帝问何以致泣?具以东渡意告之。因问明帝:"汝意谓长安何如日远?"答曰:"日远。不闻人从日边来,居然可知。"元帝异之。明日集群臣宴会,告以此意,更重问之。乃	

篇目		唐钞本	宋刻本	区别
		曰:"日近。"元帝失色,曰:"尔何故异昨日之言耶?"答曰:"举目则见日,举目不见长安。"	答曰:"日近。"元帝失色,曰:"尔何故异昨日之言邪?"答曰:"举目见日,不见长安。"	此段唐本有注,宋本无注。
	注文	□桓谭《新论》:"孔子东游,见两小儿□问其远近。日中时远,一儿以日初出远,日中近者,曰:'日初出大如车盖,日中裁如槃,盖此远小而近大也。'言远者日月初出,怆怆凉凉,及中如探汤,此近热远怆乎?"明帝此对,尔二儿之辨耶也。	/	所言为两小儿辩日之远近,分以"小大""温凉"辩之。此条不仅涉及小儿,还涉及孔子。
豪爽第十三	正文	桓公读《高士传》,至于陵仲子,便掷去曰:"谁能作此溪刻自处!"	桓公读《高士传》,至于陵仲子,便掷去曰:"谁能作此溪刻自处!"	
	注文	皇甫谧《高士传》曰:"陈仲子字终,齐人。兄载,为齐丞相,食禄万钟。仲子以兄禄为不义,乃适楚,居于陵,自谓于陵仲子穷不求不义之食。曾乏粮三日,匍匐而食井李之实,三因而能视。身自织屦,妻擗纑,以易衣食。尝归省母,人馈其兄生鹅者。仲子嗯颦曰:'恶用此鶂鶂为哉?'后母杀鹅,仲子不知,与母食之。兄自外入曰:'鶂鶂内邪?'仲子出门,桂而吐之。楚王闻其名,聘以为相,乃夫妇逃去,为人灌园,终身不屈其节。"	皇甫谧《高士传》:"陈仲子字子终,齐人。兄戴相齐,食禄万钟。仲子以兄禄为不义,乃适楚,居于陵。曾乏粮三日,匍匐而食井李之实,三咽而后能视。身自织屦,令妻擗纑,以易衣食。尝归省母,有馈其兄生鹅者。仲子顿颦曰:'恶用此鶂鶂为哉?'后母杀鹅,仲子不知而食之。兄自外入:'鶂鶂肉邪?'仲子出门,哇而吐之。楚王闻其名,聘以为相,乃夫妇逃去,为人灌园。"	删去"陵仲子穷不求不义之食""终身不屈其节"等语。

续表

篇目		唐钞本	宋刻本	区别
豪爽第十三	正文	桓石虔,司空豁之长庶也。小字镇恶。年十八九未被举,而童□已呼为镇恶郎。尝住宣武斋头。从征□头,车骑冲没,陈左右,莫能先救。宣武谓曰:"汝叔落贼,汝知不?"石虔闻,气甚奋。命朱辟为副,荣马于数中,莫有抗者,遂致冲还,三军叹服。阿朔以其名断疟。	桓石虔,司空豁之长庶也。小字镇恶。年十七八未被举,而童隶已呼为镇恶郎。尝住宣武斋头。从征枋头,车骑冲没陈,左右莫能先救。宣武谓曰:"汝叔落贼,汝知不?"石虔闻之,气甚奋。命朱辟为副,策马于数万众中,莫有抗者,径致冲还,三军叹服。河朔后以其名断疟。	唐抄本中此则与上则为一则,宋本分为两则。此条删去"少有美誉"。
	注文	《豁别传》曰:"豁字朗子,温之弟。少有美誉也,累迁荆州刺史,薨赠司空,谥敬也。"——《中兴书》曰:"石虔有才干而史学,累有战功。仕至豫州刺史,封□唐县。赠后军将军。"	《豁别传》曰:"豁字朗子,温之弟。累迁荆州刺史,赠司空。"——《中兴书》曰:"石虔有才干,有史学,累有战功。仕至豫州刺史,赠后军将军。"	

如果只是考察文章内容的变化,在上表所引诸条当中,其正文几乎是没有被删改的,而注文则出现大量的删节。经过删改之后,不仅文章的行文更加简练,而且文本思想也随着删改而发生了明显的变化。具体而言,即删去了涉及儒家礼法、君臣大义以及社会生活常识的内容。例如第一条中所删去的"八岁学《易》"的内容,这在魏晋玄学兴起后常用来表达"才性"的内容,但"八岁学《易》"这件事情本身,却是不合乎宋人对于儿童教育的基本态度的,因为"八岁"是"皆入小学"、学习"洒扫、应对、进退之节"的年龄[①];第二条中,"唐钞本"谈到王国宝主政期间喜好女色,妓妾以百数,而这与儒家礼制又有明显的冲突,因而被删除了;而第五条中,唐钞本的注文在宋本中全被删去,从这段注文的意思来看,"孔子"和"争论"是两个重要的"关键词",而儒家"必也使无讼乎"的思想在其中发挥了一定的作用。由此可见,删改者对《世说新语》的删改,有着一个基本明确的删改动机,即符合儒家思想的注文,对其文字加以润色后,可以基本保留原意;而不符合儒家思想的注文,要对其进行一定的修改,使之基本不触

---

① 朱熹在《大学章句序》中说:"人生八岁,则自王公以下,至于庶人之子弟,皆入小学,教之以洒扫、应对、进退之节,礼乐、射御、书数之文。"见朱熹:《四书章句集注》,中华书局,1983,第1页。

及儒家的礼制,甚至可以根据需要进行整段删除和修改。

那么《临河叙》与《兰亭序》之间存在着这些差别吗?从文献角度来看,《兰亭序》与《临河叙》之间主要存在着李文田所质疑的三个方面的差别,即"题目不同"、少了"夫人之相与"至"其致一也"一段和多了"太原孙丞公"至"罚酒三大觥"一段。如果从文章的行文方式和思想内容来看,不难发现《临河叙》行文较为平实,只是对雅集现场和过程的记录;《兰亭序》则在描绘雅集现场情景之后,从"夫人之相与"以下,表达了作者对于人生的感想和感悟。二者之间差别的重点正在"夫人之相与"以下的感怀内容及其背后所包含着的丰富的生命体验。可以说,《临河叙》重在记事,《兰亭序》则重在抒情,此二者之间的差别,并非只是文字繁简或篇幅长短的差别,更是文章背后所反映的不同层次观念系统之间的差别。因为在不同的历史时期,人们的行为方式与思想逻辑均会有所不同,考证不同文章之间思想观念的差别,同样也可以得出确切而可靠的研究结果。

二、《兰亭序》文本的真伪考辨

如前所述,对于《兰亭序》文本意义的研究,实际上存在着诸多疑点和困难。总结起来,主要有两个方面:其一,有些学者直接通过分析《兰亭序》的文本意义来研究王羲之的思想,无视学界对《兰亭序》文本的质疑,如果假设对《兰亭序》质疑成立,并非王羲之本人的作品又怎么能够表达王羲之的思想呢?其二,有些学者因重视学界对《兰亭序》文本真伪问题的考辨,认为《兰亭序》并非王羲之本人所作,因此想要研究王羲之及其思想便无法以《兰亭序》为切入点,却需要以王羲之名下的其他作品或手札来作为讨论的"原点"。

其实,即便《兰亭序》全文都是伪文,也必然隐含着作伪者的某种观念或想法,不可能完全没有研究意义和价值,何况《临河叙》与《兰亭序》在"永和九年"至"信可乐也"这一部分,除文句顺序和措辞上略有不同外,文本的内容还是基本一致的,此二者的相似性说明它们之间应当是"有所本"的。《兰亭序》全文著录于初唐,纵使有"伪"[1],对于了解唐初文人士风乃至唐前的思想观念依然

---

① 郭沫若在"兰亭论辩"中,虽然主张《兰亭序》"文字皆伪",但也不完全否认《兰亭序》文本具有一定的真实性,认为"夫人之相与"以下才是伪文。详见《兰亭论辩》,文物出版社,1973,第2页。

是有意义的。所以《兰亭序》存疑并不影响对于文本意义的考辨,只是不能不加分析地将其认定为王羲之的作品。

1.《兰亭序》与《临河叙》的文本结构

要分析《兰亭序》的文本意义,首先要明确的是行文篇章的"整体结构",才能进一步明确文中核心观念的意义以及全篇的意义。通过对比《临河叙》与《兰亭序》的"文本行文相似度"和"文句意义相似度"不难发现,《临河叙》主要记述了本次兰亭雅集举办的时间、地点、人物、事件等信息,以叙事为主;而《兰亭序》除包含上述雅集信息外,还记述了文章作者当时的心理活动,即其对人生的"感怀"。《临河叙》虽然也谈及了"感怀"的内容,但在行文上不仅文句顺序与《兰亭序》有异,而且在其思想性上没有《兰亭序》讲得深刻,行文上也没有《兰亭序》通畅。在文章的结束部分,二者也有明显的不同。《临河叙》以"叙事"为线索,"再现"了本次雅集的现场活动,而《兰亭序》以"感怀"为线索,继续抒发情感,最后提出"后之览者,亦将有感于斯文"。换言之,在文学艺术的高度上,《兰亭序》要"高"于《临河叙》,其行文连贯,意义通达,不应为依据《临河叙》的扩写。

表2 《临河叙》《兰亭序》"文本行文相似度"比对表

版本	相似	不同	
《临河叙》	永和九年,岁在癸丑,莫春之初,会于会稽山阴之兰亭,修禊事也。群贤毕至,少长咸集。此地有崇山峻岭,茂林修竹,又有清流激湍,映带左右,引以为流觞曲水,列坐其次。是日也,天朗气清,惠风和畅,娱目骋怀,信可乐也。虽无丝竹管弦之盛,一觞一咏,亦足以畅叙幽情矣。	/	故列序时人,录其所述,右将军司马太原孙丞公等二十六人赋诗如左,前余姚令会稽谢胜等十五人,不能赋诗,罚酒各三斗。

续表

版本	相似	不同	
《兰亭序》	永和九年,岁在癸丑,暮春之初,会于会稽山阴之兰亭,修禊事也。群贤毕至,少长咸集。此地有崇山峻岭,茂林修竹,又有清流激湍,映带左右,引以为流觞曲水,列坐其次。虽无丝竹管弦之盛,一觞一咏,亦足以畅叙幽情。是日也,天朗气清,惠风和畅,仰观宇宙之大,俯察品类之盛,所以游目骋怀,足以极视听之娱,信可乐也。	夫人之相与,俯仰一世,或取诸怀抱,悟言一室之内,或因寄所托,放浪形骸之外。虽趣舍万殊,静躁不同,当其欣于所遇,暂得于己,快然自足,不知老之将至。及其所之既倦,情随事迁,感慨系之矣。向之所欣,俯仰之间,已为陈迹,犹不能不以之兴怀。况修短随化,终期于尽。古人云,死生亦大矣,岂不痛哉!每览昔人兴感之由,若合一契,未尝不临文嗟悼,不能喻之于怀。固知一死生为虚诞,齐彭殇为妄作,后之视今,亦犹今之视昔,悲夫!	故列叙时人,录其所述,虽世殊事异,所以兴怀,其致一也。后之览者,亦将有感于斯文。

表3 《临河叙》《兰亭序》"文句意义相似度"比对表

版本	叙事	写景	感怀	再写景	再感怀	结语
《临河叙》	永和九年,岁在癸丑,莫春之初,会于会稽山阴之兰亭,修禊事也。群贤毕至,少长咸集。	此地有崇山峻岭,茂林修竹,又有清流激湍,映带左右,引以为流觞曲水,列坐其次。是日也,天朗气清,惠风和畅,娱目骋怀,信可乐也。	虽无丝竹管弦之盛,一觞一咏,亦足以畅叙幽情矣。	/	/	故列序时人,录其所述,右将军司马太原孙丞公等二十六人赋诗如左,前余姚令会稽谢胜等十五人,不能赋诗,罚酒各三斗。

续表

版本	叙事	写景	感怀	再写景	再感怀	结语
《兰亭序》	永和九年,岁在癸丑,暮春之初,会于会稽山阴之兰亭,修禊事也。群贤毕至,少长咸集。	此地有崇山峻岭,茂林修竹,又有清流激湍,映带左右。引以为流觞曲水,	列坐其次,虽无丝竹管弦之盛,一觞一咏,亦足以畅叙幽情。	是日也,天朗气清,惠风和畅,仰观宇宙之大,俯察品类之盛,	所以游目骋怀,足以极视听之娱,信可乐也。夫人之相与,俯仰一世,或取诸怀抱,悟言一室之内,或因寄所托,放浪形骸之外。虽趣舍万殊,静躁不同,当其欣于所遇,暂得于己,快然自足,不知老之将至。及其所之既倦,情随事迁,感慨系之矣。向之所欣,俯仰之间,已为陈迹,犹不能不以之兴怀。况修短随化,终期于尽。古人云,死生亦大矣,岂不痛哉!每览昔人兴感之由,若合一契,未尝不临文嗟悼,不能喻之于怀。固知一死生为虚诞,齐彭殇为妄作,后之视今,亦犹今之视昔,悲夫!	故列叙时人,录其所述,虽世殊事异,所以兴怀,其致一也。后之览者,亦将有感于斯文。

2.《金谷诗叙》与《兰亭序》和《临河叙》的比较

据《世说新语·企羡第十六》载:"王右军得人以《兰亭集序》方《金谷诗叙》,又以己敌石崇,甚有欣色。"《晋书·王羲之传》当中亦有"或以潘岳金谷诗序方其文,羲之比之石崇,闻而甚喜"的说法。可以看到,在《世说新语》正文和《晋书》当中,使用的都是"方"字。可是李文田在此却偷换概念,将"方"字改为了"拟"字①,意指"兰亭雅集"拟于"金谷雅集"、《兰亭序》拟于《金谷诗叙》,其实这是对"方"字义的误读。东汉许慎解"方"字为:"并船也。象两舟省、总头形。凡方之属皆从方。""方"字本义有"并"的意思。《世说新语·文学第四》载:"庾阐始作《扬都赋》,道温、庾云:'温挺义之标,庾作民之望。方响则金声,比德则玉亮。'"从上下文关系上可以看出"方"是"比"的同义词。《说文解字》中解"拟"字则为"度也。从手疑声。鱼已切"。看来"王右军得人以《兰亭集序》方《金谷诗叙》"一句的原意应是有人赞扬王羲之这篇《兰亭集序》比得上当年石崇那篇《金谷诗叙》,但经李文田错误解释"方"字义后,句意就变成了《兰亭序》"比拟"《金谷诗叙》而作,进而证明刘孝标所注《临河叙》为正本,而《兰亭序》经过隋唐人的篡改。

表4　《金谷诗叙》与《临河叙》《兰亭序》行文意义对比表

句意篇目	《金谷诗叙》	《临河叙》	《兰亭序》
叙事写景	余以元康六年,从太仆卿出为使持节,监青、徐诸军事、征虏将军。有别庐,在河南县界金谷涧中,或高或下,有清泉茂林,众果竹柏药草之属,莫不毕备。又有水碓鱼池土窟,其为娱目欢心之物备矣。时征西大将军祭酒王诩当还长安,余与众贤共送往涧中,昼夜游宴,屡迁其坐,或登高临下,或列坐水滨。时琴瑟	永和九年,岁在癸丑,莫春之初,会于会稽山阴之兰亭,修禊事也。群贤毕至,少长咸集。此地有崇山峻岭,茂林修竹,又有清流激湍,映带左右,引以为流觞曲水,列坐其次。是日也,天朗气清,惠风和畅,娱目骋怀,信可乐也。	永和九年,岁在癸丑,暮春之初,会于会稽山阴之兰亭,修禊事也。群贤毕至,少长咸集。此地有崇山峻岭,茂林修竹,又有清流激湍,映带左右。引以为流觞曲水,列坐其次,虽无丝竹管弦之盛,一觞一咏,亦足以畅叙幽情。是日也,天朗气清,惠风和畅,仰观宇宙之大,俯察品类之盛,所以游目骋

---

① 李文田在跋文中说:"《世说》云'人以右军《兰亭》拟石季伦《金谷》,右军甚有欣色',是序文本拟《金谷序》也。"

续表

句意篇目	《金谷诗叙》	《临河叙》	《兰亭序》
	笙筑,合载车中,道路并作及住令与鼓吹递奏。遂各赋诗,以叙中怀。或不能者,罚酒三斗。		怀,足以极视听之娱,信可乐也。
感怀	感性命之不永,惧凋落之无期。	虽无丝竹管弦之盛,一觞一咏,亦足以畅叙幽情矣。	夫人之相与,俯仰一世,或取诸怀抱,悟言一室之内;或因寄所托,放浪形骸之外。虽趣舍万殊,静躁不同,当其欣于所遇,暂得于己,快然自足,不知老之将至。及其所之既倦,情随事迁,感慨系之矣。向之所欣,俯仰之间,以为陈迹,犹不能不以之兴怀。况修短随化,终期于尽。古人云:死生亦大矣,岂不痛哉?每揽昔人兴感之由,若合一契,未尝不临文嗟悼,不能喻之于怀。固知一死生为虚诞,齐彭殇为妄作。后之视今,亦犹今之视昔。悲夫!
结语	故具列时人官号、姓名、年纪,又为诗着后。后之好事者,其览之哉?凡三十人,吴王师议郎关中侯始平武功苏绍字世嗣,年五十为首。	故列序时人,录其所述,右将军司马太原孙丞公等二十六人赋诗如左,前余姚令会稽谢胜等十五人,不能赋诗,罚酒各三斗。	故列叙时人,录其所述,虽世殊事异,所以兴怀,其致一也。后之览者,亦将有感于斯文。

通过文本结构的比较不难发现,从行文上来比较《金谷诗叙》和《临河叙》,确实有相似之处,但将其与《兰亭序》相比较,差别较大。以《金谷诗叙》"感性命之不永,惧凋落之无期"一句仿写出"虽无丝竹管弦之盛,一觞一咏,亦足以畅

叙幽情矣"一句或许有可能,但认为《兰亭序》自"夫人之相与"以下169字是仿写、扩写自《金谷诗叙》的"感性命之不永,惧凋落之无期"一句的话,则不大可能了。同时,今天虽然看不到《世说新语·品藻》第九中所征引的《金谷诗叙》与石崇《金谷诗叙》原文之间有多大差别,但是通过《世说新语》中载有的一条《金谷诗叙》佚文①、《太平御览》载有的一条《金谷诗叙》异文②便可得知,今本所见《金谷诗叙》也是后人删改过的,而非石崇《金谷诗叙》的原貌。此外《临河叙》和《金谷诗叙》的结语部分很相似,但与《兰亭序》的结语颇异,而《临河叙》和《金谷诗叙》同见于经过删改的今本《世说新语》,又无其他相关实物可以比照,所以不能不让人怀疑其文本的真实性。如果《临河叙》和《金谷诗叙》的结尾部分都属后人"撮叙"③的话,那么甚至可以说《金谷诗叙》或许也曾存在过一件类似于《兰亭序》的"全文版"《金谷诗序》。

综合以上文本对照研究发现,相较于《金谷诗叙》与《临河叙》,《兰亭序》既非仿写,也非扩写,应是一篇文意连贯的文章。

三、《兰亭序》:一篇可靠的东晋文献

探讨《兰亭序》文本的真实意义到底为何,是一个看似简单却极为麻烦的事,原因在于:自古以来人们对《兰亭序》所作的各种摹本、临本或刻本,主要看重的还是它在书法方面的成就,而少有人系统关注讨论文本的思想内容本身;《临河叙》虽以书籍文献的形式传世,但也没有人对它进行过系统的注疏、考据;加之《兰亭序》成文距今已过去了1666年,在这1666年间,中国社会的变革和思想观念的演变是巨大的,不仅各种传说与真相交织在一起,就连一件王羲之的书法真迹都未能传世。所以想要从历史的"迷雾"中发现《兰亭序》文本的真相,是有相当难度的。

一项史学研究能够成立并有研究意义,或是研究中使用可靠的新的研究材料,或是在研究中使用可靠的新的研究方法。以往的研究注重研究者对文本进

---

① 《世说新语·自新》第十五:"石崇《金谷诗叙》曰:'王诩,字季胤,琅邪人。'"
② 《太平御览》卷九一九"鸭"门:"石崇《金谷诗叙》曰:'吾有庐在河南金谷中,去城十里,有田十顷,羊二百口,鸡猪鹅鸭之属,莫不毕备。'"
③ 周汝昌著,周伦玲编:《兰亭秋夜录》,广西师范大学出版社,2011,第142页。

行深入阅读后的直观理解,这一方法的弊端在于研究效率低而且主观性强。在当前学界有关《兰亭序》的研究中,这种研究表现得尤为突出。有学者认为《兰亭序》"从山水之乐转到死生之悲,透射出深层的忧患意识,反映了东晋士人对精神自由的向往和对世道人生的态度"①,亦有学者认为"王羲之的《兰亭序》在美学上的意义,还没有引起研究者的重视;而其'兴怀'说,实际上是对美感准确而全面的表述,在中国美学史上具有里程碑的意义"②。此类研究的问题在于直以《兰亭序》为王羲之作品而不加考辨,并以文中思想阐述王羲之的思想。试问,若对《兰亭序》文本的质疑成立,确认《兰亭序》一文非王羲之所作,那么是否可以其中的文句来理解王羲之思想呢? 而且此类研究往往各有所据,结论却大相径庭。这是源于研究者主观理解的不同所带来的研究方面的不确定性。

一如金观涛教授和刘青峰教授在《观念史研究:中国现代重要政治术语的形成》中所说:"原则上讲,研究者可以通过建立包括过去所有文献的专业数据库,采用数据挖掘(data mining)方法,把表达某一观念所用过的一切关键词找出来,再通过核心关键词的意义统计分析来提示观念的起源和演变。"③按照这一研究方法,本文在前期研究过程当中,曾将《兰亭序》每一句中的每一个有意义的词或字逐一放回到魏晋士人的语境(以《汉魏六朝百三家集》和《全晋文》为语料库)当中,在尽可能排除研究者主观因素干扰的情况下,对《兰亭序》的文本进行了解析。④ 比如在对《兰亭序》中"永和"一词进行考察的过程中便可以发现"永和"作为一个年号,在汉魏六朝时期仅出现过两次:一次是在东晋穆帝时期(永和年号自公元 345 至 356 年,共使用 12 年),另一次是用于东汉顺帝时期(永和年号自公元 136 至 141 年,共使用 6 年),那么"永和九年"则可以确定是东晋穆帝的"永和九年"(353)而非东汉顺帝的"永和九年",因为在顺帝那里,

---

① 陈碧:《山水之乐死生之悲——王羲之〈兰亭序〉思想探析》,载《湖北社会科学》2009 年第 3 期,第 127 页。

② 曹础基:《试论王羲之的"兴怀"说——〈兰亭序〉的美学意义》,载《华中师范大学学报》2003 年第 1 期,第 40 页。

③ 金观涛、刘青峰:《观念史研究:中国现代重要政治术语的形成》,法律出版社,2010,第 5 页。

④ 学者祁小春也曾在他的相关研究当中使用类似的方法发现《兰亭序》的遣词造句与葛洪《抱朴子·内篇》中某些文句相似,只是未给出明确的结论来说明《兰亭序》的"真"或"伪"。张红军基于祁小春的相关研究和所提供的材料线索进行了再讨论,提出《兰亭序》是可信的文本。参见祁小春的《迈世之风》和张红军的《〈兰亭序〉文本再研究》。

"永和"年号只用了 6 年便停用了。再如《兰亭序》第四句"引以为流觞曲水,列坐其次,虽无丝竹管弦之盛,一觞一咏,亦足以畅叙幽情",在与《临河叙》的比较中出现了异文,其文中"列坐其次"之后接下一句"是日也,天朗气清,惠风和畅",而"虽无丝竹管弦之盛,一觞一咏,亦足以畅叙幽情"一句被置于"信可乐也"之后,并在句末加"矣"字结束。很明显,这里的改动虽然在文字上修改不多,但造成了意义结构的重大变化。《兰亭序》以抒情为主基调,但并不是一蹴而就的,是通过此句"畅叙幽情"再到次句"游目骋怀,足以极视听之娱,信可乐也",而最终进入"夫人之相与"的,其行文特点可表达为"写景—抒情—再写景—再抒情"的双重结构,是一个情绪不断得到升华的渐进过程;而《临河叙》则在"列坐其次"之后,继续写景,在"惠风和畅"之后突然转为抒情,结束于"畅叙幽情矣"。虽然其行文也属"写景—抒情"的结构,但显然比《兰亭序》的行文来得简单,文章的美感也颇逊色于《兰亭序》。再如在李文田等人提出"兰亭"质疑之前,便有人提出"兰亭"文不雅,其依据之一就是此句中"丝竹管弦"的说法是重出,意为"丝竹"即是"管弦",不必重复。亦有人提出反驳,说"丝竹管弦"出自《汉书·张禹传》,作"丝竹管弦",刘敞认为"丝竹管弦等二物尔,于文为骈"。亦有人认为《金谷诗叙》中"时琴瑟笙筑,合载车中,道路并作及住令与鼓吹递奏"一句,王羲之《兰亭序》"方"《金谷诗叙》而作,故写"虽无丝竹管弦之盛,一觞一咏,亦足以畅叙幽情"。祁小春曾针对为什么兰亭雅集上会没有"丝竹管弦之盛"进行专题考察,认为东晋在永和九年前后正在进行北伐,王羲之等人"尽管在曲水之畔吟诗醉酒、畅叙幽情,但在他们的心中,必定还有令其沉重与不安的一面,至少北伐之成败应是压藏在王、谢等人胸中的一个重大心事,或许他们平日都在默默地关注战事的进展情况"[①],而不应是来自经济或者其他的原因。祁氏的这一观点看到了当时的历史背景,是有其合理性的,但未能从观念上进一步考究为什么在没有"丝竹管弦"的情况,仅凭"一觞一咏"就可以"畅叙幽情"了。按照学者赵超的讲法,"鸣琴是魏晋士夫一项十分重要的表达才性的方式,它是贯穿整个魏晋士大夫的精神世界的"[②]。这也就是说,"丝竹管弦"实际上是魏晋士大夫进行"道德修身"的一种重要手段,那么没有"丝竹管弦","一觞一咏"便可以"畅叙幽情"的"合

---

① 祁小春:《山阴道上:王羲之研究丛札》,中国美术学院出版社,2009,第 59 页。

② 赵超:《"画山水"观念的起源》,博士学位论文,中国美术学院,2013,第 162 页。

理性"又在哪里呢？如果我们仔细去推敲"虽无丝竹管弦之盛，一觞一咏，亦足以畅叙幽情"的语义便不难知道，在雅集上设"丝竹管弦"的目的是为了"畅叙幽情"；兰亭雅集时"虽无丝竹管弦"，但借以"一觞一咏"，同样可以"畅叙幽情"，这样看来"畅叙幽情"才是雅集中最为重要的活动，至于有无"丝竹管弦"甚至"一觞一咏"，都不是那么重要的事，由此便不难理解下文为什么转向"感怀"与"抒情"。郭沫若曾说《兰亭序》在"夫人之相与"以下"悲得太没道理"。其实不然，《兰亭序》的思想主旨就是为了"感怀"和"抒情"，而且在魏晋文献中出现"先喜后悲"的情况，《兰亭序》也并非唯一的一例。① 此处限于篇幅，在此不能一一举例说明。

那么，是不是可以就此下一断言：既然《兰亭序》在思想上符合魏晋时期的观念特征，那么是不是可以说《兰亭序》就是出自王羲之的"手笔"并代表王羲之本人的思想观念呢？这当然是不可以的。因为《兰亭序》作为一本诗集的序文，当在一定程度上反映着包括作者在内的所有与会人员的思想，至少也应是他们的"共见"，因此应将《兰亭序》理解为一篇反映着东晋士大夫阶层观念特征的文章则较为妥帖、合适。

学界曾有学者明确提出"《临河叙》为原文抑或节录文的讨论结果，都不能作为证明《兰亭序》文献真伪的直接证据"②，这一观点的提出，其前提即要"尽量避免涉及文章的文学性、思想性等问题的讨论"③。但是，要知道缺少对文献的文学性和思想性的把握，那么所谓的"文献"就变成了由一个个单字的"排列"，那么对于这些单字无论进行多么细致的考证，研究者都无法"整体"地理解文章。其实，《兰亭序》与《临河叙》既不是"两篇文章"④，《临河叙》也不应再被理解为刘孝标的"撮叙"，学界同仁们更不应满足于"认为《兰亭序》与《临河叙》都是王羲之的原作，只是一件是草稿、一件是定稿"这样一种无奈而折中的看法。我们应以《临河叙》的"被删改"作为讨论《兰亭序》文本真伪的突破口，考

---

① 《汉魏六朝百三家集》卷二十四曹丕《又与吴质书》："每至觞酌流行，丝竹并奏，酒酣耳热，仰而赋诗，当此之时，忽然不自知乐也。谓百年已分，长共相保，何图数年之间，零落略尽，言之伤心，顷撰其遗文，都为一集，观其姓名，已为鬼录，追思昔游，犹在心目，而此诸子化为粪壤，可复道哉？"
② 祁小春：《迈世之风——有关王羲之资料与人物的综合研究》，文物出版社，2012，第 276 页。
③ 祁小春：《迈世之风——有关王羲之资料与人物的综合研究》，文物出版社，2012，第 270 页。
④ 吕文明：《走向神坛：〈兰亭序〉对王羲之"书圣"地位的造就》，载《山东师范大学学报》（人文社会科学版）2019 年第 5 期，第 109 页。

察《临河叙》《兰亭序》之间思想观念的差别实为回应《兰亭序》文本真伪问题的可由之路。

（刘磊，艺术学博士，硕士研究生导师，绍兴文理学院艺术学院讲师，绍兴文理学院非物质文化遗产研究中心成员，中国美术学院中国思想史与书画研究中心成员。主要研究方向："兰亭学"；美术非遗保护研究）

《世说新语》少儿故事归属辩议

王艺雯　王利锁

　　少年儿童是《世说新语》(以下简称《世说》)关注的重要人物群体之一,《世说》专立《夙惠》以采录少儿故事即是明证,但《世说》的少儿故事并非全部收录在《夙惠》中,其他类目亦有大量记述。初步统计,除《夙惠》七则外,其他还有《德行》一则、《言语》十三则、《政事》一则、《文学》四则、《方正》二则、《雅量》三则、《识鉴》六则、《赏誉》一则、《豪爽》一则、《自新》一则、《排调》三则,《假谲》四则、《忿狷》一则、《仇隙》一则,合计共约五十七则。《世说新语》少儿故事归属存在的这一歧异现象,颇值得我们思考:既然《世说》已立《夙惠》类目专门记录少儿故事,为什么少儿故事又不集中记录在《夙惠》中,而存在故事溢出类目的现象? 同样都是描写少年儿童,《夙惠》中的少儿故事与其他类目中的少儿故事意旨归趣有何不同?《世说》少儿故事归属不同的背后,是否隐含着《世说新语》编撰者传递的其他有效信息? 由于《世说》编撰者没有留下序跋义例之类的说明文字,所以,《世说新语》的编撰目的、价值指向、故事取舍标准等义例原则,我们几乎一无所知。学界目前对《世说》编撰义例的考察,基本是以《世说》文本呈现的自然形态为依据,并结合编撰者所处时代的社会文化特征来进行归纳的,而上述问题很可能与其初纂时的类目设置和故事取舍有很大关系,但"世说学"研究者对此问题则很少讨论。有鉴于此,笔者拟通过对《世说新语》中少儿故事归属不同的探察,尝试分析其背后存在的差异性,并就其故事归属和类目设置问题提出一些初步想法,恳望得到方家批评指正。

一

　　先从《夙惠》中的少儿故事谈起。

夙惠即早慧。早慧是指一种智力现象，特别指少年儿童突出的智性表现，是对少年儿童非凡智力的综合性评估和判断。早慧作为一种智力表现可以有不同的表征，但大体而言主要体现在言、行、思三个层面。《夙惠》共收故事七则，涉及汉末的陈纪（元方）、陈谌（季方）兄弟，三国曹魏时的何晏，东晋时的晋明帝司马绍，顾和的外孙张玄之和孙子顾敷，韩康伯，晋孝武帝司马曜和桓玄共九人。从含括时代看，夙惠故事跨度从东汉末至东晋末，与《世说》其他类目所收故事年代相仿佛。从人物身份看，夙惠少儿有两位后来是东晋帝王，其他或为朝廷重臣，或为当世名士，也是《世说》所写人物的题中之义。

从夙惠故事内容看，大体可以分三类：第一，描写少年儿童的记忆力超群。如第一则"宾客诣陈太丘宿"条①，记元方、季方兄弟为了听父亲陈寔与客"论议"，结果"炊忘着箪，饭落釜中""成糜"，其父陈寔质之，"二子俱说，更相易夺，言无遗失"，甚得其父称赏。第四则"司空顾和与时贤共清言"条②，记顾和与时贤清言，孙子顾敷与外孙张玄之在旁边戏玩，神情似乎不在意他们的谈论，但客人走后，二子晚上在灯下"共叙客主之言，都无遗失"，令顾和刮目相看，感叹非常："不意衰宗复生此宝！"这两则故事人物不同，但语境相似，皆在描写儿童于事后复述还原听到的谈论内容，"都无遗失"，突出表现了他们记忆力的超群。

第二，描写少年儿童的明慧识理，思辨聪颖。如：

> 晋明帝数岁，坐元帝膝上。有人从长安来，元帝问洛下消息，潸然流涕。明帝问何以致泣，具以东渡意告之。因问明帝："汝意谓长安何如日远？"答曰："日远。不闻人从日边来，居然可知。"元帝异之。明日，集群臣宴会，告以此意，更重问之。乃答曰："日近。"元帝失色，曰："尔何故异昨日之言邪？"答曰："举目见日，不见长安。"（三）③

> 韩康伯数岁，家酷贫，至大寒，止得襦。母殷夫人自成之，令康伯捉熨斗，谓康伯曰："且箸襦，寻作复裈。"儿云："已足，不须复裈也。"母问其故，答曰："火在熨斗中而柄热，今既箸襦，下亦当暖，故不须耳。"母甚异之，知

---

① 刘义庆撰，刘孝标注，余嘉锡笺疏，周祖谟、余淑宜、周士琦整理：《世说新语笺疏》，上海古籍出版社，1993，第586页。以下引《世说新语》，均据此书。
② 余嘉锡：《世说新语笺疏》，第591页。
③ 余嘉锡：《世说新语笺疏》，第589页。

为国器。（五）①

晋孝武年十二,时冬天,昼日不著(着)复衣,但著(着)单练衫五六重,夜则累茵褥。谢公谏曰:"圣体宜令有常。陛下昼过冷,夜过热,恐非摄养之术。"帝曰:"昼动夜静。"谢公出叹曰:"上理不减先帝。"（六）②

这三则故事尽管时代不同,人物不同,但它们的共性皆在于突出少儿对事理的明识。他们都能够或依据生活常识或根据事物原理对眼前之事作出合理的解释,思理明慧,令人惊异。

第三,故事本义或存在费解之处,但编纂者应有具体的归趣所指。如第二则:

何晏七岁,明惠若神,魏武奇爱之。因晏在宫内,欲以为子。晏乃画地令方,自处其中。人问其故,答曰:"何氏之庐也。"魏武知之,即遣还。③

何晏乃何进之孙,出身名门。曹操欲纳其为子,除"奇爱"他"明惠若神"外,应与曹操已纳其母有很大关系。但何晏的反应则令人诧异,他既没有公开反对,也没有欣然接受,而是在宫中画地自处,昌言"何氏之庐",结果曹操知道后即"遣还"。从故事叙述看,何晏之举动颇有些"方正"个性,"简傲"习气,但何晏"何氏之庐"的话该如何理解,则不太好把握。若说是何晏在高扬自己身份的高贵以表示对曹氏家族的蔑视——即我乃何家子孙,怎能与阉宦曹氏为伍,但七岁之童,即使对曹操纳其母的行为不满,恐怕也上升不到家族利益甚至政治高度。况且,曹操奇爱何晏而纳之是曹操真实的态度表现,并无虚饰的成分。所以,此故事对何晏拒斥心理的描写倒是淋漓尽致,但体现了何晏什么"夙惠"智性恐怕就不好界定。简言之,此条故事的"夙惠"意旨无论从哪方面解读,都可能存在过度诠释的可能。第七则桓玄的故事也同样如此。④ 桓玄五岁丧父,叔父桓冲带领桓玄父亲的部下与其道别,桓冲告诉桓玄这些人都是他父亲当年

---

① 余嘉锡:《世说新语笺疏》,第 591 页。
② 余嘉锡:《世说新语笺疏》,第 592 页。
③ 余嘉锡:《世说新语笺疏》,第 588 页。
④ 余嘉锡:《世说新语笺疏》,第 593 页。

的官吏将佐,桓玄听后则"应声恸哭,酸感旁人"。在此故事中,桓玄并没有什么惊异的动作和智慧的言语,只是记述了桓玄面对父亲故旧时的一种情感反应。按生活情理,一个五岁孩童,身处父亲去世的丧礼场景,即使叔父不介绍参加丧礼人的身份,他也会见到来人"应声恸哭,酸感旁人"的。也就是说,桓玄的举动应该是一般儿童都可能有的生活情感的正常反应,但《世说》将桓玄的"应声恸哭"视为一种独特的"夙惠"表现,仿佛具有更深的"弦外之音",这也确实不太好理解。概言之,《世说》将此两则故事收入《夙惠》中,初衷应与编撰者对"夙惠"意涵的界定有很大关系,只是今天把握起来颇费周折。我们姑且将其理解为面对突发事件的一种聪颖应对吧。

总之,《夙惠》中的少儿故事重在表现少年儿童的记忆力超群,明慧识理和聪颖应对。如果说记忆力超群是夙惠少儿的早慧潜质,明慧识理是他们的先天真性,那么,聪颖应对则是他们突出的生活表现。这三个基本要素正是言、行、思的集中表现,当然也是夙惠少儿即早慧的核心内涵。

二

下面简要分析一下《世说·言语》中的少儿故事。

《言语》共一〇八条,其中少儿故事十三条,约占该类总数的八分之一。《世说》"言语"门的命名当本之《论语》的"孔门四科"。《论语·先进》曰:"言语:宰我、子贡。"在孔门弟子中,宰我、子贡皆以"善为说辞"著称。[1] 所谓言语即指善于辞令、巧言妙语,说话机智得体、讲究技巧。《世说·言语》收录的故事多在强调"言"而不是"事","事"只是发"言"的特殊语境,或者说,记录所写人物的临事之"言"是《言语》故事的核心。在此十三条中,孔融二子和钟会兄弟各有两条,其中一条即盗服父酒事,内容相似而叙述有异,故余嘉锡先生认为它们"盖即一事,而传闻异词"[2],应是由同一件事衍化而来。与《夙惠》少儿故事具有互文性的一条,即第五十一条:

> 张玄之、顾敷,是顾和中外孙,皆少而聪惠。和并知之,而常谓顾胜,亲

---

① 杨伯峻:《孟子译注·公孙丑上》,中华书局,2005,第62页。

② 余嘉锡:《世说新语笺疏》,第73页。

重偏至,张颇不恢。于时,张年九岁,顾年七岁,和与俱至寺中。见佛般泥洹像,弟子有泣者,有不泣者,和以问二孙。玄谓"被亲故泣,不被亲故不泣"。敷曰:"不然,当由忘情故不泣,不能忘情故泣。"①

顾和对孙子和外孙的感情轻重有偏,这令其外孙张玄之内心很不满。因此,借顾和带他们观"佛般泥洹像"之机,张玄之将此不满和盘托出。张玄之的"被亲""不被亲"之说即是他的生活感受的情感表达,话语中自带弦外之音,言在此而意在彼,实在暗讽顾和的偏心。而顾敷的"忘情""不忘情"之论则以切合当时玄学谈论的命题出发,既巧妙驳斥了张玄之的说法,又表现了他超然的心态,情感表达不露声色,言语意蕴玄远冷峻。结合《夙惠》的描写,两相参证,足见少年才俊张玄之、顾敷二人,不仅记忆力超群、明慧聪颖,而且言语表达也意趣玄远、机智巧妙,给人留下深刻印象。

言语即说话的艺术,古人特别重视言语的表达。明末曹臣曾仿《世说》体例编《舌华录》九卷,专门记录历代名人雅士的清言妙语。他根据言语意趣风格的不同,将所收言语分为慧语、狂语、豪语、傲语、冷语、谐语、谑语、韵语、俊语、讽语、讥语、颖语、辩语、愤语、凄语等十八类,其中多有取自《世说》者。② 如《慧语》类收录《夙惠》第五十一条张玄之、顾敷之语;《辩语》类收录《言语》第四十三则孔君平、杨氏子语,只是"杨氏子"被替换成了杨修;《谑语》类收录《言语》第三条孔融年十岁见李膺语;等等。借鉴曹臣的说法,我们亦不妨将《世说·言语》类所收少儿故事的"言语",根据其意趣风格特征再概括细分为明识慧语、机敏巧语、幽默谐语三类。

第一,明识慧语,即富有哲理思辨的智慧之语。如第五则"孔融被收"条③,记孔融被收后,二子依旧在"琢钉戏,了无遽容"。孔融向来使请求无伤其儿,没有料到其儿子却说:"大人岂见覆巢之下,复有完卵乎?"据刘孝标注,此故事本当出自孙盛《魏氏春秋》,但裴松之认为这是孙盛"好奇情多"所造④,不足为据。不管此言语是否真出自孔融儿子之口,但在此故事语境中,它的确表现了孔融

---

① 余嘉锡:《世说新语笺疏》,第110页。
② 曹臣撰,陆林校点:《舌华录》,黄山书社,1999。
③ 余嘉锡:《世说新语笺疏》,第58页。
④ 余嘉锡:《世说新语笺疏》,第58页。

之子明识聪慧,料事如神的"夙惠"品性,而且言语表达譬喻恰当,生动形象,恰切地预示了当时情境下父子必然的命运与结果。上述张玄之、顾敷之言,亦具有如是特点。

第二,机敏巧语,即应对得体,机警巧妙之语。如第十一则:

> 钟毓、钟会少有令誉。年十三,魏文帝闻之,语其父钟繇曰:"可令二子来。"于是敕见。毓面有汗,帝曰:"卿面何以汗?"毓对曰:"战战惶惶,汗出如浆。"复问会:"卿何以不汗?"对曰:"战战栗栗,汗不敢出。"①

程炎震曾据钟繇、钟毓、钟会父子三人的生平行实,考证此故事所写之事不可能发生,"此语诬甚"②。但作为表现少儿言语辞令的小说遗闻,此故事的描写则又是饶有趣味的。两个涉世未深的少年去面见人人敬畏、威权至上的皇帝,可以想见他们内心的忐忑恐惧和局促不安。但面对君王的发问,他们对自己的窘迫都能作出恰如其分的解释,出汗是"战战惶惶"、惊恐万状,不出汗是"战战栗栗"、噤若寒蝉,而且解释的背后都蕴涵着对君王威严的无限敬畏和对礼制秩序的准则恪守,情状解释恰当又生动传神,不失为机智妙对的典范。与此相似的还有第五十则"孙齐由、齐庄二人,小时诣庾公"条。③ 当庾亮问孙放为何字"齐庄"时,孙放回答说仰慕庄周,庾亮又问:"为什么不仰慕仲尼而仰慕庄周呢?"孙放回答:"圣人生知,故难企慕。"《论语·季氏》载:"孔子曰:'生而知之者,上也;学而知之者,次也;困而学之,又其次也;困而不学,民斯为下矣。'"④孙放的话即本于此。表面看来,孙放在说圣人天生智慧,难以企及,只能退而学庄周这样的贤人,但孙放借《论语》之言以明己意,实际又在暗示自己对圣人之言也是非常熟悉的。孙放的话,既明确宣示了自己的生活倾向,又暗中对是否仰慕圣人进行了辩解,可谓一箭双雕、一语双关,用典贴切,谦让有加。孙放的解释机警巧妙,自然就赢得庾亮的青睐。

第三,幽默谐语,即富有调侃意味的捷对之语。如第四十三则:

---

① 余嘉锡:《世说新语笺疏》,第71页。
② 余嘉锡:《世说新语笺疏》,第72页。
③ 余嘉锡:《世说新语笺疏》,第109页。
④ 杨伯峻:《论语译注》,中华书局,1980,第177页。

> 梁国杨氏子,九岁,甚聪惠。孔君平诣其父,父不在,乃呼儿出,为设果。果有杨梅,孔指以示儿曰:"此是君家果。"儿应声答曰:"未闻孔雀是夫子家禽。"①

杨梅不是杨家所产,孔君平未必不知此道理,他的话只是和幼儿开玩笑。如果一般儿童遇到此事,反应迟钝,可能唯唯诺诺就过去了。但智慧机敏的杨氏子却以"未闻孔雀是夫子家禽"来应对,以子之矛,攻子之盾,顺藤摸瓜,类比推理,以孔雀之"孔"谐孔氏之"孔",既对其杨梅为杨家果的说法进行了回应,又切合孔君平的姓氏身份,诙谐幽默,不伤体面,巧言妙对,令人捧腹。再如第三则"孔融年十岁,随父到洛"条②,孔融为了能见到盛名远望的李膺,不惜拉大旗作虎皮、攀龙附凤、虚张声势,令李膺奇爱非常、刮目相看。后至的陈韪了解此事后,不以为然,说:"小时了了,大未必佳。"孔融则应声曰:"想君小时,必当了了!"结果搞得陈韪"大踧踖",异常尴尬。在此段描写中,孔融前语显其智慧机敏,后语见其幽默灵透,把一个十岁的"夙惠"少儿形象刻画得活灵活现,惟妙惟肖,入骨三分。

由上分析可以看出,《言语》中的少儿故事重在表现少年儿童的聪颖应对,言语的机敏巧妙。就智力早慧的突出表征言、行、思而言,它们与《夙惠》少儿故事具有明显的相似性。但如果仔细辨析,又可发现,二者故事形态的呈现还是有很多差异的。如《言语》十三条中,没有一条涉及儿童记忆力的故事,而《夙惠》七条中就有两条是表现少儿记忆力超群的。再如,《言语》十三条中没有一条对帝王少年的描写,而《夙惠》七条中则描写了东晋两个皇帝即晋明帝和晋孝武帝的少年轶事。不过,在笔者看来,《夙惠》少儿故事和《言语》少儿故事最大的区别还在于,前者重在彰显少儿的事之慧,而后者则重在表现少儿的言之智。换言之,《夙惠》的叙述核心在少儿之事,《言语》的叙述本位在少儿之言;《夙惠》记言,是因事附言,《言语》记事,是以事运言。当然,这只是就故事本身的总体形态呈现进行的划分,至于具体到某条故事又未必完全如此契合。但就"言语"故事本身而言,《言语》的少儿故事均符合"言语"的本旨,鲜明体现了少儿言语的艺术魅力。

---

① 余嘉锡:《世说新语笺疏》,第105页。
② 余嘉锡:《世说新语笺疏》,第56页。

三

为了说明问题,我们不妨再简单讨论一下《识鉴》《假谲》中的少儿故事。

《识鉴》共二十八则,描写的都是鉴别人物、赏识人才、分辨是非能力的故事,其主角都是当世重要的识鉴名家,如乔玄、傅嘏、羊祜、潘滔、褚裒、王蒙、谢安、刘惔、郗超等。其中六则涉及少儿,人物包括曹操、王敦、卫玠、戴逵、褚期生、傅亮兄弟等。不过,这些故事只是叙述识鉴者对识鉴对象即少儿的感性认识,大多没有说明识鉴的标准和内涵。如:

> 曹公少时见乔玄,玄谓曰:"天下方乱,群雄虎争,拨而理之,非君乎?然君实乱世之英雄,治世之奸贼。恨吾老矣,不见君富贵,当以子孙相累。"(一)①
>
> 褚期生少时,谢公甚知之,恒云:"褚期生若不佳者,仆不复相士。"(二十四)②

其中有两则故事涉及识鉴的依据,如第六则:"潘阳仲见王敦小时,谓曰:'君蜂目已露,但豺声未振耳。必能食人,亦当为人所食。'"③第八则:"卫玠年五岁,神衿可爱。祖太保曰:'此儿有异,顾吾老,不见其大耳!'"④但从叙述内容看,识鉴的标准主要还是汉代以来骨相形貌识人的基本方法,即根据人物的骨相形貌来进行认知,严格说来,这属于汉代骨相学的范畴,而非玄学的玄远理域。所以,《识鉴》涉及的少儿故事对解读"识鉴"题旨本身是有价值的,但对认识少儿故事归属并没有多少启示意义,至多说明曹操、王敦、卫玠、戴逵、褚期生、傅亮兄弟等自小即有非凡的气质与表现。

《假谲》十四条中有四条描写到少儿故事。假谲即诡诈、欺骗,玩弄权术。其中,曹操与袁绍的故事最具有典型性:

---

① 余嘉锡:《世说新语笺疏》,第382页。
② 余嘉锡:《世说新语笺疏》,第405页。
③ 余嘉锡:《世说新语笺疏》,第391页。
④ 余嘉锡:《世说新语笺疏》,第392页。

> 魏武少时,尝与袁绍好为游侠,观人新婚,因潜入主人园中,夜叫呼云:"有偷儿贼!"青庐中人皆出观,魏武乃入,抽刃劫新妇。与绍还出,失道,坠枳棘中,绍不能得动。复大叫云:"偷儿在此!"绍遑迫自掷出,遂以俱免。(一)①

> 袁绍年少时,曾遣人夜以剑掷魏武,少下,不著。魏武揆之,其后来必高,因帖卧床上,剑至果高。(五)②

曹操与袁绍皆为汉末军阀割据一方的枭雄,但少年曹操的智力似乎远在袁绍之上,所以故事处处在描写少年曹操对少年袁绍的戏弄,他们二人的情智自少年时即已判然有别。分析《世说》中的"假谲"故事可以发现,它们重在描写故事人物的行为动机,通过人物的行为表现人物的心理,这从《假谲》的另外一条就能看出来:

> 谢遏年少时,好著紫罗香囊,垂覆手。太傅患之,而不欲伤其意,乃谲与赌,得即烧之。(十四)③

谢安对少年谢玄的行为不满,但又不愿意伤害他的感情、自尊,就设诡计与他赌,结果将其香囊饰物骗过来烧掉。谢安的做法既有"假谲"之意,也有"假谲"之行,称得上是名副其实的"假谲"。上引第五则曹操揣摩袁绍心理的故事也是如此。由此可见,《假谲》故事重在表现故事人物的思与行,言语描写则在其次。那么,《假谲》少儿故事与《夙惠》《言语》少儿故事的差异在哪里呢?概括言之,《夙惠》与《假谲》都在描写少儿之智,但《夙惠》表现的是少儿的明慧之智,《假谲》描写的则是少儿的诡诈之智,或者借时下的说法,《夙惠》体现的是正能量智慧,《假谲》呈现的则是负能量智慧,价值指向判然有别。《假谲》故事重在少儿之行,而《言语》故事重在少儿之言。简言之,即它们在言、行、思的侧重上是不一样的。

由上分析可以看出,尽管《夙惠》《言语》《识鉴》《假谲》中都有以少儿为主

---

① 余嘉锡:《世说新语笺疏》,第851页。
② 余嘉锡:《世说新语笺疏》,第853页。
③ 余嘉锡:《世说新语笺疏》,第863页。

体的故事,但它们的意旨归趣却存在很大差异。如果说这些故事存在共同性的话,那就是它们均是围绕类目题旨来选择故事,故事内容与类目题旨完全契合;也就是说,每类中的少儿故事都恰切地阐释了它归属类目的主题。

四

以上从类目题旨与故事选录的角度简要考察和辨析了《夙惠》《言语》《识鉴》《假谲》中少儿故事归属的差异性和共同性。据此,我们可以取得如下的基本认知:

第一,围绕类目题旨选择故事是《世说新语》故事取舍的基本原则和标准,只要符合类目题旨,举凡男女老少故事皆可入选,并不特别强调故事人物的年龄或性别。如《言语》故事,从描写对象身份看,可再细分少儿言语、成人言语、女性言语、男性言语等,但其核心主体是"言语",而不是强调其中的少儿、成人、男性、女性的身份;《假谲》故事亦可分少儿之谲、成人之谲,但"假谲"才是它所要阐释的真正目的,所谓的少儿、成人并不是它故事取舍的标准。阅读者自可根据自己的解读将其中的故事按照人物身份或性别再进行细致划分,但这是阅读者接受的问题,不是编纂者故事取舍的标准问题,编纂初衷并无此明确的观念意识。

第二,《夙惠》《言语》《识鉴》《假谲》中的少儿故事皆是围绕"夙惠""言语""识鉴""假谲"的类目题旨来选录的,故事与题旨之间保持着高度的一致性,即《夙惠》故事均与早慧有关,《言语》故事均与言语表达有关,《识鉴》故事均与人物鉴别有关,《假谲》故事均与诡诈欺骗有关。就故事本身的归属而言,《世说新语》的类目故事均鲜明体现了编撰者预设的类目题旨,并不存在归类不当的情况。至于后来评论者的辨识异说,如认为某故事不当归属某类,而应该归属在另类中,这只是解读者对故事本身认知的不同,并非是编撰者的归属错误。

第三,《夙惠》在《世说新语》中是一个命名特别的类目。《夙惠》最初的设置应该是针对早慧这一智力现象而设,并非针对少儿这一特殊群体而设。《夙惠》集中描写少儿故事,仅仅是因为在"夙惠"题旨中,少儿与早慧是一个重叠和相互涵容的话题,无法分开。因为成年人的聪明智慧是不能称为早慧的,早慧的主要体现者是少年儿童而不是成人,所以才集中选录了少儿故事。也就是说,《夙惠》作为一个类目,其本身的题旨属性决定了它只能选择少儿故事为主体,这是题旨内容的需要,是类目题旨与故事主体的巧合和重合。或者换句话说,《夙惠》集中选择少儿故事,是由类目题旨决定的,并不是由少儿这个特殊群体决定的。只是由于《夙惠》类目设置的特殊性,即只能选择少儿故事而不能选择成人故事,导致它客观地造成了类目人物描写呈现出鲜明的群体性类型特征。研读《世说》,自然可将其中的少儿故事作为一个特殊群体来看待,但这是读者的认知判断,未必是编撰者"夙惠"类目设置的初衷。

总之,《世说新语》少儿故事归属的歧异告诉我们,研读《世说新语》,人们自可结合时代风气,并根据自己的阅读感受以及《世说》故事的丰富呈现,对《世说》故事进行不同的群类划分,进行新知新解的阐发,从中剥离出少儿群体、女性群体、隐士群体以及正始名士、竹林名士、西晋名士等来进行独立观照,甚至可以将《世说》故事按时代进行综合归类划分,挖掘其中的精义。但就《世说新语》文本世界的原形态而言,更重要的恐怕还是应该体察编撰者最初的类目设置与题旨表现,把握其故事归属的价值指向和结构安排,这样才能真正理解《世说新语》一书的编撰义例与初衷,深刻认识它蕴涵的丰富深刻的文化诗学价值。

（王艺雯,女,中原科技学院文传学院讲师,发表过论文《论陶渊明咏史诗的"左思风力"》等;王利锁,河南大学文学院、河南大学国学研究所教授、硕士生导师,出版过专著《搜神记(注说)》等）

《世说新语》器物辨析三则

郭小小

　　器物是《世说新语》(以下简称《世说》)中出场率极高的元素。这部作品产生时代距今已久,许多器物的状况和成书时大不相同。有的器物改变了与名称的对应关系,有的形制和用途发生变化,还有的器物消失在漫长的历史中。它们的实物资料有限,文献记载零碎分散,容易导致读者理解器物时出现误解和偏差。《世说》中器物扮演的角色又往往不可或缺,阅读时对器物的错误理解,会影响读者对整个条目乃至相关作品的解读。以下选取了《世说》中出现的三件(类)器物,参考史料文献及历史文物,力求尽量还原它们在书中的形象。

一、如意:盘桓指间的另一只"手"

　　如意是《世说》中出场次数较多的手持器物,出现在 6 个条目中。它没有像麈尾一样,成为特定的活动、人物群体、社会阶层的专属物。《汰侈》8、《豪爽》4 中,如意被用于击打。《豪爽》11 有人想与陈逵清谈辩驳未果,他的如意或可备清谈。《简傲》14 谢万拿如意指点诸将,引起大家不满。《排调》23 殷羡因如意之名,赠庾翼"折角如意"作为暗示和调侃。《雅量》21 中如意被主人随手取作镇纸。

　　南宋吴曾《能改斋漫录》卷二"如意"引《音义指归》:"如意者,古之爪杖也。或骨、角、竹、木削作人手指爪,柄可长三尺许。或脊有痒,手所不到,用以搔抓,如人之意。"北宋释道诚《释氏要览》认为如意分为两种,一为用于搔痒的"爪杖",一为讲僧使用的记事板,类似朝臣之笏板。[①]《玉台新咏》卷八载庾信《对

[①]　释道诚《释氏要览·道具·如意》(中华书局,2014,第 261 页):"今讲僧尚执之,多私记节文祝辞于柄,备于忽忘,要时手执目对,如人之意,故名如意。若俗官之手板,备于忽忘,名笏也。"

图1　唐代玳瑁如意（日本正仓院藏）

酒歌》[①]："山简接篱倒,王戎如意舞。"南京出土了三件竹林七贤砖刻画,画上的王戎都手持一件长柄爪状物品,当为庾诗中的"如意"。日本正仓院收藏有唐代如意[②]（图1）,"它那手掌形的头部是白犀角所制,有七个并拢的手爪,柄部镶嵌各种象牙、黄金、珠玉等花纹装饰"[③]。因此《世说》中所称"如意",是指一头为爪状、有长手柄、可供搔痒的爪杖状物品。

如意起源极早。安阳殷墟花园庄遗址出土了一件青铜手形器,"手腕部分有中空部位仍残有木屑,可证明它有木质的柄"[④]。似为如意的前身。山东曲阜鲁国故城墓葬出土一件战国搔痒用具,呈"如意"形,被命名为"牙雕如意把"。它设计巧妙,雕刻精细[⑤],"而且其形制成熟,材质珍贵,丝毫看不出草创阶段的简陋"[⑥]。至迟到唐代,出现了云头、灵芝状的观赏用如意,取吉祥如意的象征意义,渐与爪杖状实用器分道扬镳。陕西扶风法门寺塔唐代地宫出土鎏金银如意,顶端作云头状,雕刻佛像及供奉童子,应为观赏器。手柄细窄适于抓握,又类似实用器。[⑦] 应为观赏用如意的初期形态。《历代帝王图》中的陈文帝和唐代孙位《高逸图》中的王戎,手持如意均为云头、细长手柄,与法门寺出土如意形制相似。

如意用途多样。明代方以智《通雅》卷三十三："如意因于爪杖,而谈者以代麈尾。……清谈者执之,铁者兼藏御侮。"认为如意的作用有搔痒、清谈、击打

① 《文苑英华》作范云。
② 傅芸子:《正仓院考古记》,上海书店出版社,2014,第140页。
③ 白化文:《试释如意》,《三生石上旧精魂》,北京出版社,2016,第142页。
④ 蔡哲茂:《甲骨文字考释两则》,谢维扬、朱渊清主编:《新出土文献与古代文明研究》,上海大学出版社,2004,第332页。
⑤ 国家文物局主编:《中国文物精华大辞典·金银玉石卷》（上海辞书出版社、商务印书馆,1996,第408页）："人手形,五指并拢,微微内弯,指甲突出,柄部细长,掌心刻卷云纹,腕部饰如意纹,柄部刻画三角形纹,柄首作兽头。形制特殊,装饰秀丽,雕刻细致。"
⑥ 刘岳:《如意的前生后世》,《大观（收藏）》2018年第4期。
⑦ 韩伟、王占奎、金宪镛、曹玮、任周芳、淮建邦、傅升岐:《扶风法门寺塔唐代地宫发掘简报》,《文物》1988年第10期。

等。白化文《试释如意》总结出的如意用途,除原有的搔痒之外,还有:①指点、指示作用;②击节叹赏;③直接用于击打;④军事指挥;⑤赠送如意作为暗示;⑥财产抵押;⑦僧人讲经;⑧名士清谈。范子烨《六朝文化中的"如意"与清谈》强调了如意在僧侣生活中的重要位置,以及中古之后作为案头摆件的观赏性。①

作为本来有特定功能的器物,如意却被开发出了众多与原始功能相差甚远的用途,又常为随手取用,可知如意是身边常备之物。因其原始用途之故,如意必须由硬质材料制作,材料的价值上限极高而下限极低。《音义指归》中提到的骨、角、竹、木均可制作如意。《释氏要览》载有竹根如意、木樨如意、铁如意。《拾遗记》中孙和使用"水精如意"。北齐魏收《魏书·世宗纪》载北魏孝文帝拥有"骨如意"。正仓院收藏唐代如意头部为白犀角,柄部镶嵌象牙、黄金、珠玉等。唐修《南史》卷四十二载齐武帝使用"玉如意"。唐段成式《酉阳杂俎·广知》"胡综博物"载有"白玉如意"。《汰侈》8 石崇用铁如意击碎珊瑚树,《豪爽》4 王敦"以如意打唾壶,壶口尽缺",此处的如意也应是金属制品。

如意外形细长,一头形似人手,握于手中像是人的手臂延长,舞动时易显肢体修美、身形飘逸。前秦王嘉《拾遗记》记载了东吴太子孙和"舞如意"的故事:"孙和悦邓夫人,常置膝上。和于月下舞水精如意,误伤夫人颊。"此处孙和舞如意,可推测出两种不同的场景:一为孙和独自手持如意舞蹈,邓夫人在旁观看;二为孙和把玩、旋转如意,好似如意在他手中舞蹈,邓夫人坐在他膝上或附近。

当时,手中把玩物品令其翻转腾挪犹如舞蹈,可称"舞",《晋书·五行上》中的"舞杯盘"便是一例:"太康中,天下为《晋世宁》之舞,手接杯盘而反覆之,歌曰:'晋世宁,舞杯盘。'"目前所见的竹林七贤砖画中,王戎手持如意的姿态不似舞蹈,更像是在把玩如意,手形仿佛今人转笔。② 但如果把王戎的"如意舞"仅仅限定为"让如意在手中舞蹈",又似乎过于狭隘。《任诞》32 谢尚"作异舞",王导说:"使人思安丰。"裴启《语林》:"谢镇西酒后,于盘案间,为洛市肆工鸲鹆舞,甚佳。"故王戎也应有善舞之名,将舞蹈与如意结合为"如意舞"有其可能性。

---

① 范子烨:《六朝文化中的"如意"与清谈》,《文史知识》2016 年第 5 期。
② 今之转笔高手,技术复杂,手法华丽。重大赛事有转笔世界杯(Pen Spinning World Cup)、世界转笔锦标赛(Pen Spinning World Tournament)等。

二、"坦腹东床"所卧为何床?

《雅量》19中,郗鉴使者受命在王家东厢择婿,回复说王羲之:"在床上坦腹卧,如不闻。"《太平御览》卷八百六十引王隐《晋书》记录使者来访时王羲之的表现为:"诸子皆饰容以待客,羲之独坦腹东床,啮胡饼,神色自若。"唐修《晋书》本传结合两方记载,改"在床上坦腹卧"为"在东床坦腹食"。宋王观国《学林》卷四"绳床"条目:"古人称床榻,非特卧具也,多是坐物。"便引用此事,但只称王羲之的床是"坐物",未明确判定是何种"床"。王观国同时代人袁文《甕牖闲评》卷八认为王羲之所卧的是"绳床"。余嘉锡笺疏鉴于两家《晋书》及《世说》皆不言"胡床",胡床、绳床可随处移动,但两家《晋书》都云"东床",判断王羲之所卧床"恐仍是床榻之床耳"。

"床"是《世说》中正面出场次数最多的实用家具。全书总共有35个条目出现了"床",它在所有器物中的出场次数也位居前列。《世说》中出现的床,用途主要有三种。

第一种为卧具。"床"的三种用途中,此种用途参与条目数量最多,总共有18条:

> 祥尝在别床眠,母自往暗斫之。值祥私起,空斫得被。(《德行》14)
> 卞便开帐拂褥,羊径上大床,入被须枕。(《宠礼》6)

第二种为坐具。"床"以坐具形式出现的条目,全书共有13条:

> 晋简文为抚军时,所坐床上尘不听拂,见鼠行迹,视以为佳。(《德行》37)
> 元帝正会,引王丞相登御床,王公固辞,中宗引之弥苦。(《宠礼》1)

第三种是葬礼所用灵床,有4条出现了这种用途:

> 郗公亡,翼为剡县,解职归,席苫于公灵床头,心丧终三年。(《德行》

24)

　　　顾彦先平生好琴,及丧,家人常以琴置灵床上。(《伤逝》7)

　　由此可知,"床"在《世说》中是一种可坐可卧、十分常见的家具。《说文》释"床"(牀)为:"安身之坐者。"《释名·释床帐》中进一步解释为:"人所坐卧曰床。床,装也,所以自装载也。"意指床是供人"自装载"以坐卧的家具。《世说》中"床"的三种用法均为装载坐卧中的人体,与以上释义相同。

　　"床"被人类社会的秩序、规则给予了社会意义。年幼或社会地位较低的人物,通常不与尊长共同坐卧,只能选择"床边""床下""床头":

　　　文帝兄弟每造其门,皆独拜床下。(《方正》2)
　　　刘尹至王长史许清言,时苟子年十三,倚床边听。(《品藻》48)
　　　使崔季珪代,帝自捉刀立床头。(《容止》1)

　　"床"可以被赋予较高的社会地位,归帝王所属的"自装载"家具,无论用于坐卧,皆称"御床":

　　　丞相披拨传诏,径至御床前曰:"不审陛下何以见臣?"(《方正》23)
　　　昔肃祖临崩,诸君亲升御床,并蒙眷识,共奉遗诏。(《方正》37)

　　现存最早的实物床,是 1957 年河南信阳长台关战国楚墓出土的漆木床。它的大小与今之单人床相当,长 225 厘米、宽 136 厘米,床足高 17 厘米。① 床面能供一人躺卧并有部分余量。1986 年湖北省荆门市包山楚墓出土战国中期漆木折叠床,长 220 厘米、宽 135.6 厘米、高 38.4 厘米。同时出土的文物中有 6 床草席,长度约 200 厘米,宽 118—135 厘米,略小于床面。②

　　《西京杂记·广川王发古冢》载魏哀王冢其中一室"石床方四尺,床上有石

---

① 河南省文化局文物工作队第一队:《我国考古史上的空前发现:信阳长台关发掘一座战国大墓》,《文物参考资料》1957 年第 9 期。

② 湖北省荆沙铁路考古队包山墓地整理小组:《荆门市包山楚墓发掘简报》,《文物》1988 年第 5 期。

几,左右各三石人立侍,皆武冠带剑"。另一室"开钥得石床,方七尺",配有石屏风、铜帐钩、石枕、衣服(已腐朽)、妇人立侍俑等内室事物。[①] 魏王子且渠冢内石床"广六尺,长一丈,石屏风……床上两尸,一男一女"。关于《西京杂记》的作者,学界的看法主要有两种,一为西汉刘歆撰、晋葛洪编集[②],一为葛洪杂抄汉魏著作而成,托名刘歆。[③] 史料显示,西汉及新莽时"一尺"长度约合今 23.1 厘米,东汉时 23.5 厘米,三国约 24 厘米,两晋时已达到约 24.4 厘米。[④]《西京杂记》中魏哀王墓室内"方四尺"之床长宽均为 92.4—97.6 厘米,"方七尺"之床长宽为 161.7—170.8 厘米。从房内陈设和石人俑形象判断,前者为坐具,所在墓室可能为墓主人工作场所,而后者为卧具,所在之处为墓主卧室。卧室中"方七尺"之床长度过短,又有另一墓室中"黑光照人""乃漆杂兕革为棺"的棺椁,疑为墓主尸体所在,推测此床应为明器,未按实际使用尺寸制作。

魏王子且渠墓中"广六尺,长一丈"即长 231—244 厘米、宽 138.6—146.4 厘米的石床,床上放置一男一女尸体,故这件床为按实用器尺寸制作的明器。它的长宽与今之出土文物尺寸相符,可推测出战国时床的标准长度为 220—245 厘米,宽度为 135—147 厘米,从出土草席推测床的有效使用部分长度约 200 厘米,宽度略窄于床面,与今之单人床面积相似,可供一人或两人躺卧。

东汉时或有使用面积更小、只能供一名成年人就寝的床。东汉服虔《通俗文》:"床三尺五曰榻,板独坐曰枰,八尺曰床。"按东汉一尺长度约合今 23.5 厘米计算,得知服虔《通俗文》中所言"榻"长度合今约 82.25 厘米,"床"长度约 188 厘米。山东临淄商王村两座东汉晚期墓各出土 1 件石床,男性墓中石床长

---

① 《西京杂记·广川王发古冢》:"(魏哀王冢)得石床,方七尺。石屏风,铜帐钩一具,或在床上,或在地下,似是帐糜朽而铜钩堕落。床上石枕一枚。尘埃朏朏,甚高,似是衣服。床左右石妇人各二十,悉皆立侍,或有执巾栉镜镊之象,或有执盘捧食之形。无余异物,但有铁镜数百枚。"

② 详见卢文弨:《新雕〈西京杂记〉缘起》,见《抱经堂文集》卷七,中华书局,1990,第 90 页;姚振宗:《隋书经籍志考证》卷十六,见《二十五史补编》,第四册,中华书局,1955,第 530 页;张心澄:《伪书通考》,商务印书馆,1957,第 649—659 页;向新阳、刘克任:《西京杂记校注·前言》,上海古籍出版社,1991。

③ 详见李慈铭:《越缦堂读书记》,上海书店出版社,2000,第 847—848 页;鲁迅:《中国小说史略》,东方出版社,1996,第 25—27 页;余嘉锡:《四库提要辨证》,中华书局,1980,第 1007—1013 页;洪业:《再说〈西京杂记〉》,见《洪业论学集》,中华书局,1981;程章灿:《〈西京杂记〉的作者》,《中国文化》1994 年 2 月第 9 期;费振刚:《梁王菟园诸文士赋的评价及其相关问题的考辨》,刊《北京大学百年国学文粹·文学卷》,北京大学出版社,1998;徐公持:《魏晋文学史》,人民文学出版社,1999,第 506 页。

④ 丘光明:《中国历代度量衡考》,科学出版社,1992,第 3—4 页。

190 厘米、宽 115 厘米,女性墓中石床长 185 厘米、宽 105 厘米。两者长度都在"八尺"上下,各由二至三块带画像的条石围成一个石床的形状。石床高度为 19 厘米,即条石厚度。这两件石床虽为明器,但长度与《通俗文》中所言相近,宽度仅容一人躺卧,可作为当时使用面积较小、长度约"八尺"的单人床存在的旁证。

床有窄狭者,也有长广者。如北京大葆台一号汉墓出土的漆木大床,宽度均超过两米:"一件长 273.5 厘米、宽 207.5 厘米。另一件长 300 厘米、宽 220 厘米。"①可供两人以上同时就寝,或在床上放置小型桌案等物。《三国志·关张马黄赵传》载刘备、关羽、张飞早期起兵时,同床而卧:"先主与二人寝则同床,恩若兄弟。"他们使用的必然是此类表面宽大的床。

"榻"这种经常与床并称的家具,在《世说》中只有 3 个条目出现,并且都是在待客之时用作坐具:

> 杜预拜镇南将军,朝士悉至,皆在连榻坐……"杜元凯乃复连榻坐客!"(《方正》13)
>
> 既见,坐之独榻上与语。(《排调》47)
>
> 王令诣谢公,值习凿齿已在坐,当与并榻。王徙倚不坐,公引之与对榻。(《忿狷》6)

《说文》直释"榻"为"床也",《释名》言"人所坐卧曰床",又道"长狭而卑曰榻",《玉篇》有"床狭而长谓之榻",三者对床榻之别都语焉不详。现存最早的实物榻是河南郸城汉墓出土的石榻,因榻面刻有隶书文字"汉故博士常山大(太)傅王君坐榻",故确认此物为"榻"而非床。它长 87.5 厘米、宽 72 厘米、高 19 厘米。②人仅能坐于其上,无法躺卧。这与服虔《通俗文》中所载"三尺五曰榻"相符。

和床一样,榻的形制也不是一成不变的。《世说》中被认为用于待客有怠慢之嫌的"连榻",能供多人同时就座,长度必然不止"三尺五"。《三国志·许糜孙简伊秦传》载简雍不拘礼仪:"在先主坐席……诸葛亮已下则独擅一榻。"可知

---

① 徐龙国:《浅谈考古发现的汉代坐具》,《中国文物报》2011 年 4 月 6 日。

② 河南省文物局:《河南省南水北调工程考古发掘出土文物集萃》,文物出版社,2009,第 8—9 页。

刘备坐席上,除诸葛亮、简雍之外的部下们通常合用连榻。《三国志·周瑜鲁肃吕蒙传》中孙权"乃独引(鲁)肃还,合榻对饮"。"合榻"可解为两榻对合,或二人同榻。如为后者,孙权和鲁肃使用的也是表面较大的榻。河北望都汉墓出土的东汉晚期石榻,长159厘米、宽100厘米、高18厘米。山东泰安出土一件东汉石榻,长166厘米、宽70厘米、高30厘米。这些规格较大的石制器物属于明器,它们的长度和宽度都低于普通的卧具,但作为多人使用的"连榻"就顺理成章。后世的"榻"出现了不同的形制,如明代文震亨《长物志》中的榻,"榻坐高一尺二寸,屏高一尺三寸,长七尺有奇,横一尺五寸","坐卧依凭无不便适",已与中古时代的榻有所差异,可"坐卧依凭"。但此榻作卧具时属于临时性的小憩之用,与"床"依然不同。故而床、榻的区别在于,"榻"只能是坐具或暂时性充当卧具,"床"可以指向坐具或卧具。

"胡床"这种家具,名称与"床"相似,应由"床"引申而来。它在《世说》中出现了5次:

> (庾亮)因便据胡床,与诸人咏谑,竟坐甚得任乐。(《容止》24)
>
> (戴)渊在岸上,据胡床指麾左右,皆得其宜。(《自新》2)
>
> 桓(伊)时已贵显,素闻王(徽之)名,即便回下车,踞胡床,为作三调。(《任诞》49)
>
> 良久,(王恬)乃沐头散发而出,亦不坐,乃据胡床,在中庭晒头,神气傲迈,了无相酬对意。(《简傲》12)
>
> 武子一起便破的,却据胡床,叱左右速探牛心来。(《汰侈》6)

这五个条目的时间跨度从西晋初期到东晋中期。史载,东汉后期胡床已在高门贵人中流行。《后汉书·五行志》记载灵帝喜好胡人之物,其中有"胡床",当时"京都贵戚皆竞为之"。[①]《三国志·武帝纪》裴松之注引《曹瞒传》:"(马)超等奄至,公(曹操)犹坐胡床不起。"卷二三《和常杨杜赵裴传》注引《魏略》:"(裴)潜为兖州时,尝作一胡床,及其去也,留以挂柱。"

胡床系舶来品,应无疑问。晋干宝《搜神记》卷七载:"胡床、貊槃,翟之器

---

① 《后汉书·五行志一》:"灵帝好胡服、胡帐、胡床、胡坐、胡饭、胡箜篌、胡笛、胡舞,京都贵戚皆竞为之。此服妖也。其后董卓多拥胡兵,填塞街衢,掳掠宫掖,发掘园陵。"

也。……自太始以来,中国尚之,贵人富室必畜其器,……戎翟侵中国之前兆也。"这段文字先后被沈约《宋书·五行志》、初唐官修《晋书·五行志》采用。目前世界上最早的胡床实物是古埃及新王国第十八王朝法老图坦卡蒙(Tutankhamun,前1341—前1323年)陵墓中出土的胡床(图2①)。"从时间看,胡床是从古埃及传播到西亚以及地中海北部的古希腊(多见瓶画上有胡床图)、古罗马地域。但是在公元前14世纪到公元10世纪之间在欧亚地区两千多年间似乎没有再见到这类与

图2 马扎和箱 古埃及及十八王朝末期法老图坦卡蒙(前1341—前1323年)墓室出土(杨森线图摹写)

胡床有关联的交椅家具的影子。"②故有学者推测,胡床在流传到西亚两河流域之后,通过商业贸易、武力征服等多种方式辗转,在东汉中后期渐进式地向东传入中土。

关于"胡床"的形制和使用方法,《资治通鉴》卷二四二胡三省注描述胡床以木杆交叉为床足,下端前后施以横木,"平其底,使错之地而安",上端"其前后亦施横木而平其上,横木列窍以穿绳条,使之可坐",并在床足交叉处用铁条贯穿。这样制成的胡床,收起来可挟在腋下,打开能当坐具。据此,"胡床"外形和工作原理类似今之马扎、交椅。胡床便于携带,故《世说》中有休闲时"因便据胡床",行进或旅途中"即便回下车,踞胡床",率人劫掠时"据胡床指麾左右"的情节。有的胡床表面附有贵重装饰。《北齐书》卷九《武成胡后传》载武成胡后与沙门昙献有私,把"武成平生之所御"的"宝装胡床"挂在昙献房中。由此可知,北齐武成帝高湛拥有自己专属的胡床,上有贵重的装饰"宝装"。

胡床的使用方法与"床"不同。《世说》中出现"胡床"之处,其中有四处的使用方式写作"据",另一处是《任诞》49中写作"踞"。然宋代程大昌《演繁露》将同一事件记作:"桓伊下马据胡床,取笛三弄。"目前未知程大昌所见版本是否流传至今,原文为"踞"还是"据"存疑。"踞"意为垂足踞坐或蹲坐。"据"通常

---

① 藤田丰八、王策、程利:《胡床考——附〈胡床考〉补遗》,《文物春秋》2020年第2期。

② 杨森:《敦煌五代交椅家具考》,《敦煌研究》2016年第4期。

解为"倚靠"。《说文》注作:"杖持也。谓倚杖而持之也。"也可作"按"解①,没有"坐"义②。从语境看,目前可见的史料中描述的胡床使用方法,除少数写作"坐"之外都为垂足坐,壁画中也有垂足坐胡床的例子(图3③),未发现有"倚靠""按拏"等类似凭几的倚靠用法,故暂不考虑胡床的倚靠功能。《释名》释"据"为"居也"。藤田丰八、王策、程利《胡床考——附〈胡床考〉补遗》据此认为:"'据'与'居'音同义通。且'居'即'踞',故踞胡床与据胡床义同。"④目前所见两晋及北朝史料中,胡床的用法多写作"据"或"踞",几乎没有写作"坐"的。及至南朝,则是"据(踞)""坐"二字皆有。从目前留下的图像资料可知,胡床通常的使用方式是垂足坐即"踞","坐"应为偶尔出现的使用姿势。

图3　北魏莫高窟第257窟西壁　须摩提女缘品

反观《雅量》19原文,虽有观点认为王羲之所卧的"东床"是"绳床",但目前尚未见到人物把"绳床"或"胡床"作卧具的确切记载或图像。这类家具形态不稳,通常需要垂足踞坐来提供另一个支点,不适合用于躺卧。从《世说》及王隐《晋书》记载来看,郗鉴没有自己出面或让家族成员到访王家求亲选婿,他派出的使者是"门生",王隐《晋书》只称"使"。王导让使者自行前往诸子住处,而不是主动推荐人选。双方都没有表现出对这次求亲的重视,或还处于互相试探的状态,那么王家也不太可能让使者直接进入子侄内室。故王羲之所卧之床,应是布置在外室的坐具。已知坐具"榻"分为独榻和连榻。河北望都、山东泰安等

① 《礼记·玉藻》:"君赐稽首据掌,致诸地。"疏:"覆,左手按于右手之上也。"《老子》:"猛兽不据。"注:"以爪按拏曰据。"
② 《礼记·玉藻》:"退则坐取屦。"孔颖达《正义》:"坐,跪也。"
③ 中国画经典丛书编辑组编:《中国人物画经典·五代卷》,文物出版社,2005,第72—73页。
④ 藤田丰八、王策、程利:《胡床考——附〈胡床考〉补遗》,《文物春秋》2020年第2期。

地出土的石榻,可能是按照连榻形制制作的明器。它们的长度接近成人身高,宽度能供一人就座,单人完全能够短时间躺卧其上。可以联想到,作为坐具的"床"也应存在供单人使用与多人使用的不同尺寸,《世说》载王羲之的姿势是"卧",故他所"卧"的"床"当为多人使用的坐具,可供一人临时躺卧歇息。

三、睹睞椽笛:悠远的汉末遗音

《轻诋》20 记载孙绰听妓唱歌,用"蔡伯喈睹睞笛椽"击节,导致竹笛折断。睹睞笛椽,应作"睹睞椽笛",裴启《语林》称之为"睹脚笛"①。《任诞》49 中为王徽之吹笛"作三调"的桓伊,唐修《晋书》本传记载他拥有蔡邕柯亭笛即"睹睞椽笛"。"笛"和与之外形相近的中国古代乐器如篪、龠等,种类众多,形制变化复杂,故讨论之前有必要为这种乐器划定范围。

笛是筒状、有指孔的乐器。《说文》释"笛"为:"七孔籥也。"又说:"羌笛三孔。"段玉裁认为"笛"就是《周礼·笙师》中的"篴"。《周礼·春官·笙师》:"笙师掌教龡竽、笙、埙、龠、箫、篪、篴、管。"其中埙是陶土烧制的椭球状气鸣乐器,竽、笙是多管簧鸣乐器,箫是多管气鸣乐器,都与笛相去甚远。郑玄注:"篪,七空。""杜子春读篴为荡涤之涤,今时所吹五空竹笛。玄谓龠如篴,三空。"郑注表明,篪七孔,龠(籥)三孔,而东汉时曾流行五孔竹笛。历史上或曾存在六孔、七孔龠。《广雅·释乐》:"龠,谓之笛,有七孔。"《毛诗传》:"籥,六孔。"明朱载堉《律吕精义》载龠只有三孔,演奏需双手操作:"宋徽宗宣和元年,有人曾献古龠一枚,左手食指按上一孔,右手食指按中一孔,右手中指按下一孔。吹之,其声悉协音律。"鉴于龠的使用方法是一手执龠、一手秉翟舞蹈,三孔较为合理。《清会典事例·乐部·乐制·乐器二》把龠列入"舞之属"。据此,龠的主要特征是只有三个指孔,同时兼有乐器和舞蹈道具的双重身份。②

《广雅·释乐》称"篪"是"长尺四寸,八孔,一孔上出,寸三分"的竹制管乐器,蔡邕《月令章句》中的"篪"仅提及"横吹之",并且为六孔。《北堂书钞·乐

---

① 《艺文类聚》卷四十四引裴启《语林》载桓伊家奴张硕为晋孝武帝吹笛:"张硕意气激扬,吹破三笛。末取睹脚笛,然后乃理调成曲。"《续晋阳秋》及《晋书》卷八十一桓伊本传载有此事,未提及是否使用"睹睞椽笛"或"睹脚笛""柯亭笛"。

② 天坛公园管理处编著:《德音雅乐 天坛神乐署中和韶乐》(学苑出版社,2010)中,龠(籥)出现在介绍雅乐舞蹈的《八佾起舞 文德武功》章,而非介绍乐器的《八音迭奏 玉振金声》章。

部》引《五经要义》,认为"篪"是"六孔,有底"的竹制管乐器。据此,篪是有六至八个孔(含"上出"的出音孔)、管尾封底、横吹的竹制乐器。1978 年,湖北曾侯乙墓出土两件篪,横吹,有五个指孔、一个吹孔和一个出音孔。它们的吹孔、出音孔和指孔并不在一条直线上,而是成 90 度直角。篪管的顶端用木封堵,篪尾以竹节横隔为封底,"是一种'有底'的闭口管"①。1973 年马王堆三号汉墓出土的两件竹制横吹单管乐器,"墓内记有殉葬品账目的清册的竹简上,写明'篴'的字样"②,可知时人称此乐器为"篴"即笛。它们除指孔有六、管尾未封底外,其他特征与曾侯乙篪相似。③

所以笛是手指按孔有六个左右、管尾不封底的单管气鸣吹奏乐器,这也是它区别于龠、篪等乐器的特征。

《世说》中,正面出现"笛"的两个条目,传主都与东汉蔡邕"柯亭笛"或称"睄睞橼笛"有关。汉时称为笛的乐器主要有三种:一为笛;二为羌笛;三为长笛。《初学记》《北堂书钞》引《风俗通》载"笛"长度为"一尺四寸",部分版本作"二尺四寸"。事实上,笛的具体长度受到调性、材料等因素的影响,没有一定之规。东汉一尺长约合今 23.5 厘米。马王堆三号汉墓出土的两支横吹笛(篴),长度分别为 24.7 和 21.2 厘米④,低于"一尺四寸"(约 32.9 厘米)。《宋书·律历志》载晋初荀勖主持制作的十二支泰始律笛,长度都在二尺一寸三分三厘(合今 51.2—52.05 厘米)以上。其中十支长度超过了东汉尺的"二尺四寸"(56.4厘米),较短的姑洗、中吕两支笛只比"二尺四寸"略短。故"一尺四寸""二尺四寸"都在"笛"长度的合理范围内。既然应劭称:"笛者,涤也,所以荡涤邪秽,纳之于雅正也。"而笛是普适性极高、雅俗共赏的乐器,文中的笛当是指"纳之于雅正"的"雅笛"。它的制作标准高于寻常笛类,长度可能在某个限定区间内,比如在"一尺四寸"或"二尺四寸"上下浮动。

《西京杂记》卷三《咸阳宫异宝》载"昭华之琯":"玉管长二尺三寸,二十六孔。"《北堂书钞》引文作"六孔",高似孙《纬略》卷十引张华《博物志》"昭华之管"同。昭华之琯长度合今 53.13—56.12 厘米,接近泰始笛中长度较短的姑

---

① 吴钊:《篪笛辨》,《古乐寻幽——吴钊音乐学文集》,文化艺术出版社,2011,第 129—133 页。
② 王子初:《笛源发微》,《中国音乐》1988 年第 1 期。
③ 有些观点鉴于这两件乐器的指孔和吹孔、出音孔不在一条直线上,认为它们是"篪"。笔者认为有必要尊重账目清册作者的原笔,故称之为"篴"或"笛"。
④ 林克仁:《中国箫笛史》,上海交通大学出版社,2009,第 27 页。

洗、中吕笛。《宋志》未记载泰始笛上开有吹孔，它们极可能是竖吹笛。考虑到横笛与竖笛的长度差异，若昭华之琯系横吹，也只相当于今之横吹 C 调笛去掉笛头不发声部分的长度，不存在长度过长无法吹奏的问题。原文又有："吹之则见车马山林，隐鳞相次。"按文意，刘邦或其部下吹奏过昭华之琯。"二十六孔"常人难以操作，结合泰始笛"笛有六孔，及其体中之空为七"的史实，"昭华之琯"应为六孔。

另一种"羌笛"，东汉马融《长笛赋》结尾引丘仲辞，详细描述了它的来历和形制：

> 近世双笛从羌起，羌人伐竹未及已。龙鸣水中不见已，截竹吹之声相似。剡其上孔通洞之，裁以当簻便易持。易京君明识音律，故本四孔加以一。君明所加孔后出，是谓商声五音毕。

按照丘仲的文字描述，羌笛是竹制乐器，上端有削制成的吹孔，有四个指孔，双管或一套两支，能作马鞭（或形似马鞭）。[①] 而汉长笛形制源于羌笛，后部多出一个指孔。

羌笛传至后世，成为唐诗中表现北部边塞风光和军旅生活的常见意象。但目前已知的唐代资料中，还没有发现对"羌笛"形制的详细描写，或记述某个特定人物吹奏羌笛的文字。[②] 保存至今的唐代乐器中，也没有发现能够称为"羌笛"的乐器。文学作品及史料中，又分明有关于"羌笛"演奏的描述：

> 异方之乐令人悲，羌笛胡笳不用吹。（孟浩然《凉州词》）
>
> （后晋少帝）日于左右召浅蕃军校，奏三弦胡琴，和以羌笛。（薛居正《旧五代史·晋书·少帝纪二》）
>
> 有曰羌笛、孤笛，曰双韵、十四弦，以意裁声，不合正律，繁数悲哀，弃其本根，失之太清。（脱脱《宋史·乐志六》）

---

① 《文选》李善注："簻，马策也。"

② 如白居易《琵琶行》《小童薛阳陶吹觱篥歌》、李颀《听安万善吹觱篥歌》，记录的都是特定人物实际演奏乐器的情景。"胡笳"情况类似，李颀《听董大弹胡笳声兼寄语弄房给事》中，董庭兰用七弦琴演奏《胡笳》乐曲，而不是演奏胡笳这种乐器。

乐器羌笛确实存在,但隋九部伎、唐十部伎使用的胡乐器,其中吹奏乐器仅筚篥(觱篥)类就有筚篥、桃皮筚篥、大筚篥、小筚篥、双筚篥五种,没有出现羌笛。唐诗中羌笛出现的场合,目前所见的皆为北部边地。诗人如无从军或在北地生活的经历,很难见到真实的"羌笛"。后晋少帝石重贵听羌笛演奏,是在御驾亲征辽国期间。而"羌笛"单从字面意义上也可泛指羌人之笛。可以大胆推测,唐诗中的"羌笛"有时指一种特定的乐器,有时泛指北部边地风格的吹奏乐器,两种用法下的"羌笛"概念不同。所以李白《司马将军歌》中"羌笛横吹阿禅回,向月楼中吹落梅"恐也不能作为"羌笛横吹"的确切证据。

图4　羌笛传承人在上海世博会展示现代羌笛

今人常把羌族聚居区民众制作演奏的一种簧鸣吹奏乐器称为"羌笛"(图4)。这种乐器双管并排,管长14—20厘米,两管各有六个指孔,哨口为细竹管刻簧、插入两管上端。外形不似汉辞或元史中的"羌笛",更接近双管筚篥,且"现存'羌笛'称谓多与其(觱篥)接近"①。应属筚篥类乐器。《元史·礼乐志·宴乐之器》:"羌笛,制如笛而长,三孔。"《元志》又有"笛一,断竹为之,长尺有四寸,七孔,亦号长笛""龙笛,制如笛,七孔,横吹之""箫,制如笛,五孔"。根据原文难以判断元代宫廷用羌笛是横吹或竖吹。现今蒙古族乐器"冒顿潮尔"为三或四孔竖吹管状,配合喉音演奏,或与元代宫廷羌笛有传承关系。

《北堂书钞》卷一一一引伏滔《长笛赋序》言桓伊收藏的蔡邕笛是"故长笛":"余同僚桓子野,有故长笛,传之耆老,云蔡邕之所作也。"按前文所引丘仲辞,羌笛本为四孔,京房增加一孔"商"声,自此五音齐全,成为马融《长笛赋》之"长笛"。马融《长笛赋》既引丘仲辞,表明他所赋"长笛"必然与丘辞中的笛有关,但又有明显区别:他不赞同长笛"从羌起"的说法,自言"笛生乎大汉"。目前所见汉代图像资料中的管状气鸣乐器均为单管,不符合"双笛"特征;当时的"长笛"是否能"当簻"难于证实。所以能确定为"长笛"特征的,有顶端开口竖吹、五个指孔、长度较长三个方面。

———————————

① 黄涛:《今存"羌笛"析释及其流变》,《音乐探索·四川音乐学院学报》1998年第4期。

出土汉代吹笛俑及图像中的吹笛人,除骑乘外,"常见姿态有踞坐式、蹲坐式、盘腿式"①。这可能源于作品描述的燕乐场合的需求(图5②)。其中出现的竖吹笛,有的尾端接近地面,和西晋泰始笛长度相似;有的笛身比较短,管尾仅和吹奏者腰部持平(图6③)。一些制作精细的作品,还为竖吹笛雕刻出了斜面形状的外切吹口。丘辞称"剡其上孔","剡"指切削物品使其锐利,《说文》释"剡":"锐利也。"《周易·系辞下》:"剡木为矢。"竖吹笛的吹口是斜面,符合"剡"的制作手法。因此汉代

图5　河南舞阳县交通局出土东汉吹笛俑

长笛的特征有:竖吹;顶端吹口为斜面外切;五个指孔(可能为前四后一);成年人坐姿吹奏时,管尾位置在地面和吹奏者腰部之间。这也是《轻诋》20 中,孙绰击节折断的"睹睐椽笛"最有可能的形制。

相传"睹睐椽笛"是汉末蔡邕避难江左时,仰观即"睹睐"柯亭椽竹,从中选取竹材制成的笛,故又称"柯亭笛"。《太平御览》卷一九四引《会稽记》:"(蔡邕)宿于柯亭,仰观椽竹,知有奇响,因取为笛,遂为宝器。"引《郡国志》:"柯亭,一名千秋亭,又名高迁亭。"意为蔡邕在柯亭发现

图6　四川遂宁东汉崖墓吹笛俑

好竹,自行取得椽竹制笛,取得竹子数目及制笛数量皆不明。《会稽记》作者贺循是会稽山阴人,生出于三国末期,而《三国志·程黄韩蒋周陈董甘凌徐潘丁传》出现了"会稽郡之高迁亭"。贺循记录的柯亭笛故事,有可能真实发生过。《御览》卷五八零又引《文士传》,言蔡邕告知吴人,

① 季伟:《汉画艺术中的长笛》,《中原文物》2015 年第 1 期。
② 王子初主编:《中国音乐文物大系·河南卷》,大象出版社,1996。
③ 严福昌、肖宗弟主编:《中国音乐文物大系·四川卷》,大象出版社,1996。

自己"昔常经会稽高迁亭",发现"东间第十六可以为笛",此处取竹制笛者当为吴人,取下的竹子只有一根。所制笛的数量即便多于一支,也必定屈指可数。

蔡邕柯亭笛如果确实存在,到东晋时已经是超过百年历史、数量极其稀少的珍贵物件。保存不善的竹笛容易干裂、霉变,内壁长蘑菇,导致无法正常吹奏。柯亭笛或时代相近的珍品笛,须经几代人精心养护,才有可能留存到东晋时。这件由名家制作、有传奇经历、包含数代人心血的竹笛,竟被孙绰听曲击节折断,无怪乎王羲之听后"大嗔"。

除了孙绰手握"睇睐橡笛",桓伊也拥有蔡邕柯亭笛。《建康实录·烈宗孝武皇帝》载桓伊"有蔡邕柯亭笛,常自吹之"。唐修《晋书》卷八十一桓伊本传有相同语句。桓伊善笛,有可能收藏柯亭笛,但《任诞》49 中他为王徽之"作三调"的是否为此笛,恐无从考证。

自苏轼《昭君怨》"谁作桓伊三弄,惊破绿窗幽梦"之后,桓伊吹笛三调的故事得到了后人更多关注。词家引为典故,"烦珍重,莫作桓伊三弄"(张侃《月上海棠》)。"回首罗浮今在否,寂寞烟迷翠拢。又争奈、桓伊三弄"(高观国《贺新郎·赋梅》)。桓伊演奏三调的可能事发地点,被命名为"邀笛步"。南宋张敦颐《六朝事迹编类·江河门》、南宋祝穆《方舆胜览·江东路·建康府》、明李贤等《大明一统志·南京·应天府》都收录有"邀笛步"。明朱权《神奇秘谱》收录《梅花三弄》曲谱,题解中把"桓伊三调"当作这首琴曲的来历。

琴之"三弄"指同一乐段反复演奏三次,现存《梅花三弄》曲谱中确有相同旋律分别在三个不同的音高下变奏的部分,各个版本概莫能外。[1] 其他乐器同样有"三弄"即不同音高的区别。《乐府诗集》卷三十《相和歌辞五·平调曲一》引张永《元嘉正声伎录》:"未歌之前,有八部弦、四器,俱作有高下游弄之后。"释智匠《古今乐录》引王僧虔《大明三年宴乐伎录》直言笛有"下声弄、高弄、游弄"(《乐府诗集·相和歌辞八·平调曲一》)。《乐府诗集·横吹曲四》"梅花落"解题:"《梅花落》,本笛中曲也。……今其声犹有存者。"《梅花落》原曲不传,南朝鲍照、吴均、徐陵、陈后主等人有曲辞传世。可推测出,琴家改编《梅花落》笛曲时,吸收了"高下游弄"的变奏方式,成为琴曲《梅花三弄》,又与广为流传的"桓伊三调"典故联系在一起,最后被《神奇秘谱》收录进《梅花三弄》曲谱题解。

---

① 张璇:《琴曲〈梅花三弄〉曲调形态的传承研究》,硕士学位论文,上海音乐学院,2018,第15—16页。

笛有"高下游弄",桓伊"作三调"是否使用了三支不同音高的笛？答案极可能是否定的。吹笛有转调技法。《宋书·律历志一》载晋初协律中郎将列和制笛,"七孔声均,不知其皆应何律"。这种孔距均匀、不合声律的笛,要求演奏者熟练掌握按半孔、细微调整气息等技巧。而掌握了这些技巧的笛手,能运用单支笛转换不同调式。荀勖制泰始笛十二支,其中黄钟笛"正声应黄钟,下徵应林钟",又有"清角之调",另外十一支笛也有各自对应的正声、下徵调式。泰始笛追求各孔与五声十二律相符的效果①,孔距不均。但同一支笛对应两种以上的调式,说明演奏泰始笛也使用转调技法。《任诞》49 原文中,桓、王两人于水边偶遇,桓伊在车上,王徽之在船中。桓伊事先不知要表演笛艺,并未随身携带多支笛子。他身为吹笛高手,利用转调技法,只用一支笛,即可吹出三调。

"睐睐椽笛"和蔡邕的传奇故事一起,从汉末流传到东晋,承载了先代名士的知识才华和人格魅力。桓伊通解音律,"每闻清歌,辄唤:'奈何!'"(《任诞》42)。《古今乐录》言"奈何"是"曲调之遗声"。桓伊呼"奈何"应和他人曲调,表示对"清歌"的赞赏,更是知音之间的共鸣和惺惺相惜。这位留下成语"一往情深"的东晋人物,遇到汉末名士蔡邕的柯亭笛,不同时空的两位音乐家,在笛上产生了冥冥中的交流。没有确切证据证明,桓伊"作三调"用的是否为柯亭笛。况且柯亭笛只有五个指孔,不容易转出三调。但当善于吹笛、深爱音乐的桓伊吹奏竹笛时,蔡邕的遗音就仿佛跨过百年风雨,重新响起一般。

同样是顶着"蔡伯喈睐睐笛椽""三祖寿乐器"光环的古笛,落入孙绰手中,竟沦为一件普通的击节道具。现有史料中未提及孙绰"解音律",但他听妓唱歌时"振且摆"手持物,似乎不是完全不懂音乐之人。柯亭笛是"故长笛",形制与东晋笛有差别,孙绰应能意识到这件"三祖寿乐器"不同寻常,却随意地"振且摆",致使珍贵的古笛折断。对孙绰而言,这支笛没有特殊的意义和价值,只是生命中的匆匆过客。他持有柯亭笛时,并不在意它身上的传奇故事,使用时也不甚珍惜,只把它当作寻常物品看待。

(郭小小,女,徐州工程学院人文学院讲师。发表过论文《病态？健康？风流？——小议魏晋男性人物外形审美标准》等)

---

① 《宋书·律例志一》载黄钟笛六孔及筒音对应音高如下:"正声调法,黄钟为宫,应钟为变宫,南吕为羽,林钟为徵,蕤宾为变徵,姑洗为角,太蔟为商。"

"洛生咏音本重浊"考

郭发喜

"洛生咏"是晋宋时期南方士人对故都洛阳书生吟诵声调之特定称谓,亦作"洛下书生咏""洛下吟",典出自《世说新语》,初指谢安吟咏之事。关于"洛下吟"之发音特点,历来有不同说法。近人余嘉锡《世说新语笺疏》(1937)沿袭传统观点,认为"洛生咏音本重浊"。陈寅恪《从史实论切韵》(1949)却不认同这种说法,其云:"谢安以鼻疾之故,发重浊之音,时流之作洛生咏者,遂奉为楷模,斅其讹变。"两位学者观点截然不同,读者亦莫知所从,则"洛生咏"究竟是否"音本重浊"呢? 作为魏晋六朝时期的一种语音系统,王力、周祖谟、周祖庠、李葆嘉等学者对"洛生咏"多有论及,然而却未专门探讨其发音的具体特点。今略陈固陋,以待方家驳正。

一、"洛生咏音本重浊"论争始末

"洛生咏"之名,最早见于《世说新语·雅量第六》,其原文曰:

> 桓公伏甲设馔,广延朝士,因此欲诛谢安、王坦之。王甚遽,问谢曰:"当作何计?"谢神意不变,谓文度曰:"晋阼存亡,在此一行。"相与俱前,王之恐状,转见于色。谢之宽容,愈表于貌。望阶趋席,方作洛生咏,讽"浩浩洪流"。桓惮其旷远,乃趣解兵。王、谢旧齐名,于此始判优劣。①

桓温晚年意图篡晋自立,欲使晋简文帝临终禅位于他,然而在谢安等人阻

---

① 余嘉锡:《世说新语笺疏》卷中之上《雅量第六》,中华书局,1983,第369页。

止下,其野心未能得逞。宁康元年(373)二月,"大司马温来朝。辛巳,诏吏部尚书谢安、侍中王坦之迎于新亭"①。是时,桓温有诛王、谢之意。宴席之间,谢安以西晋时洛下书生吟诵之调,讽嵇康《赠秀才入军》"浩浩洪流"章,示心中旷达无私,王、谢最终得以免祸,"洛生咏"也由此知名。

萧梁之时,刘孝标引宋明帝《文章志》注云:"安能作洛下书生咏,而少有鼻疾,语音浊。后名流多学其咏,弗能及,手掩鼻而吟焉。"②此处注文并未明确交代"洛下书生咏"是否"重浊",仅可证谢安"少有鼻疾,语音浊"而已。

至于"洛生咏音本重浊"之说,则来源于同书《轻诋第二十六》,其文曰:"人问顾长康:'何以不作洛生咏?'答曰:'何至作老婢声!'"刘孝标注云:"洛下书生咏,音重浊,故云老婢声。"刘氏注语即余嘉锡"洛生咏音本重浊"之说所本也。1937年,余嘉锡始作《世说新语笺疏》,其于此条下疏云:

> 洛下书生咏者,效洛下读书之音,以咏诗也。陆法言《切韵序》云:"吴、楚则时伤轻浅,燕、赵则多伤重浊。"洛下虽非燕、赵,而同在大河南北,故其音亦伤重浊。长康世为晋陵无锡人,习于轻浅,故鄙夷不屑为之。③

于上引《雅量第六》条则云:

> 至于东晋士夫,多是中原旧族,家存东都之俗,人传洛下之音。是以茂宏慰腹,真长笑其吴语;安石病鼻,名流斅其高咏焉。洛生咏音本重浊,安以有鼻疾,自然逼真;而时人以吴音读之,故非掩鼻不能近似也。④

余氏沿袭刘孝标的观点,认为"洛生咏音本重浊",并称谢安之所以能够驾驭"洛生咏",主要是因为他有鼻疾之故。1949年,陈寅恪作《从史实论切韵》,其引此二条论曰:

---

① 司马光编著,胡三省音注:《资治通鉴》卷一〇三《晋纪二十五·烈宗孝武皇帝上之上·宁康元年》,中华书局,1956,第3261页。
② 《世说新语笺疏》卷中之上《雅量第六》,第369页。
③ 《世说新语笺疏》卷下之下《轻诋第二十六》,第845页。
④ 《世说新语笺疏》卷中之上《雅量第六》,第370页。

洛阳旧音,本无偏失,而谢安以鼻疾之故,发重浊之音,时流之作洛生咏者,遂奉为楷模,戆其讹变。顾长康所致讥者,实指此病而言也。[①]

则以陈寅恪所言而论,"洛生咏"本无"重浊"之病,只是因谢安鼻疾之故,才使效仿者以讹传讹。

余、陈二位先生观点悬殊,孰是孰非,须待考评而后定。"重浊"或"清浅"与否,皆相对其参照音系而论。如此,则不能不考虑"洛生咏"之性质问题。若"洛生咏"为某地方言,则其相对于当时官方标准音,确实可能有"重浊"之感;若"洛生咏"属雅言通语,则应为其他方言所参照修正之对象,自然无"重浊"之弊。

然而,学界关于"洛生咏"的性质众说纷纭,至今尚无定论。一种观点倾向于将其视为方言,如陈寅恪《东晋南朝之吴语》明确指出"东晋南朝之内其士大夫无论属于北籍,抑属于吴籍,大抵操洛阳近旁之方言,如'洛生咏'即其一证也"[②];李浩《唐代三大地域文学世族研究》亦将"洛下吟"与"秦声""吴歌""齐讴"并举,显然把"洛生咏"视为方言。与之相对,还有一种观点则将"洛生咏"视为西晋雅言,如樊良树《王谢世家与"洛生咏"传奇》认为"洛生咏"是"中原经典雅音,上国衣冠所用的精致语言"[③]。李葆嘉《汉语起源与演化模式研究》等也将东汉魏晋之"洛生咏"与周秦"雅言"、西汉"通语"同列,认为它是当时通行已久的官方语言。[④] 鉴于"洛生咏"的性质尚未有结论,则欲探讨其是否"重浊",则必须首先考辨其具体性质。

二、"洛生咏"乃雅言而非方言

从史料的记载和雅言的传承来看,"洛生咏"并非某地方言,而是魏晋官方之雅言。众所周知,周秦以来,我国便有重视"雅言"的传统。《周礼·秋官·大行人》载"王之所以抚邦国诸侯者,七岁属象胥,谕言语,协辞命;九岁属瞽史,谕

---

① 陈寅恪:《从史实论切韵》,《金明馆丛稿初编》,生活·读书·新知三联书店,2015,第387页。
② 陈寅恪:《东晋南朝之吴语》,《金明馆丛稿二编》,生活·读书·新知三联书店,2001,第309页。
③ 樊良树:《王谢世家与"洛生咏"传奇》,《社会科学论坛》2018年第2期。
④ 李葆嘉:《汉语起源与演化模式研究》,黑龙江教育出版社,2002,第149页。

书名,听声音"①,象、胥、謷、史,皆诸侯之官,循礼制就学于王都,掌四方正音,推广周王朝雅言之事。礼崩乐坏之后,鲁人孔子兴私学,然教授生徒仍操周之雅言。《论语·述而》曾载:"子所雅言,《诗》、《书》、执礼,皆雅言也。"②《论语正义》卷八引《周礼》注云:"王都之音最正,故以雅名;列国之音不尽正,故以风名。王之所以抚邦国诸侯者,七岁属象胥,谕言语,协辞命;九岁属謷史,谕书名,听声音,正于王朝,达于诸侯之国,是谓雅言。"③然王纲解纽,华夏成鼎分之势,已非人力可以补救,故孔子"乐则《韶》舞,放郑声"之主张无法实现。《说文解字序》称其时"诸侯力政,不统于王,恶礼乐之害己,而皆去其典籍。分为七国,田畴异亩,车途异轨,律令异法,衣冠异制,言语异声,文字异形"④。秦据故周之地,承雅言之绪,常赖秦兵之势,而鞭笞四方。至秦始皇平定天下后,遂"罢其不与秦文合者","以吏为师","书同文字"。秦虽二世而亡,文献亦无推行雅言的记载,然其举措为汉代官话系统的形成奠定了良好的基础。

汉承周秦之末,建都于关中旧地。时人扬雄著有《輶轩使者绝代语释别国方言》,取"三代周秦轩车使者、輶人使者,以岁八月巡路,求代语、僮谣、歌戏"之典。其书以西汉官话释各地方言,提出诸如"凡语""通语""通名""四方之通语"等概念,说明西汉时确已存在一种应用范围很广的通用语言。自东汉迁鼎洛邑,文物衣冠,多依前朝之旧。时有许慎穷毕生之力,著成《说文解字》。此书包揽万象,集当时遗存《史籀篇》《仓颉篇》《方言》等多种典籍之大成,"是一本系统、科学、完备的文字学奠基之作"⑤。《说文解字》之时,虽未有反切,然许慎以当时通语读音为依据,在注字释义之时,以谐声、"读若"、声训等方式为文字注音。譬如"读若"一类,同时亦称"读如""读曰"。在反切法没有被广泛使用之前,许慎用独特的方法为后世保留了大量珍贵的"洛生咏"发音资料。

东汉之末,董卓逼迁天子,祸及臣民,"于是尽徙洛阳人数百万口于长安"。董卓败后,群贼自戕,原住民与洛阳移民在战乱中死伤流亡殆尽。"初,帝入关,三辅户口尚数十万,自催、汜相攻,天子东归后,长安城空四十余日,强者四散,

---

① 郑玄注,贾公彦疏,赵伯雄整理:《周礼注疏》卷第三十七《秋官·大行人》,北京大学出版社,1999,第1005页。

② 刘宝楠撰,高流水点校:《论语正义》卷八《述而第七》,中华书局,1990,第269页。

③ 《论语正义》卷八《述而第七》,第270页。

④ 许慎撰,段玉裁注:《说文解字序》,《说文解字注》第十五上,凤凰出版社,2007,第2页。

⑤ 《说文解字序》,《说文解字注》,第2页。

赢者相食,二三年间,关中无复人迹。"①经此一劫,长安可能保留的雅言传统也被东汉通语——洛阳音——同化。自曹魏以迄于西晋之末,因两朝帝王皆都于洛阳,则此时之雅言只可能是洛阳音,而非其他。

雅言是依靠国家政治力量推行实施的官方标准音,其形成与演变与政治密切相关。"雅者,正也,言王政之所由废兴也。"对于古代中国来说,首都语音往往被冠以"雅"名,通常就是官方推广的标准音。即刘宝楠《论语正义》所谓"王都之音最正,故以雅名"②。洛阳自东汉立国至西晋灭亡,近三百年间皆为帝都,由此奠定了洛阳音在当时无与伦比的至尊地位。故唐人李涪《刊误》卷下有"凡中华音切莫过东都,盖居天地之中,禀气特正"③之赞;宋人陆游《老学庵笔记》卷六有"中原惟洛阳得天地之中,语音最正"④之叹。此二人生于西晋之后,其评价在唐宋时或不甚恰当,然而用以形容洛阳音在汉晋之时的地位,无疑是符合历史事实的。

关于"洛生咏"的性质,陈寅恪在《东晋南朝之吴语》(1936)中较早进行过论述,其文曰:"永嘉南渡之士族其北方原籍各有不同,然大抵操洛阳近傍之方言,似无疑义。故吴人之仿效北语亦当同是洛阳近傍之方言,如洛生咏即其一证也。"⑤此说不确,永嘉南渡士人范围极广,不唯河洛之人,若洛阳音是方言,何北方士人皆操习之?正因为洛阳音是当时沿袭已久的官方标准音,且有数量极为庞大的上层侨民使用,因此才在南方朝廷取得了绝对的优势地位。而吴人所效仿者,自然是通行已久的晋代标准音,绝非某地之方言。"洛生咏"乃洛阳书生吟诵经典之音,当然也不是方言,而是西晋官方标准音,即洛阳音。李浩先生将"洛下吟"与"秦声""齐讴"等并列,大概是受到陈氏此文的误导。

1949年,陈寅恪又作《从史实论切韵》,在论及"洛生咏"之时,已公开承认其"殆即东晋以前洛阳之太学生诵读经典之雅音"。旋又云:"陆法言序文述各地方言之失,而独不及中原一区,则中原即洛阳及其近傍之语音,乃诸贤所视为正音无疑。"⑥陈氏于此再三肯定西晋洛阳音乃官方雅正之音。虽然陈寅恪在

---

① 范晔撰,李贤等注:《后汉书》卷七十二《董卓列传第六十二》,中华书局,1973,第2341页。
② 《论语正义》卷八《述而第七》,第270页。
③ 李涪撰,吴企明点校:《刊误》卷下《切韵》,中华书局,2012,第253页。
④ 陆游撰:《老学庵笔记》卷六,三秦出版社,2003,第218页。
⑤ 《东晋南朝之吴语》,《金明馆丛稿二编》,第309页。
⑥ 《从史实论切韵》,《金明馆丛稿初编》,第404页。

20 世纪 40 年代以后逐渐修正了自己的观点,但是他在作《从史实论切韵》之时,并未注明《东晋南朝之吴语》观点之失,故其集中有前后矛盾之说法。此白璧微瑕处,已误导了一些学者,故不得不再三发覆也。

既然"洛生咏"是西晋时期的官方雅音,那么就意味着它也是当时华夏最完美的语音,是其他方言的参照对象,自然不可能有"重浊"之弊。按照陈寅恪等人的观点,永嘉乱后,南方士族悉用北音,那么"洛生咏"就更不应该遭受舆论的排抑。然而,从史料的记载来看,南朝士人对"洛生咏"的非议相当广泛,且持续时间较长,这不得不说是历史的一个怪现象。

三、历史的真相

与陈寅恪观点类似,周祖谟《切韵的性质和它的音系基础》也认为"东晋南渡以后,士族仍保持有北方旧日的读书音,南方士族也侵染而操北语,这是历史事实"①。但是,南方士族"侵染而操北语"的心态与具体程度如何,则仍值得详细探讨。从史籍资料记载来看,北方的洛阳音在传播的过程中,不断与南方语音融合,也沾染了吴语的许多特点,而真正的"洛生咏"却成为东晋士人眼中的稀罕物,其原始面貌最终已不可复现。

"洛生咏"得名于谢安吟咏之后,之所以在此之前没有"洛生咏"之名,《汉书》《三国志》等史料亦不见此类称呼,正说明其吟咏声调在当时平常易见,不必特别拈出以示区别。自东晋初建至谢安讽咏,前后历时凡 56 年,此时南北政权隔阂加深,文化交流更加不易。而"洛生咏"之所以在此时得名,不是因为它在社会上的广泛普及与大量使用,恰恰是因为这种醇正的吟诵声调在南朝已经非常罕见。若谢安讽咏之时,侨寓士人皆操洛阳古音,则此处以"官话"或"通语"名之即可,何必更假借他名以称之? 周祖庠则直言:"这说明了,即使是在东晋,'洛生咏'就已经成了稀奇古董,只有少数人能为之,名流都难以仿效,何况是作为普通的交际雅言呢? 至梁之时,能为'洛生咏'者,恐已无几,士人又焉能以洛下旧音为正音标准呢?"②

---

① 周祖谟:《切韵的性质和它的音系基础》,《问学集》,中华书局,1966,第 472 页。
② 周祖庠:《从原本〈玉篇〉音看吴音、雅音——〈玉篇〉音论之一》,《四川三峡学院学报(社科版)》1998 年第 3 期。

《南齐书·张融传》也印证了"洛生咏"在南朝时的罕见和稀缺性,史载:"张融,字思光,吴郡吴人也。出为封溪令……广越嶂险,獠贼执融,将杀食之,融神色不动,方作洛生咏,贼异之而不害也。"①从獠贼的反应来看,"洛生咏"相对于当时其他地方的语音,显得非常怪异。正是因为"洛生咏"在日常生活中非常罕见,所以獠贼才会"异之"。陈寅恪在《东晋南朝之吴语》解释此例道:"张融本吴人,而临危难仍能作洛生咏,虽由于其心神镇定,异乎常人,要必平日北音习熟,否则决难致此无疑也。"②又云:"江左士族操北语,而庶人操吴语。"③陈氏此论有误,其断定张融"北音习熟"固然不错,认为"江左士族操北语"也有依据,但是却不能据此将"洛生咏"与南齐时的"北音"完全等同且混为一谈。不然,獠贼为何面对张融所作"洛生咏"会"异之"呢?难道这些獠人从未接触过南方士人吗?真实的情形应是:南方士人群体确实模仿和吸纳了部分北方口音,但要求他们完全依照"洛生咏"的声调进行日常交流仍然是困难的。因此,醇正的"洛生咏"在南朝才会显得稀有和怪异。

从萧梁学者刘孝标于"桓公伏甲设馔"条下注文便可看出,在谢安吟诵之时,醇正的"洛生咏"音调相对于当时的南朝官话已显得"重浊"。正是因为谢安有鼻疾,所以他在吟诵时才能得"洛生咏"之神韵。倘若无此疾病,恐怕谢安也无法像西晋时的洛下书生那样讽咏。至于其他东晋士子,则根本无法模仿"洛生咏"的声调,只有掩鼻才能勉强与谢安略微相似。

然而,从《世说新语》中谢玄和谢安的两则趣事来看,似乎谢安本人也需要通过"捻鼻"的方式才能够进行"洛生咏"。《容止第十四》载:"谢车骑道谢公:'游肆复无乃高唱,但恭坐捻鼻顾睐,便自有寝处山泽间仪。'"④可见,在谢安之时,洛阳音已无法用于世族间的日常交流,至于广泛普及则更是奢谈。即便是谢安这样的士林领袖,也需要通过"捻鼻"这种不太风雅的方式才能做到,此情此景,确实令人感慨良多。

《排调第二十五》则云:"初,谢安在东山居,布衣,时兄弟已有富贵者,翕集家门,倾动人物。刘夫人戏谓安曰:'大丈夫不当如此乎?'谢乃捉鼻曰:'但恐不

---

① 萧子显撰:《南齐书》卷四十一《张融传》,中华书局,1972,第721页。
② 《东晋南朝之吴语》,《金明馆丛稿二编》,第305页。
③ 《东晋南朝之吴语》,《金明馆丛稿二编》,第305页。
④ 《世说新语笺疏》卷下之上《容止第十四》,第541页。

免耳!'"①谢安在面对夫人的富贵功名诱惑时,以"洛生咏"表现自己旷达磊落的风度,然而因"洛生咏"不便于日常之用,所以需要"捉鼻"以求形似。余嘉锡疏云:"安意盖谓己本无心于富贵,故屡辞征召而不出。但时势逼人,政恐终不得免耳。安少有鼻疾,语音重浊。所以捉鼻者,欲使其声轻细以示鄙夷不屑之意也。"②余氏此说有误。前《雅量第六》余氏疏云:"洛生咏音本重浊,安以有鼻疾,自然逼真;而时人以吴音读之,故非掩鼻不能近似也。"③依余氏之论,谢安捉鼻可使声音轻细,他人掩鼻则使声音重浊,岂有是乎!实际上,当时的历史真相是——以谢安为代表的、长期受到南方文化熏陶的侨居士人已皆不能作"洛生咏",他们都需要借助掩鼻的方式才能模仿西晋时的洛阳音。

至于以顾恺之为代表的南方士人将"洛生咏"贬低为"老婢声"的评价,则明显带有鲜明的地域文化冲突色彩。余嘉锡所谓"洛下虽非燕、赵,而同在大河南北,故其音亦伤重浊。长康世为晋陵无锡人,习于轻浅,故鄙夷不屑为之"④,则明显有误。其主要疏漏之处在于,余氏忽视了"洛生咏"的官方雅言身份。"洛生咏"属于西晋雅言系统,理应是南北方言的参照标准,故而不可能会有"重浊"或"轻浅"的弊端。

刘孝标、余嘉锡等学者之所以会认为"洛生咏"有"重浊"之弊,是因为他们完全站在南朝士人的文化立场上,而非西晋士人的文化立场上。由于时过境迁,至谢安之世,新的南朝雅言已经形成,并在士族阶层中得到广泛推广。在南朝士人眼中,"洛生咏"相对于这种混合着北方洛阳音与南方语音的新式雅言,已显得"重浊",而非西晋之"洛生咏"本身有"重浊"之弊。

四、结语

"洛生咏"是魏晋时期洛阳太学生吟诵经典时所操用的读书音,属于雅言系统,并非某地的方言。刘孝标、余嘉锡等学者之所以会得出"洛生咏音本重浊"的错误结论,是因为他们忽视了"洛生咏"的雅言身份,完全站在南朝文化的立

---

① 《世说新语笺疏》卷下之下《排调第二十五》,第 693 页。
② 《世说新语笺疏》卷下之下《排调第二十五》,第 693 页。
③ 《世说新语笺疏》卷中之上《雅量第六》,第 326 页。
④ 《世说新语笺疏》卷下之下《轻诋第二十六》,第 731 页。

场上。陈寅恪虽然反对余嘉锡"洛生咏音本重浊"之说,但是他的观点前后并不一致,对许多学者都产生了一定误导。从史料的记载与雅言的传承视角而论,西晋时的"洛生咏"在"衣冠南渡"之后,与南方士族操用的语音相融合,形成了一种在南北士族阶级中广泛普及的、以北方洛阳音为主、南方语音元素为辅的新式雅言系统。时过境迁,至谢安之时,纯正的"洛生咏"在南朝上层侨寓贵族的日常生活中已无法操用,侨人后裔只能通过"捻鼻"方式才能初步得其形似。在宋文帝刘义隆、刘孝标等南方士人看来,"洛生咏"相较于新式雅言语音系统,已显得"重浊",而非余嘉锡所谓"洛生咏音本重浊"。至于以顾恺之为代表的南方士人,他们出于对本土文化的维护和坚守,对模仿"洛生咏"所流露出的不屑态度,自然也不必过分苛责。

(郭发喜,文学博士,洛阳师范学院文学院讲师)

文笔离合的管钥*

——中古文章学发展视野中的阮籍《为郑冲劝晋王笺》

束 莉

　　《为郑冲劝晋王笺》是阮籍诗文中聚讼纷纭的一篇。该文的撰写背景和缘由都较为清晰,即魏晋易代局势日渐明朗之时,阮籍代司空郑冲作辞,劝喻司马昭接受魏帝加封的九锡殊礼。争论的焦点则在于:阮籍撰此文,是主动还是无奈? 因为加封九锡是魏晋易代的标志性步骤之一,这一篇短笺也被看作其政治取向的表达,进而影响对其诗文的解读。从宋代开始,持不同论点者代有其人。如南宋叶梦得《避暑录话》:(阮籍)"佯欲远(司马)昭而阴实附之,故示恋恋之意,以重相谐结,小人情伪,有千载不可掩者。""至劝进之文,真情乃见。"① 严守儒家"忠君"观,言辞激烈且应者甚多。为阮籍辩护者也不少见,如明代张溥《汉魏六朝百三家集·阮步兵集题辞》:"晋王九锡,公卿劝进,嗣宗制词,婉而善讽。……正言感人,尚愈寺人孟子之诗乎?"②

　　20世纪80年代以来,受到改革开放、国力振兴的感召,彰显了"士"阶层独立精神的"竹林七贤"得到了广大学者乃至文史爱好者的关注。对包括阮籍在内的七贤,学者们大多表现出"理解之同情";具体到《为郑冲劝晋王笺》(以下简称《劝晋王笺》)一文的分析,也沿循了"辩护论"的思路,认为阮籍藏名于酒,寓讽于劝,深衷在心。但长期以来围绕"立场"问题的探讨,对于理解《劝晋王笺》来说,会不会既提供启示,也形成遮蔽,使人们的视线锚定于一点,却忽略了它更加多元的面相? 如果不拘囿于这个已沿用千年的论述框架,令其回归文章学发展的视野,该篇的文学特质和示范效应,能否得到更为显豁的映现呢?

---

* 本文系安徽省高校人文社会科学研究重点项目"北朝五史文苑列传研究"(SK2019A0002)。

① 叶梦得:《避暑录话》,卷上,津逮秘书本。

② 张溥撰,殷孟伦注:《汉魏六朝百三家集题辞注》,中华书局,2007,第116页。

一、禅代之际文书造作与《劝晋王笺》的文本属性

《劝晋王笺》究竟是一篇什么性质的文章？它是偶然机缘下出现的单篇文字，还是被历史局势催生的文章集群中的一篇？它是个人政治倾向的宣言，还是例行公事的官方文档？这一系列问题的解答，需要我们将其返置于它的产生背景——"禅代"进程中予以考察。

魏晋南北朝是政权更迭频繁的乱世，禅让成为政权交接的常态化手段，而它的合法性与可行性早在两汉之际就得到了探讨和实践。王士俊《禅让的变异：从传说、理想到制度设计》一文认为：王莽代汉之际，儒生们已建立起较为完善的禅让理论。他们采周礼而加以改造，设计了立公国、赐九锡、行居摄、伪揖让、进禅代的一整套程序。在汉魏、魏晋易代之际，这套程序得到了较为郑重的执行。具体到揖让礼，据该文统计，曹丕辞禅、揖让达 19 次之多；司马昭虽未完成易代称帝，但他受魏封爵、加九锡，揖让次数也达 14 次之多。① 在这反复揖让之中，相应的文书集群也随之产生：

环节	皇帝赐殊礼	权臣谢绝	诏书再下/群臣劝喻	权臣接受
文档	诏书	谢表	诏书/劝进文	谢表

赵翼《廿二史札记》"晋书·九锡文"条云："每朝禅代之前，必先有九锡文，总叙其人之功绩，晋爵封国，赐以殊礼……其文皆铺张典丽，为一时大著作。"② 可见，作为国家最高级别的权力转移程序，与禅代相关的文书撰述都颇为庄重。魏晋之际，九锡文也形成了特有的格套和面貌，它们的执笔和署名，一般呈现复合状态，即"名笔撰写＋名臣奏进"，文辞和礼仪均具有优选特征："（曹）操之九锡文，据裴松之《三国志注》，乃后汉尚书左丞潘勖之辞也。曹丕受禅时，以父已受九锡，故不复用，其一切诏诰，皆卫觊作。晋司马昭九锡文，未知何人所作，其让九锡表，则阮籍之词也。"③参照这样的背景，再联系阮籍的仕历和家世，不难理解郑冲等人为何邀请他来撰写《劝晋王笺》。

---

① 王士俊：《禅让的变异：从传说、理想到制度设计》，《燕山大学学报》（哲社版）2020 年第 6 期。
② 赵翼撰，王树民校正：《廿二史札记校正》，中华书局，2013，第 155 页。
③ 《廿二史札记校正》，第 155 页。

首先,从嘉平三年(251)应司马懿征辟,到甘露五年(260)写作此文①,阮籍已在司马氏霸府任职十年之久,所任职务也是"职参谋议"的从事中郎,可以称之为司马氏的亲近僚属。他与郑冲这样拥护司马氏的当朝名臣,存在较为融洽的业缘关系。

其次,在正始年间的清谈、交游场中,阮籍一直相当活跃,著述也十分丰富,在写作此笺之前,就有《乐论》《通易论》《达庄论》等鸿篇流播于世,是符合"名笔"这一选择标准的。

最后,阮籍之父阮瑀在建安时期即以公文书写著称:"(陈)琳、(阮)瑀之章表书记,今之隽也"②;"元瑜书记翩翩,致足乐也"③。正如刘师培《中国中古文学史》所言:"(阮)籍为元瑜之子,瑜之所作,如《为曹公作书与孙权》诸篇,均尚才藻,多优渥之言,此即籍文所自出也。"④在重视家学的中古时期,父亲的职业专擅,的确会在一定程度上影响时人对于阮籍诗文的阅读期待。

那么,对于该文的撰写,阮籍究竟是何态度呢?此事的最早记载,见于《世说新语·文学》:"公卿将校当诣府敦喻。司空郑冲驰遣信就阮籍求文。籍时在袁孝尼家,宿醉扶起,书札为之,无所点定,乃写付使。时人以为神笔。"⑤所谓"宿醉",代表着一种逃避,甚至是一种政治宣告吗?

笔者在数年前曾撰有短章,通过情境分析,认为阮籍写作此文并没有"被迫"的迹象;进而通过文本分析,认为该文的结构和用典也符合劝进文书的常见模式,没有体现出"似劝实讽"的意图。⑥ 现在看来,这些细节分析固然有一定的必要性,但也难免有猜测和两可的成分,若要稳妥立论,还需将时代共相纳入考虑之中。具体来说,曹魏易代之际的士林,对于禅代的基本态度是什么?阮籍所属的士人细分群体为何?这个群体对于禅代可能持有的态度是什么?

首先,禅代思想的讨论,自战国时期就已趋向热烈、成熟。两汉之际,王莽启动禅让闹剧;汉魏之际,曹操父子又逐渐将禅让理论搬演为现实,禅代成为士

---

① 阮籍《劝晋王笺》的写作时间有多种说法,笔者比较认同孙明君《关于阮籍〈为郑冲劝晋王笺〉的作年》(《文史哲》2002 年第 1 期)一文中的甘露五年(260)说,请参拙文《阮籍〈为郑冲劝晋王笺〉若干问题析解》(《现代语文》2008 年第 2 期)。
② 萧统撰:《文选》,卷五十二,上海古籍出版社,1986,第 2272 页。
③ 《文选》,卷四十二,第 1897 页。
④ 刘师培:《中国中古文学史》,商务印书馆,2010,第 43 页。
⑤ 余嘉锡:《世说新语笺疏》,中华书局,2007,第 290 页。
⑥ 束莉:《阮籍〈为郑冲劝晋王笺〉若干问题析解》,《现代语文》2008 年第 2 期。

大夫习见的改朝换代方式。范兆飞考察"禅让"构想实现于汉晋之际的深层原因,认为"作为代价最小的易代模式,禅让最符合士族阶层持续发展的利益诉求,也逐渐沉淀成精英人群普遍认同的政治精神"①。基于这样的现实考量,在门阀大族逐渐成型的魏晋之际,士人对家族连绵的祈愿,远胜过对国祚存亡的关心。早在 20 世纪 30 年代,余嘉锡撰《世说新语笺疏》,即指出"魏晋士大夫止知有家,不知有国"②,学界共识,于此可见。

其次,阮籍出身陈留阮氏,自东汉时期起,陈留就是学术文化的活跃地区。③东汉晚期大儒蔡邕即为当地乡贤,阮籍的父亲阮瑀便是蔡邕的忠实弟子。阮瑀约于建安三年(198)受曹操征辟,任司空军谋祭酒,后于建安十六年秋冬或十七年初(211—212)徙仓曹掾属,并于十七年(212)去世,是年阮籍 3 岁。笔者曾撰《阮瑀徙"仓曹掾属"探微》一文,探讨阮瑀在徙官前所撰《文质论》《吊伯夷文》的隐微思路和现实意义,认为其中体现了他对曹操权倾汉室的不满,因此被贬为掌理庶务的仓曹掾属,并在数月后去世。④据王晓毅考证,阮籍少年时期与族党共居于陈留乡里,属于财力微薄的"南阮"。⑤作为地方大姓中的弱枝,又是年幼失怙的逐臣子弟,身处门阀势力逐渐垄断选举的历史时期,少年时期的阮籍,跟洛阳的曹魏政权和京城文化圈之间的关系可以说十分疏离。

近年来,有学者认为,历史上对于阮籍形象的建构存在两个传统:前者起源于东晋南北朝,肇端于《世说新语》,由唐修《晋书》等典籍传承,主要侧重于褒扬阮籍作为名士的面相;后者发端于南宋,集中于《咏怀诗》的阐述,构建出阮籍忠于曹魏,并在司马氏的政治高压下韬晦自保的形象。⑥但正如上文所述,既然禅让已成为当时士林普遍接受的朝代更迭方式,曹氏父子又是使阮籍落入幼年单寒处境的关键人物,对于府主司马氏酝酿已久、逐步施行的禅代步骤,他又有何理由自外于广大的士大夫群体,而采取逃避甚至反对的举措呢?

---

① 范兆飞:《走向禅代:魏晋之际阶层的固化与易代模式》,《华东师范大学学报》(哲社版)2018 年第 4 期。
② 《世说新语笺疏》,第 56 页。
③ 卢云《汉晋文化地理》:"南阳、颍川、河南、陈留、汝南为天下腹心,是品评清议的发端与盛行之地。"陕西人民教育出版社,1991,第 80 页。
④ 束莉:《阮瑀徙"仓曹掾属"探微》,《文学遗产》2012 年第 2 期。
⑤ 王晓毅:《"竹林七贤"考》,《历史研究》2001 年第 5 期。
⑥ 伏煦:《论阮籍形象建构的两个传统》,《古代文学理论研究》第 43 辑,华东师范大学出版社 2016。

综上,本节起始的两个问题就可以得出答案:首先,《劝晋王笺》并非偶然机缘下出现的单篇文章,而是在魏晋禅代流程中,被现实需要催生出来的一篇应用文字。其次,它的政治立场,在下笔之前,就已被群体选择和当下语境所圈定。它只是作为司马氏霸府成员的阮籍所经手的一份官方文档,很难承载个人的情绪、意志。考校其中一两个已被此类文档反复援引过的典故,来阐述其中的微言大义;或者用唐宋时期方才成形的君臣道德规范,来衡量古人是否站在正义的一方,本身就是虚拟的命题。——那么,既然这篇短文只是魏晋易代之际众多文档中的一篇,它又是在何种机缘之下,以何种身份进入文学史的脉络呢? 有没有影响文学史发展的若干走向呢?

二、三个“高光时刻”与《劝晋王笺》的文学特质

现存阮籍文章,包括《通易论》《通老论》这样重要的篇章,大多辑入唐代类书,如《艺文类聚》《北堂书钞》等。相比之下,《劝晋王笺》一文在南朝乃至唐代,得到的关注却非同寻常。

首先,该文撰写的本事,见载于《世说新语》“文学”类。该书记竹林七贤事迹,多纳入“任诞”类,此处分置,耐人寻味。

其次,最早收录《劝晋王笺》的文学总集,是南朝梁昭明太子萧统主纂的《文选》。梁代是南朝文化的鼎盛期,昭明太子萧统则是众望所归的文坛领袖,由他主持编撰的《文选》收录该文,说明其文学价值已得到南朝社会的集体认可。

最后,史书中最早载录其事、其文者为《晋书》。有意思的是,二者并非归并一处,而是分见于不同的传记。其事见《晋书·阮籍传》,内容基本同于《世说新语·文学》;其文则被纳入《晋书·文帝纪》,并被作为景元四年(263)司马昭接受九锡殊礼的关键文档。然而,此条记载与史实明显不符。余嘉锡在《世说新语笺疏》中,就根据李善注《文选》,指出该文中的“魏帝”是指高贵乡公曹髦。①其在位时,曾两次提议给司马昭加九锡,即甘露三年(258)与甘露五年(260)。据孙明君进一步考证,阮籍写作此笺当在甘露五年②;高贵乡公去世后,即位的常道乡公曹奂又多次提议给司马昭加九锡,皆被其谢绝,直到景元四年(263)方

① 《世说新语笺疏》,第 291 页。
② 孙明君:《关于阮籍〈为郑冲劝晋王笺〉的作年》,《文史哲》2002 年第 1 期。

接受。将内容完全不能贴合的文本,勉强嫁接到一个特殊的时间节点上,虽缺乏"史"的严谨,却突出了"文"的光彩,也从侧面印证,编撰《晋书》的初唐君臣对魏晋玄风的由衷追慕。

综上,有赖于文学和史学的三个"高光时刻",阮籍《劝晋王笺》才被稳稳嵌入了中古文史发展的脉络中。这种反复载录,必然不是为了增加它的曝光率,让它接受充分的"立场"批判;相反,这恰恰展现了中古时期各文化圈层对该文及其本事的共同钦慕。那么,我们能否暂时搁置有关政治倾向的争议,从文学角度来探析其价值呢?

魏晋南北朝的劝进文,基本由三部分构成:(1)回顾古代先例。(2)弘扬权臣功德。(3)陈述当下禅位(或赐九锡、设公国)的必要性,集中劝喻。不同的篇章,可能会出现某一板块的省略或增华,板块次序也可能略有交错。《劝晋王笺》也不例外。以板块为单位,将该篇与汉晋时期的同类文章相比较,会发现其特出之处至少有如下三点:

回顾古代先例	
中军师荀攸、前军师钟繇等人上曹操劝受魏公书(建安十七年,212)	昔周公承文、武之迹,受已成之业,高枕墨笔,拱揖群后,商、奄之勤,不过二年,吕望因三分有二之形,据八百诸侯之势,暂把旄钺,一时指麾,然皆大启土宇,跨州兼国。周公八子,并为侯伯,白牡骍刚,郊祀天地,典策备物,拟则王室,荣章宠盛如此之弘也。……(以下省略124字)①
魏相国华歆、太尉贾诩、御史大夫王朗及九卿劝曹丕受禅书(延康元年,220)	臣等闻自古及今,有天下者不常在乎一姓;考以德势,则盛衰在乎强弱,论以终始,则废兴在乎期运。唐虞历数,不在厥子而在尧、舜。尧、舜虽怀克让之意迫,群后执玉帛而朝之,兆民怀欣载而归之,率土扬歌谣而咏之,故其守节之拘,不可得而常处;达节之权,不可得而久避;……(以下省略92字)②
阮籍劝晋王笺	以为圣王作制,百代同风,褒德赏功,有自来矣。昔伊尹,有莘氏之媵臣耳,一佐成汤,遂荷"阿衡"之号;周公藉已成之势,据既安之业,光宅曲阜,奄有龟蒙;吕尚,磻溪之渔者,一朝指麾,乃封营丘。自是以来,功薄而赏厚者不可胜数,然贤哲之士犹以为美谈。③

---

① 陈寿:《三国志》,中华书局,1982,第41页。
② 《三国志》,第72—73页。
③ 陈伯君:《阮籍集校注》,中华书局,1987,第51页。

弘扬权臣功德	
中军师荀攸、前军师钟繇等人上曹操劝受魏公书	往者天下崩乱,群凶豪起,颠越跋扈之险,不可忍言。明公奋身出命以徇其难,诛二袁篡盗之道,灭黄巾贼乱之类,殄夷首逆,芟拨荒秽,沐浴霜露二十余年,书契以来,未有若此功者。①
魏相国华歆、太尉贾诩、御史大夫王朗及九卿劝曹丕受禅书	陛下性秉劳谦,体尚克让,明诏恳切,未肯听许,臣妾小人,莫不伊邑。……汉自章、和之后,世多变故,稍以陵迟,洎乎孝灵,不恒其心,虐贤害仁,聚敛无度,政在嬖竖,视民如雠,遂令上天震怒,百姓从风如归……(以下省略82字)②
阮籍劝晋王笺	况自先相国以来,世有明德,翼辅魏室,以绥天下,朝无阙政,民无谤言。前者明公西征灵州,北临沙漠,榆中以西,望风震服,羌戎东驰,回首内向;东诛叛逆,全军独克,禽阖闾间之将,斩轻锐之卒以万万计,威加南海,名慑三越,宇内康宁,苟慝不作,是以殊俗畏威,东夷献舞。③
展望与劝喻	
中军师荀攸、前军师钟繇等人上曹操劝受魏公书	今比劳则周、吕逸,计功则张、吴微,论制则齐、鲁重,言地则长沙多;然则魏国之封,九锡之荣,况于旧赏,犹怀玉而被褐也。且列侯诸将,幸攀龙骥,得窃微劳,佩紫怀黄,盖以百数,亦将因此传之万世,而明公独辞赏于上,将使其下怀不自安,上违圣朝欢心,下失冠带至望,忘辅弼之大业,信匹夫之细行,攸等所大惧也。④
魏相国华歆、太尉贾诩、御史大夫王朗及九卿劝曹丕受禅书	汉朝委质,既愿礼禅之速定也,天祚率土,必将有主;主率土者,非陛下其孰能任之?所谓论德无与为比,考功无推让矣。天命不可久稽,民望不可久违,臣等慺慺,不胜大愿。伏请陛下割挹谦之志,修受禅之礼,副人神之意,慰外内之愿。⑤
阮籍劝晋王笺	故圣上览乃昔以来礼典旧章,开国光宅,显兹太原。明公宜承圣旨,受兹介福,允当天人。元功盛勋光光如彼,国士嘉祚巍巍如此,内外协同,靡愆靡违。……今大魏之德光于唐虞,明公盛勋超于桓文。然后临沧州而谢支伯,登箕山而揖许由,岂不盛乎!至公至平,谁与为邻!何必勤勤小让也哉?⑥

① 《三国志》,第41页。
② 《三国志》,第72—73页。
③ 《阮籍集校注》,第51页。
④ 《三国志》,第41页。
⑤ 《三国志》,第73页。
⑥ 《阮籍集校注》,第51页。

首先,文体体量的简约化。从篇幅来看,阮文在"回顾古代先例"和"弘扬权臣功德"两个板块上,笔墨都颇为简省,通篇也就呈现出清简的特征。

其次,文体特征的具象化。《文心雕龙·书记》篇云:"笺者,表也,表识其情也。"①"原笺记之为式,既上窥乎表,亦下睨乎书,使敬而不慑,简而无傲,清美以惠其才,彪蔚以文其响,盖笺记之分也。"②"表",即臣下呈递给君王或长官以陈述事理的文书;"书",则多指平辈之间的私人通信。刘勰在综观中古"笺"体实例的基础上,认为它是介于"表"与"书"之间的一种文体,这与《文选》不谋而合:《文选》共收录"笺"体文本9篇,均为僚属上府主之文。这样的定位,恰好符合魏晋南北朝时期诸王府、公府府主与臣下辞书往来频繁的实况。那么,"敬而不慑,简而无傲",这类描述士人和王侯卿相之间关系的言辞出现在文论中,就是因为刘勰等文论家深切了解到:文体特质的形成根源,是撰写者的人格姿态和人际关系的形态。阮籍此笺在"回顾先例"和"弘扬功德"方面的简化,恰好剥离了之前劝进笺中烦冗的列举和颂美,将笔墨集中于劝喻,体现了一种不卑不亢、进退得宜的姿态。

最后,融汇多种文体之优长。其中"论说"的痕迹最为明显。短短一篇笺文中,有概括,如颂司马氏功德一段,用"况自先相国以来,世有明德,翼辅魏室,以绥天下,朝无阙政,民无谤言"一句,说尽司马懿、司马师两世之事迹;有排比,如回顾古代先例,连举伊尹、周公、吕尚三例,句型整饬,层层递进;有反问,如结句:"今大魏之德光于唐虞,明公盛勋超于桓文。然后临沧州而谢支伯,登箕山而揖许由,岂不盛乎!至公至平,谁与为邻!何必勤勤小让也哉!""论"体结撰方式的引纳,使得阮籍《劝晋王笺》与同类文章相比,在意脉上有奇崛与平淡之别,论点上有清透简明和堆砌沿袭之别,描写上有虚化凝练与具体板滞之别,卓尔不群,允称"神笔"。

刘师培认为:"《文选》所录《为郑冲劝晋王笺》《诣蒋公奏记辞辟命》,文虽雅健,非阮氏文章之本色也。"③作为玄学名家,阮籍当行本色的自然是论说文。但一篇文章能否得到关注,还是要看它是否体现了当时政治、文化思潮中引人注目的方面,是否具有开风气之先的能量。汉晋之际,禅代是足以引发士人群

---

① 刘勰撰,詹锳义证:《文心雕龙义证》,上海古籍出版社,1989,第936页。
② 《文心雕龙义证》,第941页。
③ 《中国中古文学史》,第46页。

体思考的重要事件,禅代文书也恰好处于草创期,什么样的文本才可称为典范之作呢? 在阮籍撰《劝晋王笺》之前,似并无共识。《世说新语·文学》称其文:"时人以为神笔。"①说明阮文在问世之后,很快进入文学阅读领域,从实用文档转化为可赏读的文本。而从南朝此类文章的书写来看,该文也切实影响了这一文类的发展走向。

《梁书·武帝纪》记录了梁武帝萧衍接受禅位之前,霸府僚属的两封劝进文书,第一封入选《艺文类聚》卷十四,第二封入选《文选》"笺"类及《艺文类聚》卷十四,署名均为任昉。两篇文章篇幅都不长,引用如下:

劝进笺一	伏承嘉命,显至仁策。明公逡巡盛礼,斯实谦尊之旨,未穷远大之致。何者? 嗣君弃常,自绝宗社,国命民生,剪为仇雠,折栋崩榱,厌焉自及,卿士怀脯斮之痛,黔首惧比屋之诛。明公亮格天之功,拯水火之切,再蹑日月,重缀参辰,反龟玉於涂泥,济斯民於坑岸,使夫匹妇童儿,羞言伊、吕,乡校里塾,耻谈五霸。而位卑乎阿衡,地狭于曲阜,庆赏之道,尚其未洽。大夫宝公器,非要非距,至公至平,当仁谁让? 明公宜祗奉天人,允膺大礼。无使后予之歌,同彼胥怨,兼济之人,翻为独善。②
劝进笺二	近以朝命蕴策,冒奏丹诚,奉被还令,未蒙虚受,搢绅颙颙,深所未达。盖闻受金于府,通人弘致,高蹈海隅,匹夫小节,是以履乘石而周公不以为疑,增玉璜而太公不以为让。况世哲继轨,先德在民,经纶草昧,叹深微管。加以朱方之役,荆河是依,班师振旅,大造王室。虽复累茧救宋,重胝存楚,居今观古,曾何足云。而惑甚盗钟,功疑不赏,皇天后土,不胜其酷。是以玉马骏奔,表微子之去;金板出地,告龙逢之冤。明公据鞍辍哭,厉三军之志,独居掩涕,激义士之心,故能使海若登祗,鏧图效祉,山戎、孤竹,束马影从,伐罪吊民,一匡静乱,匪叨天功,实勤濡足。且明公本自诸生,取乐名教,道风素论,坐镇雅俗,不习孙、吴,构兹神武。驱尽诛之氓,济必封之俗,龟玉不毁,谁之功与? 独为君子,将使伊、周何地?③

与前引汉魏之际劝进文相比较,南朝此一文类的变化非常显著。首先是篇幅大大缩短;其次是回顾前代先例和弘扬权臣功德两大板块被减省、虚化,代之以鲜明有力的概括;最后是文章结构变得紧致,句型多样,文气跌宕,有较为生动的论说意味。这三点变化,恰好与阮籍《劝晋王笺》的特点若合符契,其中传

① 《世说新语笺疏》,第290页。

② 姚思廉:《梁书》,中华书局,1973,第21页。

③ 《梁书》,第21页。

承一览可知。

综上,《劝晋王笺》的出现,使得发源于西汉末的劝进文书出现了新的文体特征。阮籍将玄学化的论说方式融入劝进之笺,冲淡了汉魏之际弥漫于该文类的迷信色彩和投机意味,使之呈现出清简端方的文体风貌,更加符合中古社会的阅读趣味,也可以更好地承载其历史使命。本节的论述,展现了从文章学角度来解析《劝晋王笺》的一种可能路径。但正如钟嵘《诗品》所言,阮籍的文字总让人感觉到"厥旨渊放,归趣难求",其心中块垒究竟因何而郁积?长期以来的"立场"论争,在局限我们对《劝晋王笺》展开多元探讨的同时,是否也限制了我们对阮籍心迹的理解?除了忠于曹魏还是司马氏,在人生的不同阶段,他是否还有其他的困惑与挣扎呢?

三、文士浮沉与文笔离合

建安二十三年(218),魏国新晋太子曹丕给亲近的侍臣吴质去函,抒发对近年来逝去的建安诸子们的悼念,并逐一点评其诗文特色;次年(219)二月初八日,吴质作《答魏太子笺》,却颇有微词:"陈、徐、刘、应,……于雍容侍从,实其人也。若乃边境有虞,群下鼎沸,军书辐至,羽檄交驰,于彼诸贤,非其任也。"[1]对于早在建安十七年(212)前后即已去世的阮瑀,他也有苛刻的批评:"往者孝武之世,文章为盛,若东方朔、枚皋之徒,不能持论,即阮、陈之俦也。"[2]

曹丕和吴质的文字,如同 AB 两面,揭示出建安士林对阮瑀等文士的两种看法:一是从文学视角出发,肯定其成就;一是以事功为重,强调乱世背景下文学侍从的点缀属性。此种异议并非偶然出现。魏晋以降,经过《文心雕龙》等诗学著作的阐扬,"建安七子"成为难以超越的文学典型;回到汉末魏初的舆论场,却会发现他们所受的评议乃至自评都颇为复杂,包括对其社会定位的怀疑、诗文价值的消解。这些言论的源头,可远溯东汉中后期,文艺思潮兴起,对经学形成冲击。特别是汉灵帝光和二年(179),鸿都门学设立,破格以辞赋、书画等"小技"为选举之途,遭到了公卿名族的强烈反对。杨赐、蔡邕、阳球等大臣纷纷上

---

① 《文选》卷五十二,第 2271 页。

② 《文选》卷五十二,第 2271 页。

书,认为"书画辞赋,才之小者,匡国理政,未有其能",一时"士君子皆耻于为列焉"。① 然而汉魏之际,作风通兑的曹操却对儒家传统的文化理念不以为然,对来自鸿都门学的梁鹄、邯郸淳等人深加礼遇,军旅之暇,不忘娱游,曹丕兄弟也深受此风濡染。所谓"傲雅觞豆之前,雍容衽席之上,洒笔以成酣歌,和墨以藉谈笑"②,虽为后世士林神往,但置于经学与文艺磨砺共生的汉魏之际,却足以引起警惕和反感。身为文学侍从、不预经国远略的"建安七子",虽与曹氏兄弟私交甚笃,但参之他们自幼浸润的经学语境,这样的职务安排和生活方式可谓尴尬的降格。③ 每当他们发出维护儒学价值标准的言论时,迎来的必然是严厉的惩罚:孔融因触怒曹操被诛;刘桢因不敬甄皇后被罚;阮瑀因撰文不合时宜而徙仓曹掾属。联系当时士人浮沉的情况来看,阮瑀被贬并很快去世,为其子嗣带来的是一种阶层滑落的危险。

据史料,阮籍第一次受到征辟为正始三年(242),时已 33 岁,可谓大器晚成:"蒋济闻其有隽才而辟之,籍诣都亭奏记曰:……初,济恐籍不至,得记欣然。遣卒迎之,而籍已去,后谢病归。"④"不应征辟"本是名士常态,一般都能得到府主的宽容与礼遇。蒋济此番"大怒",既与其性情猜急有关,也与阮籍单寒的处境不无关系。"于是乡亲共喻之,乃就吏。"可见阮籍惹怒蒋济,不仅无益自身,还有可能殃及乡党。"就吏",则说明阮籍在蒋济府中任职不高,可能会承担一些世俗琐务,因此他不久就托病辞去了。

在变故多发的魏晋之际,从这样蹉跎的起点,最终得封关内侯,担任"多以皇族肺腑居之"⑤的步兵校尉,这一"逆袭"不能仅仅归因于才华或与司马氏的

---

① 范晔:《后汉书》,中华书局,1965,第 2771 页。

② 《文心雕龙义证》,第 941 页。

③ 建安时期,大臣分"朝官""府官"两部分:朝官任职于汉献帝朝廷,多为儒学旧臣;府官任职于曹操霸府及曹氏兄弟身边。府官中又分核心的参谋议者和比较外围的侍从之臣。如曹丕身边,就有吴质、司马懿、陈群、朱铄为腹心,号称"四友"。"建安七子"中,除王粲外,其他人均未见参与核心事务。

④ 房玄龄等撰:《晋书》卷五十二,中华书局,1974,第 3333 页。

⑤ 杜佑《通典》,浙江古籍出版社,1988,第 195 页。张金龙《魏晋南北朝禁卫武官制度研究》(中华书局,2004,第 129 页)指出,包括步兵校尉在内的五校尉,曹魏前期承袭汉代通例,多用宗室、外戚;后期则多为司马氏的亲属或亲信。他对阮籍的情况也有分析:"阮籍曾为太傅司马懿、大司马司马师、大将军司马昭之从事中郎,自属司马氏亲信。"可见阮籍得任此职,是发生在司马氏架空曹魏禁卫武官体系的关键时期。这一举措的动机,也并非"闻步兵厨人善酿,故求为步兵校尉"这样简单。

私交,还与阮籍敏锐的政治判断、避险意识有关①。阮籍对魏晋以降士林的影响,也不仅在于生活态度和审美格调,而可以具体到为政思路和诗文撰写。② 诗文撰写中的公文一类,与为政思路又呈现一体两面的关系。就传世文献来看,"竹林七贤"中只有阮籍和山涛留有公牍,这与诸贤不同的人生轨迹相关。其中阮籍有《诣蒋公奏记辞辟命》《辞曹大将军辟命奏记》《为郑冲劝晋王笺》《与晋文王书谏卢播》4 篇。前两篇作于早期,后两篇作于司马昭主政时期,共同特点是将玄学理念融入公牍书写。例如《诣蒋公奏记辞辟命》以"含一"之德颂美蒋济③;《辞曹大将军辟命奏记》谦称自己"进无和俗崇誉之高,退无静默恬冲之操"④;《与晋文王书谏卢播》赞扬卢播"聪鉴物理,心通玄妙"⑤;《为郑冲劝晋王笺》则以"临沧州而谢支伯,登箕山而揖许由"⑥作为立德的最高境界。检点魏晋时期的相关文书,类似的玄学语辞并非仅见于阮籍文章,但就其存世的这几篇来看,独到之处至少有三:

首先,形成了富有前瞻性和稳定性的书写典范。《诣蒋公奏记辞辟命》《辞曹大将军辟命奏记》《为郑冲劝晋王笺》的写作时间依次为正始三年(242)、正始八年(247)、甘露五年(260);《与晋文王书谏卢播》的时间难以考证,但可以确定是在司马昭被封为晋公之后到阮籍去世之前,即甘露二年至景元四年之间(257—263)。正始三年(242),距力戒浮华、推行儒法的魏明帝曹叡去世才三年,阮籍初次撰写公牍,引老子《道德经》的理念来称颂曹魏重臣蒋济,笔锋前沿而大胆。此后他涉笔的几篇公牍,也一直贯穿着玄学化因素,主要体现在人物品赏标准和人生价值判定上,风格稳定,堪称典范。

其次,促成了"笔"体的品位蜕变。魏晋南北朝时期,"文""笔"分野已基本成型,它们各自的文体类别和特征也较为明晰:"官牍史册之文,古概称笔。……故其为体,惟以直质为工,据事直书,弗尚藻彩。"⑦近年来,学界关于文笔之

---

① 束莉:《名与身孰亲?——从"贱名贵生"观解读阮籍〈首阳山赋〉》,《中南大学学报》2011 年第6 期。
② 束莉:《阮籍任东平相考——兼论两晋"仕贵遗务"之风的形成》,《安徽史学》,2013 年第6 期。
③ 《阮籍集校注》,第59 页。"含一"语出《道德经·法本》:"昔之得一者,天得一以清,地得一以宁,神得一以灵,谷得一以盈,万物得一以生,侯王得一以为天下正。"
④ 《阮籍集校注》,第61 页。
⑤ 《阮籍集校注》,第66 页。
⑥ 《阮籍集校注》,第56 页。
⑦ 《中国中古文学史》,第8 页。

辨的研究更加深入,"文笔互渗"也被纳入考察视野,"文""笔"在用典、声律、对仗、词藻、文风上的相互借鉴得到了深入阐发。① 那么,书写者的主体精神和价值判断,是否也存在交互影响呢? 阮籍《为郑冲劝晋王笺》被誉为"神笔",此一"神"字,仅仅指"神速"吗? 实则,在人物品赏与诗文鉴赏交织迈进的魏晋时期,这一称誉包含着一种反客为主的精神。正如上文所述,阮籍对司马氏的功业进行了概括与虚化,而将"临沧州而谢支伯,登箕山而揖许由"这样脱胎于庄学的人生期许作为立德的最高境界,使文章立意从罗列功业、劝喻权臣的卑俗中解脱出来,成为玄学价值观的一种创造性演述;撰写者也能够从权臣禅代的"工具人",回归到具有独立精神的士人。顾恺之《晋文章记》称:"阮籍劝进,落落有弘致。"②落落大方、弘通雅致的文风,正是撰写者主体精神外化的结果。

最后,促进和凸显了阮籍的身份自觉。汉魏以来,包括笺、书在内的应用文体,不仅比不上诗、赋这样的"文"体;在"笔"体序列内部,分量也不及史传、论说这样以"立言"为目标的体类。这一价值序列的形成,与公牍所对应的特定执笔群体有关,他们基本上都是文学侍从或是地位不高的僚属。阮籍之父阮瑀,即承担了曹操霸府中公牍撰写的职任。但自先秦以来,便"以'道'为标准,而把知识分子与君主的关系分为师、友、臣三类"③,而"建安七子"在曹操霸府中,明显处于被"臣使之"的状态。对阮籍来说,无论是文学侍从的身份,还是公牍撰写的专长,都未必是他所乐意继承的。从他在司马懿、司马师、司马昭三代霸府中长期担任"职参谋议"的从事中郎,后期更是悠游任性来看,他有意追求与府主为友乃至为师的状态。其毕生撰述,也以诗、赋、论说为主,与其父以"书记"闻名形成了鲜明对比。文类选择上的反差,折射了父子两代对于身份自觉的不同领悟。

四、小结

"文笔之辨"这一命题从来都不仅属于文学史,它涵纳了讨论者对于现实问

---

① 胡大雷:《"文笔之辨"与中古政治、文化——中古"文""笔"地位升降起伏论》,《文学评论》2015年第 6 期。

② 《世说新语笺疏》,第 290 页。

③ 余英时:《士与中国文化》,上海人民出版社,1987,第 119—120 页。

题的疑虑、对解局之策的追求。而作为特殊情境中的执笔者,阮籍身份的多重性值得关注:我们可以被作为名士的阮籍所吸引,但同样不能忽视,在魏晋门第成型的"上坡面"①,早年失怙的他其实经历了一个颇为艰难的选择和攀升期,才能够在文化和世俗层面都站到历史的前台,并实现家族发展趋向的抬升。在近二十年的攀升期里,他作为司马氏霸府的僚属,具有当下的职业身份和具体职任。凸显这段经历,对于我们理解阮籍的复杂心路和多样化的文学表达不无裨益。善于笔札的家族文化印记,和阮籍倾心的玄学理念相融汇,便使他免于为前人格套所局限,在谋篇布局、主体姿态和价值判断上都体现出鲜明的自家面目,使原本乏善可陈的劝进文书呈现出卓异的文体特质,铸就了可资效仿的文体典范。

学界近年来的研究已关注到:早在魏晋时期,幕府重笔札、寒人掌机要的风气已逐渐在政坛弥散开来,"文""笔"轻重之争时见载录。文体争衡的表象,正是对不同阶层士人多方博弈的映射。② 吸纳流行的文化风尚,来提高"笔"体的文化品位,恰是一种有效的方式。魏晋南北朝时期,政权更迭和组织方式一再重演,为完善政权的合法性,易代之际,必有霸府文士来进行新一轮的文书写作工作;再加上阮籍公牍书写稳定的个性化特征、竹林七贤在两晋南北朝的崇高声望,《劝晋王笺》对于士人的启示,便不仅限于单篇或者某一类别的文章,而在于"文""笔"之间出现理念和结构上的深度融合,并反向提升撰写者的社会地位和话语权。阮籍的公牍书写,恰如一把管钥,为两晋以降文士的身份自觉与艰难转型打开了一道罅隙。

(束莉,女,安徽舒城人,安徽大学古籍整理办公室副编审)

---

① 毛汉光:《中国中古社会史论》,上海书店出版社,2002,第58页。
② 王晓茵:《论晋宋之际文笔之辨的社会背景》,《文学遗产》2011年第4期。

由《世说新语》论南北音之清、浊

张甲子

　　魏晋南北朝时多有语音清浊之论,尽管散见于各类典籍,一鳞半爪、零星见之,但实质上代表了时人共通性的思考。以清浊为线索,分析魏晋南北朝数百年间因士庶迁徙所导致的语音变化,在当时已是难解谜题。《颜氏家训·音辞》即言"古语与今殊别,其间轻重清浊,犹未可晓,加以内言外言、急言徐言、读若之类,益使人疑"①,轻、重、清、浊四者究竟为何,时人并无确解。至近现代,这一问题重新得到了关注,如陈寅恪、周一良、唐长孺、何大安、罗常培、周祖谟、鲁国尧、储泰松等学者,或以朝代更替角度切入,或以人口流动角度切入,对魏晋南北朝时产生的南北音的清浊差异进行了有益分析,得出了诸多可信结论。本文试在各位学者研究的基础上,更集中于言语音声的清浊论,以进一步明晰清浊所指。

一、西晋之"洛生咏"

　　从语音角度来看,在漫长的历史进程中,尽管因地分南北、土分五色,民风民俗有所不同而形成了方言,但自先秦始,便有超方言之上的雅言,亦称正言,今常称为共同语、通用语。见《论语·述而》:"子所雅言,《诗》《书》、执《礼》,皆雅言也。"郑玄注:"读先王典法,必正言其音,然后义全,故不可有所讳。"②雅言之用有二:一是正音,形成一套统一标准的语音体系,既用于日常交流,更用于诗乐创作;二是释义,解经典之常语,立训诂之正义。

　　自先秦以至于两汉,雅言代有变迁,但因史载阙如,详情难以得知。但基本

① 王利器撰:《颜氏家训集解》(增补本)卷七,下册,中华书局,1993,第529页。
② 《论语注疏》卷七,北京大学出版社,1999,第101页。

可以确定的是,周秦汉的雅言是北方音系,以黄河流域从镐京至河洛一带的音声为基础。西汉扬雄《方言》,"其中以秦晋语为最多,而且在语义的说明上也最细,有些甚至用秦晋语作中心来讲四方的方语,由此可以反映出来秦晋语在汉代的政治文化上所有的地位了。"①可知西汉雅言以秦晋语为基础。东汉迁都洛阳,洛阳音后来居上,成为新的雅言主流。

西晋亦在洛阳建都,承袭自东汉以来以洛阳音为主的雅言体系,"东汉、魏、晋并都洛阳,风俗语言为天下之准则"②。尤其是东汉太学中形成的读书音,"当时太学之音声,已为一美备之复合体,此复合体即以洛阳京畿之音为主,且综合诸家师授,兼采纳各地方音而成者也"③,更被西晋士人推崇。读书音比雅言更加严格、更为雅化,可谓是高门大族、天下士人读书治学、迈入仕途的通行卡。

中原之人以洛阳音为天下最正自誉,对其他方言颇为轻视。这种情况在二陆身上便能窥见一二。二陆生于江东吴地、长于江东吴地,即使为北上入洛作过精心准备,但语言使用的惯性,使得他们到了洛阳仍遭他人讥笑。二陆也认识到了这一点,陆云《与兄平原书》:

> 张公语云云,兄文故自楚,须作文,为思昔所识文,乃视兄作诔,又令结使说音耳。④

张华告诫陆云,其兄陆机作文惯用楚音,应该回忆以前读过的文章,努力改正。⑤ 于是陆机在作诔文时,便要使役为他解说语音,有意识地学习洛阳音。刘

---

① 周祖谟:《扬雄方言与郭璞方言注》,《周祖谟学术论著自选集》,北京师范学院出版社,1993,第533页。
② 刘义庆著,刘孝标注,余嘉锡笺疏《世说新语笺疏》,下册,中华书局,2007,第932页。
③ 陈寅恪:《从史实论〈切韵〉》,《金明馆丛稿初编》,生活·读书·新知三联书店,2001,第409页。
④ 严可均辑:《全晋文》卷一百二,中册,商务印书馆,1999,第1078页。
⑤ 唐长孺判断,这里的"结使"为"给使"之讹,原指"伺候官吏的使役",因其为洛阳人,故令其说音。陈寅恪指出,此处之"楚"为"形容词",只是"用作'都邑'及'文雅'之对文者",实际上并非确指楚音,而是指吴音。这一点从扬雄所撰《方言》中也可得到佐证,在罗列各地字词发音时,扬雄常以"吴楚"并举,如"娃、嫷、窕,艳美也……吴楚衡淮之间曰娃""簙谓之蔽,或谓之箘……吴楚之间或谓之蔽"等,可见吴楚两地语音多有相同。陆机来自吴郡,张华"谓士衡多楚",亦即"文故自楚",当指其文以乡音吴语入韵,即为"讹音之作"。参见戚悦:《东晋南朝士庶用语之"北化"与"吴化"问题:陈寅恪〈东晋南朝之吴语〉补论》,《史学月刊》2020年第6期。

勰也同意张华的观点,《文心雕龙·声律》云:

> 又诗人综韵,率多清切,楚辞辞楚,故讹韵实繁。及张华论韵,谓士衡多楚,文赋亦称知楚不易,可谓衔灵均之声余,失黄钟之正响也。凡切韵之动,势若转圜,讹音之作,甚于枘方,免乎枘方,则无大过矣。①

陆机作文虽继承了楚辞余响,却有失于雅正之声。

洛阳音在士族间的惯性很大,即便在胡羯乱华,洛京倾覆,士人流寓江左之后,洛阳音仍保留了相当长的一段时间。"东晋、南朝之侨姓高门……南方冠冕君子所操之北音,自宜以洛阳及其近旁者为标准矣。"②时间一长,毕竟南北悬隔,洛阳音不自觉地会受南方方言影响,音准开始失度,但洛阳音的特点仍牢牢扎根在士人心中。

见《世说新语·雅量》论"洛生咏",强调其"语音浊":

> 桓公伏甲设馔,广延朝士,因此欲诛谢安、王坦之。王甚遽,问谢曰:"当作何计?"谢神意不变,谓文度曰:"晋阼存亡,在此一行。"相与俱前。王之恐状,转见于色。谢之宽容,愈表于貌。望阶趋席,方作洛生咏,讽"浩浩洪流"。桓惮其旷远,乃趣解兵。(刘孝标注:按宋明帝《文章志》曰:"安能作洛下书生咏,而少有鼻疾,语音浊。后名流多学其咏,弗能及,手掩鼻而吟焉。")③

谢安以"洛生咏"诵诗,"洛生咏"即洛阳音中雅化的读书音。谢安患有鼻疾,鼻窦处发炎常引起发痒。谢安感到不舒服,就习惯性"捉鼻""捻鼻"④,使其发"洛生咏"更重浊,从音感上听起来更闷、更沉,反而更强化了洛阳音浊的特点。

---

① 刘勰著,范文澜注:《文心雕龙注》卷七,下册,人民文学出版社,1958,第553—554页。
② 陈寅恪:《从史实论〈切韵〉》,《金明馆丛稿初编》,第385页。
③ 《世说新语笺疏》,上册,第437页。
④ 参见《世说新语》诸条记载。《世说新语·排调》(《世说新语笺疏》,下册,第941页):"初,谢安在东山居,布衣,时兄弟已有富贵者,翕集家门,倾动人物。刘夫人戏谓安曰:'大丈夫不当如此乎?'谢乃捉鼻曰:'但恐不免耳!'"《世说新语·容止》(《世说新语笺疏》,中册,第737页):"谢车骑道谢公:'游肆复无乃高唱,但恭坐捻鼻顾睐,便自有寝处山泽间仪。'"

二、东晋之初洛阳音、吴音、楚音并存

中原大乱,衣冠南渡,世家大族最初仍坚持洛阳音,形成了"北人避胡多在南,南人至今能晋语"的局面。甚至士人有意学之,说话时用手遮着鼻子:

> 安本能为洛下书生咏,有鼻疾,故其音浊,名流爱其咏而弗能及,或手掩鼻以学之。①

鼻疾导致谢安说话时鼻腔气息不畅,鼻音重,听起来瓮声瓮气。士人们觉得这样更能凸显洛阳音之浊,故效仿之,以求能产生鼻腔共鸣,造成特殊的音效与特定的意味。

这种效仿毕竟不是自然音声,故有东施效颦之嫌,顾恺之对此便不屑一顾。据《世说新语·轻诋》记载:

> 人问顾长康:"何以不作洛生咏?"答曰:"何至作老婢声!"②

《晋书·顾恺之传》也有相似记载:

> 恺之矜伐过实,少年因相称誉以为戏弄。又为吟咏,自谓得先贤风制。或请其作洛生咏,答曰:"何至作老婢声!"③

在顾恺之看来,发音重浊的"洛生咏"就像说话含混不清的"老婢声"一样。这样的贬斥略显激烈。但联系到顾恺之出身于江东四大姓,对北来的侨姓世族本就颇有微辞,这样的奚落也在情理之中。

葛洪在《抱朴子外篇·讥惑》中,也看不上南人学北语:

---

① 房玄龄:《晋书》卷七十九《谢安传》,第 7 册,中华书局,1974,第 2076—2077 页。
② 刘孝标注:"洛下书生咏,音重浊,故云老婢声。"(《世说新语笺疏》,下册,第 992 页。)
③ 《晋书》卷九十二《文苑列传》,第 8 册,第 2405 页。

> 上国众事,所以胜江表者多,然亦有可否者。……余谓废已习之法,更勤苦以学中国之书,尚可不须也。况于乃有转易其声者以效北语,既不能便良,似可耻可笑。所谓不得邯郸之步,而有匍匐之嗤者。①

葛洪是吴人,当其亲见南人慕效洛阳风气,直以邯郸学步斥之。葛洪说的北语,范围比顾恺之指的洛阳音更大,是广义上的北方话,可能还包括五胡方言等。

在北方侨民与南人相融合的过程中,因风俗不同引起冲突根本不可避免。北人自恃曾占天下之中,南人却以北人为流寓之人,加之东晋政策亦分而治之,说洛阳音的北方士族,斥骂南人是南蛮之民、开化不足;说吴语的南方士族则毫不示弱、立马还击,斥骂北人是"伧鬼"。"伧"是鄙贱之称,"伧为之言,特骂人之词"②,这样的轻蔑在南北朝仍有余续。《梁书·卢广传》有则记载:

> 卢广,范阳涿人,自云晋司空从事中郎谌之后也。谌没死冉闵之乱,晋中原旧族,谌有后焉。广少明经,有儒术。天监中归国。……时北来人儒学者有崔灵恩、孙详、蒋显,并聚徒讲说,而音辞鄙拙;惟广言论清雅,不类北人。③

将"音辞鄙拙"与"言论清雅"相对而论,浊为劣,清为优。

与之形成对比的是,有部分吴地士人惯讲吴音,并不想受洛阳音的影响。见《宋书·顾琛传》:

> 先是,宋世江东贵达者,会稽孔季恭,季公子灵符,吴兴丘渊之及琛,吴音不变。④

又《南齐书·王敬则传》:

---

① 杨明照撰:《抱朴子外篇校笺》卷二十六,下册,中华书局,1997,第 12 页。
② 余嘉锡:《释伧楚》,《余嘉锡文史论集》,岳麓书社,1997,第 210—216 页。
③ 姚思廉:《梁书》卷四十八《儒林列传》,第 3 册,中华书局,1973,第 678 页。
④ 沈约:《宋书》卷八十一《顾琛传》,第 7 册,中华书局,1974,第 2078 页。

敬则名位虽达,不以富贵自遇,危拱傍遑,略不衿倨,接士庶皆吴语。①

吴音自先秦吴越开始形成,历经汉晋的发展,基本上是江南一带通行最广的语音。因时局需要,北人也开始习练吴音,《世说新语·排调》以王导为代表:

刘真长始见王丞相,时盛暑之月,丞相以腹熨弹棋局,曰:"何乃渹!"刘既出,人问见王公云何,刘曰:"未见他异,唯闻作吴语耳。"②

关于王导说吴语的具体情况,陈寅恪认为,王导、刘惔均为北来士族,王导与刘惔说话时用了几句吴语③;鲁国尧则认为,王导正在说吴语,恰好被刘惔撞见了④。无论具体情形如何,在王导能发吴音与王导精通吴语之间,尚有很大的差距。大概王导也只是为了拉拢吴人象征性地学了一点吴音而已。

南人看不起学洛阳音,北人也看不起学吴音。见《世说新语·轻诋》:

支道林入东,见王子猷兄弟。还,人问:"见诸王何如?"答曰:"见一群白颈乌,但闻唤哑哑声。"⑤

支道林所说究竟何意,尚不明晰。支道林说王徽之兄弟说话像鸟声,可能是贬斥王家兄弟语音杂乱,北音不纯,学南音也不伦不类。在时人心中,巴蜀与楚越之音比之吴音更为流俗卑下。见《世说新语·豪爽》:

王大将军年少时,旧有田舍名,语音亦楚。武帝唤时贤共言伎艺事,人皆多有所知,唯王都无所关。⑥

楚音是乡巴佬才说的话,带着土气,与风流雅道相去甚远。《宋书·长沙景

---

① 萧子显:《南齐书》卷二十六《王敬则传》,第 2 册,中华书局,1972,第 484 页。
② 《世说新语笺疏》,下册,第 930 页。
③ 陈寅恪:《东晋南朝之吴语》,《金明馆丛稿二编》,生活·读书·新知三联书店,2001,第 304—309 页。
④ 鲁国尧:《"颜之推谜题"及其半解》,《中国语文》2002 年第 6 期,2003 年第 2 期。
⑤ 《世说新语笺疏》,下册,第 996 页。
⑥ 《世说新语笺疏》,中册,第 699 页。

王道怜传》：

> 道怜素无才能，言音甚楚，举止施为，多诸鄙拙。①

据考，王敦家世与庐江有关，刘道怜家世与彭城相关。两地在东晋南朝时都可归入楚地的范围内，"语音亦楚"及"言音甚楚"并非妄言。② 在史载中，这种对楚音的轻视，就连宋高祖也未能逃过，见《宋书·庾悦传》史臣曰：

> 高祖虽累叶江南，楚言未变，雅道风流，无闻焉尔。③

在沈约看来，刘裕既未受北人操洛阳雅音者之沾溉，又不为吴人操吴语者所同化，反而保留了旧居彭城的楚地乡音，这是很显著的一个特征。

三、新南音、新北音的清、浊之所指

语音的变化不可能一蹴而就，而是日久生变。随着时间的推移，南人北人共居日久，无论士人们如何致力于保存其固有的音声，终难免于互相影响、走向同化，在洛阳音、吴音及楚音的基础上，合成新南音。

从地域上看，新南音、新雅言是金陵音。据考，士人大量南迁而成侨民，最多集中在南徐州，辖境约为今日镇江、常州、无锡的大部与南京、苏州的小部。④ 东晋及宋、齐、梁、陈四朝建都皆在金陵一带，所形成的通用的新南音是以金陵音为中心的"侨吴混合之语"，这是顺理成章的。

在新南音形成的同时，新北音也在逐渐形成。史料中对西晋覆亡后仍留居在北方的士族的语音情况几无记载。据常理推断，即便有五胡狄语的影响，也不可能撼动洛阳音的主流地位。北魏孝文帝迁洛后，迅速禁断胡语，以洛阳音正音，其隔西晋的"洛生咏"已有二百多年，自然嬗变的洛阳音成为北魏通用的

---

① 《宋书》卷五十一《宗室列传》，第 5 册，第 1462 页。
② 卢海明：《六朝时期建康的语言状况辨析》，《东南文化》1999 年第 5 期。
③ 《宋书》卷五十二《庾悦传》，第 5 册，第 1506 页。
④ 谭其骧：《晋永嘉丧乱之后之民族迁徙》，《燕京学报》1934 年第 15 期。

新北音。

新南音、新北音都经历了漫长的演变过程。南北风土本就差异甚巨,新南音、新北音也保留了两者间的巨大差异。无论是南方士人对新北语,还是北方士人对新南语的态度,皆是纠结矛盾的。音声虽不同,但本质上无优劣,彼此有所攻讦,不过是借音声而轻视人罢了。无论是颜之推《颜氏家训·音辞》还是陆法言《切韵·序》,皆以清浊分辨南北音声,首先明确的要点有二:一是所论南北音声是"南染吴越,北杂夷虏"的新南音、新北音,即新的金陵音与新的洛阳音;二是以南音清、以北音浊,但清浊无尊卑优劣,非捧一踩一。

概而言之,清浊只是耳听出来的音感,而非可测量、可验证的标准。但如何形成了不同的音感,详读《颜氏家训·音辞》,颜之推所论有四:

> 孙叔言创《尔雅音义》,是汉末人独知反语。至于魏世,此事大行。高贵乡公不解反语,以为怪异。自兹厥后,音韵锋出,各有土风,递相非笑,指马之谕,未知孰是。共以帝王都邑,参校方俗,考覆古今,为之折衷。搉而量之,独金陵与洛下耳。南方水土和柔,其音清举而切诣,失在浮浅,其辞多鄙俗。北方山川深厚,其音沈浊而鈋钝,得其质直,其辞多古语。然冠冕君子,南方为优;间里小人,北方为愈。易服而与之谈,南方士庶,数言可辩;隔垣而听其语,北方朝野,终日难分。而南染吴越,北杂夷虏,皆有深弊,不可具论。其谬失轻微者,则南人以钱为涎,以石为射,以贱为羡,以是为舐;北人以庶为戍,以如为儒,以紫为姊,以洽为狎。如此之例,两失甚多。……
>
> 古今言语,时俗不同;著述之人,楚、夏各异。《苍颉训诂》反稗为逋卖,反娃为于乖;《战国策》音刎为免,《穆天子传》音谏为间;《说文》音戛为棘,读皿为猛;《字林》音看为口甘反,音伸为辛;《韵集》以成、仍、宏、登合成两韵,为、奇、益、石分作四章;李登《声类》以系音羿,刘昌宗《周官音》读乘若承;此例甚广,必须考校。前世反语,又多不切:徐仙民《毛诗音》反骤为在遘,《左传音》切椽为徒缘,不可依信,亦为众矣……《通俗文》曰:"入室求曰搜。"反为兄侯。然则兄当音所荣反。今北俗通行此音,亦古语之不可

用者。①

其一,颜之推肯定南北音不同的根源是风土不同。尤其是新南音染吴越、新北音杂夷虏,将不同的差距拉得更大。南音在淮汉之间,南方之地水势浩洋,水上之音高而清亮,有江南草长、洞庭始波的优雅之感;北音在河渭之间,北方之地土厚水深,平原之音厚而重浊,有长城饮马、河梁携手的浩大气势。

其二,南音清、北音浊在音声上各有缺点。南音过清,声调过高,像水气冲向上空,让人觉得浮夸;北音过浊,声调过低,像土石沉入水底,让人觉得发闷。无论过清过浊,都会导致音声不准。

其三,从声母、韵母看,颜延之所举详例说明了南音、北音的声母、韵母皆有差异。颜延之认为东汉时已有反切,尽管音声日用而不自知,但经过归纳整理,可知南音、北音所用声母或韵母不同,故造成了同字异音。

其四,从词汇看,新南音多杂俚俗之词,新北音则保留更多古语,即"时愈古则音愈浊,时愈后则音愈清,地愈北则音愈重,地愈南则音亦愈轻"②,也可用清浊相对论之。

由此可见,颜之推所论的清浊是多层次的表述。陆法言《切韵·序》中的清浊所指,并不出颜之推的讨论:

昔开皇初,有仪同刘臻、颜外史之推、卢武阳思道、李常侍若、萧国子该、辛咨议德源、薛吏部道衡、魏著作彦渊等八人,同诣法言门宿。夜永酒阑,论及音韵。以今声调,既自有别。诸家取舍,亦复不同。吴楚则时伤轻浅,燕赵则多伤重浊,秦陇则去声为入,梁益则平声似去。又支脂鱼虞,共为一韵;先仙尤侯,俱论是切。欲广文路,自可清浊皆通;若赏知音,即须轻重有异。吕静《韵集》,夏侯该《韵略》,阳休之《韵略》,周思言《音韵》,李季节《音谱》,杜台卿《韵略》等,各有乖互。江东取韵,与河北复殊。因论南北是非,古今通塞。欲更捃选精切,除削疏缓,颜外史萧国子多所决定。魏著作谓法言曰:"向来论难,疑处悉尽,何为不随口记之?我辈数人,定则定矣。"法言即烛下握笔,略记纲纪,后博问辩,殆得精华。于是更涉余学,兼

① 《颜氏家训集解》(增补本)卷七,下册,第529—545页。
② 刘师培:《清儒得失论》,吉林出版集团股份有限公司,2017,第224页。

从薄宦,十数年间,不遑修集。今返初服,遂取诸家音韵,古今字书,以前所记者,定为《切韵》五卷。剖析毫厘,分别黍累,非是小子专辄,乃述群贤遗意,于时岁次辛酉大隋仁寿元年也。(《唐写本王仁煦刊谬补缺切韵》,北平故宫博物院影印)

其一,陆法言以吴楚之音清浅、燕赵之音重浊概论南北音之不同。陆法言与颜之推的论断相近,时前时后已是共识,后世多从之。见陆德明《经典释文》:"方言差别,固自不同,河北、江南最为钜异,或失在浮清,或滞于沈浊。"①仅表述有差。

其二,陆法言的《切韵》可谓魏晋南北朝音韵研究之大成,"陆《韵》以前韵书,规模盖已大具,不过陆氏集诸家之大成,尤为完善耳"②。关于其采用的语音体系,大致是折中新南音、新北音而成,且以士人读书雅言为要。故其所分清浊,其中亦有声母韵母不同之义。清浊毕竟不是音韵学专业用语,故《切韵》中未直接有以清浊论声母、韵母之例。

其三,陆法言还提出了南音、北音四声的不同,北音多去声为入,南音多平声似去。四声具体情况已不可考。释慧琳《一切经音义》顾齐之序亦论:"音虽南北,义无差别。秦人去声似上,吴人上声似去,其间失于清剽,伤于重浊。"③但大致可推断两方面:一方面,去声为入,则音近于平;平声似去或上声似去,则音近于陡,联系到清浊,浊音近平,音高音低起伏少;清音较陡,高音低音起伏较大。另一方面,四声与五音宫、商、角、徵、羽有内在的关联,五音亦有清浊之别,音高为清,音低为浊,与南音高、北音低吻合。④

其四,陆法言还参考了以往字书。据潘徽《韵纂·序》载:"《三苍》《急就》之流,微存章句;《说文》《字林》之属,唯别体形。至于寻声推韵,良为疑混;酌古会今,未臻切要。末有李登《声类》,吕静《韵集》,始判清浊,才分宫羽。"⑤《魏书·江式传》载:"忱弟静别放故左校令李登《声类》之法,作《韵集》五卷,宫商

① 陆德明撰,张一弓点校:《经典释文》条例,上海古籍出版社,2012,第3页。
② 王国维:《六朝人韵书分部说》,《观堂集林》(外二种)上,河北教育出版社,2003,第173页。
③ 许明编著:《中国佛教经论序跋记集》,上海辞书出版社,2002,第441页。
④ 冉启斌:《嗓音的南北差异与汉语声调产生的地域先后》,《语言研究》2020年第4期。
⑤ 魏徵:《隋书》卷七十六《文学列传》,第6册,中华书局,1973,第1745页。

角徵羽各为一篇。"①李登《声类》、吕静《韵集》以五音命字,五音皆能分出字的清浊。

综上所述,清、浊作为贴在南音、北音上的标签,原因来自于多方面。《颜氏家训·音辞》及《切韵》综合论之,影响较大,故成为主流观点。唐宋后语音代有新变,明清时对魏晋南北朝语音多有困惑,至现代汉语体系中,轻清、重浊又建构了新体系。但对南北音清浊的释义,不宜倒打一耙,而应就其时而论其事。但有时史无互证,关于南音、北音清浊之所指,仍有很多犹疑,亦有失矩。这是本文所论的不足,期待能在接下来的研究中予以进一步完善。

(张甲子,女,商丘师范学院副教授。出版过专著《中古文论的致思方式》等)

---

① 魏收:《魏书》卷九十一《术艺列传》,第6册,中华书局,1974,第1963页。

玄学与思想

儒学/玄学:世族与士族文化趣味的分野[*]

李剑清

汉末魏晋时代的贵族阶层——世族因文化的多元性、文化趣味分野为二:一是两汉以来的旧世族秉承儒学意识形态,仍以儒学为文化趣味;二是河南中南部颍汝等地的世族,得时代风气之先,转而以玄学为文化趣味。可以说,儒学/玄学的分野与世族/士族的分异互为表里。

一

这种文化趣味的分野是一个历史的渐进过程。早在两汉时代,由于推崇儒学意识形态,整个社会的知识阶层以"儒家经学"为尚,尤其是追求文化品格的世家大族。作为两汉社会的知识阶层——秉承儒学/经术文化的世族群体,成为两汉皇权维系法统的道统力量。然而,汉家的法统秩序架不住四个世纪的风吹雨打,既得利益的贵族群体不断地侵占社会资源,扩张家族利益。最终由于土地兼并,自然灾害,边土受扰,皇权旁落,导致社会矛盾激化。而秉承儒学的士大夫群体除了对破坏法统秩序的行为进行激烈的道德批判,无能为力。如"四世三公"家族的杨彪,激烈批判野心家、刽子手董卓的迁都举动。一切的社会罪恶需要暴力革命来洗刷,东汉末年崛起的曹操主导了这场暴力革命,重建社会秩序。秉承儒学的士大夫群体维护汉家体制,对来自庶族的曹操多有戒备、批评。同时,不得不与打着汉献帝旗号的曹操合作。曹操举起刑名之学,对抗两汉以来的思想壁垒。思想较为自由的庶族群体应运而生,成为对抗士大夫群体思想壁垒的中坚力量。建安时代,刑名之学、玄学等新思想率先在河南中

* 本文为国家社科基金项目"地域分野:汉晋之际文士流徙与文学研究"(13CZW021)阶段性成果之一。

部偏南的颍汝等地崛起。颍汝一带的世家大族追随效命曹操,试图恢复汉家法统。其子嗣率先祭起玄学的文化大旗,如颍川世族荀彧的儿子荀粲,《三国志·魏志·荀彧传》裴注引《晋阳秋》曰:

> 粲,字奉倩。何劭为《粲》传曰:"粲诸兄并以儒术议论,而粲独好言道,常以为子贡称夫子之言性与天道,不可得而闻,然则六籍虽存,固圣人之糠秕。粲兄俣难曰:《易》亦云圣人立象以尽意,系辞焉以尽言,则微言胡为不可得而闻见哉? 粲答曰:盖理之微者,非物象之所举也。今称立象以尽意,此非通于意外者也,系辞焉以尽言,此非言乎系表者也;斯则象外之意,系表之言,固蕴而不出矣。"及当时能言者不能屈也。①

且不管荀粲玄妙的思想,就以其父荀彧在建安时代的影响力,荀粲的这种新思想自然在贵族阶层迅速引起反响。儒学世族中的"能言者"愿意与其辩论探讨,正如《世说新语·文学篇》所载的,"傅嘏善言虚胜,荀粲谈尚玄远。每至共语,有争而不相喻。裴冀州释二家之义,通彼我之怀,常使两情皆得,彼此俱畅"②,慢慢由质疑、争论到"彼此俱畅"地欣然接受。正是如此,生活在许都等地的文化世族慢慢抛弃昔日秉承的儒家经学,接受了时代的新哲学、新思想——玄学。当然,这些世族人物慢慢地转变成了玄学名士,这些家族也由儒学世族转变为玄学士族。另外,新的庶族阶层随着政治地位的提升,成为信奉刑名学、玄学的新贵族群体。从整个地域上看,河北、关中、江东等地的世家大族,因儒学经术的传统惯性,依然秉承着经学的文化趣味,而河南一带的世家大族则因文化中心——京洛等地盛行的新思想——玄学思潮的缘故,选择以玄学思辨为文化趣味。

二

魏晋时代,以儒学/玄学为核心的思想分野,经历了政治领域的思想观念之争后,走向日常生活领域,成为日常生活中的文化趣味之分。

---

① 陈寿:《三国志》,中华书局,1959,第319—320页。
② 徐震堮:《世说新语校笺》,中华书局,1984,第107—108页。

汉末建安时代,儒学/玄学的思想分野,本质上反映了两种不同的社会阶层——旧世族士大夫与庶族新贵族的政治话语权力之争。在以曹操为首的庶族新贵族建立新法统的历史进程中,信仰儒家精神、维护四百年汉家体制的旧世族,成为最大的阻碍者。① 曹操以及庶族新贵族群体的思想家,通过"尚无"思想以及行为上的通脱自然,冲击汉末世家大族士大夫群体的固执观念与僵化思想。曹魏中后期,以司马氏为代表的儒学世族与何晏、王弼、嵇康、阮籍、夏侯玄等玄学名士在思想领域上激烈交锋,实际上也是政治领域之争的一种表现。

《世说新语·文学篇》载:"钟会撰《四本论》,始毕,甚欲使嵇公一见,置怀中,既定,畏其难,怀不敢出,于户外遥掷,便回急走。"②钟会之所以惧怕嵇康诘难,是因为钟会所主张的"才性同",实际上是站在儒家立场批评曹氏集团的用人制度——唯才是举,为司马氏集团的篡权夺位而张目,而玄学名士嵇康反感被司马氏政治集团所利用的"名教",提出"越名教而任自然",甚至"非汤武,薄周孔",将司马氏改朝换代的两种方式——"革命"和"禅让"——全都堵死啦。可以看出,两种思想的冲突,实际上是政治的冲突。钟会之所以"于户外遥掷,便回急走",完全是因司马氏为首的儒学世族群体尚处于弱势地位。西晋时代,司马氏为代表的儒学世族赢得胜利,在意识形态层面上,大力倡导儒家思想。至此,汉末、曹魏时代的世家大族与庶族新贵族的政治斗争,以司马氏为首的儒学世族群体的胜利而告终。按说,奉行玄学的庶族新贵族被诛杀,玄学应该沉寂消歇下去。然而,此时的世家大族士大夫群体并非祖辈那般,而是已经接受了玄学的洗礼濡染。而且,玄学在郭象等玄学家的改造下,政治意味已经淡化,退居到日常社会领域,演变成了生活趣味和行为艺术。西晋司马氏皇权正是在世家大族的鼎力支持下,通过禅让方式建立起来的。皇室司马氏不得不对世家大族的士大夫群体让步,尊重世家大族生活领域的任诞、奢靡之风。这种任诞

---

① 姜剑云《孔融之死新探》一文,已经揭示了孔融之死的根本原因。作为东汉末年士大夫清流派代表,孔融成为曹操从汉丞相自诩周公到周文王过程中的祭旗品。参见《文史探赜——古代文学纵横论》,人民出版社,2017,第 6 页。另外,王永平《荀彧与汉魏之际的社会变迁——兼论曹操与东汉大族之关系》中也认为荀彧的死,是"曹操开始图谋甩掉汉献帝这个包袱,经营自己的天下。这对荀彧来说是极其残酷的,意味着他寄希望于曹操恢复东汉王朝之旧貌的愿望彻底破灭""以名节自持的荀彧与握有生杀权柄的曹操相抗,其结果必然以悲剧告终,就在这一年,荀彧在寿阳仰药自尽,他实际上是为曹操逼死的。"参见《汉晋间社会阶层升降与历史变迁》,社会科学文献出版社,2011,第 65—85 页。

② 《世说新语校笺》,第 106 页。

与奢靡之风背后的精神内核自然是西晋的新玄学。反过来说,玄学在西晋社会已经泛化到日常生活领域,成为日常生活的言谈话题与行为艺术,就像王导后来回忆说的,玄学的三大主题"声无哀乐、养生、言尽意三理而已"①。当然,西晋时代仍存在信仰儒家精神的思想家,如傅玄等人,从社会风气的角度,大力抨击士族群体习染玄学的弊端。

<h1 style="text-align:center">三</h1>

东晋时代,玄学最终成为增强华夏文化自信、提升华夏文化认同的文化软实力。由于中原沦丧,南迁的玄学士族与琅琊王系的皇室共同支撑起一个偏安王朝。《世说新语·言语篇》载:"过江诸人,每至美日,辄相邀新亭,藉卉饮宴。周侯中坐而叹曰:'风景不殊,正自有山河之异!'皆相视流泪。唯王丞相愀然变色曰:'当共戮力王室,克复神州,何至作楚囚相对?'"②当过江的士族群体协助皇室分支琅琊王司马睿暂时安定之后,在风和日丽的好日子,邀至新亭,雅集饮宴,乐极悲来,亡国之痛。想到北方山河破碎的情境,惊魂未甫,滚烫的泪水一涌而来。王导那一声"当共戮力王室,克复神州,何至作楚囚相对",只是美好的愿景,如何共勠力王室?"戮力王室,克复神州"的伟大理想,得靠儒家等级制度与集权方式组织社会力量。然而,过江之士族,谁有资格作为领袖,通过宣扬儒家的等级礼法来集权呢?王导深知,自家资格不够,他人也不够资格。只能倡导中朝以来的玄学,以玄远清旷的气度以及充满和谐的雅集方式,团结这些甚有名望的南来士族名士群体。也就是说,在王导看来,倡导玄言之学,实则是加强士族群体的文化认同,进而实现政治认同。正是如此,王导在殷浩来到京都——建康之后,召集其他士族如桓温、王述、王蒙、谢尚等人与殷浩一起雅集,主动复兴玄学清谈。《世说新语·文学篇》载:"殷中军为庾公长史,下都,王丞相为之集,桓公、王长史、王蓝田、谢镇西并在。丞相自起解帐带麈尾,语殷曰:'身今日当与君共谈析理。'既共清言,遂达三更。丞相与殷共相往反,其余诸贤略无所关。既彼我相尽,丞相乃叹曰:'向来语,乃竟未知理源所归。至于辞喻

---

① 徐震堮:《世说新语校笺》,中华书局,1984,第 114 页。
② 徐震堮:《世说新语校笺》,中华书局,1984,第 50 页。

不相负,正始之音,正当尔耳。'"①丞相王导与玄学名士殷浩等人长夜清言雅集,并非为了辨析义理,而是促成士族群体的和谐氛围——政治地位可以悬殊,但能做到"彼我相尽"。也正是王导的倡导与亲自参与,东晋社会的玄风复振。《世说新语·文学篇》中的第21—65条中记载的东晋名士谈玄论道的事迹,当作如是观。值得注意的是,在这些记载中,大有佛玄融合的意味。撇开佛玄思想发展的内在趋势,从社会学的角度看,玄学士族名士悦纳佛教界人士,共研义理的举动背后,大有深意。南来的玄学士族通过与佛教知识界人士的跨界融合,向南方土著世族表明了兼容并蓄的文化心态,通过生活领域的玄学知识与佛玄趣味,吸引南方土著世族,消除其心理隔膜,促成集体认同。

东晋时代的玄学士族名士,以玄远的人生态度、高妙的清言与举止自若的雅量,给东晋士民一种文化自信的力量。作为一个偏安东南的王朝,东晋社会随时面临着来自北方异族统治的王朝的军事威胁。中原沦丧的惨状,让南来的士民记忆犹新。因此,东晋朝野都需要具有镇定自若的士族精英,作为庙堂上的中坚人物。王导如此,才足以再造东晋王朝,稳定时局。王导之后的庾亮,以帝舅与玄学名士两重身份掌握权柄,然而,由于缺乏阅历,激化了士族内部的矛盾,造成了苏峻叛乱。东晋中期,素无玄学根底的桓温,利用玄学名士殷浩为首的中枢力量的北方失败,以及高调北伐的胜利,掌控了东晋政局的实权。但是,桓温并非东晋士族所青睐的理想人物,士族群体需要推举一位具有声望、镇定自如的玄学人物,谢安尚未出仕前,就被舆论界许以"足以镇安朝野"。《世说新语·雅量篇》"谢太傅盘桓东山时"一条就透露出这种社会文化心理。"谢太傅盘桓东山时,与孙兴公诸人泛海戏。风起浪涌,孙、王诸人色并遽,便唱使还。太傅神情方王,吟啸不言。舟人以公貌闲意说,犹去不止。既风转急,浪猛,诸人皆喧动不坐。公徐云:'如此,将无归!'众人即承响而回。于是审其量,足以镇安朝野。"②谢安面对漫天风浪,同游之人面有惧色的时候,依然神情自若,吟啸不绝。谢安所表现出的玄学名士的雅量与气度,正好适应了时代的需要。谢安果然不负众望,成功扼制了桓温的篡权。《世说新语·雅量篇》载:

桓公伏甲设馔,广延朝士,因此欲诛谢安、王坦之。王甚遽,问谢曰:

①　徐震堮:《世说新语校笺》,中华书局,1984,第115页。

②　徐震堮:《世说新语校笺》,中华书局,1984,第206页。

"当作何计?"谢神意不变,谓文度曰:"晋阼存亡,在此一行。"相与俱前。王之恐状,转见于色。谢之宽容,愈表于貌。望阶趋席,方作洛生咏,讽"浩浩洪流"。桓惮其旷远,乃趣解兵。①

桓温病死之后,谢安执政。前秦苻坚率领大军八十万,朝东晋边境的淝水奔来。东晋朝野震动,谢安等朝臣选择誓死抵抗,保卫家园。谢安在后方坐镇指挥,其侄谢玄率领北府军在前方抵抗。《世说新语·雅量篇》载:

> 谢公与人围棋,俄而谢玄淮上信至。看书竟,默然无言,徐向局。客问淮上利害,答曰:"小儿辈大破贼。"意色举止,不异于常。②

《世说新语》注引《续晋阳秋》曰:

> 初,苻坚南寇,谢安无惧色,方命驾出墅,与兄子玄围棋。夜还乃处分,少日皆办。破贼又无喜色。其高量如此。③

我们能想见,当朝野得知前秦苻坚的八十多万大军攻来,必定是人心惶惶,惊惧不安。试想,如果最高执政者谢安惊慌失措的话,东晋朝野定会无斗志。谢安与打探消息的人安然地下起围棋。消息不断地传出去,相信东晋士民才会获得安全感。当胜利的消息传来的时候,谢安轻松一句"小儿辈大破贼"传出去的时候,整个东晋社会一定会兴奋不已。因此,东晋玄学所发挥的作用,正在于给东晋士民传递出了一种文化自信的力量。

(李剑清,男,陕西大荔县人,宝鸡文理学院文学与新闻传播学院教授,硕士研究生导师)

---

① 徐震堮:《世说新语校笺》,中华书局,1984,第206页。
② 徐震堮:《世说新语校笺》,中华书局,1984,第209页。
③ 徐震堮:《世说新语校笺》,中华书局,1984,第209页。

魏晋时期忠君道德管窥[*]

——以《世说新语》为例

桑东辉

　　在汉末魏晋南北朝时期,中国进入到一个大变动的时代。宗白华先生曾指出:"汉末魏晋六朝是中国政治上最混乱、社会上最苦痛的时代,然而却是精神史上极自由、极解放,最富于智慧、最浓于热情的一个时代。"①某种意义上讲,汉末魏晋南北朝时期政治上的混乱和时人的精神自由、个性解放这两股力量,在催生魏晋风度、繁荣文艺的同时,也对传统纲常名教的羁束产生很大冲击,特别是极大地冲击了"三纲"秩序和忠君道德。《世说新语》作为一部主要记述魏晋时期名士风采的文献②,也一定程度地记录了时人对忠德的一些看法和言行。透过《世说新语》的记述,可窥见魏晋时期士人忠德观念之一斑。

　　学界围绕《世说新语》的研究成果非常丰富,但围绕《世说新语》忠德观的研究并不多。除了有关《世说新语》的研究专著,从学术论文角度专题研究忠德思想的更是少之又少,很多都是在论及魏晋孝道时提到忠孝关系。据笔者统计,在《世说新语》的36门中,"忠"字只出现了24次,其中还有一次是作为人名出现的。尽管"忠"字出现的频次不高,但透过《世说新语》,我们还是可以窥见魏晋时期士人的忠德观念和当时的忠君道德概况。

---

　　* 本文为国家社科基金后期资助项目"中国传统忠德变迁史研究"(项目编号:19FZXB026)的阶段性成果。

　　① 宗白华:《论〈世说新语〉和晋人的美》,《美学散步》,上海人民出版社,1981,第177页。

　　② 刘义庆的《世说新语》记述的人物众多,上讫秦汉,下至刘宋,但记述最为详细的主要还是魏晋时期的士人,因此,本文主要围绕魏晋时期的忠德观进行探研,部分涉及东汉后期的忠德观。

一、忠君仍是首要政治道德

在《世说新语》的 24 个"忠"字中,除了"赏誉上"中提到的"忠恕"和人名"陆忠",就都是作为臣子忠君的政治道德意蕴出现的,诸如"忠臣""事君思忠""正色忠謇""君贤臣忠""为臣则忠"等。其中,除"言语"和"政事"中所引陈仲弓(陈寔)和"规箴"中所引京房与汉元帝论对外,皆为魏晋时期史事。由此可见,尽管忠君道德在魏晋时期受到猛烈冲击,但臣子忠君仍为魏晋时期的主要政治道德。

汉末大乱打破了秦汉延续四百多年的大一统局面,拉开了中国历史上一个乱世的序幕。除西晋短暂一统外,魏晋时期大多数时间都处于分裂战乱状态。这一时期,无论是政治生态还是社会状况,都陷入一种极其混乱无序的状态之中,政治环境极其恶劣,从一而终的忠君道德难以落实。但即便这样,也并没有根本改变汉代确立的"三纲"伦理原则以及在此原则基础上的君臣道德规范。也就是说,尽管这一时期群雄并起,诸侯割据,三国鼎立,政权更迭,南北对峙,"君不君臣不臣"现象非常突出并常态化,但总的看,儒家伦理仍为国家意识形态,以忠君为代表的忠德仍然是人臣所必须恪守的基本政治操守,是广大民众所必须遵守的首要道德准则。

这一时期,虽然君尊臣卑的等级秩序遭到严重破坏,忠君道德也被篡弑者们扔到了一边,但在整个社会舆论中,忠君仍是被人们所普遍认同和称扬的政治美德。一些跋扈权臣即使弑君篡位也要摆出一副忠于社稷、忠于君主的样子。成济受司马昭指使弑杀曹魏高贵乡公。事后,司马昭信誓旦旦地虚伪辩称:"臣闻人臣之节,有死无贰,事上之义,不敢逃难。"并以"干国乱纪,罪不容诛"①的罪名,将成济灭族,以示对臣子忠君道德的捍卫。但司马昭的这番政治作秀并不能掩盖其弑君的事实,也不能将其篡位的企图掩藏起来,这也就是所谓的"司马昭之心——路人皆知"。在夺取政权后,为了强化统治的合法性,篡弑者既不敢、也不愿、更不可能公然否弃忠德。一方面,他们不敢冒天下之大不韪而否定忠德;另一方面,他们还希望弘扬忠德来激励臣子效忠以巩固自己的

---

① 陈寿著,裴松之注:《三国志》卷四《高贵乡公髦》,第 1 册,中华书局,1959,第 146 页。

统治。

在这样的时代背景下,臣子忠君道德仍为统治者所推重,也被士人所尊奉。这种情况不仅见于《后汉书》《三国志》《晋书》《南史》等正史,而且在《世说新语》《汉晋春秋》中也不乏记载。如据《世说新语》"言语"门记载,当诸葛靓面对吴主孙皓的"卿字仲思,为何所思?"的问题时,回答道:"在家思孝,事君思忠,朋友思信,如斯而已。"①在这里,诸葛靓将忠君作为自己日夜所思、时时恪守的基本道德原则之一。又如,与刘琨坚守中原抗击胡人的温峤,过江面见丞相王导。当他于"陈主上幽越、社稷焚灭、山陵夷毁之酷,有黍离之痛"时,"忠慨深烈,言与泗俱",感动得王导亦与之对泣。温峤既出,王导欢然言曰:"江左自有管夷吾,此复何忧!"②《世说新语》"言语"门的这两则记载说明,魏晋时期尽管天下分裂、政治混乱,但忠君道德还是臣子所必须坚守的,仍是政治道德中的核心内容。

二、背叛不忠为人所不齿

纵观魏晋时期政治史,往往是强臣架空君王,臣子忠君徒有其表。强臣架空欺凌懦主的例子,前有曹氏父子之于汉献帝,司马氏父子之于曹氏,后有王敦、陶侃、桓温、桓玄、刘裕等强臣悍将之于司马氏。以后的宋、齐、梁、陈等四朝也大体延续了强臣震主、主弱臣强的状态。尽管是强臣震主,但往往不到一定时机,强臣也不敢轻易行篡弑之事。曹操生前之所以未行篡汉之事,是因为在时人眼中,忠君仍是臣子的基本道德,背叛不忠是为人所不齿的,更何况是篡弑。这种情况在魏晋时期表现得尤为突出,譬如,即便晋惠帝是个昏庸的"白痴",做臣子的也要忠心不贰,而不可有丝毫的懈怠和失礼。所谓"君虽不君,下安可以失礼?"③

在魏晋时期,上下级犹如君臣,也具有委质为臣、忠贞不贰的道德义务。罗企生曾在殷仲堪手下担任武陵太守。当殷仲堪被桓玄击败后,桓玄"收殷将佐十许人,咨议罗企生亦在焉。桓素待企生厚,将有所戮,先遣人语云:'若谢我,

① 刘义庆:《世说新语》卷一《言语第二》,《诸子集成》,中华书局,1954,第8册,第20页。
② 《世说新语》卷一《言语第二》,第23页。
③ 房玄龄等:《晋书》卷七十五《刘惔传》,中华书局,1974,第7册,第1991页。

当释罪。'企生答曰:'为殷荆州吏,今荆州奔亡,存亡未判,我何颜谢桓公!'"①
罗企生也因忠于殷仲堪而被桓玄杀死。可见,罗企生坚守的是忠于故主的忠
德。但忠于主子也不是毫无原则,一旦主子成为威胁朝廷的反逆,故吏亦可不
忠不从。赵王伦曾任命郗鉴为掾属,但郗鉴发现赵王伦有不臣之心,于是称疾
辞官,"闭门自守,不染逆节"②,为时人所称道。乐道融曾任王敦参军,但坚决
反对王敦"背恩肆逆,举兵伐主"③的悖逆行为。由此可见,背叛不忠在时人眼
里是亏大节的。

王敦之叛,不仅有属下乐道融的反对,更有其兄弟王导、王舒和侄子王允之
的出首和划清界限,甚至于普通百姓、乡村野老都对其悖逆行径嗤之以鼻,而绝
不附逆。据《世说新语》载,"王大将军既为逆,顿军姑孰。晋明帝以英武之才,
犹相猜惮,乃着戎服,骑巴賨马,赍一金马鞭,阴察军形势"。在路上,晋明帝遇
到一个开店卖食物的客姥,晋明帝对这个客姥说:"王敦举兵图逆,残害忠良,朝
廷骇惧,社稷是忧。故劬劳晨夕,用相觇察。恐行迹危露,或致狼狈追迫之日,
姥其匿之。"晋明帝以王敦不忠且残害忠良来动员争取到了野店客姥的支持和
效忠。当晋明帝的侦察行为被王敦兵士发现,王敦追兵问客姥:"不见一黄须人
骑马度此邪?"客姥诈曰:"去已久矣,不可复及。"④成功地掩护了晋明帝脱险。
可见,忠于君主、绝不附逆已经成为臣民所共同遵奉的道德。

臣子忠君的最高境界是为社稷尽忠,为君王尽节。但魏晋时期由于政权更
迭频繁,忠君不贰、为君死节实际上很难做到。事实上,为君死节的绝对忠君只
有少数人能够践行,而绝大多数臣子则在江山易主时急于改换门庭,改事新君。
尽管这一时期人们仍高扬"委质为臣,有死无贰"的道德大纛,唱着"赴君难,忠
也;死王事,义也"⑤"事君之道,唯当竭节尽忠"⑥的高调,但在易代之际鲜有能
始终如一践行忠君道德、尽忠死节的臣子。曹魏篡汉时,杨彪"耻为魏臣,遂称
足挛,不复行"⑦,也没有做到死节。司马氏接受曹魏的"禅让"时,司马孚也只
是自封为"魏之纯臣",但也同样没有为曹魏殉节。魏晋易代时,虽有毌丘俭、诸

---

① 《世说新语》卷一《德行第一》,第11页。
② 《晋书》卷六十七《郗鉴传》,第6册,第1796页。
③ 《晋书》卷六十七《忠义传·乐道融传》,第6册,第1796页。
④ 《世说新语》卷六《假谲第二十七》,第224—225页。
⑤ 《晋书》卷三十七《宗室传·谯刚王逊传附子闵王承传》,第4册,第1105页。
⑥ 《晋书》卷四十二《王濬传》,第4册,第1212页。
⑦ 《三国志》卷二《文帝纪》,第1册,第78页注引《续汉书》。

葛诞、文钦等曹魏忠臣进行了拼死抗争,但多数魏臣还是"明智"地选择了投靠司马氏。对于这种现象,《世说新语》的作者表达了对前朝忠臣的敬意。如"王经少贫苦,仕至二千石,母语之曰:'汝本寒家子,仕至二千石,此可以止乎!'经不能用。为尚书,助魏,不忠于晋,被收,涕泣辞母曰:'不从母敕,以至今日。'母都无戚容,语之曰:'为子则孝,为臣则忠,有孝有忠,何负吾邪?'"①《世说新语》的这则故事主要是为了彰显王母的明智和大义。从明智的角度看,王母曾告诫王经适可而止,知足避祸。但王经贪图功名富贵,最后卷入魏晋争斗中,其因作为前朝臣子忠于曹魏而被篡位的司马昭收系入狱。对此,王经自悔未听母亲教诲。王母则颇晓大义地说:"为子则孝,为臣则忠,有孝有忠,何负吾邪?"最后,王经母子都被司马氏杀死。尽管刘义庆并没有对王经母子的行为做过多评价,但从他将王经之母列入"贤媛"门中,可见其爱憎好恶,表达了《世说新语》作者对忠君道德的认同和对不忠臣子的否定。

三、忠君道德具有双向度特点

忠君道德从表面上看是臣子的忠君,而从君主与臣子之间的政治关系上看,更涉及君道和臣道。忠君固然是臣道,但臣子是否忠君往往也与君道有着密不可分的关系。在君主专制集权社会中,往往以单向度的臣子绝对忠君为主;而在乱世纷争时期,则往往为君明臣忠的双向度忠君留下了空间。魏晋时期,双向度的忠较为盛行。也就是说,"忠并不是绝对的、无条件的、至高无上的,而是相对的、有条件的"②。据《三国志·魏书·杜恕传》载,杜恕上疏中曾论到君臣双向度,"古之帝王之所以能辅世长民者,莫不远得百姓之欢心,近尽群臣之智力。诚使今朝任职之臣皆天下之选,而不能尽其力,不可谓能使人;若非天下之选,亦不可谓能官人。陛下忧劳万机,或亲灯火,而庶事不康,刑禁日弛,岂非股肱不称之明效欤? 原其所由,非独臣有不尽忠,亦主有不能使"。连魏太祖曹操都认为"非但君当知臣,臣亦当知君"③。这种认识不仅曹魏独然,而且是魏晋时期的一种普遍流行观念。如据《世说新语》载,东吴孙皓曾问陆

---

① 《世说新语》卷五《贤媛第十九》,第 176 页。
② 刘伟航:《论〈三国志〉中的忠观念》,《西华师范大学学报(哲社版)》2004 年第 3 期。
③ 《三国志》卷二十一《刘廙传》,第 3 册,第 616 页。

凯:"卿一宗在朝有几人?"陆凯回答说:"二相、五侯、将军十余人。"孙皓感叹道:"盛哉!"陆凯答以"君贤臣忠,国之盛也;父慈子孝,家之盛也。今政荒民弊,覆亡是惧,臣何敢言盛!"①可见,君明臣忠(或曰君贤臣忠、君仁臣忠)是时人对良好君臣关系的期望,体现了双向度的忠君道德。

君明臣忠的双向度首先取决于君之明、君之贤、君之仁。晋代君主除开国君主晋武帝较为强悍且宽仁外,以后的君主多较为暗弱,如晋惠帝智商堪忧,难称明君。东晋立国依靠士族集团,导致大权旁落,君主难有作为。北魏崔浩把东晋的衰亡归结为"国家主尊臣卑,上下有序,民无异望。唯僭晋卑削,主弱臣强,累世陵迟,故桓玄逼夺,刘裕秉权"②是有道理的。由此可见,如果没有明君,则多僭越之臣,就不可能出现君明臣忠、君臣道合的理想状态。

东晋初建,大臣王氏兄弟把持朝政,时称"王与马共天下"。王敦反叛时,东晋朝臣因此产生分歧,有的依附王敦,有的站在晋元帝一边。平定王敦后,这种主弱臣强的形势也没有得到根本改善,东晋的政权始终掌控在一些野心勃勃的权臣手里。据《晋书·桓温传》载,桓温野心勃勃,不仅受九锡,还废立君主。"是时温威势翕赫,侍中谢安见而遥拜,温惊曰:'安石,卿何事乃尔!'安曰:'未有君拜于前,臣揖于后。'时温有脚疾,诏乘舆入朝,既见,欲陈废立本意,帝便泣下数十行。"在这种跋扈权臣面前,皇帝更加希望有忠臣来帮助自己重振朝纲,重建权威。懦弱的简文帝就曾咏庾阐诗句"志士痛朝危,忠臣哀主辱"③以寄托对忠臣的希冀。对此,《世说新语》有较为详细的记载:

> 初,荧惑入太微,寻废海西。简文登阼,复入太微,帝恶之。时郗超为中书,在直。引超入曰:"天命修短,故非所计。政当无复近日事不?"超曰:"大司马方将外固封疆,内镇社稷,必无若此之虑。臣为陛下以百口保之。"帝因诵庾仲初诗曰:"志士痛朝危,忠臣哀主辱。"声甚凄厉。郗受假还东,帝曰:"致意尊公,家国之事,遂至于此。由是身不能以道匡卫,思患预防。愧叹之深,言何能喻?"因泣下流襟。④

----

① 《世说新语》卷四《规箴第十》,第 146 页。
② 魏收:《魏书》三十五《崔浩传》,第 3 册,中华书局,1974,第 811—812 页。
③ 《晋书》卷九《简文帝纪》,第 1 册,第 224 页。
④ 《世说新语》卷一《言语第二》,第 28—29 页。

这郗超本是桓温亲信,简文帝对其咏诗,希望其成为"哀主辱"的忠臣无异于与虎谋皮,最后简文帝也在对强臣的忧惧和对忠臣的希冀中郁郁而终。

影响魏晋双向度忠君的因素中还离不开君臣猜忌。对于掌握大权的王谢家族,东晋君主始终是猜忌和不信任的。王敦野心勃勃、炙手可热时,晋元帝对王敦的堂弟王导也曾一度心存猜忌。无独有偶,在淝水之战中挽救东晋危亡的谢安,也由于司马道子、王国宝等人的构陷,而引起孝武帝的猜忌,君臣关系一度非常紧张。有一次,孝武帝召桓伊饮宴,谢安侍坐。席间,桓伊抚筝而歌《怨诗》曰:"为君既不易,为臣良独难。忠信事不显,乃有见疑患。周旦佐文武,《金滕》功不刊。推心辅王政,二叔反流言。"①为谢安信而见疑、忠而被谤的处境打抱不平。

引起君臣猜忌的原因固然离不开士族势力过于强大而使得司马氏内不自安,但奸佞进谗也加剧了君臣之间的猜忌,有的时候糊涂君主甚至把进谗言的奸佞当作忠臣。如晋孝武帝时,王国宝不仅离间孝武帝与谢安的关系,而且对才高于自己的王珣嫉贤妒能。据载,王雅曾向晋孝武帝推荐王珣,晋孝武帝于夜宴时令召王珣。王国宝"自知才出珣下,恐倾夺其宠",于是对孝武帝说:"王珣当今名流,陛下不宜有酒色见之,自可别诏召也。"孝武帝对于王国宝的话,"心以为忠,遂不见王珣"。② 刘义庆将这个故事记录在"谗险"门下,足见其对奸佞不忠的鄙视和对孝武帝以奸为忠的嘲讽。从《世说新语》的记载中可见,作者认同于"欺君不忠"③的观念,而赞赏"正色忠謇"④的臣子忠德。⑤

四、忠与孝冲突时面对艰难抉择

自汉代提出"以孝治天下"的治国方略后,魏晋也都奉行孝治传统。究其实,在君主专制社会中,统治者高举孝治的大纛无非是想通过"移孝于忠",使得臣民效忠自己的政权。但忠与孝毕竟分属政治伦理和家庭伦理,而当这二者之

---

① 《晋书》卷八十一《桓宣传附族子伊传》,第7册,第2119页。
② 《世说新语》卷六《谗险第三十二》,第236页。
③ 《世说新语》卷二《政事第三》,第41页。
④ 《世说新语》卷三《赏誉第八上》,第108页。
⑤ 尽管"欺君不忠""正色忠謇"都说的是东汉陈寔(仲弓),但也代表了刘宋时期刘义庆的爱憎。从东汉到刘宋的认同,可以视同为魏晋时期的忠德观。

间发生冲突时,臣子则面临忠与孝两难选择的困境。

首先,魏晋时期非常重视孝,强调忠孝精神。魏晋统治者继承了汉代的孝治传统,号称孝治天下,所谓"六行之义,以孝为首。虞舜之德,以孝为称"①。受两汉彰显三纲的影响,魏晋时期人们对维护君臣和父子这两大纲常的忠孝道德极为重视。所谓"百行之本莫大忠孝"②;"夫人道所重,莫过君亲。君亲所系,忠孝而已。孝以扬亲为主,忠以节义为先"③。前面提到的《世说新语》"德行"门中的罗企生就是以践行忠孝为其人生最高追求。当其主子殷仲堪败逃时,"文武无送者,唯企生从焉",但他被弟弟罗遵生强行拉下马,劝道:"家有老母,将欲何之?"罗企生挥泪说:"今日之事,我必死之。汝等奉养不失子道,一门之中有忠与孝,亦复何恨!"④最后,当桓玄以与殷仲堪划清界限作为条件来劝说罗企生时,罗企生宁可忠于故主而死,体现了策名委质、有死不贰的忠臣精神;同时,请求留一弟以养母,又反映出其重视家族血脉的孝的一面。

在《世说新语》中多有对忠孝的高扬。如在《世说新语》"方正"中,孝武帝问王爽曰:"卿何如卿兄?"王爽回答道:"风流秀出,臣不如恭,忠孝亦何可以假人!"⑤将忠孝作为一种不可以移易的士人品德。又,在《世说新语》"言语"中,对东汉末年陈仲弓的评价就是"忠臣孝子也"⑥。此外,前引《世说新语》"贤媛"中王经母亲言论时也凸显的是"为子则孝,为臣则忠,有孝有忠";《世说新语》"言语"中,诸葛靓更是将"在家思孝,事君思忠,朋友思信"作为重要的道德操守。可见,忠孝是魏晋时人的基本道德准则。

其次,当忠孝冲突时,臣子在两难抉择中首选孝。三国时期曾发生君父孰先的争论,围绕一粒药丸究竟应该先救父还是先救君的假设,曹丕提出了一个让臣子左右为难的问题。据《三国志·魏书·邴原传》注引《原别传》曰:

> 太子燕会,众宾百数十人,太子建议曰:"君父各有笃疾,有药一丸,可救一人,当救君邪,父邪?"众人纷纭,或父或君。时原在坐,不与此论。太

---

① 《晋书》卷五十六《江统传》,第5册,第1535页。
② 《晋书》卷九十四《隐逸传·龚壮传》,第8册,第2442页。
③ 《晋书》卷九十一《儒林传·范弘之传》,第8册,第2365页。
④ 《晋书》卷八十九《忠义传·罗企生传》,第8册,第2322页。
⑤ 《世说新语》卷三《方正第五》,第90页。
⑥ 《世说新语》卷一《言语第二》,第14页。

子谙之于原,原愕然对曰:"父也。"太子亦不复难之。

　　曹丕对邴原首孝次忠的选择并没有责备和留难。晋朝号称"以孝治天下",晋朝臣子也多奉行孝道。《世说新语》关于忠的记载不多,但关于孝的记载却较为丰富,内容涉及王祥孝事后母、祖纳因孝得官、罗企生临刑乞弟养母、陈遗焦饭孝母、阮籍居丧违礼任诞、和峤"生孝"、王戎"死孝"等孝义故事。《世说新语》不仅高扬孝道,而且记载了时人首孝次忠的倾向,如"世论温太真是过江第二流之高者。时名辈共说人物,第一将尽之间,温常失色"①。东汉魏晋时人对社会评价非常重视,温峤以才望、功业而不能跻身第一流,其原因也与其处理忠孝关系时的表现得不到社会认可有关。据载,"温公初受刘司空使劝进,母崔氏固驻之,峤绝裾而去。迄于崇贵,乡品犹不过也。每爵,皆发诏"②。也就是说,当年为了完成刘琨的命令南渡劝进,温峤是不顾母亲挽留,而且是"绝裾而去"的,殊违孝道。这个道德污点,即便是在他成为达官显贵后仍不能为"乡品"所认可,乃至于朝廷给温峤加官进爵都要特别发诏晓谕。这也是温峤始终不入品藻一流的原因之所在。通过《世说新语》的记载,我们可以看出温峤是首忠次孝的,而社会上的主流观念则是孝优先于忠的,因此难过"乡品"。唐长孺先生曾指出:"自晋以后,门阀制度的确立,促使孝道的实践在社会上具有更大的经济上与政治上的作用,因此亲先于君、孝先于忠的观念得以形成。"③

　　再次,面对忠孝两难,官方导向逐渐出现变化。魏晋时期的统治者对忠孝冲突的态度是非常复杂和暧昧的。以曹魏而言,陈寅恪先生认为曹操出身阉宦,故对儒家道德教义摧毁廓清之。所谓孟德求才三令,"大旨以为有德者未必有才,有才者或负不仁不孝贪诈之污名"④。也就是说,曹魏的导向是实用主义而非道德主义。以此推见,对忠孝仁等道德,曹氏骨子里应是不屑的,但其一定是把对曹魏政权的忠作为臣子的基本准则,这也就是为什么在曹魏与司马氏的斗争中,会涌现出毌丘俭、诸葛诞、嵇康、李丰、王陵等曹魏忠臣。至于司马氏代魏,"属于臣下篡位,是为臣不忠的表现,也就不好向臣下宣传需对自己尽忠,只

① 《世说新语》卷四《品藻第九》,第135页。
② 《世说新语》卷六《尤悔第三十三》,第239页。
③ 唐长孺:《魏晋南北朝史论拾遗》,中华书局,1983,第238页。
④ 陈寅恪:《书〈世说新语·文学类·钟会撰《四本论》始毕〉条后》,载刘桂生、张步洲编《陈寅恪学术文化随笔》,中国青年出版社,1996,第65页。

好标榜孝道。而门阀大族力量的强大,皇权的削弱及分裂割据的形势和政权转换迅速,也使人们注视自身乃至家族利益而不再强调对皇帝的忠诚。孝道遂在一段时期里成为超过忠君或与之并列的最高封建道德"①。尽管如此,为了维护统治,魏晋的统治者从内心里还是希望臣子将忠放在首位。因此,面对忠孝冲突,统治者以门内、门外为限,在孝与忠的适用范围上进行了界定。如曹操就一再告诫自己的儿子曹彰说:"居家为父子,受事为君臣,动以王法从事,尔其戒之!"②曹植则深得其父忠重于孝的精神主旨,认同于"士之生世,入则事父,出则事君;事父尚于荣亲,事君贵于兴国"③。晋代也越发认同"虽孝悌之行,不施朝廷,故门外之事,以义断恩"④的观念。

在这种观念影响下,统治者对臣子践行孝道与效忠君主的冲突提出了新的导向性要求,那就是忠重于孝。也就是说,如果为了国家需要,可以随时夺情起复守丧丁忧的臣子。我们前面提过曾违母命的温峤在母丧后曾居家丁忧以尽孝道,但晋元帝却于此时下诏任命温峤为散骑侍郎。面对温峤的坚辞不就,晋元帝再次下诏声色俱厉地威胁道:"峤特一身,于何济其私艰,而以理阂自疑,不服王命邪?!"在专制君王的淫威下,"峤不得已,乃拜"。⑤

这种忠优先于孝的道德选择,在《世说新语》里也多有相关记载,如"桓公入峡,绝壁天悬,腾波迅急,乃叹曰:'既为忠臣,不得为孝子,如何?'"⑥其实,这里是引用了汉代的典故。据《汉书·王尊传》载,琅琊王阳被任命为益州刺史。但因蜀道艰难,当王阳行至邛崃九折阪时,因坚守"身体发肤,受之父母,不可毁伤"的孝道,畏险而叹曰:"奉先人遗体,奈何数乘此险!"就借口生病而没有就任,且获得恩准。后来,王尊又被任命为益州刺史,当他也走到邛崃九折阪时,问属下道:"此非王阳所畏道耶?"属下回答说:"是。"王尊下令道:"驱之!王阳为孝子,王尊为忠臣。"《世说新语》"言语"门中的桓温之叹表明了他选择做北伐中兴的忠臣而放弃做孝子的心迹。当然,桓温的这种心迹实在是真伪难辨的。

---

① 宁可、蒋福亚:《中国历史上的皇权和忠君观念》,《历史研究》1994 年第 2 期。
② 《三国志》卷十九《任城王传》,第 2 册,第 555 页。
③ 《三国志》卷十九《陈思王传》,第 2 册,第 565 页。
④ 《晋书》卷四十五《刘毅传》,第 4 册,第 1276 页。
⑤ 《晋书》卷二十《礼志中》,第 3 册,第 641—642 页。
⑥ 《世说新语》卷一《德行第二》,第 28 页。

最后,围绕忠孝优先性的问题,魏晋时人始终是有分歧的。这里举两个《世说新语》中的例子以说明之。一个是诸葛靓的故事。前面提过在《世说新语·言语》中,诸葛靓提出"在家思孝,事君思忠,朋友思信"的观点。在这里,诸葛靓显然是将孝放在第一位的,而将忠次之。他的这种道德选择与魏晋时期的政治生态息息相关。据《晋书·诸葛恢传》记载,诸葛靓的父亲诸葛诞在曹氏与司马氏的斗争中,忠于曹氏而被司马氏所杀。诸葛靓先是逃到东吴。晋灭吴,诸葛靓逃窜不出。晋武帝司马炎与之有旧,因就见焉。靓逃于厕,帝又逼见之,谓曰:"不谓今日复得相见。"靓流涕曰:"不能漆身皮面,复睹圣颜!"诏以为侍中,固辞不拜,归于乡里,终身不向朝廷而坐,表达了恪守孝道、终生不为晋臣的决心和操守。与诸葛靓相反,嵇绍则选择忠重于孝。嵇绍的命运与诸葛靓类似。嵇绍的父亲嵇康也因忠于曹魏而被司马氏杀死,嵇绍在父亲好友山涛的劝说和举荐下却选择成为晋臣。不仅如此,嵇绍还为了保卫晋惠帝而血溅当场,尽忠死节。所谓"嵇侍中血"经文天祥的《正气歌》的宣扬,更成为传统忠德的文化象征。《世说新语》所谓"昔晋文王杀嵇康,而嵇绍为晋忠臣"①,表达了作者对嵇绍舍孝全忠的忠义精神的认可,并把这个事记载在"德行"门下。

五、魏晋时期忠君道德的历史背景

魏晋时期是中国历史上一个长期持续动荡的历史时期。这一时期总的特点是:政权更迭频繁,社会动荡加剧,民族碰撞融合,思想活跃多元。这些变化不仅给两汉时期确立起的"三纲"带来不小的冲击,更使忠君道德的践行面临极大的困境。

1. 从政治生态看,割据混乱给忠德践行带来现实困难

魏晋时期,割据混乱,政治生态十分恶劣,臣子忠德状况复杂。一是分裂时间远远超过大一统的时间。魏晋时期除西晋初年短暂统一外,几乎一直处于三国鼎立、南北对峙状态下。分裂、对峙的结果就是直接导致地方割据势力蜂起,形成天下没有共主的局面。在这种政治格局下,绝对的一元化忠君道德根本无

---

① 《世说新语》卷一《德行第一》,第11页。

法落到实处,而各为其主、择主而事反而成为一种普遍的社会现象。二是君尊臣卑的统治秩序遭到严重破坏,君权的神圣性和绝对性受到猛烈冲击。魏晋时期长期的分裂战乱进一步加剧了政权的更迭频率,导致"君不君臣不臣"的乱象丛生,君尊臣卑的等级秩序受到极大的冲击和破坏,乃至于出现元首易位、冠履倒置的极端状况。这一时期,天子遭废弑、皇位被篡夺、天下易主的现象屡见不鲜,比比皆是。秦汉以降树立起来的至高无上之神圣君权,受到前所未有的猛烈冲击,建立在君权神圣基础上的忠君道德也连带着被剧烈摇撼。三是忠君道德在政治动荡中,仍为人们所认同和坚守。尽管魏晋时期割据分裂加剧、政权更迭频繁,但总的看,"三纲"仍占据国家意识形态,统领着社会政治和伦理道德。在政治伦理体系中,尽管忠君道德践行状况并不理想,但臣子忠君仍然是首要的政治道德。

2. 从统治集团看,门阀士族对忠君道德产生很大影响

在魏晋时期,汉代的察举制逐渐被九品中正制所代替,并催生了门阀士族制度及门阀士族集团,所谓"上品无寒门,下品无士族"。阎步克曾指出:"魏晋间权贵元老的名公子们,所谓'正始名士''中朝名士',实即中古士族的最早代表。"①随着永嘉之乱,晋室南迁,也将门阀士族制度带到了南方。东晋是士族制度鼎盛时期。对于士族集团的崛起,田余庆先生曾指出:"士族的形成,文化特征本是必要的条件之一。非儒非玄而纯以武干居官的家族,罕有被视作士族者。"②客观评价魏晋门阀士族,不能不说,其对皇权来说是一把"双刃剑"。一方面,司马睿能在建邺建立起东晋政权,主要依赖的是流人和土人中的士族集团,因此皇权的稳固有赖于士族的维护,故而,皇帝都要对士族礼让敬畏几分。另一方面,士族集团垄断仕途,有时甚至对抗皇权,与皇帝分庭抗礼,对君主专制无疑是一个冲击和挑战。按照《宋书·武帝纪下》的记载,东晋时期的政治状况是"朝权国命,递归宰辅",尽管"君道虽存",实际上"主威久谢",君主权威受到挑战,直接影响到忠君道德的践行。

3. 从思想领域看,魏晋玄学对忠君等儒家纲常名教造成极大冲击

汉末三国的乱世使得儒家的正统地位受到猛烈冲击,而兼容儒道、崇尚自然的魏晋玄学则异军突起,公开挑战以"名教"为代表的儒家伦理纲常,极大地

① 吴宗国:《中国古代官僚政治制度研究》,北京大学出版社,2004,第88页。
② 田余庆:《东晋门阀政治》,北京大学出版社,1991,第353页。

冲击了忠孝仁义等传统道德。一方面,究其本意,玄学家们并不是真的反对儒学和纲常伦理,如嵇康虽然高扬"越名教而任自然"的大纛,但其骨子里却主张调和"名教"与"自然"。① 同样,阮籍尽管放浪形骸,不受礼法约束,但从他遭母丧时的反常举止看,其实乃心丧之孝子,其行为虽不合礼教的形式,但却并不违反儒家孝道的根本精神。而且阮籍自己并不希望儿子加入竹林七贤这一离经叛道的队伍中来,认为在离俗超凡的道路上阮家有自己和阮咸就可以了,劝儿子要坚守社会中的传统儒家道德。同样,嵇康在《家诫》中也以忠孝教子。② 事实上,嵇康的儿子嵇绍后来确实也是恪守忠君道德的典范。在荡阴之乱时,以身捍卫君王,做了晋朝的忠臣。另一方面,也必须看到,早在西晋时期,一些有识之士就开始反思玄学的弊端,批判空谈无益于治国,主张回归名教,重建忠孝道德。潘尼认为一个人要"忠肃以奉上,爱敬以事亲",这样才"庶几乎能安身矣"。③ 特别是在经历了八王之乱和五胡乱华后,很多清谈之士也开始自觉反思重玄学和尚清谈对社会的危害。名士兼权臣的王衍在国亡被俘后幡然悔悟说:"呜呼! 吾曹虽不如古人,向若不祖尚浮虚,戮力以匡天下,犹可不至今日。"④ 王济也指出,西晋统治集团内部缺乏忧患意识,冠带之士尚空谈,是导致秩序大乱的重要原因。其曰:"夫危而不持,颠而不扶,至于君臣失位,国亡无主,凡在冠带,将何所取哉!"⑤ 无疑,思想界和社会精英脱实就虚的教训是极其惨痛的。有鉴于西晋时期"名教"之不振,浮华之盛行,围绕东晋的政治建设,有志之士呼吁要"表道德之轨,阐忠孝之仪,明仁义之统,弘礼乐之本"⑥,主张

---

① 有研究者指出:"嵇康的'越名教而任自然'说,看似通达和洒脱,崇尚道家的自然无为,抛却儒家的名教,去过一种与世毫无牵挂的退隐生活。但在思想深处和行为表现上,他仍未能摆脱名教的羁绊。……他的骨子里仍是儒家思想的信奉者,老庄思想不过是他儒家思想的一种补充而已。"(高峰:《魏晋玄学十日谈》,安徽文艺出版社,1997,第246—247页)

② 正如鲁迅先生在《论魏晋风度及文章与药及酒之关系》中所指出的:嵇康反对名教是有其政治目的的。"非薄汤武周孔,在现代是不要紧的,但在当时却关系非小。汤武是以武定天下的,周公是辅成王的;孔子是祖述尧舜,而尧舜是禅让天下的,嵇康都说不好,那么教司马懿篡位的时候,怎么办才是好呢? 没有办法。在这一点上,嵇康于司马氏的办事上有了直接的影响,因此就非死不可了。"可见嵇康反对名教主要是针对当时司马氏集团崇奉礼教达到篡位目的的一种反抗。在嵇康、阮籍这些人看来,司马氏以名教名义来打压异己,"褒渎了礼教,不平之极,无计可施,激而变成不谈礼教,不信礼教,甚至于反对礼教——但其实不过是态度,至于他们的本心,恐怕倒是相信礼教,当作宝贝,比曹操、司马懿要迂执得多"。此为确论。

③ 《晋书》卷五十五《潘尼传》,第5册,第1510页。

④ 《晋书》卷四十三《王衍传》,第4册,第1238页。

⑤ 《晋书》卷五十二《华谭传》,第5册,第1452页。

⑥ 《晋书》卷七十一《熊远传》,第6册,第1886页。

将儒家伦理道德特别是忠孝作为整顿朝纲、重拾人心、再造社会秩序的基础和依托。

4.从作者际遇看,刘义庆的个人际遇折射出忠德的时代境遇

《世说新语》在《隋书·经籍志》中被归入子部小说家,历代对其作者没有大的异议,即刘宋临川王刘义庆。但根据《宋书·宗室列传·临川烈武王道规传附子义庆传》载,刘义庆尝"招聚文学之士,近远毕至"。笔者根据古时候名士招徕门客著述的传统(如吕不韦组织门客作《吕览》)大胆推测,与其说是刘义庆亲著《世说新语》,毋宁说是刘义庆主持、指导、参与了《世说新语》的著述。刘义庆作为宋文帝刘义隆的皇弟、刘宋的达官显贵和封疆大吏,为什么要组织编撰一本"街说巷语"之"小说"?① 这颇令人费解。但如果我们仔细研究刘义庆的人生经历就可以窥见其曲折心理和微言大义。《宋书·宗室列传·临川烈武王道规传附子义庆传》在谈到刘义庆经历时,提到其"少善骑乘。及长,以世路艰难,不复跨马",遂"招聚文学之士"。周一良先生考证说,刘义庆之所以"招聚文学之士"撰述《世说新语》主要是想逃避政治旋涡,以避祸存身。周一良论证了"世路艰难"实乃史家隐讳地道出宋文帝刘义隆猜忌群臣、屠戮宗室和大臣的实情,指出:"从义庆本传里的四个字可以窥见消息。他处在宋文帝刘义隆对于宗室诸王怀疑猜忌的统治之下,为了全身远祸,于是招聚文学之士,寄情文史,编辑了《世说新语》这样一部清谈之书。"②其实,远不止于此,刘义庆组织编写《世说新语》不仅是为了寄情文史,还在其中委曲地表达了臣子忠君的困境,并通过历史人物和事件,发出了对"君贤臣忠"双向度忠君道德的认同和希望君王远小人、信任忠臣孝子的期冀。这些隐含的思想观念和个人情感若明若暗地体现在《世说新语》中答客难之陈元方论"忠臣孝子"陈仲弓受髡刑、京房与汉元帝论"任人之忠"、陆凯盛赞"君贤臣忠,国之盛也",以及作者对王敦谋逆的贬斥、对王国宝谗言离间君臣关系等记载中,从中可以窥见刘义庆的复杂心理。

综上所述,《世说新语》不仅是一部记述时人言行的小说,而且是一部重要的历史文献,对研究魏晋时期社会思想具有非常重要的意义。尽管《世说新语》

---

① 魏徵等:《隋书》卷三十四《经籍志三》,第4册,中华书局,1973,第1012页。
② 周一良:《〈世说新语〉与作者刘义庆身世的考察》,载《周一良文化学术随笔》,中国青年出版社,1998,第31页。

中有关忠德的记载并不多,但仍可窥见魏晋时人的忠德观和忠德状况。

(桑东辉,男,汉族,哈尔滨人。哲学博士,黑龙江大学哲学学院、国学院客座教授,主要从事中国伦理思想史研究)

中原高僧支遁接受简论

张富春

　　入传中土伊始,佛教即肇启其中国化历程,三国时初具规模。就信仰言,经楚王刘英尚浮屠祠、絜斋三月、供养伊蒲塞桑门,桓帝刘志立佛陀祠于宫中,至下邳相笮融大起浮图祠、作黄金涂像、课读佛经、浴佛设斋,佛教信仰形态因此而完备。就翻译言,《四十二章经》体例似《孝经》十八章、译写用道家话语体系,安世高译小乘禅数将坐禅与道家无为养生甚至神仙方术相沟通、康僧会承之以儒释佛纾缓与儒家思想的矛盾,支谶及其再传弟子支谦译经以大乘般若与道家本无、自然相合为佛学玄学化开端,中国佛学因此而勃兴。就阐释言,《牟子理惑论》从佛、法、僧三方面证解佛教合乎儒家、有似道家但截然异于道教,佛教阐释基础因此而奠定。

　　西晋时,玄学哲学本体论的建立实现了中土士人思维方式的转化,《般若经》《维摩经》的传译亦为佛玄融合做好准备。两晋之交,名士对玄远精神境界的追求更为迫切,致力于名教、自然统一;佛学名僧则以格义法围绕本体论沟通佛玄终成“六家七宗”,复着力宣扬即色游玄的维摩诘菩萨,主动回应玄学名士的重大现实关切。名僧兼名士的支遁活跃于东晋清谈场上,致力于建构士大夫佛教体系,以合内圣外王之即色游玄为义理,以七住顿悟不废渐修之玄学禅为实践,以即色游玄之维摩诘菩萨为代言,以讽诵弥陀经、观瞻弥陀像的弥陀信仰为终极关怀,从而实现了佛教在士大夫阶层传播的新突破。

　　以文学形式在中土弘宣佛法,是两晋新兴的佛教传播方式。基于信仰激情,支遁运不世才学,以传统诗文咏怀赞佛,或塑造自我形象,或塑造玄学化的佛菩萨形象,佛教由此成为中国文学的重要题材,以其“新理”及创作促玄言诗新变,促山水诗产生。东晋文学面貌因之而变,中国佛教文学因之肇兴。另外,支遁以五言诗作赞,以禅入诗、为画题诗、称诗为首,亦开风气之先,影响后世深远。

在《世说新语》中,支遁乃身披袈裟之清谈名士,虽出家为僧而养鹰马好鹤,虽无形而心成——形貌丑异而双眸黯黑、器朗神俊。清谈场上,支遁佛玄兼谈,标新理、立异义,叙致精当清丽,辞藻新奇挺拔,佛法因此为诸名士了解甚至接受,有力推动了佛教在士大夫阶层的传播,然时或难免"谈中之谈"之弊徒增口业,时或理屈气急乃至逃避,亦见其凡俗情重。与清谈相类,后世又不乏据《世说新语》云支遁以围棋为手谈者,支遁因此而与围棋、手谈相关联。

与《世说新语》相类,刘孝标注引《支遁传》《支遁别传》所见支遁仍为一名士,《支法师传》则为一佛玄兼修之名僧,《高逸沙门传》亦一清谈弘佛、高才逸度之名僧。在《高僧传》中,慧皎将《世说新语》及诸僧传等素材改删、移写、互见,复以史传叙事通例精心布局,一绍明大法的高僧形象遂呼之欲出。

时至李唐,道宣《续高僧传》将支遁与道生并举,强调其以新理开创中国佛教传播的新局面;神清《北山录》表彰支遁以其冷然素风、道德文章致力于在士大夫中传扬佛教的行径,称许其为"天下之人";皎然《支公诗》赞支遁率性无机、诗禅纵横;灵一《林公》诗赞支遁将孙许游尽逍遥趣。李唐文士"称高僧以支公为先",考察其时诗文中支遁、支公、林公、支安、林远、支许等词,可见支遁名僧兼名士形象得到强化的同时,有关称谓渐成称美僧侣和僧俗交游之典。皮日休《茶中杂咏·茶瓯》、裴拾遗《文学泉》之支公亦是泛称高僧,不宜将之坐实为支遁本人;今传李善注《文选》卷五九王简栖《头陀寺碑文》"林远肩随乎江左"引《高僧传》谓支遁、慧远师释道安符丕后还吴乃涉下、涉上致误,《支遁传》应删去"师释道安符丕"六字,《慧远传》应删去"后还吴"三字,"符丕"与"入襄阳"为一句作慧远"南达荆州"之时间状语;李白《别山僧》"谑浪肯居支遁下"古今注家多以风流之宗、好养鹰马、与王谢交游等与谑浪无关之介绍,不如注于《世说新语》卷下之下《轻诋第二十六》第二十一条"王中朗与林公绝不相得"、第三十条"支道林入东"为妥。

唐五代及其以降诗文中"支郎"一词所指的演变,更可见出其时佛教中国化的全面与深入。作为典故的支郎,语源虽为支谦,然诗文用以特指支谦者鲜见,而是着力淡化其眼中黄的内涵以之美称或代称僧侣,并时常赋以能诗、好鹤、畜马等意,其所指遂易作中国本土高僧支遁。与之相类,此期支遁的诸种传说或化为诗文事典,或物化为遗迹,或物化为绘图,支遁接受因之而丰富,而多元。

支遁养马事典,武周时《王二娘造石浮图像记》已有,张九龄《鹰鹘图赞序》所谓支遁养名马重其神骏或当为《许玄度集》养鹰马云云,杜甫《韦讽录事宅观曹将军画马图歌》《天育骠图歌》则两用支遁养马重神骏典。晚唐以迄明清,支遁鹤、支公鹤、支遁马、支遁青骊、支公怜神骏、支遁鹰、支遁爱鹰等事典,买岬山亦衍生出买峰、买山钱、道林钱、支遁隐等事典时见于诗文。特别是后者,多反向接受,变嘲讽为颂美,或着眼买卖,或着眼钱,以之喻贤士归隐或才德高迈。同时,后世还衍生出支遁庵、支遁岭、支硎山、放鹤亭、放鹤峰、养马坡、马迹石等遗迹。虽未亲历沃洲山,然白居易有书有图又有丰富的文学想象力、极高的文学创造力,支遁岭、养马坡、放鹤峰因《沃洲山禅院记》而名益彰。吴处厚《游沃洲山真封院》于养马坡、放鹤峰外又增以支遁庵基。唐宋诸多诗文渲染,加之方志荟萃、强化,支遁遗迹与传说日趋丰富,渐成沃洲山的历史记忆与人文符号。异于沃洲山"窟于一隅",苏州支硎山唐时名声已因支遁而敌虎丘,刘长卿、白居易、刘禹锡、皎然、皮日休等游报恩寺、支硎寺而赋诗。《吴郡图经续记》《吴郡志》及《舆地纪胜》等又载支硎山放鹤亭、支遁庵、马迹石、白马涧,支遁遗迹与传说基本全备于此。北宋曾旼有感于吴之报恩与越之沃洲相当,德兴新天峰院与寂然成沃洲禅院相仿,而报恩寂寥,故效白居易而为《天峰院记》。曾《记》有功于支硎山亦犹白《记》有功于沃洲山。天峰院、报恩寺、观音禅院、支硎(山)寺、支山禅院、南峰寺、支遁别庵,其实皆一;支遁庵亦在南峰,或即楞伽院报恩遗址,其旁有放鹤亭、白马涧、马迹石等。叶梦得《游南峰寺》,范成大《铁锡》《放鹤亭》《马迹石》,《玉山纪游》所收至正辛卯秋九月八日顾瑛、陆仁、于立游支硎山咏寒泉、洗马池、放鹤亭所赋诸诗以及次年二月初一释良琦、来复过支硎山寺联句诗等,高启、周南老《姑苏杂咏》之《支遁庵》《放鹤亭》《白马涧》《寒泉》《南峰寺》以及高启《游南峰寺有支遁放鹤亭》《再游南峰》,韩奕《支硎山古迹十二咏》之《石室》《马迹石》《放鹤亭》,等等,使得游支硎山吟咏支遁遗迹渐成一传统。受其影响,加之支硎山距苏州近,又泉石清秀,遗迹众多,文士、僧侣乐居而喜游,故诗文涉及支遁遗迹者甚多,成为支遁得以被接受的重要方式。

诗文接受之外,支遁及其事典又成为绘画的题材。五代画家周行通有《支遁》图传世,顾闳中曾据许询、王羲之、谢安、支遁游山阴作《山阴图》,宋神宗元丰八年(1085)云师无著藏有《支遁鹰马图》。支遁养鹰文献依据亦相当可信,臆测今辽宁省博物馆藏《传韩幹神骏图卷》或即云师无著欲遗苏轼者,故有木人骑土牛之谓,甚或此图与周行通有某种关联。苏轼又曾于元祐六年正月二十三(1091年2月14日)题李伯时画《支遁养马图》,与苏轼颇多交往的释仲殊则有《题李伯时支遁相马图》诗,元人王恽有《题李伯时画〈支遁观马图〉》诗,魏初有《韩君美所藏〈支遁观马图〉》诗,疑四氏所谓实或一图。赵秉文又有《支遁相马图》诗,李庭亦有《跋支道林马图》诗,赵孟頫则作《支遁相马图》《支遁洗马图》。清初张穆为屈大均画《支公养马图》,清末任颐作有《支遁爱马图》《支遁鹰马图》等。李伯时有感于三英(吴)老僧宝顾阁中《山阴图》秘不示人,遂据米芾言复作《山阴图》,仲殊亦为作《减字木兰花》赞之,宣和时此图归希文家,宋元之际归子庆家;米芾又尝作支、许、王、谢行于山水间,自挂斋室;周煇曾在池阳一士大夫家见门僧梵隆为叶梦得临写李伯时《山阴图》,后又见他人另一摹本。明清人收藏所谓王摩诘《山阴图》《山阴高会图》或均源于李伯时所画《山阴图》。

支遁是中国第一位有诗文集传世的僧人。《支遁集》梁时卷数已佚,至隋唯存八卷,《旧唐书·经籍志》《新唐书·艺文志》均作十卷,《宋史·艺文志》不录,或其时已佚。然藉陆澄《法论》、僧祐《出三藏记集》、慧皎《高僧传》及道宣《广弘明集》,支遁著述仍可为后世稍知一二。《法论》收录支遁作品计十六篇,慧皎传支遁或即得益于此。《出三藏记集》录《法论》目录及序,录支遁《大小品对比要钞序》,亦有功于将支遁作品流布。《广弘明集》卷十五《佛德篇第三之初》支遁《释迦文佛像赞并序》《阿弥陀佛像赞并序》《诸菩萨赞十一首》,卷三十《统归篇第十》十八首赞佛咏怀诗。二书所收支遁作品连同慧皎《高僧传》因作传需要引支遁《座右铭》《上哀帝书》《与高丽道人书》《竺法护像赞》《于法兰像赞》《于道邃铭赞》,成为后世辑佚支遁作品的主要来源。

南朝以迄隋唐,文人亦时常称引支遁著述,由此形成支遁著述接受之又一重要路径。《世说新语》刘孝标注称引《逍遥论》《妙观章》;成玄英《南华真经注疏》将古今释《逍遥游》者略为三释,支遁所释即其二。二家引文略异。依刘孝标注所引,成玄英疏序支道林云"玄感不疾而速"当为"玄感不为不疾而速";依成玄英疏序所引,刘孝标注引"不我得"或作"不我待"。历代注疏《肇论》者甚多。因此,支遁《即色论》一再被后人论及。将之与刘孝标称引《妙观章》合勘,可辑录《即色论》(或曰《即色游玄论》《妙观章》)为:"吾以为'即色是空,非色灭,空',斯言至矣。何者? 夫色之性也,色不自色,不自有色。色不自有(色),虽色而空。如知不自知,虽知恒寂也。故曰:'色即为空,色复异空。'"同时,慧达《肇论疏》引支遁其他文献于其著述于辑佚亦大有裨益。陆德明《经典释文》卷二六《庄子音义上》采撷支遁注《逍遥游》七条可使人窥支遁"注《逍遥篇》"之一斑,王夫之《庄子解》"小知不及大知,小年不及大年"下引"支遁曰"实为林希逸《庄子口义》。《文选》李善注引《天台山铭序》"剡县东南有天台山"可正《编珠》引"剡县西有天台山"之误,后者引"盖仙圣之所栖翔,道士之所鳞萃"又可补前者未引之憾。

赵宋时业已散亡的《支遁集》,至明代复被辑佚。因支遁名僧兼名士的声望,且所辑诗文规模不大,故明清两代支遁诗文复以钞本或刊本形式流布,并形成两个系统:一为二卷本《支遁集》,已知钞本以明代都穆藏最早,稍后有杨仪七桧山房嘉靖乙未(1535)钞本,杨钞本为其后秦钞本、毛钞本、冯钞本、叶钞本及晚清民国李盛铎、马锺琇钞本诸钞本和僧寒石嘉庆刊本、潘锡恩道光刊本及徐榦光绪刊本的祖本;一为一卷本《支道林集》,以嘉靖十九年(1540)皇甫汸辑刊本为早,明末吴家骕将皇甫汸辑《支道林集》与史玄辑《支道林外集》合刻。

都穆藏《支遁集》或为其钞本,是自赵宋时《支遁集》亡佚后现今所知最早的辑钞本。杨钞《支遁集》为现存最早的支遁集钞本,经诸生秦四麟以及曹生收藏后,于崇祯二年己巳(1629)至叶弈处,复辗转至黄丕烈处,吾与庵僧寒石曾借之刊行。汪士鐘或由"他所",或径由黄丕烈处获得此钞本,后为潘介繁桐西书屋收藏。光绪十七年辛卯(1891),莫棠于苏州得此杨钞,后又为潘承谋所得。书卷末"支遁集卷下"五字下之"无相自在室主人觉元印"疑为许樾身收藏印,许氏卒于光绪二十一年(1895);左上之"一字斋"在明钞本时见,或与叶弈钞《支遁集》卷末附录谢安《与支遁书》后题"崇祯庚午三月一字主人记"有关。

叶弈得杨钞《支遁集》后,舅氏伯仁为其钞录一本,并增益谢安《与支遁书》,此即叶弈钞本。季振宜曾收藏此本。同治壬申(1872)冬,傅以礼从福州陈氏购得季氏藏叶钞《支遁集》,后转赠给陆心源。徐榦辗转写得并刊印之,同时删去谢安《与支遁书》。今存同治五年(1866)十一月周星诒、光绪三十一年(1905)夏李盛铎木犀轩、光绪三十二年(1906)冬马锺琇钞本《支遁集》均为叶弈钞本。

《支遁集》冯钞本与毛钞本同出杨钞本。毛钞《支遁集》经由阮元过录得入《宛委别藏》。由诸藏书印知范承谟、揆叙、叶名澧、杨绍和曾经收藏冯钞《支遁集》,刘喜海味经书屋曾钞此本。冯钞《支遁集》现存台北"中央"图书馆,北京中国国家图书馆藏有其缩微胶卷。国家图书馆出版社 2013 年出版《原国立北平图书馆甲库善本丛书》第 649 册收有此本。

嘉庆十年（1805），神似支遁的支硎山吾与庵僧寒石刊印杨钞本《支遁集》。顾沄曾藏寒石刊本，在道光中由潘锡恩出资重刊《支遁集》。光绪十年（1884），时任嵊县知县的徐幹遂将叶钞本《支遁集》及蒋氏补遗列入其丛书初集一并付梓。蒋氏在前人辑佚支遁诗文的基础上，辑出《文殊像赞并序》，《天台山铭序》"余览《内经·山记》云剡县东南有天台山""往天台当由赤城山为道径"二句，《即色论·妙观章》"石室可蔽身，寒泉濯温手"二句残诗。

杨仪钞《支遁集》后，嘉靖十九年（1540），皇甫涍辑刊了一卷本《支道林集》。贬谪、父丧，皇甫涍徜徉在支遁曾经隐居的西山，加之其宪章汉魏、取材六朝、错综魏晋的诗学思想和诗歌创作，遂有此表彰六朝乡先贤文学之举。同时，与其为表亲的黄省曾亦辑支遁作品而成《支道林文集》。今国家图书馆藏皇甫涍辑刊本《支道林集》曾经李流芳、叶树廉、钱曾、席鉴、沈绮、铁琴铜剑楼等收藏。上海图书馆藏亦藏此本，曾为汪士钟艺芸书舍、徐康收藏。

明清之交，家与支硎山仅一水之隔的史玄，为"别乡贤"掇拾支遁"隽语佳事"而成《支道林外集》，并以按语形式进行简单考辨、补充。吴家骕将之与皇甫涍《支道林集》一并刊布，动因可由其刊刻释智舷《黄叶庵诗草》窥知，当亦在于鼓舞魏晋风流。南京图书馆藏丁丙跋本被收入《续修四库全书》第 1304 册，国家图书馆藏吴仰贤跋本亦发布于中华古籍资源库网。

在《广弘明集》《高僧传》中，支遁诗文极易检阅、辑钞。由此臆测，都穆藏《支遁集》、黄省曾辑藏《支道林文集》、皇甫涍刊《支道林集》均应是各自辑钞二书支遁诗文而成。由于所据《广弘明集》《高僧传》版本和各自编排不同，致使二卷本《支遁集》与一卷本《支道林集》存在部分差异。职是之故，《古诗纪》所收支遁诗虽参考了皇甫涍《支道林集》，然二者仍有些微差异。就其所收僧诗言，支遁诗可谓最早、最多；就其所收东晋诗言，支遁诗仅次于陶渊明，与庾阐并列，均为十八首。支遁之诗歌史地位因此而突显。或受李攀龙《古今诗删》影响，作为选集的《六朝诗乘》亦收录支遁《四月八日赞佛诗·三春迭云谢》及《咏怀诗·晞阳熙春圃》二首，更加彰显了支遁赞佛、咏怀诗在六朝诗史上的地位。《古今禅藻集》专收僧诗，以支遁开篇，收其诗、赞二十三首，则见出支遁实乃中国佛教诗歌的开山鼻祖。相较辑本《支遁集》或《支道林集》，梅鼎祚《释文纪》

复从《高僧传》辑出《与高骊道人论竺法深书》《竺法护像赞》《于法兰赞》《于道邃像赞》，从《出三藏记集》卷八《序》辑出《大小品对比要抄序》。可以说，于支遁文辑佚，梅氏之功甚著。

明代中晚期，吴中、金陵文人多著述六朝文学。如同梅鼎祚编选《六朝诗乘》，支遁的赞佛咏怀诗亦成为吴中乃至浙闽等地文士拟作的对象。这是作家对支遁及其作品的能动接受。嘉靖三十八年（1559）冬，王世贞以父狱少纾由京师归里。以旅途无所欢，且挟书仅江淹一编，遂继薛蕙仿江淹《杂体诗三十首》作拟古诗七十首。《支道人遁赞佛》即为其中之一。在汉魏以迄盛唐的五言诗谱系中，王氏以此种方式标示出了支遁及其赞佛诗的诗歌史地位，并直接诱导了盛时泰、费元禄的拟作，甚或刘凤《咏怀拟支道林》三首、程于古《拟支遁颂佛诗》、张瑞图《效支道林》及魏畊《拟支遁四月八日赞佛》《拟支遁述怀诗五首》亦间接受王世贞拟作影响。

（张富春，河南师范大学文学院教授、博士生导师。出版过专著《支遁集校注》等）

《世说新语》与道教的关联

张思齐

一、记事记言

人们经历过的重大事件是史书的基本内容,此中外皆然。历史,英文作 his-
tory,有人解析这个单词:他的(his) + 故事(story)。在这里,他的,指单数名词
man(人类)的。历史,按照西方人的理解,也就是人们的故事。西方的历史著
作,大多记载一个国家、一个民族、某些伟人所经历的事迹。换言之,西方的历
史著作主要记载事件。西方的历史著作,虽然也记载某些人物的言论,但是记
言的比重很小。这一点,随便打开一部西方的历史著作,就会看得很明白。至
于纯粹记言或主要地记言的历史著作,在严肃的西方史学著作中迄今为止尚不
曾有。西方有些记言的著作,所记之言论,多为巫术师一类人所作的预言,那样
的记言著作不属于历史著作的范畴。

重要人物的言论同样可以构成史书的基本内容,此中国史学尤善。在中国
的历史著作中,有专门记言的作品,比如,《国语》就是其中突出的代表。从汉代
起,人们就把《国语》和《左传》看作姊妹篇,分别称它们为《春秋》的内外传。
《左传》侧重记事,以编年叙述的方式详述历史事件的过程。《国语》侧重记言,
以分国叙述的方式详述各国君臣的重要言论。在西周、春秋、战国时期均有太
史一职。记载史事,编写史书,起草文书,策命诸侯卿大夫,这些都是太史的工
作。此外,太史还兼管国家典籍、天文历法、国家祭祀等事务。由于太史的工作
繁多,故而又将太史一职区分左右。《礼记·玉藻第十三》:"动则左史书之,言
则右史书之。"①对于这两句话的详尽含义,孔颖达《礼记正义》做了疏通和解

---

① 陈戍国点校:《周礼·仪礼·礼记》,岳麓书社,1989,第 398 页。

释:"正义曰:经云'动则左史书之',《春秋》是动作之事,故以《春秋》当左史所书。左阳,阳主动,故记动。经云'言则右史书之',《尚书》记言诰之事,故以《尚书》当右史所书。右是阴,阴主静故也。《春秋》虽有言,因动而言,其言少也。《尚书》虽有动,因言而称动,亦动为少也。"①相传孔子作《春秋》,以极为简短的语句,记述自鲁隐公元年(周平王四十九年,前722)至鲁哀公十四年(周敬王三十九年,前481)共242年的历史。在《春秋》一书中,最长的一条不过四十余字,最少仅仅一个字。古人的言论,用的自然是当时的口语体。史官记录它们可以尽可能地扼其要,然而亦与书面语有别。故而,在《春秋》一书中,尽管也有言论,却是非常少的。《尚书》则不同,君王宣读诰命,史官当场记录。《尚书》固然也大致记述了一些历史事件,但是它们毕竟是间接地通过君臣的言论而见其轮廓的。左史和右史,虽然都是史官,但是其分工有所不同。左史掌管记事,右史掌管记言,这是左右史的根本区别。后来,人们将左右史的分工做了进一步概括:左史记事,右史记言。不过,也有反过来说的,徐坚等编著《初学记》卷二一《史传第二》:"世本注曰:黄帝之世,始立史官。苍颉、沮诵居其职。至于夏商,乃分置左右。故曰:左史记言,右史记事。"②帝王与史官相对而立,则左右的区分势必相反。不论是哪一种表示,都说明,中国古代史学高度发达,既有记事的史书,也有记言的史书。记事记言是中国史学的优良传统,它们在《世说新语》中得到了完美的统一。

那么,我们不禁要问,记言的本质是什么呢?道,这是《道德经》中的一个高频词汇,出现了60次。在老子那里,"道"这个范畴有四种含义。其一,处理问题的办法、途径和手段,亦即方法。其二,宇宙的本原本体及其规律,人类对宇宙万物本原本体的正确认识。其三,某种政治主张或思想体系。其四,说话,讲述,称说,言说。道,也是《庄子》中的一个高频词汇。在庄子那里,"道"这一范畴还多了五种用法:道路、道理、道术、道德、法规。在"道"的以上九种含义中,只有"言说"和"道路"这两种是本义,其余七种均为引申义。钦定本圣经《新约·约翰福音》1:1—5 云:In the beginning was the Word, and the Word was with God, and the Word was God. The same was in the beginning with God. All things were made by him, and without him was not anything made that was made. In him

---

① 李学勤主编:《十三经注疏·礼记正义》,中册,北京大学出版社,1999,第877页。
② 徐建等编著《初学记》,下册,中华书局,2004,第502页。

was life, and the life was the light of men. And the light shineth in darkness, and the darkness comprehended it not. [1] 和合本译作："太初有道，道与神同在，道就是神。这道太初与神同在。万物是借着他造的，没有一样不是借着他造的。生命在它里头，这生命就是人的光。光照在黑暗里，黑暗却不接受光。"[2]这是钦定本圣经直接言"道"的一个例子。汉语译文中的"道"，英文为 the Word。英文 Word 采用大写，带有强调之意。《老子》一章："道可道，非常'道'；名可名，非常'名'。"[3]陈鼓应注释："道可道，非常'道'：第一个'道'字和第三个'道'字，是老子哲学上的专有名词，在本章它意指构成宇宙的实体(substance)与动力。第二个'道'字，是指言说的意思。"[4]即是说，第一个"道"字和第三个"道"字，与英文的 the way 对应。为了凸显"道"的本体论之意义，今日英文文献也采用大写而表记为 the Way 了。第二个"道"字，与英文的 the Word 对应。老子用一个"道"字把宇宙的本体和人类认识宇宙的基本方式都讲清楚了。

大量的道书为《世说新语》所引用，这保存了珍贵的史料。《世说新语》引道书多达二十一种。它们是《老子》、《庄子》、《列子》、王弼《老子注》、郭象《庄子注》、郭象《逍遥义》、王弼《易注》、刘向《列仙传》、《孙子兵法》、刘义庆《幽明录》、《淮南子》、《汉武故事》、《十洲记》、《楚辞》、《东方朔传》、《东方朔别传》、《搜神记》、《易象妙于见形》、《易乾凿度》，以及嵇康《养生论》。

刘义庆撰《幽明录》，亦作《录幽》《幽冥录》《幽冥记》。幽明，这是《周易》里的一个概念。《周易·系辞上》："仰以观于天文，俯以察于地理，是故知幽明之故。原始反终，故知死生之说。"[5]幽明，指有形和无形的形象。与"幽明"联系紧密的另一个概念是"幽冥"，后者为"鬼神"之意。刘义庆将《周易》中的"幽明"这一概念加以发挥，从有形与无形的形象，发展到人间与鬼神界域。人间之处俗称阳间，故而光明。鬼魅之域俗称阴间，故而幽深。刘义庆将幽明的概念与晋宋间的一些民间传说相结合，将那些传说提升到以道学观察事物的高度，撰写了志怪小说《幽明录》三十卷，一作二十卷。《幽明录》曰：

---

① David Norton ed. , *The Bible*, *King James Version with The Apocrypha* (London：Penguin Books Ltd. , 2006) 1659.

② 中国神学研究院编撰：《圣经—串珠·注释本》，中国基督教两会，2000，第 1535 页。

③ 陈鼓应著：《老子注释及评价》，中华书局，1984，第 53 页。

④ 《老子注释及评价》，第 53 页。

⑤ 苏勇点校：《易经》，北京大学出版社，1989，第 82 页。

汉明帝永平五年,剡县刘晨、阮肇共入天台山取谷皮,迷不得返,经十三日,粮食乏尽,饥馁殆死。遥望山上有一桃树,大有子实,而绝岩邃涧,永无登路。攀援藤葛,乃得至上。各啖数枚,而饥止体充。复下山,持杯取水,欲盥漱,见芜菁叶从山腹流出,甚鲜新,复一杯流出,有胡麻饭糁。相谓曰:"此知去人径不远。"便共没水,逆流二三里,得度山出一大溪,溪边有二女子,资质妙绝,见二人持杯出,便笑曰:"刘、阮二郎,捉向所失流杯来。"晨、肇既不识之,二女便呼其姓,如似有旧,乃相见忻喜。问:"来何晚邪?"因邀还家。其家筒瓦屋,南壁及东壁下各有一大床,皆施绛罗帐,帐角悬铃,金银交错。床头各有十侍婢,敕云:"刘、阮二郎,经涉山阻,向虽得琼实,犹尚虚弊,可速作食。"食胡麻饭、山羊脯、牛肉甚甘美。食毕行酒,有一群女来,各持三五桃子,笑而言:"贺女婿来。"酒酣作乐,刘、阮忻怖交并。至暮,令各就一帐宿,女往就之,言声清婉,令人忘忧。十日后,欲求还去,女云:"君已来是,宿福所牵,何复欲还邪?"遂停半年。气候草木是春时,百鸟啼鸣,更怀悲思,求归甚苦。女曰:"罪牵君,当可如何?"遂呼前来女子有三四十人,集会奏乐,共送刘、阮,指示还路。既出,亲旧零落,邑屋改异,无复相识。问得七世孙,传闻上世入山,迷不得归。至晋太元八年,忽复去,不知何所。①

刘义庆《幽明录》原书早已亡佚,其中的部分内容散见于各种书中。刘晨和阮肇入天台山与仙女的故事,见于多种古籍中。各个文本,其详略差异很大,以刘义庆《幽明录》中所载最为详尽。李昉编纂《太平御览》卷四十一收录了这个故事,只作"《幽明录》曰",而没有标题,其文字与鲁迅辑录之文本十分接近,但是缺少篇末"至晋太元八年,忽复去,不知何所"数句。李昉编纂《太平广记》卷六一有这个故事,拟构了一个标题"天台二女",其文本也大体完整,并注明引自《神仙记》。"天台二女"这个标题,显然不恰当,居然把刘晨和阮肇误为两位女性了。鲁迅(1881—1936)在二十世纪初从大量文献中辑得《幽明录》佚文,收入《古小说钩沉》一书中。鲁迅没有给《幽明录》中的各个故事拟标题。今人刘文

---

① 上海古籍出版社编:《汉魏六朝笔记小说大观》,上海古籍出版社,2000,第697页。

忠等编《文言小说名篇选注》,将以上故事拟题为"刘晨阮肇"。① 故事有两个主人公,编者便以那两个主人公的名字为标题,这与世界各国早期短篇小说的命题方式相同,因此这是一个恰如其分的标题。《刘晨阮肇》是一篇杰出的短篇小说,它具备了完整的情节,有人物性格的刻画,有人物之间的对话,描绘了人物的心理活动,并暗示了小说的思想倾向:神仙可学,神仙可及,仙界美好,人神可以相恋,人神可以通婚。刘晨修道的结局是人仙结合。阮肇修道的结局也是人仙结合。人仙结合远比固守现实之囿来得美好。因此,刘晨和阮肇回到故乡之后,又"复去"了。他们去了哪里呢?"不知何所。"其实,人人皆知彼所。他们再度回到仙女身边了。刘晨和阮肇的原型是剡县(治今浙江嵊州西南)的两个学道者。东南沿海一带是道学的发祥地之一,民间信道者多,故而传说亦多。从众多的传说中,将那些以神仙为主题的篇什收集起来,加以再创作,这正是刘义庆的工作。《幽明录》是一部仙话总集。仙话与神话不同,仙话的行为主体是仙。仙,又作神仙、仙人。仙原本是人,经过长期的修炼而变质为神。仙与神的差别在于前者含有较多的人性,后者含有较多的神性。仙话也与童话不同。仙话描写成人的心理,其读者主要是成人。童话描写儿童的心理,其读者主要是儿童。仙话是中国特有的文类。仙话隶属于道学文学的大范畴,因而刘义庆《幽明录》是道学文学中的重要作品。

尽管刘义庆《幽明录》中的仙话文学性甚强,但是隐藏于其背后的史实却更加引发了人们的兴趣。尽管刘义庆《世说新语》是一部优秀的文学著作,历代研究者却喜欢将它作为史料来运用,而且其材料与正史的记载相合。周予同《中国历史文选》录《世说新语》"俭啬"条解题曰:"陈寅恪以为刘义庆于无意中给中国中古思想史留下一部清谈的全集,是符合实际的。"②清谈的价值在于它反映了时代的思想,《世说新语》的价值在于它的当代性。一切历史都是思想史。一切历史都是当代史。这是西方史学界奉为圭臬的两个信条,而它们都在刘义庆撰《世说新语》一书中得到了生动的体现,并在刘义庆撰《幽明录》一书中得到了道学维度的升华。刘义庆是一个史学家。刘义庆的历史著作有《后汉书》五十八卷、《徐州先贤传》十卷和《江左名士传》一卷。刘义庆的这三部历史著

---

① 刘文忠、林东海、陈建跟、孟庆锡、王思宇选注:《文言小说名篇选注》,文化艺术出版社,1985,第79页。

② 周予同主编:《中国历史文选》,上册,上海古籍出版社,1979,第307页。

作属于记事的范畴,可惜它们均已亡佚,我们无法得知刘义庆在史学上的造诣。"传说"和"仙话"这两个范畴的构成饶有趣味。传说,其中心语素是"说"。仙话,其中心语素是"话"。"说"和"话"均属于记言的范畴。刘义庆是一位记事记言兼善的史学家。

二、生性好道

《世说新语》的作者是南朝宋人刘义庆(403—444)。刘义庆为南朝宋宗室,彭城(今江苏徐州)人。刘裕代晋之后,刘义庆袭封临川王。《宋书》卷五一《刘义庆传》:"为性简素,寡嗜欲,爱好文义。文辞虽不多,然足为宗室之表。"[1]刘义庆的这种性格,容易同宗教僧侣交朋友。史载他晚年奉养沙门,颇致费损。至于刘义庆与道门中人的关系,史无明确记载。不过,从其诗文中可以略窥端倪。刘义庆《游鼍湖》诗:"暄景转谐淑,草木日滋长。梅花覆树白,桃杏发荣光。"[2]此诗仅残留此四句而不完整,不过已经显露出道家的审美趣味了,那就是崇尚自然,静观自然,景物任随自然而生,人物任随自然而为。《艺文类聚》卷九十录临川康王《鹤赋》曰:"其状也,绀络颈而成饰,頳点首以表仪。羽凝素而雪映,尾舒玄而参差。趾象蚪以振步,形亚凤以擅奇。"[3]这位临川康王,不是别人,正是刘义庆。鹤是道家的爱物,历代有关鹤的诗词和辞赋不少。刘义庆《鹤赋》尽管为残篇,但是已经将鹤描绘得栩栩如生。鹤,羽毛洁白,颈项修洁,双腿细长,尾毛舒张,举止安详,仪态优雅,步履闲适。相传仙人多骑鹤,因而人们称呼鹤为仙禽。道门中人修道,追求的是有朝一日羽化而登仙,骑着仙鹤直达仙境。

刘义庆《世说新语》的注者是刘峻(462—521)。刘峻,南朝梁平原(今属山东)人,本名法武,字孝标,以字行。《四库全书总目》卷一四零提要《世说新语》:"孝标所注,特为典赡。高似孙《纬略》亟推之,其纠正义庆之纰缪,尤为精核,所引诸书今已佚其十之九,惟赖是注以传。故与裴松之《三国志注》、郦道元《水经注》、李善《文选注》,同为考证家所引据。"[4]在长期的流传过程中,刘峻

---

① 中华书局编辑部:二十四史简体字本《宋书》,第二册,中华书局,2000,第974页。
② 逯钦立辑校:《先秦汉魏晋南北朝诗》,中册,中华书局,1983,第1202页。
③ 欧阳询撰,汪绍楹校:《艺文类聚》,下册,上海古籍出版社,1995,第1567页。
④ 永瑢等撰:《四库全书总目》,中华书局,1965,第1182页。

《世说新语注》已经与刘义庆《世说新语》本文融为一体。刘义庆的宗教倾向亦可间接地从刘峻那里得到了解。释道宣（596—667）撰《广弘明集》卷二四引刘孝标《东阳金华山栖志》：

夫鸟居山上，层巢木末，鱼潜渊下，窟穴泥沙，岂好异哉？盖性自然也。故有忽白璧而乐垂纶，负玉鼎而要卿相，行藏纷纠，显晦踏驳，无异火炎水流，圆动方息，斯则庙堂之与江海，蓬户之与金闺，并然其所然，悦其所悦，乌足毛羽疮痏在其间哉？予生自原野，善畏难狎，心骇云台，朱屋望绝，高盖青组，且沾濡雾露，弥愿闲逸，每思濯清濑，息椒丘，寤寐永怀，其来尚矣。蚓专噬壤，民欲天从，爰泊二毛，得居岩穴，所居东阳郡金华山。东阳实会稽西部，是生竹箭，山川秀丽，皋泽块郁，若其群峰迭起，则接汉连霞；乔林布濩，则春青冬绿。回溪映流，则十仞洞底；肤寸云合，必千里雨散。信卓荦爽垲，神居奥宅。是以帝鸿游斯铸鼎，雨师寄此乘烟。故涧勒赤松之名，山贻缙云之号。近代江治中奋迅泥滓，王征士高拔风尘。龙盘凤栖，咸萃兹地。良由碧湍素石，可致幽人者哉！金华山，古马鞍山也。蕴灵藏圣，列名仙牒，左元放称此山云，可免洪水五兵，可合神丹九转。金华之首，有紫岩山。山色红紫，因此为称。靡迤坡陀，下属深渚，巉岏嵚嶙，上亏日月。登自山麓，渐高渐峻；垄路迫隘，鱼贯而升。路侧有绝涧，闸闸㡾豁，俯窥木杪，焦原石邑，匪独危悬。至山将半，便有广泽大川，皋陆隐赈，予之葺宇，实在斯焉。所居三面，皆回山周绕，有象郛郭。前则平野萧条，目极通望。东西带二涧，四时飞流泉。清澜微霑，滴沥生响，白波跳沫，汹涌成音。并漕渎通引，交渠绮错，悬溜泻于轩甍，激湍回于阶砌。供帐无绠汲，盥漱息瓶盆。枫栌椅栎之树，梓栢桂樟之木，分形异色，千族万种，结朱实，包绿裹，杌白带，抽紫茎，橚矗苯䔿，捎风鸣籁。垂条栏户，布叶房栊。中谷涧滨，华蕊攒列。至于青春缓谢，萍生泉动，则有都梁含馥，怀香送芬。长乐负霜，宜男法露。芙蕖红华，照水皋苏，缥叶从风，凭轩永眺，蠲忧忘疾。丘阿陵曲，众药灌丛。地髓抗茎，山筋抽节。金盐重于素璧，玉豉贵于明珠。可以养性消痾，还年驻色，不藉崔文黄散，勿用负局紫丸。翱翱群凤，风胎雨縠。绿翼红毛，素缨翠鬣。肃肃毛羽，关关好音。皆驯狎园池，旅食鸡鹜。若乃鸡日伺辰，响类钟鼓；鸣蚿候曙，声像琴瑟；玄猨薄雾，清啭飞狖。

乘烟咏吟,嘈囋嘹亮。悦心娱耳,谅所以跨蹑管簥,韬轶笙簧。宅东起招提寺,背岩面壑,层轩引景,邃宇临崖,博敞闲虚,纳祥生白,左瞻右睇,仁智所居。故硕德名僧,振锡云萃。调心七觉,诋诃五尘。郁列戒香,浴滋定水。至于熏炉夜爇,法鼓旦闻,予则跕躟抠衣,躬行顶礼。询道哲人,钦和至教。每闻此河纷梗,彼岸永寂,熙熙然若登春台而出宇宙。唯善是乐,岂伊徒言?寺东南有道观,亭亭崖侧,下望云雨,蕙楼菌榭,隐映林篁,飞观列轩,玲珑烟雾。日止却粒之氓,岁集神仙之客,饵星髓,吸流霞,将乃云衣霓裳,乘龙驭鹤。观下有石井,耸跱中涧。雕琢刻削,颇类人工。跃流蓑泻,濟涌泱咽,电击雷吼,骇目惊魂。寺观之前,皆植修竹,檀栾萧瑟,被陵缘阜。竹外则有良田,区畛通接。山泉膏液,郁润肥腴。郑白决漳,莫之能拟。致红粟流溢,鳧鴈充厌。春鳖旨膳,碧鸡冬蕈,味珍霜鵽。縠巾取于丘岭,短褐出自中园。莞蒋逼侧于池湖,菅蒯骈填于原隰。养给之资,生生所用,无不阜实蕃篱,充切崖巇。岁始年季,农隙时闲,浊醪初釂,醲清新熟,则田家野老,提壶共至。班荆林下,陈鐏置酌。酒酣耳热,屡舞諠咷。盛论箱庾,高谈谷稼,嗢噱讴歌,举杯相抗。人生乐耳,此欢岂訾?若夫蚕而衣,耕而食,日出而作,日入而息,晚食当肉,无事为贵,不求于世,不忤于物,莫辨荣辱,匪知毁誉,浩荡天地之间,心无怵惕之警,岂与嵇生齿剑,杨子坠阁,较其优劣者哉?①

刘峻《东阳金华山栖志》是一篇名作,它简称《山栖志》。这篇文章,典故多,专名多,难度大,未见有选本收录。《梁书》卷五十《刘峻传》:"峻兄孝庆,时为青州刺史,峻请假省之,坐私载禁物,为有司所奏,免官。安成王秀,好峻学。及迁荆州,引为户曹参军,给其书籍,使抄录事类,名曰《类苑》。未及成,复以疾去。因游东阳紫岩山,筑室居焉,为《山栖志》,其文甚美。"②这是刘峻写作《东阳金华山栖志》的缘起。刘峻的传记,还见于《魏书》卷四三、《南史》卷四九、《北史》卷三九等多种正史。它们都记载,刘峻好学,刻苦励志,长于文章。古人云:志者,记也。志就是纪事之作,它可以单独称为"志"或"记",也可以合称为"志记"。总的说来,刘峻《东阳金华山栖志》是一篇辞赋色彩浓厚,在行文方式

① 僧祐/道宣:《弘明集/广弘明集》,上海古籍出版社,1991,第286页。
② 姚思廉撰:《梁书》,中华书局,2000,第487页。

上采用了较多的骈偶句和对仗句的纪事文。

刘孝标《东阳金华山栖志》,不含标题和标点,计 1183 字。严可均(1762—1843)辑《全梁文》卷五七,据《广弘明集》收录此文。此文又略见于《艺文类聚》卷三六。在佛教传入中国之初期,由于人们对其认识还不深入,故而被混同于神仙方术,而神仙方术属于道学的大范畴。《广弘明集》,释道宣编纂。道宣是著名的佛教史家。在《广弘明集》之前,释僧祐(445—518)曾编纂《弘明集》。上海古籍出版社《出版说明》:"由于僧祐、道宣为前后相继值律学高僧,道宣把僧祐当作自己效法的楷模,不少著作都继踵僧祐之著作而续之,故后人即视道宣为僧祐事业继承人。"①道宣在编纂《广弘明集》的时候,主动效法其精神导师僧祐编纂《弘明集》的做法。《出版说明》:"《弘明集》的另一大特点则是它往往根据争端的主题,将争论双方的有关文章都汇编在一起,可以使人们清楚地了解争论双方的态度、观点与争论的焦点。由于《弘明集》兼容了论敌的文章,故而它虽是佛教著作,却保存了许多其他的史料。"②刘孝标《东阳金华山栖志》一文,尽管不诋毁佛教,然而它大力弘扬道学。由于道宣兼容的态度,故而刘孝标《东阳金华山栖志》一文得以完好地保存在《广弘明集》中,列入"僧行篇"之下。顺便指出,僧、道、居士这一类语词,在古代文献中往往是混用的。道徒有时候也被称为僧,以其属于僧侣的大范畴之故。道、道士,有时候也指佛教的和尚,以"道"之本义为"道行",而"道士"之本义为"有道之士"故也。同理,居士也指在家修道的道学徒。这样的例子,比比皆是。

刘孝标说:盖性自然也。本来,刘孝标本来有一个好好的官位。可是,他弃官不当。原来,他跑到东阳郡去了。到了东阳,他不住在城里,而跑到金华山上去了。在金华山上有现成的庙宇宫观,可是他不住,他上紫岩山去了。紫岩山,又叫紫微山,它位于金华山巅。那里为丹霞地貌,山色红紫,因此得名。刘孝标在紫微山为自己修建了一座房子,他躲在那里潜心读书,有时也聚徒讲学。这是为什么呢? 他说,这多半是由于生性如此吧。人的本性,乃是一种自然的禀赋。在英文中,nature 一词,也有两种含义。一是自然,一是本性。人须随自己的本性生活方得愉悦,这是典型的道家的心态。

刘孝标说:吾生自原野。他不喜欢热闹,不喜欢扎堆,而喜欢独处。朱漆高

---

① 《弘明集/广弘明集》,第 2 页。
② 《弘明集/广弘明集》,第 1 页。

物,他不喜欢。华丽的马车,他也不喜欢。他向往沾濡雾露的山林,在那里他可以闲逸一些,他可以对着淙淙流泉,观看溪谷里的浪花。他可以在长满椒兰的山丘上,屈臂枕睡。他希望在大白天里做一个梦。在梦乡中,他自由地徜徉。他说,这样的生活,他已经向往很久了。这是典型的道家的生活方式。

刘孝标说:蕴灵藏圣,列名仙牒。在金华山下有金华洞。张伯端《云笈七签》卷二七《洞天福地》:"第三十六金华山洞,周回五十里,名曰金华洞元天,在婺州金华县属,戴真人治之。"①道学称在大地和名山之间,仙人所居之地为福地,福地共有七十二处。道学称上仙所居之处为洞天,洞天共有三十六处。从处所的数量来看,洞天仅有福地的一半,因而档次更高。道学认为,世人通过长期的修炼可以升天成仙。《云笈七签》卷三《道教三洞宗元》:"太清境有九仙……九仙者,第一上仙,二高仙,三大仙,四玄仙,五天仙,六真仙,七神仙,八灵仙,九至仙。"②仙分为九品,第一品为上仙。金华山是仙家居住的地方。与道学的其他洞天福地相比,金华山有什么有利的条件呢?左慈,东汉庐江(今安徽庐江西南)人,字元放,是著名的炼丹家。他认为,炼丹的成败与地理环境有关。金华山的地理环境好,可以避免洪水,躲避战争,适合烧炼九转金丹。丹砂烧炼成水银,水银还原为丹砂。炼丹是一个反复烧炼的过程。烧炼,就是氧化还原反应。每一次烧炼,称为一转。九转,比喻许多次,而并不局限于九次。丹家认为,烧炼时间越久,反复次数越多,则丹丸的药力越足。丹丸的药力越足,则引起的身体变化越妙。

刘孝标说:宅东起招提寺,寺东南有道观。在他的住宅的东面,有一座佛寺。在那座佛寺的东南面有一座道观。这说明,在南朝的梁代佛道二教和谐共处。事实上也是如此,史载梁武帝既好佛教,又好道学。不过,刘孝标更欣赏道学。他像道学徒那样辟谷,节制饮食。每年,他都参加高道的聚会,讨论道经。在他的想象中,神仙们骑龙驾鹤的生活十分美好。当然,现实生活与神仙理想相差甚远。在现实中能够做到的只是日出而作、日入而息的耕读生活罢了。刘孝标认为,减少物质欲望,摒弃做官的想法,不在乎别人的议论,方可浩荡于天地之间,而不必担惊受怕。倘能这样,就能够避免嵇康(224—263)伏剑而死的结局,就可以避免扬雄(前53—后18)跳楼自杀的悲剧。

---

① 张君房编:《云笈七签》,书目文献出版社,1992,第210页。
② 《云笈七签》卷三《道教三洞宗元》,第13页。

欧阳询撰《艺文类聚》卷三六《隐逸上》节录代刘孝标《山栖志》曰：

夫鸟居山上，层巢木末；鱼潜川下，窟穴沙泥。岂好异哉？盖性然也。故有忽白璧而乐垂纶，负玉鼎而要卿相，行藏纷纠，显晦踌驳，无异火炎水流。圆动方息，斯则庙堂之与江海，蓬户之与金阙，并然其所然，悦其所悦……余每思濯清濑，息椒丘，寤寐永怀，其来尚矣……所居东阳郡金华山……山川秀丽，膏泽块礨，若其群峰迭起，接汉连霞；乔林布濩，春青冬绿。回溪映流，则千仞洞底；肤寸云合，必千里雨散……所住三面，山皆周绕，有象郭郭。南则平野萧条，极目通望。东西带二涧，则四时飞流泉；澜清微澍，滴沥生响，白波跳沫，汹涌成音……枫楮椅栎之树，栢梓桂樟之木，分形异色，千族万种，结朱实，苞绿里，摇白带，抽紫茎，槠蠹苹蓴，梢风鸣籁，垂柯檐户，布叶房栊。中谷涧滨，华萐攒列，至于青春受谢，萍生泉动，则都梁含馥，怀香送芬。长乐负霜，宜男泫露，芙蕖红蕖，照水皋苏，缥叶从风，凭轩永眺，蠲忧忘疾……岁始年季，农隙时闲，浊醪初熟，济缥清新，则有田家野老提壶，共至班荆林下，陈樽置爵，酒酣耳热，屡舞曨吹，盛论箱庾，高谈谷稼……不求于世，不迕万物，莫辨荣辱，匪知毁誉，浩荡天地之间，心无怵惕之警……①

欧阳询撰《艺文类聚》，他所节录的刘孝标《山栖志》，比原文短得多，不计标点共 379 字。欧阳询所留下来的文字，与原文大体一致，只有几个字有区别。为了便于比较，笔者在删略之处用省略号表示，一共有八处删略。欧阳询删去了较多的人名和地名。其中，有的人名因为时代久远，已经难于考证。比如，江治中、王徵士。注家只知道"治中"和"徵士"是官名，而无法确知这位江姓的"治中"和王姓的"徵士"究竟是何人。况且，刘孝标《东阳金华山栖志》带有辞赋的色彩，而辞赋以逞才为事，有的事项并非确指，而是夸张性的描绘。比如，左慈（元放）炼丹之山并不是金华山。不过，欧阳询将刘孝标《山栖志》归入隐逸类之中，毕竟明确地表明了这篇文章的思想涉及道学之性质。

总之，刘孝标的思想具有突出的道学倾向。刘孝标还著有《辨命论》一篇。

---

① 《艺文类聚》卷三六《隐逸上》，上册，第654页。

在这篇文章中他指出,自然具有一种无可抗拒的客观必然性,鬼神莫能预知自然,圣哲不能谋取自然,至德未能逾越自然,上智不曾免于自然。他认为,宇宙的鼓动陶铸,万物的庶类混成,乃至人的生死穷达,均出于自然。面对自然,人相对渺小,因而死生有命,富贵在天。人生活在自然之中,无法超越自然之外。既然如此,那么人就应该乐天知命,居正体道。

三、道学本源

在《世说新语》一书中,有涉及道学本源的内容。

老子(前571—前472)是一个实存的历史人物。老子是春秋时期陈国苦县(今河南鹿邑)厉乡曲仁里人。据《史记》记载,老子姓李,名耳,字聃。一说老子姓李,名耳,字伯阳,一名重耳,外字聃。又说,老子即老莱子,或周代的太史儋。老子是道家学派的创始人。秦汉以前的文献大多称他为老聃,相传他曾经担任过东周王室管理典籍的官员,孔子曾经向他问礼。通过这次相遇,孔子自叹不如老子,称赞老子为如巨龙一般的伟大人物。后来,因为周王室内乱,老子去官西行。当他经过函谷关的时候,关令尹喜请求他将著作留下来。于是,老子口授五千余言,尹喜记录下来,这就是《老子》一书的来历。现存《老子》一书,又名《老子五千文》《道德经》,基本上反映了他的思想。老子又是一个由中国本土宗教信仰创造出来的神。汉代社会基本矛盾激化,这时宗教的产生成为客观的社会需要。我国早在上古时期就存在巫术。古代巫术经过体系化和精密化,后来成为神仙方术,拥有广大的群众基础。到了秦汉时期,神仙方术在民间广泛流行,发展为方仙道。与此同时,黄老学派的思想在社会上层流行,发展为黄老道。古代巫术、神仙方术和黄老思想是道学的三大思想来源。东汉永平八年(65),楚王刘英(?—71)祀奉黄老和浮屠,他作金龟玉鹤,刻文字以为符瑞。这标志黄老思想经过宗教化而最终成为黄老道。东汉顺帝在位(125—144)时期,张陵(34—156)倡导的五斗米道,奉老子为教主,以《老子五千文》为主要的经典。这标志道学的最终形成。道学在形成的过程中,将老子学说中关于"道""自然无为"和"长生久视"等内容,加以引申和发挥,把"道"作为根本的信仰和制定教义的根据,称其教为道学。道学尊奉老子为三清尊神之一的"道德天尊",于是老子被神格化了。

刘义庆所著《世说新语》一书,言及老子之处甚多。"老子"一语在《世说新语》中多达十二见。其中,"文学第四"言老子较为集中。

> 何平叔注《老子》,始成,诣王辅嗣。见王注精奇,乃神伏曰:"若斯人,可与论天人之际矣!"因以所注为《道德二论》。①

何晏(190—249),三国魏玄学家,南阳宛(今河南南阳市)人,字平叔。王弼(226—249),三国魏玄学家,山阳(今河南焦作东)人,字辅嗣。何晏和王弼都是玄学的开创人。何晏好道信道,他主张君主无为,喜欢服食五石散。五石散是古代方士和道士们炼制的一种内服散剂。据葛洪《抱朴子》记载,五石散的原料为丹砂、雄黄、白矾、曾青、磁石。民间通行的五石散,其原料为石钟乳、硫磺、白石英、紫石英、赤石脂。方士和道士炼五石散服食,以为可以长生不老。实际上,五石散药性猛烈,服用不慎,对身体危害很大。《晋书》卷十三《王衍传》:"魏正始中,何晏、王弼等祖述《老》《庄》,立论以为天地万物皆以无为为本。无也者,开物成务,无往不存者也。阴阳恃以化生,万物恃以成形,贤者恃以成德,不肖恃以免身,故无之为用,无爵而贵矣。"②在学问上,何晏有将儒学和道学糅和在一起的倾向,他认为无名的道能使万物有名,体道的圣人能使众人各自安于自己的本分。何晏注《道论》和《德论》。其中,《德论》已佚,而只有《道论》保存下来。王弼《老子注》,又叫《玄言新纪道德》《集注老子》《道德真经注》,系迄今流传最广的《老子》注本,收入明正统《道藏》中。《世说新语·文学第四》:

> 王辅嗣弱冠诣裴徽,徽问曰:"夫无者,诚万物之所资,圣人莫肯致言,而老子申之无已,何邪?"弼曰:"圣人体无,无又不可以训,故言必及有;老庄未免于有,恒训其所不足。"③

裴徽,三国魏河东闻喜(今属山西)人,字文季,官至冀州刺史。裴徽喜言名

---

① 《世说新语笺疏》,第198页。
② 房玄龄等撰:《晋书》,第二册,中华书局,2000,第814页。
③ 《世说新语笺疏》,第199页。

理,在当时名声很大。裴徽假意自己不懂老、庄,而询问王弼。实际上,裴徽是为了启发王弼,希望王弼援老入儒,将儒道融合为一体。老子"哲学反思的深度,超过了孔丘、墨翟,启迪着对认识理论的新的探索途径"①。在中国思想史上,早期的儒学,思辨性不够,而道学长于思辨。援老入儒,就是将道学的精华部分融合进儒学之中,对儒学加以改造。王弼这样做了,而且他做得成功。《世说新语·文学第四》:

> 何晏注《老子》未毕,见王弼自说注《老子》旨。何意多所短,不复得作声,但应诺诺,遂不复注,因作道德论。②

请注意,《世说新语》曾记载:何晏"因以所注为《道德二论》"。此见上述,这一条的记载有所不同:何晏"遂不复注,因作道德论"。当以这一条为准。《道论》和《德论》是何晏的著作,虽然它们都与老子《道德经》有关,但并不是对老子《道德经》的注释。注释《老子》,或曰注释《道德经》,的确是何晏从事过的工作,但是这项工作没有完成,也没有留下残本。

与老子密切相关的历史人物是庄子(前369—前286)。庄子,战国时期宋国蒙(今河南商丘东北)人,名周,字子休。因为避明帝刘庄讳,所以庄子被称为严周。庄子为楚庄王的后裔,曾经担任过漆园吏。庄子自幼家贫,因而他得以了解劳动人民的生活状况。在他的著作《庄子》中有许多寓言。这些寓言多半以人为主体,故而近于西方文学中的 parable(人物寓言),而与以动物为主体的寓言 fable(动物寓言)不同。另外,在动物寓言中,行为主体有时候也可以是植物,如芦苇等。不过,以植物为行为主体的寓言毕竟不多,因而西方文学并没有将之单独列类。《庄子》一书中的大量寓言,是庄周将那些本来广泛流行于当时民间的寓言故事,加工提炼而赋予其独特的哲思之结果。在《圣经》中也有大量的寓言,它们也是以人物为行为主体的,属于 parable 的大范畴。故而,将《庄子》与《圣经》进行比较是具备文类基础的。《史记》卷六三《老庄申韩列传》:庄子"其学无所不窥,然其要本归于老子之言"③。庄子对后代思想影响甚大。在

---

① 萧萐父、李锦全主编:《中国哲学史》,人民出版社,1982,上册,第126页。
② 《世说新语笺疏》,第200页。
③ 司马迁著:《史记》卷六三《老庄申韩列传》,中华书局,2006,第394页。

唐代,皇室崇奉道学。由于庄子的思想是道学神学的基本来源之一,因而在唐代,庄子受到皇室的尊崇。天宝元年(742)二月,唐玄宗下诏,封庄子为南华真人。修真得道者为真人,这是对少数道士的特殊尊称。得道,其标志就是羽化而登仙,成为神仙,居住仙界。本来是历史人物的庄子被神格化了,成为神明了。到了宋代,庄子进一步神格化,宋徽宗诏封庄子为微妙元通真君。真君,同样指得道者。不过,真君是比真人更高级的称谓,一般用于神仙。

刘义庆所著《世说新语》一书,言及庄子之处甚多。"庄子"(含"庄周"和"庄生")一语在《世说新语》中多达十二见,与"老子"出现在该书中的频率相同。请看《世说新语·言语第二》:

> 孙齐由、齐庄二人小时诣庾公,公问齐由"何字",答曰:"字齐由。"公曰:"欲何齐邪?"曰:"齐许由。"齐庄"何字",答曰:"字齐庄。"公曰:"欲何齐?"曰:"齐庄周。"公曰:"何不慕仲尼而慕庄周?"对曰:"圣人生知,故难企慕。"庾公大喜小儿对。①

庾公,庾冰的尊称。庾冰(296—344),东晋颍川鄢陵(今河南鄢陵西北)人,字季坚。《晋书》卷七三《庾冰传》:"顷之,献皇后临朝,征冰辅政,冰辞以疾笃。寻而卒,时年四十九,册赠侍中、司空,谥曰忠成,嗣以太牢。"②由于庾冰卒赠司空,因而人们称之为庾司空。又因为庾冰曾一度出补吴国内史,所以又称庾吴郡。孙潜,太原中都(今山西平遥西南)人,字齐由,他是名士孙盛的长子。孙齐庄是孙齐由之弟。齐,专有名词,本来是齐由和齐庄两兄弟的排行用字。齐,又用作及物动词,意为使一致、使相同。齐由,字面意思可以解作向许由看齐。许由,相传为帝尧时代人,为高洁之士。许由隐于沛泽,帝尧闻其贤,欲以天下让之。许由不接受,他逃到饮水之阳的箕山(今河南登封东南)下。帝尧又欲召之为九州长,许由不愿闻此事,遂清洗耳朵于颍水之滨。许由死后葬于箕山。齐庄,字面意思可以解作向庄周看齐。这真是诙谐!《世说新语》与《庄子》一样,均有诙谐的风格。《世说新语·言语第二》:

---

① 《世说新语笺疏》,第109页。
② 《晋书》卷七三《庾冰传》,第二册,第1282页。

简文入华林园,顾谓左右曰:会心处不必在远。翳然林水,便自有濠、濮间想也。觉鸟兽禽鱼,自来亲人。①

简文,指东晋皇帝司马昱(320—372),字道万,又称会稽、抚军、抚军大将军、相王。太和六年(371),废帝被黜,大司马桓温迎立司马昱为皇帝,改元咸安。司马昱虽处尊位,然而桓温专权,拱手听命而已。司马昱卒谥简文帝,庙号太宗。庄子曾游濠水和濮水,在那里他都做过哲学思考,并且发表了言论。这两次临水之游,都为中国思想史添上佳话,分别称为濠梁观鱼、濮水垂钓。《庄子·秋水第十七》:"庄子与惠子游于濠梁之上。庄子曰:'鲦鱼出游从容,是鱼乐也。'惠子曰:'子非鱼,安知鱼之乐?'庄子曰:'子非我,安知我不知鱼之乐?'"②庄子濠梁观鱼,表现了他追求自由的人生理想。在庄子看来,不受任何拘束地逍遥自在地生活,远远胜过锦衣玉食但是受到种种限制的生活。庄子把这样的生活方式称为逍遥游。美是自由的象征,唯有在逍遥游中,人才能够真正地欣赏天地间的大美。《庄子·秋水第十七》:"庄子钓于濮水。楚王使大夫二人往先焉,曰:'愿以境内累矣!'庄子持竿不顾,曰:'吾闻楚有神龟,死已三千岁矣,王巾笥而藏之庙堂之上。此龟者,宁其死为留骨而贵乎?宁其生而曳尾于涂中乎?'二大夫曰:'宁生而曳尾涂中。'庄子曰:'往矣!吾将曳尾于涂中。'"③庄子濮滨垂钓时的一番言论,表明了他作为道家的生活态度。人们生活在社会之中,必然要受到当时的价值体系的制约。一个人尊贵与否,往往需要在名誉地位与肉体生命之间做出选择。在庄子看来,保全生命比死后被奉为尊贵更为重要。庄子以龟作比喻,表达了他关于"性各有所安"的看法,并且巧妙地回绝了楚王派人劝他前去当大官的邀请。值得注意的是,庄子垂钓濮水之滨时发表的那一番话,主要是为了表明他高尚的志向、寄情山海的志趣。在涉及民众利益的时候,庄子总是站在民众一边的。在奴隶社会里,民众生活艰辛,终日挣扎,犹如在烂泥里曳尾的乌龟一般。对于这样的乌龟,庄子充满同情。供奉在庙堂上的只能是大奴隶主的尸骨。对于如此珍藏的尸骨,庄子极为鄙视。

---

① 《世说新语笺疏》,第 120 页。
② 郭象注,成玄英疏,曹础基、黄兰发整理:《庄子注疏》,中华书局,2011,第 329 页。
③ 《庄子注疏》,第 328 页。

四、当世道家

在《世说新语》一书中,不仅有涉及道学本源的内容,而且记载了当世道家或当世好道人物的言行。

郗愔(313—384),东晋高平金乡(今山东嘉祥南)人,字方回。郗愔是晋朝叱咤风云的人物,袭爵南昌公,征拜中书侍郎,曾任临海太守。司马昱辅政后,任用郗愔为会稽内史,迁都督徐、兖、青、幽、扬州晋陵诸军事,领徐、兖二州刺史,镇京口(今江苏镇江)。太元元年(376),郗愔官至镇东大将军。郗愔信奉天师道,修黄老之术,与王羲之交谊甚好。王羲之是晋代著名的好道之士。道学在晋代的发展趋势是上层化,故而当时许多上层人物都与道学关系密切,有的喜好道学,有的信奉道学,还有的加入道籍,直接当了道士。《晋书》卷七七《何充传》:"于时郗愔及弟昙奉天师道,而充与弟准崇信释氏。谢万讥之云:'二郗谄于道,二何佞于佛。'"①郗愔和他的弟弟郗昙,虽然不是自幼奉道,非从小道童做起而身居道门,但是他们后来都正式加入了道籍。在郗昙去世之后,郗愔越发淡泊政事。史载郗愔十余年间不预政事,与王羲之等好道的朋友优哉游哉,讲论黄老,研习道术。《世说新语·术解第二十》:

> 郗愔信道甚精勤,常患腹内恶,诸医不可疗。闻于法开有名,往迎之。既来,便脉云:"君侯所患,正是精进太过所致耳。"合一剂汤与之。一服,即大下,去数段许纸如拳大;剖看,乃先所服符也。②

这里记载了郗愔服用符水的经历。于法开是晋代著名的医家,《隋书·经籍志》著录有于法开撰《议论备豫方》一卷。郗愔感觉肚子不舒服,找了许多医生来看病,均未治好。后来,还是于法开找到了病根。郗愔之所以患病,是因为他太精明太有上进心了。于法开为他开了一剂汤药。郗愔服用之后,很快就见效了。郗愔感觉腹中怂恿,于是他马上去大便。郗愔拉出来的大便中有许多符书。原来,他信奉符水治病!郗愔在草纸上描画道符,和水吞服。符书在腹中

---

① 《晋书》卷七七《何充传》,第二册,第1350页。

② 《世说新语笺疏》,第708页。

堆积多了,怎么能不生病呢? 顺便指出,符水治病带有心理治疗的性质。民间壮汉,偶有不适,将符书烧成灰,和水冲服,可有一定的疗效。郗愔直接吞食符书,求道过切,因而致病。

殷仲堪(? —399),东晋陈郡(今河南淮阳)人。殷仲堪出身于世家大族,从少年时代起便虔心信奉天师道,并且精心祀奉道学的诸位神明。他日日勤谨,请神祷神,即使身处逆境,亦不曾懈怠。殷仲堪学问甚好,曾经担任著作佐郎、谢玄参军,后来领晋陵太守。孝武帝时,殷仲堪被召为太子中庶子,得授都督荆、益、宁(一说荆、益、梁)三州军事,任荆州刺史,镇江陵(今湖北荆州)。《世说新语·德行第一》:

> 殷仲堪既为荆州,值水俭,食,常五碗盘,外无余肴。饭粒脱落盘席间,辄拾以啖之。虽欲率物,亦缘其性真素。每语子弟云:"勿以我受任方州,云我豁平昔时意。今吾处之不易。贫者士之常,焉得登枝而捐其本,尔曹其存之!"①

殷仲堪以节俭教导弟子。以上记载,甚为生动。殷仲堪弟子众多,众弟子皆认同此事,由此亦可知此事可靠。殷仲堪有节俭之美德,深知粮食来之不易,粒粒皆辛苦,这是问题的一个方面。问题的另一个方面是,殷仲堪出身世家大族,似乎不必如此节俭。那么,他把节省下来的那些膳食费,用到哪里去了呢?《晋书》卷八四《殷仲堪传》:"仲堪少奉天师道,又精心事神,不吝财贿。"②原来,殷仲堪把节省下来的膳食费都用到祀奉道学神明上去了。有人说,殷仲堪吝啬,不愿意花钱行仁义,不愿意周济穷人。然而,这样的说法与其他的记载不相符合。上引《世说新语》之记载,与《晋书·殷仲堪传》的记载一致,而本传交代了殷仲堪之所以节俭一事的原委。《晋书》卷八四《殷仲堪传》:"仲堪自在荆州,连年水旱,百姓饥馑,仲堪食常五碗,盘无余肴,饭粘落席间,辄拾以啖之,虽欲率物,亦缘其性真素也。每语子弟云:'人物见我受任方州,谓我豁平昔时意,今吾处之不易。贫者士之常,焉得登枝而捐其本? 尔其存之!'其后蜀水大出,漂浮江陵数千家。以堤防不严,复降为宁远将军。安帝即位,进号冠军将军,固

① 《世说新语笺疏》,第42页。
② 《晋书》卷八四《殷仲堪传》,第二册,第1466页。

让不受。"①荆州位于湖北省,既是丰饶的鱼米之乡,又是自然灾害频发之处。因为周围无高山环绕,故而久旱无处遮阴,田里的禾苗容易枯死。又因为荆州地势低平,地面仅高出长江平时水位数米,因而一遇洪水,极易发生倒灌,人或为鱼鳖。作为荆州的最高首长,殷仲堪的节俭有率先垂范的意义。殷仲堪在荆州任上时,遭遇堤防破损。尽管这是自然灾害造成的,他还是被降职了。对于此事,殷仲堪自责甚严。后来,安帝再度任命殷仲堪为冠军将军,而殷仲堪坚辞不受。这说明殷仲堪是一个有道德底线的人。那么,殷仲堪的道德意识来自何处呢?来自他对老子《道德经》的潜心研读和身体力行。《世说新语·文学第四》:

> 殷仲堪云:三日不读《道德经》,便觉舌本间强。②

强,僵直、僵硬。《世说新语》中的这一则记载,也见于《晋书》卷八四《殷仲堪传》:"仲堪能清言,善属文,每云三日不读《道德论》,便觉舌本间强。其谈理与韩康伯齐名,士咸爱慕之。"③《晋书·殷仲堪传》与《世说新语》之记载,仅差一个字,即《道德经》作《道德论》,以前者为是。人们谈论《论语》和《道德经》的时候,容易陷入一个误区,即孔子注重日常生活中的伦理道德,而老子不谈日常生活中的伦理道德。实际情况并非如此,老子非常重视日常生活中的伦理道德。比如,《道德经》二十七章:"善行无辙迹,善言无瑕谪,善数不用筹策,善闭无关楗而不可开,善结无绳约而不可解。是以圣人常善救人,故无弃人;常善救物,故无弃物,是谓袭明。故善人者,不善人之师;不善人者,善人之资。不贵其师,不爱其资,虽智大迷,是谓要妙。"④善于行走者,不留痕迹。善于言谈者,没有过失。善于计算者,不用筹码。善于关闭者,不用梢栓,别人却难于打开。善于捆绑者,不用绳索,别人却难于解开。因此,有道者常常善于做到人尽其才,于是就没有被遗弃者了。有道者常常善于做到物尽其用,于是就没有废弃物了。这样就能够保持澄明之境了。所以,善者能够作为不善者的老师,不善者

① 《晋书》卷八四《殷仲堪传》,第二册,第1464页。
② 《世说新语笺疏》,第242页。
③ 《晋书》卷八四《殷仲堪传》,第二册,第1461页。
④ 王弼注,楼宇烈校释:《道德经》,中华书局,2011,第72页。

可以作为善者的借鉴。不尊重老师,不珍惜借鉴,即使自以为聪明,还是大糊涂蛋一个。这才是深刻而精要的道理。人尽其才,难道这不是我们天天都会遇到的急于解决而又难于解决的大问题吗?中国是世界上人口第一的大国。如何用好人力资源,让每一个人都能找到适合自己的位置,都有实现个人价值最大化的机会,这是一个多么值得重视的问题!物尽其用,难道这不也是我们天天都会遇到的急于解决而又难于解决的大问题吗?珍惜资源,保护环境,刻不容缓。由此可知,老子著《道德经》,不是不讲日常的伦理道德,而是站在更高的哲理的层面,来讲述日常的伦理道德。又如,《道德经》二十八章:"知其雄,守其雌,为天下溪,为天下溪常德不离,复归于婴儿。知其白,守其黑,为天下式。为天下式,常德不忒,复归于无极。知其荣,守其辱,为天下谷。为天下谷,常德乃足,复归于朴。朴散则为器,圣人用之,则为官长,故大制不割。"①《道德经》二十八章,其核心要义,不是别的,就是教导我们要保持初心,坚守初心,实践初心。民众,要保持初心,坚守初心,实践初心。干部,尤其是高级领导干部,也要保持初心,坚守初心,实践初心,这尤为重要。由此可知,老子著《道德经》,不是奢谈哲学而不重视日常的伦理道德,而是站在更高的哲理的层面,来论述日常的伦理道德,从而使人保持警醒,使人不忘根本。

王羲之(321—379),东晋琅琊临沂(今山东临沂北)人,字逸少,故而称王逸少。王羲之官至右军将军,故而称右军。王羲之辞官后,定居会稽,喜好服食养性。服食是道学的修炼方术之一,又名服药饵,即吞食仙药,以求长生不老。道学的修炼方法分为两种,一为外养,一为内养。服食药饵属于外养。养性也是道学的修炼方术之一,又叫摄生、保生、养生,即通过调养锻炼,防病避害,以期延年益寿。相对而言,服食有一定的危险性,服食不当犹如吞服毒性不等的药物,容易损害健康,乃至丧失性命。养性的方法包含静态和动态两类。养性中的静态部分,与心理治疗接近,行之安全。至于效果,则取决于施动者的信念与操作的手法。养性中的动态部分与体育运动接近,行之安全。至于效果,则取决于施动者的体质和锻炼的类型,因人而差异较大。《世说新语》对王羲之的记载多达五十二见。《世说新语·言语第二》:

---

① 《道德经》,第75页。

谢太傅语王右军曰:"中年伤于哀乐,与亲友别,辄作数日恶。"王曰:"年在桑榆,自然至此,正赖丝竹陶写。恒恐儿辈觉,损欣乐之趣。"①

这一记载,亦见于正史。《晋书》卷八十《王羲之传》:"羲之既去官,与东土人士尽山水之游,弋钓为娱。又与道士许迈共修服食,采药石不远千里,遍游东中诸郡,穷诸名山,泛沧海,叹曰:'我卒当以乐死。'谢安尝谓羲之曰:'中年以来,伤于哀乐,与亲友别,辄作数日恶。'羲之曰:'年在桑榆,自然至此。顷正赖丝竹陶写,恒恐儿辈觉,损其欢乐之趣。'朝廷以其誓苦,亦不复征之。"②谢安(320—385),东晋梁国阳夏(今河南太康)人,字安石。谢安出身北方高门望族,少有盛名。永嘉南渡后,晋王室赖有谢安而得以偏安。谢安又称仆射、太傅、谢相、谢家安、谢公、文靖。谢安与王羲之交谊深厚,常游乐于东山(今浙江上虞西南)。一般说来,人到中年之后,社会阅历已然丰富,经历了与亲友的生死离别,因而难免多愁善感。诚如江淹《别赋》所云:"黯然销魂者,惟别而已矣!……行子肠断,百感凄恻。"③这是大多数人常有的感情经历。每当落日余晖照射到桑树上的时候,人们往往产生来日无多的联想。然而,王羲之却不是这样,他有与道士许迈共修服食的经历,早就具备了高道的人生境界,那就是顺其自然。王羲之会乐器,他常常以丝竹乐器来培养自己的性格,庶几具有健康而乐观的情绪。虽然王羲之也有暮年之思,但是他从不在儿辈面前流露,以免损伤他们欢乐的情绪。王羲之的生活趣味是道家的生活趣味。趣者,心之所指也。王羲之的心灵指向自然。

王羲之作为书法家的名声,远远大于他为官的成就。王羲之的书法作品,传世者甚多,而最有名者为《兰亭集序》。《晋书》卷八十《王羲之传》:

永和九年,岁在癸丑,暮春之初,会于会稽山阴之兰亭,修禊事也。群贤毕至,少长咸集。此地有崇山峻岭,茂林修竹,又有清流激湍,映带左右,引以为流觞曲水,列坐其次。虽无丝竹管弦之盛,一觞一咏,亦足以畅叙幽情。是日也,天朗气清,惠风和畅,仰观宇宙之大,俯察品类之盛,所以游目

① 《世说新语笺疏》,第121页。
② 《晋书》卷八十《王羲之传》,第二册,第1398页。
③ 萧统编:《文选》,上海书店,1988,第221页。

骋怀,足以极视听之娱,信可乐也。夫人之相与,俯仰一世,或取诸怀抱,悟言一室之内,或因寄所托,放浪形骸之外。虽趣舍万殊,静躁不同,当其欣于所遇,暂得于己,快然自足,不知老之将至。及其所之既倦,情随事迁,感慨系之矣。向之所欣,俛仰之间,已为陈迹。犹不能不以之兴怀。况修短随化,终期于尽。古人云,死生亦大矣,岂不痛哉! 每览昔人兴感之由,若合一契,未尝不临文嗟悼,不能喻之于怀。固知一死生为虚诞,齐彭殇为妄作,后之视今,亦由今之视昔,悲夫! 故列叙时人,录其所述,虽世殊事异,所以兴怀,其致一也。后之览者,亦将有感于斯文。①

晋穆帝(司马聃)永和九年(353)农历三月初三,王羲之与谢安、孙绰(314—371)等四十一人,相聚于会稽的兰亭(今浙江省绍兴市西南之兰渚),他们来到水边,设祭洗濯,以便消除不祥。他们临流赋诗,各抒怀抱。王羲之写了这篇《兰亭集序》,既描写了朋友聚会的盛况,也表达了自己对人生的看法。《晋书》卷八十《王羲之传》:"尝与同志宴集于会稽山阴之兰亭,羲之自为之序以申其志。"②王羲之对聚会的描写固然优美,然而他写作这篇序文的目的,毕竟还是申说其志。王羲之《兰亭集序》是道学史上一篇重要的文章。王羲之说:仰观宇宙之大,俯察品类之盛。由此可知,王羲之达观的人生态度乃是建立在其宇宙观的基础之上的。王羲之的宇宙观就是一切任随自然之变化而为之,个体与大自然同伸缩。这样一来,耳目所接就都有可以令人快乐的地方了。王羲之说:尽管世间万物,运行的规律有差异,各自的性质有不同,但是它们总有自己存在的理由,总会在某一个时刻充分地实现自己。因此,万事万物都有欣欣然而自足的时候。同理,万事万物也都有盛期将过而不得不将自己收藏起来的时候。生和死既是天大的事,又是痛快的事。既然如此,衰老有什么可怕的呢? 倒不如快意人生,在不知不觉中迎接老年的到来,优雅地走完自己的人生旅程。王羲之说:一死生为虚诞,齐彭殇为妄作。"一死生"和"齐彭殇",均语出《庄子》。《庄子·大宗师》:"子祀、子舆、子犁、子来四人相与语曰:'孰能以无为首,以生为脊,以死为尻。孰知死生存亡之一体者,吾与之友矣!'四人相视而笑,莫逆于

---

① 《晋书》卷八十《王羲之传》,第二册,第1397页。
② 《晋书》卷八十《王羲之传》,第二册,第1396页。

心,遂相与为友。"①有一天,子祀、子舆、子犁、子来相互谈论说:"如果有谁能把无当作脑袋,把生当作脊梁,把死当作屁股,如果有谁知道生死存亡都是一回事,那么我们就和他做朋友吧。"四人互相看了一眼,哈哈大笑,心领神会,成了好朋友。几个朋友同时把生死存亡看透了,这是非常不容易的,需要高度的精神契合。然而,子祀、子舆、子犁、子来做到了,王羲之也做到了,他成了一个彻底的达观的人。《庄子·齐物论》:"天下莫大于秋毫之末,而太山为小;莫寿乎殇子,而彭祖为夭。天地与我并生,而万物与我为一。"②假如全天下不大于毫毛的末梢,那么泰山也就很小了。假如最长命者的寿延超不过夭折的婴儿,那么彭祖也就是短命鬼了。天地与我同样属于存在,万物与我相通为一。这里有两个重要的命题。其一,一死生。死和生无差别。其二,齐彭殇。活了八百岁的彭祖和夭折的儿童也没有什么区别。从表面上看,王羲之反对庄周的看法,他称第一个命题为虚诞,称第二个命题为妄作。实际上,王羲之赞同庄周的看法。这是因为,王羲之乃是以诙谐的口吻引用《庄子》,而其内心与庄周若合一契。恰似两个心心相印的朋友,打对方一拳,骂对方一句,实际上相互欣赏,深深地以对方为知己。在人生态度上,庄周达观,王羲之也达观。王羲之创作了文章《兰亭集序》,书写了行书法帖《兰亭集序》。在法帖《兰亭集序》中,其实只有一部分字为行书,少数字为草书,而大多数字接近楷书。王羲之《兰亭集序》的书法得自然之趣,它不因追逐行书之飘逸而故意连笔,不因追求楷书之雅正而走向呆板,不因追求草书之飞扬而竟至于连大多数的观览者都认不得写的是什么字。王羲之以道入书,故而其书法与自然同久。

(张思齐,武汉大学文学院教授。曾出版《六朝散文比较研究》)

① 《庄子注疏》,第 142 页。
② 《庄子注疏》,第 44 页。

从《世说新语》看魏晋玄言诗的重言重意之风

陈建农

　　玄言诗是魏晋时期出现的一种特殊的诗歌形式,它受清谈风气的影响,以阐述玄佛义理为内容。一般来说,玄言诗往往缺乏形象和情感,给人以"理过其辞,淡乎寡味"(《诗品序》)的印象,自南朝以来,后人对其始终评价不高。但玄言诗毕竟是魏晋名士体玄悟道的高雅生活的体现。而魏晋以来又是一个文学自觉的时代,早在玄言诗开始出现的西晋时期,陆机就提出了"诗缘情而绮靡"(《文赋》)的主张,刘勰则有"采缛于正始,力柔于建安"(《文心雕龙·明诗》)的说法,这是汉魏以来在诗歌创作上重情之风和追求文采的体现,玄言诗也不可能完全超脱于时代风气之外。到了东晋以后,清谈风气更加盛行,玄言诗在追求义理、崇尚"言约旨远"的同时,更加重视形象和理趣,追求语言文辞之美,善于化名理为奇藻,从重意逐渐转向重言(这一点与清谈风气的转变是一致的),从而为玄言诗向山水诗的转变做好了必要的准备。

一

　　《世说新语·文学》中有很多关于魏晋清谈的记载,清谈的意义在于析理思辨的智力锻炼、对论辩谈说及语言表达技巧的锤炼。因清谈产生于探求玄理的动机,王导所说的"共谈析理"便是指向清谈论辩,嵇康进一步提出"非至精者不能与之析理"(《琴赋》),可见清谈论辩是一种精深微妙的智力活动。

　　从《世说新语》的记载来看,魏晋清谈非常注重义理的阐发,追求辞约旨远的风格,如《世说新语·文学》:

　　　　客问乐令"旨不至"者,乐亦不复剖析文句,直以麈尾柄确几曰:"至不?"客曰:"至。"乐因又举麈尾曰:"若至者,那得去?"于是客乃悟服。乐辞约而旨达,皆此类。

乐广是西晋时期的名士,曾任尚书令,被后人称为"乐令"。他又长于清谈,是当时的清谈领袖,《晋书》本传说他"每以约言析理,以厌人之心"。"旨不至"这三字出自《庄子·天下》:"指不至,至不绝。""指"同"旨",意思是说,任何一个事物的名称或概念都只能认识其表象,却永远不能穷尽其本质。乐广用麈尾敲击桌子形象地表达了"至"与"不至"的关系。这与《列子·仲尼》中公孙龙弟子所说的"有旨不至,有物不尽"的意思相近。可见,乐广所追求的是一种辞约旨达的风格。①《世说新语·文学》又云:

> 乐令善于清言,而不长于手笔。将让河南尹,请潘岳为表。潘云:"可作耳,要当得君意。"乐为述己所以为让,标位二百许语。潘直取错综,便成名笔。时人咸云:"若乐不假潘之文,潘不取乐之旨,则无以成斯矣。"

乐广虽然擅长清谈,但却不擅长文学,辞官的奏章还要请潘岳来为他代写,二人的长处相结合成就了珠联璧合的美文。可见,早期的清谈名士重意而轻言,以风度和义理取胜,致使清谈与文学分为两途,这也导致东晋以前的清谈名士缺少文学创作的才能和实绩。玄言诗受清谈风气的影响,自然也不例外。所以早期的玄言诗普遍缺乏文采,"理过其辞,淡乎寡味"(《诗品序》),"诗骚之体尽矣"(《世说新语·文学》注引)。

东晋以后,清谈名士在阐发义理的同时,也非常重视言辞之美,善于化名理为奇藻。《世说新语·文学》第28条记载:

> 谢镇西少时,闻殷浩能清言,故往造之。殷未过有所通,为谢标榜诸义,作数百语。既有佳致,兼辞条丰蔚,甚足以动心骇听。谢注神倾意,不

---

① 宗白华在《清谈与析理》一文中说:"大化流衍,一息不停,方以为'至',倏焉已'去',云'至'云'去',都是名言所执。故飞鸟之影,莫见其移,而逝者如斯,不舍昼夜。孔子川上之叹,桓温摇落之悲,卫玠的'对此茫茫不觉百端交集',王孝伯叹赏于古诗'所遇无故物,焉得不速老'。晋人这种宇宙意识和生命情调,已由乐广把它概括在辞约而旨达的'析理'中了。"(宗白华:《美学散步》,上海人民出版社,1981,第230页。)

觉流汗交面。殷徐语左右:"取手巾与谢郎拭面。"

殷浩的清谈能使人"动心骇听""流汗交面",一方面是因为有谈辩的"佳致",另一方面也是因为"辞条丰蔚"。再如《世说新语·文学》第 40 条:

> 支道林、许掾诸人共在会稽王斋头,支为法师,许为都讲。支通一义,四坐莫不厌心;许送一难,众人莫不抃舞。但共嗟咏二家之美,不辨其理之所在。

许询和支道林,一人唱经("都讲"),一人解释("法师"),可是听众完全被他们美妙的言辞所打动,忽略了经文的内容,"但共嗟咏二家之美,不辨其理之所在",可见言辞的魅力甚至超过了义理的阐发。这里提到的支遁,字道林,是东晋时期的高僧,他精通老庄之说,颇有名士风度,也是当时的一位清谈高手。他在谈《庄子·逍遥游》的时候,不但在义理方面做到了"拔新领异",而且还能"才藻新奇,花烂映发",使原来轻视他的王羲之"披襟解带,流连不能已"(《世说新语·文学》第 36 条)。

由此看来,清谈的语言不只是追求清通简要或者典雅凝练,而且也重视文辞本身的美,如比喻、对偶等修辞技巧的运用,以及声调的和谐流畅等。如《世说新语·文学》第 46 条记载:

> 殷中军问:"自然无心于禀受,何以正善人少,恶人多?"诸人莫有言者,刘尹答曰:"譬如写水著地,正自纵横流漫,略无正方圆者。"一时绝叹,以为名通。

刘惔对殷浩的问题没有进行正面回答,而是用了一种非逻辑推理的方式,以日常生活为喻,做了精妙通达的解释。又《世说新语·言语》第 57 条记载:"顾悦与简文同年,而发蚤白。简文曰:'卿何以先白?'对曰:'蒲柳之姿,望秋而落;松柏之质,经霜弥茂。'"顾悦的这几句话不仅巧妙地回应了简文帝(司马昱),而且譬喻精巧,对偶工整。

清谈追求声韵之美也是文辞之美的一种体现。《世说新语·品藻》第 48 条记载:"刘尹至王长史许清言,时苟子年十三,倚床边听。既去,问父曰:'刘尹语何如尊?'长史曰:'韶音令辞不如我,往辄破的胜我。'"此外,《世说新语·文学》第19条刘孝标注引邓粲《晋纪》,称裴遐谈玄"辞气清畅,泠然若琴瑟"。

总之,清谈的魅力,离不开"名理"和"奇藻"两个方面,而对于听众来说,"奇藻"比较直观,更容易被接受。特别是清谈发展到后来,对文辞之美的欣赏甚至超过了对义理的探究。之所以如此,是因为"清谈至东晋只为口中或纸上的玄言,已失去政治上的实际性质,仅止作为名士身份的装饰品"①。既然是一种名士身份的装饰,清谈中讲究文辞之美就成了必不可少的东西。

为了进一步说明文辞对清谈的意义,这里不妨再举一例。《世说新语·文学》第42条记载:

> 支道林初从东山,住东安寺中。王长史宿构精理,并撰其才藻,往与支语,不大当对。王叙致作数百语,自谓是名理奇藻。支徐徐谓曰:"身与君别多年,君义言了不长进。"王大惭而退。

王濛为了用心与支道林清谈,不但事先构思义理,而且还要撰构辞藻,可见他对语言文辞的重视,也体现出支道林才情义理之高超。尽管我们今天已经无法看到清谈家们完整的谈话记录,但从当时人们的日常谈话中,也能窥见一斑。如《世说新语·言语》第88条记载:

> 顾长康从会稽还,人问山川之美,顾云:"千岩竞秀,万壑争流,草木蒙笼其上,若云兴霞蔚。"

顾恺之的这几句话简练工整,又富于形象性,生动地展现了会稽一带的山川之美,已经接近于诗的语言。清谈讲究语言的典雅工整,含蓄隽永,这对玄言诗产生了很大的影响。

---

① 陈寅恪:《魏晋南北朝史讲演录》第三篇《清谈误国》,黄山书社,1987,第45页。

二

东晋是玄言诗最兴盛的时期,文人名士在清谈雅集的同时,"以玄对山水"(孙绰语),通过自然景物来畅叙幽情,体悟玄理,使玄言与山水相结合。刘勰在《文心雕龙·时序》中云:"简文勃兴,渊乎清峻,微言精理,函满玄席。淡思浓采,时洒文囿。"这里的"淡思浓采"正是玄言诗重文采的体现。正因为如此,东晋的玄言诗中不乏像孙绰的《秋日诗》、王羲之的《兰亭诗》那样的佳作。以《秋日诗》为例:

> 萧瑟仲秋月,飚唳风云高。山居感时变,远客兴长谣。疏林积凉风,虚岫结凝霄。湛露洒庭林,密叶辞荣条。抚菌悲先落,攀松羡后凋。垂纶在林野,交情远市朝。澹然古怀心,濠上岂伊遥。

作者由秋日萧瑟之景而生时序变迁之感,由"抚菌"和"攀松"而生悲、羡之情,从而引出了对逍遥自适的人生境界的向往。这首诗的旨趣虽然不离老庄玄理,但文辞清丽,描写细致,不失为玄言诗中的佳作。陈顺智认为,孙绰的这首诗"具备山水诗的秀丽和意境,但全诗的主旨在于'澹然古怀心,濠上岂伊遥'。面对如此良辰美景,所怀的却是'澹然'之心,所以诗中所描写的秋日风光只是诗人所立之象,目的在于阐发其清虚平淡的自然心态,通过立自然之象得高远之意,若'得意'则'象'可忘也。因此,这首诗不是山水诗,而是一首典型的玄言诗"。①

可见,玄言诗的得失并不在于说理本身,而在于是否蕴含理趣。所谓"理趣",就是将"理"这一抽象概念感性化、趣味化。孟子曾说:"理义之悦我心,犹刍豢之悦我口。"(《孟子·告子上》)因此,理趣与美感是可以联系起来的。玄言诗人对理趣的感悟是情有独钟的,如"理感则一,冥然玄会"(庾友《兰亭诗》),"超兴非有本,理感兴自生"(慧远《庐山诸道人游石门诗》)。

这种理趣也可以通过吟咏的方式表现出来。《世说新语·容止》第24条记

---

① 陈顺智:《东晋玄言诗派研究》,武汉大学出版社,2003,第35页。

载:"庾太尉在武昌,秋夜气佳景清,使吏殷浩、王胡之之徒登南楼理咏,音调始遒。"可见,这种理感往往是在对自然美景的观赏中产生的,它是超越日常生活和感官欲望之上的精神追求。清人刘熙载说:"陶、谢用理语而各有胜境。钟嵘《诗品》称'孙绰、许询、桓、庾诸公诗,皆平典似道德论',此由乏理趣耳,夫岂尚理之过哉!"(《艺概》卷二)这种理趣贵在自证,不重义解。好的玄言诗不是简单地铺陈玄理,而是在对宇宙自然的仰观俯察中得到人生感悟,故耐人寻味。用钱锺书的话说:"乃不泛说理,而状物态以明理;不空言道,而写器用之载道。拈形而下者,以明形而上;使寥廓无象者,托物以起兴,恍惚无朕者,著述而如见。"[1]有理趣则自成胜境,虽平淡而有至味,这就是玄言诗的价值和魅力所在。

三

玄言诗以阐述玄理为宗旨,玄理的最高境界则是"道"。而"道"作为宇宙万物的本体,具有微妙难言的特点,但它又是无所不在的,是可以被体验和感悟的。老子虽然认为"道"不可言说(所谓"道可道,非常道"),但同时又对"道"做了很多描述,如"道之为物,惟恍惟惚。惚兮恍兮,其中有象;恍兮惚兮,其中有物。窈兮冥兮,其中有精;其精甚真,其中有信"(《老子》二十一章),"有物混成,先天地生。寂兮寥兮,独立不改,周行而不殆,可以为天地母"(二十五章)等等。老子还将"道"与现实中的事物或现象进行类比,如"反者,道之动,弱者,道之用"(四十章),"上善若水。水善利万物而不争,处众人之所恶,故几于道"(七十三章)。所以老子虽然淡化了"言"的作用,但却通过隐喻或意象的方式,可以使人更好地尽"意"和得"道"。庄子对"道"的论述更是充分发挥了这种意象化的特点,在《庄子·天地》中有"象罔"得道之说:

> 黄帝游乎赤水之北,登乎昆仑之丘而南望,还归,遗其玄珠。使知索之而不得,使离朱索之而不得,使喫诟索之而不得也。乃使象罔,象罔得之。黄帝曰:"异哉!象罔乃可以得之乎?"

---

[1] 钱锺书:《谈艺录》(补订本),中华书局,1984,第227页。

在庄子看来,"道"是不可能通过理智、感官和逻辑推理获得的,只能通过非有非无、亦虚亦实的意象("象罔")获得。此外,"道"还有恬淡无味的特点,"道之出口,淡乎其无味"(《老子》三十五章),"夫虚静恬淡寂漠无为者,天地之本,而道德之至"(《庄子·天道》)。所以玄言诗又具有一种简约、恬淡的风格。

因此,玄言诗虽然"理过其辞,淡乎寡味","平典似道德论"(钟嵘语),但诗人为了表达玄理的需要,还是需要借助一定的意象,只有这样才能使人对"道"获得一种直觉感悟。所以玄言诗中不乏一些清新雅致、耐人寻味的作品。除上文提到的《秋日诗》外,又如王羲之的《兰亭诗》其三:

> 三春启群品,寄畅在所因。仰望碧天际,俯磐绿水滨。寥朗无厓观,寓目理自陈。大矣造化功,万殊莫不均。群籁虽参差,适我无非新。

宗白华曾称赞这首诗"真能代表晋人这纯净的胸襟和深厚的感觉所启示的宇宙观。'群籁虽参差,适我无非亲'两句尤能写出晋人以新鲜活泼、自由自在的心灵领悟这世界,使触着的一切呈露新的灵魂、新的生命。于是'寓目理自陈',这理不是机械的陈腐的理,乃是活泼的宇宙生机中所含至深的理"①。还有谢万的四言体《兰亭诗》("肆眺崇阿,寓目高林。青萝翳岫,修竹冠岑。谷流清响,条鼓鸣音。玄崿吐润,霏雾成阴。")则被王夫之称为"不一语及情而高致自在",是"兰亭之首唱"②。

我们再以陶渊明的《饮酒》(之五)为例做进一步说明:

> 结庐在人境,而无车马喧。问君何能尔?心远地自偏。采菊东篱下,悠然见南山。山气日夕佳,飞鸟相与还。此中有真意,欲辨已忘言。

这首诗历来被视为陶渊明田园诗的代表作。但平心而论,它又是一首富有哲理意味的玄言诗。诗的开头四句表明诗人虽处人境,却有一种超越的精神境界,所以能做到"心远地自偏",这实际上表达了作者对隐逸的看法,即真正的隐逸并不执着外在的形迹,即使隐于朝市,内心也可以做到超然物外。其实这种

---

① 宗白华:《论〈世说新语〉和晋人的美》,《美学散步》,上海人民出版社,1981,第217页。
② 王夫之:《古诗评选》,河北大学出版社,2008,第111页。

看法不仅是作者自身的人生体验,同时也代表了郭象的观点。郭象是魏晋玄学的代表人物之一,他在《庄子·大宗师》注中说:"所谓尘垢之外,非伏于山林也。"又说:"圣人虽在庙堂之上,然其心无异于山林之中。"(《庄子·逍遥游》注)郭象的观点也是当时玄学名士的普遍看法,他们在仕隐出处的问题上强调内在超越,这就是东晋玄言诗人孙绰所说的"体玄识远者,出处同归"(《世说新语·文学》注引)。"采菊东篱下,悠然见南山"两句表现出人与自然的和谐之美,一个"见"字又引出"山气日夕佳,飞鸟相与还"的自然美景,使人感受到自然界的伟大、圆满和充实。显然,作为"采菊东篱下,悠然见南山"的诗人主体与"山气日夕佳,飞鸟相与还"的自然景物之间,存在着类似宗炳所说的"圣人含道应物"和"山水以形媚道"(《画山水序》)的对应关系,这其实也就是庄子所谓的"目击而道存"(《庄子·田子方》)。于是诗人从中获得了"真意",这个"真意"是什么?就是从眼前的景色中,领悟到归隐田园乃是本性使然,只有在这里才能找到自己真正的精神家园,这里就是他的人生归宿,如同日夕众鸟归林。这其中的乐趣尽在不言之中,正所谓"众鸟欣有托,吾亦爱吾庐"(《读山海经》其一)。元人刘履评陶渊明《读山海经》其一云:"观其'众鸟有托''吾爱吾庐'等语,隐然有万物各得其所之妙,则其俯仰宇宙,而为乐可知矣。"(《选诗补注》卷五)但在一首诗里,要想把这些意思完全说清楚是很困难的,实际上也无需说出来。因为玄学强调的是"得意忘言",诗人所要表达的意思已经隐含在南山、归鸟的意象之中,故云"此中有真意,欲辨已忘言"。"言意之辨"本是魏晋玄学的一个重要命题,而"得意忘言"则是玄学中人的普遍看法。在这首诗里,陶渊明把人生体验(心远地自偏)、自然景色(南山、飞鸟)以及玄学义理(得意忘言)融为一体,所以此诗具有玄言诗的意味。

可见,玄学在言意问题上虽然更重视"意",但对玄言诗来说,"言"和"象"的作用是同样重要的,这与时人对清谈之中辞藻声韵之美的欣赏和"即色游玄"的思维方式有很大关系。如孙绰《答许询诗》:"贻我新诗,韵灵旨清。粲如挥锦,琅若叩琼。"从辞藻和音韵两方面对许询的诗歌做了高度的评价。又如上文提到的名士裴遐,"以辩论为业,善叙名理,辞气清畅,泠然若琴瑟。闻其言者,知与不知,无不叹服"(《世说新语·文学》注引邓粲《晋纪》)。玄言诗以赠答的形式为主,多表现一种理想人格和精神境界之美,在语言上受人物品藻之风的影响,往往用自然物来形容人格之美,语言比较典雅凝练,"名理奇藻、即色游玄,构成了东晋诗人特殊的审美趣味"①。玄言诗对言意问题的重视使诗歌具有了意在言外的韵味,形成了一种简约恬淡的风格。

玄言诗虽然最终为山水诗所取代,但它所张扬的那种超越世俗的、审美化的人格理想和精神境界丰富了中国文学的审美内涵,也提升了诗歌的审美品格,对山水诗产生了深远的影响,从而形成了一种被苏轼称为"寄至味于淡泊"(《书黄子思诗集后》),"似淡而实美"(《评韩柳诗》)的风格(类似于中国画中的南宗画派)。正如葛晓音所说:"从晋宋到唐代,典型的山水诗都能显示出诗人超脱、从容、宁静、闲雅的风度。这种品味高雅的士大夫气,便是中国山水诗的神韵所在。"②

---

① 钱志熙:《魏晋诗歌艺术原论》,北京大学出版社,2005,第285页。
② 葛晓音:《东晋玄学自然观向山水审美观的转化》,《中国社会科学》1992年第1期。

《世说新语·文学》所载东晋玄佛合流现象

——以"有北来道人好才理"条为中心

李寅捷

　　《世说新语》记载上层士族的风流逸事,往往取其形神,对本末原委不详加阐述,对事实确实与否不作过多考辨,作为史实或未可尽信,但这种采集逸闻趣事的小说笔法却保留了当时的文化风貌。如陈引驰所说,《世说新语·文学》的内容可以第六十六条为分界线,后半部分内容更接近我们今天意义上的"纯文学",而前半部分的内容则为了解当时经学、玄学、佛学等学术思潮情况提供了宝贵的文献资料。① 其中不少条目,反映出当时玄佛合流的思潮,及清谈影响下高僧、名士论辩佛理的语言艺术特点。

　　陈寅恪曾据《世说新语·文学》的相关条目论析,支遁注解《逍遥游》的"新义"是以佛理说解《逍遥游》,这是较早论及东晋初年玄佛合流思潮的文章。② 后汤用彤、任继愈等学者对玄佛合流思潮有宏观考察,任继愈认为,"佛教的般若学是一种以论证现实世界虚幻不实为目的出世间的宗教哲学,而魏晋玄学则是一种充分肯定现实世界合理性的世俗哲学",因此在这一方面二者有根本分歧,但西晋末年、东晋初年,当时的清谈名士"需要吸收般若思想来丰富魏晋玄学,般若学者也需要迎合占统治地位的玄学思潮以取得生存的条件",是以双方并未过分关注这一分歧,而是努力融合玄、佛思想,寻找二者的同一性。③ 本文将借鉴前人研究成果,从《世说新语·文学》"有北来道人好才理"一条管窥东晋玄佛合流现象,及其对佛僧论辩艺术的影响。

---

① 陈引驰:《由〈世说新语·文学〉略窥其时"文学"之意谓》,《古代文学理论研究》(第二十三辑),华东师范大学出版社,2005,第164—178 页。
② 陈寅恪:《逍遥游向郭义及支遁义探源》,《清华大学学报》1937 年第2 期。
③ 任继愈主编:《中国佛教史》,第一卷,中国社会科学院出版社,1981,第111—112 页。

一、玄佛合流:般若空观的玄学阐释

两晋时期,名士与高僧的交流日益增多。一方面,高僧们试图借助名士的影响力,使佛教为更多人所接受。《世说新语·文学》载康僧渊初过江时"未有知者,恒周旋市肆,乞索以自营",直到往殷浩处与其谈论义理,"语言辞旨,曾无愧色,领略粗举,一往参诣",才为世人知晓。[①] 另一方面,佛教义理,尤其是与玄学思想类似的般若空观,受到上层名士的喜爱。因此,玄学家常与高僧讲论义理,名士也多参读佛经。如《世说新语·文学》记载了名士殷浩对《小品》的喜爱,云:"殷中军被废东阳,始看佛经。初视《维摩诘》,疑《般若波罗密》太多。后见《小品》,恨此语少。"[②]该篇还记载了当时名士间论佛经、用佛经的故事:

> 殷、谢诸人共集。殷浩、谢安。谢因问殷:"眼往属万形,万形来入眼不?"《成实论》曰:"眼识不待到而知虚尘,假空与明,故得见色。若眼到色到,色间则无空明。如眼触目,则不能见彼。当知眼识不到而知。"依如此说,则眼不往,形不入,遥属而见也。谢有问,殷无答,疑阙文。[③]

这则故事仅见谢安的问,不见殷浩的答,刘孝标注推测可能有阙文。据刘注,谢安问殷浩的语句,乃化用佛经《成实论》中眼所见非真实有的观点。谢安与殷浩以佛经典故问对,是当时上层士族接受佛经教义的表现。

推动东晋时期玄佛合流的一个重要原因,是佛教般若空观与玄学理论在探索"本""末""有""无"等关系上的相似性。首先,大乘佛教的般若空观是为当时名士高僧接受、钻研最多的一种佛教理论。学界普遍认为,佛教于西汉末年至东汉初年传入我国[④],汉末三国时期,道教被打压、社会动荡不安、人民需要新的精神信仰作为依托,这为佛教的流传与被接受提供了可能的土壤,因而陆续

---

① 刘义庆撰,刘孝标注,龚斌校释:《世说新语校释》(增订本),第 1 册,上海古籍出版社,2019,第 508—509 页。

② 《世说新语校释》(增订本),第 1 册,第 514 页。

③ 《世说新语校释》(增订本),第 1 册,第 511 页。

④ 《中国佛教史》,第一卷,第 105 页。汤用彤:《汉魏两晋南北朝佛教史》,北京大学出版社,1997,第 13—17 页。

出现较多译经活动和民间祭拜行为。任继愈统计,《历代三宝记》所载汉译佛经359部427卷,三国译佛经312部483卷,数量已经非常可观。① 两晋时期,佛教传播继续发展,据《开元释教录》,自晋武帝泰始元年(265)至晋恭帝元熙二年(420)的155年中,共译佛教典籍498部,1058卷,不论部数和卷数都较之前有所增加。② 在传播过程中被广泛接受的,是大乘佛教。大乘佛教与小乘佛教最本质的区别在于,小乘佛教目的是使习练者得到自我度脱,而大乘佛教教义则旨在超度众生。其中,般若经学的代表作《大品般若经》(下简称《大品》)和《小品般若经》(下简称《小品》)广为中原高僧和名士修习。《小品》首先由东汉高僧支娄迦谶译出,本名《道行般若经》,之后又有吴支谦和后秦鸠摩罗什的译本。《大品》译出比《小品》晚一百余年。晋惠帝元康元年(291),天竺僧人竺叔兰与西域僧人吴叉罗翻译《般若道行品经》,以经中首品《放光品》为经名,称《放光般若经》,共二十卷。后人将此本称为《大品般若》,将支娄迦谶译出的《道行般若经》称为《小品般若》。由于《小品》译出较早,有更多文献记载了东晋及以前高僧、名士对《小品》的研读和喜爱,笔者统计,《高僧传》中记载研读《小品》的僧人有:康僧会、鸠摩罗什、朱士行、康僧渊、僧睿、释慧严、释慧观、释僧彻、释慧静、释昙斌、释慧亮、释慧基、释宝亮、释昙斐、释法晤、释智称等16位。

其次,东晋初年,佛僧采取了以玄理解经的方式,般若空观的阐释逐渐玄学化,并由此衍生出不同的流派。佛教初入中国时,高僧翻译佛经大多采用"格义"的手法,即用本土语辞比附佛经教义。但这种一一比附的解经方式很难帮助人们融会贯通地理解佛经义理,因此东晋时期,格义的方式逐渐被抛弃。③ 公元四世纪中后期,南北方佛教发展也出现差异。在北方,直到鸠摩罗什于后秦弘始三年(401)开始在长安译经前,僧侣的佛教活动基本以修习、禅定为主,较少有集中讲论大乘佛教义理的风气。在南方,佛教活动在东南皇城一带与在其他地区面貌略有不同。在襄阳、庐山和江陵地区,先后有三大佛教中心,这些中

---

① 《中国佛教史》,第一卷,第482页。

② 智升撰,富世平点校:《开元释教录》,第1册,中华书局,2018,第101—221页。

③ 汤用彤《论格义》,见《汤用彤集》,中国社会科学院出版社,1995,第148—151页。但也有学者认为"格义"和下文提到的"六家七宗"实为一物。如冢本善隆:《魏晋佛教之展开》,载刘俊文主编,许洋主等译《日本学者研究中国史论著选译》,中华书局,1993,第211—250页。(参考杨荣祖:《〈不真空论〉里的本无宗》,《中国佛学》2014年第1期。)陈寅恪《支愍度学说考》也认为"格义"本质上是用玄学比附佛经的方式,与后来的"六家七宗"有很深的渊源。见陈寅恪:《金明馆丛稿初编》,生活·读书·新知三联书店,2015,第167—173页。

心的僧人领袖和他们的弟子(如释道安、慧远)均来自北方,其理论试图融合南北佛教。但在皇城、东南一带活动的名僧,如竺法深、支遁等人,其佛教理论与上层士族喜好的玄学紧密结合(竺法深本就出身于琅琊王氏),讲论般若空观的风气一度十分盛行。① 东晋初年,由于对"空"的理解不同,江左佛僧内部出现了不同的派别,即所谓的"六家七宗",他们都试图融合佛玄两道,以玄学解说佛经义理。"六家七宗"分别是:以释道安为代表的本无宗、以竺法深为代表的本无异宗、以支遁为代表的即色宗、以竺道壹为代表的幻化宗、以于法开为代表的识含宗、以支愍度为代表的心无宗和以于道邃为代表的缘会宗。其中本无宗与本无异宗宗义相近,故为六家七宗。"六家七宗"所辨析的主要是大乘佛教教义中的般若空观,因此许理和说,"所有这些'宗',事实上都是对作为大乘佛教主客观现象虚幻本性、一切皆空学说所作的不同玄学阐释"②。

"六家七宗"用玄学理路阐释般若空观的方式,在当时产生很大的影响,为佛经提供了不同的读解思路,但以玄解佛的方法亦有阐释不完足之处,且各派对佛教义理的诠释互不相同。汤用彤将六家七宗分为三派:"第一为二本无,释本体之空无。第二为即色、识含、幻化以至缘会四者,悉主色无,而以支道林为最有名。第三为支愍度,则立心无。"支遁是"即色宗"的代表人物,他对大、小品经经义均有钻研,《出三藏记集经序》卷八存有其《大小品对比要钞序》一文,论述其"即色"的思想,并指出《大品》《小品》在语辞繁简、篇幅长短上的区别。③即色宗对般若空观的阐释,是从破除"有"入手的。僧肇《不真空论》总结评判"即色宗"的般若观为:"即色者,明色不自色,故虽色而非色也。夫言色者,但当色即色,岂待色色而后为色哉? 此直语色不自色,未领色之非色也。"④这里的意思是说,"即色宗"认为,所谓"色"(事物的现象)不是真实存在的,是因缘所生(事物自性),因此"色"即是"空"。但同时,僧肇也对"即色论"提出批评,认为即色论虽然否定了"色"的存在,却还是停留在对物质现象的议论上,没有意识到诸法自性,即"未领色之非色也"。对此,有学者解释道,"(支遁的理论)不是

---

① 许理和著,李四龙、裴勇等译:《佛教征服中国:佛教在中国中古早期的传播与适应》,江苏人民出版社,2005,第114页。
② 《佛教征服中国:佛教在中国中古早期的传播与适应》,第124页。
③ 释僧佑:《出三藏记集》卷八,中华书局,1995,第298—303页。
④ 石峻等主编:《中国佛教思想资料选编》,第一卷,中华书局,1981,第144页。

对物质现象上的否定,而是对事物自性上的肯定"①,因而受到后世僧肇的批判。

《世说新语·文学》30 记载了支遁与一位精于才思义理的北来佛僧讲论《小品》的故事:

> 有北来道人好才理,与林公相遇于瓦官寺,讲《小品》。于时竺法深、孙兴公悉共听。此道人语,屡设疑难。林公辩答清析,辞气俱爽。此道人每辄摧屈。孙问深公:"上人当是逆风家,向来何以都不言?"庾法畅《人物论》曰:"法深学义渊博,名声蚤著,弘道法师也。"深公笑而不答。林公曰:"白旃檀非不馥,焉能逆风?"《成实论》曰:"波利质多天树,其香则逆风而闻。"深公得此义,夷然不屑。②

这则故事当发生于晋哀帝时期。《高僧传》卷一《安世高传》引昙宗《塔寺记》:"丹阳瓦官寺,晋哀帝时沙门慧力所立。"③又卷十三《释慧力传》:"(释慧力)至晋兴宁中,启乞陶处以为瓦官寺。初标塔基,是今塔之西。每夕标辄东移十余步,旦取还,已复随徙,潜共伺之,见一人著朱衣武冠,拔标置东方,仍于其处起塔,今之塔处是也。"④可知瓦官寺始修于晋哀帝兴宁年间,则此事不早于哀帝兴宁元年(363)。又《高僧传》卷四《支遁传》载,"至晋哀帝即位,频遣两使征请(支遁)出都……遁淹留京师涉将三载,乃还东山"⑤,又载支遁离京前上书,有"频奉明诏,使诣上京"⑥等表述,从中推测支遁离京时所上书者仍为之前诏其入京的晋哀帝,晋哀帝卒于兴宁三年(365),故此事不晚于 365 年。这也正是支遁最后一次出山讲经的时期,彼时他已建立了较成熟的理论体系,故能"辩答清析,辞气俱爽"。故事中,玄学家孙绰的在场,亦印证了当时玄学家积极参与佛经讲论之事。

---

① 理净:《支遁"即色论"般若思想解析》,《中国佛学》2018 年第 1 期。
② 《世说新语校释》(增订本),第 1 册,第 471 页。
③ 释慧皎撰,汤用彤校注,汤一玄整理:《高僧传》卷一,中华书局,1992,第 7 页。
④ 《高僧传》卷十三,第 408 页。
⑤ 《高僧传》卷四,第 161 页。
⑥ 《高僧传》卷四,第 162 页。

二、"逆风家""白旃檀"譬喻本义辨析

上述条目中,孙兴公称竺法深为"逆风家",支道林回应其"白旃檀非不馥,焉能逆风"。关于"逆风家""白旃檀"的含义,历来注家有不同的解释,现代学者如董志翘、赵建成等人,也曾探讨"逆风家""白旃檀"的含义。学者普遍认为,面对孙绰称赞竺法深是"逆风家",支道林的回应是用譬喻抬升自己、贬低竺法深,但关于"逆风家"和"白旃檀"之比喻的典出却众说纷纭。

对"逆风家"的阐释,有用典和不用典两种说法。董志翘认为"逆风家"是佛经中常说的"具有戒香"之德人,其"持戒清净香"能逆风熏,故称逆风家。① 但根据上下文文义,这件事发生的背景是支道林与北来道人论佛理,反驳言辞清晰,重在论辩而与德行无涉,赵建成对此已有论析。② "逆风"一词,本意是"迎风""处于上风"。即便在佛经中,也有"逆风"作"迎风"使用的例子。如《四十二章经》云:"佛言爱欲之于人,犹执炬火逆风而行,愚者不释炬,必有烧手之患。"③这里的"逆风"完全是就其本来义使用,而与德行无涉。因此,孙绰说竺法深是"逆风家",应当是形容法深在辩论中能从容应对的气势。故才有后面的"何以都不一言"之问。《世说新语》中也记载竺法深对答机敏的趣事,可作为此条旁证。如《言语》48 载:"竺法深在简文坐,刘尹问:'道人何以游朱门?'答曰:'君自见其朱门,贫道如游蓬户。'"④竺法深在遇到别人质疑自己为何与简文帝等权贵结交时,用佛教教义的"诸法皆非实相""诸法皆空"⑤辩白,并用朱门、蓬户的譬喻,达到言简义丰的效果,可见其于论辩亦甚为擅长。因此,我们更倾向于孙绰夸竺法深为"逆风家",并非用佛经典故,而是取其本义,形容竺法深论辩机敏,不畏惧与人争论。那么,"逆风家"在这里究竟是作"迎风",还是"处于上风"来理解呢? 这就涉及各家对"白旃檀"典出的不同阐释。

关于"白旃檀"的典出,归纳起来,历代学者说法有两种:

一是认为支道林在此处将竺法深喻为"白旃檀",是用佛经中"波利质多天

---

① 董志翘:《释〈世说新语〉'逆风''逆风家'》,《中国语文》2007 年第 3 期。
② 赵建成:《〈世说新语〉"逆风""逆风家"释义》,《中国社会科学院研究生院学报》2009 年第 6 期。
③ 《大正新修大藏经》,第十七卷,佛陀教育基金会出版部,1990,第 723 页。
④ 《世说新语校释》(增订本),第 1 册,第 234 页。
⑤ 《世说新语校释》(增订本),第 1 册,第 234 页。

树"可逆风而闻的典故。白旃檀虽有香气,但不能逆风而闻,故竺法深并非逆风家。此说以刘孝标注为代表,后世王世懋①、龚斌②等学者沿袭此说。

二是认为支道林用佛经中白旃檀不如赤旃檀的说法。余嘉锡引《一切经音义》,"旃檀,梵语香木名也。唐无正译,即白檀香是也。微赤色者为上",认为支道林将竺法深喻为白旃檀,是暗示自己为更高一等的赤旃檀。③

上述"白旃檀"的两个典出文本,一是《成实论》,一是《一切经音义》。《成实论》为后秦鸠摩罗什所译,《一切经音义》是唐人著作,支遁、竺法深等人显然不可能看到这两本书。当然,这并不能证明竺法深、支遁没有这样的知识背景。今天我们仅能根据支遁、竺法深等人稍后时代的一些佛经文献加以考察,判断以上两种说法哪一个更为合理。除上述《成实论》的记载之外,另有一些文献可供参考:

> 东晋竺昙无兰译《佛说戒德香经》:"虽有美香花,不能逆风熏,不息名旃檀,众雨一切香。志性能和雅,尔乃逆风香,正士名大夫,普熏于十方。"④
>
> 刘宋求那跋陀罗译《杂阿含经》:"阿难。是名有香顺风熏,逆风熏,顺风逆风熏。尔时,世尊即说偈言:'非根茎华香,能逆风而熏。唯有善士女,持戒清净香,逆顺满诸方,无不普闻知。多迦罗旃檀,优钵罗末利,如是比诸香,戒香最为上。旃檀等诸香,所熏少分限,唯有戒德香,流熏上升天。斯等净戒香,不放逸正受,正智等解脱,魔道莫能入。是名安隐道,是道则清净,正向妙禅定,断诸魔结缚。'"⑤
>
> 《究竟大慈悲经》卷二:"譬如郁金山顶有旃檀树。急风吹动其有香气。逆风四十里。何况顺风。"⑥

据此可知,佛经中存在着这样的说法:树木的香有可逆风而闻者,有可顺风而闻者,有可顺逆风而闻者。至于具体哪种树木香气可逆风,哪种树木香气不

① 周兴陆辑注:《世说新语汇校汇注汇评》,上册,凤凰出版社,2017,第380页。
② 《世说新语校释》(增订本),第1册,第473页。
③ 余嘉锡笺疏,周祖谟、余淑宜、周士琦整理:《世说新语笺疏》,上册,中华书局,1983,第219页。
④ 《大正新修大藏经》,第二卷,第507页。
⑤ 《大正新修大藏经》,第二卷,第376页。
⑥ 《大正新修大藏经》,第八十五卷,第1378页。

可逆风,不同佛典中有不同的说法。然而,这几则佛经文本中,均未明确表示白荈檀香气不能逆风而闻。距离支遁等人时代最近的《佛说戒德香经》则云:"不息名荈檀,众雨一切香。"据此,认为"白荈檀"香气不能逆风,只是历代注家根据佛经记载有名树香气可以逆风的推测,而非实证。相较而言,余嘉锡先生的观点更为合理。余嘉锡先生将"逆风"释为"处上风",因此认为支道林用白荈檀不如赤荈檀的典故,比喻竺法深不能胜过自己。这里,孙绰、支遁、竺法深的对答构成了这样一个环节:孙绰对竺法深的称赞是普通的赞许,称其辩论常能驳倒对方处于上风,支遁抓住"逆风"一词引申发挥,利用竺法深也熟知的佛典,暗示竺法深只是白荈檀,自己则是更高一筹的赤荈檀。竺法深听懂了支遁的意思,对支遁争强好胜、过分在意修辞机锋的态度表示轻视。

三、清谈与解经:修辞视角论玄佛合流

如果我们稍加留意当时名士间以譬喻调侃、讽刺的时代风气,就会发现,《世说新语》中还记载了类似的名士间对谈的修辞智慧。如《世说新语·排调》32 载:"谢公始有东山之志,后严命屡臻,势不获已,始就桓公司马。于时人有饷桓公药草,中有远志,公取以问谢:'此药又名小草,何一物有二称?'谢未即答。时郝隆在坐,应声答曰:'此甚易解,处则为远志,出则为小草。'谢甚有愧色。桓公目谢而笑曰:'郝参军此过乃不恶,亦极有会。'"①这则故事中,桓温用药草的两个名字讥讽谢安被迫出山、违背归隐之志,与上述竺法深、支道林的应答很相似,都是借助双方共同的知识背景,从本义引申譬喻,表现出魏晋名士交谈时的机敏,耐人寻味。除"有北来道人好才理"一条之外,《世说新语·文学》中对佛僧、名士间问答的其他记载,也反映出在玄佛合流的思潮下,当日高僧们讲论佛理时,已经深深地浸染了魏晋名士的清谈风韵。

首先,这表现在世人对佛僧解经时所用言辞的外在形式抱有极大关注。《世说新语·文学》40 记载了支遁和许询在简文帝处开讲《维摩诘经》的情形,坐下众人"但共嗟咏二家之美,不辩其理所在"②。这表明,对于不精熟佛经的普通听众,首先吸引他们的不是佛经的理论,而是佛僧、名士们讲谈佛理时的辞

---

① 《世说新语校释》(增订本),第 3 册,第 1706 页。
② 《世说新语校释》(增订本),第 1 册,第 493 页。

采。又《世说新语·文学》42 记载支道林与王濛之间的论辩：

> 支道林初从东出，往东安寺中。《高逸沙门传》曰："遁居会稽，晋哀帝
> 钦其风味，遣中使至东迎之。遁遂辞丘壑，高步天邑。"王长史宿构精理，并
> 撰其才藻，往与支语，不大当对。王叙致作数百语，自谓是名理奇藻。支徐
> 徐谓曰："身与君别多年，君义言了不长进。"王大惭而退。①

在这则故事中，王濛与支道林论辩，不仅要思索义理的问题，还要"撰其才
藻"，注重言辞的修饰，而支道林对王濛的评价也是从义理和言辞形式两个角度
出发的，认为王濛虽钻研多年，可是"义言了不长进"。这两则故事，映射了当时
佛经的流传往往借助精妙的言辞，以吸引士族的兴趣。在解经过程中，义理与
辞藻是并重的。许理和指出，"清谈的出现是佛教在上层士大夫中传播的最重
要的因素之一"②，佛教起初作为清谈中一种吸引人的新鲜理论而为上层士族所
接受，士大夫们在这一过程中自然浸染了清谈所必需的形式特点，即应对妙语、
言简义丰、善用修辞譬喻，这一传播模式深刻地影响了嗣后佛经文章的形式，即
"所有的佛教护教和传教文章实际上都采用主宾对话的形式，双方交替阐述自
己的观点和主旨"③，这一形态在《世说新语·文学》记载的相关故事中就已
出现。

其次，高僧与高僧间、高僧与名士间常论辩佛理或玄理，且他们之间也表现
出好争高下之风。除"有北来道人好才理"条外，《世说新语·文学》第 41、42、
43、45、51 等条目还记载了支遁、殷浩、王濛、于法开之间的论辩。有高僧间辩论
佛理者，有名士向高僧问佛理者，还有高僧与名士谈玄者。这些条目尤其表现
了殷浩、支遁、于法开等名士高僧在论辩中好争名夺胜的心态。如《世说新语·
文学》45 记述了有关于法开与支道林争名的传闻：

> 于法开始与支公争名，后情渐归支，意甚不忿，遂遁迹剡下。遣弟子出
> 都，语使过会稽。于时支公正讲《小品》。开戒弟子："道林讲，比汝至，当在

①　《世说新语校释》（增订本），第 1 册，第 497 页。
②　同上。《佛教征服中国：佛教在中国中古早期的传播与适应》，第 119 页。
③　同上。

某品中。"因示语攻难数十番,云"旧此中不可复通。"弟子如言诣支公。正值讲,因谨述开意。往反多时,林公遂屈。厉声曰:"君何足复受人寄载!"《名德沙门题目》曰:"于法开才辩纵横,以数术弘教。"《高逸沙门传》曰:"法开初以义学著名,后与支遁有竞,故遁居剡县,更学医术。"①

于法开亦是两晋之交的高僧,《高僧传》称其"善《放光》及《法华》"②,《放光般若经》即所谓《大品》,可知于法开研习大乘佛教义理。这则故事讲述于法开与支遁争名的逸事,表现出当时佛僧之间论争高下的态势十分激烈,而支遁亦是争强好胜者,以至于在论辩中占下风后会因此大为愤怒,厉声训斥前来传达于法开旨意的人。是以"有北来道人好才理"一条记载的故事中,竺法深意识到支遁在贬低自己,但不愿置之一辞,或许是因为他知晓支遁争强好胜的心态,不与之争论高下。两相比较反倒是竺法深更有名士雅量。

名士、高僧争论佛理时重视名声的风气,亦可从刘孝标注的一则材料中窥知一二。《世说新语·文学》43 刘孝标注引《语林》:"浩于佛经有所不了,故遣人迎林公。林乃虚怀欲往,王右军驻之曰:'渊源思致渊富,既未易为敌,且己所不解,上人未必能通。纵复服从,亦名不益高。若佻脱不合,便丧十年所保。可不须往。'林公亦以为然,遂止。"③据《世说新语·文学》50"殷中军被废东阳,始看佛经"的说法,殷浩阅读《小品》是在其被废黜之后的事情。《资治通鉴》卷九十九《晋纪》二一"永和十年"载:"中军将军、扬州刺史殷浩连年北伐,师徒屡败,粮械都尽;征西将军桓温因朝野之怨,上疏数浩之罪,请废之。朝廷不得已,免浩为庶人,徙东阳之信安。"④又《晋书》卷七十七《殷浩传》云:"(殷浩)永和十二年卒。"⑤因此,殷浩研读佛经是在其生前最后两年,即永和十年(354)至永和十二年(356)间,此时支遁在剡山、会稽一带活动,二人在地理上相去不远。可见这则故事虽未必可信,但也是在史实基础上的衍生。支遁畏惧殷浩的善辨之才,因担心自己若不能说服殷浩,会有碍声名,因此听从王羲之建议,拒绝与殷浩会见。通过这则带有一定传说性质的故事,后世读者可窥知当日讲论佛理

① 《世说新语校释》(增订本),第 1 册,第 504 页。
② 《高僧传》卷四,第 167 页。
③ 《世说新语校释》(增订本),第 1 册,第 449 页。
④ 司马光编著,胡三省音注:《资治通鉴》卷九十九,中华书局,1956,第 3138 页。
⑤ 房玄龄等撰:《晋书》卷七十三《庾亮传》,中华书局,1974,第 6 册,第 2047 页。

时必要一争高下的习气。

总之,魏晋以来,清谈风气给士族心态带来了方方面面的影响,罗宗强指出,西晋时期清谈已经有了"重声调抑扬,重旨远,注意修辞"①的倾向,而在两晋之交,清谈内容除既有的玄学之外,又引入了佛经般若的理论。佛教高僧在论辩中,沾染了原本属于清谈家的习气,争名声高下、重修辞考究、旨意深远。《世说新语·文学》中"有北来道人好才理"一条,正是对当日这一风气的真实反映。

(李寅捷,女,山东大学文学院硕士,研究方向:魏晋南北朝文学)

---

① 罗宗强:《魏晋玄学与士人心态》,天津教育出版社,2005,第188页。

"坦腹东床"与"敦厚退让": 论王羲之礼玄双修的思想特质

周一凡

王羲之研究是书法史研究的一个显学。王羲之身份的多重性,思想的复杂性及其所处时代的特殊性,使不同研究者可以从各种不同的角度展开论述,然而因为选取角度的单一化,难免"横看成岭侧成峰",而导致"不识庐山真面目"的结果,这反而会使研究对象本身变得模糊,就像傅璇琮先生所指出的:"当代对王羲之的研究还相当薄弱,对王羲之的事迹、艺绩及有关材料多模糊不清,语焉不详。出现这种局面的原因是多方面的,其中一个重要的原因是研究方向比较单一,搞文学研究的只关注作品本身,搞历史研究的只关注历史现象,搞艺术史研究的只关注书艺鉴赏,缺乏广阔的视野和多角度的探讨。"①在以往的研究中,研究者多以道家、道教思想作为王羲之研究的切入点,而王羲之思想中儒家根底的一面却往往受到忽视,至少没能得到与其重要性相匹配的重视。

如果将视野拓宽到整个魏晋时代,我们可以发现,虽然当时玄学风气大盛,但儒学作为维系门阀世族中纲纪伦理的运转的作用,是玄学所无法代替的,更何况王羲之是"王与马,共天下"②的琅琊王氏世族的一员。当时的士大夫往往是兼容儒道二家的,如《魏书·王昶传》载魏司空王昶诫其子侄曰:"欲使汝曹立身行己,遵儒者之教,履道家之言。"③又《晋书·江惇传》云:"(惇)高节迈俗。性好学,儒玄并综。每以为君子立行,应依礼而动,虽隐显殊途,未有不傍礼教者也。若乃放达不羁,以肆纵为贵者,非但动违礼法,亦道之所弃也。"④"遵儒

---

① 傅璇琮:《〈王羲之集校笺〉序》,《山西大学学报(哲学社会科学版)》2007年03期。
② 《晋书·王敦传》:"帝初镇江东,威名未著,敦与从弟导等同心翼戴,以隆中兴,时人为之语曰:'王与马,共天下。'"(参见房玄龄撰:《晋书》,中华书局,1974,第2554页。)
③ 陈寿:《三国志》卷二十七,中华书局,1959,第745页。
④ 《晋书》卷五十六,第1539页。

者之教,屡道家之言"和"儒玄并综"可以说是当时从政名士的共同思想倾向,也可以看作是对王羲之立身行事准则的很好的概括。

在近人的研究中,史学家唐长孺先生曾用"礼玄双修"来形容魏晋士人的思想特质。"玄"即魏晋玄学及其所表现于外的名士风度,"礼"即礼教,是儒家倡导的礼义教化。两者兼而有之,就是"礼玄双修"①。余英时先生也说:"魏晋南北朝之士大夫尤多儒道兼综者,则其人大抵为遵群体之纲纪而无妨于自我之逍遥,或重个体之自由而不危及人伦之秩序者也。"②

王羲之尝自叙其志,从中也直接反映了他礼玄双修、儒道兼综的思想。他在给谢万的信中说:"常依陆贾、班嗣、杨王孙之处世,甚欲希风数子,老夫志愿尽于此也。"③陆贾为汉代名臣,他既提倡儒学,又主张融合黄老的"无为而治"作为治国之道,其政治主张正体现了儒道兼综的思想。班嗣为班固的伯父,是老庄的忠实信徒,《汉书》载:"嗣虽修儒学,然贵老、严之术。"④杨王孙是西汉道家代表人物,学黄老之术,其对死亡的看法尤为独特,他说:"且夫死者,终生之化,而物之归也,归者得至,化者得变,是物各反其真也。反真冥冥,亡形亡声,乃合道情。"⑤杨王孙死时"布囊盛尸,裸身而莽"⑥。王羲之"甚欲希风数子",想要比照以上三位的立身处世,即为政效法陆贾,行道学效法班嗣,在生死问题上祖尚杨王孙。这反映了王羲之思想的复杂性,而他"志愿尽于此"的根本原因还是在于三人都是兼容儒道两家的。

不仅其人如此,王羲之的书法中亦有此种精神,如黄庭坚评其书曰:右军笔法如孟子道性善,庄周谈自然,纵说横说,无不如意,非复可以常理拘之。⑦ 这也是从儒道两方面来评论王羲之书法的,孟子为儒家亚圣,以庄子为代表的道家则对魏晋玄学的发展起到关键的作用。由此可见,礼玄双修或儒道兼综是理解王羲之其人其书的一把关键钥匙。

① 唐长孺《魏晋玄学之形成及其发展》:"东晋以后名教与自然的结合,基本上已经解决……正因为东晋以后名教与自然的关系已有较一致的结论,所以在学术上的表现便是礼玄双修,而这也正是以门阀为基础的士大夫利用礼制以巩固家族为基础的政治组织,以玄学证明其所享受的特权出于自然。"(参见唐长孺:《魏晋南北朝史论丛》,河北教育出版社,2000,第324页。)
② 余英时:《士与中国文化》,上海人民出版社,2003,第340页。
③ 《晋书》卷八十,第2102页。
④ 班固:《汉书》卷一百上,中华书局,1962,第4205页。
⑤ 《汉书》卷六十七,第2908页。
⑥ 刘知幾著,张振珮笺注:《史通笺注·外篇·杂说中第八》,贵州人民出版社,1985,第598页。
⑦ 黄庭坚:《山谷题跋》卷四《题绛本法帖》,浙江人民美术出版社,2016,第62页。

一、坦腹东床:王羲之与魏晋玄学

钱穆先生曾说:"盖凡一时代之学术风尚,必有其一种特殊之精神,与他一时代迥然不同者。"①王羲之生活的魏晋时代在中国历史上是尤为特殊的,它既有异于汉唐雄强的气质,也与两宋雅韵有所不同,然其所标举的魏晋风流却早已成为每一代中国文士的精神底色。宗白华先生曾动情地说道:"汉末魏晋六朝是中国政治上最混乱、社会上最苦痛的时代,然而却是精神史上极自由,极解放,最富于智慧,最浓于热情的一个时代。"②诸如文学、绘画、书法,以及文论、画论、书论无不在这一时期发展到了新的高度,因此它也是"最富有艺术精神的一个时代"③。鲁迅先生在其名作《魏晋风度及文章与药及酒之关系》中论道:"用近代的文学眼光来看,曹丕的一个时代可说是'文学的自觉时代',或如近代所说是为艺术而艺术(Art for Art's Sake)的一派。"④这是将魏晋称作"文学的自觉时代",李泽厚则将其称为"人的觉醒"时代,他说:

> 与颂功德、讲实用的两汉经学、文艺相区别,一种真正思辨的、理性的"纯"哲学产生了;一种真正抒情的、感性的"纯"文艺产生了。这二者构成中国思想史上的一个飞跃。哲学上的何晏、王弼,文艺上的三曹、嵇、阮,书法上的钟、卫、二王,等等,便是体现这个飞跃、在意识形态各部门内开创真善美新时期的显赫代表。那么,从东汉末年到魏晋,这种意识形态领域内的新思潮即所谓新的世界观人生观,和反映在文艺—美学上的同一思潮的基本特征,是什么呢? 简单说来,这就是人的觉醒。⑤

这是最好的时代,也是最糟糕的时代,在这个时代里,人的价值得以发扬,个性得以舒展,然而究其原因也许并不是只用"自觉"就能说尽的,由政局分崩离析、人生遭遇不幸而带来的痛苦与无奈,也应当是魏晋名士特殊精神面貌产

---

① 钱穆:《国学概论》,九州出版社,2011,第144页。
② 宗白华:《美学散步》,上海人民出版社,1981,第208页。
③ 《美学散步》,第208页。
④ 鲁迅:《鲁迅全集》第3卷,人民文学出版社,1973,第490—491页。
⑤ 李泽厚:《美的历程》,天津社会科学院出版社,2001,第146—147页。

生的重要因素。这种痛苦与无奈使得魏晋人多具有敏感的神经,正如当时人所言:"情之所钟,正在我辈。"①即使一代枭雄曹操也要吟诵:"对酒当歌,人生几何。譬如朝露,去日苦多。慨当以慷,忧思难忘。何以解忧?唯有杜康。"②能够建功立业的帝王将相尚有如此苦闷,何况那些欲施展抱负而不能的人呢?于是当时的士子们常常把目光转向自然、转向自己,也就是宗先生说的:"晋人向外发现了自然,向内发现了自己的深情。"③晋人之深情,可以在以下几则材料中一窥其风貌。《世说新语·任诞篇》载:"恒子野(桓伊)每闻清歌,辄唤:'奈何!'谢公(谢安)闻之,曰:'子野可谓一往有深情'。"④又:"王长史(王廞)登茅山,大恸哭曰:'琅琊王伯舆,终当为情死'。"⑤同属琅琊王氏一族的王羲之也曾做如此感慨,《晋书·王羲之传》载:

> 羲之既去官,与东土人士尽山水之游,弋钓为娱。又与道士许迈共修服食,采药石不远千里,遍游东中诸郡,穷诸名山,泛沧海,叹曰:"我卒当以乐死。"⑥

山水是永恒的,人在山水中"游目骋怀""极视听之娱",然而无论人如何钟情于此,最终都不可能与之长久共存,毕竟人的生命在亘古永存的山水面前是何其的短暂,且"向之所欣,俯仰之间,已为陈迹""修短随化,终期于尽",一切由山水游玩而得到的欢愉只不过是"暂得于己"罢了。

王羲之深知"一死生为虚诞",因而对这世界怀以极浓烈的眷恋与深情,也正是由于"晋人富于这种宇宙的深情,所以在艺术文学上有那样不可企及的成就"⑦。孙过庭在《书谱》中就以"情"字作为理解王羲之书法的关纽,他说:

> 右军之书,代多称习,良可据为宗匠,取立指归。岂惟会古通今,亦乃情深调合……写《乐毅》则情多怫郁,书《画赞》则意涉瑰奇,《黄庭经》则怡

---

① 刘义庆著,刘孝标注,余嘉锡笺疏:《世说新语笺疏》,中华书局,2011,第 552 页。
② 曹操:《曹操集》,中华书局,2012,第 5 页。
③ 《美学散步》,第 215 页。
④ 《世说新语笺疏》,第 654 页。
⑤ 《世说新语笺疏》,第 660 页。
⑥ 《晋书》卷八十,第 2101 页。
⑦ 《美学散步》,第 215 页。

怿虚无,《太师箴》又纵横争折。暨乎兰亭兴集,思逸神超;私门诚誓,情拘志惨。所谓涉乐方笑,言哀已叹……岂知情动形言,取会风骚之意;阳舒阴惨,本乎天地之心。既失其情,理乖其实,原夫所致,安有体哉。①

正所谓"登山则情满于山,观海则意溢于海,我才之多少,将与风云而并驱"②,不仅"诗缘情",书亦缘情,书家的喜怒哀乐之情因时而不同,笔端流露的书法亦各错落有致,俯仰生姿,倘若麻木不仁,"为文造情",还谈得上什么书法呢?发出"我卒当以乐死"感慨的王羲之,正因其对宇宙自然怀有一颗动情的、敏感的心,才使他的书法得以臻于化境。

1. "正此佳婿邪"

王羲之"东床快婿"的佳话出自《世说新语·雅量篇》:

> 郗太傅在京口,遣门生与王丞相书,求女婿。丞相语郗信:"君往东厢,任意选之。"门生归,白郗曰:"王家诸郎亦皆可嘉,闻来觅婿,咸自矜持,唯有一郎,在东床上坦腹卧,如不闻。"郗公云:"正此好!"访之,乃是逸少,因嫁女与焉。③

事亦见《晋书·王羲之传》,略有不同:

> 时太尉郗鉴使门生求女婿于导,导令就东厢遍观子弟。门生归,谓鉴曰:"王氏诸少并佳,然闻信至,咸自矜持。惟一人在东床坦腹食,独若不闻。"鉴曰:"正此佳婿邪!"访之,乃羲之也,遂以女妻之。④

与"王家诸郎"的"咸自矜持"不同,王羲之在早年便显露出与常人不同的名士风度,其"坦腹东床"之举颇得阮籍"礼岂为我辈设"⑤的意趣。与阮籍同为

---

① 孙过庭:《书谱》,华东师范大学古籍整理研究室《历代书法论文选》,上海书画出版社,1979,第128页。
② 黄叔琳注,李详补注,杨明照校注拾遗:《增订文心雕龙校注》,中华书局,2000,第369页。
③ 《世说新语笺疏》,第318—319页。
④ 《晋书》卷八十,第2093页。
⑤ "阮籍嫂尝回家,籍见与别。或讥之,籍曰:'礼岂为我辈设也?'"(参见《世说新语笺疏》,第631页。)

竹林七贤之一的刘伶也有此类趣事,《世说新语·任诞篇》载:"刘伶恒纵酒放达,或脱衣裸形在屋中。人见讥之,伶曰:'我以天地为栋宇,屋室为裈衣,诸君何为入我裈中。'"①可见,早年王羲之"坦腹东床"所反映出的精神气质,正是对竹林名士追求放达自适、不以名教为拘束的风度的效仿。而郗公慧眼识人,不以王羲之的举止为失礼,反谓其"正此佳婿邪",也体现了当时士人间普遍崇尚自然、任情不羁的风气。

《晋书·王羲之传》云:"(王羲之)起家秘书郎,征西将军庾亮请为参军,累迁长史。亮临薨,上疏称羲之清贵有鉴裁。"②汉末魏晋之际,人物品藻盛行于世,名士之间尤其爱好品评人物。庾亮是当时颇享盛誉的名士,也是一位清谈好手,他称赞王羲之"清贵有鉴裁",其含义有二:一是羲之其人清贵,二是羲之有鉴裁识别人物优劣之能。庾亮的评价是十分中肯的,他对羲之这两方面的品评,我们在《世说新语》中都可以找到佐证,如《世说新语·赏誉篇》载:

> 庾公云:"逸少国举。"故庾倪为碑文云:"拔萃国举。"③
>
> 殷中军道王右军云:"逸少清贵人,吾于之甚至,一时无所后。"刘孝标注引《文章志》曰:"羲之高爽有风气,不类常流也。"④
>
> 殷中军道右军:"清鉴贵要。"刘孝标注引《晋安帝纪》曰:"羲之风骨清举。"⑤

《世说新语·品藻篇》载:

> 时人道阮思旷:"骨气不及右军,简秀不如真长,韶润不如仲祖,思致不如渊源,而兼有诸人之美。"⑥
>
> 王孝伯问谢公:"林公何如右军?"谢曰:"右军胜林公,林公在司州前,亦贵彻。"⑦

---

① 《世说新语笺疏》,第 631 页。
② 《晋书》卷八十,第 2094 页。
③ 《世说新语笺疏》,第 407 页。
④ 《世说新语笺疏》,第 411 页。
⑤ 《世说新语笺疏》,第 419 页。
⑥ 《世说新语笺疏》,第 454 页。
⑦ 《世说新语笺疏》,第 476 页。

这是当时名士或从正面,或从侧面对王羲之的各种评价,然而都不约而同地以"清贵""风骨"这样的词语来形容他,可见羲之平时为人,大抵不出于此,而《晋书·王羲之传》亦云:"羲之幼讷于言……及长,辩赡,以骨鲠称。"①

王羲之"有鉴裁",善于识人的一面,在《世说新语》中也有记载,如:

> 王右军目陈玄伯:"垒块有正骨。"②
> 王右军道东阳:"我家阿林,章清太出。"③
> 王右军道谢万石"在风林中,为自遒上",叹林公"器朗神俊",道祖士少"风领毛骨,恐没世不复见如此人",道刘真长"标云柯而不扶疏"。④
> 王右军见杜弘治,叹曰:"面如凝脂,眼如点漆,此神仙中人。"⑤

"目"即"人伦鉴识"的"鉴识",目人者须有一定的玄学修养,才能对所目之人作出恰当的评语。我们在王羲之对当时人物的点评中,也可以看出他个人的志趣所向。

2. "逍遥篇可得闻乎"

魏晋清谈的主要内容是"三玄",即《周易》《老子》《庄子》,自向秀、郭象注《庄》后,《庄子》一书更是成为当时名士清谈的中心。《世说新语·文学》:

> 庄子逍遥篇,旧是难处,诸名贤所可钻味,而不能拔理于郭、向之外。支道林在白马寺中,将冯太常共语,因及逍遥。支卓然标新理于二家之表,立异义于众贤之外,皆是诸名贤寻味之所不得。后遂用支理。⑥

支道林既是佛教"六家七宗"之一"即色宗"的代表人物,又是精通玄理的清谈高手,其在会稽时与王羲之过从甚密,如《晋书·王羲之传》载:"会稽有佳

---

① 《晋书》卷八十,第2093页。
② 《世说新语笺疏》,第420页。
③ 《世说新语笺疏》,第424页。
④ 《世说新语笺疏》,第413—414页。
⑤ 《世说新语笺疏》,第537页。
⑥ 《世说新语笺疏》,第192页。

山水,名士多居之,谢安未仕时亦居焉。孙绰、李充、许询、支遁等皆以文义冠世,并筑室东土,与羲之同好"①,又《晋书·谢安传》:"(谢安)寓居会稽,与王羲之及高阳许询、桑门支遁游处,出则渔弋山水,入则言咏属文,无处世意。"②

在王羲之与支道林的交游中,支道林向王羲之阐发《庄子》"逍遥义"一事,尤其值得关注。《世说新语·文学》:

> 王逸少作会稽,初至,支道林在焉。孙兴公谓王曰:支道林拔新领异,胸怀所及乃自佳,卿欲见不? 王本自有一往隽气,殊自轻之。后孙与支共载往王许,王都领域,不与交言。须臾支退。后正值王当行,车已在门,支语王曰:君未可去,贫道与君小语。因论庄子逍遥游。支作数千言,才藻新奇,花烂映发。王遂披襟解带,留连不能已。③

事亦见《高僧传·支遁传》:

> 王羲之时在会稽,素闻遁名,未之信,谓人曰:一往之气,何足可言? 后遁既还剡,经由于郡,王故诣遁,观其风力。既至,王谓遁曰:逍遥篇可得闻乎? 遁乃作数千言,标揭新理,才藻惊绝。王遂披袗解带,留连不能已。仍请住灵嘉寺,意存相近。④

王羲之是世家子弟,又"本自有一往隽气",难免恃才傲物,"殊自轻之",支道林却不以为忤,仍为其"作数千言",《庄子》书中"逍遥"的含义经过支道林的阐发,"标揭新理""花烂映发",使王羲之听后"披襟解带"、欲罢不能。此种情景又让我们想起羲之早年"坦腹东床"的佳事。如果说"坦腹东床"是王羲之年轻时代的意气风发所致的话,那么如今的"披襟解带"则全然是中年羲之⑤出于对得以参悟"玄理"的一种精神的享受。坦腹披襟,青年中年,各具风流。"玄

---

① 《晋书》卷八十,第2098—2099页。
② 《晋书》卷七十九,第2072页。
③ 《世说新语笺疏》,第195页。
④ 释慧皎撰,汤用彤校注:《高僧传》,中华书局,1992,第160页。
⑤ 永和七年(351),王羲之为右军将军、会稽内史,时年四十九岁。(参见《王羲之·王献之年表》,《中国书法全集19 王羲之王献之二》,荣宝斋出版社,1991,第463页。)

理"之言"余音绕梁,三日不绝",王羲之听罢"留连不能已",于是一改之前倨傲的态度,邀请支道林"住灵嘉寺,意存相近",可见老庄玄理之于王羲之的思想趣味是有相契合之处的。汤用彤先生也说:"东晋名士崇奉林公,可谓空前。此其故不在当时佛法兴隆。实则当代名僧,既理趣符《老》《庄》,风神类谈客。而'支子特秀,领握玄标,大业冲粹,神风清萧'(《弘明集·日烛》中语),故名士乐与往还也。"①

支道林的"逍遥义"今可见于《世说新语·文学篇》刘孝标注中,如果我们能够准确地把握其中所表达的含义,那么我们就能解释王羲之何以会对它产生如此之大的兴趣,也能以此探得老庄思想在王羲之人生遭际中对其产生的重要影响。《世说新语》刘孝标注载:

> 支氏《逍遥论》云:夫逍遥者,明至人之心也。庄生建言大道,而寄指鹏、鹦。鹏以营生之路旷,故失适于体外;鹦以在近而笑远,有矜伐于心内。至人乘天正而高兴,游无穷于放浪,物物而不物于物,则遥然不我得,玄感不为,不疾而速,则逍然靡不适。此所以为逍遥也。若夫有欲当其所足,足于所足,快然有似天真。犹饥者一饱,渴者一盈,岂忘蒸尝于糗粮,绝觞爵于醪醴哉?苟非至足,岂所以逍遥乎?此向、郭之注所未尽。②

理解以上这段文字的关键在于对其中"至足"一词的解释,"若夫有欲当其所足,足于所足,快然有似天真。犹饥者一饱,渴者一盈,岂忘蒸尝于糗粮,绝觞爵于醪醴哉?苟非至足,岂所以逍遥乎",这就是说:"如果有欲望,当它需要满足时,只是当下满足当下的欲望,因而感到的这种快乐,似乎是本然、真正的快乐,那就像饥饿者吃饱了,也不会忘记祭祀时的丰盛食品;口渴者喝了一口水,也不会忘了美妙的酒泉一样。因此,如果不能达到'至足',怎么才能满足呢。"③可见,只要心中仍有欲在,"至足"之境便是永远无法达到的,然而"至足"尚且达不到,何谈能够"逍遥"呢?因此,支道林所说的"逍遥者,明至人之心",其实就是忘却了"糗粮""醪醴"这些物质欲望的"无欲之心"。若能真正做到

---

① 汤用彤:《汉魏两晋南北朝佛教史》,《汤用彤全集》第一卷,河北人民出版社,2000,第136页。
② 《世说新语笺疏》,第192—193页。
③ 章启群:《论魏晋自然观——"中国艺术自觉"的哲学考察》,北京大学出版社,2013,第124页。

"无欲",就能够"乘天正而高兴,游无穷于放浪,物物而不物于物,则遥然不我得,玄感不为,不疾而速,则逍然靡不适"①。这其实是支道林用佛教般若学的方法阐发《庄子》之义。

那么,支道林的这番高论为何能够打动王羲之,使他对支氏的态度产生如此大的转变呢?我们应将目光投向王羲之此时的人生境遇。

据《晋书·王羲之传》载,王羲之出任护军将军后,曾苦求出守宣城郡,但未能获得朝廷准许,于穆帝永和七年(351)为右军将军,出任会稽内史,这时的王羲之已步入仕官生涯末期,距永和十一年(355)的告誓辞官只有短短几年的时间了,其间王羲之个人心境的变化是颇值得玩味的。这其中也许有求官不得的苦闷,也许有仕与不仕之间的左右两难。据有关学者考证,《丧乱帖》的写作时间很可能就是在永和七年、八年②,《丧乱帖》云:"羲之顿首:丧乱之极,先墓再离荼毒,追惟酷甚,号慕摧绝,痛贯心肝,痛当奈何奈何。"③言辞悲痛至极,情真意切。而恰好就在这段时间,支道林为初至会稽的王羲之详解《庄子》"逍遥义","才藻新奇,花烂映发"。从王羲之听后的种种表现来看,"支理"可谓深得逸少之心,解逸少于倒悬。与现实的痛苦相比,前文所述的"逍遥"之境,不正是王羲之所久久向往而不得的吗?羲之曾说自己"素自无廊庙志",又"不乐在京师",而这段初到会稽任上与名僧支道林交游的经历,势必会对他日后的辞官起到助力的作用。④

有趣的是,载录其事的两则材料中,一则是支道林亲自登门向王羲之陈说义理,另一则却是王羲之主动拜访支道林,欲一试其学问之深浅。无论究竟是哪一种情况,支道林的"逍遥义"都在当时名士间引起了很大的关注,正如余敦康先生所说:"当时的清谈名士并不热心于成佛,但是普遍赞赏支道林的新解,并且乐于用支理去取代郭象的旧义,原因在于般若思想所展示的精神境界不仅

---

① 《世说新语笺疏》,第193页。

② 王玉池据《旧京先墓帖》推断出王羲之先墓在洛阳,其在永和七年、八年都曾进行过修复,但也可能于永和十二年桓温收复洛阳时修复。(参见刘涛主编:《中国书法全集19 王羲之王献之二·作品考释》,荣宝斋出版社,1991,第362页。)

③ 《中国书法全集19 王羲之王献之二·作品考释》,第362页。

④ 这在王羲之的信札中是可以找到证据的,《法书要录·右军书记》:"省示,知足下奉法,转到胜理,极此。此故荡涤尘垢,研遗滞虑,可谓尽矣,无以复加。漆园比之,殊诞谩如下言也。吾所奉设,教意政同,但为形迹小异耳。方欲尽心此事,所以重增辞世之笃。今虽形系于俗,诚心终日,常在于此。足下试观其终。"王羲之在这里认为,佛教理论精当,胜过道教。对佛理的参悟,使王羲之"重增辞世之笃",也就是加重了他决定辞官遁世的信念。

契合于玄学,而且高于玄学,为他们提供了一个更玄远神秘的追求目标和精神享受。"①作为名士代表的王羲之在支道林的玄言中受益颇多,从而对形成自己独特的精神世界起到了积极的影响。

二、敦厚退让:王羲之的儒者风范

前文主要论述的是王羲之其人偏于道家气质的一面,然而正如引言所说,儒学维系门阀世族中纲纪伦理运转之作用,是道家玄学所无法代替的。王羲之所处的琅琊王氏世族,被时人称为:"王与马,共天下。""琅琊王氏诸兄弟与晋琅琊王司马睿,在特定的历史条件下结成密切关系。王导以他所居司马睿左右的关键地位,艰苦经营,始奠定东晋皇业和琅琊王氏家业在江左的根基,因而有'王与马,共天下'之语。王与马的结合,开启了东晋百年门阀政治的格局。"②据《世说新语》载:"元帝正会,引王丞相登御床,王公固辞,中宗(元帝)引之弥苦。王公曰:使太阳与万物同晖,臣何以瞻仰。"③又《晋书·孔坦传》:"时成帝每幸丞相王导府,拜导妻曹氏,有同家人。"④元帝司马睿欲引王导共登御床,成帝司马衍幸王导府,拜导妻,这都足以证明"王与马,共天下"并非夸张之词,而是当时实有的一种政治格局。

与王导的谨守臣礼不同,大将军王敦则自恃有功,拥兵骄恣,以至于起兵叛乱。永昌元年(322),王敦在武昌发动兵变,直逼都城建康。元帝大怒,其心腹刘隗劝帝"悉诛王氏",王导则"率群从昆弟子侄二十余人,每旦诣台待罪"。因"帝以导忠节有素"⑤,王氏一族才得以保全。王羲之时年20岁,早已成年,不会不对这些变动毫无悉闻。王敦、王导皆为王羲之从伯,二人对王羲之都颇为赏识。⑥此外,王羲之的从伯王含、王邃,伯父王廙,叔父王彬当时也都处于政治旋涡的中心。王羲之在书法上的师承,"书为右军法"的王廙更是于同年十月因病离世,而在羲之年少"人未之奇"时就对他十分器重的周𫖮,也在此次叛乱中为

---

① 余敦康:《魏晋玄学史》,北京大学出版社,2016,第478页。
② 田余庆:《东晋门阀政治》,北京大学出版社,2012,第1页。
③ 《世说新语笺疏》,第625页。
④ 《晋书》卷七十八,第2058页。
⑤ 《晋书》卷六十五,第1749页。
⑥ 《世说新语·品藻篇》:"王右军少时,丞相云:逸少何缘复减万安邪?"《世说新语·赏誉篇》:"大将军语右军:汝是我佳子弟,当不减阮主簿。"

王敦所害。时局的混乱,家族的动荡,与王羲之有着千丝万缕的联系,也许正是受这些变故的影响,王羲之一直以来便不愿为官,当然,羲之的隐逸之志是多方面因素造成的,家族的影响只是其中的一部分。①

1. "敦厚退让,万石之风"

中国传统士大夫向来是以"修身、齐家、治国、平天下"为立身之本的,在"修身"上,王羲之更多的是受玄学与道教的影响;但在"齐家"上,他所显现出的则全然是传统儒家士人的精神底色。这即便不是他个人志趣所在,但在那个一荣俱荣、一损皆损的门阀政治的时代,要想维系士族的绵延不息,就必须以礼教来约束和规范士族内部成员,从而使士族力量得以凝聚,家族基业得以长期兴旺。这是作为琅琊王氏一族的重要成员的王羲之所不得不考虑的现实问题。

《晋书·王羲之传》载王羲之与谢万书云:

> 顷东游还,修植桑果,今盛敷荣,率诸子,抱弱孙,游观其间,有一味之甘,割而分之,以娱目前。虽植德无殊邈,犹欲教养子孙以敦厚退让。或以轻薄,庶令举策数马,仿佛万石之风。②

王羲之在家教上"欲教养子孙以敦厚退让""仿佛万石之风"。敦厚,即诚朴宽厚,《礼记》曰:"温柔敦厚,《诗》教也。"③退让,亦即辞让,《孟子》曰:"辞让之心,礼之端也。"④这其实就是儒家传统中以诗礼传家的教育思想。《论语》中记载了孔子教育儿子孔鲤的故事,孔子问曰:学《诗》乎? 对曰:未也。孔子曰:不学《诗》,无以言。孔鲤于是退而学《诗》。又一日,孔子问曰:学《礼》乎? 对曰:未也。孔子曰:不学《礼》,无以立。孔鲤于是退而学《礼》。王羲之用"敦厚退让"来教育子孙,正是受到了儒家以诗礼传家思想的影响。

---

① 王廙、王旷、王彬兄弟三人,王廙、王彬于《晋书》皆有传,独王羲之父王旷无传,而王旷又是晋元帝过江时首创其议的重要人物,不当无传,其中似有隐情。史书记载,王旷最后官职为淮南内史,永嘉三年(309)刘聪攻略上党,王旷受命拒之,旷大败,后便不知所踪,于史亦无记载。有论者认为,王旷是役之后投降刘聪,琅琊王司马睿因旷为亲族,便将此事隐匿,然时人知此事者甚多。对朝野上下议论的顾虑,也可能是王羲之不肯出仕的原因。(参见郭廉夫:《王羲之评传》,南京大学出版社,1996,第25—26页。)

② 《晋书》卷八十,第2102页。

③ 郑玄注,孔颖达等:《十三经注疏·礼记正义》卷五十,上海古籍出版社,1997,第1609页。

④ 朱熹:《四书章句集注·孟子集注》卷三,中华书局,2011,第221页。

"万石之风"中的万石即西汉大臣石奋,汉景帝时列为九卿,与四子皆官至二千石,因此被称为万石君。其为人以谨慎著称,且教子有方,是历代士人中的典范。竹林名士嵇康在其名作《与山巨源绝交书》中也提到过万石,他说:"吾不如嗣宗之资,而有慢弛之阙;又不识人情,暗于机宜;无万石之慎,而有好尽之累。久与事接,疵衅日兴,虽欲无患,其可得乎。"①可见,即使是标举"非汤武而薄周礼,越名教而任自然"的嵇康,也对万石的为人处世十分佩服,并感到自愧不如。王羲之希望子孙能够"仿佛万石之风",可见他对后辈的殷切期许。

在子孙的教育问题上,王羲之受家族长者王导的影响很大。《世说新语》载:"王右军在南,丞相(王导)与书,每叹子侄不令,云:虎狋、虎犊,还其所如。"②王羲之为江州刺史时,王导曾给他写信叹息子侄不够卓越。狋是小猪,犊是小牛。虎狋为王彭之小字,虎犊为王彪之小字,二人皆为王羲之从伯王彬之子。"虎狋、虎犊,还其所如"就是说,二人才质低下,正像其小名一样。这是来自一族之长王导的叹息,而作为"虎狋、虎犊"同辈的王羲之见此一定深以为戒,不愿辜负长辈的期望。王羲之对子孙的"敦厚退让"之教,实际上也是对王氏家族历来重视教育的传统的一种传承。

王羲之与王述素来不和,据《晋书·王羲之传》载:"骠骑将军王述少有名誉,与羲之齐名,而羲之甚轻之,由是情好不协。"③《世说新语》亦载:"王右军素轻蓝田(王述)。蓝田晚节论誉转重,右军尤不平。"④王述先任职于会稽,因服母丧,王羲之代之为会稽内史,其间王羲之只去王述处吊唁过一次,便不再往,王述深以为恨。等到王述做了扬州刺史,王羲之耻居其下,遣使者向朝廷请求将会稽从扬州治下分出,别为越州,然而因使者的言辞不当,使王羲之此议大为时贤所笑。次年即永和十一年(355),王羲之就告誓于父母墓前,称病辞官。事后羲之念及此事:"内怀愧叹,谓其诸子曰:'吾不减怀祖(王述),而位遇悬邈,当由汝等不及坦之故邪。'"⑤这是说:我不比王述差,然而地位待遇悬殊甚大,这是因为你们不如王坦之的缘故啊!王坦之即王述子,据《晋书·王坦之传》载,王坦之弱冠时与郗超并称,时人尝谓:"盛德绝伦郗嘉宾,江东独步王文度。"

---

① 嵇康著,戴明扬校注:《嵇康集校注》,中华书局,2015,第178页。
② 《世说新语笺疏》,第719页。
③ 《晋书》卷八十,第2100页。
④ 《世说新语笺疏》,第797页。
⑤ 《晋书》卷八十,第2101页。

"坦之有风格,尤非时俗放荡,不敦儒教,颇尚刑名学,著《废庄论》。"①与少年成才、名重当时,又崇尚儒学的王坦之相比,王羲之不由感叹其诸子的"不成器",这反映了王羲之在教子问题上是奉儒家为圭臬的。

引言中曾引魏司空王昶诫其子侄之语,即"欲使汝曹立身行己,遵儒者之教,屡道家之言",而与王羲之素有嫌隙的王述,正是王昶的曾孙,其家族即为与琅琊王氏并重一时的太原王氏。王羲之的从曾祖父则是与王昶同时,也曾位列三公的王祥,其"卧冰求鲤"的至孝之举后被收入"二十四孝"②。钱穆先生尝叹:"太原王氏,与琅琊王氏在魏晋六朝家门之盛,天下莫与比伦。"③可见一家族之兴旺,不是毫无道理、凭空出现的,以礼教为精神纽带的家庭教育,可以说是世家大族能够兴旺的重要原因。钱穆先生还指出:"敦厚退让"与"万石家风","此虽右军一人之言……实是当时门第共同所想望","此时代之门第家风,戒轻薄,戒骄奢,重谦退,重敦厚……当时门第在家庭中所奉行率守之礼法,此则纯是儒家传统。可谓礼法实与门第相终始,唯有礼法乃始有门第,若礼法破败,则门第亦终难保"。④ 门第是要靠礼法才能得以维系的,世家大族若不能以礼法作为约束,则终将败落。王羲之如此重视子孙的教育,显然也是出于这样的考虑。

2."虚谈废务,浮文妨要"

与在"齐家"上恪守儒家传统一样,王羲之在"治平"上也纯然是儒者风范。《世说新语·言语篇》载:

> 王右军与谢太傅共登冶城(故址在今南京),谢悠然远想,有高世之志。王谓谢曰:"夏禹勤王,手足胼胝;文王旰食,日不暇给。今四郊多垒,宜人人自效;而虚谈废务,浮文妨要,恐非当今所宜。"谢答曰:"秦任商鞅,二世而亡,岂清言致患邪"。⑤

① 《晋书》卷七十五,第1965页。
② 王羲之作《丧乱帖》,因先墓"再离荼毒"而"痛贯心肝",又《誓墓文》曰:"子而不子,天地所不覆载,名教所不得容。"不难看出,至孝这一家族的优良品质在王羲之身上得到了很好的继承。
③ 钱穆:《中国学术思想史论丛(三)》,生活·读书·新知三联书店,2009,第179页。
④ 《中国学术思想史论丛(三)》,第180—181页。
⑤ 《世说新语笺疏》,第115页。

　　王羲之曾与谢安一起登上冶城,据研究者考证,该年为永和五年(349),时王羲之 47 岁,谢安 29 岁。① 与谢安的"悠然远想,有高世之志"不同,王羲之以夏禹、文王为尚,直指当时流弊,认为"虚谈废务,浮文妨要"。虚谈即指清谈,魏晋时清谈之风大行于世,帝王将相、士子名僧无不参与其中,喜好之盛,以至于废寝忘食②。然而当这种不务实事、专作虚言的风气流行于执掌国家枢要的文武大臣中时,国家何以能够保持良好的运转呢? 这正是王羲之所担心的问题,当时持此种意见者,不仅是王羲之一人,王羲之的家族长辈王衍为当时的清谈领袖,又位居显要,他在临死前曾自责道:"呜呼! 吾曹虽不如古人,向若不祖尚浮虚,戮力以匡天下,犹可不至今日。"③这是清谈的直接参与者的沉痛反省,王羲之"虚谈废务,浮文妨要"的思想很可能是直接受其影响的。与王羲之同时的史学家干宝也批评说:"学者以《庄》《老》为宗而黜《六经》,谈者以虚薄为辩,而贱名检。"④在明末清初,主张经世致用的顾炎武则直接将西晋亡国归罪于清谈,他说:"刘、石乱华本于清谈之流祸,人人知之。"⑤这种认为清谈误国,也就是把亡国之责全部归于清谈的评论,也许并非公允得当⑥,但专务虚言、崇尚浮文的风气的确会对政务产生一定的消极影响,更何况当时正是"四郊多垒"的国家危

---

①　刘涛《王羲之・王献之年表》:"王羲之成年后,有二段时间在都:一是三十二岁出任西府参军以前,一是四十六岁至四十九岁出任护军将军一职时。由于王羲之年长谢安十八岁,王、谢共登冶城事,宜在羲之出任护军将军时。若在羲之三十二岁时,谢安尚十四岁,羲之不可能责谢自效。羲之四十九岁入东后,则不再至京师。"(参见刘涛主编:《中国书法全集 19　王羲之王献之二》,第 463 页。)

②　"废寝"如《世说新语・文学篇》:"卫玠始度江,见王大将军,因夜坐,大将军命谢幼舆。玠见谢,甚说之,都不复顾王,遂达旦微言,王永夕不得豫。玠体素羸,恒为母所禁。尔夕忽极,于此病笃,遂不起。""忘食"如《世说新语・文学篇》:"孙安国往殷中军许共论,往反精苦,客主无间。左右进食,冷而复暖者数四。彼我奋掷麈尾,悉脱落,满餐饭中。宾主遂至莫忘食。殷乃语孙曰:'卿莫作强口马,我当穿卿鼻!'孙曰:'卿不见决鼻牛,人当穿卿颊!'"可见当时名士对清谈痴迷至极。

③　《晋书》卷四十三,第 1238 页。王衍事迹可参见《世说新语・文学篇》:"阮宣子(阮修)有令闻。太尉王夷甫(王衍)见而问曰:'老庄与圣教同异?'对曰:'将无同?'太尉善其言,辟之为掾。世谓'三语掾'。"王衍只因阮修"将无同"三语就辟之为官,仿若儿戏,然而阮修三语,实是搔到王衍痒处,老庄与孔子之教若"将无同",那么即便居于庙堂亦不妨碍崇尚玄言,这样王衍之辈就可以身居高位而不致于心不安了。王衍的行为在当时就受人批评,如《晋书・裴𬱟传》:"𬱟深患时俗放荡,不尊儒术,何晏、阮籍素有高名于世,口谈浮虚,不遵礼法,尸禄耽宠,仕不事事;至王衍之徒,声誉太盛,位高势重,不以物务自婴,遂相放效,风教陵迟,乃著崇有之论以释其蔽。"

④　干宝:《晋纪总论》,萧统编《文选》卷第四十九《史论上》,上海古籍出版社,1986,第 2186 页。

⑤　顾炎武著,黄汝成集释:《日知录集释》卷七,岳麓书社,1994,第 240 页。

⑥　如章太炎说:"五朝所以不竞,由任世贵,又以言貌举人,不在玄学。"(参见章太炎:《五朝学》,《章太炎全集(四)・太炎文录初编》,上海人民出版社,1985,第 76—77 页。)

难之际！在被陈寅恪先生称为"清谈总汇"的《世说新语》中①，提及王羲之凡四十二处，然而除支道林主动为其解"逍遥义"外，并无一处提及王羲之直接参与了当时名士的清谈活动。②可见王羲之对"虚谈""浮文"的批评，是言行一致的。

王羲之对谢安作如是规劝，正值征讨大都督褚裒北伐失利，以王羲之对局势的关心，不会不对其进行反思。此次北伐的失败，加重了王羲之对国家命运的忧虑。北伐之事是王羲之长期关注的问题，他曾极力劝阻殷浩北伐，认为"国家之安在于内外和"③，而北伐的时机尚不成熟。他在给殷浩和会稽王司马昱的两封信中，剖析事理，针砭时弊，每每切中要害，可惜的是当事者并未采纳其建议，以至损兵折将，大败而归，但这已足见王羲之在政治、军事问题上的思考之深入和目光之长远。

王羲之虽然"素自无廊庙志"，但他在施政为官上并不因此就行"愦愦之政"，而是能做到真正为百姓着想，颇具仁者之风。《晋书·王羲之传》载："时东土饥荒，羲之辄开仓振贷。然朝廷赋役繁重，吴会忧甚，羲之每上疏争之，事多见从。"④当时崇尚虚谈之士往往标榜"居官无官官之事，处事无事事之心"⑤，可当政而不施政，不能做到为政利民，比起王羲之又是开仓济民，又是上疏为民争取轻徭薄赋，那些口谈浮虚、尸禄耽宠之士怎能不感到愧疚？孔子曰："夫仁者，己欲立而立人，己欲达而达人。"⑥孟子曰："亲亲而仁民，仁民而爱物。"⑦王羲之身为百姓的父母官，能够以己之心，体恤民众之苦，在他的身上，不正是体现了"仁"这一儒家的根本精神吗？

---

① 陈寅恪：《金明馆丛稿二编》，生活·读书·新知三联书店，2001，第92页。
② 王羲之不但自己不参加清谈，他对清谈之士的讽诫之言亦可见于《世说新语·言语》篇："刘真长为丹阳尹，许玄度出都，就刘宿，床帷新丽，饮食丰甘。许曰：若保全此处，殊胜东山。刘曰：卿若知吉凶由人，吾安得不保此！王逸少在坐，曰：令巢、许遇稷、契，当无此言。二人并有愧色。"刘真长刘惔是当时清谈人物的代表，也是身居要职的高官，许玄度许询则是与王羲之来往甚密的隐居之士。二人素享美誉，然所谈之言却甚为俗鄙，故王羲之讥其无古代贤者、隐士之风。今人评曰："玄度隐逸，只是求乐；真长放达，只是邀名。"（参见刘强：《有竹居新评世说新语》卷上，岳麓书社，2013，第56页。）
③ 《晋书》卷八十，第2094页。
④ 《晋书》卷八十，第2097页。
⑤ 孙绰诔刘惔语，参见《晋书》卷七十五《刘惔传》，第1992页。
⑥ 《四书章句集注·论语集注》卷三，第89页。
⑦ 《四书章句集注·孟子集注》卷十四，第340页。

三、礼玄双修在王羲之书法中的表现

中国书法理论向来有"书为心画""书如其人"①的传统,可以说王羲之就是这种传统的典型,《世说新语·容止篇》载"时人目王右军'飘如游云,矫若惊龙'"②,《晋书·王羲之传》则云:"论者称其笔势,以为飘若浮云,矫若惊龙。"③两句评语大意相同,而前者评述其人,后者称其笔势。从中我们可以看出,王羲之书法是其人格风貌很好的展现。前文集中讨论了王羲之身上有儒、道两种精神,而这两种精神在他的书法中也十分突出地被表达了出来。

在中国书法史上,几乎没有哪一位书法家能得到与王羲之相媲美的赞誉,然而其在书法史上的崇高地位却不是一开始就定于一尊,而是有其历史发展过程的。王世贞《艺苑卮言》曰:

> 宋齐之际,右军几为大令所掩;梁武一评,右军复伸,唐文再评,大令大损……右军之书,得刘休而振,得梁武而著,得唐文而后大定。④

"唐文"即唐文皇,也就是唐太宗李世民,他对王羲之书法的评价使王羲之的历史地位得到奠定。唐太宗在《晋书·王羲之传》后写的一篇赞辞中,历数各家书法之短,而独赞王羲之:

> 锺虽擅美一时,亦为迥绝,论其尽善,或有所疑……详察古今,研精篆

---

① "书为心画"见扬雄《法言·问神》:"言,心声也;书,心画也。声画形,君子小人见矣。""书如其人"见刘熙载《艺概·书概》:"书,如也。如其学,如其才,如其志,总之曰:如其人而已。"
② 《世说新语笺疏》,第 539 页。
③ 《晋书》卷八十,第 2093 页。
④ 王世贞:《弇州四部稿》卷一百五十三,崔尔平选编点校《明清书论集》,上海辞书出版社,2011,第 145 页。钱锺书《管锥编(四)·全上古三代秦汉三国六朝文·一九三 全梁文卷六》:"观《南史》卷四七《刘休传》:元嘉中,羊欣重王子敬正隶书,世共宗之。右军之体轻微,不复见贵。及休始好右军法,因此大行云;则羲之复申,似不待梁武。顾帝皇咳唾,尤可以上下声名,左右风会,轻献轩羲,论遂大定,后世龂龂持异议。"(参见钱锺书:《管锥编》,生活·读书·新知三联书店,2008,第 2147—2148 页。)

素,尽善尽美,其惟王逸少乎。①

　　"尽善尽美"语出《论语·八佾》:"子谓《韶》:尽美矣,又尽善也。谓《武》:尽美矣,未尽善也。"②书家要做到"尽善尽美",不可谓不难,既要能"出新意"从而不失其美,又要"于法度之中"从而不失其善,王羲之的书法可以说是这两者的完美结合。孙过庭《书谱》云"右军之书,末年多妙,当缘思虑通审,志气和平,不激不厉,而风规自远"③,张怀瓘也评价道:"若逸气纵横,则羲谢于献;若簪裾礼乐,则献不继羲"④,"逸少则动合规仪,调谐金石,天姿神纵,无以寄辞"⑤。明人项穆更是将书统与道统相比附,将王羲之比作孔子:"尧、舜、禹、周,皆圣人也,独孔子为圣之大成;史、李、蔡、杜,皆书祖也,惟右军为书之正鹄。"⑥又曰:"逸少以前,专尚篆隶,罕见真行。简朴端厚,不皆文质两彬,缺勒残碑,无复完神可仿。逸少一出,会通古今,书法集成,模楷大定。"⑦"文质两彬"也就是"文质彬彬",出自《论语·雍也》,"子曰:质胜文则野,文胜质则史。文质彬彬,然后君子"⑧。诸多评论者都认为王羲之书法有符合儒家文艺精神的一面,这与我们在前文所分析的王羲之身上的儒者气质相符合。

---

① 《晋书》卷八十,第 2108 页。与此相似的评价,还有张怀瓘《书断》:"其间备精诸体,唯独右军,次至大令。然子敬可谓武尽美矣,未尽善也;逸少可谓韶尽美矣,又尽善也。"(参见《历代书法论文选》,第 206 页。)

② 《四书章句集注·论语集注》卷二,第 68 页。

③ 《书谱》,华东师范大学古籍整理研究室《历代书法论文选》,第 129 页。

④ 张怀瓘:《书断》,华东师范大学古籍整理研究室《历代书法论文选》,上海书画出版社,1979,第 164 页。

⑤ 张怀瓘:《六体书论》,华东师范大学古籍整理研究室《历代书法论文选》,上海书画出版社,1979,第 213 页。理解"动合规仪,调谐金石"一句,可参《论语·为政》:"子曰:'吾十有五而志于学,三十而立,四十而不惑,五十而知天命,六十而耳顺,七十而从心所欲不逾矩。'"又项穆《书法雅言》:"逸少之书,五十有二而称妙;宣尼之学,七十之后而从心。"(《历代书法论文选》,上海书画出版社,1979,第 534 页。)有学者就用"从心所欲不逾矩"来形容中国书法的精神:"表现中国艺术精神的主体,以音乐为代表没有说服力,我认为应该是书法。书法精神是什么?书法是写字的艺术,写字不能没有规矩,很难用庄学去谈书法。我很喜欢用一句话来形容书法精神,就是孔子说的'七十从心所欲不逾矩'。中国文化是道德规范的文化,中国文人在道德规范中追求美,需要长期修炼,活到七十岁才能做到'心所欲不逾矩',这很像书法追求的境界。"(金观涛、刘青峰:《中国思想史十讲》,法律出版社,2015,第 157 页。)

⑥ 《书法雅言》,华东师范大学古籍整理研究室《历代书法论文选》,第 514 页。"正鹄"即箭靶的中心,《礼记·中庸》:"子曰:'射有似乎君子,失诸正鹄,反求诸其身。'"

⑦ 《书法雅言》,华东师范大学古籍整理研究室《历代书法论文选》,第 533 页。

⑧ 《四书章句集注·论语集注》卷三,第 86 页。

当然,也有从自然、萧散的道家意趣着眼,来论说王羲之书法的。袁昂在《古今书评》中说道:"王右军书如谢家子弟,纵复不端正者,爽爽有一种风气"①,这就是注意到了魏晋的玄学精神对王羲之书法的影响。张怀瓘说,"惟逸少笔迹遒润,独擅一家之美,天质自然,丰神盖代"②,赵孟頫也说,"右军字势,古法一变,其雄秀之气,出于天然,故古今以为师法"③。他们看到的是王羲之书法中有道家崇尚自然的一面。苏东坡则曰,"予尝论书,以谓钟、王之迹,萧散简远,妙在笔墨之外"④,这是认为钟、王书法之妙,正在于它们不拘于形似而有萧散简远的风韵。以上是对王羲之书法偏于道家气质的评价与解读。

我们很难将王羲之的书法归于道家或儒家,它应当是不拘于一家,或者说是兼容儒道两家的。观其用笔,往往自然而随意,内心的情感得以充分宣泄,然而这些情感往往又发而中节,即"发乎情,止乎礼义"。⑤《频有哀祸帖》《丧乱帖》多为激越之辞,悲痛的情感溢于言表,然而字里行间看似纵情恣意的挥洒却又为作者有意识的控制,字与字、行与行的相互呼应、连带、避就,虽然出于人工的经营,但又浑然天成,独具匠心。朱熹说得好:"玩其笔意,从容衍裕,而气象超然,不与法缚,不求法脱,其所谓——从自己胸襟流出者。"⑥"不与法缚,不求法脱",这是对王字极为精当的评价,我们在欣赏王羲之书法时就能深深感受到它既不为法度所束缚,也不刻意地追求逾越法度的从容与流畅,抒胸臆于法度之中,这正是所谓"智巧兼优,心手双畅,翰不虚动,下必有由"⑦。在《初月帖》《远宦帖》《上虞帖》中有大量的连笔,这些牵丝映带和笔画间极富韵律的呼应,使我们不禁感受到王羲之放达自适、"坦腹东床"的逍遥之风。从《平安帖》《何如帖》《奉橘帖》这些平和中正、优雅端庄的作品里,我们看到的则是王羲之教育子孙"敦厚退让"的儒者风范。其代表作品《兰亭序》更是儒道结合的经典之

---

① 袁昂:《古今书评》,华东师范大学古籍整理研究室《历代书法论文选》,上海书画出版社,1979,第73页。

② 张怀瓘:《书议》,华东师范大学古籍整理研究室《历代书法论文选》,上海书画出版社,1979,第145页。

③ 赵孟頫:《松雪斋集》续集《定武兰亭跋》,西泠印社出版社,2012,第312页。

④ 苏轼《书黄子思诗集后》,郭绍虞主编《中国历代文论选》第二册,上海古籍出版社,1979,第300页。

⑤ 《毛诗序》,郭绍虞主编《中国历代文论选》第一册,上海古籍出版社,1979,第63页。

⑥ 朱熹:《晦庵集》卷八十四《跋十七帖》,《景印文渊阁四库全书》第1145册,台湾商务印书馆,2008,第751页。

⑦ 《书谱》,华东师范大学古籍整理研究室《历代书法论文选》,第125页。

作,它彰显了道家崇尚自然的冲淡率意,但也暗合儒家持中守正、温柔敦厚的文艺精神。正如董其昌所说:

> 右军《兰亭叙》,章法为古今第一,其字皆映带而生,或小或大,随手所如,皆入法则,所以为神品也。①

"随手所如,皆入法则"就是儒道兼综的一种体现。儒道二家的学说矛盾重重,针锋相对,然而竟在王羲之的书法中得到了完美的融合。

四、结语

对于王羲之其人其书在儒、道上的两种表现,刘熙载在《艺概·书概》中有很好的概括,他说:"羲之之器量,见于郗公求婿时,东床坦腹,独若不闻,宜其书之静而多妙也。经纶见于规谢公以虚谈废务,浮文妨要,宜其书之实而求是也。"②这就是从"礼玄双修"着眼,来论说王羲之的人格风度与书法艺术的,如果认识到这一点,就可以帮助我们更加全面地理解王羲之的精神世界。

(周一凡,清华大学人文学院)

---

① 董其昌:《画禅室随笔·评书法》,华东师范大学古籍整理研究室《历代书法论文选》,上海书画出版社,1979,第543页。
② 刘熙载:《艺概·书概》,华东师范大学古籍整理研究室《历代书法论文选》,上海书画出版社,1979,第694页。

文化与美学

《世说新语》的性别观

萧　虹

"中华民族和世界上其他民族一样,根据人类学的说法都是经过一个母系社会时期的。"①即使在先秦时代仍留存了一些母系社会的残余痕迹,例如氏族的姓仍以女字为偏旁。到了汉朝独尊儒术,男性的优越地位才渐渐抹去了这些痕迹。由于东汉儒者对某些后妃的不满,以刘向的《列女传》打响头一炮,对女性施以教化,甚至批评统治者。②继由班昭的《女诫》定下理论基础,男尊女卑的教条就奠定了几乎是千年不破的两性关系。然而魏晋时代,由于其特定的政治社会和思想的影响,创造出我国二十世纪女性主义东渐以前对女性最不加束缚而且鼓励其成就的时代。对研究中国的性别观来说,这个现象是一个很值得探讨的问题:为什么性别观到这时候会发生变化? 魏晋时代的性别观是怎样的? 这时的性别观对后世有没有影响?

为了探寻这些问题,我试图用反映魏晋思想与社会的《世说新语》作为主要的文本。《世说新语》虽然是一本小说,但它既是一本轶事小说,也是一本记人小说,因此包含了关于人伦和社会等丰富题材,也反映了当时的思想倾向,正适合作为这项研究的文本。又因其涵盖魏晋两朝,在时代上也是合适的。况且,除专为教导女性的文本以外,《世说新语》可能是古书中独辟一章最早的专记女性言行的作品吧?

《世说新语》中有关性别的资料虽然比较集中在"贤媛"一章,但是也散见于其他章节。"贤媛"顾名思义是收入了当时被认为"贤"的女性。然而贤可以阐释为贤能、贤惠、贤淑等不同的含义,而评判这些意义的标准也会因时而异。

---

① 郑慧生:《我国母系氏族社会与传说时代——黄帝等人为女人辨》,《河南大学学报》1986 年 4 月 1 日。

② 刘向:《列女传》,"辩通:齐钟离春;齐伤槐女;楚处庄姪"。

因此《世说新语》编者或他们的时代认为贤,其他人或时代却不一定认同,纵观"贤媛"一章所收的32则条目,根据我的分析,合乎正史与地方志中"列女传"标准的属于少数,例如标榜女性为男性亲属牺牲的有4条①,宣扬传统女德的有3条②,然而称赞有先见之明的女性的有5条③,以智慧才辩出名的有10条④,以气度胜的有9条⑤。我所谓气度,以现在的眼光看,就是对自我价值的肯定。用以上的结果来评定《世说新语》的性别观,不难看到与后世有相当大的差别。标榜女性牺牲与其他如谦卑美德的条目属少数,而凸显智慧与辩才的条目偏多,颇不符合"女子无才便是德"这一历久不衰的性别定律。更有进者,或用家族的荣光,或以本身的自我意识肯定女性自身的价值,并置于男性之上,打破涵盖男尊女卑的原则的内容也占很大比例。至于散见其他各章的内容,其观点基本也是这样。

为什么性别观到这时候会发生变化?

众所周知,自从汉武帝独尊儒术以来,中国的性别观由儒家的"四书""五经"所引领,渐渐走向男权社会。东汉以前,儒士亦未把妇女变成完全顺从的角色。如《白虎通德论》一书说:"妻者,齐也。"31则就是说"妻"一词之意义释为"平等"。即便《白虎通德论》撰写于东汉,它是儒生因讨论先贤而流传下来对"五经"之诠释的一篇报告,所揭示的思想却并不一定是东汉的。由此可知,中国古代社会中,夫妻是平等的伴侣。谢无量在《中国妇女文学史》一书中,称中国古时男女地位较为平等。而在汉代,刘向、班固及其妹班昭这些儒者,在专为训诫妇女所写的文本中,才牢固地建立起男性的优越地位。

由于东汉一些后妃的失德,令部分儒者感到有对她们进行教化的必要。因而刘向的《列女传》不失时机地出现这类情节。虽然现代学者认为《列女传》的重点是提倡贞操观念,是后世之所以特别重视寡妇守节的圭臬,然而《列女传》并不抹杀女性成才的可能性,其实,它凸显了一些有才华、有见地的女性,甚至有时将她们置于男性之上,例如女性在教训丈夫或儿子⑥和在辩论时压倒高层

---

① 2、18、19、29。
② 3、5、20。
③ 1、4、10、12、32。
④ 6、7、8、9、11、17、23、24、27、31。
⑤ 13、14、15、16、21、22、26、28、30。
⑥ 刘向:《列女传》"贤明:齐相御妻";"仁智:密康公母;鲁臧孙母",《四部备要》本。

男士①,甚至批评国主②等。但是到了班昭,她不但确立了男尊女卑的基本理论,而且从不同方向束缚了女性的自由、成才和个性的发展,不但要求她们对家庭的长幼成员都要服从或讨好,而且要甘于平庸,使得千秋万代的女子沉沦于平庸的泥沼中,无以自拔。班昭虽自身为女性,但是由于她接受了男权思想的浸润,设想了这么精细的约束女性的策略,这就是男权主义"以夷制夷"的良策。

在班昭的《女诫》中,妇女在任何可想象的场合里,对于如何正确进行举手投足都有详尽规定。最为严格又包罗一切的就是"三从",要求妇女在家从父,出嫁从夫,最糟的是,夫死要从子。一言以蔽之,妇女从呱呱坠地开始到死后入土,不得有一己的自由意志。幸好最后一"从",有时因儒家以孝为先的主张,被折减不少。"从"字的意义,值得我们仔细考量。最普遍的解释是顺从的意思,但即使在古代,要母亲顺从儿子,似乎也讲不过去。如果我们把"从"字解作"随着",就不同了。丈夫死了,母亲随着儿子过生活则是非常自然的事。然则,这个解释虽然比解作"服从"好些,却仍然规定妇女一生不能独立生活,即使她有这样的能力。

东汉以后,中国长期陷入混乱与战争中,汉代用礼乐对人施加的种种制约,很难施行下去。就拿不出闺门的训示来说,连年战争,家庭离散,男女都四处逃窜,夫妻被冲散,失去联系,双方甚至在南北国界各一方,男女双方各自另组家庭的例子很多。女人若不改嫁,就无法生存下去。在这种兵荒马乱的情形之下,所谓不出闺门,女主内,从一而终的种种要求自然就不能那么严苛了。

这一时期儒学之衰落和道家思想之兴盛有其因缘际会,即使道家从未直接谈及妇女地位如何,但从道家一些观念,如"自然""齐物",他们似持有更豁达的态度。他们对歧视及束缚妇女等方面观念的缄默,可以解读为他们对任何强加于妇女或任何人之戒律都不热心支持。这正可以说明为何魏晋妇女得以生活和活跃在那种相对自由的气氛中。虽然清规戒律不可能一夜尽除,至少那时妇女过得较为轻松些。

魏晋时期因为国家的衰亡,家族的分崩离析,对个人的控制力无形减低,而个人的意识就相应提升。在个人主义的影响下,对礼教的轻忽甚至叛逆就是其后果。部分女性觉醒以后对不合理的性别观自然会提出异议。

---

① 刘向:《列女传》,"辩通:楚野辩女"。
② 同上,"辩通:齐钟离春;齐伤槐女;楚处庄姪"。

这时期影响妇女个人行为举止的,可能还有一个因素,即贵族家庭在社会上享有的特殊地位。一个出身高门的女子,和男性成员一样身感矜贵高傲,必定难于以谦卑的态度和丈夫或其家庭的其他成员相处,尤其当丈夫聪明才智不如己时。《世说新语》有不少例子,妻子不满丈夫,甚至公开批评丈夫。但这自然并非说各种身份的女性都能如此,我们能见到的例子都明显可归因于贵族妇女相对坦率、倨傲的言行。

以下将就五个方面来讨论《世说新语》所反映的性别观。

一、打破男尊女卑的原则

男尊女卑不但是东汉时班昭的产物,而且在中国的历史长河中,也占据了一定的地位。然而在班昭以前,这个观念还只是较为模糊,上面说过刘向的《列女传》中有不少女性从道德的高位教训男子。虽然刘向所叙不一定是真实的历史,但他既然把它们放进目的在于教导女性的作品里,表示至少他并不觉得这些故事是不恰当的,反而是值得效仿的。可见这时的尊卑观念还不是一成不变的。但是班昭的《女诫》却毫不含糊地提出男尊女卑的定论。她开篇明义地以第一章阐述这个定律的历史性和必然性,不容读者质疑。①

但是在班昭以后约四个世纪的《世说新语》中有些条目里,却可以找到一些特立独行的女性,打破男尊女卑的原则,为自己寻找合理的地位。她们甚至把自己置于男子之上。

第一个进入我们脑海中的是谢道韫。她嫁给王羲之的儿子王凝之以后,第一次回娘家,就毫不掩饰地这样批评新夫婿:

> 王凝之谢夫人(道韫)既往王氏,大薄凝之。既还谢家,意大不悦。太傅(谢安)慰释之曰:"王郎,逸少之子,人身亦不恶,汝何以恨乃尔?"答曰:"一门叔父,则有阿大、中郎;群从兄弟,则有封、胡、遏、末。不意天壤之中,乃有王郎!"——《世说新语》,贤媛第十九·26

―――――――――――――

① 班昭:《女诫》。

说话的人是谢道韫。她是谢安的长兄谢弈的女儿,而她的新夫婿却是王羲之的儿子王凝之。这里的关键词是"薄"。也就是说谢道韫大大地看不起她的新夫婿。对于"叔父"与"封、胡、遏、末"指的是什么人,学者有不同的解读,我已经就这个问题在拙作《世说新语整体研究》中讨论过[①],这里就不再赘述。这里只需要说明她所提出的两组人,第一组是她谢家的父辈,第二组是她同辈的亲兄弟或堂兄弟。她这一段话的意思是将她的新夫婿跟她娘家的男性成员比较,结论是有天壤的差别。

上文说过,这个时期女性的优越感可能是自己家族属于社会地位高的豪族的缘故。然而,她所属的谢氏当时比她丈夫所属的王氏还稍逊一筹。如果比较两家的地位,她并没有骄傲的理由,如果有,就是她在评判丈夫与自家人本质的优劣时而得出的优越感。她自身的优越感在这段言论里呼之欲出,很明显地反映她并不服膺男尊女卑的教训。这种言论在男权高涨的时代无异于大逆不道。然而,《世说新语》不但把它收入,而且把它放在"贤媛"一章中,竟是不但不批判反而赞扬她的所作所为了。

王凝之是否如他的妻子所说的那么不堪,从《晋书》的记录之中可以找到答案。[②] 她的丈夫任会稽内史时,值孙恩卢循作乱。由于王氏屡世笃信天师道,王凝之更是迷信不疑。乱兵打到时,他不下令布防,还在静室请神兵相助,最后不但自身被杀害,而且儿子们也全遭殃。道韫听说之后,持刀带领婢女出来,亲手砍杀数人,面对孙恩,义正词严,最后保全了她的外孙。此时谢道韫已经做了外祖母,年龄至少在四十余五十岁以上,如此处变不惊正是谢安以来谢家人的特色。她的丈夫王凝之愚昧酿成大祸不但殃及自己和儿子,而且令他所统领的地方陷入敌人的手里。相形之下,与她的英明果决真有天壤之别。

批评丈夫的女性还有其他的例子。

谢安的妻子刘夫人也是一人。刘夫人是刘惔之妹。自西汉始,刘氏家族就与众不同,刘惔祖父兄弟三人都是当时名士,父亲亦颇为知名。《晋书·刘惔传》中称刘母也是出色女性。刘惔本人是南梁简文帝(320—372)亲近而备受敬重的朋友,他的妹妹自然因她的家族而十分自豪。早期谢家还只是较新兴的贵族家庭,刘夫人有时会质疑谢安的行为与择友:

① 萧虹:《世说新语整体研究》,第140—142页。

② 《晋书》卷80,第2103页。

> 谢公夫人(刘)教儿,问太傅(谢安):"那得初不见君教儿?"答曰:"我常自教儿。"——《世说新语》,德行第一·36

这话明明不满于谢安没有像她一样教训儿子,而谢安的回答颇令人费解。依刘峻注文的解释,谢安偏向身教。他引刘子真的故事意在阐明教育后代的方法无过于以身作则。

另一次,刘夫人批评谢安的择友不慎:

> 孙长乐(绰)兄弟就谢公(安)宿,言至款杂。刘夫人在壁后听之,具闻其语。谢公明日还,问:"昨客何似?"刘对曰:"亡兄门,未有如此宾客。"谢深有愧色。——《世说新语》,轻诋第二十六·17

孙绰与孙统俱为一代名士,孙绰尤其因为他为已故丞相作诔而闻名。这一则中,不单有刘夫人对丈夫择友的批评,也可听出她因是豪族刘家一员、刘惔之妹而感到自豪,因而不满丈夫的行为。这分明也是不符合男尊女卑的原则。

《世说新语》,排调第二十五·27内,刘夫人劝丈夫放弃退隐。

> 初,谢公在东山居,布衣,时兄弟已有富贵者,翕集家门,倾动人物。刘夫人戏谓安曰:"大丈夫不当如此乎?"谢乃捉鼻曰:"但恐不免耳。"

谢安曾多次谢绝朝廷或州府的传召或任命,此前他的兄长谢奕任都督豫、司、冀、并四州军事,平西将军和豫州刺史之职,威重一方,弟谢万亦曾任豫州刺史,监司、豫、冀、并四州军事,刘夫人见大伯小叔都如此发达,所以才有此一问。此时谢安仍以隐士自居,但最后他还是于年逾不惑之时入仕。

丈夫的出处,应该是他根据自己的志向选择,夫为妻纲是一贯的思想,妻子作为卑下的一方岂应置喙?然而刘夫人看见谢安的兄弟都已发达,免不了羡慕,虽然没有干预谢安的选择,却也难免要试图影响他。

刘夫人喜爱伎乐以消闲,却不愿丈夫也来欣赏,她想方设法不让他同看:

谢公(刘)夫人帏诸婢,使在前作伎,使太傅(谢安)暂见,便下帏。太傅索更开,夫人云:"恐伤盛德。"——《世说新语》,贤媛第十九·23

本条目所讲述的是贵族妇女也喜爱观伎,谢安的夫人,身为女人,自然没有到外面去欣赏伎乐的机会,而那时谢安也还没有畜妓,所以刘夫人只得教自己的婢女表演歌舞。但是她不愿意让谢安一同欣赏,托词说看了这种表演会伤及谢安遵守道德的名声。古代女人独自观伎,在大多数历史时期都是不多见的。在家宴的氛围中女性在帘幕后看戏的情形倒是不少,况且刘夫人还是自作主张为自己安排观伎,并且拒绝丈夫一同观看,简直可以看作蔑视男尊女卑的教条。

刘峻的注从今已不存的《妒记》里,引了一则有关刘夫人的故事:

谢太傅刘夫人不令有别房。公既深好声乐,后遂颇欲立妓妾。兄子及外生等微达此旨,共问讯刘夫人,因方便称"关雎""螽斯"①有不忌之德。夫人知以讽己,乃问:"谁撰此诗?"答曰:"周公。"夫人曰:"周公是男子,相为尔;若使周姥撰诗,当无此也。"

这一条刘峻的注从《妒记》所引的一段故事,说谢安想娶妾或畜妓,恐怕遭到刘夫人的反对,谢安的子侄就想法子说服她,引出一段有趣的对话,刘夫人也因此为千古妇女发声。谢安的子侄对刘夫人说周公的"关雎""螽斯"以不妒忌为美德,刘夫人回应说若是这些话让周婆说,意见就会不一样了,言下之意,如果从女性的角度出发,那么古代的经典就会完全改观。刘夫人对妇女没有话语权这一事实,用极为通俗而精练的话一针见血地指出。其实,女性所受的不公正的待遇,就是因为一切褒贬都是从男性的立场出发,所以得到的结论自然都是男尊女卑了。

我们难于确定《妒记》一书的可靠性,因我们仅能从《太平御览》等类书中看到一些残文,刘峻正是从其中引出上述故事的。总之,看来这则故事里刘夫人的性格,和《世说新语》轶事中的人物形象完全相符。以现代眼光看,刘夫人是古代女性主体意识的表率。

---

① 两者均为《诗经》所载诗。

以上两位企图打破男尊女卑教条的女性恰巧都与谢安有关系。一个是他从小看大的侄女,一个是他的妻子。难道是巧合吗?我认为不是。从《世说新语》和《晋书》关于谢安的资料中都可以见到他是一个思想开明的学者和政治家。他对女性也必定是采取比较理解和宽容的态度,所以他身边的女性才有更多的自由想要打破男尊女卑的教条。

当然除了以上两位跟谢安有关系的女性,这时期还有别的女性也试图拒绝接受男尊女卑的待遇。许允的妻子阮夫人在《世说新语》"贤媛"一章也占了很重要的位置。在该章的32条中就独自占了3条。① 她是门第颇高的阮氏女,据说生得很丑陋,所以新婚的那天,新郎就拒绝留在新房。阮夫人不顾男尊女卑的教训,跟他展开一场辩论:

> 许允妇,是阮卫尉女,德如妹,奇丑;交礼竟,允无复入理,家人深以为忧。会允有客至,妇令婢视之,还答曰:"是桓郎。"桓郎者,桓范也。妇云:"无忧,桓必劝入。"桓果语许云:"阮家既嫁丑女与卿,故当有意,卿宜察之。"许便回入内。既见妇,即欲出。妇料其此出,无复入理,便捉裾停之。许因谓曰:"妇有四德,卿有其几?""妇曰:"新妇所乏唯容尔。然士有百行,君有几?"许云:"皆备。"妇曰:"夫百行以德为首,君好色不好德,何谓皆备?"允有惭色,遂相敬重。——《世说新语》,贤媛第十九·6

许允因受不了新娘的丑陋,两度逃出新房。新娘阮氏女不得已紧紧捉住他的衣角。在许允质问她有几种女德之下,她被逼反唇相讥,指出他好色不好德,令他无言以对,因此赢得丈夫的接受。这段故事正是两性对阵的场景,如果阮夫人接受了男尊女卑的原则,那么她的未来就不堪设想了。

班昭的《女诫》对妇女要求的四德是:德、言、容、功。言的方面要求不必能言善辩,讲话要有分寸。她说:"妇言,不必辩口利辞也;择辞而说,不道恶语,时然后言,不厌于人,是谓妇言。"那么,阮夫人这样挑战夫婿的言辞,自然是很不恰当的,何况还指责他没有男子应有的德行,辩得他无话可说,更不合男尊女卑的准则。然而阮夫人为自己未来的命运所迫,不得不奋力挑战这个准则。

---

① 6、7、8

阮夫人的智慧,在婚后显然也是胜过她的丈夫的,她曾在关键时刻不顾男尊女卑的训诫,教他如何应付危机。听从了阮夫人的教导,许允终于转危为安。"贤媛"中第三条关于阮夫人的是许允死后她教儿子怎样避祸的故事,这两条留待下文再论。

"排调"章中还有更骇人听闻的挑战夫婿尊崇地位的一则:

> 王浑与妇钟氏共坐,见武子从庭过,浑欣然谓妇曰:"生儿如此,足慰人意。"妇笑曰:"若使新妇得配参军,生儿故可不啻如此!"——《世说新语》,排调第二十五·8

王浑是晋朝征吴的功臣,官至司徒,而他的妻子钟琰则是三国时大书法家太傅钟繇的曾孙女。因家世历代显赫,她自然把自己看得很高。言下之意,丈夫并不够优秀,如果她和小叔王沦结合,儿子当更为出色。李慈铭怀疑本条目的真实性。不过《郭子》中也有这样一条,刘义庆极为可能是根据《郭子》收入的。诚然,夫妻之间的私语戏谑旁人怎能得知? 这个故事的真实性的确值得怀疑,但顾及当时礼法的松弛与钟夫人的特殊地位,也不是绝对不可能的。李慈铭(1830—1894)以清末妇女极度保守的眼光来看,自然是不可想象的。重要的不是它是否真实,而是《世说新语》竟然能收录它,显示出在编辑者的眼里,这样的玩笑是可能存在的。

《世说新语》中有些女性是通过对自己和他人的称谓而显示出对自我的定位。这里只是略举一二例子说明。敢于打破陈旧礼法,有时不须通过行为,只需运用语言即可做到。最脍炙人口的莫过于王戎妻子的妙语:

> 王安丰(戎)妇,常卿安丰。安丰曰:"妇人卿婿,于礼为不敬,后勿复尔。"妇曰:"亲卿爱卿,是以卿卿。我不卿卿,谁当卿卿?"遂恒听之。——《世说新语》,惑溺第三十五·6

我曾为文专门讨论从魏晋时期妇女对称谓的运用看她们的自我评估。[1] 我

---

[1] 萧虹:《语言和自我评估:魏晋时期的妇女》,《阴之德——中国妇女研究论文集》,新世界出版社,1999,第51—70页。

的结论是魏晋时期有些贵族妇女之对男性不用尊敬的称谓,特别是对自己的丈夫,而是用比较平等或亲昵的称谓。既然王戎对妻子称自己为"卿"提出异议,而且说于礼不合,但王妻不但不肯改口,还反驳了他,这不是很不合乎男尊女卑的话语吗?

二、发展才智

刘向在《列女传》中没有讳言女性的才智,相反地,描绘了不少能言善辩的女子①,最令人难忘的是那位与某大夫撞车的"楚野辩女",她虽然只是一介平民,但理直气壮地与一个外交官分辩意外事件应该由谁负责。此时的性别观似乎还不是太偏颇:允许女性一展机智的机会。但是后来为了保持男尊女卑的两性观,必须避免女性崭露头角。因此班昭的《女诫》主张"男以强为贵,女以弱为美"②。就是要求女性保持平庸,不需要发挥自身最高的潜力。然而《世说新语》里面却特别凸显了一些女性的才智,她们甚至胜过男性。

实际上,可能在班昭以前就有这样的思想倾向。赵母嫁女儿,女儿临离开娘家的时候,赵母教诲她说:"到了婆家,千万不要作好!"女儿说:"不作好,难道要作恶吗?"母亲说:"好都不可以作,况且作恶呢!"赵母这番话语重心长,好像觉得她的话有道理。

《世说新语》中这一条是合乎班昭的训诫的:

> 赵母嫁女,女临去,敕之曰:"慎勿为好!"女曰:"不为好,可为恶邪?"母曰:"好尚不可为,其况恶乎?"——《世说新语》,贤媛第十九·5

赵母所说的"作好",是刻意作好的意思。如果用儒家的思想来解释,就是要保持中庸之道,不要太好也不要太坏。作得太好,容易惹人嫉妒,世俗也有"枪打出头鸟"的警语。但还有一个看法是从女性的角度来看。自古以来,女人都被告诫不可太过出色。班昭的《女诫》说:"妇德,不必才明绝异也;妇言,不必辩口利词也;妇容,不必颜色美丽也;妇功,不必工巧过人也。"总之,这四个"不

---

① 刘向:《列女传》"辩通"一章都是极好的例子。
② 班昭:《女诫》,"敬慎"第三。

必"就让千古的女性默默地把自己的优点隐藏起来,甘于平庸,因而埋没了多少女性才俊。她们必须压制自己成才的愿望,不能发挥自己的才能,只能怪自己生为女性的不公命运。这就是唐朝的鱼玄机和宋朝的朱淑真两位杰出的女诗人都对自己的性别深表愤恨的缘故。也因此多位清朝的女诗人焚毁自己的诗稿,甚至约束自己写诗,这都是"不必为好"造成的影响。再极端点就成为后世的"女子无才便是德"了。一直到21世纪的今天,我们还常常听到"女孩子书不可以读得太多""学问太多,学位太高,找不到丈夫"之类的话。这难道不是赵母和班昭的训诫所提倡的性别观造成的遗毒吗?

然而,《世说新语》中更多是表扬妇女才智的条目。上文已经介绍过谢道韫,《世说新语》还有几则轶事描写了她机智敏捷并且工于赋诗:

> 谢太傅寒雪日内集,与儿女讲论文义。俄而雪骤,公欣然曰:"白雪纷纷何所似?"兄子胡儿(谢朗)曰:"撒盐空中差可拟。"兄女曰:"未若柳絮因风起。"公大笑乐。即公大兄无奕(谢奕)女,左将军王凝之妻也。——《世说新语》,言语第二·71

这一条的注文中,刘峻说谢道韫的诗、赋、诔、颂传于当世,可见她的才华与成就,可惜现在只有零散的篇章传世。我曾利用一些文集,搜集了她的这些断简残篇。①

因为这个故事,谢道韫和柳絮成为了才女的象征,在中国女性文学史上写下了浓墨重彩的一笔。"咏絮才"也变成了称赞有才的女性的惯用语。后世,尤其是清代的很多女诗人的名字或号里面都有一个"韫"或"絮"字,其影响的深远,可想而知。《晋书·王凝之妻谢氏》称她著有诗赋诔颂;丁福保《全汉三国晋南北朝诗》中的《全晋诗》录有她两首诗;清严可均辑的《全上古三代秦汉三国六朝文》亦收入她一篇文章。从这些诗文集中,我们可以见到谢道韫作品的一鳞半爪。

谢道韫还是清谈好手。清谈一类公开的文娱活动本是男子的专利,但可能谢道韫在谢安的调教下,也有一些经验。从《世说新语》的内容看,我们看到谢

---

① 萧虹:《阴之德——中国妇女研究论文集》,第122—123页。

安常常聚集子侄一同谈论文艺,提到谢道韫的只有一条,其他的条目虽然没有直接提到她,但也不能排除她的参与。所以当她看到小叔子与一群名士谈辩时,忍不住技痒,就要求参与:

> 凝之弟献之尝与宾客谈议,词理将屈,道韫遣婢女白献之曰:"欲为小郎解围。"乃施青绫步鄣自蔽,申献之前议,客不能屈。——《晋书》卷96

《晋书》中这一段话让我们看到舌战群雄的风姿,她在男性擅长的活动中击败他们,表现卓绝的才能。

谢道韫的晚年,在会稽寡居,会稽太守刘柳听说她的名声,请与她清谈,她慨然应允,她的表现仍然令刘叹服不已。那个时代虽然男女之防比较开放,而且二人年龄差距可能也很大①,但她以寡妇的身份,单独和一个外人对谈,也可算是离经叛道吧?

《世说新语》还有一条时人对谢道韫的评价:

> 谢遏绝重其姊,张玄常称其妹,欲以敌之。有济尼者,并游张、谢二家。人问其优劣?答曰:"王夫人神情散朗,故有林下风气。顾家妇清心玉映,自是闺房之秀。"——《世说新语》,贤媛第十九·30

我们在此无须计较二女的优劣,因为两人都是当时人认为优秀的女性。从济尼的评语看来,谢道韫的优点是她有当时人看重的精神开阔爽朗,并且把她比作林下的竹林七贤,可见对她的评价是极为高的。众人既然询问济尼的意见,可见他们认为她有品评两位杰出女性的能力。

《世说新语》中聪明有才智的女性还有不少,上文提到的许允妻阮夫人和夫婿辩论的故事充分反映了她的智慧。在以后的日子里,她也用她的才智,挽救了家庭的危机。

> 许允为吏部郎,多用其乡里,魏明帝遣虎贲收之。其妇出诫允曰:"明

---

① 谢道韫在丈夫死时已为人外祖母,刘此时应尚在青年,据其传记所述他以后所任官职远高于会稽太守可知。

主可以理夺,难以情求。"既至,帝核问之。允对曰:"举尔所知。臣之乡人,
臣所知也。陛下检校为称职与不? 若不称职,臣受其罪。"既检校,皆官得
其人,于是乃释。允衣服败坏,诏赐新衣。初,允被收,举家号哭。阮新妇
自若云:"勿忧,寻还。"作粟粥待,倾之允至。——《世说新语》,贤媛第十
九·7

阮夫人教许允如何应付皇上的审问,然后很有信心地等候他回来。她说因
为魏明帝是一个明白事理的君主,所以只可以用道理来说服他,而不能求情。
这说明阮夫人很了解魏明帝的为人,知晓应该怎样应对才能化解他对许允的罪
责。魏明帝是个多疑的君主,对臣下动辄贬谪或赐死。许允被捕的时候,全家
都害怕得大哭大喊,只有阮夫人镇定如初。她还有心情去煮一锅小米粥,等待
许允回来,她对自己教许允的对策很有信心,更写出她沉着的性格。

同章的下一条也和这一条意思相近,不过阮夫人教导的不是她的丈夫而是
儿子。同样由于她的智慧,他们避免了一场灾祸。

女性的智慧有多种,上文提到的钟琰以有识人之名著称。

王浑妻钟氏生女令淑,武子为妹求简美对而未得。有兵家子,有俊才,
欲以妹妻之,乃白母。曰:"诚是才者,其地可遗,然要令我见。"武子乃令兵
儿与群小杂处,使母帷中察之。既而,母谓武子曰:"如此衣形者,是汝所拟
者非邪?"武子曰:"是也。"母曰:"此才足以拔萃,然地寒,不有长年,不得
申其才用。观其形骨,必不寿,不可与婚。"武子从之。兵儿数年果
亡。——《世说新语》,贤媛第十九·12

她从一个人的面相看出此人寿命不长,他虽然有才,但不适合作为女婿,结
果竟然证明她的预见是正确的。从面相识人是魏晋时代颇为盛行的一种学问。
刘劭的《人物志》就倡导这种说法,而且举了例子说明。因此,钟夫人在此也一
展这方面的才能,为世人所看重,被收入《世说新语》"贤媛"篇章中。

三、参与主流社会活动

传统中国的性别观有"男主外,女主内"的说法。从《易经》开始妇女的工

作就是主中馈的。《易·家人》:"无攸遂,主中馈。"孔颖达疏:"妇人之道……其所职,主在于家中馈食供祭而已。"①"主中馈"的意思就是在家中主持烹饪和祭祀的事务。女性既然不能走出家庭,就几乎不可能参与主流社会活动。我这里所说的社会活动,并不是单指一般所谓的社交,而是包括一切必须走出家庭,跟社会发生直接关系的事情,例如政治、经济、文化等活动。而主流活动在中国古代自然是指以男性为主的活动。这些活动基本上是不允许女性参与的。

正如上文打破男尊女卑的女性一样,《世说新语》中所记载能够而且曾经参与社会活动的女性也大多数属于贵族家庭的成员。

首先我们要看的是两位理财能手。

这一时期之前,历史上已有不少女性参与政治的例子。她们以太后、皇后、外戚或权臣夫人的身份于幕后掌权。《世说新语》中,可见到妇女参与商业和政治,当然也都是幕后的行为:

> 司徒王戎,既贵且富,区宅僮牧,膏田水碓之属,洛下无比。契疏鞅掌,每与夫人烛下散筹算计。——《世说新语》,俭啬第二十九·3

王戎是竹林七贤之一,后跻身宦途,直登司徒高位。年迈后似乎将昔日信念抛诸九霄云外,成为政治上的投机者、面目可憎的守财奴。他夫人亦协助他点检财物,以此我们猜测她理财有方,恐怕不太离谱。晚上与丈夫一同算账,虽说不上"主外",毕竟也与主中馈不同。王戎夫人的名讳以及出身,还查找不到,但从关于他俩"卿卿我我"的条目(见上文)看来,王夫人也应该是出身名门,至少她在家庭里有一定的地位。

比王戎夫人更明显参与社会活动的是王戎的堂弟王衍的妻子郭氏。她投身商务可能更为积极。她最为人知的故事是用钱围绕床前,逼得口不言钱的王衍发明用"阿堵物"作为钱的代用词:

> 王夷甫雅尚玄远,常嫉其妇贪浊,口未尝言"钱"字。妇欲试之,令婢以钱绕床,不得行。夷甫晨起,见钱阂行,呼婢曰:"举却阿堵物。"——《世说

---

① 《周易注疏及补正》,易4,家人,世界书局,1978,第5页。

新语》,规箴第十·9

此外,《世说新语》中还有她敛财营商的切实证据。

> 王夷甫(衍)妇郭泰宁女,才拙而性刚,聚敛无厌,干预人事。夷甫患之而不能禁。时其乡人幽州刺史李阳,京都大侠,犹汉之楼护,郭氏惮之。夷甫骤谏之,乃曰:"非但我言卿不可,李阳亦谓不可。"郭氏小为之损。——《世说新语》,规箴第十·8

> 王平子(澄,王衍弟)年十四、五,见王夷甫妻郭氏贪欲,令婢路上儋粪。平子谏之,并言不可。郭大怒,谓平子曰:"昔夫人临终,以小郎嘱新妇,不以新妇嘱小郎!"急捉衣裾,将与杖。平子饶力,争得脱,逾窗而走。——《世说新语》,规箴第十·10

王衍仕途顺遂,历任尚书仆射、领吏部,后拜尚书令、司空、司徒。既富且贵,当然不需要言及钱,平时政务繁忙,故妻子可利用他的权势从事交易。此外,她与当时把持朝政的贾后有亲①,经营起来更有恃无恐。本条文中,王衍对妻子的贪得无厌没有办法制止,借重一个名叫李阳的侠客的威名来阻遏郭氏的贪婪。做生意本非淑女之所为,而攒粪便出卖,实在令人不堪。连王澄这样的年轻人亦以为嫂子行为有损体面。但是兄弟俩却无力阻止郭氏,一个要借外力,一个几乎挨一顿棍子。郭氏的强势可见一斑。

这一连三条的主角都是王衍妻郭氏,足以见得她在当时是一个不平常的人物。她能利用各种渠道和关系赚钱,直接或间接参与了经济活动。在妇女史上是一个典型的人物。《红楼梦》写的王熙凤正是这一类型。《红楼梦》虽然是小说,想必王熙凤必有其在清代的原型。

同属于王氏家族的还有一个人利用特殊的地位发挥政治上的能量。她是王导妾雷氏。《世说新语》中的条目十分简短,提供的信息很少:

> 王丞相(导)有幸妾姓雷,颇预政事纳货。蔡公(谟)谓之"雷尚

---

① 贾后的母亲姓郭。郭氏是贾后的表姐妹。

书"。——《世说新语》,惑溺第三十五·7

这个女人和王氏家族有关联,也不是什么巧合。王导是东晋三朝宰相,权势可想而知。他的妾都可以凭借跟他的关系干政和受贿。妇女"颇预政事",就不止是纳货那么简单了。似乎是说她的兴趣不只是经济方面的,还有政治方面的。虽然这两者有分不开的联系。

不过不是所有从事社会活动的女性都是负面的。她们也曾在文化方面作出贡献。上面已经引了谢道韫参与社会精英清谈的条目,那是从妇女才智的角度而谈的。现在,我们要换一个角度来看。

上文说谢道韫是一个很有才气的女性,我们已经看到她的叔父称赞她文学上的天赋,也看到了她以谈辩压倒群雄的风采,更有意义的是她不惧表现自己的才能,触犯女性应该甘于平庸的教条。她那种藐视妇女谦卑自轻的传统、毫不掩饰急于参与男性活动的坦荡态度,也令人耳目一新。清谈是一种男性精英所喜爱而且擅长的文娱活动,有时更有其政治意义。谢安和他的朋友经常聚会清谈。谢家是个大家庭,谢道韫在与谢安共处的环境下长大,耳濡目染,在清谈方面一定有所领悟。然而自己家族间的清谈,她以女性的身份参加当然不会遭到非议,但小叔王献之的清谈,并非家族式的聚会,却是有很多当世的名士在场。当她知道小叔在家里举行清谈聚会时,她也忍不住要参与。她既不怕被人非议,也不掩饰自己的才华,并不遵守那些应该谦卑的教条。她毅然冲破女主内的防闲。东晋时虽然对女性的约束没有那么严格,我们不知道她的行动是否被一般人接受,但不难看出《世说新语》却是以赞许的口气记载此事的。

另外,这个故事表达出她某种无法遏制的愿望,想要参与这项被男子垄断的士人活动。她另一次行为更为惊世骇俗,那是丈夫死后她还在会稽居丧时,以下是《晋书》她的本传中的记载:

> 太守刘柳闻其名,请与谈议。道韫素知柳名,亦不自阻,乃簪髻素褥坐于帐中,柳束修整带造于别榻。道韫风韵高迈,叙致清雅,先及家事,慷慨流涟,徐酬问旨,词理无滞。柳退而叹曰:"实顷所未见,瞻察言气,使人心

形俱服。"①

刘柳与她非亲非故,她时值孀居,和他对谈而无夫家任何男子在场,表明她可能已摒弃礼法,即使把双方年龄差异都考虑进去,还是极不寻常的。道韫在气质上一如阮籍,我们几乎可听见她掷地有声地说:"礼岂为我辈而设。"②有了这样的气概,才能"亦不自阻",没有顾忌地去做此类文化性的社会活动。

四、家庭地位的提高

班昭的《女诫》说丈夫是自己的天,固然不可冒犯,要无条件服从。对翁姑更要像对自己的父母一样孝顺,这都还可以理解,然而对比丈夫甚至自己还小的叔姑也要低三下四,就令人难以接受了。虽然班昭并不是用道理来说明它的必要性,而是把它当为一种策略:讨好了小叔和小姑,他们就不会在翁姑面前说自己的坏话。她不但要求女性对翁姑和丈夫忍让,还要讨好小叔和小姑。因此,班昭把女性在家庭的地位放得最低。

我们可以从上面已经引过的《世说新语》条目看到魏晋时代女性在家庭里的地位绝对不是这样屈辱的。刘夫人批评丈夫的客人和拒绝丈夫一起欣赏歌舞表演的两条显示她在家庭里的地位,即使不高于丈夫,至少也是平等的。从谢道韫看低自己的丈夫的言语,和她婚后参与小叔的清谈聚会也可见她不遵守《女诫》把自己放在夫家最低的位置。而王衍王澄二人不满郭氏的行为却不敢制止,也凸显了郭氏绝非家庭中地位最低的人。

《世说新语》还有一条从侧面反映叔嫂关系的轶事,从中也可以看到家庭中两性关系的变迁。

> 林道人诣谢公,东阳时总角,新病起,体未堪劳。与林公讲论,遂至相苦。母王夫人在壁后听之,再遣信令还,而太傅留之。王夫人因自出云:"新妇少遭家难,一生所寄,唯在此儿。"因流涕抱儿以归。谢公语同坐曰:"家嫂辞情忼慨,致可传述,恨不使朝士见。"——《世说新语》,文学第四·39

---

① 《晋书》卷96,第2516—2517页。
② 《世说新语》23、7。

谢安的嫂嫂心疼儿子年幼多病,不愿谢安在朋友面前显示他的才华,当着一座客人亲自把他带走。这种做法一方面不给小叔谢安面子,同时在众客人面前抛头露面,不顾礼节把儿子带走,谢安不但不怪罪她,反而赞美她的言词慷慨,值得传述,而且可惜不能让朝中的人士看见她的风采。王夫人的家庭地位肯定和班昭提倡的很不一样。这意味着女性在某些家庭中的地位有明显的提高。

五、寡妇改嫁

禁止寡妇改嫁是后世严厉执行的礼法,然而这个不成文的规矩是什么时候开始的,值得我们认真对待。由于这不是本文的主旨,我只想通过《世说新语》阐明魏晋时期这件事还没有成为规范,寡妇大都可以自行选择自己的未来。这个时期若妇女丧偶,一般来说,不会受到来自夫家、娘家或社会的压力,要她不再嫁度其余生,相反地,常劝其再婚,或是返回娘家度日。若寡妇打定主意住在先夫家里,完全出于她自己的意愿。

> 庾亮儿遭苏峻难遇害。诸葛道明(恢)女为庾儿妇,既寡,将改适,(恢)与亮书及之。亮答曰:"贤女尚少,故其宜也。感念亡儿,若在初没。"——《世说新语》,伤逝第十七·8

庾亮是东晋有权势的宰辅,庾氏也是跟王谢齐名的家族,他们都没有要求媳妇不改嫁,而且认为改嫁是理所当然的。庾亮世代书香,是谨遵古礼的士人,他并不反对儿媳再醮,显然说明那时寡妇无须在夫家守节。

> 诸葛令(恢)女,庾氏妇,既寡,誓云:"不复重出!"此女性甚正强,无有登车理。恢既许江思玄(彪)婚,乃移家近之。初,诳女云:"宜徙。"于是家人一时去,独留女在后。比其觉,已不复得出。江郎莫来,女哭骂弥甚,积日渐歇。江彪暝入宿,恒在对床上。后观其意转帖,彪乃诈厌,良久不悟,声气转急。女乃呼婢云:"唤江郎觉!"江于是跃来就之曰:"我自是天下男

子,厌,何预卿事而见唤邪?既尔相关,不得不与人语。"女默然而惭,情义遂笃。——《世说新语》,假谲第二十七·10

《世说新语》这一条更令人感到诧异。为了让女儿愿意改嫁,做父母的并不用高压的手段,而是企图逐渐软化她的决心。动员全家人制造骗局,似乎有点太过,难怪刘峻怀疑它的真实性,他说:

> 葛令(诸葛恢)之清英,江君之茂识,必不背圣人之正典,习蛮夷之秽行。康王(刘义庆)之言,所轻多矣。

而以笔者之见,若从非传统礼教的眼光来看,这则故事不但入情入理,而且充溢人性之美。蓄意编造很难写得那样发乎自然、刻画入微。如果故事确实,诸葛恢身为堂堂士大夫居然不惮其烦促成女儿的再嫁,中国历史上绝对是凤毛麟角,江彪的忍耐和宽容也很令人感动。

不过,也有家人成全寡妇的志愿的:

> 郗嘉宾(超)丧,妇兄弟欲迎妹还,终不肯归。曰:"生纵不得与郗郎同室,死宁不同穴!"——《世说新语》,贤媛第十九·29

这是一个妇女本身愿留在夫家,死后与夫婿合葬的例子。有些妇女出于忠贞的爱情,愿为夫君守节。也许正好因这种事得到普遍赞美,所以后世这种发自内心的自我奉献,逐步演变成了义务,要全体妇女一概履行,不管对丈夫是否有真爱。

不过有一例,青年男子亡故后,与之订婚的女子被迫终身不嫁,故事载于《世说新语》的注文中:

> 王隐《晋书》曰:"戎(王戎)子绥,欲取裴遁女。绥既蚤亡,戎过伤痛,不许人求之,遂至老无敢取者。"——《世说新语》,伤逝第十七·4注

本条中王戎不许他人娶这女孩,看来不是像后世一样要求她做贞女节妇,

而出于代替死去的儿子产生的一种占有心态。这只是一个自私老人的个人行为,并不是日后为了遵从道德的感召或惑于修建贞节牌坊、立传扬名等的诱惑而形成的。

六、结论

以上我们从五个方面来探讨《世说新语》的性别观,有些分析和观点已经零星地在以前的作品中发表过,但这次试图作一综述,包括以前提到的例子和一些新的例子和观点,做进一步的分析。

我的发现是《世说新语》的性别观和东汉时期刘向和班昭的性别观有相当大的差别,而且与深受班、刘影响的宋明以来的性别观更是大异其趣。书中挑战了男尊女卑的基本观念,不反对妇女发展才智,而且对妇女才俊加以褒扬,大异于后世所谓"女子无才便是德"的说法。从一定程度上说,有些妇女直接或间接地参与了家庭以外的社会活动,如政治、经济和文化活动。在家庭里,妇女的地位也有提高的迹象。寡妇可以根据自己的意愿改嫁或回到娘家,往往还被劝说改嫁。总之,在多方面《世说新语》所显示的性别观是平等的、开放的、人性化的。反映魏晋时期的性别观风气与之前和之后的时代相比都是更接近现代性别观的。这正足以显示《世说新语》思想的超前性。

进一步说,《世说新语》的性别观是代表谁的性别观呢?

首先,笼统地说,是代表魏晋时代的文人学士。原因是《世说新语》取材于魏晋时代人的言行。然而这些言行必须要由某些人记载下来,那么,首先经过了这些人的一番筛选。这些人应该是《世说新语》原据作品的作者或编辑者。从我对原据的考证,我们知道它从《语林》《郭子》摘取了大量的材料,其次如九家旧晋书也有一些。① 因此我们可以说,《世说新语》的性别观里面也有这些作者或编者的观点。

当然更重要的是它代表了它的编辑者的观点。因而,我们可以从该书的性别观对其编辑者有进一步的认识。照这个思路,编辑者不像是儒家思想浓厚的亲王刘义庆,更像他手下的文学之士。② 我们姑且不要去确定是哪一个,或哪几

---

① 参看萧虹:《世说新语整体研究》,上海古籍出版社,2011,第73—88 页。
② 参看萧虹:《世说新语整体研究》,第58 页。

个文学之士,因为到现在为止,还没有足够的资料作这样的确定,但重要的是确定他或他们是思想比较开放甚至有先进思想的人。这无疑对将来考证编辑者的身份是有帮助的。

六朝"任诞"与文学批评

袁济喜

"任诞"发源于南朝刘宋时期《世说新语》第二十三品目中,内容记载了魏晋以来名士任诞放荡、蔑弃礼法的种种轶事。从字义上来考释,"诞"本义为说大话,即《说文解字》:"诞,词诞也",引申为放荡、怪诞等个体言行的不遵礼义,突破常理。清代张溥《汉魏六朝百三家集》中的《颜光禄集》题词曰"嵇中散任诞魏朝"①。延伸到思想文化方面,则是指语言文字怪异奇谲,不合规范,在艺术描写上虚妄浮夸、缺少依据。

在先秦两汉的社会生活与思想文化方面,"诞"一般是贬义,到了东汉晚期,"诞"的内容渐变,用以反抗时俗与暴戾,成为独立士人的行为方式,至魏晋六朝,不仅成为名士的生活方式,也影响到文学创作与批评领域,出现了许多人物与文章。南朝刘宋刘孝标编著《世说新语》,专辟《任诞》一门,用来收录与记载名士轶事,"任诞"遂成为名士的表征,其中蕴藏的人生哲学与文学精神释放出来,成为士人时尚与其文艺追求,直接影响到明清时代的怪诞文士,例如扬州八怪等人,也浸润到文学批评领域。《文心雕龙》对于"诞"的范畴有着直接的论述。在中国文学批评史上,"诞"的作用与价值何在,它能否成为一个单独的范畴? 如何梳理与评价任诞现象? 这些都是本文所要探讨的问题。

一、"诞"概念的历史考察

"诞"从字面上来看,一般指怪诞、荒诞无稽之义,在先秦典籍中,诞被赋予了政治学与伦理学的意义,是指背离常规,不遵礼义。在《尚书》中,这种意思特

---

① 张溥著,殷孟伦注:《汉魏六朝百三家集题辞注》,人民文学出版社,1963,第 173 页。

别明显。《尚书》是后世假托的一部儒家经典,主要阐述儒家的政治哲学。古代儒家强调个体人格与政治哲学的一致性,强调施政者的个人品格对于政治的重要性,他们通过比较夏商周统治者的人格与施政方式,宣扬德政,反对荒政与暴政。德政表现为遵守礼制,而荒政与暴政则表现为悖越礼度,不遵常理,也就是"诞"。《尚书·酒诰》记载周初统治者告诫亲属:"诞惟厥纵,淫泆于非彝,用燕丧威仪,民罔不盡伤心。"①周公告诫康叔,要以商纣王酗酒荒政为诫,所谓"诞"就是指商纣王纵欲酗酒,丧失民心,危及统治。《尚书·多士》:"在今后嗣王,诞罔显于天,矧曰其有听念于先王勤家?诞淫厥泆,罔顾于天显民祗,惟时上帝不保,降若兹大丧。惟天不畀不明厥德,凡四方小大邦丧,罔非有辞于罚。"②孔安国传曰:"言纣大过其过,无顾于天,无能明人为敬,暴乱甚。"③周公告诫周成王,商的先祖敬从天命,而商纣王则罔顾天命,不管众生疾苦,纵欲作乐,丧失天命的庇佑。《史记·鲁周公世家》:"周公归,恐成王壮,治有所淫泆,乃作《多士》,作《毋逸》。"④"《多士》称曰:'自汤至于帝乙,无不率祀明德,帝无不配天者。在今后嗣王纣,诞淫厥泆,不顾天及民之从也。其民皆可诛。'"⑤司马迁也指出了这一史实。在《尚书》中,多次出现"诞"的字义,一般是指统治者的放诞荒政,基本是往贬义上去说的。

从哲学上来说,儒家思想以中和为善与美的规范,追求"思无邪"的境界,所谓"诞",也就是对于中和的离弃。儒家一般主张通过维持矛盾两端的平衡来达到中和,实现礼制与规矩之美。诞则是对于这种思想与行为的违背,被视为大逆不道。这一思想在荀子思想中得到表述,荀子《不苟》篇指出:"公生明,偏生暗,端悫生通,诈伪生塞,诚信生神,夸诞生惑。此六生者,君子慎之,而禹、桀所以分也。"⑥荀子指责夸诞产生迷惑不解,违背礼义,为君子之大忌。他在《儒效》中还指出:"故人无师无法而知则必为盗,勇则必为贼,云能则必为乱,察则

① 阮元校刻:《十三经注疏·尚书正义》卷十四《酒诰》,第 1 册,中华书局,2009,第 439 页。
② 阮元校刻:《十三经注疏·尚书正义》卷十六《多士》,第 1 册,中华书局,2009,第 467 页。
③ 阮元校刻:《十三经注疏·尚书正义》卷十六《多士》,第 1 册,中华书局,2009,第 467 页。
④ 司马迁撰,裴骃集解,司马贞索引,张守节正义:《史记》卷三三《鲁周公世家》,第 5 册,中华书局,1963,第 1520 页。
⑤ 司马迁撰,裴骃集解,司马贞索引,张守节正义:《史记》卷三三《鲁周公世家》,第 5 册,中华书局,1963,第 1521 页。
⑥ 王先谦撰,沈啸寰、王星贤点校:《荀子集解》卷二《不苟》,上册,中华书局,1988,第 51 页。

必为怪,辩则必为诞。"①荀子认为,人如果迷失礼义,言论则会变成荒诞无稽。荀子思想产生于战国晚期,融入了法家的专制主义,他的学生韩非和李斯成为法家思想的鼓吹者与贯彻者,并非偶然,荀子对于诞的指责,显示出儒家与法家对于任何离经叛道与荒诞不经言行的厌恶与愤恨。也成为压抑与摧残任诞思想与行为的理论来源之一。

老庄的思想方法则与之相反,老庄对于礼乐文化持否定的态度,认为这是人类误入歧途的产物,往往采用任诞的方式加以嘲笑与否定,任诞的始祖为老庄。比如在庄子书中,可以见到许多怪诞之人,他们的行为直接开启了魏晋时代的任诞风气,成为名士心仪的人物。庄子书中以丑为美,出现了诸如哀骀它、无趾、闉跂支离无脤等外形丑恶而内里得道的人物(见《庄子·德充符》),庄子自己就以怪诞出名,著名的"鼓盆而歌"的故事就说明了这一点。庄子的思想也以荒诞无稽为特点,《庄子·天下篇》说到庄子思想的特点时描绘道:"以谬悠之说,荒唐之言,无端崖之辞,时恣纵而不傥,不以觭见之也。以天下为沈浊,不可与庄语,以卮言为曼衍,以重言为真,以寓言为广。独与天地精神往来而不敖倪于万物,不谴是非,以与世俗处。"②司马迁在《史记·老子韩非列传》所附的庄子传中这样评价庄子:"然善属书离辞,指事类情,用剽剥儒、墨,虽当世宿学不能自解免也。其言洸洋自恣以适己,故自王公大人不能器之。"③"老子所贵道,虚无,因应变化于无为,故著书辞称微妙难识。庄子散道德,放论,要亦归之自然。"④这就很清楚地说明了在庄子思想的荒诞背后,蕴含着任从自然,对于道的真正寻求的意思。老庄批评世俗的礼制是对于人性的背弃,是万恶之源,他们通过极端的行为方式与言说方式,去解构儒家中和之美与世俗礼教,而怪诞往往是实现这一目的之途径与手段。在外表的任诞后面,往往寓含着对于真实自然的人性的追求。所谓大方无隅、大音希声等,便是这种思想观念的表述。

庄子在书中,还强调怪诞与美好都是相对存在的,在一定条件下,可以互相转化,通过主体角色的变换来实现,比如世人所赞美的毛嫱丽姬这些美人,在鸟兽看来,却是怪诞恐怖的妖怪。"毛嫱丽姬,人之所美也;鱼见之深入,鸟见之高

---

① 王先谦撰,沈啸寰、王星贤点校:《荀子集解》卷四《儒效》,上册,中华书局,1988,第142—143页。
② 王先谦:《庄子集解》卷八《天下》,中华书局,1978,第295页。
③ 《史记》卷六三《老子韩非列传》,第7册,第2144页。
④ 《史记》卷六三《老子韩非列传》,第7册,第2156页。

飞,麋鹿见之决骤。四者孰知天下之正色哉? 自我观之,仁义之端,是非之涂,樊然淆乱,吾恶能知其辩!"①(《齐物论》)也就是说,对于包括诞与美在内的认识,是因人而异的,带有主体价值观的判断在内,唯有至人才能超越是非、臻于大道。庄子强调:"物固有所然,物固有所可。无物不然,无物不可。故为是举莛与楹,厉与西施,恢恑憰怪,道通为一。"②这种基于解构主义之上的思想,对于任诞的思想,提供了理论上的依据,也批驳了儒家对于中和之美的看法以及他们对于诞在内的思想的否弃。这些思想在西汉时的《淮南子》一书中得到了发挥。《淮南子·说林训》中指出:"尾生之信,不如随牛之诞,而又况一不信者乎!"③《说山训》中指出:"求美则不得美,不求美则美矣;求丑则不得丑,求不丑则有丑矣;不求美又不求丑,则无美无丑矣。是谓玄同。申徒狄负石自沉于渊,而溺者不可以为抗;弦高诞而存郑,诞者不可以为常。事有一应,而不可循行。"④《淮南子》强调诞与常、美与丑在一定条件下是互相转化的,不可执一而定。

东汉晚期,由于政治的黑暗与统治者的昏乱,士人开始运用老庄思想来反抗传统的修齐治平人生模式,对于老庄思想的认同悄然兴起。一些独行之士,通过服膺老庄、任诞之行来反抗时俗,恢复人性的本真。《后汉书·逸民传》记载:"(戴)良少诞节,母憙驴鸣,良常学之以娱乐焉。及母卒,兄伯鸾居庐啜粥,非礼不行,良独食肉饮酒,哀至乃哭,而二人俱有毁容。或问良曰:'子之居丧,礼乎?'良曰:'然。礼所以制情佚也。情苟不佚,何礼之论! 夫食旨不甘,故致毁容之实。若味不存口,食之可也。'论者不能夺之。"⑤戴良在母亲死后依然饮酒吃肉,与乃兄恪守儒家葬礼不同,尽管二人同样哀伤,但表现方式却迥异。他的任诞是对于传统礼制的另一种解构。他提出"礼所以制情佚也。情苟不佚,何礼之论",以情为本,以礼为表,情本礼表。因此,任诞也就无可非议了。这些行为与说法,已经开启了《世说新语》中"任诞"之先河,与阮籍遭母丧后的任诞行为十分相似。戴良的思想观念也十分放诞而不遵礼度,特立独行,"良才既高

---

① 《庄子集解》卷一《齐物论》,第 23 页。
② 《庄子集解》卷七《寓言》,第 246 页。
③ 刘文典撰,冯逸乔华点校:《淮南鸿烈集解》卷十七《说林训》,中华书局,2013,下册,第 713—714 页。
④ 《淮南鸿烈集解》卷十六《说山训》,下册,第 639 页。
⑤ 范晔撰,李贤等注:《后汉书》卷八三《逸民传》,第 10 册,中华书局,1973,第 2773 页。

达,而论议尚奇,多骇流俗。同郡谢季孝问曰:'子自视天下孰可为比?'良曰:'我若仲尼长东鲁,大禹出西羌,独步天下,谁与为偶。'举孝廉,不就。再辟司空府,弥年不到,州郡迫之,乃遁辞诣府,悉将妻子,既行在道,因逃入江夏山中。优游不仕,以寿终"①。可见,行为的任诞与思想的解放、行为特立独行是互相配合的。戴良的任诞与阮籍有相通之处,故后人将他与阮籍相提并论。

魏晋任诞有着哲学思想的支持。魏晋玄学倡导自然之道,强调人的自然性情的不可移易与天然合理,怪诞等行为被列为自然情性,也就从哲学上获得了合理性。例如王弼《老子注》中提出:"天地之中,荡然任自然"②,何晏《无名论》中指出:"夏侯玄曰:'天地以自然运,圣人以自然用。'自然者,道也。"③应璩《与侍郎曹长思书》中认为:"夫皮朽者毛落,川涸者鱼逝,春生者繁华,秋荣者零悴,自然之数,岂有恨哉!"④这样,作为另类的行为怪诞也就得到认可,例如嵇康曾作著名的《高士传》,称赞司马相如:"长卿慢世,越礼自放。犊鼻居市,不耻其状。托疾避官,蔑此卿相。乃赋大人,超然莫尚。"⑤司马相如的文辞也多虚诞之言,司马迁在《史记·司马相如列传》中指出:"相如虽多虚辞滥说,然其要归引之节俭,此与诗之风谏何异。"⑥刘勰《文心雕龙·体性》则指出司马相如行为与文辞风格的一致性:"吐纳英华,莫非情性。是以贾生俊发,故文洁而体清;长卿傲诞,故理侈而辞溢。"⑦司马相如的傲诞,也就得到了认可,是他的赋作风格的人格依据。

二、《世说新语》中"任诞"考释

任诞之风到了魏晋时代,成为名士的一种身份表征。"诞"的内容也发生了变化,在先秦两汉儒家典籍中,"诞"大多是贬义词,指怪诞、荒诞、虚浮、虚诞之义,而到了《世说新语》中,虽然字面上的意思没有变化,但内容实质却基本上是

---

① 《后汉书》卷八三《逸民传》,第10册,第2773页。
② 王弼著,楼宇烈释:《王弼集校释·老子道德经注》上篇,上册,中华书局,1980,第14页。
③ 严可均辑:《全上古三代秦汉六朝文·全三国文》卷三九"何晏"条,第2册,中华书局,1958,第1275页。
④ 严可均辑:《全上古三代秦汉六朝文·全三国文》卷三〇"应璩"条,第2册,第1219页。
⑤ 嵇康注,戴明扬校注:《嵇康集校注》附录《圣贤高士传赞》,下册,中华书局,2014,第666页。
⑥ 《史记》卷一一七《司马相如列传》,第9册,第3073页。
⑦ 刘勰著,范文澜注:《文心雕龙注》卷六《体性》,上册,人民文学出版社,1962,第506页。

指名士的行为表现,成为一种赏誉。《世说新语》第二十二品的《宠礼》一品中的人物故事写得十分潦草,了无趣味,紧接其后的《任诞》却写得风趣盎然,不能不说与编者的立场与好恶有直接关系。余嘉锡先生在《世说新语笺疏》的《任诞》开头对此痛心疾首,从儒家正统思想出发,对任诞之风痛加诋呵:"国于天地,必有兴立。管子曰:'四维不张,国乃灭亡。'自古未有无礼义,去廉耻,而能保国长世者。自曹操求不仁不孝之人,而节义衰;自司马昭保持阮籍,而礼法废。披靡不返,举国成风,纪纲名教,荡焉无存。以驯致五胡之乱,不惟亡国,且几亡种族矣。君子见微而知著,读世说任诞之篇,亦千古之殷鉴也。"①又引干宝《晋纪》来申论。确实,在《世说新语》的编注者那里,对任诞之诞,是带有明显的赞誉与艳羡意味的,也影响了唐人编修的《晋书》。

研读《任诞》,从其中的人物构成可以看出,阮籍、嵇康、山涛、刘伶、山简、谢安、温峤、周𫖮、桓伊、张湛、张翰等,大体上是处于正面形象的;当然,也有一些有争议的人物,如王戎、王徽之、毕卓等人。这些基本上涵括了魏晋名士的一流人物。

从《世说新语·任诞》中魏晋名士的任诞来看,大体上可以分成这样几类:

一、饮酒。处于魏晋时期的名士,出于对社会的失望与政治的恐惧,以及人生的觉悟,许多人在酒中寻找寄托与解脱,在酒中获得人生的乐趣。也有一些人用饮酒作为名士的装点。《世说新语·任诞》记载:"陈留阮籍、谯国嵇康、河内山涛三人年皆相比,康年少亚之。预此契者,沛国刘伶、陈留阮咸、河内向秀、琅邪王戎。七人常集于竹林之下,肆意酣畅,故世谓'竹林七贤'。"②竹林七贤的行为通过饮酒来表现,任诞则是他们的外在形式。这里所谓的任诞实质上已成为名士的身份标签。而任诞者对此心知肚明,饮酒正是其内心苦闷的发泄。《任诞》对此有着很好的说明:"王孝伯问王大:'阮籍何如司马相如?'王大曰:'阮籍胸中垒块,故须酒浇之。'"③饮酒是对于政治的逃避与自保。《任诞》记载刘伶好酒。真实的原因是刘伶对于当时的礼法之士疾恶如仇,但是不敢表现出来,只能用嗜酒如命的方式来掩藏自我,与世无争,这种任诞其实是一种聪明之

① 刘义庆著,刘孝标注,余嘉锡笺疏:《世说新语笺疏》卷二三《任诞》,下册,中华书局,2015,第799—800 页。
② 《世说新语笺疏》卷二三《任诞》,下册,第800—801 页。
③ 《世说新语笺疏》卷二三《任诞》,下册,第841 页。

举。在《任诞》中,通过名士之口,揭示了饮酒的至理名言,"王光禄云:'酒,正使人人自远。'"①"王卫军云:'酒正引人著胜地。'"②"王佛大叹言:'三日不饮酒,觉形神不复相亲。'"③这些都说明了饮酒不仅使人们在生理上摆脱现实烦恼与痛苦,而且使人在精神上达到无我之境。

任诞,以极端的方式,解构了罩在个体身上的虚伪光环,去掉了儒家礼教的桎梏,使人回归自我,直指本心,形神合一,具有解放人性的价值与功用。在非常规的饮酒中,人性的本真得到了张扬,人生的一切苦闷得到了解脱,人生的价值得到了实现,在饮酒的刺激之下,名士说出了压抑已久的心里话,有的成为千古名言:

> 张季鹰纵任不拘,时人号为"江东步兵"。或谓之曰:"卿乃可纵适一时,独不为身后名邪?"答曰:"使我有身后名,不如实时一杯酒!"④

> 毕茂世云:"一手持蟹螯,一手持酒杯,拍浮酒池中,便足了一生。"⑤

试想,如果没有这种超常规的任诞,人们怎么可能获得这种人生真谛呢?《世说新语·任诞》注引《文士传》曰:"翰任性自适,无求当世,时人贵其旷达。"⑥可见,诞的非常规具有突破常规的作用,由极度的不和谐而得到内在的真正和谐,这不正是庄子哲学的真谛吗?酒消弭了人与人之间的界限与贵贱,使个体获得自我,蔑弃权贵,"阮宣子常步行,以百钱挂杖头,至酒店,便独酣畅。虽当世贵盛,不肯诣也"⑦。阮宣子在酒中实现自我,蔑视权贵,东晋陶渊明的风骨与人格,也是在饮酒中实现的。而饮酒时的任诞,使礼制消除,能够获得人们的理解。饮酒,成为名士表征,梁代昭明太子萧统在《锦带书十二月启·蕤宾五月》中咏叹:"弹伯牙之素琴,酌嵇康之绿酒,纵横流水,酩酊颓山。实君子之佳

---

① 《世说新语笺疏》卷二三《任诞》,下册,第826页。
② 《世说新语笺疏》卷二三《任诞》,下册,第838页。
③ 《世说新语笺疏》卷二三《任诞》,下册,第841页。
④ 《世说新语笺疏》卷二三《任诞》,下册,第815页。
⑤ 《世说新语笺疏》卷二三《任诞》,下册,第816页。
⑥ 《世说新语笺疏》卷二三《任诞》,下册,第815页。
⑦ 《世说新语笺疏》卷二三《任诞》,下册,第813页。

游,乃王孙之雅事。"①可见,嵇康的饮酒,已然成为六朝的一种生活偶像。

当然,这种饮酒的风尚,对于世风的放纵与士人醉生梦死,也负有不可推诿的责任。葛洪《抱朴子》外篇《刺骄篇》曰:"世人闻戴叔鸾、阮嗣宗傲俗自放,见谓大度,而不量其材力非傲生之匹,而慕学之。"②他在《酒诫》中描写了士人醉酒后任诞无度的情形,读来令人忍俊不禁。还有一些风德雅重的人士,因为嗜酒而误事,受到讥评。《世说新语·任诞》记载:"周伯仁风德雅重,深达危乱。过江积年,恒大饮酒,尝经三日不醒。时人谓之'三日仆射'。"③周顗是东晋享有盛名的士人,但是常常因饮酒而耽误正事,有一次竟然三天醉酒未醒,耽误政务。据《晋书·周顗传》记载:"顗在中朝时,能饮酒一石,及过江,虽日醉,每称无对。偶有旧对从北来,顗遇之欣然,乃出酒二石共饮,各大醉。及顗醒,使视客,已腐胁而死。"④可见,饮酒不仅使周顗名声受损,甚至致使共饮的旧友因过量饮酒而死亡。当然,瑕不掩瑜,周顗在王敦之乱时坚贞不屈,因痛斥王敦而就义。虽然被后人称为瑕不掩瑜,但是周顗毕竟受到时论所讥,身居重位而因酗酒误事,难逃其咎。

《世说新语·任诞》中记载的第二种任诞情态,便是访友。魏晋名士率性而为,每一相思,千里命驾,自嵇康与吕安开创了这种风习后,成为名士效仿的模式,《任诞》中记载:"王子猷居山阴,夜大雪,眠觉,开室命酌酒,四望皎然。因起彷徨,咏左思招隐诗。忽忆戴安道。时戴在剡,即便夜乘小舟就之。经宿方至,造门不前而返。人问其故,王曰:'吾本乘兴而行,兴尽而返,何必见戴?'"⑤这一则故事,以任诞的方式出现,所谓"诞",便是不按常理来访客。常规的访友,是以见到友人为目的,但是王子猷的访客,却以自己的尽兴与否作为目的,宗白华先生对此解读,"这截然地寄兴起趣于生活本身价值而不拘泥于目的,显示了晋人唯美生活的过程"⑥。正是这种不循常理的访友之诞,生成了这段千古轶事。《任诞》还记载:"王子猷尝暂寄人空宅住,便令种竹。或问:'暂住何烦尔?'王啸咏良久,直指竹曰:'何可一日无此君?'"⑦王徽之暂住友人家,便令种

① 《全上古三代秦汉六朝文·全梁文》卷十九"昭明太子统"条,第3册,第3062。
② 杨明照撰:《抱朴子外篇校笺》卷二七《刺骄》,下册,中华书局,2011,第29页。
③ 《世说新语笺疏》卷二三《任诞》,下册,第20页。
④ 房玄龄:《晋书》卷六九《周顗传》,中华书局,2015,第6册,第1851页。
⑤ 《世说新语笺疏》卷二三《任诞》,下册,第838页。
⑥ 宗白华:《美学散步》,上海人民出版社,1981,第188页。
⑦ 《世说新语笺疏》卷二三《任诞》,下册,第838页。

竹,主人说暂住何必种竹,王徽之则说,"何可一日无此君",意谓不管住多久,竹子不可或缺,成为一种精神象征。在把玩竹子之美的乐趣中获得人格的印证与升华。宗白华先生解释道:"把玩'现在',在刹那间的现量的生活里求极量的丰富和充实"①,这可以说是对于任诞行为的审美解读。可见,诞与怪(犹如后世的"扬州八怪")成为中国文学与美学的独创因素,并非偶然,这便是精神的自由享受,而这恰好与审美的自由境界相契合。

《世说新语》中名士任诞的第三种方式,竟然是自挽。所谓自挽,便是自己给自己唱挽歌。挽歌本是人死后他人所唱,用以悼念死者,但是魏晋时代的一些名士,却给自己写挽歌,真是惊世骇俗。从西晋的陆机到东晋的陶渊明,都有这样的诗作。《世说新语·任诞》中便有这样的记载:"张湛好于斋前种松柏。时袁山松出游,每好令左右作挽歌。时人谓:'张屋下陈尸,袁道上行殡。'"②"张驎酒后,挽歌甚凄苦。桓车骑曰:'卿非田横门人,何乃顿尔至致?'"③这样的故事,颇为类似庄子在妻子死后鼓盆而歌,是以一种反常规的方式来解构生死之间的界限,实现自己的人生认识。其实,这种行为有其出处,这就是庄子所谓"齐物我,一死生"思想的来源。《庄子·大宗师》中记载:"子祀、子舆、子犁、子来四人相与语曰:'孰能以无为首,以生为脊,以死为尻,孰知死生存亡之一体者,吾与之友矣。'四人相视而笑,莫逆于心,遂相与为友。"④庄子认为那些洞穿生死的人才能形成莫逆之交。正是这种反常规的任诞,才能使人莫逆于心,相与为友,达到最高的人生知音境界。而自挽这种现象的出现,正是对于庄子思想的张扬,它使生死的超越通过行为艺术与诗歌艺术达到空前的境地。时至今日,我们依旧惊叹于陆机与陶渊明的挽歌诗中的旷达以及其对于生命的重新体认。颜延之在《颜氏家训·文章》中批评:"陆平原多为死人自叹之言,诗格既无此例,又乖制作本意。"⑤陆机这种有违常体的挽歌诗到了东晋刘宋那里,成为任诞之举,催生了陶渊明的《挽歌诗三道》,使挽歌这种诗体的变创取得了新的成就。可见,任诞与文艺的变创是互为因果的。

任诞的第四种方式,便是音乐欣赏。魏晋时代,士人对于音乐的认识达到

---

① 《美学散步》,第 187 页。
② 《世说新语笺疏》卷二三《任诞》,下册,第 835 页。
③ 《世说新语笺疏》卷二三《任诞》,下册,第 837 页。
④ 《庄子集解》卷二《大宗师》,第 62 页。
⑤ 王利器:《颜氏家训集解》卷四《文章》,中华书局,2013,第 345 页。

了空前的深度。音乐成为心灵的交流方式。嵇康的《声无哀乐论》《琴赋》对此有着精彩的论述。《世说新语·任诞》中最让人感动的是桓伊与王徽之以琴相交、心心相印的故事:

> 王子猷出都,尚在渚下。旧闻桓子野善吹笛,而不相识。遇桓于岸上过,王在船中,客有识之者云:"是桓子野。"王便令人与相闻,云:"闻君善吹笛,试为我一奏。"桓时已贵显,素闻王名,即便回下车,踞胡床,为作三调。弄毕,便上车去。客主不交一言。①

桓伊当时虽然已贵盛,但是当王徽之想听他吹笛子时,桓伊毫不犹豫地下车为王徽之吹奏笛子,而王徽之也惊叹于桓伊的笛子妙绝一时,客主在知音的境界中,不交一言而心心相印。这种知音境界,已经超越世俗的礼节,是通过任诞的方式来获得知音。《世说新语·任诞》还记载:"贺司空入洛赴命,为太孙舍人,经吴阊门,在船中弹琴。张季鹰本不相识,先在金阊亭,闻弦甚清,下船就贺,因共语,便大相知说。"②贺循入洛,经过吴阊门时,在船中弹琴,张翰听到琴音后与他相见,大相投合,竟然一起坐船入洛,家人追赶方知。这一记载,感人至深,显示了西晋名士竟然为了知音而舍弃家业,与其知音一起入洛。

在《世说新语·伤逝》中,还记载着几则名士以琴乐凭吊友人的轶事。魏晋时代,"八音之中,琴德为先"(嵇康《琴赋序》),是共识所在。琴音成为名士相知,凭吊故人的寄托,出现了感人至深的情形:

> 顾彦先平生好琴,及丧,家人常以琴置灵床上。张季鹰往哭之,不胜其恸,遂径上床,鼓琴,作数曲,竟,抚琴曰:"顾彦先颇复赏此不?"因又大恸,遂不执孝子手而出。③

这一则轶事说的是张翰凭吊顾荣时鼓琴追悼故友的情节。音乐与士人生命结合起来,构成了当时的特殊故事。桓伊之所以能够与王徽之相交,在于他

---

① 《世说新语笺疏》卷二三《任诞》,下册,第839页。
② 《世说新语笺疏》卷二三《任诞》,下册,第816页。
③ 《世说新语笺疏》卷十七《伤逝》,下册,第706页。

的一往情深。《世说新语·任诞》记载：

> 桓子野每闻清歌，辄唤："奈何！"谢公闻之，曰："子野可谓一往有深情。"①

晋人的一往情深，往往通过任诞，即冲破常理常情的方式来获得，从美学上来说，怪诞与崇高这些美学范畴，往往是通过不和谐的方式来获得的。从这一意义来说，《世说新语》中的任诞，具有了崇高与荒诞、怪诞相结合的美学蕴涵。

任诞的第五种方式，便是冲破男女礼防。两汉时代，男女交往受到礼教的束缚，魏晋时代，随着礼教的松动，男女交往开始趋于自由，成为社会新的现象：阮籍与邻家女子相交任诞不拘，是为人所熟悉的故事，这些不足为奇，因为阮籍当时就以狂放著称，但是还有的名士，在一本正经的背后，放诞不拘，令人匪夷所思。"周顗、戴若思，南北人士之望"，特别是周顗在东晋一代，雅望所重。但是在男女两性上放任不拘。《世说新语·任诞》记载：

> 有人讥周仆射："与亲友言戏，秽杂无检节。"周曰："吾若万里长江，何能不千里一曲。"②

周顗平时一本正经，但与亲友戏谑时，好说淫秽之语，还大言不惭地说是为了心理调节。他甚至在大庭广众之下做出不堪入目的举动。刘孝标注引邓粲《晋纪》曰："王导与周顗及朝士诣尚书纪瞻观伎。瞻有爱妾，能为新声。顗于众中欲通其妾，露其丑秽，颜无怍色。有司奏免顗官，诏特原之。"③可见，周顗这样的道德君子，竟然做出如此污秽不堪之事。余嘉锡《世说新语笺疏》曰："伯仁名德，似不宜有此。然魏、晋之间，蔑弃礼法，放荡无检，似此者多矣。"④"伯仁大节无亏而言戏秽杂，盖习俗移人，贤者不免。以彼任率之性，又好饮狂药，昏醉之后，亦复何所不至？固不可以一眚掩其大德，亦不必曲为之辩，以为必无此事

---

① 《世说新语笺疏》卷二三《任诞》，下册，第835页。
② 《世说新语笺疏》卷二三《任诞》，下册，第818页。
③ 《世说新语笺疏》卷二三《任诞》，下册，第818页。
④ 《世说新语笺疏》卷二三《任诞》，下册，第818页。

也。"①余先生指出周伯仁这样的行为在当时是很普遍的,也说明了当时名士在男女两性上的放诞有着思想上的依据。这可以说是揭示了其中的原委。

魏晋任诞到了东晋时代,发生了变化。从早期的诡激怪诞走向更深层次的任诞,代表人物便是陶渊明。鲁迅先生在《魏晋风度及文章与药及酒之关系》中说:"刘勰说:'嵇康师心以遣论,阮籍使气以命诗。'这'师心'和'使气',便是魏末晋初的文章的特色。正始名士和竹林名士的精神灭后,敢于师心使气的作家也没有了。"②"到东晋,风气变了。社会思想平静得多,各处都夹入了佛教的思想。再至晋末,乱也看惯了,篡也看惯了,文章便更和平。代表平和的文章的人有陶潜。他的态度是随便饮酒,乞食,高兴的时候就谈论和作文章,无尤无怨。"③鲁迅分析了阮籍、嵇康的任诞与他们的文学创作的彼此关系。但从另一方面来看,陶渊明任诞之中寓含的对于世俗礼教的反思进一步深化了,不再是以极端而外在的怪诞表现出来,而是诞而有检,趣味悠远,与魏代正始及西晋元康时期的放诞有所不同。陶渊明对于远古以来的礼乐文明造成人性的异化,进行了深刻的反思与批评。他的行为,相对于《世说新语》中的表面上的任诞,涉及了人生的形而上之问题,诞文化的蕴涵显然更深入了。

梁昭明太子萧统在《陶渊明集序》与《陶渊明传》中分别从列传与集序的角度对陶渊明的任诞和情状作了阐释。陶渊明在《五柳先生传》中自况:"好读书,不求甚解。每有会意,欣然忘食。性嗜酒,家贫不能恒得,亲旧知其如此,或置酒而招之。造饮辄尽,期在必醉;既醉而退,曾不吝情去留。环堵萧然,不蔽风日。短褐穿结,箪瓢屡空。晏如也。常著文章自娱,颇示己志。忘怀得失,以此自终。"④萧统《陶渊明传》记载:"先是,颜延之为刘柳后军功曹,在浔阳,与渊明情款,后为始安郡,经过浔阳,日造渊明饮焉。每往,必酣饮致醉。弘欲邀延之坐,弥日不得。延之临去,留二万钱与渊明。渊明悉遣送酒家,稍就取酒。"⑤"渊明不解音律,而蓄无弦琴一张,每酒适,辄抚弄以寄其意。贵贱造之者,有酒辄设。渊明若先醉,便语客:'我醉欲眠,卿可去。'其真率如此。"⑥文中记载了

① 《世说新语笺疏》卷二三《任诞》,下册,第819—820页。
② 鲁迅:《而已集》,《鲁迅全集》第三卷,人民文学出版社,2005,第537页。
③ 鲁迅:《而已集》,《鲁迅全集》第三卷,第537页。
④ 陶潜著,龚斌校笺:《陶渊明集校笺》卷六《五柳先生传》,上海古籍出版社,2011,第444页。
⑤ 《全上古三代秦汉六朝文·全梁文》卷二〇"昭明太子统"条,第3册,第3068页。
⑥ 《全上古三代秦汉六朝文·全梁文》卷二〇"昭明太子统"条,第3册,第3069页。

陶渊明的一些"任诞"之事,但萧统在《陶渊明集序》中也指出:"语时事则指而可想,论怀抱则旷而且真。加以贞志不休,安道苦节,不以躬耕为耻,不以无财为病,自非大贤笃志,与道污隆,孰能如此乎?"①萧统此文,分析了陶渊明饮酒的真实动机与原因,力图揭示他与儒家思想的联系,用以消解两晋以来名士"任诞"的激烈意蕴。

陶渊明的好友颜延之则从独特的个性与创作角度,对陶渊明的价值作了极高的评价,他在陶渊明死后写作《陶徵士诔并序》,《文选》李善注引何法盛《晋中兴书》曰:"延之为始安郡,道经寻阳,常饮渊明舍,自晨达昏。及渊明卒,延之为诔,极其思致。"②《陶征士诔》称赞"夫璇玉致美,不为池隍之宝,桂椒信芳,而非园林之实,岂其深而好远哉!盖云殊性而已"③,文中借赞美玉芳草比喻陶渊明的人格高峻,不偶世俗,描写了陶渊明归隐田园后的生活趣味。颜延之自己也是那种狂狷之人,《宋书·颜延之传》记载"延之少孤贫,居负郭,室巷甚陋。好读书,无所不览,文章之美,冠绝当时。饮酒不护细行"④,"出为永嘉太守。延之甚怨愤,乃作《五君咏》以述竹林七贤,山涛、王戎以贵显被黜,咏嵇康曰:'鸾翮有时铩,龙性谁能驯。'咏阮籍曰:'物故可不论,途穷能无恸。'咏阮咸曰:'屡荐不入官,一麾乃出守。'咏刘伶曰'韬精日沉饮,谁知非荒宴。'此四句,盖自序也。湛及义康以其辞旨不逊,大怒"⑤。这些任诞之诗,引竹林七贤之任诞为知音,借古讽今,得罪了当时的权臣,为此其作者被罢黜达七年之久。

三、任诞与文学批评

六朝任诞之风在南朝得到了传承与发展,代表人物是南朝齐代的张融。他将任诞与文学理论融为一体,在当时产生了广泛影响,可以毫不夸张地说,在当时产生了张融现象。

在南朝齐武帝萧赜统治的永明年代,学术形成了多元发展的态势,文士活动环境相对较为宽松,张融就是一个著名的人物。张融为人放荡不羁,颇有魏

① 《陶渊明集校笺》序言,第 496 页。
② 箫统编,李善等注:《六臣注文选》卷五七《陶徵士诔并序》,中华书局,2012,第 1060 页。
③ 《六臣注文选》卷五七《陶徵士诔并序》,中华书局,2012,第 1060 页。
④ 沈约:《宋书》卷七三《颜延之传》,第 7 册,中华书局,2013,第 1891 页。
⑤ 沈约:《宋书》卷七三《颜延之传》,第 7 册,中华书局,2013,第 1893 页。

晋名士风度。《南齐书·张融传》记载:"永明二年,总明观讲,敕朝臣集听。融扶人就榻,私索酒饮之,难问既毕,乃长叹曰:'呜呼!仲尼独何人哉!'为御史中丞到挝所奏,免官,寻复。"①张融嘲笑孔子,自命不凡,非圣无法,为时人所纠,为此罢官,但寻即复官。说明南齐永明年间的官场还未严苛如正始年间,《南齐书·张融传》记载:"融文辞诡激,独与众异。"②他还给吏部尚书写信求官,自称要学阮籍:"又与吏部尚书王僧虔书曰:'融,天地之逸民也。进不辨贵,退不知贱,兀然造化,忽如草木。实以家贫累积,孤寡伤心,八侄俱孤,二弟颇弱,抚之而感,古人以悲。岂能山海陋禄,申融情累。阮籍爱东平土风,融亦欣晋平闲外。'时议以融非治民才,竟不果。"③(《南齐书·张融传》)从这些记载来看,张融有竹林名士之风。他受到当时统治者的宽容,"融风止诡越,坐常危膝,行则曳步,翘身仰首,意制甚多。随例同行,常稽迟不进。太祖(齐高帝萧道成)素奇爱融,为太尉时,时与融融款接,见融常笑曰:'此人不可无一,不可有二。'即位后,手诏赐融衣曰:'见卿衣服粗故,诚乃素怀有本;交尔蓝缕,亦亏朝望。今送一通故衣,意谓虽故,乃胜新也。是吾所著,已令裁减称卿之体。并履一量。'"④从萧道成对于张融的宽容与调侃可以看出,当时的皇帝需要这样的任诞之人,以缓解刘宋政权之后皇帝与士人的紧张关系,所以说"此人不可无一",但又不能让这些名士危及自己的统治,所以又说"不可有二"。张融的学术主张也是多元共存,符合南朝统治者的文化策略。"建武四年,病卒。年五十四。遗令建白旐无旒,不设祭,令人捉麈尾登屋复魂,曰:'吾生平所善,自当凌云一笑。'三千买棺,无制新衾。左手执《孝经》《老子》,右手执小品《法华经》。'"⑤(《南齐书·张融传》)儒道佛三教合一,正反映出南朝士人思想文化之特质。

在学术上,张融提出了打破戒律、不拘一格的主张。《南齐书·张融传》记载:"融玄义无师法,而神解过人,白黑谈论,鲜能抗拒。永明中,遇疾,为《门律自序》曰:吾文章之体,多为世人所惊,汝可师耳以心,不可使耳为心师也。夫文岂有常体,但以有体为常,政当使常有其体。丈夫当删《诗》《书》,制礼乐,何至

① 萧子显:《南齐书》卷四一《张融传》,第2册,中华书局,2014,第727页。
② 《南齐书》卷四一《张融传》,第2册,第725页。
③ 《南齐书》卷四一《张融传》,第2册,第727页。
④ 《南齐书》卷四一《张融传》,第2册,第727页。
⑤ 《南齐书》卷四一《张融传》,第2册,第729页。

因循寄人篱下!"①这些观点,在永明年间传承了魏晋风流,"夫文岂有常体",这是对于文体之诞的张扬,他自己的文章就以惊世骇俗为特点,"吾文章之体,多为世人所惊"。张融精通声律,但他与沈约以声律自诩的态度不同,而将声律置于自然为文的基础之上。萧子显在《南齐书·张融传》最后评论:"张融标心托旨,全等尘外,吐纳风云,不论人物,而事君会友,敦义纳忠,诞不越检,常在名教。若夫奇伟之称,则虞翻、陆绩不得独擅于前也。"②萧子显评价张融"诞不越检,常在名教",是很恰切的。其实大部分魏晋名士也是将名教与自然合为一体,追求通脱又不越名教的理想人格。钟嵘《诗品》卷下"齐司徒长史张融"评曰:"思光纤缓诞放,纵有乖文体,然亦捷疾丰饶,差不局促。"③也是指的这层意思。

与张融交好的南朝齐代文士孔稚珪亦"风韵清疏,好文咏,饮酒七八斗。与外兄张融情趣相得,又与琅琊王思远、庐江何点、点弟胤并款交。不乐世务,居宅盛营山水,凭几独酌,傍无杂事。门庭之内,草莱不剪,中有蛙鸣,或问之曰:'欲为陈蕃乎?'稚珪笑曰:'我以此当两部鼓吹,何必期效仲举。'"④孔稚珪在当时也以任诞著称。当时有一批文士与张融交游甚笃,说明所谓"诞不越检"成为士人的一种人生选择。

文学批评理论既是对于现实文学创作实践的总结,亦是对于这种实践的超越,彰显出批评者的主体思想意识。六朝任诞的人生活动与文学活动,在文学批评理论领域亦得到了展现,在齐代诞生的《文心雕龙》中,"诞"作为一种文学范畴得到了阐发。作为六朝文学理论批评的结晶,《文心雕龙》对于"诞"这一范畴的评价,是十分矛盾的,既有传统的认识,也有新见解。在《宗经篇》中,刘勰提出:"若禀经以制式,酌雅以富言,是即山而铸铜,煮海而为盐也。故文能宗经,体有六义:一则情深而不诡,二则风清而不杂,三则事信而不诞,四则义直而不回,五则体约而不芜,六则文丽而不淫。"⑤刘勰强调六经不仅是文学的来源,而且也是文章写作的楷模,文学写作从内容到形式,都应当以六经为准则,他认为文章在宗经方面可以从六个方面做起。"体有六义",即是这六个具体方面的体现。其中第三条"事信而不诞",此中之诞,即是虚华、夸诞的意思。《正纬

---

① 《南齐书》卷四一《张融传》,第 2 册,第 729 页。
② 《南齐书》卷四一《张融传》,第 2 册,第 734 页。
③ 钟嵘著,曹旭笺注:《诗品集注》下品"齐司徒长史张融"条,上海古籍出版社,2016,第 598 页。
④ 《南齐书》卷四八《孔稚珪传》,第 2 册,第 840 页。
⑤ 《文心雕龙注》卷一《综经》,上册,第 23 页。

篇》中指出:"夫神道阐幽,天命微显,马龙出而大《易》兴,神龟见而《洪范》耀,故《系辞》称'河出图,洛出书,圣人则之',斯之谓也。但世敻文隐,好生矫诞,真虽存矣,伪亦凭焉。"①刘勰认为纬书不可一概否定,其有神秘的宣示天道意志的价值,但世俗之人喜欢夸诞,弄得真伪难辨,需要审慎地对待。

在《程器篇》中,刘勰认为自古以来,文士大都有品行瑕疵,不能求全责备:"略观文士之疵:相如窃妻而受金,扬雄嗜酒而少算,敬通之不修廉隅,杜笃之请求无厌,班固谄窦以作威,马融党梁而黩货,文举傲诞以速诛,正平狂憨以致戮,仲宣轻脆以躁竞,孔璋偬恫以粗疏,丁仪贪婪以乞货,路粹餔啜而无耻,潘岳诡祷于愍怀,陆机倾仄于贾郭,傅玄刚隘而詈台,孙楚狠愎而讼府。诸有此类,并文士之瑕累。"②其中,提到孔融因为"傲诞以速诛",可见"傲诞"二字是贬损之义。在《诸子篇》中,刘勰指出:"是以世疾诸子,混洞虚诞。按《归藏》之经,大明迂怪,乃称羿毙十日,嫦娥奔月。殷《易》如兹,况诸子乎!"③刘勰批评诸子言说,带有"混洞虚诞"的味道。

不过,刘勰对于"诞"的看法也是有一些矛盾的,集中体现在《辨骚篇》这一篇中。《辨骚篇》是刘勰对于屈原以《离骚》为代表的《楚辞》的评价,本篇通过对与《诗经》同列的《离骚》为代表的《楚辞》的论述来进一步阐述文章写作的基本原则与方法。"辨骚"的意思是对以《离骚》为代表的楚辞加以辨析。刘勰将本篇列入"文之枢纽",可见他对楚辞极为重视,"自风雅寝声,莫或抽绪,奇文郁起,其《离骚》哉!固已轩翥诗人之后,奋飞辞家之前,岂去圣之未远,而楚人之多才乎!"④把它看成是和《诗经》一样具有同等重要的地位。刘勰认为,以《离骚》为代表的楚辞一方面继承了《诗经》以来的风雅比兴的传统,有"同于《风》《雅》"一面;同时,其想象奇特,辞采瑰丽,又有"异乎经典"的一面。刘勰认为《楚辞》有四个方面同于儒家的"六经",有四个方面则与"六经"有异,对于有异于"六经"的地方,他指出:"故论其典诰则如彼,语其夸诞则如此。"这里面的夸诞,显然是批评之语,但是在具体的评价中,刘勰认为在《楚辞》的夸诞之中,蕴涵着新变与奇诞的地方:"固知《楚辞》者,体宪于三代,而风雅于战国,乃《雅》

---

① 《文心雕龙注》卷四《正纬》,上册,第29页。
② 《文心雕龙注》卷四九《程器》,下册,第719页。
③ 《文心雕龙注》卷十七《诸子》,上册,第309页。
④ 《文心雕龙注》卷五《辨骚》,上册,第45页。

《颂》之博徒,而词赋之英杰也。观其骨鲠所树,肌肤所附,虽取熔《经》旨,亦自铸伟辞。故《骚经》《九章》,朗丽以哀志;《九歌》《九辩》,绮靡以伤情;《远游》《天问》,瑰诡而慧巧,《招魂》《大招》,耀艳而采深华;《卜居》标放言之致,《渔父》寄独往之才。故能气往轹古,辞来切今,惊采绝艳,难与并能矣。"①这里完全是采用抽象否定具体肯定的做法。对于《楚辞》的创新,刘勰大加夸赞,这样一来,"夸诞"的释义完全是值得肯定的内容,"诞"的含义也就重释了,不再是否定的意思,而是肯定的含义了。

刘永济《文心雕龙校释》认为:"辨骚者,骚辞接轨风雅,追踪经典,则亦师圣宗经之文也。然而后世浮诡之作,常托依之矣。浮诡足以违道,故必严辨其同异;同异辨,则屈赋之长与后世文家之短,不难自明。然则此篇之作,实有正本清源之功。其于翼圣尊经之旨,仍成一贯。而与《明诗》以下各篇,立意迥别。"②这种看法并不符合刘勰的原义。刘勰虽然提出以儒家六经来规范后世文章的要求,但是对于《楚辞》与《诗经》的看法是很辩证的,既强调《骚》出于《诗》,又充分肯定了《骚》之变。对于他所批评的夸诞之内容,作了抽绎与重释。这种矛盾之处,在《文心雕龙》是随处可见的。由此可见,"四异"的说法不能简单地看成是刘勰对楚辞的否定,其中也包含了值得后人学习的变革和创新的成分。尽管楚辞不像《诗经》那样具有至高无上的权威性,但楚辞对汉赋的影响无法否定,所以刘勰说:"其衣被词人,非一代也。"《楚辞》和《诗经》分别代表了两种不同的创作倾向,构成了中国文学的两大源头。所谓"模经为式者,自入典雅之懿;效《骚》命篇者,必归艳逸之华"(《文心雕龙·定势》),但二者并无高低之分,所以刘勰认为:"若爱典而恶华,则兼通之理偏。"(《文心雕龙·定势》)

六朝之后,"诞"的概念在文学批评领域中得到运用与阐释,由于儒家文学观念的复兴,所以"诞"往往成为批评的对象。隋末王通在《中说·事君》中指出:"子谓:'文士之行可见:谢灵运小人哉?其文傲,君子则谨。沈休文小人哉?其文冶,君子则典。鲍照、江淹,古之狷者也。其文急以怨。吴筠、孔珪,古之狂者也。其文怪以怒。谢庄、王融,古之纤人也。其文碎。徐陵、庾信,古之夸人也。其文诞。'"③这里指责庾信与徐陵为古之夸人,其文诞,显然是贬斥的意

① 《文心雕龙注》卷五《辨骚》,上册,第47页。
② 《文心雕龙校释》卷五《辨骚》,上册,第10页。
③ 张沛:《中说校注》卷三《事君》,中华书局,2014,第79—80页。

思。唐代皎然《诗式》中指出:"诗有六迷:以虚诞而为高古;以缓漫而为冲澹;以错用意而为独善;以诡怪而为新奇;以烂熟而为稳约;以气少力弱而为容易。"①这里的虚诞也是贬斥的意思。

但中国艺术史上确实有一些狂人,继承了六朝任诞之风,无论是为人与为书,都放诞不拘、自由狂放。如唐代的草书大家张旭,史籍上记载:"性嗜酒,每大醉,呼叫狂走,下笔愈奇。尝以头濡墨而书,既醒视之,自以为神,不可复得也,世以此呼张颠。"②(朱长文《续书断》)另一位大书法家怀素,人称"狂素",颜真卿曾说:"昔张长史(旭)之作也,时人谓之张颠;今怀素之为也,仆实谓之狂僧,以狂继颠,孰为不可耶?"③后世文艺界以狂怪任诞著称的不乏其人,如徐渭、八大山人、石涛、扬州八怪等书画家,至于思想家李贽等人更是彰显出这种任诞精神,这种"独抒性灵,不拘格套"的文学精神,直接启导了五四新文化运动,直接融入了现代文学精神,滋养着新文学运动。鲁迅先生早在辛亥革命时期就写过《摩罗诗力说》,1927年又作了《魏晋风度及文章与药及酒之关系》的讲演,提出了"魏晋风度"这一概念,对它的产生与表现作了分析。鲁迅《再论"文人相轻"》一文中,对于嵇康的"任诞",联系当时的文坛现象作了发挥:

> 古之嵇康,在柳树下打铁,钟会来看他,他不客气,问道:"何所闻而来,何所见而去?"于是得罪了钟文人,后来钟会在司马懿面前搬弄是非,使嵇康送了命。所以你无论遇见谁,应该赶紧打拱作揖,让坐献茶,连称"久仰久仰"才是。这自然也许未必全无好处,但做文人做到这地步,不是很有些近乎婊子了吗?④

鲁迅先生的风骨,从嵇康那里秉承而来的不少。

宗白华先生在20世纪40年代发表了《论〈世说新语〉与晋人的美》一文,对于以任诞精神为核心的魏晋名士生活给予了肯定与赞美。因此,这种古典时代的文学人格与文学精神,在今天依然具有强大的生命力,也是我们对于魏晋风

---

① 何文焕辑:《历代诗话·诗式》"诗有六迷"条,上册,中华书局,2004,第28页。
② 杨成寅评注:《中国历代书法理论评注(宋代卷)》,杭州出版社,2016,第118页。
③ 刘遵三选编:《历代书法家述评辑要》,齐鲁书社,1989,第80—81页。
④ 《且介亭杂文二集》,《鲁迅全集》第六卷,第348页。

度的重新认识与汲取。至于"诞"能否进入中国美学史的范畴,关键在于对于中国美学范畴的认识,应当与西方美学范畴的认识有所区别。西方美学的范畴,一般是从哲学层面与思辨意义上去界定的,是认识对象的网结,而中国美学范畴,特别是六朝美学的范畴,基本上是从人生活动与人生体验的层面去生成的,与此同时,我们对它的认识,也需要从人生活动与人文精神的角度去认识与把握。六朝美学的一些基本范畴,如神、气、韵、味、风骨、意、兴等,莫不与当时的人生活动与体验相联系,有的直接从人物品藻与人生体验转化而来,这一特点在后世美学史发展中,不仅没有消失,而且踵事增华,愈益进化。因此,本文认为,诞与狂、怪、谲、幻等非主流的审美范畴,完全可以成为中国文学史与美学史的范畴,其个案研究与整体研究还有很大的拓展空间。

（袁济喜,北京大学美学与美育中心教授,出版专著《六朝美学》等）

韶音令辞:先唐音辞艺术发展探论

王允亮

《世说新语·品藻》有这么一段记载:

> 刘尹至王长史许清言,时苟子年十三,倚床边听。既去,问父曰:"刘尹语何如尊?"长史曰:"韶音令辞,不如我;往辄破的,胜我。"①

此处的刘尹为刘惔,字真长,东晋人,因为他曾任当时的丹阳尹一职,所以《世说新语》中多称其为刘尹。王长史为王濛,为刘惔同时人,他曾任司徒左长史一职,故被称为王长史。王苟子为王修,乃王濛之子。刘惔和王濛是东晋清谈之执牛耳者,《世说新语·文学》第56载:

> 殷中军、孙安国。王、谢能言诸贤,悉在会稽王许。殷与孙共论《易象妙于见形》,孙语道合,意气干云。一坐咸不安孙理,而辞不能屈。会稽王慨然叹曰:"使真长来,故应有以制彼。"即迎真长,孙意已不如。真长既至,先令孙自叙本理。孙粗说己语,亦觉殊不及向。刘便作二百许语,辞难简切,孙理遂屈。一坐同时拊掌而笑,称美良久。②

由此可见,刘惔的清谈水平之高,得到时人的公认,而王濛和刘惔的清谈水平则在伯仲之间,《晋书·外戚传》言当时"凡称风流者,举濛、惔为宗焉"③。由王濛与其子的对话可知,王、刘二者虽同为清谈之宗,风格上却有区别。刘擅长

---

① 余嘉锡:《世说新语笺疏》,中华书局,2015,第583页。
② 余嘉锡:《世说新语笺疏》,第262—263页。
③ 房玄龄等撰:《晋书》,中华书局,1974,第2419页。

逻辑理论的推演剖析,故能所向披靡,折服对手。王则注重韶音令辞,故以风流文辞映照一时。这也说明,魏晋清谈除了内容上覃精研思、钩深致远之外,作为一种现场式、即兴式的文娱活动,对外在的形式也有讲究,语音的抑扬吞吐,词语的斟酌拣选,同样是清谈的一个重要方面。学界对于玄学清谈的理论内容探讨已多,如言意之辨、养生论、声无哀乐、才性四本等,皆是为人所熟知的清谈议题,但对于其形式的讲究,却注意不多。① 而玄学清谈在传统音辞艺术发展史上,则具有承前启后的作用,故本文拟以魏晋清谈的音辞之辨为切入点,从音制技巧发展的角度,来看唐前传统言说艺术的发展。以此求教于学界诸方家。

一、德先于言:先秦两汉的言说观念

上古时期的文学作品,多有口头文学的记载,如《尚书》中的《甘誓》《秦誓》等,均为公开演说的记录,虽然其间不免经过文字润饰,但也反映出演说者已经有了相当高的言语水平。春秋时期,由于邦国外交的需要,对于言说有着非常高的要求。《左传》记载,襄公三十一年,子产出使晋国,因为对方招待不周,就把客馆的围墙拆了,在晋人问罪时,子产通过义正辞严的言说为自己辩解,使得晋人无可奈何。事后,叔向评论曰:"辞之不可以已也如是夫! 子产有辞,诸侯赖之,若之何其释辞也?《诗》曰:'辞之辑矣,民之协矣;辞之绎矣,民之莫矣。'其知之矣。"②《左传》记载有非常多的外交辞令,如吕相绝秦、烛之武退秦师等,这些辞令显示出了非常高的言说水平,因而受到世人的关注被载入史册。《国语》一书因所记多为春秋时期历史,故有"《春秋》外传"之称,由其书名中所含之"语"字,可觇知它以记录人物语辞为主要内容,此书的出现正是春秋时期言说水平高涨的反映。

春秋后期,作为儒家学派的代表人物,孔子对言说持有积极肯定的态度。公元前548年,郑国击败邻国陈国,但在向中原霸主晋国献捷时,却受到晋国的

---

① 龚斌的《世说新语校释》前言部分对此有所论及,惜尚未进行深入探讨,见龚斌:《世说新语校释》,上海古籍出版社,2011,第13—14页。唐翼明《魏晋清谈》一书在论述清谈之形式美时,亦注意到清谈过程中对于音辞的追求,提出清谈贵"辞条丰蔚""花烂映发"及语音节奏之美,但该书对此仅约略提及,且所言有不够周密处,详细辨析见下文。唐氏观点见其著《魏晋清谈》,人民文学出版社,2002,第55—58页。

② 阮元校刻:《十三经注疏(清嘉庆刊本)》,中华书局,2009,第4375页。

责难,认为他们毫无理由地侵略小国,陪同郑国国君出使的子产,为郑国行为的正当性进行了有力的辩护,最后使得晋国的主政大臣赵文子无话可说,只能说:"其辞顺,犯顺不祥。"①由此化解了郑国的一场危机。对于子产这番言辞的作用,《左传》襄公二十五年载有孔子的评论:

> 志有之:言以足志,文以足言。不言谁知其志,言之无文,行而不远。晋为伯,郑入陈,非文辞不为功,慎辞也。②

这段评论体现出孔子对文辞的重视。不仅如此,在《论语·子路》中孔子也有类似观念的表露:"诵《诗》三百,授之以政,不达;使于四方,不能专对;虽多,亦奚以为?"③对于外交场合的辞令言说,体现出特别的关注。孔子曾根据弟子的特长将他们分为四类,即后来所称的孔门四科,其中专门列有"言语"一门,且仅次于"德行"而居第二,具有极高的地位,这也体现出孔子对言语的重视。

虽然孔子对言语技巧有着正面的肯定,但与此同时,孔子对言说的认可也有一定程度的保留,他曾说:"有德者必有言,有言者不必有德。"④(《论语·宪问》)可见在言和德之间,孔子明显更注重德行。又言:"巧言令色,鲜矣仁。"⑤(《论语·学而》)对于巧言令色之人,孔子判定他们缺少仁爱的特质。又说:"恶紫之夺朱也,恶郑声之乱雅乐也,恶利口之覆邦家者。"⑥(《论语·阳货》)把巧舌利口和郑声、紫色等败坏社会秩序的元素等量齐观。这些话语,体现出孔子对言论文辞的矛盾态度:虽然孔子认可高超的言说水平具有一定的积极作用,但相对来说,他更重视言语承载的内容,如果仅仅是形式上的美观悦耳,他反而会比较排斥。

不独孔子如此,当时另一学派的道家学者,对言说也持否定态度,如《庄子·外物》:

---

① 阮元校刻:《十三经注疏(清嘉庆刊本)》,第4311页。
② 阮元校刻:《十三经注疏(清嘉庆刊本)》,第4311页。
③ 阮元校刻:《十三经注疏(清嘉庆刊本)》,第5446页。
④ 阮元校刻:《十三经注疏(清嘉庆刊本)》,第5453页。
⑤ 阮元校刻:《十三经注疏(清嘉庆刊本)》,第5336页。
⑥ 阮元校刻:《十三经注疏(清嘉庆刊本)》,第5487页。

　　荃者所以在鱼,得鱼而忘荃;蹄者所以在兔,得兔而忘蹄;言者所以在意,得意而忘言。吾安得夫忘言之人而与之言哉![①]

又《庄子·大宗师》:

　　子祀子舆子犁子来四人相与语曰:"孰能以无为首,以生为脊,以死为尻,孰知死生存亡之一体者,吾与之友矣。"四人相视而笑,莫逆于心,遂相与为友。[②]

　　从这些片段可以看出,庄子更注重对言语所传内容的心领神会,对于外在的语言形式则不甚在意。除庄子外,道家的另一个代表人物老子更强调内敛隐忍,从其"信言不美,美言不信。善者不辩,辩者不善"[③]的主张可以看出,他对于谈说更为轻视。
　　战国末期,人们的言说水平有了非常大的进展,最为突出的表现就是名家一派的出现。名家注重对概念、逻辑的辨析推演,是中国学术传统中非常重要的一支,虽然这一学派在后世失传了,但在当时的其他学派著作中屡有记载。名家之外,战国策士纵横往来,在当时具有很大的影响,也代表了言说发展的新水平。
　　鬼谷子曾言及游说之方:

　　说之不行,言之不从者,其辩之不明也;既明而不行者,持之不固也;既固而不行者,未中其心之所善也。辩之明之,持之固之,又中其人之所善,其言神而珍,白而分,能入于人之心,如此而说不行者,天下未尝闻也。此之谓善说。[④]

《荀子·非相》也说:

---

① 郭庆藩撰:《庄子集释》,中华书局,2013,第828页。
② 郭庆藩撰:《庄子集释》,第235页。
③ 楼宇烈:《王弼集校释》,中华书局,1980,第191—192页。
④ 向宗鲁:《说苑校证》,中华书局,1987,第266页。

谈说之术:矜庄以莅之,端诚以处之,坚强以持之,分别以喻之,譬称以明之,欣欢芬芗以送之,宝之珍之,贵之神之。如是则说常无不受。①

这里所抉发的言说技巧,实际上是当日诸子百家在辩说实践中所积累经验的精要总结,体现出战国末年言说水平的进展。

但在以儒家和道家为代表的典籍书写中,名家、纵横家及其他一些善于谈说的人,往往是被批判和抨击的对象。《荀子·儒效》说:"乃始率其群徒,辩其谈话,明其辟称,老身长子,不知恶也。"②《荀子·非相》言:"听其言则辞辩而无统,用其身则多诈而无功,上不足以顺明王,下不足以和齐百姓,然而口舌之均,噡唯则节,足以为奇伟偃却之属,夫是之谓奸人之雄,圣王起,所以先诛也。"③《荀子·非十二子》又说:"假今之世,饰邪说,交奸言,以枭乱天下,矞宇嵬琐,使天下混然不知是非治乱之所在者有人矣。"④《荀子》之外,《庄子·天下篇》也有对惠施、公孙龙等为代表的名家学派的批判。总的来看,先秦人更为重视言说所传达的内容,对于言说本身则保持谨慎的认可。

西汉时也有一些人善于言说,《汉书·游侠传》载:"(楼护)为人短小精辩,论议常依名节,听之者皆竦。与谷永俱为五侯上客,长安号曰:'谷子云笔札,楼君卿唇舌。'"⑤《汉书·匡衡传》载:"父世农夫,至衡好学,家贫,庸作以供资用,尤精力过绝人。诸儒为之语曰:'无说《诗》,匡鼎来;匡语《诗》,解人颐。'"⑥刘向《说苑》一书,记载了很多古人的嘉言懿行,中有《善说》一篇,特别强调:"夫辞者乃所以尊君、重身、安国、全性者也。故辞不可不修而说不可不善。"⑦体现出他对言说的重视。

东汉以来,由于经学辩说的需要,也出现了一些较为著名的人物,如《后汉书·逸民列传》载井丹"通五经,善谈论,故京师为之语曰:'五经纷纶井大春'"⑧,《太平御览》卷六百一十五载戴凭,"正旦朝贺,帝令群臣说经义,有不

---

① 王先谦撰:《荀子集解》,中华书局,1988,第86页。

② 王先谦撰:《荀子集解》,第124页。

③ 王先谦撰:《荀子集解》,第88页。

④ 王先谦撰:《荀子集解》,第89—90页。

⑤ 班固撰:《汉书》,中华书局,1962,第3707页。

⑥ 班固撰:《汉书》,第3331页。

⑦ 向宗鲁:《说苑校证》,第266页。

⑧ 范晔撰:《后汉书》,中华书局,1965,第2764页。

通,辄夺其席,以益通者。冯重五十席。京师谚曰'解经不穷戴侍中'",丁鸿"少好《尚书》,十六能论难。永平中引见,说《文侯》一篇,赐衣被。章帝会诸儒白虎观,上善鸿难说,号之曰'殿中无双丁孝公'"①等。

对先秦流传下来的言说文献,汉人持一分为二的态度,《汉书·艺文志》对名家和纵横家如此评价:

> 名家者流,盖出于礼官。古者名位不同,礼亦异数。孔子曰:"必也正名乎! 名不正则言不顺,言不顺则事不成。"此其所长也。及警者为之,则苟钩𫓧鉥析乱而已。②

> 纵横家者流,盖出于行人之官。孔子曰:"诵《诗》三百,使于四方,不能专对,虽多亦奚以为?"又曰:"使乎,使乎!"言其当权事制宜,受命而不受辞。此其所长也。及邪人为之,则上诈谖而弃其信。③

《汉书·艺文志》原本于刘向、刘歆父子的《别录》及《七略》,故对于九流十家的剖判,不仅是班固的个人观点。对以言论谈说为主要特色的名家及纵横家,汉人继承了先秦儒家的立场,首先强调言说内容的正当性,对于外在的技艺形式则相当的警惕,生怕它们脱离内容的羁绊而泛滥无归。

两汉虽有不少善于言说的人,但此时对于言说的态度,则可以扬雄《法言·吾子》的一句话为代表:"好书而不要诸仲尼,书肆也;好说而不见诸仲尼,说铃也。"④当时虽有善谈论者,然少风度仪容之注意,多重视内容是否合理正当,对语言辞藻或许有一定的关切,但于音调韵致等则措意甚少。

二、音辞并兴:魏晋音辞艺术的讲求

汉末以来,随着名士之风兴起,谈说作为彰显名士风采的重要手段开始受到人们的注意。《后汉书·郭太传》载,当时之大名士郭太"善谈论,美音制,乃

---

① 李昉等撰:《太平御览》,中华书局,1960,第 2765 页。
② 班固撰:《汉书》,中华书局,1962,第 1737 页。
③ 《汉书》,第 1740 页。
④ 扬雄:《法言》,中华书局,1985,第 6 页。

游于洛阳。始见河南尹李膺,膺大奇之,遂相友善,于是名震京师"①。对于"音制"一词,清人周寿昌释曰"音制即音声仪制也"②。此例足以说明,汉末名士已经开始注重音声仪制等形式上的美感了。这当然与汉末清议之风兴起,名士多注重通过口谈彰显风采有关。汉末清议盛行的现象,典籍中多有记载,《后汉书·郑太传》:"孔公绪清谈高论,嘘枯吹生,并无军旅之才,执锐之干。"③蒋济《万机论》:"许子将褒贬不平,以拔樊子昭而抑许文休。刘晔难曰:'子昭拔自贾竖,年至耳顺,退能守静,进不苟竞。'济答曰:'子昭诚自幼至长,容貌完洁。然观其插齿牙,树颊颏,吐唇吻,自非文休之敌。'"④从这两段文字可以看出,一方面清议是汉末士人生活中的重要内容,另一方面清议能力的高低也是人物评价中的标准之一。《后汉书·方术传》论云:"汉世之所谓名士者,其风流可知矣。虽弛张趣舍,时有未纯,于刻情修容,依倚道艺,以就其声价,非所能通物方,弘时务也。"⑤所谓"刻情修容,依倚道艺",点明了汉末名士对外在风采仪表的重视。与谈议能力成为人物评价的重要标准相应,音声形式作为其外在元素也受到注意,《三国志·崔琰传》即载崔琰"声姿高畅,眉目疏朗,须长四尺,甚有威重,朝士瞻望,而太祖亦敬惮焉"⑥。崔琰因为形象仪表出众,引起别人的敬重,而"声姿高畅"一语,则说明音声高畅对其形象构成也有加分。这一现象体现出清议之风兴起给汉末三国人物评价带来的新趋势。

魏晋以后,清谈风气兴盛,除内容的探析之外,在语辞音制方面的体现也更加明显,下面是《世说新语》中的两段记载:

> 王汝南既除所生服,遂停墓所。兄子济每来拜墓,略不过叔,叔亦不候。济脱时过,止寒温而已。后试问近事,答对甚有音辞,出济意外。济极愧愕,仍与语,转造精微。⑦

> 道壹道人好整饰音辞,从都下还东山,经吴中,已而会雪下,未甚寒。

---

① 范晔撰:《后汉书》,第 2225 页。
② 王先谦撰:《后汉书集解》,中华书局,1984,第 782 页。
③ 范晔撰:《后汉书》,第 1812 页。
④ 严可均校辑:《全上古三代秦汉三国六朝文》,中华书局,1958,第 1240 页。
⑤ 范晔撰:《后汉书》,第 2724 页。
⑥ 陈寿撰:《三国志》,中华书局,1959,第 369 页。
⑦ 余嘉锡:《世说新语笺疏》,第 473 页。

诸道人问在道所经,壹公曰:"风霜固所不论,乃先集其惨淡。郊邑正自飘瞥,林岫便已皓然。"①

由这两段记载可以看出,王济对王湛(王汝南)之所以由轻视转为重视,就是因为他"答对甚有音辞",引起了王济的注意,转而才与他深入交流,印象大为改观。道壹道人作为僧人,更是以整饰音辞闻名于时。就所引文字中道壹之言来看,不仅六字一句整齐工致,而且韵脚协畅,读来有铿锵磊落之美,与当时流行的赋体韵文一致,算得上经口语润饰的赋体韵文,故在当时名流中独树一帜。

就当时人所重视的音辞来看,仔细剖析的话,又可以分为两大要素,一为音,一为辞,音要动听,辞要绚烂。下面简要举例说明。

(一)音之动听

我们来看两段文献,一为《晋书·裴秀传》:

> 绰子遐善言玄理,音辞清畅,泠然若琴瑟。尝与河南郭象谈论,一坐嗟服。②

二为《世说新语·豪爽》:

> 桓宣武平蜀,集参僚,置酒于李势殿。巴、蜀搢绅,莫不来萃。桓既素有雄情爽气,加尔日音调英发,叙古今成败由人,存亡系才,其状磊落,一坐叹赏。既散,诸人追味余言。于时寻阳周馥曰:"恨卿辈不见王大将军。"③

这两者一则是裴遐"音辞清畅,泠然若琴瑟",突出的是裴遐声调之优美,具有音乐一样的魅力,二则是描写桓温在平蜀后的讲话,不仅具有雄情爽气,还音调英发,慷慨磊落,与所讲成败由人的内容相映衬,使得一座叹服。最有意思的是,在座的寻阳周馥所言"恨卿辈不见王大将军",显然是说王敦也同样具有桓

---

① 余嘉锡:《世说新语笺疏》,第 160 页。
② 房玄龄等撰:《晋书》,第 1052 页。
③ 余嘉锡:《世说新语笺疏》,第 663 页。

温的特点。这两个例子均说明，魏晋人在谈论时，已经注重音调的优美与铿锵。

魏晋人修饰音调，注重语言的音乐美，与当时佛教对于声韵之美的追求有关。自东汉时佛教传入中国，随着宣传的需要，僧人开始重视仪式活动时的语言表达效果，渐渐出现了梵呗新声。梵呗是当时僧人为了宗教活动发展出来的一种说唱艺术，这种艺术起源于三国时期，《高僧传》卷十三曾叙述了南北朝之前梵呗的发展经过：

> 原夫梵呗之起，亦兆自陈思。始著《太子颂》及《睒颂》等，因为之制声。吐纳抑扬，并法神授，今之皇皇顾惟，盖其风烈也。其后居士支谦，亦传梵呗三契，皆湮没而不存。世有共议一章，恐或谦之余则也。唯康僧会所造泥洹梵呗，于今尚传。即敬谒一契，文出双卷泥洹，故曰泥洹呗也。爰至晋世，有高座法师，初传觅历，今之行地印文，即其法也。龠公所造六言，即大慈哀愍一契，于今时有作者。近有西凉州呗，源出关右而流于晋阳，今之面如满月是也。凡此诸曲，并制出名师。后人继作，多所讹漏。①

从这段记载可以看出，梵呗被认为肇始于三国的曹植，这大概是因为曹植文章对于音韵之美有着特殊的讲究。② 曹植之后有支道谦、康僧会、高座道人、支昙龠等人。这些人多活动于魏晋时期，与士林清谈风气的兴起同时。清谈技艺的进展，除受汉末以来名士渐重音制的影响之外，佛教对于音辞艺术的探索与创新，予士林音辞技艺发展以推动也不容忽视。名僧乃清谈的重要力量，《世说新语》中记载的名僧有支道林、竺法深等人，东晋孙绰曾将当时的名僧七人与"竹林七贤"相比拟，可见名士与名僧关系之亲密。《世说新语·言语》第三十九载："高座道人不作汉语，或问此意，简文曰：'以简应对之烦。'"③这个高座道人，就是梵呗发展过程中的重要人物。《高僧传》卷一载：

> 帛尸梨密多罗，此云吉友，西域人，时人呼为高座。……初江东未有呪

---

① 释慧皎撰：《高僧传》，中华书局，1992，第508—509页。
② 《高僧传》之前，南朝宋刘敬叔之《异苑》卷五已言梵呗起于曹植，然其书又言曹植所传乃道士之"步虚声"，足见曹植乃较早注意文字声韵之美的作家，故佛道二家追论音制发展皆溯源于他。
③ 余嘉锡：《世说新语笺疏》，第109页。

法,密译出《孔雀王经》,明诸神咒,又授弟子觅历,高声梵呗,传响于今。①

高座与当时名士之间交往颇为频繁,《高僧传》卷十三载他去追悼周顗云:

> 俄而顗遇害,密往省其孤,对坐作胡呗三契,梵响凌云。次诵咒数千言,声音高畅,颜容不变。既而挥涕收泪,神气自若,其哀乐废兴皆此类也。②

足见高座精于梵呗音韵,故不仅可作"胡呗三契,梵响凌云",又能"诵咒数千言,声音高畅"。晋时名士名僧间往来频繁,清谈乃大家共同喜爱的文娱活动,在这样的现实需求下,僧人擅长的梵呗音韵之技,无疑会被士人吸收到清谈中来,以增加其吐纳抑扬的音韵之美。

(二)辞之绚烂

音调的优美铿锵之外,词语的华美精丽,是构成清谈形式美的另一要素,在《世说新语》中有很多这方面的例子,如《文学》第三十六载:

> 王逸少作会稽,初至,支道林在焉。孙兴公谓王曰:"支道林拔新领异,胸怀所及乃自佳,卿欲见不?"王本自有一往隽气,殊自轻之。后孙与支共载往王许,王都领域,不与交言。须臾支退。后正值王当行,车已在门,支语王曰:"君未可去,贫道与君小语。"因论《庄子·逍遥游》。支作数千言,才藻新奇,花烂映发。王遂披襟解带,留连不能已。③

王羲之本来轻视支道林,结果支道林在论《庄子·逍遥游》时,"作数千言,才藻新奇,花烂映发",使得"王遂披襟解带,留连不能已",一下子折服了王羲之,体现出辞藻之美的巨大魅力。

又《世说新语·文学》第五十五:

---

① 释慧皎撰:《高僧传》,第29—30页。
② 释慧皎撰:《高僧传》,第30页。
③ 余嘉锡:《世说新语笺疏》,第245—246页。

> 支道林、许、谢盛德,共集王家,谢顾谓诸人曰:"今日可谓彦会,时既不可留,此集固亦难常,当共言咏,以写其怀。"许便问主人:"有《庄子》不?"正得《渔父》一篇。谢看题,便各使四坐通。支道林先通,作七百许语,叙致精丽,才藻奇拔,众咸称善。于是四坐各言怀毕,谢问曰:"卿等尽不?"皆曰:"今日之言,少不自竭。"谢后粗难,因自叙其意,作万余语,才峰秀逸,既自难干,加意气拟托,萧然自得,四坐莫不厌心。支谓谢曰:"君一往奔诣,故复自佳耳。"①

在名士会聚的场合,大家共同就《庄子·渔父》发表意见,"支道林先通,作七百许语,叙致精丽,才藻奇拔,众咸称善",在此基础上,谢安更加推陈出新,"自叙其意,作万余语,才峰秀逸,既自难干,加意气拟托,萧然自得,四坐莫不厌心"。谢安的演说中,一方面才峰秀逸,既自难干,另一方面意气拟托,萧然自得,说明清谈时的才藻和风度,是他折服众人的两大要素。

《世说新语》又载:

> 支道林初从东出,住东安寺中。王长史宿构精理,并撰其才藻,往与支语,不大当对。王叙致作数百语,自谓是名理奇藻。支徐徐谓曰:"身与君别多年,君义言了不长进。"王大惭而退。②

王濛为了追求清谈的效果,不仅宿构精理,而且撰其才藻,在清谈时"叙致作数百语,自谓是名理奇藻",虽然最后的效果未能如意,但也足以说明辞藻乃清谈的重要追求之一。

这三段文字均出现了"才藻"一词,说明与人之才气相关的辞藻,也是时人评价清谈水平的标准。《世说新语》之外,《晋书》中也有时人擅长辞藻的记载,如《裴𬱟传》载"乐广尝与𬱟清言,欲以理服之,而𬱟辞论丰博,广笑而不言,时人

---

① 余嘉锡:《世说新语笺疏》,第261—262页。
② 余嘉锡:《世说新语笺疏》,第251页。

谓颛为言谈之林薮"①,《王济传》载"济善于清言,修饰辞令"②等,这些记载说明辞藻乃当时名士清谈的重要元素。

对于音韵动听和辞藻绚烂的关注,有时会让人沉迷于清谈时的感官体验,忽视应有的义理探讨,《世说新语》即载有相关的例子:

> 支道林许掾诸人,共在会稽王斋头。支为法师,许为都讲。时讲《维摩诘经》,支通一义,四坐莫不厌心,许送一难,众人莫不抃舞。但共嗟咏二家之美,不辩其理之所在。③

听众但共嗟咏二家之美,不辩其理之所在,足以说明他们在聆听时,更多注意的是音调辞藻的韵致之美,内容的合理与否已无关紧要。义理内容应有的地位,被语言形式上的美感湮没了。④

三、别拓区宇:南北朝音制技艺之进展

南北朝之后,人们对于音辞的追求仍旧没有停止,而且由于社会及政治等方面的原因,此时对音辞的使用,已经由清谈而扩张到朝会、交聘等相关领域。当时史书中对于时人音辞之美多有记载。如周颙,《南齐书·周颙传》载:

> 颙音辞辩丽,出言不穷。宫商朱紫,发口成句。泛涉百家,长于佛理。著《三宗论》。……每宾友会同,颙虚席晤语,辞韵如流,听者忘倦。兼善《老》《易》,与张融相遇,辄以玄言相滞,弥日不解。……转国子博士、兼著

---

① 房玄龄等撰:《晋书》,第 1042 页。
② 房玄龄等撰:《晋书》,第 1205 页。
③ 余嘉锡:《世说新语笺疏》,第 250 页。
④ 唐翼明《魏晋清谈》一书在论述清谈之形式美时,提出清谈贵"辞条丰蔚""花烂映发"及语音节奏之美,正对应本文所言之辞美与音美。唐氏将魏晋清谈家分为简约与丰赡两派,乐广、王濛、刘惔等被归入简约派,以与殷浩、谢安、支遁等为代表的丰赡派对应,然由《世说新语》"文学"第 42 条所载"王长史宿构精理,并撰其才藻""王叙致作数百语,自谓是名理奇藻"诸语来看,王濛颇为重视清谈语言的才藻精丽,又《世说新语》"品藻"第 48 载王濛以"韶音令辞"自居,则其清谈风格显然不能仅以"辞约旨达"的简约派目之;另外,唐氏将音美仅归结于语音节奏一方面,亦未免不够全面,如《晋书》载裴遐"善言玄理,音辞清畅,冷然若琴瑟",此处的音声之美便不仅仅是节奏之美。参唐翼明:《魏晋清谈》,人民文学出版社,2002,第 55—58 页。

作如故,太学诸生慕其风,争事华辩。①

可见周颙在言谈中辞韵如流,听者忘倦,具有极大的感染力。不唯如此,因其曾任国子博士一职,还引得太学诸生仿效,影响了一时风气。周颙除音辞辩丽之外,还精于音韵,撰有《四声谱》一书,此书为永明声律论的产生奠定了基础,这是音辞追求影响及文学创作的明证。

与周颙往来密切的张融,也是精通音制之学的人物,《南史·张融传》载:

> 风止诡越,坐常危膝。行则曳步,翘身仰首,意制甚多,见者惊异,聚观成市,而融了无惭色,随例同行,常稽迟不进。高帝素爱融,为太尉时与融款接。见融常笑曰:"此人不可无一,不可有二。"②

足知张融因为风止意制独树一帜,而引起时人的关注。南朝张氏家族以音辞之学为家学,世代擅长此术,《南史》言"张氏自敷以来,并以理音辞,修仪范为事"③。张融之先张敷、张畅并擅音仪,史书有详细记载。先看张敷,《南史·张敷传》:

> 性整贵,风韵甚高,好读玄言,兼属文论。初,父邵使与高士南阳宗少文谈《系》《象》,往复数番。少文每欲屈,握麈尾叹曰:"吾道东矣。"于是名价日重。……善持音仪,尽详缓之致,与人别,执手曰:"念相闻。"余响久之不绝。张氏后进皆慕之,其源起自敷也。④

张敷擅持音仪,尽详缓之致,与人别所言之"念相闻",竟可达到余音袅袅的效果,可见他具有非常深厚的造诣,并开张氏一族之独特门风。张敷之外,张畅也以善于音仪著称,史书曾载张畅与北魏李孝伯之疆场对答,双方堪称对手,各展其美,乃当时有名之文化事件。《南史·张畅传》载:

---

① 萧子显撰:《南齐书》,中华书局,1972,第731页。
② 李延寿撰:《南史》,中华书局,1975,第834—835页。
③ 李延寿撰:《南史》,第843页。
④ 李延寿撰:《南史》,第826页。

> 孝伯辞辩,亦北土之美,畅随宜应答,吐属如流,音韵详雅,风仪华润。孝伯及左右人并相视叹息。①

除此之外,在内政活动上张畅的音仪之技也曾发挥作用,《南史·张畅传》载:

> 三十年,元凶弑逆,义宣发哀之日,即便举兵。畅为元佐,位居僚首,哀容俯仰,荫映当时。举哀毕,改服著黄裤褶,出射堂简人。音姿容止,莫不瞩目,见者皆愿为尽命。②

张畅之名在当时传遍大江南北,《南史·张畅传》载:

> 后使融接对北使李道固,就席,道固顾而言曰:"张融是宋彭城长史张畅子不?"融嚬蹙久之,曰:"先君不幸,名达六夷。"③

周颙、张融之外,南朝还有很多士人擅长音制之学,如刘绘,《南齐书·刘绘传》载:

> 永明末,京邑人士盛为文章谈义,皆凑竟陵王西邸。绘为后进领袖,机悟多能。时张融、周颙,并有言工。融音旨缓韵,颙辞致绮捷。绘之言吐,又顿挫有风气,时人为之语曰:"刘绘贴宅,别开一门。"言在二家之中也。④

张融音旨缓韵,周颙辞致绮捷,各有所长,刘绘则兼二家之美,形成三足鼎立的局面。又《宋书》所载之徐湛之,也以音辞流畅著称史书:

> 湛之善于尺牍,音辞流畅。贵戚豪家,产业甚厚,室宇园池,贵游莫及。

---

① 李延寿撰:《南史》,第831页。
② 李延寿撰:《南史》,第831页。
③ 李延寿撰:《南史》,第836页。
④ 萧子显撰:《南齐书》,第841页。

伎乐之妙,冠绝一时。①

南朝对于音制之学的讲求,与当时佛教声韵之学的进展有密切关系。在声韵学上造诣精深的周颙长于佛理,著《三宗论》,张融在遗命中也要求以小品《法华》陪葬,说明此二人均浸润佛学。南齐文坛的中心是竟陵王萧子良,他热衷佛教信仰,其身边不仅有竟陵八友,也有诸多名僧围绕,这些僧人中不乏精通音制之人。据《高僧传》载释僧辩:

> 少好读经,受业于迁畅二师。初虽祖述其风,晚更措意斟酌。哀婉折衷,独步齐初。尝在新亭刘绍宅斋,辩初夜读经,始得一契,忽有群鹤下集阶前,及辩度卷,一时飞去。由是声振天下,远近知名。后来学者,莫不宗事。永明七年二月十九日,司徒竟陵文宣王梦于佛前咏维摩一契。同声发而觉,即起至佛堂中,还如梦中法,更咏古维摩一契。便觉韵声流好,著工恒日。明旦即集京师善声沙门龙光普智、新安道兴、多宝慧忍、天保超胜,及僧辩等,集第作声。②

又有释慧忍:

> 无余行解,止是爱好音声。初受业于安乐辩公,备得其法,而哀婉细妙,特欲过之。齐文宣感梦之后,集诸经师。乃共忍斟酌旧声,诠品新异。制瑞应四十二契,忍所得最长妙。③

此二人均为僧人中擅长音韵之学者,与萧子良关系密切。当时僧人、士人以萧子良为中心相与游处,士人较易受到僧人音声技法之影响,音制之学因而得到更大的发展。

南朝之外,北朝在音辞领域也有很多突出人物,与张畅相对答的李孝伯亦为一时之秀。《魏书·李孝伯传》载:"孝伯风容闲雅,应答如流,畅及左右甚相

---

① 沈约撰:《宋书》,中华书局,1974,第1844页。
② 释慧皎撰:《高僧传》,第503页。
③ 释慧皎撰:《高僧传》,第505页。

嗟叹。世祖大喜,进爵宣城公。"①与南朝的张氏家族相类,李孝伯所在之赵郡李氏,亦为擅长音辞之艺的家族,族人曾多次作为使者出使南方,有"四使之门"的美称。②

赵郡李氏成员之外,北朝音辞出众的还有宋弁,《魏书·宋弁传》载:

> 高祖曾因朝会之次,历访治道。弁年少官微,自下而对,声姿清亮,进止可观,高祖称善者久之,因是大被知遇。③

宋弁因为声姿出众、仪表闲雅,还被委任为使者出使南方,《魏书·宋弁传》载:

> 迁中书侍郎,兼员外常侍使于萧赜。赜司徒萧子良、秘书丞王融等,皆称美之。以为志气审烈不逮李彪,而体韵和雅,举止闲邃过之。④

由南方流亡北方的琅琊王氏家族成员王肃,也因音制之美著声当时,《魏书·王肃传》:

> 肃宗崩,灵太后之立幼主也。于时大赦,诵宣读诏书,音制抑扬,风神疏秀,百僚倾属,莫不叹美。⑤

王肃之外,史书所载尚有多人,略举数例如后,《魏书·刘芳传》所载刘懋:

---

① 魏收撰:《魏书》,中华书局,1974,第1172页。

② 详参王允亮:《赵郡李氏与南北朝文学交流》,《民族文学研究》2011年第5期。

③ 魏收撰:《魏书》,第1414页。

④ 魏收撰:《魏书》,第1414页。南北朝交聘出使的盛况,《北史·李谐传》曾有描述:"既南北通好,务以俊乂相矜,衔命接客,必尽一时之选,无才地者不得与焉。梁使每人,邺下为之倾动,贵胜子弟盛饰聚观,礼赠优渥,馆门成市。宴日,齐文襄使左右觇之,宾司一言制胜,文襄为之拊掌。魏使至梁,亦如梁使至魏,梁武亲与谈说,甚相爱重。"作为代表国体形象的人物,南北双方对出使的人选均较重视,音声仪制的清美与否,口辩折冲的能力高低,更是遴选使者的首要标准。对于其时出使之要求,详参王允亮:《南北朝文学交流研究》,上海古籍出版社,2010,第10—16页。

⑤ 魏收撰:《魏书》,第1412页。

出帝于显阳殿讲《孝经》,廞为执经,虽酬答论难未能精尽,而风彩音制足有可观。①

《北齐书·杨愔传》之杨愔:

及长,能清言,美音制,风神俊悟,容止可观。人士见之,莫不敬异,有识者多以远大许之。②

《北齐书·李浑传》之李绘:

每罢朝,文武总集,对扬王庭,常令绘先发言端,为群僚之首。音辞辩正,风仪都雅,听者悚然。③

可见擅长音辞在北朝也已为常见现象,讲究音辞的风气遍及大江南北。

与语言清辩著美一时相应,音辞鄙陋则难免遭人耻笑冷落,《北齐书·儒林传》载张景仁:

景仁出自寒微,本无识见。一旦开府,侍中封王,其妻姓奇,莫知氏族所出。容制音辞,事事庸俚,既诏除王妃,与诸公主郡君同在朝谒之列,见者为其惭悚。④

又《南史·儒林传》载:

卢广,范阳涿人。自云晋司空从事中郎谌之后也。少明经,有儒术,天监中归梁,位步兵校尉,兼国子博士,遍讲五经。时北来人儒学者有崔灵恩、孙详、蒋显,并聚徒讲说,而音辞鄙拙,唯广言论清雅,不类北人。仆射

---

① 魏收撰:《魏书》,第 1227—1228 页。
② 李百药撰:《北齐书》,中华书局,1972,第 454 页。
③ 李百药撰:《北齐书》,第 395 页。
④ 李百药撰:《北齐书》,第 592 页。

徐勉,兼通经术,深相赏好。①

足见当时士人对音辞之美的追求。这也充分说明,至南北朝时期,以往仅为清谈所注重的音辞艺术,已经扩展到社会生活的更多方面,成为士大夫修饰个人形象的必备要素,这是音辞艺术普及的重要体现。

综而论之,语言作为人类交流的工具随着人类的诞生一起出现。但对语言的讲求,则随着时代的进展而不断提升。先秦时期,人们注意到言辞或有左右事情发展的效用,对它有了一定的重视,但此时人们更重视语言的内容,对于音声形式则并没有过多要求,而在言者之言、德二元关系中,德更是处在决定性的位置。过分追求语言的精致、华美,则被视为一种异常现象遭到批判。两汉以后,受儒家思想的影响,士人所持态度与先秦并无太大变化。东汉晚期以来,随着汉王室的衰落,儒家思想统治地位瓦解,时代新风开始出现。因着清议之风的兴起,名士们开始注重修饰个人形象,言谈风仪作为关键元素,受到时人的重视,音制、声姿之美进入士人视野。两晋以后,随着清谈之风流行于士林,他们对音、辞都有了更高的追求,斟酌词句、调畅口吻成为清谈的要务,出现了以此为擅长的名士。南北朝以后,随着声律之学的兴起,音制之技更得到了长足发展,不少人以此扬名,有些家族甚至将其作为家门特色进行传承。与前代相比,音制之美的讲求,已经走出士人清谈的小圈子,进入政治、宗教、文学的广阔空间,体现出它对社会生活的广泛影响。唐前音制之学的发展,不仅仅体现于言说技巧的提升,也为文学、音乐等艺术的发展提供了助力,近体诗的出现即与它有着密不可分的关系,值得引起我们的注意。

(王允亮,郑州大学文学院教授)

---

① 李延寿撰:《南史》,第 1740 页。

儒仙：庆历风神与《世说新语》的对话

韩　凯

庆历时期是宋型美学形成的关键阶段。相比宋初，当时文人与魏晋士人产生了更为密切的联系。① 具有代表性的是，相比杨亿、刘筠、钱惟演等西昆前期诗人主要师法李商隐，后期诗人将魏晋士人纳入师法对象，追忆其萧散风度。如宋祁《嵇中散画像》"千秋想萧散"②，宋庠《偶观竹林七贤画像》"七子高风拂混茫，丹青遗影尚琳琅"③，文彦博《春日偶作》"洛吟经永日，还似舞雩归"④。作为魏晋风流宝鉴的《世说新语》（以下简称《世说》），庆历风神发展式地继承了儒仙风度，赋以时代化改造，在勤行精进、重德尚义的基础上强化孤忠的政治品格，超越《世说》对于时光流逝的惶惑，生命意识中融合地仙情结及酒隐意识，带有宋型人格特征。

《世说》不仅是魏晋风流宝鉴，也是魏晋思想史的浓缩呈现，具体类目的选择体现了刘义庆对名教与自然关系的新思考，折射出魏晋清谈在南朝的新发展。庆历风神与《世说》的对话相对偏离以往关注重心。

一、方正尚德：对话关系建立的基础

儒仙以"儒"为底色，儒家价值追求具有基础性主导作用。魏晋时期，儒家思想控制松动，士人主体精神解放，自我觉醒。魏晋风度在这样的时代背景中

---

① 宋初文人除隐士之外，主要受中晚唐士人的影响。只有王禹偁、徐铉、李昉、张咏、晁迥、田锡、丁谓、杨亿、扈蒙明确表示以魏晋士人为师，师法对象集中在阮籍、陶弘景、葛洪、江淹、鲍照、谢灵运、谢安诸人。
② 北京大学古文献研究所编：《全宋诗》卷二一一，第4册，北京大学出版社，1998，第2432页。
③ 《全宋诗》卷二〇〇，第4册，第2288页。
④ 申利校注：《文彦博集校注》卷三，上册，中华书局，2016，第154页。

生成。儒家价值观是否仍有意义,如何处理儒、道两家关系成为当时士人普遍思考的话题之一。《世说》一定意义上可以视作魏晋名士言谈举止的"选本",类目选择折射出作者的思想观念。卷上以"德行"为首,卷中以"方正"为首,体现出刘义庆重视君子品行。①《世说》中的人物并未绝仁弃义。如诸葛靓解释字仲思的原因为"在家思孝,事君思忠,朋友思信"②;荀爽解释"春秋之义""亲亲之义"时曰"春秋之义,内其国而外诸夏。且不爱其亲而爱他人者,不为悖德乎"(卷上,上册,第 34 页);受炙人因顾荣的"一餐之惠"而在顾氏"遭乱渡江,每经危急"时相伴左右(卷上,上册,第 15 页),儒家思想痕迹明显。《世说》记录王羲之登冶城时的言谈:"虚谈废务,浮文妨要,恐非当今所宜。"(卷上,上册,第 71 页)魏晋是清谈正盛的时期,既记录王氏对玄学清谈的反思,同时也反映了作者对魏晋清谈的重新审视。这在当时具有一定的超越性,其根源正在于刘义庆重视儒家思想。

相比竹林七贤"越名教而任自然",《世说》在儒、道之间寻求平衡。如乐广对王澄、胡毋辅之"以任放为达,或有裸体者"的批评:"名教中自有乐地"(卷上,上册,第 14 页);阮修以"将无同"应答王衍"老庄与圣教同异"的疑问(卷上,上册,第 112 页)。刘义庆有意为萧散浪漫的魏晋风流注入儒家君子品行。《世说》以陈蕃、李膺等人事迹开篇,"言为士则,行为世范,登车揽辔,有澄清天下之志""风格秀整,高自标持,欲以天下名教是非为己任"(卷上,上册,第 1、4 页),可以视为刘义庆所提倡君子品质的总纲。具体来看,大略如下:

第一,穷且益坚的青云之志。魏晋时期作为门阀政治高峰期,一定程度上造成如左思所言"世胄蹑高位,英俊沉下僚"的局面。《世说》有意识地记录一些寒族士子,突出其道德节操。祖纳少孤贫而至孝,王羲闻其名,"因两婢饷之,因取为中郎",面对时人"奴价倍婢"的戏言,祖氏答以"百里奚亦何必轻于五羖之皮邪!"(卷上,上册,第 16 页)以百里奚自况,不戚戚于贫贱的可贵品质从中可见。

---

① 《世说新语》卷下虽以"容止"为首,但依然可以找寻到儒家思想的痕迹。如记录山涛评价嵇康的话语"嵇叔夜之为人也,岩岩若孤松之独立"。

② 徐震堮:《世说新语校笺》卷上《言语》,上册,中华书局,1984,第 45 页。本文所引《世说》文字,均据此本,后随文注明对应卷数、册数及页数。

第二,忠君报国、中兴社稷的浩然之气。乱世"经籍道息"①,礼义崩坏,臣无定主。《世说》记录魏晋士人忠义气节,意图在乱世之中存留君臣之义。魏文帝受禅,陈群因"服膺先朝"而露戚容,"今虽欣圣化,犹义形于色"(卷上,上册,第154页);刘琨与温峤志在中兴晋世,"今晋祚虽衰,天命未改,吾欲立功于河北,使卿延誉于江南,子其行乎?""峤虽不敏,才非昔人,明公以桓、文之资,建匡立之功,岂敢辞命!"(卷上,上册,第53页)颇有孟子所讲大勇之士"自反而不缩,虽褐宽博,吾不惴焉;自反而缩,虽千万人,吾往矣"的决绝果毅。王导面对周顗等人登新亭而嗟伤山河之异,"愀然变色曰:'当共戮力王室,克复神州,何至作楚囚相对!'"(卷上,上册,第50页)

第三,刚直自信的凛然风骨。陆玩面对王导的联姻请求,并未借机阿附权贵。"对曰:'培塿无松柏,薰莸不同器。玩虽不才,义不为乱伦之始。'"(卷上,上册,第173页)挚瞻不足而立便已任内史,王敦不禁感叹:"卿年未三十,已为万石,亦太蚤。"挚氏答云:"方于将军少为太蚤,比之甘罗已为太老。"(卷上,上册,第57页)体现了魏晋士人砥砺自信、昂扬豪迈的精神气度。

庆历时期与魏晋具有一定的相似性,汉民族王朝相对衰微,受到少数民族政权较大威胁,大汉及大唐盛世只可在历史中凭吊而无法在现实中复制,产生了软弱妥协的政客与昂扬奋进的士子之间的矛盾与张力。这是当时士人与魏晋士人产生精神联系的基础。② 他们将魏晋时期忠心报国、砥砺精进的士人作为其人格标榜的典范。文彦博《寄友包兼济拯》:"别后愈知琨气大,可能持久在江东"③,以刘琨推许包拯。庆历风神浩然刚毅的一面由此形成。

庆历风神指北宋中期儒学振兴的背景下,以欧阳修、范仲淹、梅尧臣、韩琦等人为代表,提倡道德涵养、浩然士气与浪漫精神,普遍注重内圣外王,将养育风流精神与使命责任感融为一体,打造责任与浪漫并重的时代思潮。庆历时期精神昂进,奋发向上,当时士人日新其身,加强自身道德学问修养。如蔡襄自述

---

① 文莹著,郑世刚整理:《玉壶清话》卷一〇,《全宋笔记》第一编,第6册,大象出版社,2003,第181页。

② 需要说明的是,庆历时期士人与《世说》人物产生精神联系的基础不只是儒家思想一端,还同样推崇道家思想。但因为学界对于《世说》的道家思想底色已有较为充分的探讨,故而本文只在方正尚德的层面探讨二者产生联系的基础。

③ 《文彦博集校注》卷三,上册,第139页。

幼时"孜孜刻志,临文自省……自强不息"①,孙复"笃学,不舍昼夜,行复修谨"②。他们以砥砺精进的人生态度勉励后学。如文彦博《和张峣秀才勉弟之什》"方观薮凤翔千仞,将见床鸾上九天"③,以"薮凤""床鸾"寄寓对晚辈的殷切期许;韩琦以"穷达祸福,固有定分,枉道以求之,徒丧所守,切勿为也"④为家训。

范仲淹批评五代时风:"五代以还,斯文大剥,悲哀为主,风流不归。"⑤"风流"包括继承如王敦等魏晋士人"自目高朗疏率""每酒后,辄咏'老骥伏枥,志在千里。烈士暮年,壮心不已'"(卷中,上册,第326页)积极自振的心理。庆历美学由绮腻转向雄赡,欧阳修《笔说·薛道衡王维诗说》提倡"英雄之语",《法藏碎金录》卷八提出"气格爽拔",梅尧臣《偶书寄苏子美》自评:"有如秋空鹰,气压城雀鷃。"文彦博《谢太傅相公杜以近诗三十首寄示》:"词高气格雄。"继承了《世说》所标举的"雄爽""傲然"等风度。

二、超越孤独感:关于人世无常的对话

"风流"还包括提振悲哀心理,超越自我孤独感。这体现了庆历风神对魏晋风流的发展。伴随着生命意识觉醒,魏晋士人精神世界较为复杂:一方面有着昂扬砥砺的豪气,另一方面人世无常带来惶惑哀伤的心理。《世说》不仅专列"伤逝",而且在其他类目中也可见到魏晋士人对于世事无常的感伤。既有如温峤等慨叹邦运兴亡——"陈主上幽越、社稷焚灭、山陵夷毁之酷,有黍离之痛"(卷上,上册,第54页);也有或如桓温等由节物之变联系到个体生命流逝——"木犹如此,人何以堪"(卷上,上册,第64页);或如桓玄等由少壮之逝感悟世事无常——"贤从情所信寄,暴疾而殒,祝予之叹,如何可言!"(卷下,下册,第354页)

---

① 蔡襄:《上运使王殿院书》,吴以宁点校《蔡襄集》卷二七,上海古籍出版社,1996,第462页。
② 魏泰著,燕永成整理:《东轩笔录》卷一四,《全宋笔记》第二编,第8册,大象出版社,2006,第108页。
③ 《文彦博集校注》卷三,上册,第192页。
④ 李伟国点校:《三朝名臣言行录》卷第一之一,朱杰人、严佐之、刘永翔主编《朱子全书》,第12册,上海古籍出版社、安徽教育出版社,2002,第375页。
⑤ 《范文正公文集》卷八《唐异诗序》,李勇先、王蓉贵点校《范仲淹全集》,上册,四川大学出版社,2007,第186页。

魏晋士人对世事无常的认知对其创作心理场①产生一定影响。他们倾向于选择时暮或岁暮景物进入作品,意境大多凄寒萧索。庆历时期士人与无常的人生达成和解,魏晋名士的"玄心"品质②其实在庆历士人身上表现得更为明显。来看宋庠《冬行西圃溪上》:

> 故柳樊官圃,新禾上野场。晚烟林外紫,昏日水中光。菊晚香犹在,橙寒味不长。萧然成隐趣,况复近山阳。(《全宋诗》卷一九一,第 4 册,第 2193 页)

故柳、新禾、晚菊、寒橙等岁暮节物颇具特点,无论是围绕官圃的故柳还是新生的禾苗,均是作者有意陌生的产物。③ 尤其是尾联将冬季视为"隐趣"的季节,目力所及,当是宋庠所创。前人大多将春、夏作为归隐之季,偶尔提及初秋。宋庠认为即使是冬季也无妨归隐,对于岁暮景物的情感体认与魏晋士人不同。庆历时期士人对于岁暮景色大多持欣赏态度,如胡宿《凉思》:"昨夜南星破暑威,月波浮动杵天垂。露华冷向三危滴,秋色新从一叶知。"④曾巩《再赋喜雪》:"六花飞舞势蹁跹,点缀寒林态更妍。山险龙蛇盘鸟道,野平江海变畬田。"⑤

斯波六郎专门研究中国文学中的孤独感⑥,为其定义:"没有可以停靠的港湾,孤立无援的心绪,换言之,令自己感觉到孤独的心境,便是'孤独感'。"⑦他认为魏晋文人的孤独感主要缘于三方面:自己对周围摈斥,以阮籍为代表;悲愤国破家亡,以刘琨为代表;不满门阀等级,以左思为代表。⑧ 庆历文人的孤独感主要由于自我与外界关系不谐和,以苏舜钦居于吴中以后的诗歌为代表。如

---

① 邓绍秋在《心理场与文学创作》(《理论与创作》1994 年第 2 期)中认为心理场指"事物在人们心目中的表现形态",文学创作的对象是"主体与客体交融的心理场"。

② "玄心"是一种超越感,"真风流底人必须无我。无我则个人的祸福成败,以及死生,都不足以介其意"。(参见冯友兰:《论风流》,《三松堂学术文集》,北京大学出版社,1984,第 611 页)

③ 此诗作于作者江湖任职时。据《宋史》本传,宋庠先后任职的州郡有襄州、扬州、郓州、河南府、许州、河阳、郑州、相州、亳州,这些地方较少可以见到禾发于冬的景象。

④ 《全宋诗》卷一八二,第 4 册,第 2095 页。

⑤ 陈杏珍、晁继周点校:《曾巩集》卷六,上册,中华书局,1984,第 99 页。

⑥ 参见斯波六郎著,刘幸、李曌宇译:《中国文学中的孤独感》,北京师范大学出版社,2019。

⑦ 《中国文学中的孤独感》第一章,第 3 页。

⑧ 《中国文学中的孤独感》第八章,第 48 页。

《舟行有感》中的"客况知谁念,人生与愿违。东风百花发,独采北山薇"①,《寿阳闲望有感》中的"幽人憔悴搔白首,啼鸟哀鸣思故林"②,都带有苦者语的鲜明色彩。

就总体而论,宋人已不满魏晋诗歌困滞于孤独感而无法自解,许顗认为鲍照《松柏篇》:"悲哀曲折,其末不以道自释,仆窃恨之。"③庆历时期士人面对与世俗的格格不入虽也会生发缺乏知音的喟叹,但相比魏晋呼天抢地式的情感流露,已能"以理性的控持取代激情的宣泄,以智慧的愉悦取代痴迷的痛苦"④,失意落寞心理得以提振,与自我孤独感达成一定程度的和解。如范仲淹《滕子京魏介之二同年相访丹阳郡》中的"功名若在天,何必心区区"⑤,欧阳修作于谪官夷陵期间的《寄梅圣俞》虽在前文铺叙风俗怪异、言语不通、妖鸟异花等不堪的谪官生活,却结以"惟有山川为胜绝,寄人堪作画图夸"⑥,山川形胜缓解了诗人的孤独落寞。

庆历士人相比魏晋的这种心理转型,突出表现在"病客""衰翁"等自我形象特点的转变。对比杜甫《秋峡》:"江涛万古峡,肺气久衰翁。不寐防巴虎,全生狎楚童。衣裳垂素发,门巷落丹枫。常怪商山老,兼存翊赞功。"⑦与欧阳修《依韵奉酬圣俞二十五兄见赠之作》:"今为两衰翁,发白面亦皴……君闻我来喜,置酒留逡巡。不待主人请,自脱头上巾。欢情虽渐鲜,老意益相亲。穷达何足道,古来兹理均。"⑧他们均以"衰翁"自指,形象特点却不同:杜诗中"素发老人,对此丹枫零落,暮年秋景,万事灰心"⑨;欧诗"衰翁"虽发白面皴,岁月却无法斑驳其诗意内心,饮酒欢会,旷达地面对官场风雨。

三、孤忠报国:关于立朝大节的对话

魏晋礼乐崩坏,士子生存受到政治风云变幻的影响,一方面塑造一些如毛

---

① 沈文倬点校:《苏舜钦集》卷七,上海古籍出版社,1981,第 76 页。
② 《苏舜钦集》卷七,第 77 页。
③ 许顗:《彦周诗话》,何文焕辑:《历代诗话》,上册,中华书局,1981,第 383 页。
④ 周裕锴:《宋代诗学通论》甲编 第二章,上海古籍出版社,2007,第 51 页。
⑤ 《范文正公文集》卷三,《范仲淹全集》,上册,第 51 页。
⑥ 《居士集》卷一一,洪本健校笺:《欧阳修诗文集校笺》,上册,上海古籍出版社,2009,第 322 页。
⑦ 杜甫著,仇兆鳌注:《杜诗详注》卷一九,第 4 册,中华书局,1977,第 1725 页。
⑧ 《居士集》卷八,《欧阳修诗文集校笺》,上册,第 223—224 页。
⑨ 《杜诗详注》卷一九,第 4 册,第 1725 页。

玄"宁为兰摧玉折,不作萧敷艾荣"(卷上,上册,第84页)等铮铮正骨的雄杰之士,另一方面也使士人产生自保心理,如"晋文王称阮嗣宗至慎,每与之言,言皆玄远,未尝臧否人物"(卷上,上册,第10页),张翰被司马冏辟为东曹掾后,托故"思吴中菰菜羹、鲈鱼脍"而"命驾便归",后来"齐王败,世人皆谓为见机"(卷中,上册,第217页),郗鉴虽然意识到"世故纷纭""朱博翰音",但并未利用身为司空的权力加以改变,只能以"实愧于怀"自我麻痹(卷上,上册,第55页)。

宋仁宗朝儒学复振,魏晋士人的忠君匡复之志演变为庆历士人的孤忠气节。庆历士人的"孤忠"既是自我写照,也是人格标许,如欧阳修《班班林间鸠寄内》中的"孤忠一许国,家事岂复恤"①,胡宿《翰林南阳叶公挽词三首》其二中的"方寸有孤忠"②。其要义可用赵抃评价欧阳修的话语"以正色立朝,不能诡事权要"③概括。石介述其具体表现,"公忠清直,烈烈在于朝,为天子献可替否,赞谋猷,持纲纪"④。孤忠意味着出于公心,不挟个人私怨、不谋个人私利,以兴王道、稳邦本、固社稷为指归,"自顶至踵惟忠也","不敢以一心之戚,而忘天下之忧,是不为身名之计"⑤。宋人将其形象化地比为"推车子":"盖其心主于车,可行而已,不为己也。"⑥

翻阅宋仁宗朝史料,当时士人凛凛的立朝大节集中表现在敢于触犯权贵、不顾自身权位。如"唐质肃公一日自政府归,语诸子曰:'吾备位政府,知无不言,桃李固未尝为汝等栽培,而荆棘则甚多矣。然汝等穷达莫不有命,惟自勉而已。'"⑦再如晏殊批评范仲淹言辞直切,范氏作《上资政晏侍郎书》自辩,其中有云:"某天拙之效,不以富贵屈其身,不以贫贱移其心。……我发必危言,立必危行……倘以某远而尽心,不谓之忠;言而无隐,不谓之直,则而今而后未知所守矣。"⑧铁骨铮铮、刚直不阿的形象如在目前。

---

① 《居士集》卷二,《欧阳修诗文集校笺》,上册,第51页。
② 《全宋诗》卷一八〇,第4册,第2070页。
③ 苏轼:《赵清献公神道碑》,张志烈、马德富、周裕锴主编:《苏轼全集校注·文集》卷一七,第12册,河北人民出版社,2010,第1920页。
④ 石介:《上孔中丞书》,石介著,陈植锷点校《徂徕石先生文集》卷一三,中华书局,1984,第148页。
⑤ 范仲淹:《上执政书》,《范文正公文集》卷九,《范仲淹全集》,上册,第227、228页。
⑥ 《三朝名臣言行录》卷一之一,朱杰人、严佐之、刘永翔主编《朱子全书》,第12册,上海古籍出版社、安徽教育出版社,2002,第372页。
⑦ 《三朝名臣言行录》卷五之一,《朱子全书》,第12册,第498页。
⑧ 《范文正公文集》卷一〇,《范仲淹全集》,上册,第231—236页。

　　庆历时期的士人形成了新型君臣观,追求君臣共治天下,不视自己为王权的傀儡、奴仆,立朝大节还表现在敢于触动龙颜。既敢于违抗失当的圣旨德音,如刘敞面对宋仁宗赐夏竦谥号为"文正",认为不妥,据理力争:"上疏言:'谥者,有司之事也。且竦行不应法,今百司各得守其职,而陛下侵臣官。'疏凡三上,天子嘉其守,为更其谥曰文庄,公曰:'姑可以止矣。'"①太后欲推荐某位豪姓入官,唐肃直接拒绝,"肃曰:'麦贮于仓率不过二岁,多则朽腐不可食,况挠法耶?'卒不受"②。还体现在敢于廷诤面谏,当面与统治者抗争,张尧佐以宣徽使知河阳,"同列依违不前",唐介却"独争之"甚而因之请求罢免文彦博,因此触怒宋仁宗,"却其奏不视,且言将贬窜"。"介徐读毕曰:'臣忠义愤激,虽鼎镬不避也。'"③前代便已存在廷诤,但当统治者盛怒时仍坚执道义、不畏淫威,"忠义愤激,虽鼎镬不避",体现出庆历士人如"独击鹘"的刚劲气骨。

　　不独"文变染乎世情",士人的政治风骨同样受到"世情"影响。宋仁宗朝政治生态一定程度上形塑了当时士人的孤忠品格。宋代以"右文崇儒"④"不得杀士大夫及上书言事人"⑤为基本国策。宋仁宗更是以宽和优容的态度对待士子,终其一代,诏令天下士人可以"封言时政阙失"⑥的次数明显多过其他皇帝。宋仁宗重视奖励敢于直言的谏臣,为唐介"特加六品服,以旌敢言",即使是盛怒之下将其谪官,事后"遣中使护送介至贬所,且戒以必全之,无令道死"⑦。相比宋室后来频仍的文字狱,宋仁宗格外重视对文臣因文字获罪的管控,当时几乎未见因诗文而致罪戾者。宋人普遍怀念宋仁宗朝宽松的舆论氛围,说"容谏纳善,尧、舜、禹、汤无以过也"⑧。

　　庆历时期士人以帝友甚而帝师自居,这种身份体认新变对"孤忠"的形成同样有重要影响。据《江邻几杂志》,"孙奭尚书侍经筵,上或左右瞻瞩,或足敲踏

---

①　《三朝名臣言行录》卷四之四,《朱子全书》,第 12 册,第 484 页。

②　李焘:《续资治通鉴长编》卷一〇九,第 5 册,中华书局,2004,第 2538 页。

③　《三朝名臣言行录》卷五之一,《朱子全书》,第 12 册,第 493—494 页。

④　汪圣铎点校:《宋史全文》卷三二,中华书局,2016,第 7 册,第 2678 页。

⑤　宋太祖:《戒约》,曾枣庄、刘琳主编《全宋文》卷八,第 1 册,上海辞书出版社、安徽教育出版社,2006,第 197 页。

⑥　毕沅:《续资治通鉴》卷五六,中华书局,1979,第 1363 页。

⑦　《三朝名臣言行录》卷五之一,《朱子全书》,第 12 册,第 494 页。

⑧　高晦叟著,孔凡礼整理:《珍席放谈》卷上,《全宋笔记》第三编,第 1 册,大象出版社,2008,第 181 页。

床,则拱立不讲。以此,奭每读书,则体貌益庄"①。孙奭何以敢在最高统治者面前"拱立不讲"？原来《礼记》有言:"凡学之道,严师为难。师严然后道尊……是故君之所不臣于其臣者二:……,当其为师则弗臣也。"②宋仁宗听讲时"左右瞻瞩""足敲踏床",仍是臣其臣的态度,故而孙奭拱立不讲以示师道尊严。

庆历时期士人的孤忠品格正是时局生态与士人对自我身份认知新变的产物。这是对《世说》美学的拓展与发展。

四、戏谑、酒隐、地仙:关于诗意栖居的对话

"儒仙"以"儒"为内核,以"仙"为神韵。"玄心""洞见""妙赏""深情"③作为魏晋风流的重要内容,牵涉到探寻诗意栖居的途径。这也是《世说》基本内容之一。如描绘魏晋之啸,"如数部鼓吹,林谷传响"(卷下,下册,第355页),充满浪漫色调;阮籍"箕踞啸歌,酣放自若"(卷下,下册,第410页);孔愉"少有嘉遁意……自称孔郎,游散名山"(卷下,下册,第357—358页)。相关内容在《世说》中占有较大比重。"神骏"等成为《世说》品评士人的重要标准。

概言之,魏晋士人的"儒仙"体现在认可儒家道德修养论,对于立功扬名有些鄙夷,更倾向于以禅袍鹤氅替代顶戴花翎,尚未在出与处之间寻得平衡。孙潜与孙放各字"齐由""齐庄",表明对许由与庄周的推崇。相比建立"生前身后名",他们更为推崇伯成子高与阮裕"耦耕,不慕诸侯之荣"(卷上,上册,第37页)、"不惊宠辱"(卷下,下册,第357页),追求"萧然无事,常内足于怀"(卷下,下册,第357页)。

摆脱功名束缚,精神上更趋自由,《世说》中的士人大多善于戏谑。以言为戏是魏晋清谈的组成内容之一,通过巧妙话语自嘲或他嘲,为言语交际增添趣味。如崔豹与陈姓郡将依据对方姓氏而巧设谑言:"'君去崔杼几世?'答曰:'民去崔杼,如明府之去陈恒。'"(卷上,上册,第49页)戏言彼此都是春秋时期弑君大夫的后裔。荀隐与陆机依据二人字号而互谑。"陆举手曰:'云间陆士

---

① 《全宋笔记》第一编,第5册,第158页。
② 郑玄注,孔颖达正义:《礼记正义》卷三六《学记》,《十三经注疏》,第3册,中华书局,2009,第3302页。
③ 本自冯友兰先生对风流的解释。冯先生对此的具体解释,参见冯友兰:《论风流》,《三松堂学术文集》,北京大学出版社,1984,第611—615页。

龙。'荀答曰:'日下荀鹤鸣。'陆曰:'既开青云,睹白雉;何不张尔弓,布尔矢?'荀答曰:'本谓云龙骙骙,定是山鹿野麋,兽弱弩强,是以发迟。'"(卷下,下册,第424页)不仅将二人字号巧妙组成对偶诗句,而且依据诗意进一步问难与解难,体现二人精微覃思。善谑作为语言艺术,体现了魏晋士人浪漫潇洒、真如旷达的个性。

《世说》士人尤为青睐酒。王荟称"酒正自引人著胜地"(卷下,下册,第408页);王佛大自述"三日不饮酒,觉形神不复相亲"(卷下,下册,第410页);阮籍想要担任步兵校尉的原因竟是官所"厨中有贮酒数百斛"(卷下,下册,第392页);周顗剧饮后三日不醒而得"三日仆射"的称号(卷下,下册,第399页);等等。魏晋士人饮酒看似目的不同:或如刘伶"纵酒放达,或脱衣裸形在屋中"(卷下,下册,第392页),想要越名教而任自然;或如毕卓"拍浮酒池中,便足了一生"(卷下,下册,第397页)求得自我麻痹;或如张翰"使我有身后名,不如即时一杯酒"(卷下,下册,第397页),达到及时行乐,实际上均可概括为"达生"(卷下,下册,第400页)与浇愁,带有明显的借酒自逸或自狂的色彩。

如何身处世俗而精神不为所染,同样是庆历时期士人思索的话题,"名教有静乐,纷华无动心"①。他们倾慕并师法《世说》人物清啸、善谑、乐酒。如文彦博《寓怀》:"多谢苏门清啸客,了无尘事染壶冰。"②王琪与张亢因各自体形特点而互谑:"亢体肥大,琪目为牛,琪瘦骨立,亢目为猴……琪尝嘲亢曰:'张亢触墙呈八字。'亢应声曰:'王琪望月叫三声。'"③颇有荀隐、陆机二人谐谑意味。

魏晋风度与庆历风神"不约而同"地均与酒联系密切。那么酒在二者的构建过程中作用是否相同?答案是否定的。庆历风神对话魏晋风度,表现之一即酒的角色变化:由酒逸或酒狂转变为酒德。"琴心酒德"是庆历时期士人审美观念的鲜明变化,代表着宋型人格对待物的态度由玩物丧志转向玩物怡志。宋人明确解释"琴心酒德"的首推晁迥,其《昭德新编》曰:"愚谓闲邪纳正,宣和养素,以此为琴之心也;无思无虑,其乐陶陶,以此为酒之德也。二者深趣,诚足多尚,然必因物自娱,可得而言也;至若无所思之心,无所得之德,不假于物而恬愉

---

① 文彦博:《寄题密州超然台》,《文彦博集校注》卷三,上册,第110页。
② 《文彦博集校注》卷三,上册,第142页。
③ 欧阳修著,李伟国点校:《归田录》卷一,中华书局,1981,第16页。

美妙,不可得而言也。"①酒德在于其乐陶陶、怡情悦志,而非不羁放旷的行为。

"无思无虑,其乐陶陶",庆历时期士人饮酒目的已与前代不同,出现酒隐心态。宋人明确提出"酒隐"并详细阐释者,目力所及,是苏轼《酒隐赋》,"爰有达人,泛观天地,不择山林,而能避世。饮壶觞以自娱,期隐身于一醉"②,是一种"内全其天,外寓于酒"③的状态。苏轼所推许的"酒隐"实际上由庆历士人倡导的"醉乡"为先导。如文彦博《月夕挈新酿并文石酒樽就公仪南湖雅饮》:"雅论清吟凉月满,山翁不惜醉腾腾。"④《游史馆张大卿致政李少卿史馆傅兵部济上郊园》:"前贤旧业何人继,分与三贤作醉乡。"⑤晁迥《诗一首》:"貌愚愚谷邃,道醉醉乡春。"⑥

魏晋以降宋代以前,酒大量出现在诗作中,但尚未构成真正意义上的醉乡,更多是对现实的无奈与逃避式的解脱,带有较为强烈的避争之地色彩。阮籍"遂纵酒昏酣,遗落世事,……时率意独驾,不由径路,车迹所穷,辄恸哭而反"⑦,王嗣奭概括杜甫诗作"醉乡"特点,"公虽授一官,而志不得展,直浮名耳,何用以此绊身哉。不如典衣沽酒,日游醉乡,以送此有限之年"⑧,均是代表性例子。

可以成为乡者,一般需具有可供肉体与精神归栖的双重功能。宋人构建的"醉乡""酒天虚无,酒地绵邈,酒国安恬,无君臣贵贱之拘,无财利之图,无刑罚之避。陶陶焉,荡荡焉,其乐可得而量也"⑨,更符合"乡"可以让人诗意栖居的本体特征。来看司马光《古诗赠行宗》:"君子固无愧,立身明本根。度矩苟不忒,宠辱徒喧喧……为君画善策……客来辄开樽。群愁喜伺人,稍醒必烦冤。拒之亦无他,体中常昏昏。"⑩以"体中常昏昏"作为应对群愁的"善策",相比李

---

① 晁迥著,夏广兴整理:《昭德新编》卷上,《全宋笔记》第八编,第 8 册,大象出版社,2017,第 8 页。
② 苏轼:《酒隐赋》,《苏轼全集校注·文集》卷一,第 10 册,第 93 页。
③ 苏轼:《浊醪有妙理赋》,《苏轼全集校注·文集》卷一,第 10 册,第 97—98 页。
④ 《文彦博集校注》卷四,上册,第 239 页。
⑤ 《文彦博集校注》卷五,上册,第 301 页。
⑥ 《全宋诗》卷五五,第 1 册,第 613 页。
⑦ 裴松之注解:《三国志》时所引《魏氏春秋》,参见陈寿著,裴松之注《三国志》卷二一《王卫二刘傅传》,第 3 册,中华书局,1959,第 605 页。
⑧ 仇兆鳌注解杜甫《曲江二首其二》时所引,参见仇兆鳌《杜诗详注》卷六,第 2 册,中华书局,1977,第 449 页。
⑨ 陶毂著,孔一点校:《清异录》卷下(与江淮异人录合刊),上海古籍出版社,2012,第 97 页。
⑩ 司马光著,李之亮笺注:《司马温公集编年笺注》卷二,巴蜀书社,2009,第 1 册,第 104 页。

白等人"销愁",司马光"拒愁"的态度,看似一字之差,其实差别较大。"销"意味着愁苦已浸入情感体验,借酒浇愁愁更愁,作者无法解脱愁苦的惆怅及痛苦;"拒"意味着宠辱无常的际遇并未掀起内心波澜,正如诗中所言,"君子固无愧,立身明本根",相比荣辱沉浮的仕途,诗人更为关注价值准则的坚守,看似体中昏昏,昏昏的实际上是利欲之心,淡泊清静之志却清醒着。

庆历时期士人的"醉乡"心理使其开发出不同的饮酒方式,体现了与《世说》人物对话新的发展。苏舜钦、石延年等人"有名曰鬼饮、了饮、囚饮、鳖饮、鹤饮。鬼饮者,夜不以烧烛。了饮者,饮次挽歌哭泣而饮。囚饮者,露头围坐。鳖饮者,以毛席自裹其身,伸头出饮,毕复缩之。鹤饮者,一杯复登树,下再饮耳"①。

相比《世说》中的士人,庆历时期士子将"酒战"作为实现醉乡"陶陶焉,荡荡焉,其乐可得而量也"的途径。宋人中,黄休复(约 1002 年前后在世)最早提出"酒战","进士张及赠之诗曰:'……笔耕尚可储三载,酒战犹能敌百夫。僻爱舜琴湘水弄,每县孙画醉仙图"②。其后"酒战"较常见于宋人笔下,如邵雍:"以酒战花秾,花秾酒更浓。花能十日尽,酒未百壶空。"③洪迈记述池州东流县村墟少年数辈"相聚于酒店赌博,各赍钱二三千,被酒战酣"④。宋人的"酒战"脱落了借酒浇愁,赋以浪漫自得的色彩,体现了洒脱旷达的人格,带有宋型人格特点。

《世说》士人乐酒、好酒对于后世文人产生了广泛深远的影响。白居易"醉吟先生"与欧阳修"醉翁"是其中颇有代表性的经典形象。二者形象特点的具体差别,体现出唐、宋文人与《世说》对话时的细微区别,一定意义上可以由小见大地折射出唐宋之间文学及人格的转型。

"醉吟先生"是白居易晚年居洛时的自称,"醉翁"产生于欧阳修谪官滁州期间。人生际遇看似有所差异,却具有诗意浪漫的共同特点,无论是醉吟先生"寻水望山,率情便去。抱琴饮酌,兴尽而返……既而醉复醒,醒复吟,吟复饮,

---

① 张舜民著,汤勤福整理:《画墁录》,《全宋笔记》第二编,第 1 册,第 203—204 页。
② 黄休复著,赵维国整理:《茅亭客话》卷一〇"杜大举"条,《全宋笔记》第二编,第 1 册,第 77 页。
③ 邵雍:《落花长吟》,邵雍著,郭彧整理:《伊川击壤集》卷六,中华书局,2013,第 80 页。
④ 洪迈著,何卓点校:《夷坚志·癸》卷九"东流道人"条,中华书局,2009,第 1292 页。

饮复醉。醉吟相仍,若循环然"①,还是醉翁"山水之乐,得之心而寓之酒也……朝而往,暮而归,四时之景不同,而乐亦无穷也"②,均体现出饮醉状态中与外物和谐相处、放意山水,身、心闲适自得的情形。

细致寻绎,"醉吟先生"与"醉翁"的交际面有所不同:"醉吟先生"依据自己的喜好而定,基本局限在知己好友,"性嗜酒、耽琴、吟诗,凡酒徒、琴侣、诗客多与之游",看似"自居守洛川泊布衣,以宴游召者,亦时时往",但此处"布衣"并非寻常百姓家,倘若是寻常百姓怎能有足够财力支持宴游? 前文也暗示出"布衣"的知识分子身份,"人家有美酒鸣琴者,靡不过。有图书歌舞者,靡不观"③,至少也是具有一定经济实力者。"醉翁"完全扩展至普通百姓,"至于负者歌于涂,行者休于树,前者呼,后者应,伛偻提携,往来而不绝者,滁人游也。临溪而渔,溪深而鱼肥,酿泉为酒,泉香而酒洌,山肴野蔌,杂然而前陈者,太守宴也"④。歌于途的负重者,休于树的行路者,均提示着相伴"醉翁"左右的只是普通乡民。相比"醉吟先生","醉翁"之宴褪去华丽歌舞,反而更有淡朴的美感,临溪捕鱼、酿泉制酒、山肴野蔌,更具有生活的本真气息。交际对象扩展至普通乡民,为寻常生活带来诗意,正是宋型文学、人格相比唐型的转捩所在。

地仙与酒隐相伴而生。地仙反映古人价值追求在功名与自适之间寻求平衡,指追求功名之外,诗意发掘日常生活,自在无拘束的诗意栖居状态,在红尘而有朴野之心,浸透老子"被褐怀玉"⑤的思想。⑥ 地仙的生活理想由《世说》启其端,"会心处不必在远,翳然林水,便自有濠、濮间想也,觉鸟兽禽鱼自来亲人"(卷上,上册,第67页)。虽"翳然林水"仍有一定远离红尘的意味,但"会心处不必在远",相比之前古人归隐高蹈,体现了生活观念的转型。相比之下,五代的地仙观念已有回归红尘的趋向,"及罢归之后,第宅宏敞,花竹深邃,声乐饮

---

① 白居易:《醉吟先生传》,朱金城笺校:《白居易集笺校》卷七〇,第6册,上海古籍出版社,1988,第3783页。
② 欧阳修:《醉翁亭记》,《居士集》卷三九,《欧阳修诗文集校笺》,中册,第1021页。
③ 本段所引描述"醉吟先生"的文字,均出自《醉吟先生传》,《白居易集笺校》卷七〇,第6册,第3782页。
④ 欧阳修:《醉翁亭记》,《居士集》卷三九,《欧阳修诗文集校笺》,中册,第1021页。
⑤ 王弼释义:"被褐者,同其尘;怀玉者,宝其真也……同尘而不殊。"原文及王弼注释均据王弼注,楼宇烈校释《老子道德经注》七十章,中华书局,2011,第183页。
⑥ 宋人还以"散仙"指称类似于地仙的状态,文彦博《送秘书刘监归嵩阳隐居》其二:"二室于今号散仙。"(《文彦博集校注》卷五,上册,第287页)

膳,恣其所欲,十年之内,人谓'地仙'"①,富贵色彩极为鲜明,宏敞的府宅提示我们这样的地仙只属于达官贵人,并不具备普适性。

宋人从五代时期地仙观念中抽取出"无需拒绝公众和世俗生活便可以满足田园恬静心境"②的精髓,改造奢华富丽的实现方式,以在地而隐的思想、审美化态度面对日常生活,以俗为雅,立身红尘而不染俗情,"在精神上远离尘嚣而又身不离世"③。

地仙观念往往会使文本出现公与私之间的张力:"公"侧重于诗人公共政治角色,更多与立功扬名联系起来;"私"偏重诗人个体日常生活,更多与追求闲适相关联。二者之间的张力具体表现在功名与自适之间的角力。《世说》专列"栖逸"一门,后代逐渐将其发展为吏隐观念。

宋人的吏隐观是以平和淡泊的心境置身市井红尘之中,清丽而不清寥,"人生的自由境界不在于隐逸的生活方式,而在于通达的生活态度,不在于外在行为的狂放,而在于内在心灵的超脱"④,这构成对以《世说》为代表的魏晋风度的发展。前人的栖逸之志有意抽离红尘气息,构成诗中对话关系的往往只有诗人和景物,仍具有一定遁世之隐的色彩;庆历时期的士人更多是"余非避喧者,坐爱远风清"⑤"平生丘壑志,终愿寄民曹"⑥的心态,在"独携幽客步,闲阅老农耕"之中为红尘赋以诗意浪漫色彩,体现在地而隐的追求。

五、结语

庆历风神作为时代思潮的产物,既带有当时时代的鲜明烙印,"能成'潮'者,……适合于其时代之要求者也",同时也是优秀历史文化的遗存,在对话先贤往圣中形成,"有思潮之时代,必文化昂进之时代也"⑦。对话的对象不同,反

---

① 薛居正等:《旧五代史》卷九〇《晋书·张筠传》,第 4 册,中华书局,1976,第 1182 页。
② [美]杨晓山著,文韬译:《私人领域的变形:唐宋诗歌中的园林与玩好》第一章,江苏人民出版社,2009,第 12 页。
③ 《私人领域的变形:唐宋诗歌中的园林与玩好》第一章 第三节,第 31 页。
④ 周裕锴:《宋代诗学通论》甲编 第二章,第 55 页。
⑤ 梅尧臣:《夏日晚霁与崔子登周襄故城》,朱东润编年校注《梅尧臣集编年校注》卷一〇,上册,第 155 页。
⑥ 宋庠:《别墅冬霁》,《全宋诗》卷一八九,第 4 册,第 2171 页。
⑦ 梁启超:《清代学术概论》,上海古籍出版社,1998,第 1 页。

映出对话目的不同:庆历士人对话韩愈、柳宗元主要着眼于重塑道统及文统,偏于公共政治层面;对话《世说》中的士人主要着眼于个体在世方式,偏于私人层面。

庆历时期士人以"儒仙"作为对话《世说》的具体切入点,并非出于膜拜式的全盘吸收,而是一种带有自我思考,是一种能动发展式的对话。调和孤独、孤忠报国、酒隐地仙,具有宋型人格的鲜明烙印。《世说》为庆历风神的形成提供借鉴。

(韩凯,晋中学院中文系讲师。发表过论文《宋诗哲学对话的双重向度——以苏轼与老子为中心的考察》等)

魏晋"人物品藻"与中国美学精神的萌生[*]

刘建平

    "人物品藻"并不始于魏晋,从《论语》中就可以看到有很多关于孔门气象的论述,孟子也有"养气"说,但是都把人物审美看作内在道德修养的一个副产品,一种外在呈现。在《世说新语》①中,对人自身的审美进入了一个自觉的审美阶段,这就是"人物品藻",它包括从外貌、气象到美的语言、内在品质进行整体的评价,这不仅是"人"的觉醒时期,也是中国美学精神的觉醒、萌生和演进时期。魏晋的"人物品藻"不仅催生了中国美学自然审美、身体审美的自觉,积极肯定了自然和身体本身的美,而且重视人的个性,张扬生命的自由,具有鲜明的"人间"性格,是儒家的身体审美和道家的自然精神的现实落实和融合。

一、《周易》中言、意、象关系

    魏晋"人物品藻"是"言""意""象"关系探讨的产物。"言""意""象"关系是中国美学的核心问题,从《世说新语》的文本看,魏晋时期对"言""意""象"关系的思考进入一个成熟阶段,而"人物品藻"则是对"言""意""象"关系的实践和现实落实,它深刻地影响了中国美学思想的发展,也长远影响着中国人的审美观念和生活趣味。

    《周易》关于"言""意""象"关系的理论,其实就是通过"象"思维、以"象"为核心的理论体系的建构,对宇宙万物的变化规律进行抽象化、系统性的把握。

---

  * 本文为教育部人文社科重点研究基地山东大学文艺美学研究中心重大项目"中华美学精神与20世纪中国美学理论建构"(17JJD720010)阶段性成果。

  ① 刘义庆著,朱碧莲、沈海波译注:《世说新语》(上下),中华书局,2011。以下引文均出自此版本。

《周易·系辞》云:"子曰:'书不尽言,言不尽意。'然则圣人之意,其不可见乎?子曰:'圣人立象以尽意,设卦以尽情伪,系辞焉以尽其言。'"①从哲学的角度看,"尽意"就是言道。然而,对"象"能否尽"意"的问题,中国哲学史上仍然有诸多不同的看法。道家就认为"象"是不可言"意"的,因为"意"也好,道也好,都不是一种对象化的存在,而是"大象""大音",都不可能通过"象"去感知、观察、分析和把握的,对于人的感官而言,道是无,是超越人的感官把握的,"大象""大音"都不可能被人的感官所感知,更不可能被言说,任何对象化的"观象"活动都是将人与"真意"、道相隔绝。

在《周易》中,"象"主要是一种模拟之象,一种对象化的象征之象。用爻象来模拟天地万物的自然演化,而这演化的规律与人世的变化是具有异质同构性的。《尚书》云"天视自我民视,天听自我民听"。人们通过模拟和想象活动,达到与自然的冥合,由此顿悟天机,把握自然之道。庞朴认为,"从认识论的角度简单地说,象就是没有形状的想象。有形状的是形;没有形状的形而上的东西是道;在形和道之间,我们可以设定有象"②。由此可见,《周易》中的"象"主要还是一种对象性、象征性的"象",但"象"自身的复杂性、多重性使得其已经具有了从有形之象向无形之象、从对象性的"象"转化为非对象性的"象"的可能性。王弼就明确指出,"大象""大音"正是从日常生活中的"象""音"升华上去的,"形必有所分,声必有所属。故象而形者,非大象也;音而声者,非大音也。然者,四象不形,则大象无以畅;五音不声,则大音无以至"③。"大象""大音"都具有这种超越形而传神韵的特质,"有赖于我们透过世间的'有声之音'上溯到生命的真实、人性的本源"④,这就为魏晋的"人物品藻"和文艺欣赏中的"得意忘象"奠定了坚实的思想基础。

王弼通过对《周易》言、意、象关系的诠释,试图解决言意之辩的问题。他所说的"寻象以观意""得意而忘象",并非是完全离"象"的抽象,而是由"象"跃入了"大象",从"有"跃进了"无",从物我主客的对立关系而进入了"非对象性"的物我一体。这里的"忘象"是对有限之"象"的超越,同时又是富有无穷意蕴的

① 周振甫:《周易译注》,中华书局,2013,第 264 页。
② 庞朴:《中国文化十一讲》,中华书局,2008,第 73 页。
③ 王弼,楼宇烈校释:《王弼集校释》,中华书局,1980,第 195 页。
④ 刘建平:《"大音希声"审美意蕴新诠》,《文艺评论》2019 年第 3 期。

"象"的直观呈现,中国画论中的"忘象"就是气,就是韵,就是传神,就是严羽所言的"空中之音,相中之色,水中之月,镜中之象",它既实又虚,是无还有,是虚实相生、有无结合的统一体,只可以迁想妙得、妙悟等直观的方式去把握,"得意而忘象"所呈现出来的正是审美意义上的"非客体性"的形象,是有生命力的形象。

从哲学上看,从先秦到魏晋,似乎"言""意"的地位得到了强化,尤其在王弼的"言意之辨"中,"意"对于"言"和"象"具有主宰性的地位,"象"似只是表达意的工具,显得不那么重要。事实上,我们在考察这一思维脉络时不难发现,"象"思维也好,以"象"为核心的理论体系也罢,它更重要的呈现并不在魏晋时期哲学理论中,而是转向了现实生活的实践——魏晋玄学中对人物品鉴、人的"形象"的重视就和这一传统有着莫大的关系。正因如此,张法指出,"在魏晋玄学的氛围中产生的人物品藻的审美转向,把象的一面突显了出来,只是这象,不再是《周易》体系中的卦象,而乃美学中的形象"①。例如王戎云:"太尉神姿高彻,如瑶琳琼树,自然是风尘万物。"②这里表现人物的外貌,不是去写他的眼睛大小、身形胖瘦、皮肤白黑、衣冠奢朴,而是用"瑶琳琼树"去写人物之形象,凸显了人物"神姿高彻"之神韵,这就不是传统的哲学话语和逻辑论述了,而是典型的美学话语、形象表达了。魏晋时期以"人物品藻"为代表的"象"思维话语开始传播、扩散并广泛应用于诗歌、书法、绘画、音乐理论等领域,并在美学领域形成了宗炳"澄怀味象"、刘勰"神用象通"、钟嵘"感物说"等文艺理论,"象"作为伦理性、情感性的符号具有了独立的审美价值。

二、从"爻象"到"气象"

除《周易》的"象"思维外,儒家的"比德说"也对魏晋人物品藻观念的形成有直接的助力。"比德说"使得人们观象的对象由自然天地开始转向了人,《周易》俯仰之间看到的都是天地自然,而"仁者乐山,智者乐水"中的山水不仅是道德实体的化身,而且也是道德实体的形象显现,"象"从符号性的抽象卦象转变成为情感性的形象。"比德说"在人与自然之间建立了一种"共情"关系,山水

---

① 张法:《言·意·象:中国文化与美学中的独特话语》,《文艺理论研究》2018年第6期。
② 余嘉锡:《世说新语笺疏》,中华书局,1983,第428页。

皆是人的气象的呈现,例如孔子推崇的"温柔敦厚"的人格,可能与其生活的鲁地山多厚实而不奇险、地多辽阔平缓的环境有关,这一环境也成为儒家理想人格的象征,而这一点常常为传统儒学研究者所忽略。

孟子在"比德说"的基础上,明确提出"吾善养浩然之气"的命题,高扬人的主体性,高扬人对自身形象、气质、道德的主宰性,"养气""践形"。孟子的理想人格不再只是一种内在的美德,而且呈现为外在的"气象","富贵不能淫,贫贱不能移,威武不能屈"的"大丈夫人格"不仅可以修炼,而且还可观可感,"其为气也,至大至刚,以直养而无害,则塞于天地之间。其为气也,配义与道"(《孟子·公孙丑上》)。孟子把"浩然之气"看作君子生命的要素,"养气"与"尽心"分别对应的是人格修养中"身"与"心"两个部分,他的"充实"是从"身"与"心"两个维度双向并进的。孟子所讲的"气"不仅有自然之气,而且还有与仁义相关的生命之气、德性之气。"养气"就是通过内在的修养工夫,突破"气"对于人的局限性,使其向精神上升华,"并给精神以向外实现的力量"①,因而"养气"既能扩充其性善之端,又能改变其形体、行为方式。在"养气"的过程中,主体的内心处于与外在的自然、天地敞开、交流的状态,"在反省中发现了无数难以解脱的牵连,乃至含有人伦中难言的隐痛。感情在牵连与隐痛中挣扎,在挣扎中融合凝聚,便使它热不得,冷不掉,而自然归于温柔。由此可以了解温柔的感情,是千层万叠起来的敦厚的感情"②。人的内心有一个小宇宙,外在的天地自然是一个大宇宙,"养气"的功夫就是用天地自然的"正气"涤荡内心、淘汰沉渣,实现人与自然的能量交换。个体只要在尽性成德的道路上锲而不舍、持之以恒,不断提升心灵和人生境界,就能开辟并成就人文生命。

首先,"心"是身的主宰。孟子的人格建构是从身、心的区分开始的,身体是小体,而心是大体,是人之所以为人之根本。"心"在孟子的整个哲学思想中处于中心的地位,《孟子》中有"四端之心""赤子之心""养心""尽心""不动心""求放心""慎其心"等说法,"心"是真正的自我之所在。牟宗三认为"心"在孟子思想中具有本体论的意义,"它是心是情亦是理,所以它是实体性的仁体,亦

---

① 徐复观:《中国文学精神》,上海书店出版社,2006,第142页。

② 徐复观:《中国文学精神》,第46页。

可说是觉体"①。关于身和心的关系,在帛书《五行》说部中,孟子谈到"舍其体而独其心也",也就是要舍弃小体而从大体,使心能主宰身体,不受身体欲望的影响而发挥其作用。"气"是"体之充",属于小体。孟子主张以"心"来引导"气",以大体来统帅小体,并进而体认到人性至善的最后依据——天道。他肯定了身体存在的意义,并把身体作为"心"与性的呈现媒介。

其次,"身"为"心"的自然呈现。孟子曰:"胸中正,则眸子瞭焉;胸中不正,则眸子眊焉。"(《孟子·离娄上》)"其生色也睟然,见于面,盎于背,施于四体。"(《孟子·尽心上》)眼睛可以反映出心灵,心性可以呈现于四肢,这就是"生色论",它意味着形体可以反映出人的精神和心灵状态,让人从面部、背部、四肢就可以一目了然。从"心统性情"的意义上讲,性为心之本,情为心之动,身为心之表。然而,正如"言不尽意"一样,身体事实上也不可能完全地呈现出人内在精神上的"充实"。"充实"之人虽然是自有光辉,然这光辉并不是自然就能呈现于外,通过自然形体去把握价值生命的前提使向善的潜能得到充分的发展,"充满其所有,以茂好于外"②,也即是以"四端"之"心"来充实内在的精神生命,确立道德的主体性,充内而形外。

最后,"充实"的目的就是个体主体性的确立,"夫志,气之帅也;气,体之充也。夫志至焉,气次焉"(《孟子·公孙丑下》)。生命之气充实于内,践形于外,更上溯到性与天道的层次。所谓"立志",也就是个体主体性的确立,沿此路径继续上溯,就能达到孟子所说的"尽其心也,知其性也。知其性,则知天矣……修身以俟之,所以立命也"(《孟子·尽心上》)。这就使"心"的延展性走向了超越性,最后又落实在安身立命上,具有宗教关怀的意义。孔子以"温柔敦厚"发扬了儒家理想人格"柔",而孟子则以"浩然之气"发扬儒家理想人格"刚毅"的面向。"公孙丑曰:'敢问何谓浩然之气?'孟子曰:'难言也。其为气也,至大至刚,以直养而无害,则塞于天地之间。'"(《孟子·公孙丑上》)成中英指出,孟子这种全然纯粹的人格是"光明和力量的源泉"③,"浩然之气"本质上就是"充实"

---

① 牟宗三译注:《康德的道德哲学》,《牟宗三先生全集》,第 15 册,台北联经出版事业公司,2003,第 504 页。

② 焦循:《孟子正义》,中华书局,1987。

③ Cheng Chung-ying, *A Study in the Onto-Aesthetics of Beauty and Art: Fullness and Emptiness as Two Polarities in Chinese Aesthetics*, Edited by Ken-ichi Sasaki, Asian Aesthetic, Kyoto University Press, 2010, P. 135.

的内美呈现为外在"形美"的过程。甚至可以说,这种气象是超越性别限制的,即使是女性,只要确立了道德的主体性,也可称之为"大丈夫"。

孟子认为人的身体是生命完善、成就的一个必不可少的要素,人性之美要通过身体来践行,"六艺"之学都对身体提出了很高的要求,身体是生命"充实"、完善的重要载体,这和道家对身体的排斥、轻视态度是截然不同的。儒家立足现实人间,从人的自然生命和身体欲望出发,建构了一套关于生活的美学和生命的学问。"礼"可以来规范我们的身体,而"乐"则用来纯化我们的情感,自我的完善不仅包括精神的转化,也包括身体的转化。这种内外兼修的"功夫",就是要让生命本身的尊严、气象呈现出来。身体是容纳理想人格的器皿,这种身与"心"的天然关系也是"非由外铄也,我固有之也",完美的人性"安住"或者说"栖居"于具体的世界中——它是促进身体与世界彼此发展、交互激荡的动力。外在的身体不是一个纯粹的肉体器官,而是渗透了精神的内涵并且能把这种精神内涵显现出来,这是一种由内而外、充内形外的"气象"美学观。正因如此,笔者认为魏晋人物品藻思潮的兴起,其思想的源头并不在老庄玄学,而应该是发端于孟子。

三、从"充内形外"到"人物品藻"

事实上,无论是孔子的"比德说"还是孟子的"养气说",都把人的审美看作人内在道德修养的一个副产品,一种外在呈现。魏晋"人物品藻"则对人物的审美从内在的德性完善到对外在的形体、气象、神韵、风度进行了开拓、升华。《世说新语》中有大量的篇幅都是围绕着人物审美展开的,第六篇《雅量》、第七篇《识鉴》、第八篇《赏誉》、第九篇《品藻》、第十篇《容止》都是对人物的外貌、言行、品格等方面的审美。《世说新语》对人物的审美,突破了先秦的狭隘观念,而是由形而神、由外而内,是一种具有现代意味的综合性人物审美:"时人道阮思旷:'骨气不及右军,简秀不如真长,韶润不如仲祖,思致不如渊源,而兼有诸人之美。'"(《世说新语·品藻》)魏晋的"人物品藻"统摄身心,把美落实到了日常生活实践中。归结起来,它主要体现在以下四个方面:

(1)形体美。《诗经》中就有不少对形体美的描写,卫国的女子"肤如凝脂,手如柔荑",《庄子》也写神女"肌肤若冰雪,绰约若处子",然而只有到了《世说新语》中,对身体的审美才开始成为一种普遍的自觉。魏晋的"人物品藻"首先就体现在对形体美的欣赏上,如"何平叔美姿仪,面至白。魏明帝疑其傅粉,正夏月,与热汤饼。既啖,大汗出,以朱衣自拭,色转皎然"(《世说新语·容止》),其人之肤白貌美由此可见一斑!"嵇康身长七尺八寸,风姿特秀。见者叹曰:'萧萧肃肃,爽朗清举。'(《世说新语·容止》)嵇康之美就在于身材魁梧、举止高雅。"裴令公目王安丰:'眼烂烂如岩下电。'"王戎的美全在于他有一双"电眼"。"潘岳妙有姿容,好神情。少时挟弹出洛阳道,妇人遇者,莫不连手共萦之。左太冲绝丑,亦复效岳游邀,于是群妪齐共乱唾之,委顿而返。"(《世说新语·容止》)潘岳因为模样帅而成为"万人迷",左思因为貌丑而遭人唾弃;同样因为长得丑被嫌弃的还有刘伶,"刘伶身长六尺,貌甚丑悴,而悠悠忽忽,土木形骸"(《世说新语·容止》)。个子矮、相貌丑,精神萎靡不振,不受人待见,天天只能借酒浇愁;而长得帅的人则广受欢迎,"潘安仁、夏侯湛并有美容,喜同行,时人谓之连璧"(《世说新语·容止》),潘岳、夏侯湛因为帅而闻名于世。"裴令公有俊容仪,脱冠冕,粗服乱头皆好,时人以为玉人。见者曰:'见裴叔则,如玉山上行,光映照人。'"(《世说新语·容止》)裴楷帅气逼人,破衣烂衫都挡不住,和这样的帅哥在一起,普通人难免有"珠玉在瓦石间""珠玉在侧,觉我形秽"之感;"王右军见杜弘治,叹曰:'面如凝脂,眼如点漆,此神仙中人。'"(《世说新语·容止》)杜弘治的美在于皮肤白皙而眼珠黝黑,显得十分精神。"刘尹道桓公:'鬓如反猬皮,眉如紫石棱,自是孙仲谋、司马宣王一流人。'"(《世说新语·容止》)桓温的雄才大略,从他不凡的相貌上就可以看得出来;而王敦的穷凶极恶,从他眼睛如蜂、目露凶光也可见一斑,如"潘阳仲见王敦小时,谓曰:'君蜂目已露,但豺声未振耳。必能食人,亦当为人所食'"(《世说新语·识鉴》)。从以上这些文字可以看出,这是一个看"脸"的时代,中国历史上几乎没有任何一个时代像魏晋时期这样重视颜值,一个人仅仅因为帅,就可以受人敬仰,名垂青史,放在今天也是相当浮夸、前卫的审美观念。

(2)品格美。魏晋人欣赏人物的个性之美,尊重个体的性格和存在价值,不以传统的礼法道德标准去硬性地规范、评价个体。《世说新语》记载"温太真是过江第二流之高者。时名辈共说人物,第一将尽之间"(《世说新语·品藻》)。这里的"第一流""第二流"的说法,大多是从人物品格上而言的。魏晋人物品藻固然看重颜值,但是品鉴对象也包括刘伶这样外貌丑陋、五短身材的人,认为他超然物外,个性真实不伪,体现了美与真的统一,可以看出庄子"法天贵真"思想的影响。

人物的品格是环境和人的性情之间相互作用的产物,环境会影响人的气质、性情等。例如中国幽燕多豪气,出了很多侠客;浙江多戾气,出了勾践、鲁迅等不挠不挠的硬汉子;五台山、峨眉山多祥气,那里就出了很多有名的和尚僧人;旧上海多市侩气,就出了很多黑社会、大流氓。《世说新语》非常善于结合环境与人的气质之间的关系来进行人物品鉴:"王武子、孙子荆各言其土地、人物之美。王云:'其地坦而平,其水淡而清,其人廉且贞。'孙云:'其山崒巍以嵯峨,其水㳌渫而扬波,其人磊砢而英多。'"(《世说新语·言语》)"司马太傅斋中夜坐。于时天月明净,都无纤翳,太傅叹以为佳。谢景重在坐,答曰:'意谓乃不如微云点缀。'太傅因戏谢曰:'卿居心不净,乃复强欲滓秽太清邪?'"(《世说新语·言语》)整天萦绕于功名利禄、声色犬马,又怎么能发现"天月明净"之美?"都无纤翳"体现的正是魏晋人"风神潇洒、不滞于物"的审美人生态度。

(3)风度美。魏晋人士的风度美可以分为两个方面。一是由知识涵养而来的知性美:"嵇中散语赵景真:'卿瞳子白黑分明,有白起之风,恨量小狭。'赵云:'尺表能审玑衡之度,寸管能测往复之气。何必在大,但问识如何耳。'"(《世说新语·言语》)相比于一个人的知识和见识,容貌的美丑就没有那么重要了。那么,知识如何影响人物品鉴的呢?一个人知识的多寡,会直接影响他的谈吐、举止、涵养和气质:"王曰:'裴仆射善谈名理,混混有雅致;张茂先论《史》《汉》,靡靡可听;我与王安丰说延陵、子房,亦超超玄著。'"(《世说新语·言语》)《世说新语》把见识、学识当作人物品藻的重要内容,这颇有古希腊的"知识即美德"的意味。二是由道德修养而来的气质美。《世说新语·容止》云:"嵇康身长七尺八寸,风姿特秀,见者叹曰:'萧萧肃肃,爽朗清举。'或云:'肃肃如松下风,高而徐行。'山公曰:'嵇叔夜之为人也,岩岩若孤松之独立;其醉也,傀俄若玉山之将崩。'"这里的"岩岩""傀俄"就不只是身体和容貌的刻画了,而是超然世外的神态风姿,体现为一种精神气质之美。不仅如此,魏晋人物品藻经常以自然物类比人的外貌,以日月、朝霞、杨柳、玉等比喻人的气质和性情。"王司州至吴兴印渚中看。叹曰:'非唯使人情开涤,亦觉日月清朗。'"这类"清风朗月"就是一种比德的说法,由此可以看出儒家美学的影响。

魏晋名士的风度美主要体现为一种不滞于物的超功利人生态度。他们不太看重目的实现和现实的事功，而是把生命的过程看得比目的更重要，这就使得他们不是太看重举止是否合乎礼节，言行是否循规蹈矩，而是展现了生命的真性情。"王子猷居山阴，夜大雪，眠觉，开室命酌酒，四望皎然。因起彷徨，咏左思招隐诗。忽忆戴安道。时戴在剡，即便夜乘小舟就之。经宿方至，造门不前而返。人问其故，王曰：'吾本乘兴而行，兴尽而返，何必见戴？'"(《世说新语·任诞》)这种不以某个现实的、有限的目的为人生目标的审美人生态度其实就是中国传统所说的"乐生"境界。中国古人特别追求在普通的日常生活中营造美的氛围。例如喝酒，唐白居易有一首小诗："绿蚁新醅酒，红泥小火炉。晚来天欲雪，能饮一杯无？"在一个快下雪的黄昏，诗人邀请他的朋友在雪花飞舞中一起饮酒，酒很纯，上面漂着泡沫，炉火正旺，这是一种诗意弥漫的生活氛围。宋代陈与义也有一首《临江仙》："忆昔午桥桥上客，座中多是豪英。长沟流月去无声。杏花疏影里，吹笛到天明。"杏花疏影中与三五好友饮酒吹笛，这也是一种春色醉人的生活氛围。日常生活中的美，大多是平凡中见诗意、充满情趣的美，我们不要小看这一瞬间，当下的一刹那，一滴水可以看见一个世界，一瞬间的感知可以呈现一个人完整的生命世界，生活正是"境界"最重要的显现方式。王夫之曾说："有已往者焉，流之源也，而谓之曰过去，不知其未尝去也。有将来者焉，流之归也，而谓之曰未来，不知其必来也。其当前而谓之现在者，为之名曰刹那，谓如断一丝之顷。不知通已往将来之在念中者，皆其现在，而非仅刹那也。"①王夫之认为"已往"并非过去，已往、将来都在当下的念中，只有在当下的审美生存中，片段的、琐碎的、分裂的生命才呈现为一个连续的整体。王子猷即使借住在别人家里，也喜欢在自己身边种上几株竹子，正是在现量的生活里求得极量的丰富和满足。

（4）生命美。魏晋人士最可贵之处，就是积极肯定个体生命存在的价值，并认为生命的精神价值远远高于生命的肉体价值，这是他们在乱世中找到的安身立命之本。《世说新语·品藻》："桓温问殷浩曰：'卿何如我？'殷答曰：'我与我周旋久，宁作我！'"这里的"宁作我"，也就是肯定了自我的性情之真，可以看出魏晋人士对自我的存在价值积极的肯定。嵇康在东市问斩时，怜惜的不是自己

---

① 王夫之：《尚书引义》卷五，《船山全书》，第二册，第389—390页。

的生命,而是《广陵散》可能要绝传了:"嵇中散临刑东市,神气不变。索琴弹之,奏广陵散。曲终曰:'袁孝尼尝请学此散,吾靳固不与,广陵散于今绝矣!'"(《世说新语·雅量》)正因如此,宗白华认为,中国的书法也是从晋人的风韵中产生的:"魏晋的玄学使晋人得到空前绝后的精神解放,晋人的书法是这自由的精神人格最具体最适当的艺术表现。这抽象的音乐似的艺术才能表达出晋人空灵的玄学精神和个性主义的自我价值。"①魏晋"人物品藻"的精神从根本上体现为一种追求生命的大自由、大解脱的超越精神。

综上,魏晋"人物品藻"体现出了一种不同于先秦也不同于宋以后的自由审美精神,它是儒道美学融合的产物,正因如此,宗白华称魏晋时期是"中国历史上最有生气,活泼爱美,美的成就极高的一个时代。美的力量是不可抵挡的"②。晋人的成就,主要体现在魏晋人士以生活的热情和真挚的生命激情去拥抱爱和美的赤子之心上,具有鲜明的"人间"性格,它也为当代身体美学和生活美学理论体系的建构提供了丰富的思想资源。

四、"人物品藻"与中国美学的发展

汤用彤曾指出,"大凡欲了解中国一派之学说,必先知其立身行己之旨趣。汉晋中学术之大变迁,亦当于士大夫之行事求之"③。这给我们研究魏晋美学以及如何客观地评价魏晋美学的地位和价值提供了一块基石。从整个中国美学史的发展看,魏晋时期并不是一个特别引人瞩目的时期,它战乱频仍,民不聊生,无论是伟大艺术作品的创造,还是系统的艺术理论著作的撰写,都无法和之后的唐宋相比。魏晋"人物品藻"最有创造性的意义不是从道德角度去评价人,而是从美的角度肯定人的价值,从而促进了中国美学精神的觉醒和萌生。

首先,魏晋"人物品藻"在一个历史转折点上重构了中国美学的范畴、审美标准和理论体系,"气韵生动""传神写照"等一大批重要的文艺批评范畴和美学命题是这一时期诞生的。宗白华认为中国美学的很多概念都发端于这一时

---

① 宗白华:《论〈世说新语〉和晋人的美》,《美学散步》,上海人民出版社,1981,第213页。
② 宗白华:《论〈世说新语〉和晋人的美》,《美学散步》,第219页。
③ 汤用彤:《言意之辨》,《汤用彤学术论文集》,中华书局,1983,第226页。

期的"人物品藻","所谓'品藻'的对象乃在'人物'。中国美学竟是出发于'人物品藻'之美学。美的概念、范畴、形容词,发源于人格美的评赏"①。魏晋"人物品藻"为中国美学精神的觉醒、萌生和演进提供了坚实的思想基础和肥沃的现实土壤。另一方面,它也奠定了中国美学讲究气韵、追求清玄高远的审美理想和批评标准。人的自觉、"文的自觉"的启蒙思潮开始波及绘画领域,当时以人物画为主的绘画也开始具有了精神寄托和消遣性情的意义,"(魏晋文人)从自然中寻找人生的真谛和自我的本质力量,于是形成了风靡一时的山水诗、山水画的流行"②。由庄子所启发的自然审美思潮,经魏晋画家的酝酿和唐宋诸大家的创造及突破,一跃而成为中国绘画的主流。

其次,魏晋人物品藻是孟子"充内形外"思想的发展,也奠定了中国美学形神不二、知行合一的人间品格。魏晋时代精神不仅体现在书籍上、文献中,而且也鲜活地呈现于魏晋人士身体容止、生活起居乃至人生历程中。《世说新语》中的那些生动而有趣的故事向我们展示了一个个元气充沛、真气逼人的丰神俊朗的形象,这是魏晋美学最鲜活的标本,也是宗白华在《论〈世说新语〉和晋人的美》、鲁迅在《魏晋风度及文章与药及酒之关系》所大加赞赏的"魏晋风度"的由来。从《世说新语》中我们不难发现,魏晋人士身上所体现出来的那种对"赤子之心"的真挚情怀,那种将生命的价值从外在世界拉回到生命过程本身的人生态度,那种对形神兼备、恬淡玄远的审美意趣和空灵的审美境界的执着追求,都给中国美学精神性格的形成和后世的发展打下了深深的烙印,是一种立足现实生活的"人间美学"。

最后,魏晋时期是"意""象"理论发展的成熟时期,"象"的对象不限于自然,也包括人自身,这是一个对人自身的审美走向精神自觉的时代。在《世说新语》中,人物品藻是对人的外在形体、气质到美的语言、举止及其内在品质进行整体的评价,这不仅促进了人自身从肉体到精神上的觉醒,也是"意""象"理论在日常生活中的落实。从魏晋到唐宋是中国美学从发端走向成熟的一个重要转折期,《世说新语》中的人物品藻思想不仅催生了谢赫的《画品》、袁昂和庾肩吾的《画品》、钟嵘的《诗品》、刘勰的《文心雕龙》等一大批经典文艺理论巨著,而且对唐代司空图的《二十四诗品》、宋代严羽的《沧浪诗话》等都有着深刻的

---

① 宗白华:《论〈世说新语〉和晋人的美》,《美学散步》,第 209—210 页。
② 刘建平:《论道教与魏晋文学精神》,《中国文学研究》2014 年第 3 期。

影响,它对于后世的重要影响以及可能发生的影响,仍然值得我们进一步研究、探索。

（刘建平,男,哲学博士,西南大学文学院教授）

日本汉诗中《世说新语》吟咏的"竹林七贤"形象分析与研究

李寅生

　　《世说新语》又称《世说》《世说新书》,是南朝刘宋时所作的文言志人小说集,也是魏晋南北朝时期"笔记小说"的代表作,坊间基本上认为由南朝宋刘义庆撰写,也有称是由刘义庆组织门客编写。因为汉代刘向曾经著《世说》(原书亡佚),后人为将此书与刘向所著相别,故取名《世说新书》,又名《世说》,大约宋代以后才改称。其内容主要是记载东汉后期到魏晋间一些名士的言行与轶事。通行本6卷36篇。有梁刘孝标注本。

　　《世说新语》依内容可分为"德行""言语""政事""文学""方正"等三十六类(先分上、中、下三卷),每类有若干则故事,全书共有一千两百多则,每则文字长短不一,有的数行,有的三言两语,由此可见笔记小说"随手而记"的诉求及特性。

　　《世说新语》其内容主要是记载东汉后期到晋宋间一些名士的言行与轶事。书中所载均属历史上实有的人物,但他们的言论或故事则有一部分出于传闻,不是都符合史实。此书中相当多的篇幅系杂采众书而成。如《规箴》《贤媛》等篇所载个别西汉人物的故事,采自《史记》和《汉书》。其他部分也多采自前人的记载。

　　大约是在唐朝之时,《世说新语》随遣唐使被带到了日本,从此,"竹林七贤"中的人物便在日本流传开来,逐渐成为日本家喻户晓的人物,并被写入日本汉诗中,成了日本汉诗中的重要创作素材之一。

　　《世说新语》的故事不仅在中国流传甚广,而且也声名远播,传到了东邻日本。在日本古代,《世说新语》对日本文人士大夫影响很大,成了他们精神上的楷模和效仿的榜样,尤其是以"竹林七贤"为代表的魏晋士人、魏晋风度,作为他

322

们企慕的对象,深深地打动了他们的心灵。在日本古代文学作品中,特别是日本汉诗中,以《世说新语》中竹林七贤为题材的作品不仅数量较多,而且水平也较高,表现了与中国作者不同的思想内容。

所谓日本汉诗,就是日本人用古代汉语和中国旧体诗体式创作出来的文学作品。日本汉诗是日本文学,特别是日本古代文学的一种样式和组成部分,是中日文化交流的重要成果。

近年来,笔者利用在日本访问和讲学的机会,在日本早稻田大学和东洋文库的图书文献中查阅到了日本汉诗人写作的数十首有关《世说新语》和"竹林七贤"方面的汉诗。日本堪称是除中国之外写作"竹林七贤"汉诗最多的国家。由于国情的不同,他们对竹林七贤的看法也与中国读者有着细微的差别。今笔者把这些有关竹林七贤的汉诗进行适当地整理,并对日本汉诗中相关竹林七贤的人物形象进行相应的分析。

在日本最早写作与竹林七贤有关的汉诗的作者应首推岛田忠臣了。岛田忠臣(828—892),日本著名的汉诗人、医学家,曾任兵部少辅、典药头等职。他诗学白居易,有"当代诗匠"之誉,与渤海访日的大使裴颋关系很好,并以自己公认的诗才接待了渤海的使臣们,双方以诗唱和。岛田忠臣是早期中日诗歌唱和的杰出代表人物之一,《渤海国志长编》著录有这方面的诗歌六首。

岛田忠臣对"竹林七贤"极为仰慕,曾写下数首吟咏竹林七贤的诗。如《对竹怀古》诗:

> 后生暂有慰先魂,嵇阮淹时不及门。对竹莫言人不见,须知暗里二贤存。

诗中的"先魂",指竹林七贤;"嵇阮",指嵇康、阮籍。关于竹林七贤和嵇康、阮籍,自古以来中国人有着种种不同的看法。而对竹林七贤,日本古代汉诗人多持羡慕和欣赏的态度:日本的国情与中国存在着不同,竹林七贤能够做到的事情,在日本是很难做到的,甚至为日本统治者所不容。岛田忠臣便是这种观点的代表。

又如岛田忠臣另外一首《独坐怀古》诗:

交友何必旧知音,富贵却忘契阔深。暗记徐来长置榻,推量钟对欲鸣琴。

巷居傍若颜渊在,坐啸前应阮籍临。日下闲游任意得,免于迎送古人心。

诗中的"徐来长置榻",是指东汉名士陈蕃不轻易接待宾客,唯独给徐孺专设一榻之事。"钟对欲鸣琴",是指俞伯牙、钟子期互为知音的故事。颜渊,孔子的弟子,他能够在陋巷中不改其志,其精神深得后世赞许。阮籍,竹林七贤之一。在诗中,作者抒发了思古之幽情。他认为,交友不一定局限在过去的圈子中。如陈蕃对徐孺、俞伯牙对钟子期,都是因为在心灵深处有了某种契合,才成为人生中真正的知音。找到知音虽然需要条件和过程,但如果有像颜渊般的德行和阮籍般的旷达,即便是在古代的先贤中,也一样可以获得。全诗以中国古代的先贤为吟咏对象,在对古人行为的思索中,表达了个人的怀古之情。

生活在江户时代的汉诗人南部南山(1658—1712),名景衡,字思聪,号南山。他为人温恭笃谨,精通经史,著有《南山诗集》等。曾作《夏日闲居》二首,其一云:

嚣嚣咸叹老,孰复伴闲居。屋后千竿竹,窗中一卷书。

插瓶怜芍药,倚仗看芙蕖。渐适嵇康性,经旬发专锄。

南部南山曾来到中国福建、浙江,师从闽人黄公溥、杭人谢叔且学诗,并且一生大部分时间从事教育事业。他早年任富山藩儒官,忙于官场之事;晚年时心态平和了许多,因此对嵇康的为人处世方式有了更为深刻的理解。在诗中,他表示晚年时已适应嵇康的生活方式,不再过问世事,而专注于躬耕陇亩,像嵇康那样求得一种心灵上的慰藉。

同样是生活在江户时代的汉诗人片冈朱陵,也是把嵇康引为自己精神上的知己。他的《青霞馆小集》诗中说:

病懒多年厌世尘,风流此日赖君新。休言名饮交浑绝,犹自嵇康有故人。

诗人一方面是因为身体的原因而"病懒",而另一方面是因为对现实不满而厌世,但无论从哪一方面来说,他都把嵇康当作自己精神上的"故人"。可见嵇康的精神不仅影响了中国的士人,同样也对东瀛士人有着很大的影响。

明治末期的大东文化学院教授笠景南村对竹林七贤和嵇康也是仰慕至极,他的《题竹林七贤图》诗云:

> 谁谓竹林人物高,区区身上吐牢骚。醉中奇行解颐足,除且阮嵇无俊豪。

《咏嵇康》诗云:

> 先呼叔夜荐杯觞,尔酒尔琴千载芳。才到保身有遗憾,嗟叹不早做癫狂。

前一首诗虽然标题是《题竹林七贤图》,但主要的还是赞美阮籍、嵇康;后一首则是对嵇康的直接歌颂了。他认为嵇康的"癫狂"实属无奈,故诗中多有哀怨之词。作为一位日本人,能对中国历史典故达到如此熟悉的地步,其汉学水平堪称一流。

除吟咏阮籍、嵇康的作品之外,日本汉诗人对竹林七贤中不太著名的阮咸也非常感兴趣。阮咸(222?—278),字仲容,陈留尉氏(今河南省尉氏县)人。魏晋时期名士、文学家,步兵校尉阮籍之侄,与阮籍并称"大小阮"。阮咸好酒虚浮,仕途不顺,担任散骑侍郎时,山涛推举阮咸主持选举,没有得到晋武帝认同。后因质疑当时的权臣荀勖的音律,遭到记恨,被贬为始平太守,无疾而终。阮咸精通音律,善弹琵琶,时号"妙达八音",有"神解"之誉。"阮咸"这一乐器是因为阮咸擅长演奏而得名。

"阮咸"这种乐器后在中国一度失传,在唐代的壁画中有乐伎弹奏阮咸的内容。而阮咸乐器的实物却被日本遣唐使带回日本,保留在奈良正仓院中,成为重要的"日本文化材",也是古代中日文化交流的一个例证。由于这个原因,阮咸在日本知名度极高。在竹林七贤中,除嵇康、阮籍之外,阮咸便是最受汉诗人欢迎的人了。江户时代的汉诗人水文渊《游竹林亭》诗云:

竹林亭里转萧然,把臂床头酒若泉。诗赋清淡尘外兴,主人雅是阮咸贤。

作者认为,阮咸被罢官并不是坏事,没有了俗事的羁绊,他足可以逍遥无碍,这是作为诗人难得的雅兴,是最令人羡慕的事情了。

而赖山阳的《奉母及叔父游岚山》则是把阮籍、阮咸放在一起进行吟咏了,表达的是对阮氏叔侄超然洒脱的企慕之心。

小阮吟诗大阮眠,同浇块垒共陶然。一瓢已倒春宵短,花在溪窗月在天。

赖山阳(1780—1832),名襄,字子成,通称久太郎,号山阳,别号三十六峰外史,安艺(今广岛县)人。江户末期著名的历史学家、汉文学家。赖山阳著述颇丰,有《日本政记》《日本外史》等。尤其是《日本外史》,全文超过三十万字,全书以汉文书写,除记事外,还附录许多山阳创作的汉诗,深受后世史学家赞誉。

在这首诗中,作者认为,阮氏叔侄公然藐视礼法,不把所谓的"礼教"放在心上,洒脱自然,活出了真正的自己,是具有大家风范的名士,他们的处世态度是一般人达不到的。

笠景南村也有一首《咏阮咸》诗:

奇尔安贫诞放言,把衣效俗晒前轩。怪来何处清风起,南阮亭中犊鼻裈。

据《世说新语》记载,阮籍、阮咸住在道南。南阮穷,北阮富。北阮的人在庭院晒衣服,皆绢帛之物,而南阮人则晒的是粗布衣物,但阮咸却对此毫不在意,照样晾晒自己的粗布衣服,超然洒脱,心态极为平和。

这首诗是说,阮咸虽然有时语出惊人,即使是生活困顿、人生存在着不如意之处,但并不把自己的人格放低。虽然行为有些怪诞,但正是这些怪诞,方体现出阮咸特殊的品格,这也是竹林七贤的品格,是日本汉诗人值得羡慕的地方。

除了上述竹林七贤的人物之外,刘伶也是日本汉诗人吟咏的对象。刘伶反对司马氏虚假虚伪礼教的统治,他放情肆志,嗜酒佯狂,其名士风度不仅在中国有着不小的影响,而且声名传播到日本,受到了日本汉诗人的羡慕。梁川星岩的《醉题》诗云:

> 铜雀台灰金谷尘,西陵东市可哀呻。幕天一醉唯堪慕,拟买春丝绣伯伦。

梁川星岩(1789—1858),名孟纬,字公图,号星岩,别号天谷老人、百峰、老龙庵,通称新十郎,美浓(今岐阜县)人。江户末期具有代表性的诗人,其诗风骨清奇,他被誉为"日本的李白"。有《星岩集》《春雷余响》《吁天集》等。

诗中的"幕天",是指刘伶以天作幕帐之事,典出刘伶的《酒德颂》。作者以如椽之笔,勾勒了一位顶天立地、超越时空的"大人先生"形象。刘伶"以天地为一朝,万期为须臾",缩长为短,缩久远为一瞬,其胸怀之广、眼界之高,达到了超尘拔俗的地步。刘伶的洒脱一方面表现了其个人行为的与众不同,另一方面也体现了内心的苦闷。而其洒脱、怪诞的行为,则令梁川星岩十分钦佩,他以刘伶为自己的偶像,向往着能像刘伶一样,也能够有一个洒脱的人生。

明治初期的汉诗人津田兴在《秋日书怀》中写道:

> 百年真逆旅,都不羡功名。秋老山身瘦,溪乾石骨生。
> 天心无表里,人意有阴晴。曾慕刘伶隐,蜾蛉公与卿。

作者认为,人生短暂,功名只不过是过眼云烟,为人处世要保持一种洁身自好;如果能够像刘伶那样淡薄功名,就不必依附于权贵,则是十分难能可贵的了。

在古贺焘的《醉吟》诗中,作者把刘伶看作一位可以一同饮酒的朋友。他在诗中写道:

> 满杯皆妙理,自觉醉来真。下物唯秋月,饮朋有故人。
> 琴清皆鹤唳,露浩冷吟身。任腕挥毛颖,颂成似伯伦。

古贺燾认为,刘伶虽然嗜酒如命,但"酒后吐真言",醉后之语往往是发自真心,醉态反而是真情的流露。古贺燾与刘伶心灵上的沟通已经跨越了时空,成为了不同时代、不同国家的知音。

由于受中国传统文学主题的影响,《世说新语》中的"竹林七贤"在日本古代文学中很早就形成了一个独特的主题。在"竹林七贤"中,阮籍、嵇康是最受日本汉诗人喜欢的人物,阮籍、嵇康之所以受到追捧,最主要的还是精神方面。而刘伶受到日本汉诗人的喜爱,则是他的放荡不羁的行为与日本士人在精神上存在着某种高度的契合。

由此可见,"竹林七贤"其人其事不仅在中国流传久远,而且早在一千多年前就已经迈出了国门,传播到了日本,其影响是十分深远的。日本汉诗作者的观点虽然不一定与中国诗人的观点相契合,但作为异邦的诗人能够有这种体悟也算是难能可贵了。在上面所提到的汉诗中,虽然诗歌主旨相似,但作品风格和表现手法却有所不同。虽然是异邦作者所作,却与中国诗人之作有着细密的情感联系,由此亦可见中日两国在诗歌文化方面的联系是多么的密切。笔者所选的有关日本汉诗人吟咏《世说新语》及"竹林七贤"的汉诗虽然数量不多,但却说明"竹林七贤"的形象已经跨出国门,他们的影响已经不仅在中国,而且远播东瀛。由此亦可以看出,"竹林七贤"的魅力是多么的巨大。

(李寅生,广西大学文学院教授)

论元末文人对魏晋风度的追慕与超越*

——以雅集为中心

张建伟

元末文人的雅集得到了很多学者的关注,主要集中于玉山雅集,重要成果有牛贵琥《玉山雅集与文士独立品格之形成——金元文士雅集的典型解析》(人民出版社 2014 年版)、谷春侠《玉山雅集研究》(中国社科院 2008 年博士学位论文)、刘季《玉山雅集与元末诗坛》(南开大学 2012 年博士学位论文)、杨匡和《元代玉山雅集诗序探微》(《南昌航空大学学报》2014 年第 4 期)、彭曙蓉《从顾瑛及其玉山雅集看元顺帝时期士风的转变》(《船山学刊》2019 年第 2 期)等。关于续兰亭诗会的研究有两篇论文:唐朝晖《元末续兰亭诗会及其文学史意义》与邱江宁、宋启凤《论元代"续兰亭会"》。唐文考证了诗会举行的时间与参与人员,认为"续兰亭诗会依附刘仁本的政治背景、风流自赏的人生态度及任情闲适的诗歌风格是续兰亭诗会诗人群在明初迅速解体的主要原因"①。此外,还有一些论文研究南湖诗会、耕渔轩文会等文学活动。

这些论著多从元代政治与诗歌发展入手探讨元末雅集的文学意义,只有邱江宁、宋启凤的论文《论元代"续兰亭会"》涉及东晋兰亭会,该文认为"'续兰亭会'从内容到形式再到精神内涵都有接续东晋'兰亭会'的意思。这既与刘仁本个人的兴趣有很大关系,又与元代兰亭书学文化、雅集文化有深厚的渊源关系,更与元末南北对峙、东南士流心系大都、力图恢复社会秩序的愿景密切相关"②。实际上,从文人追求独立品格的角度看,元末文人对魏晋风度的追慕具有重要的意义,元末文人对兰亭雅集的模仿极具代表性,因此,本文由此入手,探讨元

---

* 本文为国家社科基金重大项目"历代北疆纪行文学文献的整理与研究"(19ZDA281)中期成果。

① 《兰州学刊》2010 年第 3 期,第 173 页。
② 《江苏社会科学》2013 年第 6 期,第 185 页。

末文人与东晋文人在这方面的异同,并从历史发展方面论述文人追求自由与独立的价值。

一、元末文人对魏晋风度的追慕

魏晋风度,又名魏晋风流,冯友兰先生将《世说新语》中的名士风流总结为玄心、洞见、妙赏、深情,玄心就是一种超越感,洞见即直觉,妙赏就是对美的深切的感觉。① 元末文人在很多方面追慕魏晋风度,突出表现在雅集方面。在元末参与人数最多、持续时间最长、影响最大的玉山雅集中,诗人提到的魏晋人物远远多于唐宋人物,比如阮籍、嵇康、刘伶、潘岳、陆机、陆云、山简、王衍、顾荣、庾亮、王羲之、谢安、支遁、顾恺之、王子猷、陶渊明、慧远等。文人追求"适意",而不是功名,甚至连儒家重视的身后之名也不再顾惜。晋朝的张翰说:"使我有身后名,不如即时一杯酒"②元末的释良琦说:"人生所贵适意耳"③,顾瑛说:"直把利名轻土苴,闭门高卧绝征书"④,顾佐说:"人生能几何,何为苦劳役。共此一樽酒,悠然对山色"⑤,可谓易代同响。追求适意而超越功名,就是魏晋风流的玄心。

元末雅集与东晋兰亭集会具有很大相似性,这一点突出表现在续兰亭雅集中。雅集的主持人在刘仁本《续兰亭诗序》中曰:"东晋山阴兰亭之会,蔚然文物衣冠之盛,仪表后世,使人景慕不忘也。当时在会者,琅琊王友、谢安而下凡四十二人。临流觞咏,从容文字之娱,而王右军墨迹传誉无尽,岂有异哉!"刘仁本明确表示,东晋王羲之等人的兰亭集会已成为文化盛事,"仪表后世",他们即以为榜样。他接着说:"余有是志久矣,适以至正庚子春,治师会稽之余姚州。与山阴邻壤,望故迹之邱墟,而重为慨叹。"⑥庚子为元顺帝至正二十年(1360),刘仁本来会稽的余姚州为官,正好与当年兰亭集会的山阴相邻,于是萌发了模仿兰亭集会的意愿,他找到了一处自己心目中当年兰亭集会的场景,加以整理修

---

① 冯友兰:《说风流》,《三松堂学术文集》,北京大学出版社,1981,第609—617页。
② 《世说新语·任诞》,余嘉锡《世说新语笺疏》,上海古籍出版社,1993,第738页。
③ 顾瑛辑、杨镰、叶爱欣整理:《玉山名胜集》卷上,中华书局,2008,第82页。
④ 《玉山倡和》卷上,《玉山名胜集》,第577页。 .
⑤ 《玉山名胜集》卷下,第481页。
⑥ 李修生主编:《全元文》,第60册,据清光绪二十五年(1899)刻本《余姚县志》卷十四收入,凤凰出版社,2004,第319页。

缮,"仿佛乎兰亭景状",造一座"雩咏亭",作为标志。

刘仁本同样选择三月初的一个春和景明之日,邀请当地文士来此雅集。这些人"或以官为居,或以兵而戍,与夫避地而侨,暨游方之外者,若枢密都事谢理、元帅方永、邹阳朱右、天台僧白云以下得四十二人,同修禊事焉。著单袷之衣,浮羽觞于曲水,或饮或酢,或咏或歌,徜徉容与,咸适性情之正,而无舍己为人之意。仍按图取晋人所咏诗,率两篇。若阙一而不足者,若二篇皆不就者,第各占其次补之。总若干首,目曰续兰亭会,殊有得也"①。雅集的人数与当年相同,聚会的内容也一样,都是"浮羽觞于曲水",饮酒赋诗,每人两篇。几乎是亦步亦趋,因此名曰"续兰亭会"。邱江宁、宋启凤《论元代"续兰亭会"》从时间、地点、天气、聚会内容、精神内涵等方面论述二者之间的相似性,由此可见元末文人对魏晋风流的追慕。

顾瑛主持的玉山雅集,同样表现出对兰亭集会的继承。李祁在《草堂名胜集序》中将玉山雅集与王羲之的兰亭集会、李白的桃花园宴集相提并论,他说:"及究观《兰亭》作者,率寥寥数语,罕可称诵。向非王右军一序,则此会几泯没无闻。……岂若草堂之会有其人,人有其诗,而诗皆可诵邪!"②李祁认为,草堂雅集的规模与诗歌远远胜过兰亭集会,可谓青出于蓝。西夏人昂吉在玉山雅集中作诗曰:"玉山草堂花满烟,青春张乐宴群贤。……兰亭胜事不可见,赖有此会如当年。"③将玉山雅集与兰亭集会相比。

文人雅集的本质在于"群居相切磋"④,所谓"群贤毕至,少长咸集"。兰亭集会与元末文人雅集有两个共同点:一是追求自由与快乐。王羲之《兰亭集序》:"仰观宇宙之大,俯察品类之盛,所以游目骋怀,足以极视听之娱,信可乐也。"⑤这就是刘仁本《续兰亭会序》所说的"从容文字之娱"。文人既有对快乐的追求,也有对时光的珍视,王羲之说:"况修短随化,终期于尽。古人云,死生亦大矣,岂不痛哉!"⑥王羲之既享受朋友相聚的快乐,也慨叹时光流逝、生命短暂。元末文人有着类似的感受,郑元祐说,友人们饮酒间,"相与赋诗,以纪一时

---

① 李修生主编:《全元文》第 60 册,凤凰出版社,2004,第 319—320 页。
② 《玉山名胜集》卷上,第 7 页,标点有所不同。
③ 《玉山名胜集》卷上,第 59 页。
④ 《论语·阳货》篇,孔安国注,刘宝楠撰:《论语正义》卷二十,中华书局,1990,第 689 页。
⑤ 王羲之:《兰亭集序》,房玄龄等撰:《晋书》卷八十《王羲之传》,中华书局,1974,第 2099 页。
⑥ 王羲之:《兰亭集序》,《晋书》卷八十《王羲之传》,第 2099 页。

邂逅之乐"①。释良琦说:"当时以为人生欢会之难,未知明年又在何处,慨然为之兴怀。"②玉山主人顾瑛赋诗曰:"人生百年内,良会苦不多。相逢不尽醉,其如欢乐何。"③袁华诗曰:"会合不为乐,睽离端可忧。倾觞各尽醉,慎勿起遐愁。"④玉山雅集的文人在动乱频发的元末,日益感到"人生欢会之难",所以格外珍惜每次的相聚,定要痛饮至醉,尽情欢乐。么书仪认为,"元人,尤其是元末人,对世事无常和生命短暂普遍有比较深刻的感受,这是动乱时代的特殊赐与。敏感的文人特别意识到生命的脆弱和短暂"⑤。

二是托迹山林,亲近自然。魏晋文人明确表示自己寄情于山水之间,《世说新语·品藻》篇:"明帝问谢鲲:'君自谓何如庾亮?'答曰:'端委庙堂,使百官准则,臣不如亮;一丘一壑,自谓过之。'"⑥谢鲲将"端委庙堂""一丘一壑"相对,说明自己的志向不在庙堂,而在山林之间。《世说新语·巧艺》篇:"顾长康画谢幼舆在岩石里。人问其所以,顾曰:'谢云:"一丘一壑,自谓过之。"此子宜置丘壑中。'"⑦幼舆为谢鲲的字,长康为顾恺之的字。顾恺之非常了解谢鲲寄情于山水之间的志趣,因此把他画到岩石中。

这涉及山水怡情与山水审美意识的发展。东晋时,"游览山水成为一种名士风流的标志,与清谈、服药、书画同属一种表现出脱俗的、独有的文化素养的方式"⑧。这一点体现在兰亭集会中,包括三个方面:山水审美与怡情、山水审美与玄理契合、山水审美与生命意识的体认相契合。⑨元末文人也是如此,刘仁本《续兰亭会序》详细描写聚会的环境:"于是相龙山之左麓,州署之后山,得神禹秘图之处,水出岩罅,潴为方沼,疏为流泉,卉木丛茂,行列紫薇,间以篁竹,仿佛乎兰亭景状,因作零咏亭以表之。"⑩可谓对兰亭集会的模仿与呼应,实现异代同调。

元末文人也以托迹于山林为佳,秦约《夜集联句诗序》曰:"惟龙门琦公元

---

① 《玉山名胜集》卷上,第66页。
② 《玉山名胜集》卷上,第62页。抒发类似的感受还有于立的言论。
③ 《玉山名胜集》卷上,第82页。
④ 《玉山名胜集》卷上,第83—84页。
⑤ 么书仪:《元代文人心态》,人民文学出版社,2013,第242页。
⑥ 余嘉锡:《世说新语笺疏》,上海古籍出版社,1993,第512页。
⑦ 《世说新语笺疏》,第720页。
⑧ 罗宗强:《玄学与魏晋士人心态》,南开大学出版社,2003,第279页。
⑨ 参见罗宗强:《玄学与魏晋士人心态》,南开大学出版社,2003,第284—285页。
⑩ 《全元文》第60册,第319页。

璞,独占林泉之胜,以自适其性情。"①他羡慕僧人良琦,没有公务缠身,可以充分享受山林之乐。文人不但在玉山佳处雅集,体会山野园林之乐趣,还频繁出游,举行聚会。比如,顾瑛、杨维桢等人到钱塘西湖之上,"置酒张乐,以娱山水之胜"②。

二、元末文人对魏晋风度的超越

尽管元末文人追慕魏晋风度③,雅集也模仿兰亭集会,但是二者之间还是存在很大差异,体现在几个方面:

第一,文人地位不同。

东晋皇权衰落,士人地位高。由于司马氏为逃难政权,需要依靠扈从渡江士族与南方本地士族,因此有"王与马,共天下"之说④。《世说新语·宠礼》篇记载:

> 元帝正会,引王丞相登御床,王公固辞,中宗引之弥苦。王公曰:"使太阳与万物同晖,臣下何以瞻仰?"⑤

晋元帝竟然要拉王导同坐,这在历代君臣中都是罕见的,尽管王导委婉地拒绝了,从晋元帝的表现可以看出皇权孱弱,朝廷对于高门大族的依赖。因此,田余庆先生认为,东晋一朝是真正的门阀政治⑥。在这样的政治结构中,东晋高门士人在政治上从容自如,只要家族中有人在朝廷为官,自己便可逍遥自在,典型代表即为多次拒绝朝廷征聘的谢安。再如何准,《世说新语·栖逸》篇记载:"何骠骑弟以高情避世,而骠骑劝之令仕。答曰:'予第五之名,何必减骠骑?'"⑦作为隐士的何准名声不亚于做官的兄长何充,何必去官场劳神费事,去

---

① 《玉山名胜集》卷上,第142页。
② 良琦:《游西湖分韵赋诗》,《玉山名胜集·玉山纪游》,第480页。
③ 元末文人还常把玉山雅集的主人顾瑛比作东晋文人顾恺之,比如华薱诗曰"虎头痴绝清真癖"、杨维桢诗曰"玉山丈人美无度,千度虎头金粟身"等。
④ 《晋书》卷九十八《王敦传》,第2554页。
⑤ 《世说新语笺疏》,第722页。
⑥ 参见田余庆:《东晋门阀政治》,北京大学出版社,2005。
⑦ 《世说新语笺疏》,第652页。

处理俗务呢？因此，理想的生活状态就是这样，"阮光禄在东山，萧然无事，常内足于怀"。王羲之对此高度评价，他说："此君近不惊宠辱，虽古之沉冥，何以过此？"①所谓萧然无事、内足于怀、宠辱不惊，就是东晋高门士人的理想状态，这是文人超越了对皇权的依赖才能达到的境界。

元代的情况大不相同，元朝将人分为四等，即蒙古、色目、汉人、南人。② 元廷奉行所谓"内北国而外中国，内北人而外南人"③的政策，优待蒙古人、色目人，轻视汉人，尤其歧视南人。④ 元末雅集的组织者与参与者多为南人，属于政治地位最低的群体。虽然元末南方文人也有疏离政治的表现，但是原因与东晋文人相反，他们不是因为超脱于皇权之外，而是被蒙元政权所疏远，缺乏机会参与其中。左东岭先生认为，元明之际文人具有一种旁观者心态，表现为"政治参与热情和政治责任感的淡漠、政治与道德的分离、生活态度的闲散与个性的自我放任"⑤。文人被迫与政权疏离，导致"人身和思想控制的缺位"⑥，反而使他们重新审视自身的价值，走向了追求独立品格之路。

第二，雅集参与者不同，体现的精神有异。

东晋时，摆脱了政治的束缚，自由潇洒的是高门士人，这一群体在经济上拥有庄园奴仆，在政治上进退自如，不依附于皇权。参与兰亭集会的谢安、王羲之等人多属于这一群体，因此带有浓厚的贵族性质。

元末参与雅集的文人与兰亭集会的文人不同，体现的是一种平等精神，参与者不分社会地位、地域、民族、宗教信仰，涉及多族士人圈。比如参与续兰亭诗会的有官员，支持者刘仁本就是地方官，参与者朱右当时任江浙行省左右司都事，赵偰为乡贡进士出身，徐昭文、谢理等人都是下层官员。自悦、福报、如阜

---

① 《世说新语·栖逸》，《世说新语笺疏》，第653页。
② 有学者认为，四等人制不见于元代法律，当为四大族群。参见黄二宁：《元代族群关系再思考——以"族群内外制"为中心》，《中央社会主义学报》2020年第1期。
③ 《草木子》卷三上《克谨篇》，第55页。
④ 赵翼：《廿二史札记》卷三十"元制百官皆蒙古人为之长"曰："故一代之制，未有汉人南人为正官者。"（王树民：《廿二史札记校证》，第689页）
⑤ 左东岭：《元明之际的种族观念与文人心态及相关的文学问题》，《文学评论》2008年第5期，第104页。
⑥ 牛贵琥：《玉山雅集与文士独立品格之形成——金元文士雅集的典型解析》，人民出版社，2014，第397页。

为诗僧。① 玉山雅集持续了 33 年,次数超过 173 次,参与者达到 222 人②,涉及不同地域、不同民族、不同社会地位、不同宗教信仰的文人,甚至还有女性诗人,正是元代多族士人圈的集中反映。萧启庆先生《元代多族士人圈的形成初探》指出,蒙古、色目人与汉族士大夫阶层形成多族士人圈,各族间共同的群体意识已经超越了种族的藩篱。③ 多民族文人在一起鉴赏书画,饮酒赋诗,他们之间是平等的,这种对自由独立的追求落实到了个体的层面。

顾瑛主持的玉山雅集就是典型代表,"良辰美景,士友群集,四方之来、与朝士之能为文辞者,凡过苏必之焉,之则欢意浓浃。随兴所至,罗樽俎,陈砚席,列坐而赋,分题而韵,无问宾主。仙翁释子亦往往而在"④。各方人士都可以来顾瑛的玉山胜处做客,无论做官与否,甚至包括和尚道士,唯一的标准就是"能为文辞者",也就是文人。来了之后可以随兴致而为,"无问宾主",没有过多的礼节客套。杨维桢《雅集志》将玉山雅集与兰亭、西园雅集相提并论,他认为"兰亭过于清则隘,西园过于华则靡"⑤,"过于清则隘"是贵族的特点,"过于华则靡"则是官员的特点,玉山雅集无视门第,不问仕隐,超越了二者。

元末吴中另一个具有广泛影响的是徐达左主持的耕渔轩雅集,该雅集同样体现了一种平等观念。王行曰:"盖耕渔,野人之事耳。以野人之事而得咏歌于大夫士者,其必有道矣。"⑥徐达左未必亲自为耕种捕鱼这些"野人之事",但是,以"耕渔"名轩,表明了一种态度。众多友人乐于与之交往并题诗歌咏,主要是赞美其"不求知于人而自适其适"的人生态度。⑦ 徐达左的友人同样包括官员、隐士、方外之人等⑧,当时顾瑛、倪瓒与徐达左三人组织的雅集成为文人心目中理想的家园,"海内贤士大夫闻风景附,一时高人胜流、佚民遗老、迁客寓公、缁衣黄冠,与于斯文者,靡不望三家以为归焉"⑨。可见这些雅集的参与者具有极大的广泛性。

---

① 参见唐朝晖:《元末续兰亭诗会及其文学史意义》,《兰州学刊》2010 年第 3 期。
② 参见牛贵琥:《玉山雅集与文士独立品格之形成——金元文士雅集的典型解析》,第 21、57、59 页。
③ 收入萧启庆:《内北国而外中国:蒙元史研究》,中华书局,2007。
④ 李祁:《草堂名胜集序》,《玉山名胜集》,第 5 页。
⑤ 《玉山名胜集》卷上,第 47 页。
⑥ 《耕渔轩诗序》,徐达左编、杨镰、张颐青整理《金兰集》,中华书局,2013,第 3 页。
⑦ 道衍:《耕渔轩诗后序》,《金兰集》第 7 页。
⑧ 参见王露:《〈金兰集〉研究》,硕士学位论文,山西大学,2018。
⑨ 东南一老柯:《金兰集序》,《金兰集》,第 13 页。

第三,雅集诗歌不同。

东晋盛行玄言诗,特点是"淡乎寡味",原因在于"东晋玄学进入一个最高层次,东晋人士已经从理论上和实际生活中解决了魏晋之际人士所面对的一切苦恼和问题。……从这个意义上讲,无论是佛学还是新自然观,都是传统文学创作的消解剂,使文学作品变得不必要或平淡而缺乏生机"①。兰亭集会所写的诗歌都是这样,比如王羲之《兰亭诗二首》中的五言诗曰:"悠悠大象运,轮转无停际。陶化非吾因,去来非吾制。宗统竟安在,即顺理自泰。有心未能悟,适足缠利害。未若任所遇,逍遥良辰会。"②在王羲之看来,天地运转不停息,非人所能控制。不如顺应其中,随遇而安,把握生命的美好时刻。如果不能领悟这一道理,就会纠缠于世间利害之中。尽管王羲之在《兰亭集序》中有批评庄子的话语,但诗歌的主旨还是庄子的理论。

元末文人不同,元人写诗注重抒发性情。虽然续兰亭诗会参与者所作模仿兰亭集会的玄言诗③,但这仅为特例,并不具有普遍性。元末雅集多不是这样。元人喜欢在山水怡情中创作诗文,展示诗人的性情风度。顾瑛营造的雅集之所玉山佳处将亭台楼阁与山水草木完美地融合到一起,"其凉台燠馆,华轩美榭,卉木秀而云日幽,皆足以发人之才趣,故其大篇小章,曰文曰诗,间见曾出。而凡气序之推迁,品汇之回薄,阴晴晦明之变换叵测,悉牢笼摹状于赓倡迭和之顷。虽复体制不同,风格异致,然皆如文缯贝锦,各出机杼,无不纯丽莹缛,酷令人爱"④。美丽的风景激发出诗人的灵感与热情,在众人的赠答唱和中包含着节序时令之变化,以及随之而来的气候之转换。即钟嵘《诗品序》所讲的"气之动物,物之感人,故摇荡性情,形诸舞咏"。众多诗人的作品"体制不同,风格异致",既能反映个人不同的气质,又如同五彩精美的绸缎,令人喜爱。

元末文人主张诗歌要反映诗人的性情,比如郑元祐说"观于《诗》而性情得其正"⑤,秦约说:"要共论风雅,先须识性情。"⑥元末文人学习《诗经》的风雅,要求诗歌表现"性情之正","这种性情之正不等同于固化的道德规范,而是人类固

---

① 牛贵琥:《广陵余响》,学苑出版社,2004,第251页。
② 逯钦立编:《晋诗》卷十三,《先秦汉魏晋南北朝诗》中册,中华书局,1983,第895页。
③ 比如谢理《雪咏亭续兰亭会补侍郎谢瑰诗》。
④ 黄溍:《玉山名胜集序》,《玉山名胜集》,第5页。
⑤ 《(读书舍)记》,《玉山名胜集》卷上,第151页。
⑥ 《玉山名胜集》卷上,第130页。

有的可以通过什么激发出来的、隽永而深厚的感情"①。这种追求使得元人雅集的诗歌不同于东晋兰亭集会的玄言诗,对后代诗歌产生了深远的影响。

除了写诗,元人雅集还有作画赏曲,甚至于跳舞、说笑话等展示性情的活动。比如,至正七年(1347)七月六日,在玉山佳处的芝云堂雅集中,"李云山狂歌清啸,不能成章,罚三大觥逃去"②。这种狂放行为完全超越了礼法,是之前的雅集所罕见的。无独有偶,至正二十一年(1361),维吾尔人廉惠山海牙与贡师泰、李景仪、乃蛮人答禄与权等人在香岩寺雅集。"诗酒交错之际,廉惠山海牙数次起舞,放浪谐谑。李景仪援笔赋诗,佳句捷出,有时还作推敲之状。答禄与权设险语,操越音,问禅于藏石师,惹得众人大笑。最后以杜甫'心清闻妙香'之句分韵,各赋五言诗一首。这次雅集汇集了乃蛮人答禄与权、畏吾人廉惠山海牙,以及汉族人贡师泰等人,甚至还包括僧人藏石师,是一场典型的多民族的盛会。他们饮酒作诗,甚至歌舞戏谑,尤其是色目人廉惠山海牙与答禄与权,表现出的放浪谐谑是汉族文人中少有的,为雅集增添了很多乐趣。"③

由此可见,元末文人雅集虽然有追慕兰亭集会的一面,事实上在很多方面超越了兰亭集会。元人的雅集已经没有了贵族形质,体现的是文人的独立品格,是真正的文人集会。诗人身份是雅集的入场券,诗歌是展示个人性情的产物,书法、绘画等都是体现文人特质的技能,甚至音乐、舞蹈、说笑等也是活跃气氛的助力。

三、从雅集看文人对独立品格的追求

刘仁本《续兰亭诗序》将兰亭集会追述至孔门之乐,"盖寓形宇内,即其平居有自然之乐者,天理流行,人与物共,而各得其所也。昔曾点游圣门,胸次直与天地万物上下同流,故其言志,以暮春春服既成,童冠浴沂,舞雩咏归,有圣人气象,仲尼与之"④。刘仁本认为,续兰亭诗会可以和曾子春游相提并论。这次雅集"咸适性情之正,而无舍己为人之意"⑤。"天理流行,人与物共,而各得其

---

① 《玉山雅集与文士独立品格之形成——金元文士雅集的典型解析》,第 180 页。
② 于立:《分题诗序》,《玉山名胜集》第 104 页。
③ 张建伟:《高昌廉氏与元代的多民族士人雅集》,《中央民族大学学报》2014 年第 4 期,第 116 页。
④ 《全元文》第 60 册,第 319 页。
⑤ 《全元文》第 60 册,第 320 页。

所","无舍己为人之意",出自《论语·先进》篇朱熹注,这些都提示我们,需要从历史的脉络中把握文人雅集的价值,我们集中讨论文人的政治性与独立性。

先秦时期,儒家强调君臣关系的相对性,君臣各有权利与义务。孔子讲:"君使臣以礼,臣事君以忠。"①孟子告齐宣王曰:"君之视臣如手足,则臣视君如腹心;君之视臣如犬马,则臣视君如国人;君之视臣如土芥,则臣视君如寇雠。"②这种理论给予了臣子政治上一定程度的自由。但是,从总体上说,儒家的主流思想还是以得到君主赏识任用为人生目标。孟子说:"传曰:'孔子三月无君,则皇皇如也,出疆必载质。'"朱熹注:"出疆载之者,将以见所适国之君而事之也。"③

汉代以后的君臣关系更为紧密,"新的大一统皇朝建立后,天子居至尊无上的地位,并掌握至高无上、生杀予夺的权力。君臣关系,中央地方关系,完全是政治关系"④。自汉武帝独尊儒术,皇权不断加强,而臣子的权利不断萎缩,士人只有依附于政治,才能体现自己的价值。"西汉知识分子对由大一统的一人专制政治而来的压力感也特为强烈。"⑤士人如何应对这种压力感呢?刘毓庆先生分析王褒《洞箫赋》时说,"王褒并不认为改造自我,求合于专制统治,是对人性的摧残。相反认为为专制制度所用,是顺天性之自然……这种心理,促成了士大夫对奴性人格的追求。……他们把自己的命运,完全系在专制君主的身上"⑥。不得不说,对于士人的独立品格而言,这种对君权的依附是一种倒退。之后的情况虽然存在起伏,但总体而言,"中国两千多年的大一统的一人专制政治对知识分子的压力,事实上是在不断的积累中更为深刻化"⑦。

隋唐开启了科举时代,对于帝王而言,这是选拔官员的有效途径,也是笼络和控制士人的好办法。唐太宗李世民"尝私幸端门,见新进士缀行而出,喜曰:'天下英雄入吾彀中矣!'"⑧许纪霖先生说:"到了宋朝,贵族被铲平,士大夫阶层只能被迫成为皇权的寄生虫,他们最关心的不再是个人的精神自由,而是能

---

① 《论语·八佾》篇,朱熹撰《四书章句集注》,中华书局,1983,第66页。
② 《孟子·离娄下》,《四书章句集注》,第290页。
③ 《孟子·滕文公下》,《四书章句集注》,第266页。
④ 金春峰:《汉代思想史》,中国社会科学出版社,2006,第3页。
⑤ 徐复观:《两汉思想史》,九州出版社,2014,第252页。
⑥ 刘毓庆:《朦胧的文学》,北岳文艺出版社,1991,第64—65页。
⑦ 徐复观:《两汉思想史》,第253页。
⑧ 王定保:《唐摭言》卷一,上海古籍出版社,1978,第3页。

否往上流动。"①元明清时期君主专制达到高峰,士人"跌作卖身的奴隶,绅权成为皇权的奴役了"②。朱元璋统治时期,士人甚至连隐士也做不成了。对古代文人而言,他们的政治理想就是作伊尹这样的贤臣,所谓"学成文武艺,货与帝王家"③。文人从属于君王,依附于政治,"君主才是唯一的价值判断者"④,文人不存在独立的价值。宋代科举进一步普及,理学发展深化了先秦儒家的理论,更加注重君子内心的修养,例如,他们把"孔子为君主讳"进一步发展⑤,提出以侍奉父兄之道侍奉长官。⑥ 虽然中间存在起伏,但是文人依附于政治作为主流一直延续到元明清。郭英德先生总结说,中国古代文人一生的三部曲表现为"迷恋考试、幻想出家和追求做官","在这种复杂的文化心态中,唯一缺乏的是文人自身自由人格和独立价值的确立与守持,文人始终企求得到社会的认可,适应社会的规范,满足社会的需求"⑦。

中国传统文化以儒家为核心,这一思想还影响到周边国家,被统称为东方文化。"东方文化强调的是团体主义,这种文化对相互依赖的自我比较欣赏,因此,它更多的是强调人如何适应社会环境,而不是强调个人的独立性。"⑧这种团体主义又称为集体主义,是与个人主义相对而言,一直都是中国文化的主流。集体主义注重大局,强调团结,赞美个体为了集体利益做出牺牲,有助于社会稳定,但是,也存在对个体的压制与忽略。⑨

在中国的历史长河中,有几次难得的个人主义的觉醒,其中两次刚好发生在魏晋与元代。魏晋时期被认为出现了人的觉醒,阮籍、鲍敬言提出无君论,陶

---

① 许纪霖:《脉动中国》,上海三联书店,2021,第 340 页。
② 吴晗:《论绅权》,选自吴晗、费孝通《皇权与绅权》,上海书店,1989,第 54 页。
③ 无名氏杂剧:《庞涓夜走马陵道》"楔子"庞涓语,王季思主编《全元戏曲》第六卷,人民文学出版社,1990,第 344 页。明人冯梦龙:《喻世明言》第 20 卷:"陈辛曰:'我正是学成文武艺,货与帝王家。'"
④ 《朦胧的文学》,第 65 页。
⑤ 《论语·述而》篇:陈司败问:"昭公知礼乎?"孔子曰:"知礼。"孔子退,揖巫马期而进之曰:"吾闻君子不党,君子亦党乎? 君取于吴,为同姓,谓之吴孟子。君而知礼,孰不知礼?"巫马期以告。子曰:"丘也幸,苟有过,人必知之。"
⑥ 朱熹、吕祖谦编:《近思录》卷十记载二程教诲:"令是邑之长,(簿)若能以事父兄之道事之,过则归己,善则唯恐不归之于令。积此诚意,岂有不动得人?"(《河南程氏遗书》卷十八《刘元承手编》,第 325 页)
⑦ 郭英德:《明清文学史讲演录》,广西师范大学出版社,2005,第 352 页。
⑧ 彭凯平、王伊兰:《跨文化沟通心理学》,北京师范大学出版社,2009,第 183 页。
⑨ 关于集体主义与个人主义的优劣,不是本文所能讨论的问题,这里仅就文人的独立性而言。

渊明的桃花源理想也是"秋熟靡王税"的社会,对君权提出了质疑。东晋"思想中心才真正落实在个人而不在社会,在内心而不在环境,在精神而不在形质,在于将目光定位于理,并达到通的境界"①。摆脱了政治的束缚,重视个人,重视精神,重视内心,正是个人主义的特征。《世说新语·品藻》篇记载:

> 桓公少与殷侯齐名,常有竞心。桓问殷:"卿何如我?"殷云:"我与我周旋久,宁作我!"②

桓温把殷浩视为对手而有竞争取胜之心,但是,殷浩却并不想与桓温比较争胜,他宁愿做自己,而不是羡慕效仿他人。

宋末元初的邓牧在《君道》中对君主制提出了质疑,与魏晋遥相呼应。俞俊《清平乐》曰:"君恩如草,秋至还枯槁。"③"元代文士竟然可以放肆到公然宣扬君恩甚淡的地步。"④这种认识与蒙古族政权具有一定的关系。元代早期南方一些文人严守华夷之辨,具有遗民色彩,尽管随后逐步认同了元朝,但是汉族文人地位不高,导致其在情感上和朝廷疏远。牛贵琥先生指出,"仕隐同尊、重心轻迹、隐逸现象扩大化,使元代后期的文士有了自由的选择权,并能达到是处皆安"⑤。

魏晋文人纵情放诞、表现自我的行为遭到一些人的批评,东晋人干宝《晋纪总论》曰:"礼法刑政,于此大坏。如室斯构,而去其凿契。如水斯积,而决其隄防。如火斯畜,而离其薪燎也。国之将亡,本必先颠,其此之谓乎!故观阮籍之行,而觉礼教崩弛之所由。"⑥干宝认为,阮籍等人破坏礼法,最终导致王朝灭亡。葛洪《抱朴子》外篇《刺骄》篇也有类似言论,余嘉锡先生在《世说新语笺疏·任诞》篇承袭了二人的观点。

这种看法颠倒了政治与文人表现的因果关系,并不可取。因此,当代学者提出了新的看法,李泽厚先生认为,魏晋文人"在表面看来似乎是如此颓废、悲

---

① 牛贵琥:《广陵余响》,第 236 页。
② 《世说新语笺疏》,第 520 页。
③ 陶宗仪:《南村辍耕录》卷二十八"醋钵儿"条,中华书局,1958,第 352 页。
④ 《玉山雅集与文士独立品格之形成——金元文士雅集的典型解析》,第 406 页。
⑤ 《玉山雅集与文士独立品格之形成——金元文士雅集的典型解析》,第 435 页。
⑥ 萧统编、李善注:《文选》下册,中华书局,1977,第 693 页。

观、消极的感叹中,深藏着的恰恰是它的反面,是对人生、生命、命运、生活的强烈的欲求和留恋"。"它实质上标志着一种人的觉醒,即在怀疑和否定旧有传统标准和信仰价值的条件下,人对自己生命、意义、命运的重新发现、思索、把握和追求。"①

元末文人也遭到了类似的批评,么书仪在《元代文人心态》中有一个标题为《"世纪末"的享乐主义——玉山草堂文人的狂饮》,她认为,元末文人"面对着个人和社会吉凶祸福难定的令人沮丧、恐惧的状况,恣意享乐又是寻求刺激以忘却现实烦忧的另一种手段"②。这只是一种表面现象,如果立足于文人对于独立品格的追求,就会发现这些行为背后重要的意义。

事实上,尽管魏晋与元代文人高扬个人主义的旗帜,但是他们并没有从根本上否定儒家的伦理,尤其是孝悌之道。东晋文人对家族的重视远远超过关心朝廷,这是特殊政治结构下的产物。元代文人也很看重忠孝节悌等品行,比如郑元祐说:"惟士君子积其所学,尊其所闻,孝行著乎闺壸,德业章乎里闾,惟是美也,譬之珠与玉焉。"③杨维桢也说:"兹堂之建,将日与贤者处谈道德礼义,以益固其守业者。"④二人都强调顾瑛与友人讨论"道德礼义",以孝行与德业为人生准则。但这与疏远政治、追求个人独立并不矛盾。

元末文人不但在文字中推崇忠孝,还践行于行动中。顾瑛建有春晖楼,"日率其子若孙为寿于其亲"⑤,于立、沈右、释良琦、陆仁、郑元祐纷纷题诗赞美。至正十二年(1352),顾瑛从子元佐平叛后返家,顾瑛举行宴会庆贺,陆仁作诗曰:"圣朝恩渥岂易致,丈夫有才为国华。"诗末以文记载顾瑛曰:"出以言:事君必尽其忠。入以言:事亲必尽其孝。"⑥至正十七年(1357),顾瑛子元臣因功升任水军都府副都万户,归家后举行宴会,袁华祝贺,说顾氏实现了"父子之亲,君臣之义"⑦。昆山官员郜肃修围护田的政绩也得到了陆仁、徐恒等人的歌咏。⑧ 可见,元末文人并未否定君臣之义,只不过在那个特殊的时代,文人参与政治的机

---

① 李泽厚:《美的历程》,文物出版社,1981,第89、90页。
② 么书仪:《元代文人心态》,第235页。
③ 郑元祐:《芝云堂记》,《玉山名胜集》卷上,第97页。
④ 杨维桢:《碧梧翠竹堂记》,《玉山名胜集》卷下,第166页。
⑤ 陈基:《春晖楼记》,《玉山名胜集》卷下,第328页。
⑥ 《玉山名胜集》卷上,第117、118页。
⑦ 《玉山名胜集》卷上,第139页。
⑧ 参见《玉山倡和》卷上,《玉山名胜集》,第553—557页。

会太少了,导致"世事如棋忧不得,摊书清夜对寒缸"①。因此,他们才在政治之外,寻找文人真正的价值所在。

元末文人经常提到自己的"儒冠",即文人身份,他们既感到自己在政治上无用,说"自愧儒冠犹误世,虚斋坐对读书灯"②。又感到文人有着不同于其他人的特点,顾瑛说"不为时所趋,甘着儒冠守"③,乐于坚守自己的文人身份。文人对自己的身份甚至还有几分自傲,郏经说"儒冠傲轩冕"④,认为作为文人,能坚守道义、传承文化,其作用超过了做官者。

随着明朝建立,朱元璋打压与控制文人,由元入明的文人多不得善终⑤,玉山雅集的主人顾瑛被流放临濠(今安徽凤阳),卒于异乡。⑥ 文人雅集聚会、赋诗畅怀的宽松环境不复存在,文人对于独立品格的追求受到很大限制,不得不沉寂下来,直到明代后期及近代才重新出现。东晋与元末文人追求独立自由的风采得到了后世文人的怀念与仰慕。

(张建伟,山西大学文学院)

---

① 《玉山名胜集》卷上,第 145 页。
② 《玉山名胜集》卷上,第 146 页。
③ 《玉山名胜集》卷下,第 229 页。
④ 《玉山名胜集》外集,第 451 页。
⑤ 参见赵翼:《廿二史札记》卷三十二"明初文人多不仕"。
⑥ 参见《玉山遗什》卷上附录殷奎《故武略将军钱唐县男顾府君墓志铭》,《玉山名胜集》,第 655 页。

《兰亭序》的魏晋风度及其美学特质

蔡洞峰　殷洋宝

魏晋时代是艺术的自觉与人的觉醒的时代,"魏晋风度"作为一种时代风习,体现在当时社会的各个方面,不仅存在于文章诗文、文人生活方式等方面,而且在书法艺术领域有着突出的表现:无论是书法实践还是书法思想方面,魏晋时期书法艺术都对中国书法文化产生了极其重要的影响,其书法艺术中体现的"魏晋风度"以及蕴含的丰富的美学思想和特质即使在现代也是一份珍贵的艺术文化精神资源,能够促进中国传统文化的发展和创新。最能体现"魏晋风度"和美学特质的作品当是王羲之的《兰亭序》。

王羲之《兰亭序》是公元 353 年创作而成的。在魏晋那个时代,天下大乱,瘟疫、灾荒,加上门阀制度下的政治纷争,整个社会不得安宁。宗白华说道:"汉末魏晋六朝是政治上最混乱、社会上最苦痛的时代,然而却是精神史上极自由、极解放,最富于智慧、最浓于热情的一个时代。因此,也就是最富有艺术精神的一个时代。"①晋代士人追求率性、珍惜自我、强调精神自由,在士人当中表现为清谈之风盛行,这就是所谓的"魏晋风度"。王羲之作为一个士族名士,是"魏晋风度"的代表。兰亭"修禊",就是一次名士大聚会,喝酒清谈,聚会中大家"畅叙幽情"。这样,王羲之在"序"文中接记事之后,抒发人生的感慨,就是顺理成章的事。《兰亭序》正是这种精神背景中诞生的杰作。作者由雅集中的吟咏以及清谈,联想到岁月易逝、人生短暂,进而深思生命的意义。《兰亭序》无论从形式还是内容上,都体现了追求自由的生命精神和美学特质,成为中国传统文化和书法艺术的典范之作。

---

① 宗白华:《论〈世说新语〉和晋人的美》,《中国现代美学名家文丛·宗白华卷》,浙江大学出版社,2009,第 195 页。

一

在中国思想史上就思想渊源而言,东汉末年的社会批判思潮为魏晋玄学的产生准备了必要的条件,"魏晋玄学所讨论的一系列的哲学问题,东汉末年都由不同的哲学家从不同的角度、不同的深度提出来了"[1]。魏晋名士为逃避当时的宦官迫害而将自身放逐于竹林、山泉之域,热衷于清谈,其主题乃逃避政治,专门谈论一些哲学、美学、人物品藻与艺术的审美问题,体现出独有的魏晋风度,发现了一个本体的美的世界。原本在汉代沉寂的庄子学说在魏晋时期则复兴起来。余敦康说道:

> 魏晋禅代之际,"天下多故,名士少有全者",历史正处于政治站在文化的对立面进行残酷镇压的发展阶段。于是以阮籍、嵇康为代表的庄学兴起,作为一面时代的镜子,反映了当时现实世界的分裂和价值理想的失落,也反映了当时知识分子心态的变化。阮嵇二人的庄学思想,其特征是"越名教而任自然"。[2]

确切地说,这是一种精神剥离俗世的"自然",即以在根于"道"之德中游心,"游心于淡,合气于漠"(《庄子·应帝王》),以主体心灵自然之气,和谐于对象自然之气,这也便是"淡"的境界。

庄子思想素以充满矛盾,索解不同而著称,《庄子》一书中的内七篇与外篇、杂篇的作者既非一人,思想纷杂,对于生命观念的认识也很不一致。从总体来看,庄子是一个执着于生命个体价值的士人。庄子"是为求解答社会、人间的生命难题,去到'自然'领域作一哲学本体的追问与精神历险"[3]。庄子哲学的深刻之处,在于他看到生命的短暂乃是人生有限而时空无限,于是,为了达到人生的超越,摆脱死生的忧虑,他提出了"一死生、齐彭殇"的思想。庄子在屡屡慨叹"死生亦大矣"的同时,在《齐物论》中感伤不已:"一受其成形,不忘以待尽。与

---

[1] 余敦康:《魏晋玄学史》,北京大学出版社,2016,第 3 页。
[2] 余敦康:《魏晋玄学史》,北京大学出版社,2016,第 424 页。
[3] 王振复:《中国美学的文脉历程》,四川人民出版社,2002,第 231 页。

物相刃相靡,其行尽如驰,而莫之能止,不亦悲乎! 终身役役而不见其成功,苶然疲役而不知其所归,可不哀邪! 人谓之不死,奚益! 其形化,其心与之然,可不谓大哀乎?"庄子看到了人生一辈子"与物相刃相靡,其行尽如驰,而莫之能止",这是最大的悲哀,而为了去除这种悲剧,唯有在精神上加以超越,实现逍遥游。在《庄子》一书中,对"游"的思想有着多种论述,在《逍遥游》中提到"乘云气,御飞龙,而游乎四海之外",即自然界。"魏晋风度"的审美特征非常突出,这关键在于魏晋文人的思想追求、思想境界业已达到了非同一般的高度。

鲁迅说过:"曹丕的一个时代可说是'文学的自觉时代',或如近代所说是为艺术而艺术的一派。"①就魏晋时期"文的自觉"而言,它涉及美学问题,而非仅限于文学。这一点,李泽厚对艺术中体现的"魏晋风度"有着独到的见解:

> 绘画与书法,同样从魏晋起,表现着这个自觉……线的艺术(画)正如抒情文学(诗)一样,是中国文艺最为发达和最富民族特征的,它们同是中国民族的文化—心理结构的表现。书法是把这种"线的艺术"高度集中化纯粹化的艺术,为中国所独有。这也是由魏晋开始自觉的。正是魏晋时期,严正整肃、气势雄浑的汉隶变而为真、行、草、楷,中下层不知名没地位的行当,变而为门阀名士们的高妙意兴和专业所在。
>
> 他们以极为优美的线条形式,表现出人的种种风神状貌,"情驰神纵,超逸忧游","力屈万夫,韵高千古","淋漓挥洒,百态横生",从书法上表现出来的仍然主要是那种飘俊飞扬、逸伦超群的魏晋风度。②

庄子思想是魏晋玄学的精神资源,在中国哲学史上,庄子无疑是一个不可或缺的人物,他以不拘俗套的语言和自由逍遥的精神为人们提供了一个独特的思想和精神世界。庄子的哲学追求与他的存在方式往往表现为内在的一致性,从哲学层面而言,庄子由齐物而主张以道观之,追求自由的逍遥境界:"就其现实的形态而言,个体的存在具体展开为一个从生命的开始到其终结(死)的过

---

① 鲁迅:《而已集·魏晋风度及文章与药及酒之关系》,《鲁迅全集》第 3 卷,人民文学出版社,2005,第 526 页。
② 李泽厚:《美学三书》,安徽文艺出版社,1999,第 103—104 页。

程,这一本体论事实上使生与死成为难以回避的问题。"①从肯定生命价值的立场出发,庄子强调养生、保身、全生对个体的意义,在《养生主》中提到养生的宗旨:"为善无尽名,为恶无尽刑,缘督以为经。可以全生,可以养亲,可以尽年。"因此,从生命的保全而言,庄子要求人们在为善与为恶之间保持适度。"'名'从属于外在的评价准则,对个体而言系身外之物;'刑'则既在社会法制的意义上表现为制裁的手段,又以个体的生命存在为否定的对象。"②依照庄子的理解,感性的生命超越于一切世俗的伦理与功名利禄,成为人自身关切的首要对象。但是,庄子认为生命本身的意义不仅仅是形(身体)的保存,与"生"相对的"死"不仅是其外在之形,而且有其内在的精神领域(心)。在更本质的层面,庄子对生与死现象作了哲学意义上的阐发:

> 人之生,气之聚也。聚则为生,散则为死。若死生为徒,吾又何患?故万物一也。是其所美者为神奇,其所恶者为臭腐,臭腐复化为神奇,神奇复化为臭腐,故曰:通天下一气耳。③

"气"涉及本体论及宇宙论的哲学命题,作为与人的存在相关联的现象,在《庄子·至乐》中通过寓言的方式揭示了庄子对生与死的独特理解:"死,无君于上,无臣于下,亦无四时之事,从然以天地为春秋,虽南面王乐,不能过也。""死"与"生"之分在此表现为"乐"与"劳"之别,意味着生并不值得加以留恋,在齐生死的前提下,确认了"死"的意义。与庄子的生死观形成对照的是儒家的生命观,与庄子的"未知生,焉知死"的立场相对,孔子始终指向"生",要求始终以积极进取的精神做好生命的担当,履行自身的社会责任,"死而后已"体现积极担当的意识与执着行道的精神。在对待现实的人世上,与儒家积极进取的精神不同,庄子将人的在世过程引向"逍遥"的境界,被称为人的理想存在,这种逍遥的境界直接影响到"魏晋风度"的审美范式的形成。王振复认为:"所谓魏晋风度,人格之魅也,审容神、任放达、重才智、尚思辨是矣。"④魏晋时期从汉儒传统礼法

---

① 杨国荣:《庄子的思想世界》,北京大学出版社,2006,第201页。
② 杨国荣:《庄子的思想世界》,北京大学出版社,2006,第202页。
③ 方勇译注:《庄子·知北游》,《庄子》,中华书局,2010,第359页。
④ 王振复:《中国美学的文脉历程》,四川人民出版社,2002,第395页。

的束缚中挣脱出来,形成了在人格上追求自然、逍遥的审美心胸,"晋人的美感和艺术观,就大体而言,是以老庄哲学的宇宙观为基础,富于简淡、玄远的意味,因而奠定了一千五百年来的中国美感"①。这种宇宙观和自然观的发现和审美体验下,"产生了王羲之的《兰亭序》……这些都是最优美的写景文学"②。这一切都有赖于精神上的真自由和真解放而产生的各种门类的艺术审美范畴,从而诞生了极具特色的魏晋风度的书法美学。

二

最能体现魏晋风度的书法艺术的莫过于王羲之及其作品《兰亭序》,从书法理论创新的角度看,其书论就在书法思想发展史上占有相当突出的地位。在儒家的文化视野中,书法被认为可以反映人心和个性气质特征。汉代扬雄在《法言·问神》中说道:"言,心声也;书,心画也。声画形,君子小人见矣。声画者,君子小人所以动情乎!"因此,书法可以反映一个人的精神世界,从其书法中可以窥见书法家的人格和精神品质。

在中国书法艺术史上,魏晋南北朝是一个划时代的时期。其最主要的标志乃以东晋为主的尚韵之风的确立,以及这一书风的杰出代表王羲之的诞生。

魏晋时代随着玄学的兴起,庄学大兴,导致魏晋名士在日常行为上有着独特的个性特征,独抒性灵,越名教而任自然,封建伦理道德礼教的枷锁轰然崩溃,这是艺术史上和思想史上极为自由和极为迷茫的时代,正如宗白华所言:"这是强烈、矛盾、热情、浓于生命彩色的一个时代。"③"魏晋风度"需要一种合适的艺术形式来表现魏晋的时代精神和晋人的风姿,"晋人风神潇洒,不滞于物,这优美的自由的心灵找到一种最适宜于表现他自己的艺术,这就是书法中的行草"④。在"发人意气"书法思想的指导下,王羲之父子的书法造诣达到很

---

① 宗白华:《论〈世说新语〉和晋人的美》,《中国现代美学名家文丛·宗白华卷》,浙江大学出版社,2009,第 203 页。
② 宗白华:《论〈世说新语〉和晋人的美》,《中国现代美学名家文丛·宗白华卷》,浙江大学出版社,2009,第 200 页。
③ 宗白华:《论〈世说新语〉和晋人的美》,《中国现代美学名家文丛·宗白华卷》,浙江大学出版社,2009,第 195 页。
④ 宗白华:《论〈世说新语〉和晋人的美》,《中国现代美学名家文丛·宗白华卷》,浙江大学出版社,2009,第 197—198 页。

高的程度,开创书法艺术的"魏晋风度"之先河。

恩格斯认为:"历史从哪里开始,思想进程也应当从哪里开始,而思想进程的进一步发展不过是历史过程在抽象的、理论上前后一贯的形式上的反映。"[1]因此美学思想的发展一定与当时时代的艺术实践相契合,艺术实践通过形象显现着当时的美学思想。晋代书法艺术成为中国书法难以企及的高峰,或许正由于魏晋时期书法艺术的崇高地位才塑造了书法美学的黄金时代。书法艺术美学特征要通过具体的点画来表现,因此涉及点画的书法艺术美学特色具有怎样的审美要素呢? 卫铄提出书法的美学规范:

> 善笔力者多骨,不善笔力者多肉;多骨微肉者谓之筋书,多肉微骨者谓之墨猪;多力丰筋者圣,无力无筋者病。——从其消息而用之。(《笔阵图》)

由此可以看出,书法艺术的美学特质是强调笔力劲健,即"善笔力",书法美学品格是通过用笔的力之美体现出来的。

王羲之在传承前人书法技艺的基础上进行了契合时代精神的创新,突出作为书法家自身的主体地位,并契合魏晋时期崇尚自然的美学精神,追求"道合自然"。"在王羲之的心目之中,书法艺术的道合自然性质也主要是体现在其点画的形象和神韵特征方面的",并且"王羲之已经把书法艺术在美学品位和风格特征方面的这种向往与追求,推而广之于点画、结体、成行、布局的整个书法艺术领域,从而使其成为构成一件成功的书法作品的一种总体属性了"[2]。王羲之突出书法艺术的形式美,"每作一字,须用数种意","作一行,明媚相成"(《书论》),体现了书法艺术的力之美和变化无方之美,也表现了魏晋风度所追求的飘逸洒脱之风,是兴之所至,任其自然之美。王羲之强调"若作一纸之书,须字字意别,勿使相同",可以说是书法艺术形式美的一条基本规律。

王羲之在深厚的书法修养和创作实践的基础上,努力融会贯通各个方面,建构了重要的书法审美理论,其书论不仅内容丰富,而且具有独特的时代审美

---

[1] 恩格斯:《卡尔·马克思〈政治经济学批判〉》,《马克思恩格斯选集》第2卷,人民出版社,1972,第122页。
[2] 尹旭:《中国书法美学史》,山西教育出版社,2014,第23页。

品性,与"艺术自觉"相对应的"唯美"追求表现突出,亦与时代模塑的"魏晋风度"相契合。其书论提出了许多具有艺术辩证法意味的书法美学概念,包括大小、偃仰、缓急、起伏、长短、疏密、强弱、迟速、曲直、藏出、高低、远近、方圆、宽狭、粗细、润涩、盈虚等各种行书规范,并通过书法文化实践和理论总结,进而创构了注重"博雅人生"与"书法人生"谐美的艺术境界。将魏晋文人特别注重的人格美与书法美统合起来,将"文人"与"雅士"统合起来,从而确立了一种"美的标准"。

王羲之在书法本体观方面强调书法艺术的道合自然的魏晋风度美学特征,在其《书论》和《题卫夫人〈笔阵图〉后》中有明显的体现,凡作一字"或如虫食木叶""或如壮士佩剑",在具体的结构排列上"每作一横画,如列阵之排云;每作一戈,如百钧之弩发;每作一点,如高峰坠石"等。在王羲之看来,书法艺术要契合自然,表现为点画的形象和神韵特征等各个方面,书法美学体现为字的活力之美和气韵生动,气象万千。因此书法美学是体现造化自然的审美品位,与"越名教而任自然"的魏晋风度相契合。"魏晋风度"也作为书法文化的一个重要文化符号而被载入书法史册,这也体现了魏晋时期书法美学的典型风尚。魏晋文人也进入了超脱凡庸的人文境界。宗白华认为:"中国书法是一种艺术,能表现人格,创造意境,和其他艺术一样,尤接近于音乐的、舞蹈的、建筑的抽象美(和绘画、雕塑的具象美相对)。中国乐教衰落,建筑单调,书法成了表现各时代精神的中心艺术。"①书法通过形式创造意境并蕴含了注重精神超脱的形而上意味:"书法作为艺术而言,当然是有'形'的,是'形而下'者,但书法艺术不是'器'。作为'交往工具','字'亦是'器',但书法艺术的意义既在'字'外,则其意义也在'器'外。如果说要'交往'的话,书法艺术作品也是精神性的,而不是实用性的'交流'。"②

佛教《心经》所阐释的"色空不二"思想提出色不异空,空不异色,色即是空,空即是色,色空双取而又色空双非。士人在入世的奋斗中保持着出世的洞达,寄托着"采菊东篱下,悠然见南山"的境界体验。这种文人的人生境界的体验反映在书法艺术中,就是提倡高远、淡泊与空寂的书意的审美追求。

---

① 宗白华:《书法在中国艺术史上的地位及其用笔意味》,《中国现代美学名家文丛·宗白华卷》,浙江大学出版社,2009,第197—198页。
② 叶秀山:《说"写字"》,中国人民大学出版社,2013,第190页。

王羲之认为所应遵循的书之气,必达乎道,同混元之理,望之惟逸,发之惟静,敬兹法也,是书妙尽矣的创作原则,即强调书法自然的妙境。随着佛教的中国化进程,具有中国特色的佛教宗派在隋唐相继产生了,如天台宗、华严宗、禅宗等。而禅宗后来被士大夫接受,成为中国士大夫所信仰的佛教,影响到他们的处世态度和审美理想,并且与书法有机联系起来。禅宗与书道相得益彰,书法艺术境界将禅境视为书法的最高境界,推崇书法美学中体现"意韵"为书法的至境。

陈寅恪先生也曾指出魏晋书法与宗教的密切关系,他认为:"东西晋南北朝之天师道为家世相传之宗教,其书法亦往往为家世相传之艺术,如北魏之崔、卢,东晋之王、郗,是其最著之例。旧史所载奉道世家与善书世家二者之符会,虽或为偶值之事,然艺术之发展多受宗教之影响。而宗教之传播,亦多倚艺术为资用。"①书法作为形而上艺术,借助精神的感化进入神妙之境而与宗教彼此相通,书家携其书法也便达到了极为抽象、神奇而又玄妙的艺术境界。

三

王羲之的书法美学提出书法创作的"意在笔先"问题在《兰亭序》中也得到充分的体现。魏晋时期,与自然和名教、个体与整体之辨相联系的,是人的自由问题。就现实存在而言,自然受到名教的束缚,个体受到社会现实的压抑。如何协调个体的逍遥与必然的制约则成为魏晋玄学讨论的中心问题。魏晋风度就是在这样的社会文化背景下形成的。李泽厚说道:"看来似乎是无耻地贪图享乐、腐败、堕落,其实,恰恰相反,它是在当时特定历史条件下深刻地表现了对人生、生活的极力追求,魏晋诗篇中这一永恒命题的咏叹之所以具有如此感人的审美魅力而千古传诵,也是与这种思绪感情中所包含的具体时代内容不可分的。"②"以形写神"和"气韵生动"作为美的原则和艺术准则在魏晋时期被提出来,并统摄包括文学和书法等艺术门类的审美规范,绝不是偶然的,从《世说新语》对人物的品藻以及玄言诗和山水诗以及"线的艺术"书法,无不体现了魏晋

---

① 陈寅恪:《天师道与滨海地域之关系》,《陈寅恪集·金明馆丛稿初编》,上海三联书店,2001,第39页。

② 李泽厚:《美学三书》,安徽文艺出版社,1999,第93页。

风度的美学趣味和文学艺术的自觉。

作为中国传统文化中最直接与汉字相关的两种艺术形式,书法与文学之间有着密切的关联。书法以汉字为依托,是汉字书写的艺术,体现了汉字的艺术性与实用性;书法艺术则是依照汉字的结构和形状,传达汉字的审美情趣,是对汉字进行艺术创造,在汉字审美艺术中实现超越和升华,淋漓尽致地激发了汉字潜在的审美理想。叶秀山认为,作为一种综合性艺术,"书法首先是文字,文字是语言的符号,语言又是思想的直接表现"①。但是作为一门艺术类型,它和文字又有着一定的区别。

书法作为以汉字为载体之艺术,其形态的变化与汉字的演变有密切的关系:"从殷商甲骨文的原始朴素美开始,历经金文、篆书、隶书、草书、行文与楷书的字体变革,中国书法也经历着金文之均衡、秦篆之宛转、汉隶之庄严、草书之灵动、行书之秀媚与楷书之法度的风格变幻,晋人对神韵之追求,唐人对法度的谨守,宋人对意态的崇尚等等,都是书法围绕着汉字的精神再创造。"②相比书法艺术而言,文学与人类日常生产生活的语言交流密切相关,其表现工具即语言文字。书法与文学都是以汉字为载体的表现形式,但它们对汉字的运用和对语言的组织两者之间的侧重点不同,书法家在意的是文字的形式美感,文学家着重于语言的创新和思想的表达。但是纵观书法作品,历来文学作品都是书法的素材,因此书法之于文学,既是形式,又是内容,书法以文学抒情论道,文学以书法流传万世,两者互融共生,相得益彰,书以文载道,文以书传世。作为文学和艺术的自觉时代,魏晋时期名士热衷于游山玩水,吟诗作画,借此抒发情志,追求自然逍遥的人生至境,因此通过频繁的书法书写和交流,魏晋文人的出世便进入了艺术化的人生境界。魏晋文人借此得到排遣和移情,情感宣泄和心理补偿,书法与文学便具有了非同小可的生命价值,从而使不朽的文学艺术和书法作品流传于世。

王羲之的"天下第一行书"《兰亭序》就是文学,可以说,《兰亭序》是文学和书法绝佳融合的艺术精品,是文学与书法艺术紧密结合的典范,在书法史和文学史上都产生了深远的影响。《兰亭序》是王羲之为兰亭雅集所作的序言。会稽在浙江绍兴,江南秀色,山水秀丽幽静,是非常适合"清谈"的优雅胜地,东晋

---

① 叶秀山:《说"写字"》,中国人民大学出版社,2013,第55页。
② 何炳武:《书法与中国文化》,世界图书出版西安有限公司,2012,第73页。

时期不少名士常聚集此地谈玄论道,流连忘返,成为展示魏晋风度的绝佳场所。当地流行在农历三月初三上巳节举行"修禊"仪式,祈求驱灾辟邪,接福纳祥,保佑平安。东晋穆帝永和九年(公元353年)上巳节这一天,王羲之和朋友、儿子共计四十二人在会稽山阴的兰亭举行"修禊"集会,众人坐在溪水两旁进行羽觞喝酒吟诗游戏,此次兰亭雅集共作诗三十余首,游艺结束后,王羲之为之作序,乘着酒性,以鼠须之笔,书于蚕纸之上,这便是堪称文学与书法艺术相结合的典范之作——《兰亭集序》。

这篇序文以此次集会的时间、地点以及会稽美景开始,接着借景抒情,从地下的美景联想到宇宙的广阔与人世之俯仰,"仰观宇宙之大,俯察品类之盛,所以游目骋怀",最终抒发对好景易逝、世事无常的人世感慨,文字优美空灵而真实感人,充满了魏晋时代的感伤情怀和魏晋风度,堪称书法与文学完美结合的典范。

文学与书法作为文字的艺术,可以演绎出无数的话题,书法美学在很大程度上需要通过文学的方式加以表现和阐释,并使书法艺术从形式美达到形而上的精神高度。金学智先生就曾指出:"一方面,文需要书来发挥,有了优美的富于艺术性的文字书写,文学作品就能大为增色,就更能广为流行,传播久远,犹如诗词有了曲调的配合,就顿生飞翔的彩翼,更快地飞向千百万接受者的心房;另一方面,书又需要文来映托,有了文学的配合,书法作品就更增添了审美品赏的层次和意味。因此,从更高层次上说,文之为用,常假乎书之美;书之为用,亦常假乎文之美,二者相假而成,相须而用。"①魏晋时期名士们追求和崇尚"魏晋风度",通过艺术的自觉和文学的自觉不断创造生命的"高峰体验",而且也创造着、拥有着万世不朽的书法艺术高峰。

四、结语

作为中国传统文化的经典之一,王羲之及其《兰亭序》所代表的书法艺术隐含着魏晋时期的审美风格和社会精神,即后人称谓的"魏晋风度"。《兰亭序》不仅是魏晋时期历史文化的一面镜子,而且也折射出中国传统文化的精神特质

---

① 金学智:《中国书法美学》(上),江苏文艺出版社,1994,第362页。

和审美追求。与其说我们关注魏晋,不如说我们更关注当下的时代,尤其是关注魏晋风度在现当代文人包括书家文人和作家文人身上的持续影响。大谈魏晋且能"直攀魏晋"的鲁迅,以及他的老师章太炎、他的学生台静农等,都在精神气质和书法艺术层面,显示了对"魏晋风度"的谙熟于心和高度认同,也显示了文学与书法的声息相通。魏晋文人留下的诗文和书法,有着中国古代文人的审美个性的余绪,也体现了魏晋风流对中国文人的影响,在不同的历史时代传承和创造着魅力无限的"魏晋风度",并力求"重塑文心",书写新的人文篇章。纵观《兰亭序》所表达的思想,充分表现了雅集者既有旷达不拘的出世情怀,又有注重现实感受的入世精神。"虽取舍万殊,静躁不同",当遇到和自己契然相合的思想、人物、机缘,仍然是"快然自足"的。古老的艺术形式,已经融入了现代的因子而成为中华文化的文脉得以留存。这一余风,即便是在过去千年的今天,依然没有消失,从而使中国传统文化的地图显出别样的多姿和意韵。

(蔡洞峰、殷洋宝,安庆师范大学人文学院)

附录一：

2021 年"魏晋风度与洛阳文化"暨第四届"世说学"国际学术研讨会会议纪要

　　2021 年 10 月 15 日至 17 日,由洛阳师范学院文学院主办的"魏晋风度与洛阳文化"暨第四届"世说学"国际学术研讨会在我校成功召开,来自华东师范大学、中国人民大学、南开大学、同济大学等几十所高校和科研机构的百余位学者,共同就"世说学"及魏晋风度与洛阳文化等各方面的话题展开研讨。《洛阳日报》记者李岚等对会议进行了专题报道。由于在疫情期间,大会采用线下线上双管齐下的方式,开幕式、大会发言、闭幕式采用线上线下方式同步进行。

（大会开幕式会场）

　　开幕式由洛阳师范学院文学院于涌副院长主持,洛阳师范学院赵邦屯副校长致开幕词。会议宣读了复旦大学蒋凡教授、骆玉明教授,华东师范大学胡晓明教授的贺信。洛阳师范学院文学院王建国院长、华东师范大学龚斌教授、上海师范大学曹旭教授、中国人民大学袁济喜教授、南开大学宁稼雨教授、同济大学刘强教授先后致辞,对会议在洛阳师范学院召开表示祝贺。

（赵邦屯副校长致开幕词）

（曹旭教授致辞）

（袁济喜教授致辞）

　　华东师范大学龚斌教授、南开大学宁稼雨教授、台湾东华大学吴冠宏教授、上海师范大学曹旭教授、同济大学刘强教授分别作大会主旨发言。龚斌教授在题为《竹林名士清谈考述及其意义》的主旨发言中以竹林名士为例,考述了清谈及其意义,提出了名教与自然的问题,认为竹林名士们开拓并丰富了清谈的内容。宁稼雨教授发言题目为《日本尊经阁藏宋本〈世说新语〉附汪藻〈叙录〉的文献价值》,文章在丰富而翔实的文献考辨基础上,厘定了《世说新语》书名,梳理了各版本之间的关系,充分探讨了汪藻《叙录》的文献价值。曹旭教授发言题目为《我对〈世说新语〉的隐形研究》,作为刘强教授的导师,曹先生对刘强教授研究"世说学"有启蒙与引导之功,其语言风趣幽默,发言玄妙,故而自称对"世说学"主要是隐性研究。吴冠宏教授通过腾讯会议作题为《玄解〈世说〉:从龚斌校释"海岱清士""见此张缓"两则说起》的线上发言,他以龚斌教授两则注释为出发点,以小见大,立论深微,从六个方面出发展示了"世说学"的新方向。刘强教授发言题目为《〈世说新语·德行〉"名教乐地"条新解》,文章从魏晋玄学史、魏晋思想史、魏晋名教史三个方面出发,通过列举一系列魏晋史实,弥补了对魏晋名士道德研究的忽视,打通了名教乐地和儒释道之间的道路。江西师范大学胡耀震教授、中国人民大学国学院袁济喜教授、赣南师范大学吴中胜教授、徐州工程学院齐慧源教授、河南大学王利锁教授分别就上述发言依次进行点评。

下午研讨分为文献与考辨、文体与观念、语言与美学、传播与接受四个分会场,来自中国人民大学、南开大学、安徽大学、复旦大学、四川大学、河南大学、郑州大学、西北大学、中央民族大学、陕西师范大学、江西师范大学、山西大学、上海工程技术大学、中国传媒大学、江苏大学、浙江大学、山东大学、黑龙江大学、河南师范大学、扬州大学、西南大学、武汉大学、暨南大学、广西师范大学、上海师范大学、南京师范大学、赣南师范大学、河南省社会科学院、青海师范大学、阜阳师范大学、广东技术师范大学、集美大学师范学院、肇庆学院、衢州学院、宝鸡文理学院、徐州工程学院、牡丹江师范学院、金陵科技学院、山西省大同市博物馆、玉林师范学院、黄冈师范学院、洛阳师范学院、商丘师范学院、绍兴文理学院等高校或机构的近百位专家学者分别从线上、线下参与了大会讨论。文献与考辨分会场的专家从《世说新语》的文献考证角度,分别就"任诞""洛生咏""床""麈尾"等概念,讨论魏晋清谈名士的生活方式、处世态度、清谈器物用具等议题,为世说学研究提供新思路。文体与观念分会场专家探讨了《世说新语》的编撰体例、世族与士族文化趣味、交友观、性别观、身体观、玄佛合流、重言重意之风、南北文化差异、忠君道德观、"说""语"结合以及多学科融合等议题。语言与美学分会场专家围绕《世说新语》的诗性气质、美学精神、隐语艺术、口谈之风力美、熏香清玄比喻辞格、魏晋士人生命精神等角度进行了充分讨论。传播与接受分会场专家着重围绕"《世说新语》与《诗品》之关系""《世说新语》的戏曲回响""后世对《世说新语》雅文化之继承""《世说新语》对后世文人雅集书写的影响""元末文人对魏晋风度的追慕与超越""京派散文与魏晋风度之关系"等议题,分别在线上和线下进行了热烈讨论。

（宁稼雨教授发言）

（吴冠宏教授线上发言）

（刘强教授小组点评）

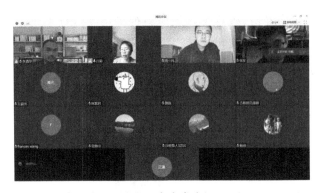

（线上组专家发言）

（第一分会场专家合影）

（胡耀震教授作小组总结发言）

（王建国院长宣读"世说学"学会章程及组织机构名单）

（曹旭教授祝贺大会圆满成功并赠书法作品）

（龚斌教授致闭幕词）

（大会现场参会专家合照）

会议闭幕式由同济大学刘强教授主持。江西师范大学胡耀震教授、上海师范大学徐樛教授、洛阳师范学院田瑞文教授和郑州大学王允亮教授分别对所在小组会议作总结发言。上海师范大学曹旭教授向文学院捐赠图书，并现场展示其为本次大会所作的书法作品。文学院王建国院长宣读"世说学"学会章程及组织机构名单，宣告"世说学"学会正式成立。华东师范大学龚斌教授致闭幕词。最后王建国院长宣布会议闭幕，大会取得圆满成功。

附:"世说学"研究会组织机构设置

顾　　问:蒋　凡(复旦大学)　　　　　唐翼明(华中师范大学)

　　　　　曹　旭(上海师范大学)　　　骆玉明(复旦大学)

　　　　　萧　虹(澳大利亚悉尼大学)　钱南秀(美国莱斯大学)

　　　　　江建俊(台湾成功大学)　　　张蓓蓓(台湾大学)

会　　长:龚　斌(华东师范大学)

副 会 长:宁稼雨(南开大学)　　　　　胡晓明(华东师范大学)

　　　　　程章灿(南京大学)　　　　　吴冠宏(台湾东华大学)

　　　　　刘　强(同济大学)　　　　　周兴陆(北京大学)

秘 书 长:刘　强(同济大学)

副秘书长:王建国(洛阳师范学院)

常务理事:戴建业(华中师范大学)　　　欧明俊(福建师范大学)

　　　　　王利锁(河南大学)　　　　　齐慧源(徐州工程学院)

　　　　　杨合林(湖南师范大学)　　　徐国荣(暨南大学)

　　　　　吴怀东(安徽大学)　　　　　刘小兵(黄淮学院)

　　　　　赵建成(南开大学)　　　　　王允亮(郑州大学)

理　　事:王澧华(上海师范大学)　　　胡耀震(江西师范大学)

　　　　　张富春(河南师范大学)　　　宁淑华(长沙理工大学)

　　　　　吴中胜(赣南师范大学)　　　李剑锋(山东大学)

　　　　　刘伟生(湖南工业大学)　　　罗　宁(西南交通大学)

　　　　　章　原(上海中医药大学)　　张亚军(河南大学)

　　　　　于　涌(洛阳师范学院)

挂靠单位、秘书处:洛阳师范学院

附录二：

2021 年"魏晋风度与洛阳文化"暨第四届
"世说学"国际学术研讨会会议综述

郭发喜

2021 年 10 月 15—17 日,由洛阳师范学院文学院与河南文化传播与社会发展研究中心共同举办的"魏晋风度与洛阳文化"暨第四届"世说学"国际学术研讨会在洛阳师范学院成均楼召开。来自全国 40 余所院校及机构的百余名代表,分别通过线上和线下两种方式出席会议。会议共提交论文 75 篇。洛阳师范学院文学院院长王建国教授进行大会致辞,宣布"世说学"研究会正式成立,并宣读了新一届会长龚斌教授及常务理事等人员任命名单。龚斌教授指出,洛阳不仅是《世说新语》故事的主要发生地之一,也是当前"世说学"研究的学术重镇,将洛阳师范学院作为"世说学"研究会的挂靠单位与秘书处,将极大地促进学校的学科建设与办学水平,也将为"世说学"研究打开崭新的篇章。开幕式上,华东师范大学龚斌、南开大学宁稼雨、台湾东华大学吴冠宏、上海师范大学曹旭、同济大学刘强等学者,分别作了精彩的大会主旨发言。其后,会议围绕"文献与考辨""文体与观念""语言与美学""传播与接受"等主题进行分组讨论。

一、文献与考辨

文献与考辨研究历来是"世说学"研究的主要方向,也是学者普遍关注与重视的领域。本次大会关于《世说新语》文献与考辨的论文数量可观,议题多样,大作如云,鸿文迭出,充分显示出新世纪"世说学"研究的勃勃生机与方兴未艾之势。

有的从原始文献入手,考订《世说新语》的版本或文本释读。如南开大学宁稼雨《日本尊经阁藏宋本〈世说新语〉附汪藻〈叙录〉的文献价值》厘定了《世说新语》的书名,梳理了各卷帙版本之关系,从八个方面分析介绍了尊经阁藏宋本《世说新语》所附汪藻《叙录》的文献价值。台湾东华大学吴冠宏《玄解〈世说〉:从龚斌校释"海岱清士""见此张缓"》以龚斌教授两则注释为出发点,以小见大,立论深微,从六个方面出发展示了"世说学"的新方向。同济大学刘强《〈世说新语·德行〉"名教乐地"条新解》从魏晋玄学史、魏晋思想史、魏晋名教史三个方面出发,通过列举一系列魏晋史实,弥补了对魏晋名士道德研究的忽视,打通了名教乐地和儒释道之间的道路。洛阳师范学院王建国《〈世说新语〉发微五则》一文,结构新颖别致,让人耳目一新。论文分探策得一、蒲柳松柏、神超形越、共语达旦、天际真人等五个部分,论述精当,有理有据,生动有趣。绍兴文理学院刘磊《从〈临河叙〉的"删改"谈〈兰亭序〉文本的真伪问题》通过系统的文献梳理,认为《兰亭序》应是反映东晋士人思想风貌的一篇可靠文献。

有的偏重辨析《世说新语》中的概念与器物。北京大学袁济喜《六朝"任诞"与文学批评》认为"任诞"是对两汉世俗礼教的反驳,通过考释"诞""任诞"的概念,深入阐述了六朝"任诞"对文化批评领域产生的影响和其文化批评意义。华东师范大学龚斌《竹林名士清谈考述及其意义》以竹林名士为例,考述了清谈及其意义,提出了名教与自然的问题,认为竹林名士开拓并丰富了清谈的内容。复旦大学郭小小《〈世说新语〉器物辨析三则》指出:魏晋名士所用如意是细长的爪杖状工具,除搔痒之外还有多种功能;"东床"是供多人同时使用的坐具,也可供一人暂时躺卧;笛是有六个左右手指按孔、管尾不封底的单管气鸣吹奏乐器。商丘师范学院张甲子《由〈世说新语〉论南北音之清、浊》认为两晋之间士庶迁徙,形成了语音上的南北音之别。北音以洛阳音为要,其音沉浊;南音以金陵音为要,其音清举。至南朝宋初年间,清、浊的所指已有混淆。洛阳师范学院郭发喜《"洛生咏音本重浊"考》认为"洛生咏"绝非某地方言,而属西晋雅言系统。作为其他方言的参照标准,"洛生咏"本无"重浊"之弊。

还有的从其他材料出发,考证《世说新语》成书、笺注过程。江西师范大学胡耀震《袁淑事迹诗文系年》对南朝宋文学家袁淑生平、事迹、诗文进行了考证。他指出,袁淑"文章遒艳",名冠当时,很可能参与过《世说新语》的编撰工作。

复旦大学杨焄《读徐震堮〈汉魏六朝小说选〉随札》着重介绍了徐震堮编校《世说新语校笺》的缘由与过程,驳斥了刘强先生的部分观点,肯定徐氏以语词笺释见长的特点。徐州工程学院齐慧源《芝兰玉树生阶庭——〈世说新语〉中神童现象与魏晋家庭教育论略》通过文献资料梳理,将魏晋时期家庭教育特点概括为尊重儿童、赏识儿童、鼓励儿童,并认为其优长对我国当前素质教育有借鉴作用。黄淮学院朱占青、刘小兵《"世说学"文献之集大成——评刘强教授〈世说新语资料汇编〉》一文,认为刘强《世说新语资料汇编》具有内容丰富、视野开阔、精审细择、别具慧眼等特色。

文献考辨是《世说新语》研究的基本方法,随着信息存储与检索手段的进步,现代学者能够占有远超前人的文献材料。同时,考古发掘的深入,也使古代实物大量出土,又可进一步佐证文献资料的真实性。上述论文,充分显示出《世说新语》研究还存在大量未开垦的处女地,未来还有很广阔的研究空间。

二、文体与观念

《世说新语》编撰方式和行文体例独树一帜,然而由于作者并未留下成书过程与编撰目的等方面记载,所以关于该书的作者、版本与流传等情况有很多疑团,因此后世学者对此特别关注。同时,由于《世说新语》所提供的史料多为《晋书》《南史》《北史》等正史所取,所以该书也成为学者研究魏晋风度最常使用的可靠材料,其所反映的时代风尚和价值观念也引起广泛的思考与探究。本次大会所提交的论文,有的揭示《世说新语》的文体特征与编纂体系,有的探讨魏晋士人的文化趣味和价值风尚,研究视野宏阔,多姿多彩。

有的意在阐发《世说新语》文体特征。赣南师范大学吴中胜《"说""语"结合与〈世说新语〉的文体学考察》一文,认为"说""语"结合塑造了《世说新语》的文体特征,使其文语奇显机锋、问答出辩才、对答有断辞、对比出雅趣、言简有情节。南开大学赵建成《"引人着胜地":〈世说新语〉诗性品格初探》认为《世说新语》一书具有诗性品格,继而从诗性美、诗性思维等五个方面综合分析了《世说新语》诗性品格的形成与表现。陕西师范大学乔萌惠《论魏晋风度与〈世说新语〉的文体形成》从文体归类和文体土壤两个方面出发,认为魏晋风度是鲁迅对魏晋社会政治文化的整体概括。山东大学李剑锋《论〈世说新语〉的史学用典及对其简远玄胜特点的影响》认为用典增加了《世说新语》人物说话分量,增加了文雅色彩,加强了隽永效果,其大量使用与《世说新语》编者的史学修养和故事中历史人物的史学修养密不可分。

有的则重在分析《世说新语》的编撰体例。郑州大学郭玉蕾《〈世说新语·文学〉首篇编纂发微》从探讨编著者的文学观入手,解释将马融追杀郑玄叙事置于"文学"门首条的原因。河南大学王利锁、中原科技学院王艺雯《〈世说新语〉少儿故事归属辩议》指出,就《世说新语》编撰情况而言,《夙惠篇》等故事均鲜明体现了它的类目题旨,并不存在归类不当的情况。复旦大学李易特《六朝谈助之书的兴起与"世说体"的生成和特质》指出,六朝之时的"世说体"是在"以资谈助"编纂目的下形成的,同时具有结构编排上以类相从、材料去留上删削求精,行文风格上不避俗语等特质的文体特点。

有的重在探讨魏晋时期的社会观念。陕西师范大学曹胜高《礼法合治与伦理认同的确立》指出,魏晋在伦理秩序的建构中,通过礼制来稳固早期中国所形成的伦理观念,为唐代引经疏律做了进一步的实践尝试,成为古代中国礼法合治进程中的重要一环。悉尼大学萧虹《〈世说新语〉的性别观》指出,魏晋时代的性别观与之前和后世的性别观都有差异,《世说新语》的性别观笼统地代表魏晋时代文人学士的性别观。宝鸡文理学院李剑清《儒学/玄学:世族与士族文化趣味的分野》指出,玄学与儒学的分野同世族与士族的分异互为表里,并认为东晋玄学给东晋士民带来文化自信。山东大学张宇辰《从〈世说新语〉看魏晋士人交友观念的嬗变》指出,魏晋士人交友观的嬗变有其独特的思想背景,体现了魏晋士人独立人格精神的构建以及中国传统交友思想的转型。山东大学李寅捷《〈世说新语·文学〉所载东晋玄佛合流现象——以"北来道人好才理"条为中心》通过阐释佛玄合流现象,辨析"逆风家""白旃檀"譬喻本意,认为清谈风气给士族心态带来了方方面面的影响。安徽大学吴怀东《论曹植〈辨道论〉的思想立场与现实指向》一文,指出曹植《辨道论》表现了他的政治智慧,充分显示出他在思想史、文化史上的地位,认为南朝以来建构的"才高八斗"的文士形象掩盖了曹植杰出的政治才能。上海师范大学徐樑《西晋前期五言诗发展中的矛盾性质变及其成因》阐述了西晋前期五言诗中出现的矛盾性突变,认为其可作为展示西晋文学生态的窗口。

也有通过个案或篇章分析方式揭示时代风尚之作。清华大学周一凡《"坦腹东床"与"敦厚退让":论王羲之礼玄双修的思想特质》以"礼玄双修"为线索,通过分析王羲之在儒、道两方面的表现,并辅以对其书法的阐释,将王羲之的思想特质概括为"坦腹东床"与"敦厚退让"。安徽大学胡荣《〈世说新语〉中魏晋风流名士的伦理诉求探析》认为《世说新语》勾勒出魏晋风流名士的众生百态,在文化上担负了儒家"文以载道"的使命。扬州大学朱云杰、宋展云《〈世说新语〉中建康景物抒写与东晋政治兴衰》认为《世说新语》关于建康的景物抒写折射出东晋政治生态的兴衰沉浮。南京师范大学姚家欣《从居丧看〈世说新语〉中的身体观》认为《世说新语》中的身体观是后人所赋予的清浊党锢斗争的观念外化,也是汉代察举制视觉审美政治习惯的表现。洛阳师范学院田瑞文《诗与史:〈古诗十九首〉阐释中的洛阳想象》一文,认为《古诗十九首》哀伤悲凉的主题与东汉中后期的衰落密切相关。

《世说新语》不仅具有较高的史料价值,广泛地反映了魏晋时期的社会风尚和价值观念,同时它的编撰体例和语言特色也深刻影响到后世的小说创作,并形成了独具一格的"世说体"。这些学者的研究,不仅对我们了解和认识魏晋时期的社会观念具有帮助作用,同时对于揭示《世说新语》的成书过程、编撰体例、创作目的、作者团队也很有启发意义。

三、语言与美学

鲁迅《中国小说史略》称《世说新语》"记言则玄远冷峻,记事则高简瑰奇",充分肯定其在语言和美学方面的价值。冯友兰则将魏晋名士的生活方式与美学追求概括为"玄心、洞见、妙赏、深情"。这些论断极有见地,然而学界对《世说新语》中的语言与美学探讨远没有结束。本次大会针对该书的语言特质与美学风范的论文,识见玄微,议论深邃,妙语如珠,多有新见。

有的关注《世说新语》的语言艺术。广东技术师范大学吕菊《〈世说新语〉与言语的艺术》从美言、婉言、哲言三方面体现其记事简约隽永的语言风格。长沙理工大学宁淑华《论〈世说新语〉口谈之风力美:无限感慨》从"风力"概念入手,通过例子论证诗歌的"风力美"是浓烈的审美感动,有"陶性灵,发幽思"之用。黑龙江大学陈建农《从〈世说新语〉看魏晋玄言诗的重言重意之风》认为魏晋清谈不仅重视义理的阐发,也非常重视文辞之美,善于化名理为奇藻。东晋以来的玄言诗受清谈之风的影响,从重意逐渐转向了重言,为玄言诗向山水诗的转变做好了必要的准备。金陵科技学院乔孝冬《〈世说新语〉中的隐语艺术》指出,"姓名嘲""实物戏""字戏"等隐语的盛行丰富了《世说新语》的创作内容,"以隐为谐"提高了《世说新语》创作的艺术手段。

有的探讨魏晋风度美学精神萌发的机制与内涵。西南大学刘建平《魏晋"人物品藻"与中国美学精神的萌生》认为《世说新语》中的"人物品藻"美学催生了中国美学自然审美、身体审美的自觉,是儒家的身体审美和道家的自然精神的现实落实和融合。武汉大学徐瑞宏《〈世说新语〉中的"魏晋风度":审美还是佛系?》从形式维度、伦理维度、价值维度展开论述,认为"魏晋风度"是对现实的逃避。山西省大同市博物馆林皓《熏香清玄:由香薰谈魏晋风流》一文指出,魏晋风流作为一种文化现象完美地诠释了魏晋时代,高雅的"香文化"展现了魏晋名士的优雅风度。玉林师范学院潘玉爱《魏晋人物的审美风度——从〈世说新语〉谈起》指出,《世说新语》在人物的描绘上,主要目的在于使审美者与审美对象达成精神与情感上的融渗、交流及理解。安徽大学韩雪莉《人格、自然、文艺:美学视域下的魏晋名士》从美学视域简要分析了《世说新语》魏晋时代的人物美、自然美和文艺美。

也有通过个案分析或某类现象解析评价魏晋士人的美学追求。黄冈师范学院王慧燕《感时伤逝的调适——从〈兰亭集序〉说起》提出,王羲之以情之感通性在《兰亭序》中表现喜乐无法久长、生命短暂终有尽期的哀感,使创作者和接受者达成一定程度的延续感。浙江大学韩明亮《中有常主:从选亲现象看魏晋士人生命精神的构建》一文,通过分析魏晋士人的系列选亲现象,指出玄学思想不只是魏晋士人的日常谈论对象,而且还外化为一种独具个性的生命姿态,影响到当时人们的审美态度。山东大学李飞《论六朝名士之"遒"》一文,认为六朝名士以"遒"品评人物,是其本义"迫"的引申,但由于玄学名士的爱尚趣味,这种引申重点不在力的强度的刚健雄劲,而在向度的高蹈远引。黄淮学院刘小兵《古代书法艺术中的〈世说新语〉》一文,从书法角度讨论了《世说新语》的美学价值。

《世说新语》是一部名士的教科书,记载了大量魏晋士人的典型事迹与清谈妙语,体现出一个时代的美学风尚与处世态度。在前人的研究基础上,这些学者又作出了难能可贵的探索与努力,有利于我们进一步探源魏晋士人的精神气质与美学风范形成的内在机制,领悟中国古典人文精神的唯美内涵与哲学价值。

四、传播与接受

《世说新语》是魏晋时期最著名的经典之一,具有很高的历史价值和文学价值,并对后世文学的发展与走向产生深远的影响。与会者一致认为:客观认识与评价《世说新语》在后世的传播与接受情况是"世说学"研究的题中之义。本次大会讨论,以历史朝代为限,大致可以分为魏晋南北朝、隋唐、元明清三个阶段。

魏晋南北朝是《世说新语》成书时期,在传播与接受上主要表现为对该书体例与语言风格的模仿与学习。河南大学李文《论〈世说新语〉与〈诗品〉之关系》一文,认为钟嵘受到清谈风气的影响,在批评概念、批评方法、美学风格等角度借鉴了《世说新语》。郑州大学王允亮《韶音令辞:先唐音辞艺术发展探论》指出,先秦两汉音辞艺术在评价标准上更加偏重于德,至于魏晋之时,因为清谈的需要,儒释道三家都更加注重声音与辞藻。

唐宋是《世说新语》广泛传播时期,在传播与接受上主要表现为对魏晋人文素材与审美情趣的继承与发扬。中国传媒大学董佳楠《唐代碑志文的世说之风》指出,《世说新语》影响了唐人的碑志创作。唐代碑志对《世说新语》中品鉴人物仪容之美、才行之高的习语,以及诸多典故的运用,扩充了碑志文的容量,增强了其艺术表现力和感染力。陕西师范大学哈雪英《世说人物形象在唐诗中的接受与重构》认为世说人物形象与魏晋风尚影响着唐人的审美情趣与生死意识,塑造了唐人人格与唐诗诗格。晋中学院韩凯《儒仙:庆历风神与〈世说新语〉的对话》指出,魏晋与庆历时期具有一定的相似性,二者既在人格美学、文艺美学、语言美学方面存在相同之处,同时也有继承与发展的关系。

元明清是《世说新语》走向经典化的时期,在传播与接受上主要表现为对魏晋人文风范与美学精神的呼唤、反思与复现。山西大学张建伟《论元末文人对魏晋风度的追慕与超越》通过分析刘仁本续兰亭诗会和顾瑛玉山雅集,认为东晋兰亭雅集具有很强的贵族性质,元末文人雅集则表现为参与者不分等级、民族、宗教信仰,强调抒发性情,追求个体的独立品格。洛阳师范学院叶天山《谢道韫咏絮的戏曲回响》指出,《世说新语》的接受范畴除小说、诗词外,还应该包括戏曲,而脱胎于《世说新语》的《谢道韫咏絮擅诗才》,则是其中典型的代表。暨南大学安忆涵《明清小说序跋视野中的"清谈误国"论》一文,梳理了"清谈误国"概念的源流,认为中晚明士人沿袭了谢安的看法,对"清谈误国"论持否定态度,与东晋以来的主流观点不同。广西师范大学张玉明《〈世说新语〉与〈红楼梦〉中的男女双性现象》以"男女双性"的角度切入,指出相较于才子形象,二书里更偏重讨论"才女名士化"的现象,认为谢道韫与林黛玉都具有"外貌居处""诗才口才""林下之风"三个特点。中央民族大学贺敬雯《〈世说新语〉文人雅集书写的影响研究》一文,认为《红楼梦》和《儒林外史》都在追求一种超然物外的魏晋风度,虽然表现在雅集书写上有很大不同,但从精神特质角度分析却又是相同的。

还有以全景式回顾或个案分析方式参与讨论的学者。河南师范大学张富春《中原高僧支遁接受简论》以支遁为个案,分别从唐代与支遁相关的诗文,五代时期以支遁为题材的绘画,宋代地方志对支遁的记载和传说,以及明清时期支遁集的流传等角度,对支遁多元化的接受方式进行了介绍。江苏大学陈景芙、惠江南《新世纪〈世说新语〉研究概况》梳理了近二十年来关于《世说新语》的研究情况,并指出其在美学、接受学等领域更受学者关注。集美大学郑丽霞《京派散文与"魏晋风度"》认为魏晋风度深深影响、参与着京派散文文体的生成,京派散文在话语呈现方式、想象方式与抒情方式上都受到魏晋风度的启示。

《世说新语》的传播与接受是无法回避的议题,也是本次大会反响比较热烈的一个专题。不过,学者对此的讨论并不均衡,其中魏晋南北朝时期稍显薄弱,而元明清时期则比较充分。这反映出近世以来《世说新语》的受众群体日趋广泛,说明研究者普遍重视魏晋人文精神的时代价值。而关于《世说新语》在魏晋南北朝与唐宋时期传播与接受情况的研究则不容乐观,说明广大学者需要在此方面继续加强探索,深入挖掘。

综上所述,本次大会所提交的论文整体上质量较高,对"世说学"研究领域的方方面面都有涉及,几乎不存在留白的现象。名家之文大都选题宏深,议论切当,多采用新材料、新视角,解决了新问题,能独抒己见,自成体系,使后学沾溉颇多,其功可谓泽被学林。本次青年学者数量为历届参会之最,他们所撰之文大多视角新颖,议论独到,虽间有可商榷处,但整体学术态度严谨、论文格式规范。洛阳师范学院文学院院长王建国教授在大会总结致辞提出希望,提倡青年学者要向名家学习,继续钻研中国古代典籍,作为无可置疑的"世说学"研究的新生代力量,应当肩负起新时代所赋予的历史使命。最后,龚斌会长指出,本次大会是一次团结的大会、一次成功的大会,洛阳师范学院必将在未来的"世说学"研究进程中发挥更大的作用。

附录三：

2021 年"魏晋风度与洛阳文化"暨第四届 "世说学"国际学术研讨会提交论文目录

编号	作者姓名	单位	论文题目
1	安忆涵	暨南大学	明清小说序跋视野中的"清谈误国"论
2	蔡洞峰 殷洋宝	安庆师范大学	《兰亭序》的魏晋风度及其美学特质
3	曹胜高	陕西师范大学	礼法合治与伦理认同的确立
4	曾敬宗	肇庆学院	孙盛解《易》态度蠡测
5	陈建农	黑龙江大学	从《世说新语》看魏晋玄言诗的重言重意之风
6	陈景芙 惠江南	江苏大学	新世纪《世说新语》研究概况
7	丁良艳 张 晨	信息工程大学	论《世说新语》中人物品评的语言艺术和修辞效果
8	董佳楠	中国传媒大学	唐代碑志文的世说之风
9	龚 斌	华东师范大学	微言未绝正始后 ——竹林名士清谈考论
10	郭发喜	洛阳师范学院	"洛生咏音本重浊"考
11	郭小小	复旦大学	《世说新语》器物辨析三则
12	郭玉蕾	郑州大学	《世说新语·文学》首篇编纂发微
13	哈雪英	陕西师范大学	世说人物形象在唐诗中的接受与重构
14	韩 凯	晋中学院	儒仙:庆历风神与《世说新语》的对话
15	韩明亮	浙江大学	中有常主:从选亲现象看魏晋士人生命精神的构建

编号	作者姓名	单位	论文题目
16	韩雪莉	安徽大学	人格、自然、文艺:美学视域下的魏晋名士
17	贺敬雯	中央民族大学	《世说新语》文人雅集书写的影响研究
18	胡 荣	安徽大学	《世说新语》中魏晋风流名士的伦理诉求探析
19	胡耀震	江西师范大学	袁淑事迹诗文系年
20	李剑清	宝鸡文理学院	儒学/玄学:世族与士族文化趣味的分野
21	李 飞	山东大学	论六朝名士之"道"
22	李剑锋	山东大学	论《世说新语》的史学用典及对其简远玄胜特点的影响
23	李思萌	山东大学	六朝嵇康形象入仙现象研究
24	李 文	河南大学	论《世说新语》与《诗品》之关系
25	李易特	复旦大学	六朝谈助之书的兴起与"世说体"的生成和特质
26	李寅捷	山东大学	《世说新语·文学》所载东晋玄佛合流现象 ——以"北来道人好才理"条为中心
27	李寅生	广西大学	日本汉诗中《世说新语》吟咏的"竹林七贤"形象分析与研究
28	林 皓	大同市博物馆	熏香清玄:由香薰谈魏晋风流
29	林晓辉	天津跨文化研究室	关于《世说新语》中对"是"的两点认识
30	刘 强	同济大学	《世说新语》"名教乐地"说新解 ——兼论西晋玄家乐广的玄学立场及思想史意义
31	刘建平	西南大学	魏晋"人物品藻"与中国美学精神的萌生
32	刘 磊	绍兴文理学院	从《临河叙》的"删改"谈《兰亭序》文本的真伪问题
33	刘小兵	黄淮学院	古代书法艺术中的《世说新语》
34	吕 菊	广东技术师范大学	《世说新语》与言语的艺术
35	宁稼雨	南开大学文学院	日本尊经阁藏宋本《世说新语》附汪藻《叙录》的文献价值
36	宁淑华	长沙理工大学	论《世说新语》口谈之风力美:无限感慨
37	潘玉爱	玉林师范学院	魏晋人物的审美风度 ——从《世说新语》谈起

续表

编号	作者姓名	单位	论文题目
38	齐慧源	徐州工程学院	芝兰玉树生阶庭 ——《世说新语》中神童现象与魏晋家庭教育论略
39	乔萌惠	陕西师范大学	论魏晋风度与《世说新语》的文体形成
40	乔孝冬	金陵科技学院	《世说新语》中的隐语艺术
41	任美云	青海师范大学	司空图对《世说新语》雅文化之继承
42	桑东辉	黑龙江大学	魏晋时期忠君道德管窥
43	束莉	安徽大学	文笔离合的管钥 ——中古文章学发展视野中的阮籍《为郑中劝晋王笺》
44	田瑞文	洛阳师范学院	诗与史:《古诗十九首》阐释中的洛阳想象
45	王慧燕	黄冈师范学院	感时伤逝的调适 ——从《兰亭集序》说起
46	王建国	洛阳师范学院	《世说新语》发微五则
47	王艺雯 王利锁	中原科技学院 河南大学	《世说新语》少儿故事归属辩议
48	王允亮	郑州大学	韶音令辞:先唐音辞艺术发展探论
49	吴怀东	安徽大学	论曹植《辨道论》的思想立场与现实指向
50	吴中胜	赣南师范大学	"说""语"结合与《世说新语》的文体学考察
51	吴冠宏	台湾东华大学	玄解《世说》:从龚斌校释"海岱清士""见此张缓"两则说起
52	萧虹	悉尼大学	《世说新语》的性别观
53	徐㮾	上海师范大学	西晋前期五言诗发展中的矛盾性质变及其成因
54	徐瑞宏	武汉大学	《世说新语》中的"魏晋风度":审美还是佛系?
55	杨波	河南省社会科学院	从《伊洛渊源录》看中年朱熹的学术建构
56	杨焄	复旦大学	读徐震堮《汉魏六朝小说选》随札
57	姚家欣	南京师范大学	从居丧看《世说新语》中的身体观
58	叶天山	洛阳师范学院	谢道韫咏絮的戏曲回响
59	于涌	洛阳师范学院	论《洛阳伽蓝记》中的国家意识与正统观念
60	袁济喜	北京大学	六朝"任诞"与文学批评

续表

编号	作者姓名	单位	论文题目
61	张 超	牡丹江师范学院	从《世说新语》看魏晋时期南北文化差异
62	张富春	河南师范大学	中原高僧支遁接受简论
63	张 宏	上海工程技术大学	伊洛儒宗邵雍对《野叟曝言》的影响
64	张甲子	商丘师范学院	由《世说新语》论南北音之清、浊
65	张建伟	山西大学	论元末文人对魏晋风度的追慕与超越 ——以雅集为中心
66	张 军	河南大学	《世说新语》读书札记
67	张 鹏	泰山学院	《世说新语》与魏晋风度
68	张思齐	武汉大学	《世说新语》与道教的关联
69	张 铉	衢州学院	"洛生咏"小议
70	张亚军	河南大学	刘应陛创作述论
71	张宇辰	山东大学	从《世说新语》看魏晋士人交友观念的嬗变
72	张玉明	广西师范大学	《世说新语》与《红楼梦》中的男女双性现象
73	赵建成	南开大学	"引人着胜地":《世说新语》诗性品格初探
74	郑丽霞	集美大学	京派散文与"魏晋风度"
75	郑 娜	阜阳师范大学	《世说新语》中的比喻辞格研究
76	周一凡	清华大学	"坦腹东床"与"敦厚退让":论王羲之礼玄双修的思想特质
77	朱云杰 宋展云	扬州大学	《世说新语》中建康景物抒写与东晋政治兴衰
78	朱占青 刘小兵	黄淮学院	"世说学"文献之集大成 ——评刘强教授《世说新语资料汇编》